中國古典文學基本叢書

賈島集校注

上册

〔唐〕賈島 著
齊文榜 校注

中華書局

圖書在版編目(CIP)數據

賈島集校注:典藏本/(唐)賈島著;齊文榜校注. —北京:中華書局,2025.6.—(中國古典文學基本叢書).—ISBN 978-7-101-17203-4

Ⅰ.I222.742

中國國家版本館 CIP 數據核字第 202587D455 號

責任編輯:張　耕
裝幀設計:毛　淳
責任印製:管　斌

中國古典文學基本叢書
賈島集校注(典藏本)
(全二册)
〔唐〕賈　島 著
齊文榜 校注
*
中 華 書 局 出 版 發 行
(北京市豐臺區太平橋西里 38 號　100073)
http://www.zhbc.com.cn
E-mail:zhbc@zhbc.com.cn
河北新華第一印刷有限責任公司印刷
*
850×1168 毫米 1/32 · 26¼印張 · 4 插頁 · 560 千字
2025 年 6 月第 1 版　2025 年 6 月第 1 次印刷
印數:1-1500 册　定價:158.00 元

ISBN 978-7-101-17203-4

再版前言

拙著《賈島集校注》，二〇〇一年由人民文學出版社出版，而今已近二十年了。二十年來，學界同仁對《校注》多有錯愛，論文及專著徵引賈島詩歌，多喜依據此書，個中原由大概有二：一爲其版本可嘉；二因其資料匯攏較爲豐富。

就版本而言，南宋陳起父子所刻書棚本唐人集，宋元以來譽滿天下，其中書棚本《長江集》一直流傳至清朝後期，著名版本學家黄丕烈尚得見之，此後便銷聲匿跡了。島集宋槧並不少，可惜一種也没有流傳下來。今天所能見到的島集之最好版本，爲明安愚道人柳大中影寫宋本《賈浪仙長江集》。此本後歸毛晋，黄丕烈因稱曰「毛抄本」。毛抄本所據，《校注·前言》已有説明，乃南宋末期翻刻之書棚本。毛抄本後歸黄丕烈，黄氏曾持書棚本《長江集》與毛抄本對勘，發現毛抄本天頭上原有的無名氏以黄筆所出校記，即出自書棚本，然尚有漏校者。於是，黄氏以書棚本重校一過，異文以紅筆記於毛抄本之地脚。是毛抄本曾兩次與書棚本對勘，特别是經過著名藏書家黄丕烈覆勘，所出校記的可靠性可想而知。《校注》正文所據，就是依照毛抄本中的兩次校記所恢復的「準書棚本」，所以版本十分寶貴。

再就資料而言，《校注》還是下了一番收集功夫的，附録的「傳記資料」「事跡雜録」「書志序跋」和「歷代詩評」，把賈島研究的重要資料，差不多都匯集在一起了，爲讀者全面瞭解、研究賈島提供了不少方便。

此次出版，徵得人民文學出版社同意，交由中華書局負責。遵照朱兆虎主任大囑，再次對底本和校本的文字進行覆核，同時吸收學界同仁研究賈島的新成果，對原注疏漏和舛訛之處作了修改，並增加了一些書證，以增强注説的顯豁性。陳永正先生曾對《校注》提出寶貴意見（見《賈島詩三家注校讀札記》，載《詩注要義》，上海古籍出版社二〇一七年版），在此表示衷心謝忱；其中可採者，此次改版均予吸收，遂使本書得以進一步完善。

《賈島年譜》，上世紀三十年代創自著名學者李嘉言先生，迨六十年代，李先生曾作過一次修改。然降及本世紀初，又過去了半個世紀，學界同仁及我本人，對賈島生平與作品研究，也形成了一些新的看法，這些看法，便匯集成《賈島年譜新編》，附於人民文學出版社出版的拙著《賈島研究》之後。此次趁《校注》修訂改版之機，遵照朱主任的意見，在進一步修訂的基礎上，將《賈島年譜新編》一併編入附録，以補《校注》原無《年譜》之缺憾，以便利讀者。《校注》的其他附録，本次改版，内容亦有所續增。至于原書《前言》，僅作了部分文字的删简而概貌猶存。新版責編許慶江、李若彬二先生仔細審讀書稿，提出寶貴修改意見，付出了艱辛的勞動，在此一併致以衷心謝忱。

齊文榜

二〇一九年九月十六日於河南大學

原版前言

賈島（七七九—八四三）字浪仙，一作「閬仙」，幽州范陽（今北京西南一帶）人。早歲爲僧，法名無本。至東都，洛陽令禁僧午後不得出寺，島爲詩自傷云：「不如牛與羊，猶得日暮歸。」韓愈見而憐其才，遂教爲文，俾還俗應舉，時已三十四歲。《唐摭言》卷一一説他「不善程式」，這大約是他屢試不第的原因之一。由於久困名場，生計拮据，韓愈、姚合等師友雖對其生活有所周濟，然仍不免「拄杖傍田尋野菜，封書乞米趁時炊」（張籍《贈賈島》）。姚合《别賈島》亦云：「懶作住山人，貧家日賃身。書多筆漸重，睡少枕長新。」則已落到賃身傭書以維持生計了。有時賈島還四方奔波，下魏博、登隴岐、浮吴越、遊淮西以求助友人。就是在這樣的境遇中，賈島「日日攻詩亦自强，年年供應在名場」（姚合《送賈島及鍾渾》），堅持科舉仕進和詩歌創作。穆宗長慶二年（八二二），賈島因不滿科場弊端，作詩諷刺權貴，與平曾等被奏爲舉場「十惡」（《鑒誡録》卷八）。島初至京，居延壽坊，元和末移居樂遊原荒僻的昇道坊。文宗開成二年（八三七），因「飛謗」罪，責授遂州長江主簿，因稱「賈長江」。五年遷普州司倉參軍。武宗會昌三年（八四三）秩滿，轉普州司户參軍，未及受命而卒，年六十五。生平履歷見唐蘇絳《唐故普州司倉參軍賈公墓誌銘》、《新唐書》本傳以及李嘉言《賈島年譜》等。

賈島一生，正值安史之亂後唐王朝從極盛的巔峰跌落下來，由喘息休養漸趨中興，又由中興迅速走向衰落的時代，藩鎮割據、宦官擅權和朋黨傾軋三大弊政愈演愈烈。

賈島生當此時，思想比較複雜。究其原因，一是唐代思想較爲開放，儒、道、佛等各種思想可以自由發展，這種環境對廣大士人自然會産生深刻影響；二是與賈島複雜曲折的個人經歷密切相關。「故園從小别」（《寄賀蘭朋吉》），少年離家，至三十四歲以前，在這段人生最富有朝氣的年華裏，置身於隔絶塵世的寺宇内，對佛像，捧經卷，年復一年的修行生涯，對賈島佛教思想的形成，無疑是極其重要的。後來賈島還俗，「形貌上雖然是個儒生，骨子裏恐怕還有個釋子在」（聞一多《唐詩雜論·賈島》），就是説還俗後，佛教思想仍然深深影響着賈島，特别在科場屢次受挫，仕途坎壈困頓時，佛教思想的深刻影響就更加表露無遺。《青門里作》云：「欲問南宗理，將歸北嶽修。」仕途無望的賈島，心目中最嚮往的就是南宗禪理。其詩歌表明，賈島不僅精通禪理，不少詩篇還散發着濃厚的南禪意趣。《夜坐》云：「三更兩鬢幾枝雪，一念雙峰四祖心。」《續高僧傳》二一載，禪宗四祖道信在蘄州黄梅縣雙峰山弘法「三十餘載」。「一念雙峰四祖心」，表明失意的、鬢髮斑白的賈島，骨子裏是一個道地的禪僧。「惠能同俗姓，不是嶺南盧」（《送空公往金州》），「不知能已後，更有幾燈然」（《贈紹明上人》），詩中頻繁出現六祖惠能的法名。《題童真上人》云：「江上修持積歲年，灘聲未擬住潺湲。」更是借濤聲説禪，以濤聲稍縱即逝，不滯留於灘頭波濤，形象地闡發了六祖《壇經》「於一切上念念不住，即無縛」的南禪宗旨。再如「言歸文字外，意出有無間」（《送僧》），「解聽無弄琴，不禮有身佛」（《贈智朗禪師》）等等，都散發着馥郁的南禪理趣。禪宗之外，賈島與天台宗僧人也有往還。「妙字研磨講，應齊智者蹤」（《送僧歸天台》），智者乃天台宗開山祖師隋僧智顗，《續高僧傳》一七有傳，因其「一心三觀」等開宗理論創立於浙江天台山，被奉爲天台初祖。賈島所受的佛教影響決不限於此二宗。蘇絳《墓誌銘》謂其「冥搜至理，悟浮幻之莫實，信無生之可求」，這是對賈島廣泛接受佛教影響的高度概括。

然而應該説，還俗後賈島的佛教思想只是泯除逆境痛苦的鴉片，消極反抗現實的武器；而自還俗仕進起，賈島思想的主導已由消極避世的佛家，轉向積極進取的儒家。他刻苦吟詩，力求仕進有成，雖屢舉不第，仍在十分艱難困苦的境遇中堅持進取。五十九歲時，雖因遠貶博得一官，然不辭辛苦，千里赴任，轉官後仍恪盡職守，直到去世，明顯表現出儒家積極用世的精神，致使蜀人畫圖像、立祠堂以敬之，《方輿勝覽》六三還把他列入「名宦」以示旌表。而蘇絳《墓銘》説賈島「六經百氏，無不該覽」，則説明其於傳統思想的接受是多方面的。

二

賈島身後唯詩傳世。其詩歌内容雖不及同時代的韓愈、元稹、白居易深廣，但也多方面地反映了那個時代的社會生活。

自元和初赴舉至開成初貶長江主簿，其間除短暫出遊外，賈島在京師前後長達二十多年。早歲即已失去家庭憑藉的賈島，在米珠薪桂的長安度過二十多個春秋而未得一第，其貧苦困頓的狀况是一般人所難以想象的。因此，賈島詩歌中最鮮明最深刻的内容之一，就是那些表現貧寒困苦生活的詩篇。「下第只空囊，如何住帝鄉？」（《下第》）「羈旅復經冬，瓢空盎亦空。淚流寒枕上，跡絶舊山中。」（《冬夜》）《朝饑》更云：「市中有樵山，此舍朝無煙。井底有甘泉，釜中乃空然。……坐聞西牀琴，凍折兩三弦。飢莫詣他門，古人有拙言。」《客喜》云：「常恐淚滴多，自損兩目輝。鬢邊雖有絲，不堪織寒衣。」囊無錢、盎無米、竈下無煙、冬無寒衣，真是貧困與飢寒交迫。在「稻米流脂粟米白，公私倉廩俱豐實」（杜甫《憶昔》二首其二）的開元、天寶盛世，困厄長安的杜甫尚不免於「朝扣」「暮隨」，「到處潛悲」（杜甫《奉贈韋左丞丈二十二韻》），那麽在國運衰落、兵連禍結、民生凋敝、財富匱乏的中唐，完全失去生活憑藉的賈島，較杜甫自然更加困頓不堪。《墨莊漫録》云：「唐之詩人類多窮士，孟郊、賈島之徒，尤能刻琢窮苦之言。」孟、賈所以能長於刻琢窮苦之言，就是因爲他們的詩歌真實地反映了自己的生活。如果説孟郊詠唱窮困的詩歌，大多是下層官吏困苦生活的寫照，而賈島的同類詩歌，則是中唐下層士子困頓生活的典型反映。過去這些詩歌僅僅被看作賈島個人生活的反映，無疑貶低了這部分詩歌的思想價值和社會意義。

賈島反映現實的詩篇，不及韓愈、元稹、白居易的集中而直接，相反中唐時代的重大社會問題，往往只被作爲背景或叙事抒情的組成部分連帶而及。然而若能從時代高度對其全部詩歌加以梳理，聯類而及，便不難發現賈島詩歌不僅多方面地反映了中唐時代的重大社會問題，有些還相當深刻。如：

幾歲阻干戈，今朝勸酒歌。……舊宅兵燒盡，新宫日奉多。妖星還有角，數尺鐵重磨。（《逢舊識》）

百戰餘荒野，千夫漸耦耕。（《别徐明府》）

戰場幾處在，部曲一人無。（《代舊將》）

類似的句子還有許多，不一一列舉。將這些詩句聯綴起來，不就是一幅中晚唐時代藩鎮割據、兵連禍結、村落蕩盡、生産破壞而賦税反倒加重的慘痛社會圖畫嗎？詩人對藩鎮兵禍的强烈不滿，對民不聊生的深切同情，不也深深地藴含其間嗎？再如：

青塚驕回鶻，蕭關陷吐蕃。（《寄滄州李尚書》）

隴色澄秋月，邊聲入戰鼙。（《寄武功姚主簿》）

不是邢公來鎮此，長安西北未能行。（《上邠寧邢司徒》）

勇看雙節出，期破八蠻回。（《送李廓侍御劍南行營》）

聯綴這類詩句，則又可真切地再現唐王朝自安史亂後國力下降，與吐蕃、回鶻、西南諸蠻等民族矛盾加劇，特别是吐蕃趁機大肆東犯，侵吞唐王朝西域的大片疆土，將邊境一直推進到隴岐一帶的社會現實，而詩中流露的强烈愛國之心也鮮明可鑒。

唐至中葉，社會弊端叢生，科場也充滿黑暗。通關節、託人情，徇私舞弊公然風行，根本不依才取士。長慶元年，段文昌面奏穆宗：「今歲禮部殊不公，所取進士，皆子弟無藝，以關節得之。」穆宗因問諸學士，李德裕、元稹、李紳皆曰：「誠如文昌言。」（《通鑑·唐紀》五七）中唐著名的「牛李黨争」，就是因這次科舉取士不公引發的。《鑒誡録》卷八謂：「（島）吟《病蟬》之句以刺公卿，公卿惡之，與禮闈議之，奏島與平曾等風狂撓擾貢院，是時逐出關外，號爲十惡。」賈島性格耿介，不怕觸怒達官公卿，大膽揭露科場黑暗，這在同時代的舉子中是很少能與之相比的。

賈島篤於交遊，其集子中交遊詩佔去大半。所與交遊者無論宰輔公卿、邊將諸侯、胥吏令佐、文人雅士，抑或僧徒道士、隱者及日本友人等，皆推心置腹，誠摯出乎天性。韓愈、孟郊、張籍、姚合這類師友自勿須多言，即使一般朋友之誼，賈島也與之憂喜同心。《送褚山人歸日東》，反映了賈島與日本友人的深情厚誼，寫得也很真摯動人。

這裏着重談一談賈島與僧徒交遊的詩歌。韓愈爲復興儒道，極力排斥佛教，幾至殺頭。賈島作爲韓門弟子，當然是清楚這一點的。然而還俗後，特別在名場失意、生活困頓之時，賈島思想又明顯向佛教傾斜，且多與佛徒相往還，上至高僧大德，下至一般遊方僧人，皆與交遊，集子中這方面的詩歌多達五十餘首，充分反映了賈島與佛教僧徒交遊廣泛，情誼深厚。諸如宗密、柏巖等高僧，他們去世，島皆有詩哭之。「上人坐不倚，共我論量空」（《就峰公宿》），寫與僧人談佛論道。「手種一株松，貞心與師儔」（《題岸上人郡内閒居》），表明心地與僧人一脉相通。「欲別塵中苦，願師貽一言」（《題竹谷上人院》），更道出了身處困苦境遇中對方外友人所寄予的解懸拯溺的厚望。《詩鏡總論》謂「賈島衲氣終身不除」，這當然是其中一個重要原因。

賈島的抒情詩内容也相當廣泛，精粹感人。他還俗應舉，原本胸懷大志，欲有所作爲。這在《枕上吟》一詩中表現得很充分：「何當苦寒氣，忽被東風吹。冰開魚龍別，天波殊路歧。」口氣自信，自期甚高。《鑒誡録》卷八記賈島初赴舉時，「以八百舉子所業，悉不如己」，是完全可信的。然而，現實並不那麽美好如願。名場的一再失意，使他發出了懷才不遇的感慨：「志士中夜心，良馬白日足。俱爲不等閒，誰是知音目。眼中兩行淚，曾弔三獻玉。」（《古意》）爲古人、更是爲自己深深痛惜。《載酒園詩話又編》云：「賈詩最佳者，終以卷首《古意》爲尤。……使人讀之，不勝撫髀顧影之悲。」幾次打擊，並不足以使賈島喪失信心，《感秋》一詩中，他珍惜「歲華又虚擲」，表示「願爲出海月，不作歸山雲」(《卧疾走筆酬韓愈書問》)，形象地表達了用世之心的堅定。但是，當挫敗再三降臨時，賈島不得不對仕途前程表示懷疑：「若無攀桂分，秖是卧雲休。」(《青門里作》)《夕思》《秋暮寄友人》等則是其退隱山林思想的真切流露。「縱把書看未省勤，一生生計秖長貧。可能在世無成事，不覺離家作老人。」(《詠懷》)可以説，這是那個時代無數懷才不遇、老大無成、坎壈終生的士子們的共同憤怨。

賈島工於摹景。明謝榛譽其「秋風吹渭水，落葉滿長安」一聯「氣象雄渾，大類盛唐」(《四溟詩話》卷二)，這是對其寫景詩歌的高度贊譽。方回甚至把賈島和姚合「標爲寫景之宗」(紀昀《瀛奎律髓刊誤序》)，推許雖有些過當，但也説明賈島的寫景詩確有其獨到的成就。

賈島的寫景詩中，與佛家相關的景物特别值得一提。在久困名場，與僧人交往漸次頻繁時，賈島對與佛家相關的景物描寫也隨之增多。這些景物，因早已爲其熟悉，所以一旦重現筆下，便顯得特别精彩，其成就遠在平常景物的刻畫之上。如《宿山寺》，許印芳曰：「全詩有奇氣。三四乃即景佳句。」(《瀛奎律髓彙評》四七)《唐三體詩評》亦云：「句句精絶超絶，神仙中人。」清岳端亦謂此詩：「首聯十字，都是眼前平常之景，一經巨手出之，便可驚人。」(《寒瘦集》)稱賈島佛寺景物描寫爲「巨手出之」，可見其此類景物描寫達到的高度。他如「池開菡萏香，門閉莓苔秋。……鑪煙上喬木，鐘磬下危樓」(《題岸上人郡内閒居》)，「山過春草寺，磬度落花潭」(《送宣皎上人遊太白》),「遠道擎空鉢,深山踏落花」(《送賀蘭上人》),等等。聞一多先生云:「早年的經驗使他」對與佛家相關的景物,「只感着一種親切、融洽,……只覺得與他臭味相投」(《唐詩雜論·賈島》),這正是賈島喜歡刻畫此類景物,妙筆生花的原因。賈島的寫景詩,内容儘管是多方面的,但真正精彩雋永的部分,乃是與佛家相關的景物。

關於賈島的寫景詩,過去因受蘇東坡「郊寒島瘦」(《祭柳子玉文》)之論的影響,不少論者輒轉推衍出賈島善於刻畫「瑣細幽僻」之景,所取不離蛩、螢、蟬、蛾、苔、葉、草、竹等物的觀點。這種説法,忽視了賈島筆下諸如「秦分積多峰,連巴勢不窮」(《晚晴見終南諸峰》),「晴天朔色北,河源落日東」(《送李騎曹》),「迥磧沙銜日,長河水接天」(《送友人遊塞》),以及「秋風吹渭水,落葉滿長安」等著名的寫景句子,這些雄奇壯闊、氣魄宏大的景物,在賈島集子中並不在少數。可見賈島亦善於描繪氣象宏偉的景物,僅僅謂其長於刻畫幽僻瑣碎的景物,乃偏頗的一孔之見。

另外,賈島的羈旅行役及詠物之作,也有其特色,如《早行》《暮過山村》《方鏡》《贈梁浦秀才斑竹拄杖》等等,都是其中較好的作品。

二

賈島是中唐的著名詩人。明顧璘《批點唐音》云:「浪仙詩清新沈實,自足爲一家。……

當儕之長吉、元、白間可也。」評價是相當高的。聞一多先生曾分析過中唐詩壇的發展情形，把以孟郊爲首的五言古詩，白居易爲首的新樂府詩，和以賈島爲首的五言律詩的創作，視爲「元和長慶間詩壇動態中的三個有力的新趨勢」（《唐詩雜論・賈島》），充分肯定了賈島五言律詩在中晚唐詩壇上領袖羣倫的地位，足見其在唐代詩壇上的地位不容忽視。

賈島能取得這樣的成就，是與其復古創新的文學思想分不開的。作爲韓門弟子，賈島深受古文運動精神的影響。「我有弔古泣，不泣向路歧」（《寄孟協律》），明顯表現出傾心古道的思想。

正是在文學復古思想影響下，還俗後一段時間裏，賈島追蹤孟郊、韓愈和張籍，努力創作五言古詩，其集中的五古五十餘首，可編年者大都作於此時，初步展露了賈島的詩歌才華，亦可見此一時期賈島五言古詩的創作確有成就。

但是，當賈島還俗出現於文壇時，正值元和中興局面到來，文學創作氣象一新，以古體詩創作爲主的孟郊、韓愈，已蜚聲詩壇；元稹、白居易不但工七律，還與李賀、張籍、王建在樂府詩創作方面卓有建樹；柳宗元、劉禹錫也在邊遠州郡任上創作了不少精工雅潤的古體和七律。唯五律創作，大曆後一度顯得有些冷落。面對詩壇這種形勢，賈島要麼在古體、樂府及七言律詩方面跟在韓孟元白等人後面亦步亦趨，要麼在五律領域内一展其才，以求有成。而古文運動的真正精神，是在復古旗幟下的文學創新，韓柳、孟郊、張籍、王建、元白等，都已在自己的創作實踐中或直接或間接地體現了這種精神，從而出現了「詩到元和體變新」（白居易《餘思未盡加爲六韻重寄微之》）的局面，使唐代詩壇繼盛唐之後再次呈現出蓬勃氣象。

賈島不愧爲韓門弟子，他在自己的創作實踐中，進一步發揚古文運動的創新精神，覷準五言律詩領域，執着苦吟，悉心推敲，終於以五律卓然自成一家，與孟郊五古、白居易樂府詩三體鼎立中唐詩壇。清許印芳云：「島生李杜之後，避千門萬户之廣衢，走羊腸鳥道之仄徑，志在獨開生面，遂成僻澀一體。」（《詩法萃編》）這「志在獨開生面」的贊譽，即指賈島在五言律詩方面的戛戛獨造。對此，胡應麟在談及中唐五律發展情形時概括得很精闢：「東野之古，浪仙之律，長吉樂府，玉川歌行，其才具工力故皆過人，如危峰絶壑，深澗流泉，並自成趣，不相沿襲。」（《詩藪》外編卷四）胡氏謂賈島五律，與孟郊五古、李賀樂府、盧仝歌行各具風貌，可謂知言。由師從韓孟古詩開始，到最終以五律與孟郊並稱「郊島」，「郊稱五言古，島稱五言律」（《詩源辯體》二五），可以説這是賈島文學復古創新思想的極大成功。賈島現存五律（含五言排律）二百五十餘首，佔去整個集子的百分之六十以上。歷代詩論家極力贊譽他的主要是在五律方面，説部所傳其於驢背上苦心「推敲」，衝撞大尹所作的詩，恰恰也是五律（《題李疑幽居》之頷聯），可見五律乃其平生精工與成就所在。

那麽，賈島的五律有什麽特點呢？

首先，是對偶格律的變化。賈島五律頷頸兩聯的對偶，大膽使用流水對、借對、寬對及以輕對重（即以物對人）等諸種對偶格式。這些較之大曆十才子和劉長卿等人，沿着盛唐的熟境常調反復詠唱，其變化自然十分明顯。如《病起》頷頸兩聯：「身事豈能遂，蘭花又已開。病令新作少，雨阻故人來。」兩聯皆「以物對人」，屬於「輕重對」；同時頷聯又使用「流水對」。方回評曰：「老杜此等體，多於七言律詩中變，獨賈浪仙乃能於五言律詩中變，是可喜也。昧者必謂『身事』不可對『蘭花』二字，然細味之，乃殊有味。以十字一串貫意，而一情一景自然明白。下聯更用『雨』字對『病』字，甚爲不切，而意極切，真是好詩變體之妙者也。」而這些所謂「變體」，若由大曆再向前追溯，至杜甫，便可找到淵源所自。《冷齋魯訔序》曰：「（杜甫）詩支而爲六家，孟郊得其氣焰……賈島得其奇僻。……是知唐之言詩，公之餘波及爾。」（《詩人玉屑》卷一四）可見賈島之「變格」「變體」，這些特點在杜甫那裏僅是偶露峥嶸，到賈島則將其擴大、延展，乃至登峰造極，令人視之赫然覺其「變」而有異於熟俗之常格，因而被貫休稱曰「冷格」（《讀賈區賈島集》），一般詩論家則謂之「變格」、「變體」了。

其次爲「清奇幽僻」的詩風。要恰切評論賈島的詩歌風格，應顧及其許人和常以自許的詩風，以及整個韓孟詩派的詩歌風格。這一點，往往爲歷來論者所忽視。賈島許人也常以自許的詩風是「清新」。《酬棲上人》云：「静覽冰雪詞，厚爲酬贈顔。」《贈友人》云：「五字詩成卷，清新小得偕。」對友人的清新詩風表示贊許。《寄孟協律》一詩中，島自認詩思爲「清思」。《戲贈友人》謂自己：「一日不作詩，心源如廢井。……朝來重汲引，依舊得清冷。」則明白以「清新」的詩風自許矣。至於他人，也多以「清新」推許賈島詩風。

至於「奇」，乃韓孟詩派的整體風貌，賈島作爲韓孟詩派的一員，詩風自不免有「奇」的一面。齊己即謂島詩「精奇」（《還黄平素秀才卷》），張爲《詩人主客圖》奉李益爲「清奇雅正主」，列賈島爲「升堂」者。張爲乃晚唐詩人，稍後於賈島，應該説對中唐詩壇有較深切的瞭解。「清奇雅正」，這是唐人對賈島詩風的恰切論定。《一瓢詩話》亦云：「崔顥筆力宏大，賈島詩骨清峭。」也指出了島詩清新奇峭的特點。而當名場長期失意，對仕途前程充滿疑慮時，賈島常常流露出隱退思歸、回心佛乘的思想。他甚至閲讀道家典籍，表示願意皈心道教：「丹梯願逐真人上，日夕歸心白髮催。」（《送胡道士》）真是到了久病亂投醫的地步。正是在這種心境下，賈島驅遣幽僻冷漠的景象和事物，烘托表達孤獨寂寞、失意消沉、心慕佛道、渴望隱退的思想。《題竹谷上人院》《寄胡遇》等相當數量的作品，都是這種思想的流露。《冷齋魯訔序》所謂島詩得杜甫之「奇僻」，胡應麟所謂島詩「幽奇」，「清奇幽僻」，這正是賈島詩歌的主要風格。張爲《詩人主客圖》列賈島爲「清奇雅正主」之「升堂」者，迨清李懷民《重訂中晚唐詩主客圖》，更晋升賈島爲「清真僻苦主」，亦是就其「清奇幽僻」的主體詩風而言的。

賈島集中不少篇什景象開闊，風格雄渾，别具特點，顯示了作家風格的多樣性。

第三是語言精煉脱俗。賈島傾其心力，刻意推敲，苦吟爲詩，爐錘之功不遺餘力。古來刻苦吟詩者並不乏人，然古今苦心爲詩的事跡，唯賈島得以高度凝煉的「推敲」二字，載入口碑，千古流芳，這是對賈島刻苦吟詩的最好報償，也是其錘煉詩歌語言，功力過人的見證。正因爲如此，賈島的詩歌語言精煉出俗，歷來爲人稱道。唐崔塗謂其詩「雕琢文章字字精」（《過長江賈島主簿舊廳》），《東目館詩見》云：「賈長江刻意無凡語，五律尤妙。」馮班云：「長江用思極苦，然出語自遠。」（《瀛奎律髓彙評》四七），都是對其語言精煉脱俗的肯定。歐陽修《六一詩話》引梅堯臣語云：「詩家雖率意而造語亦難，若意新語工，得前人所未道者，斯爲善也。必能狀難寫之景如在目前，含不盡之意見於言外，然後爲至矣。……賈島『怪禽啼曠野，落日恐行人』，則道路辛苦，羈愁旅思，豈不見於言外乎？」則是對其語言表現力的最好説明。

五古、五律而外，賈島的七律和五七言絶句也各有特色。

賈島的詩歌成就，在當時和後世産生了深遠的影響。姚合《寄賈島》云：「新詩有幾首，旋被世人傳。」崔塗亦云：「身從謫宦方霑禄，才被槌埋更有聲。」（《過長江賈島主簿舊廳》）説明賈島在世時已有詩名。晚唐五代時期，更有大批詩人法宗賈島，「謂之高手」（《苕溪漁隱叢話》前集二三）。《升菴詩話》卷一一、《重訂中晚唐詩主客圖》將中晚唐詩壇分爲兩派，一派學張籍，另一派便是學習賈島的，可見賈島在當時影響之大。入宋九僧、林逋、寇準、潘閬、魏野等，宋末四靈、江湖詩人，明末竟陵派，清末同光詩人等，歷代皆有仰慕學習賈島爲詩者。即便今天，賈島的詩歌藝術及其「推敲」爲詩的創新精神，仍可作爲我們文學創作的借鑒和寶貴的精神食糧。

三

關於賈島詩歌的結集，及宋以後歷代刊刻傳抄的情形，筆者曾做過一番清理考證工作，結果以《長江集版本源流考述》一文，發表於《文獻》一九九九年第一期（總第七十九期）。爲方便讀者，這裏僅將考證的大致情形概述如下：

賈島生前未及對其畢生的作品加以系統地整理與結集。辭世後，編輯其詩者有二人，一爲其從弟僧無可，名曰《天仙集》；一爲進士許彬，謂之《小集》。宋仁宗天聖前後，蜀人掇拾《天仙集》和《小集》，及當時所能見到的所有賈島詩歌，都爲一集十卷，詩三百七十九首，名之曰《長江集》，且上版刊行。這是賈島詩歌的最早刻本，也是後世一切島集刊刻和傳抄的祖本，我們稱曰「蜀刻本」。此本今已無傳。蜀刻本至南宋初，長江縣賈島祠堂鎸爲詩碑十五方，樹於祠中，且連同蘇絳所撰《賈公墓銘》、《新唐書》本傳、宣宗賜賈島墨制及王遠所撰《詩碑後序》並刻之。後遂寧府刊刻島集，即倣照祠堂詩碑格式，刊行於世，這就是《直齋書録解題》卷一九所謂的「遂寧本」，方回《瀛奎律髓》所謂的「蜀本」與「蜀碑本」。此本將結銜誤作「長江尉」，我們亦稱作「遂寧本」。此本今亦無傳。南宋中葉，臨安府棚北大街陳宅書籍鋪刻《賈浪仙長江集》十卷，乃翻刻北宋蜀刻本者，我們稱曰「書棚本」。此本有少數缺字，不免美玉微瑕。黄丕烈尚見其殘帙，今亦無傳。迨南宋末，書棚本爲無名氏翻刻，我們稱曰「宋無名氏本」。書棚本的缺字，翻刻時大多已被補上。此本毛晉之子毛扆嘗見之，且將其校録入汲古閣所刻《長江集》。此本今亦無存，然毛扆的校録本，今尚存國家圖書館；復旦大學圖書館亦藏一本，應爲毛扆本的迻録本。

明代翻刻和傳抄的《長江集》主要有以下幾種。（一）江西奉新縣刊《賈浪仙長江集》七卷。此乃一分體改編本，從「長江尉」的錯誤結銜看，乃遂寧本的翻刻本無疑。此本爲島集現存的最早刻本，我們稱曰「奉新本」，上圖藏本有沈曾植跋，另中科院、吴縣圖書館亦有藏本。（二）倣宋刻《唐賈浪仙長江集》十卷。《四部叢刊》初編收有影印本，我們稱曰「叢刊本」。此本文字多近於奉新本，唯八、九兩卷結銜將「司倉參軍」訛作「司馬參軍」。（三）嘉靖二十九年毘陵蔣孝刻《中唐十二家詩集》所收《唐賈浪仙長江集》十卷，與不明年代的長洲陸汴刻《廣十二家唐詩》所收《唐賈浪仙長江集》十卷。此二本乃叢刊本的修訂本，我們分别稱作「蔣孝本」與「陸汴本」。（四）萬曆壬子朱之蕃校刻《廣唐十二家詩》所收《唐賈浪仙長江集》一卷。從文字方面看，此本更接近陸汴本，然翻刻時撤去了卷次。我們稱曰「朱本」。（五）毛晉汲古閣刊《唐人八家詩》所收《長江集》十卷。此本與明抄宋無名氏本（即毛抄本，下詳）相近，但也參校過遂寧本一系的本子，我們稱曰「汲古閣本」。又汲古閣刻《四唐人集》所收《長江集》十卷，文字與八家詩本基本相同，我們稱曰「四唐人集本」。（六）安愚道人抄、毛晉父子藏《賈浪仙長江集》十卷。此本後歸黃丕烈，黃氏稱曰「毛抄景宋本」。從文字方面看，此本近於毛扆校録之宋無名氏本，我們稱曰「毛抄本」，今藏國家圖書館。此本有人先以書棚本校過一遍，黃丕烈後得書棚本重加比勘，我們稱曰「黃校本」。合二人先後所作校記，其校文的精確程度是可以徵信的，因而依據校文，完全可以恢復書棚本的文字原貌。（七）張敏卿抄《賈浪仙長江集》十卷。此本亦宋無名氏本的精抄本，今藏國家圖書館，我們稱曰「張抄本」。（八）無名氏抄《賈長江集》上下卷，無古詩，何焯曾以書棚本勘之，因知其出自書棚本，今藏國家圖書館，我們稱曰「何校本」。

清代翻刻和傳抄的《長江集》主要有以下幾種。（一）清初錢謙益輯、季振宜遞輯《全唐詩稿本》所收《賈島集》一卷，此本是將上述「朱本」校以書棚本，於卷末輯補遺詩十六首而後入編的，我們稱曰「季稿」，今藏臺灣「中央圖書館」，屈萬里、劉兆祐曾將其編入《明清未刊稿彙編第二輯》，一九七九年九月由臺灣聯經出版事業公司影印出版。（二）康熙四十一年洞庭席氏琴川書屋刻《唐詩百名家全集》所收《賈浪仙長江集》十卷。此本乃汲古閣本的翻刻本，我們稱曰「席本」。（三）康熙敕修《全唐詩》所收《賈島詩》四卷。此本是在季稿的基礎上，參校胡震亨《唐音統籤》所收《賈島集》九卷，將「季稿」依原編釐爲四卷，於卷末輯補遺詩七首、殘句四則修訂而成的，我們簡稱曰「全詩」。又南京圖書館藏《賈長江》集四卷本，乃「全詩」之翻刻本。（四）乾隆敕修《四庫全書》所收《長江集》十卷。《四庫全書總目》謂此本録自「浙江汪啓淑家藏本」，但並未明言究屬何種版本。細檢此本，文字多同於陸汴本。（五）無名氏據席氏本翻刻《唐賈浪仙長江集》十卷。我們稱曰「清無名氏本」。（六）盧文弨抄明張抄本。此本後有盧氏跋文，謂録自張抄本，我們稱曰「盧抄本」。（七）光緒五年定州王灝謙德堂刊《畿輔叢書》所收《長江集》十卷，附集一卷。此本乃汲古閣本的忠實翻刻本，我們稱曰「畿輔本」。（八）無名氏抄《賈浪仙長江集》七卷分體本。此本顯係出自奉新本，我們稱曰「清抄本」。

此外，日本江户時代中御門正德五年乙未（一七一五，當清康熙五十四年乙未）刻《賈浪仙長江集》十卷，三册，南京圖書館藏。此本文字與書棚本相差甚微，亦有少數闕字，乃宋書棚本的翻刻本，我們稱曰「江户本」。

綜上考述可知，宋人掇拾島詩爲蜀刻本《長江集》十卷，後世島集皆源於蜀刻本，大致可分爲遂寧本和書棚本兩大系統，而書棚本較多地保存了蜀刻本原貌。

據上述考證，列《長江集》版本源流系統表如下：

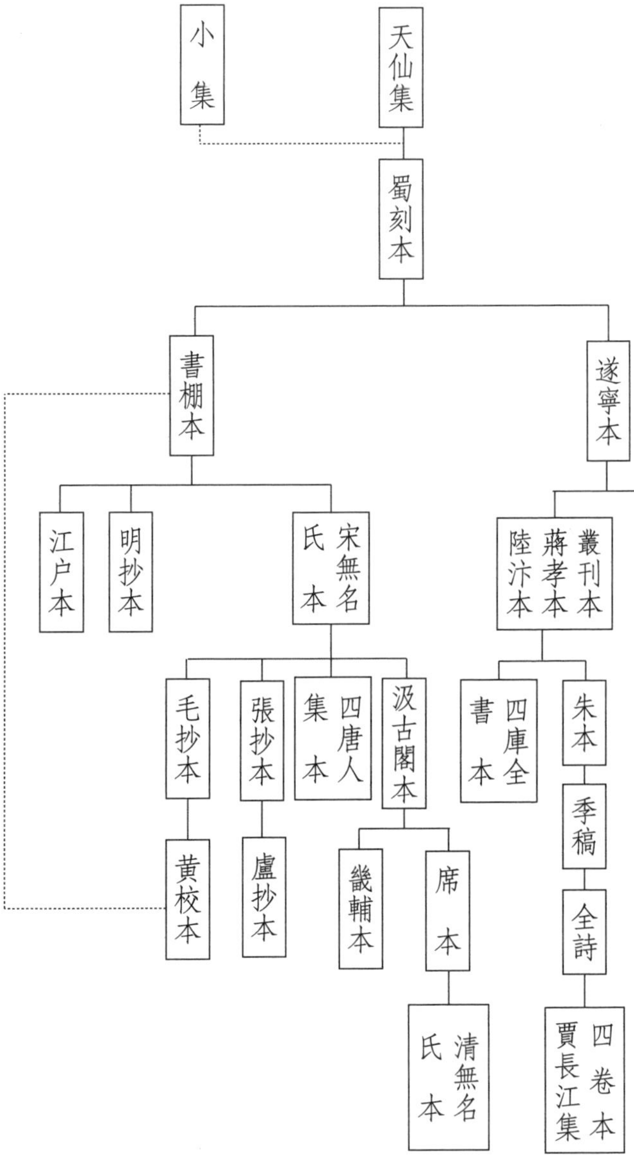

此次校注，以毛抄本爲底本，以黄校本校記改動正文，旨在得到一個準書棚本，以此爲工作本，校以奉新本、叢刊本、汲古閣本、張抄本、何校本、季稿、席本、江户本和《二妙集》、《全詩》，並以下面諸總集參校：

①〔唐〕韋莊選《又玄集》，《唐人選唐詩》（十種）點校本，上海古籍出版社一九七八年九月新一版，簡稱「《又玄》」；

②〔後蜀〕韋縠選《才調集》，《唐人選唐詩》（十種）點校本，上海古籍出版社一九七八年九月新一版，簡稱「《才調》」；

③〔宋〕李昉等編《文苑英華》，中華書局一九六六年五月影印本，簡稱「《英華》」；

④〔宋〕姚鉉纂《唐文粹》，四部叢刊初編影印明嘉靖甲申徐焴校宋家塾刻本，簡稱「《文粹》」；

⑤〔宋〕王安石《唐百家詩選》，上海古籍出版社影印文淵閣四庫全書本，簡稱「王《選》」；

⑥〔宋〕計有功撰《唐詩紀事》，上海古籍出版社一九八七年七月新一版，簡稱「《紀事》」；

⑦〔宋〕洪邁編《萬首唐人絶句》，文學古籍刊行社影印明嘉靖刊本，簡稱「《絶句》」；

⑧〔宋〕郭茂倩《樂府詩集》，中華書局一九七九年一一月第一版，簡稱「《樂府》」；

⑨〔宋〕李龏編《唐僧弘秀集》，商務印書館影印宋刊本，簡稱「《弘秀》」；

⑩〔元〕方回選評、李慶甲集評校點《瀛奎律髓彙評》，上海古籍出版社一九八六年四月第

一版，簡稱「《律髓》」。

匯録異文，擇善而從。古今字、通假字不校不改；避諱字、異體字、俗體字直接改爲通行體，不出校。校本誤者，一般不出校。底本訛脱衍倒者，據其他校本校正補苴，並出校記。重出互見詩依佟培基《全唐詩重出誤收考》，並參以己見慎審甄辨，確係島作或一時難以判明歸屬者，於校記中加按語説明；非島之作，删存卷後「删除詩」留存，並於詩後加按語説明，以備稽考。另從《才調》《英華》《湖北通志》《東軒筆録》《紀事》《吟窗雜録》《絶句》等書，輯補遺詩二十六首、殘句十七，從《祖堂集》輯補遺文一篇，編爲附集。注釋詳於本事、交遊、繫年考證及名物典制而略於文字訓詁，釋詞唯求合於文意，故書證不必最早出處。歷代詩話對各詩的評論，以「輯評」形式附於相應作品後。卷末附録賈島傳記資料、事跡雜録、書志序跋及歷代詩話有關賈島詩歌總體風貌特點的評論，以便於讀者。對學界已有的成果，凡有所採取儘量注明，並在此一併致以謝意。限於水平難免疏誤，方聞君子，望教正焉。

此書出版得到人民文學出版社古典部主任管士光先生熱情幫助，林東海、宋紅二位先生精心審閲，付出了可貴的勞動；河南大學及文學院對此書出版大力資助，在此一併致以衷心之謝意。

齊文榜

一九九九年十月二十五日於河南大學文學院

目録

上册

賈島集校注卷一

賈島集校注卷二

賈島集校注卷三

賈島集校注卷四

賈島集校注卷五

賈島集校注卷六

下　册

賈島集校注卷七

賈島集校注卷八

賈島集校注卷九

賈島集校注卷十

賈島集校注附集

删除詩

賈島集校注卷一

古意〔一〕

碌碌復碌碌，百年雙轉轂〔二〕。志士中夜心①〔三〕，良馬白日足〔四〕。俱爲不等閒，誰是知音目②〔五〕。眼中兩行淚，曾弔三獻玉③〔六〕。

【校勘記】

①中：叢刊本、季稿、《全詩》五七一作「終」。②音：《才調》一作「者」。③「眼中」二句：《才調》作「別來兩淚盡，誰弔荆山哭」。

【箋注】

〔一〕這是一首擬古之作。南朝王融、梁武帝、沈約、吴均、王僧孺、蕭繹，北朝顔之推等皆有以「古意」爲題的五言古詩。唐代繼作者更多，王績、沈佺期、陳子昂、李白、孟郊、韓愈等均有同題之作；有的還將「古意」加上前綴或後綴，如盧照鄰《長安古意》，孟郊《古意贈梁肅補闕》等。又此題唐以前爲五言，至唐方出現七言。此類擬古詩用韻比較自由，不講聲律，不拘對偶，故不少作者樂於採用。此詩借舊題抒發韶華飛逝、懷才不遇的悲哀。

〔二〕「碌碌」二句：謂歲月匆匆，時不我待。「碌碌」句：乃仿《古詩十九首·行行重行行》句法，重言謂行不停也。碌碌，車行聲，亦作「轆轆」。元稹《田家詞》：「六十年來兵簇簇，月月食糧車轆轆。」轉轂：飛轉的車輪。《淮南子·兵略訓》：「欲疾以遬，人不及步鋗，車不及轉轂。」轂：《説文·車部》：「轂，輻所湊也。」宋戴侗《六書故·工事三》：「輪之中爲轂，空其中，軸所貫也，輻湊其外。」

〔三〕「志士」句：《晉書·祖逖傳》：「逖有贊世才具……與司空劉琨俱爲司州主簿，情好綢繆，共被同寢。中夜聞荒鷄鳴，蹴琨覺，曰：『此非惡聲也。』因起舞。逖、琨並有英氣，每語世事，或中宵起坐，相謂曰：『若四海鼎沸，豪傑並起，吾與足下當相避於中原耳。』」此用其事，謂己如志士逖、琨也，有奮發用世之心。中夜：夜半。《書·冏命》：「怵惕惟厲，中夜以興，思免厥愆。」孔安國傳：「言常悚懼惟危，夜半以起，思所以免其過悔。」

〔四〕「良馬」句：《韓詩外傳》卷七：「使驥不得伯樂，安得千里之足。」此以良馬自喻，謂己有馳騁當世之才。

〔五〕「俱爲」二句：謂己與志士、良馬，皆非常才可比，然無知音慧眼相識。知音：《列子·湯問》：「伯牙善鼓琴，鍾子期善聽。伯牙鼓琴，志在高山，子期曰：『峩峩兮若泰山。』志在流水，子期曰：『洋洋兮若江河。』琴音志之所在，子期必得之。」後遂以知音比喻知己、同志。

〔六〕三獻玉：《韓非子·和氏》：楚人和氏得璞玉於楚山中，獻於厲王。王使玉人相之，玉人曰石也。王以和爲誑，而刖其左足。厲王薨，武王即位，和又奉其璞而獻之。王使玉人相之，曰石也。王以和爲誑，而刖其右足。武王薨，楚文王即位，和氏抱璞哭於楚山之下，三日三夜，泣盡而繼之以血。文王聞之，使人問其故，曰：「寶玉而題之以石，貞士而名之以誑，此吾所以悲也。」王乃使玉人理其璞，而得寶焉，遂命曰「和氏之璧」。此化用其事，以傷懷才不遇。

【輯評】

清賀裳《載酒園詩話又編》：賈詩最佳者，終以卷首《古意》爲尤。「志士終夜心，良馬白日足」，使人讀之，不勝撫髀顧影之悲，可與魏武《龜雖壽》篇並驅。

清吴喬《圍爐詩話》卷二：詩貴和緩優柔，而忌率直迫切。……東野《列女操》《遊子吟》等篇命意真懇，措詞亦善，而《秋夕貧居》及《獨愁》等皆傷于迫切。……賈島之《客喜》《寄遠》《古意》與東野一轍。

望山〔一〕

南山三十里〔二〕，不見蹦一旬。冒雨時立望，望之如朋親。虬龍一掬波，洗蕩千萬春①〔三〕。日日雨不斷，愁殺望山人。天事不可長〔四〕，勁風來如奔。陰霪一以掃②，浩翠寫國門③〔五〕。長安百萬家〔六〕，家家張屏新〔七〕。誰家最好山，我願爲其鄰。

【校勘記】

①千萬：奉新本作「千里」。②霪：叢刊本、季稿、《全詩》五七一校：「一作霾。」《文粹》一六上、

《紀事》四〇作「淫」。一以：叢刊本作「一似」。③寫：奉新本、叢刊本作「瀉」。

【箋注】

〔一〕山：指終南山也。《書·禹貢》曰：「終南、惇物，至於鳥鼠。」《史記·夏本紀》：「終南、敦物，至於鳥鼠。」正義引《括地志》云：「終南山一名中南山，一名太一山，一名南山，一名橘山，一名楚山，一名泰山，一名周南山，一名地脯山，在雍州萬年縣南五十里。」程大昌《雍録》卷五云：「終南山横亘關中南面，西起秦、隴，東徹藍田，凡雍、岐、郿、鄠、長安、萬年，相去且八百里，而連綿峙據其南者，皆此之一山也，既高且廣。」此指今陝西西安市南五十里之一段秦嶺主峰，古謂之太一山。

〔二〕三十里：指長安城南之終南山主峰太一山，東西綿亘三十里。宋敏求《長安志》一一曰：「終南太一，左右三十里内名福地。」

〔三〕「虬龍」二句：言龍降春雨，使萬里春色清新若洗。虬龍：一種無角龍。《楚辭·天問》：「焉有虬龍，負熊以遊。」王逸注：「有角曰龍，無角曰虬。」或云「有角曰虬龍，無角曰螭龍」，見《廣雅·釋魚》。掬：《小爾雅·廣量》：「一手之盛謂之溢，兩手謂之掬。」

〔四〕天事：上天對人事的反映，亦泛指自然現象。宗炳《明佛論》：「逮白虹貫日，太白入昴，寒谷生黍，崩城隕霜之類，皆發自人情而遠形天事。」此指久雨不停。

〔五〕「陰霪」二句：言雨過天晴，終南翠色輝映着長安城門。陰霪：連綿不斷的雨。國門：國都的城門。《周禮·地官·司門》：「司門掌授管鍵，以啓閉國門。」

〔六〕長安：唐朝都城，亦稱上京、西京。《舊唐書·地理志》：「京師，秦之咸陽，漢之長安也。隋開皇二年，自漢長安故城東南移二十里置新都，今京師是也。」今陝西西安。

〔七〕「家家」句：謂終南山如新繡畫屏置於各家門前。屏：喻終南山也。王勃《郊園即事》：「斷山疑畫障。」杜甫《晴二首》其一：「久雨巫山暗，新晴錦繡文。」

【輯評】

明謝榛《四溟詩話》卷一：賈島《望山》詩曰：「長安百萬家，家家張屏新。誰家最好山，我願爲其鄰。」然好山非近一家，何必擇鄰哉？

清賀裳《載酒園詩話》卷一：謝茂秦論詩，不顧性情義理，專重音響，所謂習制氏之鏗鏘，非關作樂之本意也。其糾摘細碎，誠有善者，亦多苛僻。漫列數條：如……論賈島《望山》詩曰：「『長安百萬家，家家張屏新。誰家最好山，我願爲其鄰。』好山非近一家，何必擇鄰哉？」余意此論尤謬，百萬家雖同此山，峰巒向背，各各不同，安得謂獨無勝處？

北嶽廟〔一〕

天地有五嶽〔二〕，恒嶽居其北。巖巒疊萬重①，詭怪浩難測〔三〕。人來不敢入，祠宇白日黑〔四〕。有時起霖雨，一灑天地德〔五〕。神兮安在哉，永康我王國〔六〕。

【校勘記】

①重：汲古閣本作「山」，季稿作「里」。

【箋注】

〔一〕北嶽：指恒山也。主峰在今河北曲陽北。《書·舜典》：「十有一月朔巡狩，至於北嶽。」孔安國傳：「北嶽，恒山。」廟：北嶽山神廟。

〔二〕五嶽：《周禮·春官·大宗伯》：「以血祭祭社稷、五祀、五嶽。」鄭玄注：「五嶽，東曰岱宗、南曰衡山、西曰華山、北曰恒山、中曰嵩高山。」《爾雅·釋山》：「泰山爲東嶽，華山爲西嶽，霍山爲南嶽，恒山爲北嶽，嵩高爲中嶽。」隋開皇九年，南嶽由霍山改名衡山。

〔三〕「巖巒」二句：寫北嶽山勢。詭怪：荒誕怪異。此指北嶽山勢奇特險峻。

〔四〕「人來」二句：寫北嶽廟。黑：言北嶽高峻蔽日，白天廟中亦陰邃幽暗。

〔五〕「有時」二句：謂嶽神靈驗，時而興雲施雨，普降甘霖，代天施惠人間。天地德：此指天德。董仲舒《春秋繁露·人副天數》：「天德施，地德化，人德義。」

〔六〕「神兮」二句：禱嶽神祐國也。王國：天子之國。《書·立政》：「太史、司寇蘇公，式敬爾由獄，以長我王國。」此指唐王朝。

朝飢〔一〕

市中有樵山〔二〕，此舍朝無煙①。井底有甘泉，釜中乃空然〔三〕。我要見白日，雪來塞青天②〔四〕。坐聞西牀琴③，凍折兩三絃〔五〕。飢莫詣他門，古人有拙言④〔六〕。

【校勘記】

①此：汲古閣本、席本作「北」。朝無：《紀事》四〇作「無朝」。②塞：奉新本、叢刊本作「寒」。

③坐：《文粹》一八、《紀事》作「立」。聞：奉新本作「間」。④有：張抄本作「言」。

【箋注】

〔一〕此詩乃「飢者歌其食」之意也。《詩·國風·汝墳》：「惄如調飢。」毛亨傳：「調，朝也。」鄭玄箋：「未見君子之時，如朝飢之思食。」

〔二〕樵山：薪柴堆積如山。

〔三〕「井底」二句：言釜無米糧。島久困名場，滯留長安，生計自成問題。本集卷三《下第》云：「下第只空囊，如何住帝鄉。」張籍《贈賈島》詩云：「封書乞米趁時炊。」姚合《寄賈島》詩云：「家貧唯我並。」都提到島之飢寒拮据狀況。

〔四〕「我要」二句：謂窮而無所申訴也。《史記·屈原賈生列傳》：「人窮則反本，故勞苦倦極，未嘗不呼天也。」《後漢書·張奂傳》：「凡人之情，冤則呼天，窮則叩心。今呼天不聞，叩心無益，誠自傷痛。」

〔五〕「坐聞」二句：言飢且遇天氣極寒也。牀：琴牀、琴几，放置琴的器具。白居易《奉和裴令公新成午橋莊緑野堂即事》：「遊絲飄酒席，瀑布濺琴牀。」

〔六〕「飢莫」二句：陶潛《乞食》：「飢來驅我去，不知竟何之。行行至斯里，叩門拙言辭。」此用其事。

【輯評】

宋歐陽修《六一詩話》：孟郊、賈島皆以詩窮至死，而平生尤自喜爲窮苦之句。孟有《移居》詩云：「借車載家具，家具少於車。」乃是都無一物耳。又《謝人惠炭》云：「暖得曲身成直身。」人謂非其身備嘗之不能道此句也。賈云：「鬢邊雖有絲，不堪織寒衣。」就令織得，能得幾何？又其《朝飢》詩云：「坐聞西牀琴，凍折兩三絃。」人謂其不止忍飢而已，其寒亦何可忍也！

計有功《唐詩紀事》卷三五：「天寒色青蒼，北風叫枯桑。厚冰無裂文，短日有冷光。敲石不得火，壯陰奪正陽。苦調更何言，久吟成此章。」此郊《苦寒吟》也。或曰：郊、島善言貧，此詩與島詩云：「坐聞西牀琴，凍折兩三絃。」「鬢邊雖有絲，不堪織寒衣。」正相侔矣。

宋張邦基《墨莊漫録》：唐之詩人類多窮士，孟郊、賈島之徒，尤能刻琢窮苦之言以自喜。或問二子其窮孰甚？曰閬仙甚也。何以知之？曰以其詩見之。郊曰：「種稻耕白水，負薪斫青山。」島云：「市中有樵山，我舍朝無煙。井底有甘泉，釜中乃空然。」蓋孟氏薪水自足，而島家柴水俱無。誠可笑。然二子名稱高於當世。

清賀裳《載酒園詩話》卷一「宋人議論拘執」條：「歐陽公評島詩曰：『「鬢邊雖有絲，不堪織寒衣」，就令堪織，能得幾何？』余以此近諧謔，聊快其談鋒耳，不應活句死看。」

邢昉《唐風定》：意雖刻苦，辭亦淡雅。

高士奇輯《唐三體詩評》引何焯語云：歐公語雖近謔，寫二子窮態頗盡。

岳端《寒瘦集》：市有薪而舍無煙，井有泉而釜無粟，又遇雪不能出。此皆寫朝飢之況，而行文處一反一正。最可愛「坐聞」二句，得貧居無聊之神，且暗伏一「寒」字，補題不足。後以安貧作結，便有身份。

清張文蓀《唐賢清雅集》：比興深切，筆筆奇峭，長江妙境。

哭盧仝〔一〕

賢人無官死，不親者亦悲〔二〕。空令古鬼哭，更得新鄰比①〔三〕。平生四十年，惟著白布衣〔四〕。天子未辟召，地府誰來追〔五〕。長安有交友，託孤遽棄移②〔六〕。塚側誌石短，文字行參差〔七〕。無錢買松栽，自生蒿草枝〔八〕。在日贈我文，淚流把讀時。從茲加敬重，深藏恐失遺。

【校勘記】

①新:《英華》三〇二作「親」。 ②移:汲古閣本校、席本校:「一作遺。」

【箋注】

〔一〕盧仝:自號玉川子,郡望范陽(今北京西南一帶),河南府濟源(今河南濟源市)人。初隱於濟源玉川山,因以爲號。又隱於嵩山,移居揚州。家貧,惟圖書堆積。後卜居洛陽,破屋數間而已。晚歲家長安。文宗大和九年(八三五)十一月遭「甘露之變」,與宰相王涯等同時遇害。仝性好古博覽,有學術,著有《春秋摘微》四卷。詩亦有名,風格趨於險怪,自成一家,《滄浪詩話·詩體》譽爲「盧仝體」。生平行履見韓愈《寄盧仝》詩,《新唐書·韓愈傳》附仝傳,《唐才子傳校箋》卷五及《補正》等。島與仝共遊於韓門,傷其不遇而逝,故以此詩哭之。

〔二〕「賢人」二句:謂仝德才出衆,不遇而死,非親非故者亦感到悲傷,作爲摯友更悲不自勝。賢人:有才德的人。《易·繫辭上》:「有親則可久,有功則可大。可久則賢人之德,可大則賢人之業。」韓愈《寄盧仝》詩:「先生抱才終大用,宰相未許終不仕。」仝有道德文章與學術,故島以「賢人」稱之。

〔三〕「空令」二句:杜甫《兵車行》:「新鬼煩冤舊鬼哭,天陰雨濕聲啾啾。」古鬼:此蓋謂先於盧仝而葬於塋地者。

〔四〕「平生」二句:言仝一生無官也。布衣:古時平民的服裝,亦借以指平民。《荀子·大略》:

「古之賢人，賤爲布衣，貧爲匹夫。」桓寬《鹽鐵論·散不足》：「古者庶人耋老而後衣絲，其餘則麻枲而已，故命曰布衣。」

〔五〕「天子」二句：謂仝未曾被徵召。《郡齋讀書志》一八謂仝「徵諫議，不起」，《唐才子傳》卷五亦言朝廷「凡兩備禮徵爲諫議大夫，不起」，均誤。誤因在於將韓愈《寄盧仝》「少室山人索價高，兩以諫官徵不起」二句言李渤之詩，誤作言仝了。見《唐才子傳校箋》卷五。

〔六〕「長安」二句：言託孤朋輩事。託孤：《論語·泰伯》：曾子曰：「可以託六尺之孤。」邢昺疏：「謂可委託以幼少之君也。」此指仝委託少子添丁事。添丁生於元和五年（八一〇），韓愈元和六年春《寄盧仝》詩云：「去歲生兒名添丁。」《郡齋讀書志》一八、許顗《彦周詩話》、劉克莊《後村詩話》前集卷一、《唐才子傳》卷五均記仝死於「甘露之變」，然則添丁時已二十五歲矣，故所謂「託孤」，蓋託其前程，欲朋輩相提攜也。

〔七〕誌石：刻有墓誌的石碑。參差：不齊貌。《詩·周南·關雎》：「參差荇菜，左右流之。」此指誌文歪斜不齊。

〔八〕「無錢」二句：言墓地荒蕪也。買松栽：買松植於墓地。古來習俗於墓地植松柏。蒿草：即蒿也，有白蒿、青蒿、黄蒿諸種。《爾雅·釋草》：「蒿，菣。」郭璞注：「今人呼青蒿，香中炙啖者爲菣。」又《爾雅·釋草》：「蘩，皤蒿。」郭璞注：「白蒿。」清郝懿行《義疏》：「黄蒿氣臭，因名臭蒿。青蒿極香，故名香蒿。黄蒿不堪食，人家採以罨醬及黄酒麴，青蒿香美中啖也。」

劍客①〔一〕

十年磨一劍，霜刃未曾試②〔二〕。今日把似君③〔三〕，誰爲不平事④。

【校勘記】

①劍客：《才調》一作「述劍」。②霜：《才調》作「兩」。曾：《絶句》一一作「嘗」。③似：汲古閣本校、季稿作「事」，《絶句》作「示」。④爲：奉新本、《才調》《文粹》一三作「有」。

【箋注】

〔一〕劍客：精於劍術的人。《漢書·李陵傳》：「臣所將屯邊者，皆荆楚勇士奇才劍客也。」江淹《别賦》：「劍客慚恩，少年報士。」

〔二〕霜刃：雪亮的利刃。《文選》卷五左思《吴都賦》：「剛鏃潤，霜刃染。」劉良注：「霜刃，言其殺利也。」吕向注：「霜刃，兵器之刃白如霜也。」

〔三〕把似：奉贈也。

【輯評】

清劉邦彦《唐詩歸折衷》：唐汝詢云：《劍客》真精神。　吴敬夫云：遍讀《刺客列傳》，不如此二十字驚心動魄之聲，誰云寂寥短韻哉。

《才調集評》：清馮默：本集「有」作「爲」，「爲」更勝。馮班：「有」字是賣身奴。

李瑛輯《詩法易簡録》：豪爽之氣，溢於行間。第二句一頓，第三句陡轉有力，末句措語含蓄，便不犯盡。

清岳端《寒瘦集》：通首雄壯，忽以問辭作結，更覺意味不盡。

口號〔一〕

中夜忽自起，汲此百尺泉〔二〕。林木含白露〔三〕，星斗在青天〔四〕。

【箋注】

〔一〕口號：與「口占」近似，表示隨口吟成，不刻意雕琢。明王昌會《詩話類編》卷一云：「口號者或四句，或八句，草成連就，達意宣情而已也。」唐以前鮑照有《還都口號》，梁簡文帝有《仰和衛尉新渝侯巡城口號》等。唐代繼作者更多，張説、李白、杜甫等均有同題之作。

〔二〕百尺泉：深井。《荀子・榮辱》：「短綆不可以汲深井之泉。」

〔三〕白露：秋天的露水。《詩・秦風・蒹葭》：「蒹葭蒼蒼，白露爲霜。」

〔四〕星斗：泛指天上的星宿。《晋書・元帝紀論》：「高蓋成陰，星斗呈祥。」杜甫《奉贈李八丈判官曛》：「早年見標格，秀氣衝星斗。」

寄遠

別腸多鬱紆①，豈能肥肌膚〔一〕。始知相結密，不及相結疏。疏別恨應少，密離恨難祛②〔二〕。門前南流水③，中有北飛魚。魚飛向北海④，可以寄遠書⑤〔三〕。不惜寄遠書⑥，故人今在無⑦。況此數尺身，阻彼萬里途〔四〕。自非日月光，難以知子軀⑧〔五〕。

【校勘記】

①多：《才調》一作「長」。②離：《才調》作「別」。③流：《才調》《文粹》一作「去」。④北海：《二妙集》作「滄溟」。⑤「可以」句：《才調》作「此情復何如」，下衍「欲剪衣上襟，書作寄遠書」二句。⑥遠書：王《選》一五作「書遠」。⑦「故人」句：《才調》此句下衍「華山岧嶢形，遥望齊平蕪」二句。⑧難：《二妙集》作「何」。

【箋注】

〔一〕「別腸」二句：言離恨縈懷，令人憔悴。別腸：別情、離恨。韓愈、孟郊《遠游聯句》：「別腸車輪轉，一日一萬周。」鬱紆：憂思縈繞。《文選》二四曹植《贈白馬王彪》詩：「我思鬱以紆，鬱紆將何念。」李周翰注：「鬱紆，愁思繁也。」權德輿《奉和許閣老酬淮南崔十七端公見寄》：「故國方迢遞，羈愁自鬱紆。」

〔二〕「始知」四句：謂疏別恨少，正以見密離之恨煎人。疏：此指朋友關係不親密。《論語·里仁》：子游曰：「朋友數，斯疏矣。」此化用其意。

〔三〕「魚飛」二句：漢樂府《飲馬長城窟行》：「客從遠方來，遺我雙鯉魚。呼兒烹鯉魚，中有尺素書。」北海：渤海。此泛指北方僻遠之地。《左傳·僖公四年》：「君處北海，寡人處南海。」《荀子·王制》：「北海則有走馬吠犬焉。」唐楊倞注：「海謂荒晦絶遠之地，不必至海水也。」

〔四〕「況此」二句：謂己滯留遠途，朋友闊絶。張載《擬四愁詩》：「我所思兮在營州，欲往從之路阻修。」

〔五〕「自非」二句：《孟子·盡心上》：「日月有明，容光必照焉。」漢趙岐注：「言大照幽微也。」此化用其意，謂己非日月，故難知遠處朋友的音容，須寄此書以詢問消息也。

【輯評】

清岳端《寒瘦集》：第一段叙别後思慕之情，第二段便提出寄遠之意。俗筆至此，必不能結構下文，而第三段忽言不知故人在無云云，則離别之久，音信不通，寫來甚覺容易。

吴喬《圍爐詩話》卷二：詩貴和緩優柔，而忌率直迫切。……東野《列女操》《游子吟》等篇，命意真懇，措詞亦善。而《秋夕貧居》及《獨愁》等，皆傷于迫切。……賈島之《客喜》《寄遠》《古意》與東野一轍。

紀昀《删正二馮先生評閱才調集》：語語深至，尤妙於一氣渾成，無斧鑿之跡。閬仙才不及東野，此詩則東野得意之筆亦不過如此。又云：音節純是古詩，而幽折劖刻，自存浪仙本色。譬之米臨王帖，鋒芒微露，神采轉增。嘉、隆諸子字櫛句比學漢魏，直雙鈎填廓耳。

清余成教《石園詩話》卷二：元和中詩尚輕淺，島獨變格入僻，以矯艷俗。詩如「百迴信到家，未當身一歸」，「始知相結密，不及相結疏」……皆卓然名句，不獨「鳥宿池邊樹，僧敲月下門」，「秋風吹渭水，落葉滿長安」兩聯爲佳也。

齋中

耽静非謬爲①，本性實疏索〔一〕。齋中一就枕，不覺白日落。低扉礙軒轡，寡德謝接諾②〔二〕。叢菊在墻陰，秋窮未開萼。所餐類病馬③，動影似移嶽④〔三〕。欲駐迫逃衰，豈殊辭緶縛〔四〕。已見飽時雨，應豐蔬與藥〔五〕。

【校勘記】

①謬：《英華》三一七作「僞」，校：「集作謬。」②接：奉新本作「然」。③餐：《英華》作「食」。④動影：汲古閣本作「影動」。

【箋注】

〔一〕「耽静」二句：言好静出於天性。耽：陶潛《勸農》：「孔耽道德，樊須是鄙。」此謂愛好。謬爲：假裝、詐譌。疏索：寡合、寂寞。

〔二〕「低扉」二句：謂居舍簡陋，不願與官場中人交往應酬。陶潛《飲酒》詩之五：「結廬在人境，而無車馬喧。問君何能爾，心遠地自偏。」此化用其意。軒轡：車馬。古時大夫以上官員乘坐的車子曰軒，前頂較高，張有帷幕。轡，馬繮，此借以指馬。左思《吴都賦》：「飛輕軒而酌緑醽，方雙轡而賦珍羞。」接諾：交往應酬。

〔三〕「所餐」二句：謂飲食無味，懶得一動。嶽：古代指名山五嶽。亦泛指高山。《詩·周頌·般》：「陟其高山，嶞山喬嶽。」

〔四〕「欲駐」二句：言欲逃避衰老的逼迫而求長生，這與世人想脱離煩惱一樣絶無可能。佛教以爲煩惱深廣如河似海，能漂没三界人天，衆生欲脱離煩惱乃不可能之事，因以之喻長生不可求也。《涅槃經·德王品》曰：「煩惱大河乃能漂没三界人天……唯有菩薩因六波羅蜜乃能得度。」《華嚴經》二曰：「衆生没在煩惱海，愚癡見濁甚可怖。」駐：此指駐年，即長生不老。嵇康《答〈難養生論〉》：「務光以蒲韭長耳，邛疏以石髓駐年。」縛：繩索捆繫，此喻佛教所説的煩惱，煩惱能繫縛人，使不得自在，故云。《大乘義章·五本》曰：「羈繫行人故曰爲縛。」

〔五〕「已見」二句：承上言駐年既不可得，時雨豐沛，有菊花等藥蔬養生，用以延年益壽還是可行的。島詩中以藥蔬養生者多有之，如本集卷一《酬棲上人》：「籬藥知春還。」本集卷二《投張太祝》：「遺尋種藥家。」本集卷九《贈丘先生》：「常言喫藥全勝飯。」時雨：應時的雨水。《尚書·洪範》：「曰肅，時雨若。」

感秋

商氣颯已來，歲華又虛擲〔一〕。朝雲藏奇峰〔二〕，暮雨灑疏滴。幾蜩嘿涼葉①〔三〕，數蛩思陰壁〔四〕。落日空館中，歸心遠山碧。昔人多秋感〔五〕，今人何異昔。四序馳百年，玄髮坐成白〔六〕。喧喧徇聲利，擾擾同轍跡〔七〕。儻無世上懷，去偃松下石〔八〕。

【校勘記】

①蜩嘿：奉新本作「番飛」。

【箋注】

〔一〕「商氣」二句：謂秋天來臨，又一年的時光白白過去了。商氣：秋氣。古時將宮、商、角、徵、羽五音與四季相配，商音配秋，因稱秋爲商。張載《七哀詩二首》其二：「秋風吐商氣，蕭瑟掃前林。」劉良注：「商爲秋氣。」歲華：時光、年華。沈約《卻東西門行》：「歲華委徂貌，年霜移暮髮。」

〔二〕「朝雲」句：晋顧愷之《神情詩》：「夏雲多奇峰。」

〔三〕蜩：蟬也。《莊子·逍遥遊》：「蜩與學鳩笑之。」陸德明《經典釋文》：「蜩，音條，司馬云蟬。」嘿：用同默，不出聲。《晏子春秋·諫上十二》：「近臣嘿，遠臣瘖，衆口鑠金。」

〔四〕蛩：蟋蟀。《詩·豳風·七月》：「七月在野，八月在宇，九月在户。」孔穎達疏：蟋蟀之蟲

「七月則在野田之中，八月在堂宇之下，九月則在室户之内。」「此皆將寒漸故，三蟲應節而變。」然秋季既然剛來，則蟋蟀在野，將移而尚未移向堂下，故云「思陰壁」。陰壁：陰暗的墻脚。

〔五〕「昔人」句：宋玉《九辯》：「悲哉，秋之爲氣也。蕭瑟兮，草木摇落而變衰。」又，漢武帝有《秋風辭》，曹丕有《燕歌行》，皆「昔人多秋感」之證也。

〔六〕「四序」二句：謂四季代謝，百年易逝，人生易老。四序：四季。《魏書・律曆志上》：「四序遷流，五行變易。」坐：遂、乃。陳子昂《秋日遇荆州府崔兵曹使宴》：「江湖一相許，雲霧坐交歡。」

〔七〕「喧喧」二句：言人世嘈雜紛競，皆是爲了追名逐利。《史記・貨殖列傳》：「天下熙熙，皆爲利來。天下攘攘，皆爲利往。」徇：求。曹植《九愁賦》：「匪徇榮而愉樂，信舊都之可懷。」轍跡：車行痕跡。此指途徑。《淮南子・主術訓》：「今治亂之機，轍跡可見也。」

〔八〕「儻無」二句：言若無心用世，不如山中隱居。世上懷：用世之心，即塵心也。偃：仰卧。謝靈運《遊南亭》：「逝將候秋水，息景偃舊崖。」

玩月

寒月破東北，賈生立西南〔一〕。西南立倚何①，立倚青青杉②〔二〕。近月有數星，星名未詳諳。但愛杉倚月，我倚杉爲三③〔三〕。月乃不上杉，上杉難相參〔四〕。眙瞪子細視，睛瞳桂枝劖〔五〕。目常有熱疾，久視無煩炎〔六〕。以手捫衣裳，零露已濡霑。久立雙足凍，時向股脞淹〔七〕。立久病足折，兀然黐膠黏〔八〕。他人應已睡，轉喜此景恬。此景亦胡及，而我苦淫耽〔九〕。無異市井人，見金不知廉。不知此夜中，幾人同無猒〔一〇〕。待得上頂看④，未擬歸枕函⑤。强步望寢齋，步步情不堪〔一一〕。步到竹叢西，東望如隔簾〔一二〕。却坐竹叢外，清思刮幽潛〔一三〕。量知愛月人，身願化爲蟾〔一四〕。

【校勘記】

①「西南立」句：奉新本作「立倚何所倚」。②立倚青：立，席本校：「一作生。」③我倚：奉新本作「我與」。④上頂：奉新本作「頂上」。⑤函：席本校：「一本轍。」

【箋注】

〔一〕「寒月」二句：謂寒月初升，賞月之興頓起。破：初、始，此謂月初升也。賈生：島自謂也。

〔二〕杉：常緑喬木，質輕耐朽，爲木中良材。孟郊《送玄亮師》：「蘭泉滌我襟，杉月棲我心。」

〔三〕「我倚」句：李白《月下獨酌四首》其一：「花間一壺酒，獨酌無相親。舉杯邀明月，對影成三人。」

〔四〕「月乃」二句：謂明月已升起，尚未至中天也。若中天，倚杉便難以見月了。參：琢磨、領悟，此指賞月。

〔五〕「眙愕」二句：寫仔細賞月，覺月光刺目。眙愕：亦作愕眙，「愕」同「愕」，瞠目驚訝貌。李白《壁畫蒼鷹讚》：「羣賓失席以愕眙，未悟丹青之所爲。」桂枝劓：謂睜目仔細看月時，彷彿覺得月中桂枝刺目。神話傳説月中有桂樹，島因生此奇思妙想。劓，砭刺。

〔六〕「目常」二句：謂玩月可消目疾也。熱疾：此指熱性過盛引起的眼病。《左傳·昭公元年》：「陰淫寒疾，陽淫熱疾。」

〔七〕「久立」二句：謂久立足腿生寒。股胜：大腿。淹：深入、漫延。此指雙足寒意上延至大腿。

〔八〕「立久」二句：謂賞月久立不動彷彿黏在地面一般。黐膠：木膠，用細葉冬青莖之内皮搗碎取汁熬製而成，可以黏物。慧琳《一切經音義》五四引《廣雅》云：「黐膠，黏也，一曰水膠。」又引《古今正字》云：「有樹脂黏著物，可捕鳥者，乃已爲黐膠樹也。」

〔九〕「此景亦」二句：謂月景賞不勝賞，深深爲之陶醉。淫耽：猶沉溺、陶醉。姚合《新昌里》：「中下無正性，所習便淫耽。」

〔一〇〕「不知」二句：謂貪賞月景興致正濃。無猒：不滿足。此指賞月興致不盡。《荀子·富國》：「割國之錙銖以賂之，則割定而欲無猒。」

〔一一〕「待得」四句：意謂月到中天賞月興致依然不減。上頂：蓋指明月已升至青杉上方。

〔一二〕「步到」二句：言透過竹影賞月情趣更加新異。駱賓王《月夜有懷簡諸同病》：「閒庭落景盡，疏簾夜月通。」

〔三〕「却坐」二句：意謂於竹西静思彷彿進一步悟到玄妙之理。刮：發掘、領悟。杜甫《畫鶻行》：「乃知畫師妙，巧刮造化窟。」幽潛：玄奥隱微的道理。

〔四〕「身願」句：謂愛月之至而希望升入月宫也。量知：推想而知。蟾：蟾蜍、蝦蟆。《藝文類聚》卷一《天部上·月》引《五經通義》曰：「月中有兔與蟾蜍。」

辭二知己

一雙千歲鶴，立别孤翔鴻〔一〕。波島忽已暮①，海雨寒濛濛②。離人聞美彈③，亦與哀彈同④〔二〕。况兹切切弄，繞彼行行躬〔三〕。雲飛北嶽碧，火思西山紅⑤〔四〕。何以代遠誠，折芳臘雪中〔五〕。

【校勘記】

①波：叢刊本作「彼」。②海：汲古閣本、席本作「梅」。③聞：叢刊本、季稿校：「一作逢。」④哀彈：奉新本作「哀絃」。⑤思：奉新本、叢刊本、汲古閣本、季稿、《全詩》五七一作「息」。

【箋注】

〔一〕「一雙」二句：謂己與二知己相别也。千歲鶴：《抱朴子·内篇·對俗》：「千歲之鶴，隨時而鳴，能登於木。其未千載者，終不集於樹上也。」此以之比二知己也。孤翔鴻：島自謂也。

〔二〕「離人」二句：謂優美的樂聲在離别之人聽來，與哀婉的樂聲相同。美彈：動聽優美的絃樂聲。潘岳《笙賦》：「輟張女之哀彈，流廣陵之名散。」哀彈：悲淒哀婉的絃樂聲。韓愈《齪齪》詩：「妖姬坐左右，柔指發哀彈。」

〔三〕「况兹」二句：謂哀怨的樂聲伴隨二知己遠行也。《列子·湯問》：「昔韓娥東之齊，匱糧，過雍門，鬻歌假食，既去，而餘音繞梁欐，三日不絶。」切切：謂曲調哀怨淒切也。《詩·檜風·素冠》：「我心蘊結兮。」毛傳：「閔子騫三年之喪畢，見於夫子，援琴而絃，切切而哀。」弄：樂曲、曲調。嵇康《琴賦》：「改韻易調，奇弄乃發。」行行躬：指二知己遠行之身。行行：不停地前行。

〔四〕「雲飛」二句：寫二知己所見之景。北嶽：恒山，見本卷《北嶽廟》注〔一〕。西山：蓋指幽州（故治在今北京市區西南）之西山，爲古幽州之右屏障，著名者有香山、潭柘山、翠屏山等，見明張鳴鳳《西山記》。

〔五〕「何以」二句：言别後將寄梅花以表相思之情。芳：此指梅花。陸凱《贈范曄詩》：「折花逢驛使，寄與隴頭人。江南無所有，聊贈一枝春。」

義雀行和朱評事①〔一〕

玄鳥雄雌俱②，春雷驚蟄餘〔二〕。口銜黄河泥，空即翔天隅③〔三〕。一夕皆莫歸④，嘵嘵遺衆雛〔四〕。雙雀抱人義⑤，哺食勞劬劬⑥〔五〕。雛既邐迤飛⑦，雲間聲相呼⑧〔六〕。燕感雀深恩⑨，雀愧揚不殊⑩〔七〕。禽賢難自彰，幸得主人書⑪〔八〕。

【校勘記】

①汲古閣本題作「和朱評事義雀行」。②雄雌：汲古閣本、《英華》三二九作「雌雄」。③空即：《英華》作「室宜」。空：季稿、《全詩》五七一校：「一作去。」④皆：《英華》作「背」。⑤人義：席本、《英華》作「仁義」。⑥食勞劬：《英華》作「之忘勞」。⑦雛既邐迤：《英華》作「衆雛既儷」。⑧間：《英華》作「開」。⑨感雀深恩：季稿、《全詩》、《英華》作「雀雖微類」。⑩雀愧揚：季稿、《全詩》、《英華》作「感愧誠」。⑪得：《英華》作「蒙」。

【箋注】

〔一〕朱評事有詩稱揚雙雀哺食燕雛的德義之舉，島讀之，因以此詩相酬和。義雀：有德義舉動的鳥雀。此指哺育失護雛燕的雙雀。行：古詩的一種體裁，亦稱「歌」或「歌行」。清錢良擇《唐音審體》曰：「歌行本出於樂府，然指事詠物，凡七言及長短句不用古題者，通謂之歌行。」朱評事：名未詳。評事：即大理寺評事。《舊唐書・職官三》大理寺：「評事十二人，掌出使推覈。」

〔二〕「玄鳥」二句：言驚蟄過後春雷鳴，燕子雙雙飛來。《禮記・月令》：「仲春之月……玄鳥至。」此用其物候。玄鳥：燕子。《詩・商頌・玄鳥》：「天命玄鳥，降而生商。」毛傳：「玄鳥，鳦也。」驚蟄：農曆二十四節氣之一。公曆三月五日或六日。此時氣溫上升，土地解凍，春雷始鳴，冬季潛伏的動物驚起活動。《史記·曆書》：「昔自在古，曆建正作於孟春。於時冰泮發蟄，百草奮興。」

〔三〕天隅：天邊。此指遠方天空。張華《鷦鷯賦》：「鷦螟巢於蚊睫，大鵬彌乎天隅。」

〔四〕嘵嘵：燕雛恐懼的鳴聲。《詩·豳風·鴟鴞》：「予室翹翹，風雨所漂摇，予維音嘵嘵。」毛傳：「嘵嘵，懼也。」鄭玄箋：「音嘵嘵然，恐懼告愬之意。」

〔五〕劬劬：勞苦貌。《詩·小雅·蓼莪》：「哀哀父母，生我劬勞。」

〔六〕「雛既」二句：謂雛燕長成，飛翔於雲間相顧歡快呼叫。邐迤：曲折行進貌。唐羅衮《至襄州寄江陵啓》：「以今月十九日發襄州，邐迤北去。」

〔七〕「雀愧」句：意謂義雀羞愧做得還不够，飛行仍與平素一樣。揚不殊：即飛不殊，與平常一樣飛翔。揚：飛起。《詩·小雅·沔水》：「鴥彼飛隼，載飛載揚。」

〔八〕「幸得」句：謂幸有朱評事爲詩稱揚義雀的美德。

宿懸泉驛〔一〕

曉行灃水樓〔二〕，暮到懸泉驛。林月值雲遮，山燈照愁寂〔三〕。

【箋注】

〔一〕此詩爲元和元年冬島歸范陽途次懸泉，投宿驛站時所作。懸泉：在孟州濟源（今河南濟源）。

白居易《遊坊口懸泉偶題石上》：「濟源山水好，老尹知之久。」可證。驛：驛站，古時供傳遞文書、官員來往及運輸等途中休息、食宿之所。

〔二〕瀝水樓：未詳所在。

〔三〕山燈：山中的燈火。此指驛舍燈火。愁寂：憂愁寂寞。孟浩然《疾愈過龍泉寺精舍呈易業二公》：「停午聞山鐘，起行散愁寂。」

辯士〔一〕

辯士多毀訾，不聞談己非〔二〕。猛虎恣殺暴，未常齧妻兒〔三〕。此理天所感①，所感當問誰②。求食飼雛禽〔四〕，吐出美言詞。善哉君子人③，揚光掩瑕玼④〔五〕。

【校勘記】

①天所感：《文粹》一四下作「天所惑」。②所感當：《文粹》作「所惑當」。③善：奉新本作「義」。④玼：《文粹》作「疵」。

【箋注】

〔一〕此詩以首二字「辯士」爲題，然通篇大旨並非詠辯士之事，而在末二句「善哉君子人，揚光掩瑕玼」，即君子應隱惡揚善之義。辯士：《管子・禁藏》：「陰内辯士，使圖其計。」《莊子・天道篇》：「驟而語形名賞罰，此有知治之具，非知治之道。可用於天下，不足以用天下。此之謂辯士，一曲之人也。」唐成玄英疏：「（辯士）乃苟飾華辭浮游之士。」此詩以首二字標題，末二句點題，乃效《詩》三百「首句標其目，卒章顯其志」之遺法也。以下諸如《不欺》《客喜》等篇，皆此類也。

〔二〕「辯士」二句：謂辯士好譭謗他人，却閉口不談己過。毁訾：譭謗、非議。《管子·形勢解》：「毁訾賢者之謂訾，推譽不肖之謂讆。訾讆之人得用，則人主之明蔽。」

〔三〕「猛虎」二句：即俗語所謂「虎毒不食子」也。

〔四〕雛禽：幼禽。

〔五〕瑕玼：玉之斑痕。亦作「瑕疵」。比喻人之過失或缺點。《顏氏家訓·省事》：「或有劫持宰相瑕疵，而獲酬謝。」

不欺

上不欺星辰，下不欺鬼神〔一〕。知心兩如此，然後何所陳〔二〕。食魚味在鮮，食蓼味在辛〔三〕。掘井須到流〔四〕，結交須到頭。此語誠不謬，敵君三萬秋〔五〕。

【箋注】

〔一〕「上不」二句：意謂不欺天地鬼神，交友以誠也。星辰：星宿的通稱。《書·堯典》：「曆象日月星辰。」鬼神：《易·謙》：「鬼神害盈而福謙。」

〔二〕「知心」二句：謂彼此真誠不欺互通腹心，心照不宣可也。漢李陵《重報蘇武書》：「人之相知，貴相知心。」

〔三〕蓼：一年或多年生草本植物，有水蓼、紅蓼、刺蓼等。其味苦辛，因又名辛菜，可作調味用。《禮記·内則》：「濡豚包苦實蓼。」元稹《憶雲之》：「爲魚實愛泉，食辛寧避蓼。」

〔四〕「掘井」句：《孟子·盡心上》：「有爲者辟若掘井，掘井九軔而不及泉，猶爲棄井也。」此反用其意。

〔五〕「敵君」句：謂永遠與君結爲好友也。敵：相對。此指彼此結友。

絶句〔一〕

海底有明月①，圓於天上輪〔二〕。得之一寸光，可買千里春〔三〕。

【校勘記】

①底：季稿作「裏」。

【箋注】

〔一〕絶句：詩體名，亦稱絶詩或斷句、截句。每首四句，每句五言或七言，因稱五絶或七絶。亦有六言者。《唐音癸籤》卷一曰：「五言絶始於漢人小詩，而盛於齊梁。七言絶起自齊梁間，至唐初四傑後始成調。」近體詩形成後，嚴於格律者謂之律絶，唐前不講格律者謂之古絶，後作而不守格律者謂之古風。此詩所詠乃明月之珠也。

〔二〕「海底」二句：謂珠圓於月也。明月：明月珠，即夜明珠也。《九章·涉江》：「被明月兮珮寶璐。」王逸注：「言己背被明月之珠。」天上輪：指圓月。唐張若虚《春江花月夜》：「皎皎空中孤月輪。」

〔三〕「得之」二句：謂明月珠價值連城也。《藝文類聚》八四引東方朔《神異經》曰：「西北荒中，有二金闕，高百丈，上有明月珠，徑三丈，光照千里。」一寸光：直徑盈寸的明月珠。《漢書·地理下》：武帝時遣人赴粤「市明珠……至圍二寸以下」。

寓興

莫居暗室中，開目閉目同〔一〕。莫趨碧霄路〔二〕，容飛不容步。暗室未可居，碧霄未可趨。勸君跨仙竹①，日下雲爲衢〔三〕。

【校勘記】

①竹：叢刊本、季稿、《全詩》五七一作「鶴」。

【箋注】

〔一〕「莫居」二句：謂塵世不可處，這裏根本看不見希望。暗室：黑暗無光的房間。《梁書·武帝紀下》：「性方正，雖居小殿暗室，恒理衣冠。」此借以喻塵俗社會黑暗無光。「開目」句：唐蘇渙《變律》：「陰陽無停機，造化渺莫測。開目爲晨光，閉目爲夜色。一開復一閉，明晦無休息。」

〔二〕碧霄路：仕宦之路。碧霄：青天。楊巨源《春日奉獻聖壽無疆詞十首》之六：「碧霄傳鳳吹，紅旭在龍旗。」此借以指朝廷。

〔三〕「勸君」二句：承上不居暗室，不趨碧霄，謂應修道升仙，遺棄塵世。葛洪《神仙傳·壺公》：汝南費長房遇仙人壺公賣藥於市，乃隨公前往學仙，恍惚不知何所之。得《封符》一卷，將歸，長房憂不能到家。「公以一竹杖與之，曰：『但騎此得到家耳。』」長房辭還，騎杖，忽然如睡，已到家矣。雲爲衢：仙境以彩雲爲路也。沈約《遊沈道士館》詩：「朋來握石髓，賓至駕輕鴻。都令人逕絶，惟使雲路通。」

遊仙〔一〕

借得孤鶴騎，高近金烏飛〔二〕。掬河洗老兒①〔三〕，照月生光輝。天中鶴路直，天盡鶴一息。歸來不騎鶴，身自有羽翼②〔四〕。若人無仙骨，芝朮無煩食③〔五〕。

【校勘記】

①老：《英華》二二五作「古」。　②羽：《英華》作「兩」。　③無：季稿、《全詩》五七一、《英華》作「徒」。

【箋注】

〔一〕遊仙詩始於三國魏曹丕、曹植兄弟。晉以後作者漸多，其中著名者如郭璞《遊仙詩十九首》等。此類詩内容不外採藥服食之事，遺世升仙之舉，見赤松、王喬諸仙人，乘虬龍、駕雲鶴等，詩中往往寄寓向往仙界、超塵脱俗之意。此詩亦然。

〔二〕「借得」二句：謂乘鶴升仙，飛行日旁。《藝文類聚》卷九〇引《述異傳》曰：荀瓌「嘗東遊，憩江夏黄鶴樓上，望西南有物飄然，降自霄漢，俄頃已至，乃駕鶴之賓也。鶴止户側，仙者就席，羽衣虹裳，賓已歡對。辭去，跨鶴騰雲，眇然煙滅」。金烏：古代神話傳説以爲，太陽中有三足烏。後遂以「金烏」稱太陽。李涉《寄河陽從事楊潛》：「金烏欲上海如血，翠色一點蓬萊光。」

〔三〕河：指天河。《詩·大雅·雲漢》：「倬彼雲漢，昭回于天。」鄭玄箋：「雲漢，謂天河也。」

〔四〕「身自」句：魏文帝曹丕《折楊柳行》：「與我一丸藥，光耀有五色。服藥四五日，身體生羽翼。」

〔五〕「若人」二句：言無仙骨不必服藥而望成仙。仙骨：此指成仙的資質。葛洪《神仙傳·墨子》云：神人授以素書，告墨子曰：「子有仙骨，又聰明，得此便成，不復須師。」芝术：芝草與赤术、白术。芝草，古以爲瑞草，服之可以成仙，故又名靈芝。术，《爾雅·釋草》：「术，山薊。」邢昺疏：「陶注云：『有兩種，白术，葉大有毛，甜而少膏；赤术，葉細小，苦而多膏是也。』」王績《採藥》詩：「龜蛇採二苓，赤白尋雙术。」

【輯評】

明邢昉《唐風定》：與東野如出一口。

清岳端《寒瘦集》：句怪意平，寓意處最含蓄。

清賀裳《載酒園詩話又編》：《遊仙》詩：「借得孤鶴騎，高近金烏飛。」「天中鶴路直，天盡鶴一息。」亦是奇語，尚不如東野「日下鶴過時，人間落空影」，似乎若或見之。

枕上吟〔一〕

夜長憶白日，枕上吟千詩。何當苦寒氣〔二〕，忽被東風吹〔三〕。冰開魚龍別，天波殊路岐〔四〕。

【箋注】

〔一〕此詩蓋島修習舉業，冬夜苦吟時奮發自勵之辭。吟：元稹《樂府古題序》謂「詩之流爲二十四名」，「吟」其一也。宋張表臣《珊瑚鈎詩話》卷三云：「吁嗟慨歎，悲憂深思謂之吟。」知此類詩偏于發抒鬱深感慨之情。此詩外，本集卷二尚有《延康吟》等篇。

〔二〕何當：何時。杜甫《彭衙行》：「何當有翅翎，飛去墮爾前。」

〔三〕東風：此指春風。《禮記·月令》：「孟春之月，……東風解凍，蟄蟲始振，魚上冰。」

〔四〕「冰開」二句：言冰開水暖，龍乘雲升空，與水中之魚殊途。揚雄《法言·問神》：「龍蟠于泥，蚖其肆矣。蚖哉蚖哉，惡覩龍之志也與？或曰：『龍必欲飛天乎？』曰：『時飛則飛，時潛則潛，既飛且潛，食其不妄。形其不可得而制也與！』」天波：指天空似波的雲氣。路歧：即歧路，岔道。

雙魚謡時韓職方書中以孟常州簡詩見示〔一〕

天河墮雙魴，飛我庭中央①〔二〕。掌握尺餘雪，劈開腸有璜〔三〕。見令饞舌短②，烹遶鄰舍香〔四〕。一得古詩字，與玉含異藏〔五〕。

【校勘記】

①我：汲古閣本、席本作「來」。　②饞：季稿、《全詩》五七一作「饞」。

【箋注】

〔一〕元和五年（八一〇）秋冬間，島自洛陽歸范陽。此詩乃元和七年春夏間，島在故鄉得韓愈書信時所賦。雙魚：指書信。古人寄書，把兩片木板合起來加工成魚形，書信夾在中間以便傳遞，故名「魚書」，亦稱「雙魚」。漢樂府《飲馬長城窟行》：「客從遠方來，遺我雙鯉魚。呼兒烹鯉魚，中有尺素書。」此指韓愈所寄書信。謡：《爾雅・釋樂》：「徒歌謂之謡。」《韓詩章句》亦稱：「有章曲曰歌，無章曲曰謡。」姜夔《白石道人詩説》云：「通乎俚俗曰謡。」可見謡原爲民間不入樂的通俗詩歌，後爲古樂府命題之一，而通俗曉暢爲其風格特點。韓職方：韓愈，字退之，郡望昌黎（今屬河北），河内河陽（今河南孟縣）人。德宗貞元八年進士及第。元和六年秋爲職方員外郎，七年二月貶太學博士。十二年以平淮西之役有功，擢刑部侍郎。十四年因諫迎佛骨忤旨，貶潮州刺史，十五年返京爲國子祭酒。穆宗即位，先後爲兵部、吏部侍郎等。卒謚「文」。職方，指尚書職方員外郎。《舊唐書·職官二》：尚書省兵部「（職方）員外郎一員，正六品上」。孟常州簡：孟簡，字幾道。祖籍汝州梁縣（今河南臨汝），寓居吴中。第進士，又中博學宏詞科，釋褐浙東觀察使幕職。元和六至八年出爲常州刺史，入爲户部侍郎。簡工詩，尤精佛典，與韓愈等有交遊唱酬。常州：唐屬江南道，故治即今江蘇常州市。

〔二〕「天河」二句：言韓愈書信自京師寄來家中。天河：即銀河。此借以喻京師。魴：即魴魚，又名鯿魚。《詩·小雅·采緑》：「其釣維何，維魴及鱮。」《爾雅·釋魚》：「魴，魾。」郭璞注：「江東呼魴魚爲鯿，一名魾。」此借以指魚書。

〔三〕「掌握」二句：謂啓封後見内有信札也。尺餘雪：刀也。璜：玉名，狀如半璧。《宋書·符瑞志上》載：姜太公吕尚垂釣於磻溪，得玉璜一枚，上有文字，大意謂：「姬受命，昌來提，撰爾雒鈐報在齊。」此以璜指韓書。

〔四〕「見令」二句：贊韓書之美也，非真烹魚溢香繞舍。楊慎《丹鉛總録·雙魚》條云：「《文選》『客從遠方來，遺我雙鯉魚』，……下云烹魚得書，亦譬況之言耳，非真烹也。」

〔五〕「一得」二句：轉贊孟詩也。謂所得孟氏古詩，是與美玉的藴含有所不同的寶藏。藏：寶藏。《孔子家語·禮運》：「故郊社宗廟，山川五祀，義之修而禮之藏。」王肅注：「言禮之寶藏。」

易水懷古〔一〕

荆卿重虚死①，節烈書前史〔二〕。我歎方寸心，誰論一時事。至今易水橋，寒風兮蕭蕭〔三〕。易水流得盡，荆卿名不泯②〔四〕。

【校勘記】

①重：底本校、席本校作「量」。②泯：汲古閣本、季稿、席本、《全詩》五七一作「消」；底本、《全詩》校作「凋」。案「消」「凋」乃後人所改，以與「蕭」字相押，非是；此乃换韻詩，不必改。

【箋注】

〔一〕元和五年（八一〇）秋冬間島自洛陽歸范陽，七年秋重赴長安，此詩乃赴長安途經易水時所賦。《戰國策·燕策三》載：燕將爲秦所滅，太子丹遣荆軻刺殺秦王以拒秦兵。將别，「太子及賓客知其事者，皆白衣冠以送之。至易水上，既祖，取道，高漸離擊筑，荆軻和而歌。爲變徵之聲，士皆垂淚涕泣。又前而爲歌曰：『風蕭蕭兮易水寒，壯士一去兮不復還。』復爲忼慨羽聲，士皆瞋目，髮盡上指冠。於是荆軻遂就車而去，終已不顧」。後刺秦王事敗被殺。此詩因地及人以憑弔荆軻。易水：源於今河北易縣西，經今易縣城南，東南入定興縣界匯入拒馬河，或謂之北易水。《元和郡縣圖志》一八河北道三易州易縣：「易水，一名故安河，出縣西寬中谷。《周官》曰：『并州，其浸淶、易。』燕太子丹送荆軻易水之上，即此水也。」

〔二〕「荆卿」二句：意謂荆軻很重視死的價值，其剛烈的操行載之前代史册。荆卿：即荆軻，本衛人，好讀書擊劍，後至燕，與狗屠及善擊筑者高漸離友善。燕太子丹固請荆軻劫刺秦王，「於是尊荆軻爲上卿，舍上舍」。後與秦武陽入秦刺殺秦王，未遂而被害，事見《戰國策·燕策三》及《史記·刺客列傳》。重虚死：慎審於無謂而死，即不無謂而死。故有慷慨赴秦刺殺秦王的驚天動地之舉。陶潛《詠荆軻》：「惜哉劍術疏，奇功遂不成。其人雖已没，千載有餘情。」虚死：無謂而死。李陵《答蘇武書》：「誠以虚死不如立節，滅名不如報德也。」陳琳《檄吴將校部曲文》：「勇不虚死，節不苟立。」節烈：亦作烈節，操行剛正堅貞。蔡邕《范丹碑》：「君受天正性，志高行潔，在乎幼弱，固已藐然有烈節矣。」

〔三〕「至今」二句：賦寫憑弔之景，謂至今易水橋上，猶見當年荆軻别燕丹時情景。荆軻《易水歌》：「風蕭蕭兮易水寒。」

〔四〕「易水」二句：意謂縱時光流逝河枯石爛，荆軻的英名將永存世間。陶潛《詠荆軻》：「其人雖已没，千載有餘情。」泯：滅絶，消失。《詩·大雅·桑柔》：「亂生不夷，靡國不泯。」毛傳：「泯，滅也。」

早起〔一〕

北客入西京①，北雁再離北〔二〕。秋寢獨前興〔三〕，天梭星落織〔四〕。耽翫餘恬爽，顧眄輕痾力②〔五〕。旅途少顔盡，明鏡勸仙食〔六〕。出門路蹤横③，張家路最直〔七〕。昨夜夢見書，張家廳上壁〔八〕。

【校勘記】

①京：奉新本、季稿作「凉」，誤。②眄：叢刊本、汲古閣本、季稿、席本、《全詩》五七一作「盼」。

③蹤：底本、汲古閣本、張抄本、季稿、席本、《全詩》、江户本作「縱」；據黄校本、奉新本、叢刊本改。

【箋注】

〔一〕此詩乃元和七年（八一二）秋，島由幽都重至長安時所賦。

〔二〕北客：島自謂也。島燕人，故稱。西京：長安。北雁：江總《於長安歸還揚州九月九日行薇山亭賦韻詩》：「心逐南雲逝，形隨北雁來。」此借以自喻。

〔三〕「秋寢」句：謂秋夜寢卧時，依然生起前此居京默觀星象的興致。獨：依然、還。蕭子雲《寒夜直坊憶袁三公》：「高帷曉獨垂，華燭夜空冷。」杜甫《上牛頭寺》：「何處啼鶯切，移時獨未休。」

〔四〕「天梭」句：謂清晨天梭等星隱去已不可見了。天梭：指天梭星，神話傳説天上織女所用之梭。梁簡文帝《七夕》詩：「天梭織來久，方逢今夜停。」落織：停織，意謂天梭等星已西沉不見了。

〔五〕「顧眄」句：謂觀星而覺病輕。

〔六〕「旅途」二句：謂生涯消磨青春，鏡中衰貌似勸服食丹藥以駐顔。時島年已三十四歲。仙食：指丹砂、玉札、曾青、雄黄、雲母、芝朮、菖莆、菊花等一類駐顔的藥物。

〔七〕「張家」句：元和七年秋島返京後居於延壽坊，時張籍爲太常寺太祝，寄居延康坊，兩坊同在朱雀門街西第三街，中間僅隔光德一坊（見宋敏求《長安志》一〇，徐松《唐兩京城坊考》卷四），可徑直前往，故云「路最直」。張家：指張籍宅舍。張籍，字文昌，吴郡（今江蘇蘇州市）人。德宗貞元十五年中進士第。曾官水部員外郎，終國子司業，人稱張水部、張司業。籍以詩有名當時，尤長於古樂府。生平仕履見兩《唐書》本傳及《唐才子傳》卷五。

〔八〕「昨夜」二句：謂昨夜夢中在張籍家做客，並於其廳壁上題詩。

客喜〔一〕

客喜非實喜，客悲非實悲〔二〕。百迴信到家，未當身一歸①。未歸長嗟愁②，嗟愁填中懷③〔三〕。開口吐愁聲，還却入耳來。常恐滴涙多④，自損兩目輝。鬢邊雖有絲，不堪織寒衣〔四〕。

【校勘記】

①身一：奉新本作「一身」。②長嗟愁：《文粹》一八作「長愁嗟」。③嗟愁填：《文粹》作「愁嗟填」。④滴淚：季稿、《全詩》五七一作「淚滴」。

【箋注】

〔一〕此詩乃客居異地思鄉愁歎之作也。當爲島返俗應舉，屢試不第，生活陷於困境，愁歎思歸時所賦。客：旅居外地的人。此乃島自謂也。

〔二〕「客喜」二句：意謂客居他鄉雖不無悲喜之情，然均不能真正牽動情懷，真正的悲喜乃歸鄉之喜與離鄉之悲。

〔三〕嗟愁：歎息憂愁。中懷：内心。《文選》二九蘇武《詩四首》之二：「幸有絃歌曲，可以喻中懷。」

〔四〕「鬢邊」二句：極言客居寒窘無衣之狀。手法類同《詩經·小雅·大東》：「維北有斗，不可以挹酒漿。」

【輯評】

歐陽修《六一詩話》：孟郊、賈島皆以詩窮至死，而平生尤自喜爲窮苦之句。孟有《移居詩》云：……賈云：「鬢邊雖有絲，不堪織寒衣。」就令織得，能得幾何？又其《朝飢》詩云：「坐聞西牀琴，凍折兩三絃。」人謂其不止忍飢而已，其寒亦何可忍也！

清吴喬《圍爐詩話》卷二：賈島之《客喜》《寄遠》《古意》與東野一轍。岳端《寒瘦集》：「客喜」二字非題，即《三百篇》若個幾章之意，古人往往有之。此浪仙思歸之詩也。前幅言故鄉可悲可喜之事，皆自傳聞，恐非的確。後幅言未得歸鄉，故可嗟可愁之事填滿中懷而無可告者，慨歎唯自聞，涕泣徒自傷，鬢髮漸白，征衣早敝，人當其時，思歸念切，何可勝言。詩必窮而後工，信不謬矣。

清余成教《石園詩話》卷二：元和中詩尚輕淺，島獨變格入僻以矯艷俗。詩如：「百迴信到家，未當身一歸」，「始知相結密，不若相結疎」，「寒山晴後緑，秋月夜來孤」，「門不當官道，行人到亦稀」，「葉下故人去，天中新雁來」，皆卓然名句，不獨「鳥宿池邊樹，僧敲月下門」，「秋風吹渭水，落葉滿長安」兩聯爲佳也。……浪仙《弔孟協律》云：「才行古人齊，生前品位低。」又云：「身死聲名在，多應萬古傳。」浪仙亦不愧於此語。

延壽里精舍寓居〔一〕

旅託避華館，荒棲遂愚慵①〔二〕。短庭無繁植，珍果春亦濃。側廬廢扃樞②，纖魄時卧逢〔三〕。耳目乃鄽井，肺肝即巖峰〔四〕。汲泉飲酌餘，見我閒静容。霜蹊猶舒英，寒蝶斷來蹤。雙履與誰逐，一尋清瘦筇③〔五〕。

【校勘記】

①棲：奉新本、叢刊本、季稿、《全詩》五七一作「樓」。 ②廢：叢刊本作「發」，非是。 ③一尋：奉新本、季稿作「欲尋」。

【箋注】

〔一〕元和七年（八一二）秋，島復由范陽赴長安，寄居延壽里，與張籍爲鄰。據此詩「霜蹊猶舒英，寒蝶斷來蹤」二句可知，此詩蓋作於本年秋冬間，主要表現精舍寓居的環境和感覺：庭院雖小，然春天花果不斷，水井假山，頗相親和；廂房雖舊，然卧可賞新月，起可汲清泉，還可庭中散步，甚合自己的性情。延壽里：唐長安坊區名。《長安志》一〇唐京城四：朱雀街西之第三街即皇城西之第一街，街西從北第四坊爲布政坊，「次南延壽坊」。同書卷七唐京城條云：「隋煬帝改坊爲里，每里置里司一人，官從九品。下至義寧初廢。」是稱坊爲「里」，乃沿隋舊名，唐時則坊、里並稱。精舍：書齋，或僧人、道士居住修煉之所，亦指一般精緻的房舍。此指賈島的居所。

〔二〕「旅託」二句：謂客居長安避開豪華館舍，居於陳舊荒陋的寓所以順適愚鈍疏懶的個性。此「遂」字乃全詩之眼，無論環境意象的組合，順適感覺的吐露，皆由一「遂」字生出。旅託：指客中所居。荒棲：指延壽里陳舊簡陋的屋舍。

〔三〕側廬：蓋指廂房也。《爾雅·釋宫》：「室有東西廂。」郭璞注：「夾室前堂。」郝懿行疏：「中爲大堂，東西序之外爲夾室，夾室之前小堂爲東西廂，亦謂之東西堂。」是廂房位於正堂前兩側，故謂之「側廬」。扃樞：門户。扃，從外關閉門户的門閂。樞，門的轉軸或承軸之臼。纖魄：月牙。李紳《滿桂樓》：「惟待素規澄滿鏡，莫看纖魄掛如鈎。」

〔四〕「耳目」二句：以人比宅，頗相親和，水井像耳目，假山則若肺肝。鄽：同廛，《説文解字段注》：「廛，民居之區域也。」或云「詩意謂此身雖居於鬧市之中，而内心卻像隱於山巖般寧静。活用晋王康琚《反招隱詩》『大隱隱朝市』之意」。此言非是，時島正遵循韓愈之教，急欲返俗應舉，積極仕進，這與苟且度日之「大隱」心理自是冰火兩重天。

〔五〕「雙履」二句：言興致來時尚自拄杖出遊。青瘦筇：用青筇竹製成的手杖。筇竹出四川邛崍山，青瘦堅硬，爲製手杖的上等材料。王嘉《拾遺記》：「手握青筇之杖。」

【輯評】

清延君壽《老生常談》：閬仙五古《精舍》云：「耳目乃鄽井，肺肝即巖峰。」《贈友》云：「一日不作詩，心源如廢井。」《寓興》云：「今時出古言，在衆翻爲訛。」語語有真氣，有真性靈。人於讀王、孟、韋、柳後不讀郊、島兩家，猶是缺典。五律尤極瘦峭之能事。然五律終當以杜爲宗，大則「奇兵不在衆，萬馬救中原」，小則「行蟻上枯梨」，「細麥落輕花」之類，無所不有也。

贈智朗禪師①〔一〕

上人分明見，玉兔潭底没〔二〕。上人光慘貌，古來恨峭發〔三〕。涕辭孔顔廟，笑訪禪寂室〔四〕。步隨青山影〔五〕，坐學白塔骨〔六〕。解聽無弄琴〔七〕，不禮有身佛〔八〕。欲問師何之，忽與我相別。率賦贈遠言②，言慚非子曰〔九〕。

【校勘記】

①禪師：汲古閣本作「上人」。　②率：江户本作「卒」。

【箋注】

〔一〕智朗：唐長安章敬寺禪僧，柏巖禪師弟子，見四部叢刊本《權載之文集》卷一八《唐故章敬寺百巖禪師碑銘並序》。柏巖元和十年十二月圓寂，島有詩哭之，並爲撰《章敬國師碑》（見本集卷三《哭柏巖禪師》注〔一〕）。島與智朗禪師交往，當在此前後。柏巖滅度之次年或稍後，智朗蓋欲離開章敬寺，島因賦此詩以送之。禪師：修習禪定的僧人。《聖善住意天子所問經》卷下：「天子問文殊師利：『禪師者，何等比丘得言禪師？』答曰：『天子，此禪師者，於一切法，一行思量，所謂不生，若如是知，得言禪師。』」禪宗興起後，禪師亦指禪宗僧人中有德望者。迨中唐以後，禪宗盛行天下，禪師遂成爲對一般禪僧的尊稱。智朗乃南禪大師馬祖道一的再傳弟子，故島稱其爲「禪師」。

〔二〕「上人分明」二句：謂智朗有月沈潭底般的清澈風神。上人：佛教謂内有德智，外有勝行，在人之上者爲「上人」。《摩訶般若波羅蜜多心經》云：「一心行阿耨菩提，心不散亂，是名上人。」《十誦律》曰：「人有四種，一麤人，二濁人，三中間人，四上人。」我國東晉以前多稱僧徒爲道人，至宋鮑照始有《秋日示休上人》詩，後遂漸用以稱呼一般僧人。吴曾《能改齋漫録》卷七云：「唐詩多以僧爲上人，如杜子美《巳上人茅齋》是也。」見：顯現。玉兔：神話傳説月中有玉兔，後遂以玉兔指月亮。

〔三〕「上人光慘」二句：謂智朗具有光彩出衆的容貌。光慘：光彩鮮明。慘：通燦。峭發：陡峭突兀。此狀禪師相貌出衆不凡。

〔四〕「涕辭」二句：謂禪師捨儒家之道，皈依佛門。孔顏廟：祭祀孔子及其學生顔回的廟宇。禪寂室：即禪室，佛教僧徒習静修道之所。謝靈運《山居賦》：「傍危峰，立禪室。」

〔五〕「步隨」句：言禪師喜愛清幽静寂的山水林泉。東漢安玄譯《法鏡經》云：「未曾有開士（即僧徒——筆者）在家爲得道者，皆去家入山澤，以往山澤爲得道。」故佛教僧徒大都重視在山水林泉之間修道。

〔六〕「坐學」句：謂智朗習禪打坐穩如白塔。坐：指坐禪，亦簡稱禪，即修習禪定，使心神達到凝聚集中，不散不亂的一種心理狀態。此爲色界衆生心地修煉方法，故又稱思惟修。唐慧苑《新譯大方廣佛華嚴經音義》上曰：「禪那，此云静慮，謂静心思慮也。舊翻爲思惟修者，略也。」白塔骨：形容白塔一般安穩的形軀。骨：此指軀體。曹植《七啓》：「乃使北宫、東郭之儔，生抽豹尾……形不抗手，骨不隱拳。」

〔七〕「解聽」句：昭明太子蕭統《陶淵明傳》：「淵明不解音律，而蓄無絃琴一張，每酒適，輒撫弄以寄其意。」此用其事。

〔八〕「不禮」句：謂智朗努力參禪悟道，開悟佛性。禪宗六祖惠能《壇經》云：「佛是自性作，莫向身外求。」故中國佛教自惠能大師之後，力倡悟得自身佛性，便可當下成佛，無需再禮拜佛教偶像。

〔九〕贈遠言：謂以此詩相贈也。非子曰：謂此詩所言皆佛家道理，不合孔子思想。子：此指孔子。

【輯評】

宋歐陽修《六一詩話》：詩人貪求好句而理有不通，亦語病也。……如賈島《哭僧》云：「寫留行道影，焚却坐禪身。」時謂燒殺活和尚，此尤可笑也。若「步隨青山影，坐學白塔骨」，又「獨行潭底影，數息樹邊身」，皆島詩，何精粗頓異也？

宋魏慶之《詩人玉屑》卷一五「枯寂氣味」條：「坐學白塔骨」，可見禪定之不動；「獨行潭底影」，可見其形影之孤清。島嘗爲衲子，故有此枯寂氣味。

清潘德輿《養一齋詩話》卷七：賈島詩「寫留行道影，焚却坐禪身」，歐陽公笑之。然謂「『步隨青山影，坐學白塔骨』，『獨行潭底影，數息樹邊身』，亦島詩，何精粗頓異」。「步隨青山」數語，果謂之「精」乎？吾第見其幽怪酸澀而已。

送沈秀才下第東歸〔一〕

曲言惡者誰，悅耳如彈絲〔二〕。直言好者誰〔三〕，刺耳如長錐。沈生才俊秀①，心腸無邪欺〔四〕。君子忌苟合，擇交如求師。毁出嫉夫口②〔五〕，騰入禮部闈〔六〕。下第子不恥③，遺才人恥之〔七〕。東歸家堂遠④，掉㘙時參差⑤〔八〕。浙雲近吴見〔九〕，汴柳接楚垂〔一〇〕。明年春光别，迴首不復疑〔一一〕。

【校勘記】

①俊秀：奉新本作「秀俊」。②嫉：奉新本、叢刊本、季稿、《全詩》五七一作「疾」。③子不：《文粹》一五上作「若子」。④堂：奉新本、叢刊本、汲古閣本、季稿、《全詩》作「室」。⑤掉：奉新本、《英華》二七八作「棹」。

【箋注】

〔一〕沈秀才：沈亞之，字下賢，吴興（今浙江湖州）人。元和十年進士及第，釋褐涇原節度使李彙幕掌書記，入朝爲秘書省正字。長慶元年復登賢良方正能直言極諫制科，調櫟陽尉。歷官福建都團練副使等。亞之頗能詩，尤長於傳奇小説。曾游韓愈門下。自謂元和五年以進士入貢京師，因文不合於禮部，先黜去。六年復入京應試，再次被黜。前後凡三黜，被黜輒歸。第三次被黜當在元和八、九年之間。此詩蓋八或九年春，島送亞之第三次被黜東歸時所賦。秀才：本意指優異之才。漢代爲舉士科名之一。唐初科舉考試的科目之一有秀才，因優異之才難得，高宗時廢。後凡應舉者皆稱秀才。下第：科舉考試不中，亦稱落第、落榜等。

〔二〕「曲言」二句：謂讒言易入人耳也。曲言：背實、諂媚的話，猶巧言也。葛洪《抱朴子・漢過》：「不謟笑以取悦，不曲言以負心。」彈絲：彈奏琴瑟筝琶等一類絃樂器。江總《宴樂修堂應令詩》：「彈絲命琴瑟，吹竹動笙簧。」

〔三〕直言：真實直率的話。《左傳·成公十五年》：「初，伯宗每朝，其妻必戒之曰：『盗憎主人，民惡其上。子好直言，必及於難。』」此蓋指入京應試期間亞之批評時政的言論。

〔四〕「沈生」二句：謂亞之德才兼備，心地純正。李賀《送沈亞之歌》稱亞之爲「吴興才人」。

〔五〕嫉夫：嫉妬之人。屈原《離騷》：「衆女嫉余之蛾眉兮，謡諑謂余以善淫。」

〔六〕禮部闈：即禮闈。因科舉會試由禮部主持，故稱禮闈。杜甫《哭長孫侍御》：「禮闈曾擢桂，憲府舊乘驄。」

〔七〕「遺才」句：謂科舉遺漏人才，世人替主試者感到羞恥。李賀《送沈亞之歌》：「春卿拾才白日下，擲置黄金解龍馬。」

〔八〕「掉轡」句：言亞之東歸摇動馬繮曲折而進。掉：摇動、振動。司馬相如《上林賦》：「揵鰭擢尾，振鱗奮翼。」

〔九〕浙：浙地、浙江。浙江古又名制河、漸江，其源有二，一爲新安江，一爲衢江，二水於今建德合流始稱浙江，北流經杭州而東，至杭州灣入海。《水經注·漸江水》：「漸江水，出三天子都。《山海經》謂之浙江也。」此借以指浙江一帶。吴：古姬姓國名，也稱勾吴、攻吴。周太王之子泰伯所創國，至十九世孫壽夢始稱王。夫差當國時爲越王勾踐所滅。據有今江蘇及上海之大部，安徽、浙江之一部。

〔一〇〕「汴柳」句：隋開鑿通濟渠，東段亦稱汴渠、汴河、汴水，匯入泗水後至盱眙入淮。隋時沿水築堤，堤旁植柳，後稱隋堤柳、汴柳，亦稱隋柳。楚垂：楚國邊境。此指河南東南部與安徽、江蘇交界處。楚，《史記·楚世家》載，其始祖鬻熊，西周時立國於荆山一帶，都丹陽（今湖北秭歸東南），周人稱曰荆蠻。後遷都於郢（今湖北江陵西北紀南城）。春秋戰國時逐漸强盛，據有今湖北、湖南、江西全部，浙江、江蘇、安徽大部，河南、四川一部，遂爲春秋五霸及戰國七雄之一。戰國末勢力漸衰，爲秦所滅。

〔一一〕「明年」二句：鼓勵亞之明春再試於京師也。唐代科舉考試與放榜在春季，故云。

酬棲上人〔一〕

夜久城館閒，情幽出在山①〔二〕。新月有微輝，亦朗空庭間②。處世雖識機③，伊余多掩關〔三〕。松姿度臘見〔四〕，籬藥知春還。静覽冰雪詞，厚爲酬贈顏〔五〕。東林有躑躅，脱屣期共攀〔六〕。

【校勘記】

①出：《全詩》五七一校：「一作只。」　②亦：奉新本、叢刊本、季稿、《全詩》五七一作「朗」。　③雖：席本校：「一作不。」

【箋注】

〔一〕棲上人：事跡未詳。蓋上人嘗贈詩賈島，島吟此篇以相酬答。上人：佛教謂内有德智，外有勝行，在人之上者爲「上人」，見本卷《贈智朗禪師》注〔二〕。

〔二〕「情幽」句：意謂情愫中最深長者是思念山中棲上人。情幽：悠長、深遠之情。江淹《燈夜和殷長史》：「客子依永夜，寂寞幽意長。」

〔三〕「處世」二句：意謂雖然了解處世的機巧，然卻甘心外身塵俗。機：機謀、權變。《陳書·劉師知傳論》：「劉師知博涉多通而闇於機變，雖欲存乎節義，終陷極刑，斯不智矣。」掩關：閉門。關：門閂。《説文·門部》：「關，以木横持門户也。」

〔四〕「松姿」句：謂青松歷經寒冬姿態更加蒼翠挺拔。《論語·子罕》：「子曰：『歲寒，然後知松柏之後彫也。』」臘：臘月，即農曆十二月。

〔五〕「静覽」二句：謂上人贈詩清新高雅難以企及，只得勉强作答。冰雪詞：詞意清新的詩文。孟郊《送豆盧策歸别墅》：「一卷冰雪文，避俗常自携。」此指棲上人贈島之詩。

〔六〕「東林」二句：言與上人相約同遊東林寺，遺棄塵累共登廬山。東林：指廬山東林寺。《高僧傳》卷六《晋廬山釋慧遠傳》云：「沙門慧永，居在西林，與遠同門舊好，遂要遠同止。永謂刺史桓伊曰：『遠公方當弘道，今徒屬已廣，而來者方多。貧道所棲褊狹，不足相處，如何？』桓乃爲遠復於山東更立房殿，即東林是也。」躑躅：徘徊不進貌。此謂游覽時流連盤桓。脱屣：此喻捨棄塵俗之功名利禄。

冬月長安雨中見終南雪①〔一〕

秋節新已盡〔二〕，雨疏露山雪②。西峰稍覺明〔三〕，殘滴猶未絶。氣侵瀑布水③，凍著白雲穴④〔四〕。今朝灞滻雁〔五〕，何夕瀟湘月〔六〕。想彼石房人〔七〕，對雪扉不閉⑤。

【校勘記】

①月：汲古閣本作「日」。②雨：奉新本作「林」。③水：底本、汲古閣本、張鈔本、席本作「冰」；據黄校本、奉新本、叢刊本、季稿、《全詩》五七一、江户本改。④著：奉新本作「合」。⑤底本、叢刊本、張鈔本、季稿、席本、《全詩》五七一於句末注：「必結切。」

【箋注】

〔一〕冬月：冬天。終南：終南山。

〔二〕秋節：泛指秋季。班婕妤《怨詩》：「常恐秋節至，涼飈奪炎熱。」

〔三〕西峰：指長安城西南的白閣等峰。本集卷三《寄白閣默公》：「後夜誰聞磬，西峰絶頂寒。」是島自稱白閣爲西峰也。

〔四〕白雲穴：蓋指終南山中的洞穴。劉楨《魯都賦》：「紫金揚輝於鴻崖，水精潛光乎雲穴。」

〔五〕灞滻：灞水和滻水的合稱。爲關中著名的八川中之兩川，位於今陝西省中部。灞：本作

「霸」。《水經注·渭水下》：霸水者，古名滋水，秦穆公霸世，更名霸水，以顯霸功。水出藍田縣南藍田谷，所謂多玉者也。北歷藍田川，至霸陵南匯滻水，復經長安東霸橋，東北入於渭。滻：《水經注·滻水》引《地理志》云：滻水出南陵縣之藍田谷，西北歷藍田川，又北至霸陵南合灞水入於渭。此借二水指關中地區。

〔六〕瀟湘：瀟水和湘水的合稱。瀟水，源於今湖南藍山縣南九嶷山，至今湖南永州市西北匯入湘水。古以此水與其上游之沱水並稱營水，唐人始稱瀟水。湘水，亦名湘江，與漓水同源於今廣西興安縣之陽海山，稱漓湘；合流至興安縣始分流向東北，入湖南後至今永州市西北與瀟水合，稱瀟湘；又北經湘潭、長沙入洞庭。此借瀟湘指湖南地區。謝朓《新亭渚别范零陵詩》：「洞庭張樂地，瀟湘帝子遊。」

〔七〕石房：石室。此指禪室。唐鮑溶《送僧文江》詩：「吴王劍池上，禪子石房深。」

賈島集校注卷二

寄孟協律〔一〕

我有弔古泣，不泣向路歧〔二〕。揮淚灑暮天，滴著桂樹枝①〔三〕。别後冬節至〔四〕，離心北風吹。坐孤雪扉夕②，泉落石橋時〔五〕。不驚猛虎嘯，難辱君子詞〔六〕。欲酬空覺老，無以堪遠持〔七〕。岧嶢倚角窗③，王屋懸清思〔八〕。

【校勘記】

①滴著：奉新本作「每滴」。②夕：《全詩》五七一校：「一作久。」③角窗：《全詩》校：「一作窗角。」

【箋注】

〔一〕孟協律：指孟郊，字東野，湖州武康（今浙江德清）人，或稱洛陽（今屬河南）人。早年隱於嵩山。德宗貞元十二年登進士第，年已四十六，釋褐溧陽尉。憲宗元和二年爲河南水陸轉運從事、試協律郎，因稱「孟協律」。九年，山南西道節度使鄭餘慶辟爲興元軍參謀、試大理評事，赴任途中，暴疾卒於閿鄉。郊頗工詩，五古尤高妙，力追漢魏。與韓愈爲忘形交，有「孟詩韓筆」之譽。島元和元年（八〇六）於長安識孟郊、張籍，十一月歸范陽，韓愈、孟郊皆有詩送之。此詩乃島於歸鄉途中賦以寄孟郊者。協律：協律郎。《舊唐書·職官三》：太常寺「協律郎二人，正八品上。……協律郎掌和六吕六律，辨四時之氣，八風五音之節。凡太樂，則監試之，爲之課限。若大祭祀饗宴奏于廷，則升堂執麾以爲之節制」。

〔二〕「我有」二句：言身在路途非爲歧路傷心，而是因憑吊往古而悲泣。「不泣」句：《淮南子·説林訓》：「楊子見逵路而哭之，爲其可以南、可以北。」陳子昂《感遇詩三十八首》其一四：「臨歧泣世道，天命良悠悠。」

〔三〕「揮淚」二句：謂暮天悲泣的另一原因是功名不遂。桂樹枝：《晋書·郤詵傳》載詵曰：「臣舉賢良對策，爲天下第一，猶桂林之一枝，崑山之片玉。」後遂以「桂枝」爲科舉功名的代名詞。島還俗應舉，已三十二歲，不免爲功名事業而憂傷落淚。

〔四〕冬節：蓋指冬至日。韓愈《送無本師歸范陽》：「遂來長安里，時卦轉習坎。」宋魏懷忠《新刊五百家注音辨昌黎先生文集》引樊汝霖曰：「與之别十一月矣，坎，十一月卦也。」農曆十一月，正值冬至日前後，故云。

〔五〕泉：指懸泉。在河南濟源縣坊口。白居易《遊坊口懸泉偶題石上》詩云：「濟源山水好。」

〔六〕「難辱」句：意謂難得孟郊惠贈詩篇也。辱：辱貺，猶惠賜。《左傳·隱公十一年》：「君若辱貺寡人，則以滕君爲請。」君子詞：合乎禮儀規範的言詞。《禮記·表記》：「是故君子服其服，則文以君子之容；有其容，則文以君子之辭。」此指孟郊《戲贈無本》詩二首。

〔七〕「欲酬」二句：言孟詩造詣極高，酬答實非易事。本年秋冬間，孟郊有《戲贈無本二首》，故島有「欲酬」之言。

〔八〕「岧嶤」二句：意謂此詩乃於王屋山下苦思而成也。王屋：王屋山。位於今河南濟源與山西垣曲、陽城二縣間，爲賈島歸范陽所經之地。《元和郡縣圖志》卷五河南道一河南府王屋縣：「王屋山，在縣北十五里。週迴一百三十里，高三十里。《禹貢》『底柱析城，至於王屋』是也。」

和劉涵〔一〕

京官始云滿，野人依舊閒〔二〕。閉扉一畝居，中有古風還〔三〕。市井日已午，幽窗夢南山〔四〕。喬木覆北齋〔五〕，有鳥鳴其間。前日遠嶽僧，來時與開關。新題驚我瘦〔六〕，窺鏡見醜顔。陶情昔清澹①，此意復誰攀②〔七〕。

【校勘記】

①昔：叢刊本、季稿、《全詩》五七一作「惜」。清：王《選》一五作「自」。②誰：王《選》作「羣」。

【箋注】

〔一〕劉涵：事跡未詳。涵當有詩作在前，島因以此詩相唱和。

〔二〕「京官」二句：意謂京城官員早已人滿爲患，自己這個讀書人依舊無事可做。據《新唐書・百官一》：唐初太宗定朝廷内外官七百三十員，然其時已有員外置，後又有特置，至于檢校、兼、守、判、知之類皆非本制，又有置使之名，或因事而置，事已則罷，或遂置而不廢，名目繁多。「京官滿」蓋謂此也。野人：《論語·先進》：「子曰：『先進於禮樂，野人也。』」楊伯峻譯注以爲，「野人」乃未曾有過爵禄的「士」。後用作讀書人自謙之詞。杜甫《贈李白》：「野人對羶腥，蔬食常不飽。」顧況《題明霞臺》：「野人本自不求名，欲向山中過一生。」

〔三〕「閉扉」二句：一畝居，一畝宅也。《禮記·儒行》：「儒有一畝之宫，環堵之室。」孔穎達疏：「一畝，謂徑一步，長百步爲畝。若折而方之，則東西南北各十步爲宅也。牆方六丈，故云一畝之宫。宫謂牆垣也。」古風：此指古人質樸淳厚之風。謝惠連《祭古塚文》：「仰羨古風，爲君改卜。」

〔四〕「市井」二句：謂長安城中追逐名利之時，自己却在幽窗下做着隱退終南山的美夢。南山：終南山。

〔五〕喬木：《詩·小雅·伐木》：「伐木丁丁，鳥鳴嚶嚶。出自幽谷，遷于喬木。」鄭玄箋：「喬，高也。」

〔六〕新題：蓋指來訪的遠僧晤面後所作詩篇也。題，書寫，此謂作詩。杜甫《敝廬遣興奉寄嚴公》：「把酒宜深酌，題詩好細論。」

〔七〕「陶情」二句：謂古人吟詠追求清静恬澹，怡情悦性，這種意趣今天已無人追求了。陶：喜悦、快樂。《禮記·檀弓下》：「人喜則斯陶，陶斯詠。」孔穎達疏：「陶者，鬱陶。鬱陶者，心初悦而未暢之意也。」

明月山懷獨孤崇魚琢〔一〕

明月長在目，明月長在心。在心復在目，何得稀去尋〔二〕。試望明月人〔三〕，孟夏樹蔽岑〔四〕。想彼歎此懷，樂喧忘幽林①〔五〕。鄉本北嶽外，悔恨東夷深②〔六〕。願縮地脈還，豈待天恩臨〔七〕。非不渴隱秀③，却嫌他事侵〔八〕。或云岳樓鐘〔九〕，來繞草堂吟〔一〇〕。當從令尹後，再往步柏林〔一一〕。

【校勘記】

①林：《全詩》五七一校：「一作森。」　②悔：叢刊本校：「一作每。」　③秀：席本校：「一作季。」

【箋注】

〔一〕文宗開成二年（八三七）十一月至五年九月，島爲長江縣主簿，詩正作於此時。明月山：《太平寰宇記》八七劍南東道六遂州：長江縣「唐上元元年，以舊縣不安，移在明月山下鳳凰川。明月山在縣西二里」。明曹學佺《蜀中名勝記》三〇潼川州二蓬溪縣：「長江，後魏置縣，即巴興縣也。……島蓋主簿是縣者。……有明月山，在縣西南二里。」乾隆《潼川府志》卷二：蓬溪縣「石魚、龍多諸山之高也，不能與明月山並。山有明月寺，爲賈浪仙吟眺地。」獨孤崇魚琢：二人事跡未詳。本集卷六另有《送獨孤馬二秀才居明月山讀書》一詩，如二人與此二人同，則知其爲未成名之秀才。此詩蓋因二人居山攻書久未之見，故賦詩以懷。

〔二〕何得：怎能、怎會。杜甫《最能行》：「若道士無英俊才，何得山有屈原宅。」

〔三〕明月人：指明月山中獨孤崇、魚琢二人。

〔四〕岑：《爾雅・釋山》：「山小而高，岑。」此指明月山。

〔五〕幽林：茂密幽深的樹林。班固《西都賦》：「崇山隱天，幽林穹谷。」

〔六〕「鄉本」二句：島自謂家鄉本在恒山之北，而恨被遷逐於蜀東一帶。東夷：古時稱中原以東各族爲東夷。《禮記・曲禮下》：「其在東夷、北狄、西戎、南蠻，雖大曰子。」此指蜀中東川一帶。

〔七〕「願縮」二句：謂渴望用縮地之術，化遠爲近，即刻回到故鄉，哪能等到皇上批准才回家呢。縮地脈：葛洪《神仙傳》卷五《壺公》：費長房「有神術，能縮地脈，千里存在，目前宛然，放之復舒如舊也」。王建《聞故人自征戍回》：「安得縮地經，忽使在我傍。」

〔八〕「非不」二句：言並非不愛本地優美秀麗風光，而是厭煩俗務纏身。隱秀：幽雅秀麗。此指明月山秀麗的風景。

〔九〕岳樓鐘：蓋指明月山寺宇的鐘聲。

〔一〇〕草堂：當指長江縣賈島主簿廳。唐崔塗《過長江賈島主簿舊廳》：「過縣已無曾識吏，到廳空見舊題名。」

〔一二〕「當從」二句：謂待隨從縣令當值之後，再去明月山遊賞。令尹：此指縣令。尹：古代官員統稱曰「尹」。《書·益稷》：「擊石拊石，百獸率舞，庶尹允諧。」孔安國傳：「尹，正也。衆正官之長，信皆和諧。」又特稱主管之官曰「尹」，如州尹、府尹、縣尹、京兆尹等。《書·顧命》：「乃同召太保奭、芮伯、彤伯、畢公、衛侯、毛公、師氏、虎臣、百尹、御事。」孔安國傳：「百尹，百官之長。」

投張太祝〔一〕

風骨高更老①，何春初陽葩②〔二〕。泠泠月下韻③，一一落海涯〔三〕。有子不敢和，一聽千歎嗟〔四〕。身眠東北泥④，魂挂西南霞〔五〕。手把一枝栗，往輕覺程賒〔六〕。水天朔方色，暖日嵩根花〔七〕。達閒幽棲山⑤〔八〕，遺尋種藥家。欲買雙瓊瑶，慚無一木瓜〔九〕。

【校勘記】

①高更：季稿作「更高」。　②何：汲古閣本、季稿、席本、《全詩》五七一作「向」。　③泠泠：季稿、席本、江户本作「冷冷」。　④眠：叢刊本、季稿、《全詩》、江户本作「卧」。　⑤達：叢刊本、汲古閣本、季稿、席本、《全詩》諸本校：「一作逵。」

【箋注】

〔一〕此詩乃投刺篇什。蓋元和元年(八〇六)尚未識張籍時,島由幽都赴長安前所賦。張太祝:張籍。見本集卷一《早起》注〔七〕。太祝:官名。《舊唐書·職官三》:太常寺「太祝六人,正九品上。……太祝掌出納神主於太廟之九室,而奉享薦禘祫之儀。凡國有大祭祀,凡郊廟之祝版,先進取署,乃送祠所。將事,則跪讀祝文,以信於神」。

〔二〕「風骨」二句:譽張籍詩歌風格高古自然,宛如春天朝陽下的花朵。風骨:文學作品剛健遒勁的格調。《文心雕龍·風骨篇》:「是以怊悵述情必始乎風,沈吟鋪辭莫先於骨。……結言端直,則文骨成焉,意氣駿爽,則文風清焉。」可見風骨乃是端直的言辭與駿爽意氣的統一融合。初陽:朝陽,晨輝。

〔三〕「泠泠」二句:贊張籍詩歌特別是樂府詩韻味悠遠。泠泠:狀聲詞,形容琴聲清揚悦耳。白居易《讀張籍古樂府》:「尤工樂府詩,舉代少其倫。……風雅比興外,未嘗著空文。」

〔四〕有子:有人,島自謂也。歎嗟:贊歎。

〔五〕東北泥:島謂自己的范陽家鄉也。西南霞:借指京師長安也。

〔六〕「手把」二句:意謂拄杖在手,即便路途遥遠亦覺輕松。栗:木名,落葉喬木,材質堅實,可供建築與製器具用,果實即栗子。《詩·鄘風·定之方中》:「樹之榛栗,椅桐梓漆。」此指用栗木做的手杖。程賒:路遠。

〔七〕「水天」二句：設想赴京路綫爲由北方經中原嵩山而後西入長安。嵩：中岳嵩山。位於今河南登封縣北，又名嵩高山、太室山等。《爾雅·釋山》：「嵩高爲中嶽。」《史記·封禪書》：「昔三代之君，皆在河洛之間，故嵩高爲中岳，而四岳各如其方。」韓愈《謁衡嶽廟遂宿嶽寺題門樓》：「五嶽祭秩皆三公，四方環鎮嵩當中。」

〔八〕達：指達人，即曠達遺世的隱士。葛洪《抱朴子·行品》：「順通塞而一情，任性命而不滯者，達人也。」幽棲：隱居。《宋書·隱逸傳·宗炳》：「南陽宗炳，雁門周續之，並植操幽棲，無悶巾褐。」

〔九〕「欲買」二句：《詩·衛風·木瓜》：「投我以木瓜，報之以瓊琚。匪報也，永以爲好也。投我以木桃，報之以瓊瑶。匪報也，永以爲好也。」此意希望張籍有詩相答，以結友好也。木瓜：落葉灌木或小喬木，果實長橢圓形，成熟後色黄而香，味酸澀，可食用，亦可入藥。瓊瑶，美玉。

詠韓氏二子〔一〕

千巖一尺璧，八月十五夕①〔二〕。清露墮桂花，白鳥舞虚碧〔三〕。

【校勘記】

①夕：汲古閣本、席本作「日」。

【箋注】

〔一〕此詩當作於元和十二年（八一七）前後，所詠「韓氏二子」，當屬韓愈一門。考貞元十九年（八〇三）韓愈所作《祭十二郎文》有云：「承先人後者，在孫惟汝，在子惟吾。」是當時韓門成年者已無他男，惟十二郎老成與韓愈二人而已。老成留二子，長曰湘十歲，次曰滂蓋七、八歲。愈惟一子昶方五歲。島還俗應舉時三子皆在世。元和十年前後滂去世，年十九（見韓愈《韓滂墓誌銘》）。故此詩所詠之「韓氏二子」，蓋指湘、昶也。湘字北渚，又字清夫，韓愈侄孫。老成去世後，愈撫之成人，登長慶三年進士第，釋褐江西觀察使幕府從事，官至大理寺丞。後世所傳「八仙」之一的韓湘子，即其人也。昶自爲墓誌銘云：「昌黎韓昶字有之，生徐之符離，小名曰符。六七歲出言成文……年二十五及第。」

〔二〕「千巖」二句：以中秋滿月及珍貴的璧玉，狀韓氏二子儀態佼好。《詩·陳風·月出》：「月出皎兮，佼人僚兮。」此化用其意。尺璧：喻其珍貴美好也。《淮南子·原道訓》：「聖人不貴尺之璧而重寸之陰，時難得而易失也。」

〔三〕「清露」二句：言二子神氣清爽，性情超邁高曠。白鳥：白鷺也。《詩·周頌·振鷺》：「振鷺于飛，于彼西雝。」毛傳：「鷺，白鳥也。」清郝懿行《爾雅義疏·釋鳥》引陸璣語云：「鷺，水鳥也，好而潔白，故謂之白鳥。」虛碧：天空。

送別

丈夫未得意①，行行且低眉〔一〕。素琴彈復彈〔二〕，會有知音知〔三〕。

【校勘記】

①意：汲古閣本、席本作「志」。

【箋注】

〔一〕行行：不停地前行。見本集卷一《辭二知己》注〔三〕。低眉：失意的樣子。

〔二〕素琴：没有任何裝飾的琴。《禮記·喪服》：「祥之日，鼓素琴，告民有終也，以節制者也。」《晋書·隱逸傳·陶潛傳》：「性不解音，而蓄素琴一張，絃徽不具。」

〔三〕知音：知己、同志。《列子·湯問篇》：「伯牙善鼓琴，鍾子期善聽。伯牙鼓琴，志在登高山，鍾子期曰：『善哉，峩峩兮若泰山。』志在流水，鍾子期曰：『善哉，洋洋兮若江河。』伯牙所念，鍾子期必得之。……伯牙乃舍琴而歎曰：『善哉，善哉，子之聽夫志，想象猶吾心也。』」後遂以「知音」比喻知己或同志。杜甫《哭李常侍嶧二首》其一：「斯人不重見，將老失知音。」

携新文詣張籍韓愈途中成〔一〕

袖有新成詩，欲見張韓老。青竹未生翼，一步萬里道〔二〕。仰望青冥天，雲雪壓我腦。失卻終南山〔三〕，惆悵滿懷抱。安得西北風，身願變蓬草〔四〕。地祇聞此語，突出擎我到①〔五〕。

【校勘記】

①擎：叢刊本、季稿、《全詩》五七一、《文粹》一六上作「驚」。到：叢刊本、季稿、《全詩》、《文粹》作「倒」。

【箋注】

〔一〕清鄭珍《巢經巢文集》卷五《跋韓愈〈送無本師歸范陽〉》一文云：「島由幽都攜所業來謁公，先至長安見張籍，而後赴洛，故題與詩皆叙張先韓，而詩尚作於見張之先也。雪失終南，知見張在元和五年冬，至六年春走洛見公，遂從公遊。」鄭氏判韓、賈相識於元和六年，顯然有誤。李嘉言《賈島年譜》同意此説，然以爲「島由幽都來則未確」。但島謁張、韓來自何處？李《譜》亦未明言。岑仲勉先生以爲：此詩爲元和五年或六年於長安作，時島與二公「已訂交，賈得新詩，因即持往請益」（《岑仲勉史學論文集》，頁二九四至二九五）。按：島識韓在貞元十七年春，此詩以元和元年冬，島由幽都赴長安途中作，較符合詩中透出的急於請益的心情。時島在韓愈鼓勵下正逃禪還俗，準備應舉仕進，故於詩道岌岌以求進，不僅頻有新作，且往謁張、韓途中亦不廢吟誦也。

〔二〕「青竹」二句：意謂無會飛的仙竹可乘，只好費時步行。參本集卷一《寓興》注〔三〕引葛洪《神仙傳・壺公》載費長房騎竹飛行事。

〔三〕終南山：見本集卷一《望山》注〔一〕。

〔四〕蓬草：草名，有齧彫蓬、薦黍蓬諸種。清郝懿行《爾雅義疏·釋草》云：「秋枯根拔，風卷爲飛，所謂孤蓬自振，此即齧彫蓬矣。其薦黍蓬者，《説文》：『薦，獸之所食草。』」一般詩文所謂飛蓬者，多指齧彫蓬也。曹操《卻東西門行》：「田中有轉蓬，隨風遠飄揚。」

〔五〕「地祇」二句：意謂土地神若聽到我欲身化飛蓬之語，便會突然出現迅速把我送到張韓二家。地祇：土地神，亦稱地示。《周禮·大司樂》：「若樂八變，則地示皆出。」賈公彦疏：「（樂）八成，地祇皆出。」擎：向上托起。此指攜持以相送也。

【輯評】

宋葛立方《韻語陽秋》卷三：賈島《携新文詣韓愈》云：「青竹未生翼，一步萬里道。安得西北風，身願變蓬草。」可見急於求師。愈贈詩云：「家住幽都遠，未識氣先感。來尋吾何能，無殊嗜昌歜。」可見謙於授業。此皆島未儒服之時也。洎愈教島爲文，遂棄浮屠學，舉進士。

上谷送客遊江湖〔一〕

莫歎迢遞分，何殊咫尺別①〔二〕。江樓到夜登〔三〕，還見南臺月〔四〕。

【校勘記】

①殊：《絶句》一一作「如」。

【箋注】

〔一〕此詩與本集卷九《上谷旅夜》皆長慶元年（八二一）或二年，島游荆襄一帶時所賦。上谷：唐之上谷，一指易州，故治位於今河北易縣東南。然島爲燕人，旅此「上谷」，不當有卷九《上谷旅夜》中「故園千里」之歎，故此李嘉言《長江集新校》懷疑詩非島作。其實唐時别有一「上谷」。本集卷九《夏夜上谷宿開元寺》落句云：「郡城知近武陵溪。」考唐襄州樂鄉縣有武陵山，見《隋書・地理志》。長慶二年（八二二）前後，島嘗遊荆、襄（見本集卷四《寄武功姚主簿》詩注），島所謂「武陵溪」，蓋武陵山下一溪流，而「上谷」，應爲武陵山中一谿谷。若是，不僅與島「故園千里」之歎相符，且與《上谷旅夜》落句「依識平津萬户侯」合若符契，時孟簡正爲襄州刺史，而島與孟早有交往（見本集卷四《寄錢庶子》、卷六《秋夜仰懷錢孟二公琴客會》二詩注）。可見此「上谷」當在襄州樂鄉縣武陵山中無疑。江湖：江河湖海，此泛指四方各地。

〔二〕迢遞分：即遠别也。迢遞，遥遠貌。咫尺：周制八寸爲咫，十寸爲尺，故「咫尺」用以形容距離非常近。

〔三〕江樓：唐時綿州城東隅建有江樓，下臨涪江，杜甫嘗送嚴武至綿州，同赴杜使君所設江樓宴（見祝穆《方輿勝覽》卷五四綿州）。此泛指臨江樓閣。王昌齡《送魏二》：「醉别江樓橘柚香，江風引雨入舟涼。」

〔四〕「還見」句：謂客人漫游後回到長安，可共登南臺賞月。南臺：本集卷三有《昇道精舍南臺對月寄姚合》，卷六有《盧秀才南臺》，後詩云：「居在青門里，臺當千萬岑。」是南臺在長安昇道坊，臺蓋高大雄偉，南對終南山萬千山峰，四周與賈島、盧秀才等諸多宅舍毗鄰。

重酬姚少府〔一〕

隙月斜枕旁，諷詠夏詒什〔二〕。如今何時節，蟲虺亦已蟄〔三〕。答遲禮涉傲，抱疾思加澀。僕本胡爲者，銜肩貢客集〔四〕。茫然九州内，譬如一錐立〔五〕。欺暗少此懷，自明曾瀝泣〔六〕。量無趫勇士①，誠欲戈矛戢〔七〕。原閣期躋攀，潭舫偶俱入。深齋竹木合②，畢夕風雨急〔八〕。俸利沐均分，價稱煩噓噏〔九〕。百篇見删罷，一命嗟未及〔一〇〕。滄浪愚將還，知音激所習〔一一〕。

【校勘記】

①趫：席本校：「一作獢。」 ②合：底本、叢刊本、汲古閣本、席本、《全詩》五七一諸本校：「一作多。」

【箋注】

〔一〕穆宗長慶三年（八二三）春，姚合罷武功簿返回長安，秋遷京兆萬年尉，寶曆元年（八二五）夏因疾長告，迨秋辭萬年尉（郭文鎬《姚合仕履考略》，《浙江學刊》一九八八年第三期）。姚合官萬年尉後，島蓋以詩呈合求教，合刊定後寄島，故本集卷三有《酬姚少府》詩云：「刊文非不朽，君子自相於。」復云：「梅樹與山木，俱應摇落初。」顯酬於深秋也。此詩云「蟲虺亦已蟄」，乃冬初再酬之作。姚少府：姚合，吴興（今浙江湖州）人。開元名相姚崇之曾姪孫。憲宗元和十一年（八一六）第進士，次年冬釋褐魏博節度使幕從事，十五年夏罷幕職，長慶元年春遷武功主簿，三年秋轉京兆萬年縣尉，歷監察御史、杭州刺史、秘書監等職（郭文鎬《姚合仕履考略》）。合與島相友善，詩與島齊名，風格也相近，世稱「姚賈」。少府，縣尉的别稱。宋趙彦衛《雲麓漫鈔》卷二云：「唐人則以明府稱縣令……既稱令爲明府，尉遂曰少府。」少府之職，分理諸曹，主盗賊，案察姦宄，掌一縣治安（參《通典》三三）。

〔二〕夏詒什：指姚合夏季贈島之詩篇。詒：給予、贈送。《左傳・昭公六年》：「鄭人鑄刑書，叔向使詒子產書。」什：篇什，指詩篇、文卷等。

〔三〕蟲虺：蟲和蛇。蟄：動物潛藏冬眠，不食不動。《易・繫辭下》：「龍蛇之蟄，以存身也。」

〔四〕「銜肩」句：島謂己不過許許多多舉子中之一員。銜肩：肩摩着肩，形容人多擁擠。貢客：即貢士。唐時科舉，由州縣薦舉的士人曰貢士，每歲冬由地方州郡與方物一同進貢朝廷，故稱「貢士」。《通典・選舉三》：「大唐貢士之法多循隋制，上郡歲三人，中郡二人，下郡一人。有才能者無常數。」

〔五〕「茫然」二句：謂天下雖大，而己形單影隻孤立無援也。九州：《書・禹貢》：「禹别九州。」此以九州泛指天下。一錐立，《漢書・鄒陽傳》：「舜無立錐之地。」

〔六〕「欺暗」二句：自我表明心跡。「欺暗」句，即不欺暗室之意。《列女傳·衛靈夫人》：靈公與夫人夜坐，聞車聲轔轔，至闕而止，過闕復有聲。公問夫人爲誰，夫人曰：此蘧伯玉也。妾聞禮，下公門，式路馬，所以廣敬也。忠臣與孝子，不爲昭昭變節，不爲冥冥墮行。蘧伯玉，衛之賢大夫也，仁而有智，敬以事上，此其人必不以闇昧廢禮，是以知之。公使人視之，果伯玉也。後因以「不欺暗室」謂在暗地裏也不做昧心悖禮之事。自明：自我表白心跡。《楚辭·九章·惜誦》：「恐情質之不信兮，故重著以自明。」瀝泣：流淚。江淹《别賦》：「割慈忍愛，離邦去里。瀝泣共訣，抆血相視。」

〔七〕「量無」二句：謂衡量自己缺乏敏捷和勇氣，實在想罷除文戰。趫勇：勇猛矯捷。南朝梁范雲《數名詩》：「一鼓有餘氣，趫勇正紛紜。」戈矛戢：收斂起戈矛，即罷兵也。此指落第不欲再應試，即罷除文戰。

〔八〕「原閣」四句：陳延傑注：「寫交遊之狀。」姚合《寄賈島》詩：「賴君時訪宿，不避北齋風。」本集卷六《宿姚少府北齋》詩云：「石溪同夜泛，復此北齋期。」並寫二人交遊之狀。

〔九〕「俸利」二句：叙姚合多方關照和提攜。沐：蒙受。均分：分配俸禄爲若干等份。《管子·霸言》：「聖王卑禮以下天下之賢而王之，均分以釣天下之衆而臣之。」此指姚合經濟方面多有周濟。價稱：同義複詞，即聲價，聲譽。《顔氏家訓·名實》：「遺聲餘價，亦猶蟬殼蛇皮，獸迒鳥跡耳。」《後漢書·崔寔傳》：「大人少有英稱，歷位卿守。」煩：謙詞，煩勞。噓噏：吐納，呼吸，此指姚合對島大力稱揚延譽。

〔一〇〕「百篇」二句：謂獻詩干禄無果。元和十四年島嘗向翰林承旨學士元稹獻詩，意欲求其推薦。本年春又有《投元郎中》詩：「舊文去歲曾將獻，蒙與人來説始知。」仍有干求之意。然由於當時所取皆權近子弟，元稹亦無能爲力，島復落第，故有「一命嗟未及」之歎。

〔一一〕「滄浪」二句：言欲隱退江湖，然友朋鼓勵重操舉業。《孟子·離婁上》有《孺子歌》曰：「滄浪之水清兮，可以濯我纓。滄浪之水濁兮，可以濯我足。」《楚辭·漁父》亦載屈原於江潭邊見漁父，勸其混世同俗，屈原未能同意，於是漁父唱《滄浪歌》而去，不復與屈原語。後世遂以滄浪水代江湖隱居之處。

投孟郊〔一〕

月中有孤芳，天下聆薰風〔二〕。江南有高唱，海北初來通〔三〕。容飄清泠餘①，自蘊襟抱中〔四〕。止息乃流溢，推尋却冥蒙②〔五〕。我如雪山子③，渴彼偈句空④〔六〕。必竟獲所實⑤，爾焉遂深衷〔七〕。録之孤燈前，猶恨百首終。一吟動狂機，萬疾辭頑躬〔八〕。生年面未交⑥，永夕夢輒同。叙詰誰君師⑦，詎言無吾宗〔九〕。余求履其跡⑧，君曰可但攻〔一〇〕。啜波腸易飽⑨，揖險神難從〔一一〕。前歲曾入洛，差池阻從龍〔一二〕。萍家復從趙⑩，雲思長縈嵩⑪〔一三〕。海劇每可詣⑫，長途追再窮⑬〔一四〕。願傾肺腸事，盡入焦梧桐〔一五〕。

【校勘記】

①泠：奉新本、叢刊本、汲古閣本、張抄本、季稿、席本、《全詩》五七一、江户本作「冷」。②蒙：季稿、《全詩》作「濛」。③我如：叢刊本、季稿、《全詩》作「我知」，誤。④渴：叢刊本、季稿、《全詩》作「謁」。⑤必：汲古閣本、席本作「畢」。⑥年：《全詩》作「平」。⑦詰：底本校作「詰」。席本校：「一作詩。」誰君：汲古閣本、席本作「惟君」。⑧求：叢刊本作「未」。⑨易：汲古閣本、席本作「未」。⑩從：《全詩》校：「一作從。」⑪嵩：奉新本、叢刊本、季稿、《全詩》作「縈」。⑫海剷：奉新本、叢刊本、季稿、《全詩》作「嵩海」。黄校本、江户本「海」下闕一字。⑬再：汲古閣本、席本作「難」。

【箋注】

〔一〕此詩蓋元和元年（八〇六）前後，島與孟郊初交時所賦。孟郊：見本卷《寄孟協律》注〔一〕。孟郊乃島文壇前輩，而島此時正值還俗學習詩文，準備應舉時期，因拜謁韓愈、張籍、孟郊等人，欲相結識，以便請益詩文。

〔二〕「月中」二句：言月中桂子香飄天下。《初學記》卷一引虞喜《安天論》曰：「俗傳月中仙人桂樹，今視其初生，見仙人之足，漸已成形，桂樹後生。」

〔三〕「江南」二句：謂孟郊詩格高絶，因始投詩以期交好也。孟郊詩名甚著，與韓文並稱「孟詩韓筆」（王讜《唐語林》卷二），尤長於五言古詩，一時詩人如韓愈、白居易、張籍等皆極力稱揚。江南：長江以南地區。孟郊湖州人，屬江南道，因借以指孟也。高唱：格調高絶的詩歌。陸機《演連珠》二三：「絶節高唱，非凡耳所悲。」此譬孟郊詩歌。海北：泛指僻遠的北方。島燕人，近海，因借以自指。

〔四〕「容飄」二句：言孟詩有清秀雋逸之氣，才華藴藏於胸中。清泠：風神清秀雋逸。高適《送郭處士往萊蕪兼寄苟山人》：「少年詞賦皆可聽，秀眉白面風清泠。」此譬孟詩風貌也。

〔五〕「止息」二句：謂孟詩文采四溢，然而推求尋索時又覺玄妙莫測。止息：停止、停息，此謂凝思吟成詩篇。冥蒙：幽暗不清。左思《吴都賦》：「島嶼綿邈，洲渚馮隆。曠瞻迢遞，迥眺冥蒙。」此謂玄妙難測。

〔六〕「我如」二句：謂像釋迦牟尼前身雪山童子渴望得到講空的偈頌那樣，想得到孟郊的寶貴詩篇。《大般涅槃經·聖行品》：「我住雪山，天帝釋爲試我，變其身爲羅刹，説過去佛所説半偈：『諸行無常，是生滅法。』我於爾時聞半偈，心生歡喜，四顧唯見羅刹，乃言：『善哉，大士若能説餘半偈，吾終身爲汝弟子。』羅刹云：『我今實飢，不能説。』我即告曰：『但汝説之，我當以身奉大士。』羅刹於是説後半偈：『生滅滅已，寂滅爲樂。』我聞此偈已，於若石、若壁、若樹、若道書寫此偈，即時升高樹上，投身於地。爾時，羅刹復帝釋形，接取吾身。」雪山子：雪山童子的簡稱，亦稱「雪山大士」「雪山菩薩」，爲釋迦牟尼前身，因其在雪山（今喜馬拉雅山）修行，故稱。偈句：指著名的《雪山偈》。此偈主旨是講萬法皆空的，故云

「偈句空」。偈，梵語偈陀，漢譯曰頌，梵漢雙舉曰偈頌，亦簡稱曰「偈」。偈的字數和句數均有規定，一般以三至八字爲一句，四句爲一偈，可單獨使用，亦可連綴成篇，《華嚴經》即由數十萬偈組成。

〔七〕「必竟」二句：言雪山童子得到《雪山偈》，自己也如願以償得到孟詩。

〔八〕「一吟」二句：謂吟詠孟詩可以激發大志，連疾病也隨之消除了。機：此指心意、志向。

〔九〕「叙詰」二句：意謂孟郊之師也值得自己推尊效法。宗：尊重。《史記·孔子世家》：「（孔子）謂子貢曰：『天下無道久矣，莫能宗予。』」此謂推尊效法。

〔一〇〕「余求」二句：向孟求教作詩之法。孟郊《戲贈無本二首》其二云：「文章杳無底，劚掘誰能根。……拾月鯨口邊，何人免爲吞。」是孟郊確曾以學詩之難險相示。

〔一一〕「啜波」二句：言學詩從便易入手容易奏效，追求高妙之境達到從心所欲就難了。揖：此同「輯」，聚集之意。《逸周書·大聚解》：「揖其民力，相更爲師，因其土宜，以爲民資。」此爲專心追求。

〔一二〕「前歲」二句：謂去年曾赴洛陽拜謁，因意外之事未果。差池：差錯，意外。唐李端《古别離二首》其二：「與君桂陽别，令君岳陽待。後事忽差池，前期日空在。」從龍：《易·乾·文言》：「雲從龍，風從虎，聖人作而萬物覩。」此謂師從孟郊。

〔一三〕趙：戰國時趙國。此指趙國都城邯鄲（今河北邯鄲市區）一帶。嵩：嵩山。見本卷《投張太祝》注〔七〕。時孟郊居洛陽，而嵩山距洛陽很近，故懷嵩山即思孟郊也。

〔一四〕「海剷」二句：意謂無論路途再險再遠，也要去拜識孟郊。剷：削平，鏟除。杜牧《原十六卫》：「於是府兵内剷，邊兵外作。」

〔一五〕焦梧桐：焦尾琴。《後漢書·蔡邕傳》：「吴人有燒桐以爨者，邕聞火烈之聲，知其良木，因請而裁爲琴，果有美音，而其尾猶焦，故時人名曰『焦尾琴』焉。」此借琴音以示渴望相師之情懷也。

代邊將〔一〕

持戈簇邊日，戰罷浮雲收〔二〕。露草泣寒霽，夜泉鳴隴頭〔三〕。三尺握中鐵，氣衝星斗牛〔四〕。報國不拘貴，憤將平虜讎〔五〕。

【箋注】

〔一〕此乃一首代言詩。代言詩似始於魏文帝曹丕兄弟之《代劉勳妻王氏雜詩》，繼起而作者，代不乏人，至唐元稹、白居易、李商隱所作尤夥。此詩以邊防將士的口吻，描繪了邊地戰場的景象，及戰士們昂揚的斗志與殺敵報國的豪情。

〔二〕浮雲：此喻邊境敵患。李賀《雁門太守行》：「黑雲壓城城欲摧，甲光向日金鱗開。」

〔三〕「露草」二句：謂守邊將士心境蒼涼。隴頭：指隴山，位於今陝西與甘肅兩省交界處。辛氏

《三秦記》云：隴山「其坂九回，不知高幾里，欲上者七日乃越。……上有清水四注。俗歌曰：『隴頭流水，鳴聲幽咽。遥望秦川，心肝斷絶。』去長安千里，望秦川如帶。又關中人上隴者，還望故鄉，悲思而歌，則有絶死者」（《太平御覽》五六引）。此借以指邊塞。據《舊唐書·吐蕃傳》，中唐時期，吐蕃勢力已東擴至隴山一帶，且不時侵擾隴山以東地區。

〔四〕「三尺」二句：謂手中寶劍殺氣衝天。《晉書·張華傳》載：華博物多識。初吴未滅時，斗牛之間常有紫氣，道術者皆以吴方强盛，未可圖也。惟華以爲不然。及吴平，紫氣愈明。華使豫章人雷焕觀之，焕曰：「僕察之久矣，惟斗牛之間頗有異氣。」華曰：「是何祥也。」焕曰：「寶劍之精，上徹於天耳。」華問在何郡？曰在豫章豐城。華即補焕爲豐城令，密囑尋之。焕到縣，於獄屋基下掘地四丈餘，「得一石函，光氣非常。中有雙劍，並刻題，一曰龍泉，一曰太阿」。其夕，斗牛間光氣不復見焉。

〔五〕虜：古時對北方或西方外族人的蔑稱。荀悦《漢紀·武帝紀五》：「虜還走山上，陵追擊之。」此蓋指吐蕃或回紇等。

寄劉棲楚〔一〕

趨走與偃卧，去就自殊分〔二〕。當窗一重樹，上有萬里雲。離披不相顧，髣髴類人羣〔三〕。友生去更遠〔四〕，來書絶如焚。蟬吟我爲聽，我歌蟬豈聞〔五〕。歲暮儻旋歸，晤言桂氛氲〔六〕。

【箋注】

〔一〕劉棲楚：初爲鎮州小吏，穆宗長慶間官右拾遺，遷起居舍人、諫議大夫。嘗助李逢吉中傷裴度、李紳。敬宗寶曆元年拜刑部侍郎，同年十一月改京兆尹。文宗大和元年正月出爲桂管觀察使（故治即今廣西桂林市），九月卒于任所。細繹此詩之意，當作於大和元年夏秋間劉氏任桂管觀察使時。

〔二〕「趨走」二句：謂二人處境不同。趨走：亦單言「趨」，古時禮節的一種，以碎步疾行，表示莊敬。《論語・子罕》：「子見齊衰者、冕衣裳者與瞽者，見之，雖少必作。過之，必趨。」後借以指在朝廷做官。偃卧：仰卧、睡卧。此自謂無官閒居也。白居易《玩松竹二首》其一：「前松後修竹，偃卧可終老。」

〔三〕「離披」二句：謂彼此遠隔萬里不能相互倚恃。離披：分離貌。賈至《閒居秋懷寄陽翟陸贊府封丘高少府》：「我有同懷友，各在天一方。離披不相見，浩蕩隔兩鄉。」

〔四〕友生：朋友。《詩・小雅・常棣》：「雖有兄弟，不如友生。」李華《雲母泉詩》：「共恨川路永，無由會友生。」

〔五〕「蟬吟」二句：陳延傑注：「此記時。」

〔六〕旋歸：回歸。《詩・小雅・黄鳥》：「言旋言歸，復我邦族。」晤言：見面談話。《詩・陳風・東門之池》：「彼美淑姬，可與晤言。」

寄丘儒〔一〕

地近輕數見，地遠重一面。一面如何重，重甚珍寶片。自經失歡笑，幾度騰霜霰。此心鎮懸懸，天象因迴轉①〔二〕。長安秋風高，子在東甸縣〔三〕。儀形信寂蔑②，風雨豈乖間〔四〕。憑人報消息，何易憑筆硯〔五〕。俱不盡我心，終須對君宴〔六〕。

【校勘記】

①因：叢刊本、季稿、《全詩》五七一作「固」。　②形：季稿作「衣」。蔑：奉新本作「滅」，非是。

【箋注】

〔一〕丘儒：爲諸生時嘗謁皇甫湜於河陰，湜謂「其學如猗頓之富」，「其文如清廟之樂」，後鬬藝於洛陽，繼又入京應試，湜作《送丘儒序》送之。《册府元龜》卷五九二載：「（文宗）開成二年二月，太常博士丘儒奏。」太常博士乃從七品上階，見《舊唐書·職官志一》。知丘儒後登第入仕。細繹此詩之意，丘儒時爲長安以東郊縣官吏，故時間當在開成二年以前。島居京師，寄此詩以表思念之情。

〔二〕「此心」二句：島謂心中常常思念，歷久彌增。鎮：常也，久也。李世民《詠燭二首》其一：「鎮下千行淚，非是爲思人。」懸懸：惦念貌。韓愈《與孟東野書》：「與足下別久矣，以吾心之思足下，知足下懸懸於吾也。」天象：天空的景象。《易・繫辭上》：「天垂象，見吉凶，聖人象之。」迴轉：此指日往月邁，星轉斗移，歲月飛逝。

〔三〕東甸縣：京師長安以東的僻遠縣邑。古時都城郭外稱郊，郊外稱甸。《周禮・天官・太宰》：「以九賦斂財賄……二曰四郊之賦，三曰邦甸之賦。」賈公彦疏：「郊外曰甸，百里之外，二百里之内，民所出泉也。」唐李庾《東都賦》：「顯祖光宗，勒岱而祈嵩，我甸我郊，三聖之靈壇在焉。」

〔四〕「儀形」二句：島謂己隻身京城甚感孤單冷清，風雨交加時思念之情更切。寂蔑：冷清孤單。謝靈運《鄰里相送方山》詩：「各勉日新志，音塵慰寂蔑。」乖閒：疏遠、隔閡。李朝威《柳毅傳》：「向者詞述疏狂，妄突高明。退自循顧，戾不容責，幸君子不爲此乖閒可也。」

〔五〕「憑人」二句：意謂託人捎信或寄書並非難事。岑參《逢入京使》：「馬上相逢無紙筆，憑君傳語報平安。」

〔六〕「俱不」二句：承上謂捎信傳書都不能傾盡思念，終須相見把酒暢叙方可盡情。

送陳商〔一〕

古道長荆棘，新岐路交横〔二〕。君於荒榛中，尋得古轍行〔三〕。足踏聖人路，皃端禪士形〔四〕。我曾接夜談，似聽講一經。聯翩曾數舉①，昨登高第名〔五〕。釜底絶煙火，曉行皇帝京。上客遠府遊，主人須目明〔六〕。青雲别青山，何日復可並②〔七〕。

【校勘記】

①翩：《英華》二七八作「翻」。 ②可並：底本、張鈔本作「河並」；奉新本、叢刊本、汲古閣本、季稿、席本、《全詩》五七一作「可升」；《英華》作「同升」；江户本作「可並」，今據改。

【箋注】

〔一〕陳商：字述聖，吴興（今浙江湖州）人，一説當塗（今屬安徽）人。陳宣帝五世孫，唐散騎常侍彝之子。早年數舉不第，嘗致書韓愈，愈作《答陳商書》，示其爲文好古而不知通變的偏頗。商蓋承韓之教，遂於憲宗元和九年進士及第，釋褐淮南幕府從事，歷官諫議大夫、禮部侍郎等職。出爲陝虢觀察使，還爲秘書監，封許昌縣男，卒贈工部尚書。《新唐書·藝文志》著録其文集十七卷。陳商及第後，受辟爲幕職，島因以此詩送之，詩云「昨登高第名」，是此詩作於元和九年或稍後。商所赴蓋爲淮南節度使幕（詳下），時淮南節度使爲李鄘，見《舊唐書·李鄘傳》。

〔二〕「古道」二句：謂陳商遠赴幕職，荒蕪的古道上新轍縱横交錯。古道：古老的道路。杜甫《田舍》：「田舍清江曲，柴門古道旁。」

〔三〕「君於」二句：承上「古道」，語意雙關，「古轍行」，字面謂商沿故老的車轍前行，實指商力行復古文風。韓愈《答陳商書》評商文曰：「語高而旨深，三四讀尚不能通曉。」又曰：「今舉進士於此世，求禄利行道於此世，而爲文必使一世人不好，得無與操瑟立齊門者比歟？文雖工不利於求，求不得則怒且怨，不知君子必爾爲不也！」李賀《贈陳商》詩云：「學爲堯舜文，時人責衰偶。」亦謂商力學古文，而不善駢儷時文。可見商確係學古文而不知通變者。古轍：古代車輪的印痕，此喻先秦古文風格。

〔四〕「足踏」二句：意謂商效法古聖賢之道，相貌端莊不凡。聖人路：周公東征之路也。此喻古聖賢之道。《詩·豳風·東山》毛萇傳：「東山，周公東征也。」鄭玄箋：「淮夷叛，周公乃東伐之，三年而後歸耳。」《史記·魯周公世家》：周公佐武王滅商，不久武王崩，成王幼，「管、蔡、武庚等果率淮夷而反。周公乃奉成王命，興師東伐，作《大誥》。遂誅管叔，殺武庚，放蔡叔，收殷餘民以封康叔於衛，封微子於宋，以奉殷祀，寧淮夷東土。二年而畢定，諸侯咸服，宗周」。由周公東征之典看，商所赴蓋爲淮南節度使幕，治所位於今江蘇揚州市。禪士：猶禪人，即禪宗僧人，亦泛指修持佛學、皈依佛法的人。

〔五〕「聯翩」二句：謂陳商曾接二連三舉進士，不久前方登第。高第：科舉中式。韋應物《贈别河南李功曹》：「談笑取高第，綰綬即言歸。」

〔六〕「上客」二句：謂商才高暫赴淮南，主人應慧眼識珠待如上賓。上客：尊客、貴客，《禮記·曲禮上》：「食至起，上客起。」謝朓《金谷聚》：「渠碗送佳人，五杯邀上客。」此指陳商。主人：蓋指李鄘，時鄘任揚州大都督府長史淮南節度使，見《舊唐書·李鄘傳》。

〔七〕「青雲」二句：島謂己抱負凌雲，何日亦能榮登高第。青雲：指青雲之士，即抱負凌雲的人。《三國志·魏書·荀彧荀攸賈詡傳論》：「其良、平之亞歟。」裴松之注：「張子房青雲之士，誠非陳平之倫。」

送張校書季霞〔一〕

從京去容州，馬在船上多①〔二〕。容州幾千里，直傍青天涯〔三〕。掌記試校書，未稱高詞華〔四〕。義往不可屈②，出家如入家。城市七月初，熱與夏未差。餞君到野地，秋涼滿山坡③。南境異北候，風起無塵沙。秦吟宿楚澤，海酒落桂花④〔五〕。暫醉即還醒，彼土生桂茶〔六〕。

【校勘記】

①多：《全詩》五七一校：「一作賒。」②往：江户本作「狂」，《英華》二七八作「枉」。③坡：《全詩》校：「一作垞。」④海酒：汲古閣本作「酒海」。

【箋注】

〔一〕張季霞：事跡未詳。陶敏《全唐詩人名考證》疑即《新唐書·宰相世系表》二下所載河間張氏季遐，其兄張仲素元和中爲中書舍人。詩云「從京去容州」，復云「掌記試校書」，知季霞是以試校書郎之京銜，出爲容管經略使幕府掌書記，島因賦此詩以送之。校書：官名，據《舊唐書·職官志》：門下省之弘文館、秘書省等均有校書郎，另東宫之崇文館、司經司等皆置校書一職，品階由正九品上至從九品下，其職責「掌校理典籍，刊正錯謬」。

〔二〕京：指京師長安。容州：唐屬嶺南道，故治即今廣東省普寧縣。《元和郡縣圖志》闕卷逸文三嶺南道：容州：古越地。漢平南越，置合浦郡，屬交趾刺史，今州即合浦郡之合浦縣地也。蕭齊以合浦郡之北流縣、永平郡之普寧縣於今州理北置銅州，貞觀八年改銅州爲容州。「馬在」句：唐代自京師去嶺南多爲水路，故云。

〔三〕「直傍」句：容州地近南海，故云。《古詩十九首》：「相去萬餘里，各在天一涯。」

〔四〕「掌記」二句：謂季霞以試校書的京銜入幕，不能發揮文學才華。掌記：即掌書記。《新唐書・百官五》：經略使幕府有掌書記一人，「掌朝覲、聘問、慰薦、祭祀、祈祝之文與號令升絀之事」。試校書：唐時官制，居某職而未正式任命謂之「試」。明陸深《玉堂漫筆》：「唐制有曰攝者……又有行、守、試之别，職事高者爲守，職事卑者爲行，未正名命者爲試。」詞華：文采。

〔五〕「秦吟」二句：言途中用秦聲歌吟於雲夢澤畔，到任後宴於海畔，酒中必有桂花落入。秦吟：以秦地的聲音吟詠賦詩。楚澤：楚地之雲夢等水澤。《爾雅・釋地》：「楚有雲夢。」其地約當今湖北雲夢縣西南至洞庭湖一帶。司馬相如《子虛賦》：「雲夢者，方九百里。」劉長卿《觀校獵上淮西相公》：「龍驤校獵邵陵東，野火初燒楚澤空。」海酒：沿海地區産的酒。

〔六〕桂茶：用桂花熏製的茶。嶺南多桂樹，而桂樹原産於合浦，故詩中兩及之。《藝文類聚》八九

《木部下·桂》引《廣志》云：「桂出合浦，而生必於高山之巔，冬夏常青……交阯置桂園。」又引郭璞《桂贊》曰：「桂生南裔，拔萃岑嶺。廣莫熙葩，凌霜津穎。」

寄友人

同人半年別，一別寂來音〔一〕。賴有別時文，相思時一吟。我常倦投跡，君亦知此衿〔二〕。筆硯且勿棄，蘇張曾陸沉〔三〕。但存舌在口，當冀身遂心〔四〕。君看明月夜，松桂寒森森〔五〕。

【箋注】

〔一〕「同人」二句：同人：《易·同人》，孔穎達疏：「同人，謂和同於人。」此指志同道合的朋友。陳子昂《偶遇巴西姜主簿序》：「同人在焉，而我何歎。」音：音信、書信。

〔二〕投跡：舉步前往，投身。《莊子·天地》：「且若是，則其自爲處危，其觀臺多物，將往投跡者衆。」衿：古時衣服之交領。《詩·鄭風·子衿》：「青青子衿，悠悠我心。」後亦借指心懷。《北史·魏彭城王勰傳》：「初勰之定壽春，獲齊汝陰太守王果、豫州中從事庾稷等數人，勰傾衿禮之，常參坐席。」此指島倦於投跡的心情。

〔三〕「筆硯」二句：謂仕途坎坷古來常事，蘇秦、張儀也曾困頓。蘇張：蘇秦、張儀，二人爲戰國著名政治家，而仕途均極迍邅。蘇秦佩六國相印，行「合縱」之策以抗强秦，聲名煊赫。

然初游秦時，其説不行，黑貂之裘弊，黄金百斤盡，去秦還家，負書擔橐，形容枯槁，「妻不下紝，嫂不爲炊，父母不與言」（《戰國策・秦策一》）。張儀相秦惠王，行「連横」之策，以破六國「合縱」，各個擊破，建立大功。然初游説楚國時，曾被視爲小偷，「共執張儀，掠笞數百」（《史記・張儀列傳》）。陸沉：《莊子・則陽》：「方且與世違，而心不屑與之俱，是陸沉者也。」郭象注：「人中隱者，譬無水而沉也。」此喻人才埋没，不爲人知。

〔四〕「但存」二句：《史記・張儀列傳》：「張儀已學而游説諸侯，嘗從楚相飲。已而楚相亡璧。門下意張儀，曰：『儀貧無行，必此盗相君之璧。』共執張儀，掠笞數百，不服，醳之。其妻曰：『嘻！子毋讀書游説，安得此辱乎？』張儀謂其妻曰：『視吾舌尚在不？』其妻笑曰：『舌在也。』儀曰：『足矣！』」此用其事，謂只要一息尚存，終希能成就胸中大志。

〔五〕「松桂」句：以松桂耐寒本性自明心志。《論語・子罕》：「子曰：『歲寒，然後知松柏之後彫也。』」《藝文類聚》八九引郭璞《桂贊》：「凌霜津穎，氣王百藥，森然雲挺。」此並師其意。

答王參〔一〕

寸晷不相待〔二〕，四時互如競。客思先覺秋，蟲聲苦知暝①〔三〕。霜松積舊翠，露月團如鏡②〔四〕。詩負屬景同，琴孤坐堂聽〔五〕。相期黄菊節，别約紅桃徑③。每把式微篇，臨風一長詠④〔六〕。

【校勘記】

①苦：王《選》一五作「各」。②團：汲古閣本、席本作「圓」。如：王《選》作「新」。③紅桃：王《選》作「桃花」。④一長：汲古閣本、席本作「長一」。

【箋注】

〔一〕王參：事跡未詳。蓋爲島之友人。參嘗先有詩贈島，島因以此詩相酬答。

〔二〕「寸晷」二句：意謂光陰難留，四季如梭，時不我待。寸晷：寸陰。晷：日晷，古計時器。此指光陰、時間。潘尼《贈陸機出爲吴王郎中令》：「寸晷惟寶，豈無璵璠。」

〔三〕「客思」二句：宋玉《九辯》：「悲哉秋之爲氣也，蕭瑟兮草木摇落而變衰。」「獨申旦而不寐兮，哀蟋蟀之宵征。」二句化用其意。瞑：通「暝」，暮，黄昏。

〔四〕「霜松」二句：謂霜露之夜明月皎潔如鏡，青松愈顯蒼萃。《莊子·讓王》：孔子曰「天寒既至，霜雪既降，吾是以知松柏之茂也」。

〔五〕「詩負」二句：自謂作詩可與王參同，而彈琴只好讓王參專美了。屬景：寫景。屬，聯綴、纂輯。《抱朴子·行品》：「口不能吐片奇，筆不能屬半句。」

〔六〕「每把」二句：謂有思鄉懷歸之意。《詩·邶風·式微》：「式微式微，胡不歸。」毛傳云：「黎侯寓於魏，其臣勸以歸也。」後人常以詠此詩表達思歸之情。《左傳·襄公二十九年》：「榮成伯賦《式微》乃歸。」王維《渭川田家》：「即此羨閒逸，悵然吟式微。」

延康吟〔一〕

寄居延壽里，爲與延康鄰〔二〕。不愛延康里，愛此里中人。人非十年故，人非九族親〔三〕。人有不朽語〔四〕，得之煙山春。

【箋注】

〔一〕元和七年（八一二）秋，島由幽州返京後居於延壽坊，與張籍所在延康坊相近。此詩即作於返京後不久或稍後。延康：延康坊，唐長安坊區名。清徐松《唐兩京城坊考》卷四：朱雀門街西第三街，街西由北向南第七坊爲延康坊，坊内有「水部郎中張籍宅」。白居易《寄張十八》：「同病者張生，貧僻住延康。」「張十八」，即張籍，行十八。元和初張籍爲太常寺太祝，居延康坊，至元和末方移居靖安里。吟：古詩體之一。宋張表臣《珊瑚鉤詩話》卷三：「吁嗟慨歎，悲憂深思謂之吟。」宋姜夔《白石道人詩説》：「悲如蛩螿曰吟。」《唐音癸籤》卷一曰：「吟以呻其鬱。」

〔二〕「寄居」二句：言爲得芳鄰而卜居延壽里也。延壽里：唐長安坊區名，與延康坊同在朱雀門街西第三街，中間僅隔光德一坊。《唐兩京城坊考》卷四：延壽坊内有「賈島精舍……延康在延壽之南，中隔光德一坊，故得言鄰也」。此時島正發憤攻習舉業，故擇居鄰近張籍，以便請教也。

〔三〕「人非」二句：言與張籍非故非親。非十年故：自元和元年島識張籍，至本年不過七年，故云。

九族：《尚書·堯典》：「克明俊德，以親九族。」僞孔傳釋九族云：「上自高祖，下至玄孫，凡九族。」

〔四〕「人有」句：謂張籍詩可傳於後世也。不朽語：曹丕《典論·論文》：「蓋文章經國之大業，不朽之盛事。」

戲贈友人

一日不作詩，心源如廢井〔一〕。筆硯爲轆轤①，吟詠作縻綆②〔二〕。朝來重汲引，依舊得清泠③〔三〕。書贈同懷人，詞中多苦辛④〔四〕。

【校勘記】

①爲：王《選》一五作「無」。②縻：王《選》、《紀事》四〇作「縈」。③泠：叢刊本、席本作「冷」。④多：《紀事》作「作」。

【箋注】

〔一〕「心源」句：謂詩思枯竭也。心源：佛教以爲「萬法唯心」，即心爲世間萬事萬物産生的根源，故曰「心源」。《摩訶止觀》卷五云：「心源一止，法界同寂。」

〔二〕「筆硯」二句：以打水喻作詩也。轆轤：一種利用輪軸原理製成的起重裝置，多架設在井上作爲汲水工具。北魏賈思勰《齊民要術·種葵》：「井别作桔槔、轆轤。」注：「井深用轆轤，井淺用桔槔。」縻綆：汲水的繩索。《文選》二五劉琨《答盧諶》：「乃奮長縻。」李善注引《廣雅》曰：「縻，索也。」《左傳·襄公九年》：「具綆缶，備水器。」杜預注：「綆，汲索。」

〔三〕「依舊」句：島自許詩風清新奇隽也。薛能《嘉陵驛見賈島舊題》論島詩亦云：「清絶更無之，畢竟吾猶許。」謂島詩有清絶之風。清李懷民《重訂中晚唐詩主客圖》更奉島爲「清真僻苦主」。

〔四〕「詞中」句：謂詩由苦吟而成也。本集卷四《雨夜同厲玄懷皇甫荀》云：「溝西吟苦客，中夕話兼思。」則自稱「吟苦客」。王建《寄賈島》：「盡日吟詩坐忍饑，萬人中覓似君稀。」

【輯評】

清宋長白《柳亭詩話》：賈島云：「一日不作詩，心源如廢井。」杜牧云：「欲識爲詩苦，秋霜苦在心。」王摩詰走入醋甕，楊景山病極摇頭，皆此物也。險覓狂搜，寧獨一盧延遜耶？

清延君壽《老生常談》：閬仙五古……《贈友》云：「一日不作詩，心源如廢井。」《寓興》云：「今時出古言，在衆翻爲訛。」語語有真氣，有真性靈。人於讀王、孟、韋、柳後不讀郊、島兩家，猶是缺典。

寓興

真集道方至〔一〕，兒殊妬還多〔二〕。山泉入城池，自然生渾波。今時出古言，在衆翻爲訛〔三〕。有琴含正韻，知音者如何〔四〕。一生足感激，世顔忽嵯峨①〔五〕。不得市井味，思嚮吾巖阿〔六〕。浮華豈我事，日月徒蹉跎〔七〕。曠哉潁陽風②，千載無其他〔八〕。

【校勘記】

①世顔：叢刊本、季稿、《全詩》五七一作「世言」。②曠：底本作「曠」，誤；黄校本作「曠」，今從之。潁：底本、奉新本、叢刊本、張抄本、江户本作「穎」，均誤；據汲古閣本、季稿、席本、《全詩》改。

【箋注】

〔一〕「真集」句：《莊子·秋水》曰「謹守而勿失，是謂返其真」。《老子》二五章云「有物混成，先天地生，……字之曰道」。道家以爲「真」與「道」不同，「真」指宇宙萬物的本質、本性；「道」指宇宙萬物的本體、本原。二者雖然不同，但對萬事萬物的「真」體認得多了，最終也可以把握大道。道家所謂「修真得道」，即此意也。島乃韓愈門人，當時韓愈在思想政治上大力倡導儒家道統。細繹此詩，島所謂「真」與「道」，乃儒家的性分之説、孔孟之道，先王之教。

〔二〕「兒殊」句：謂文道有成風貌脱俗，反遭衆人非議。屈原《離騷》：「衆女嫉余之蛾眉兮，謡諑謂余以善淫。」此化用其意。兒：「貌」之古字。殊：特出、卓越。

〔三〕「今時」二句：謂倡復古道，爲世俗所非。古言：即韓愈所倡導的孔孟之道。韓愈《原道》云：「周道衰，孔子没，火于秦，黄老于漢，佛于晋魏梁隋之間……其欲聞仁義道德之説，孰從而聽之。」正是漢魏晋宋以還，黄老佛教盛行，至唐尤甚，儒道陵替的反映。

〔四〕「有琴」二句：歎知音之寡。

〔五〕「一生」二句：感激：謂經歷坎坷而感慨激動。孟浩然《書懷貽京邑同好》：「感激遂彈冠，安能守固窮。」嵯峨：山高峻貌。《楚辭·招隱士》：「山氣巃嵸兮石嵯峨，谿谷嶄巖兮水曾波。」此謂世人顔面冷峻少情。

〔六〕「不得」二句：謂不隨流俗，因欲歸隱山中。巖阿：山之曲處。《梁書·到洽傳》：「遂築室巖阿，幽居者積歲。」

〔七〕「浮華」二句：言不逐浮華，因而仕途無成。浮華：表面的不真實的華麗或闊氣。王充《論衡·自紀》：「其文盛，其辯争，浮華虚僞之語，莫不澄定。」此指韓愈批評的「飾其詞而遺其意」的浮靡文風。

〔八〕「曠哉」二句：謂上古許由質樸純真之風，千載而下無有倫比。晋皇甫謐《高士傳》卷上：堯讓天下於許由，許由不受，逃至箕山之下，潁水之陽，耕田爲生。潁：水名。《水經注·潁水》：出潁川陽城縣西北少室山，東南過其縣南，「縣南對箕山，山上有許由冢，堯所封也。故太史公曰：『余登箕山之上，有許由墓焉。』」島思慕古人，學習古道古文，精神是與韓愈文學復古思想一致的。

懷鄭從志〔一〕

西風吹陰雪①，雨雪半夜收②。忽憶天涯人，起看斗與牛〔二〕。故人别二年，我意如百秋〔三〕。音信兩杳杳，誰云昔綢繆〔四〕。平明一封書，寄向東北舟③。翩翩春歸鳥，會自爲匹儔〔五〕。

【校勘記】

①雪：《全詩》五七一作「雲」。 ②雨雪：雪，《全詩》校：「一作雲。」 ③向：汲古閣本、席本作「來」。舟：汲古閣本、席本作「州」。

【箋注】

〔一〕鄭從志：事跡未詳，蓋爲島友。由詩「平明一封書，寄向東北舟」看，鄭氏居於北方。

〔二〕斗與牛：二星宿名，爲我國古代天文學所稱二十八宿中北方玄武七星中之斗宿和牛宿，這裏用以指代北方。庾信《哀江南賦》：「路已分於湘漢，星猶看於斗牛。」

〔三〕「故人」二句：《詩·王風·采葛》：「一日不見，如三秋兮。」此化用其意。

〔四〕綢繆：此指友情殷切也。李陵《與蘇武三首》之二：「獨有盈觴酒，與子結綢繆。」《文選》四二吴質《答東阿王書》：「發函伸紙，是何文采之巨麗，而慰喻之綢繆乎？」吕延濟注：「綢繆，謂殷勤之意也。」

〔五〕「翩翩」二句：謂鴻歸可捎書鄭氏友朋也。《漢書·蘇建傳》附蘇武傳云：武出使匈奴被拘，十九年不得歸。漢使復至，前副使常惠夜見漢使，「具自陳道，教使臣謂單于，言天子射上林中，得雁，足有係帛書，言武等在某澤中。使者大喜，如惠語以讓單于。單于視左右而驚，謝漢使曰：『武等實在。』」於是武等終還漢廷。後遂以鴻雁爲傳遞書信的使者。

易州登龍興寺樓望郡北高峰〔一〕

郡北最高峰，巉巖絶雲路〔二〕。朝來上樓望，稍覺得幽趣〔三〕。朦朧碧煙裏，羣嶺若相附①。何時一登陟，萬物皆下顧〔四〕。

【校勘記】

①嶺：奉新本作「峰」。

【箋注】

〔一〕李嘉言《賈島年譜》云：元和七年，島「自范陽赴長安，途經易水賦詩」。此詩當爲同時所作。易州：唐屬河北道，治易縣，故治在今河北易縣東南隅。

〔二〕雲路：此指高山上的路徑。盧照鄰《贈益府裴録事》：「青山雲路深，丹壑月華臨。」儲光羲《遊茅山五首》其二：「巾車雲路入，理棹瑶溪行。」

〔三〕幽趣：幽雅的趣味。唐李收《和中書侍郎院壁畫雲》：「暎篠多幽趣，臨軒得野情。」

〔四〕「何時」二句：杜甫《望嶽》：「會當凌絶頂，一覽衆山小。」

送鄭山人游江湖〔一〕

南游衡嶽上〔二〕，東往天台裏〔三〕。足躡華頂峰①〔四〕，目觀滄海水〔五〕。

【校勘記】

①頂峰：底本、黄校本、奉新本、叢刊本、江户本作「峰頂」，誤，據汲古閣本、季稿、席本、《全詩》五七一改。

【箋注】

〔一〕鄭山人：名未詳。山人，道士、隱士或江湖術士的雅稱。鄭氏蓋爲道士。

〔二〕衡嶽：衡山，一名岣嶁山。五嶽之一，因其所處最南，故稱「南嶽」。位於今湖南中部，有大小七十二峰，以祝融、天柱、芙蓉、紫蓋、石廩五峰最著。《尚書·舜典》：「五月，南巡守，至於南嶽。」孔安國傳：「南嶽，衡山。」

〔三〕天台：即天台山。在今浙江天台縣北十里。山勢從東北向西南延伸，由赤城、瀑布、香爐、華頂諸峰組成。《山海經·大荒南經》：「大荒之中有山，名曰天台高山。」陶弘景《真誥》：天台山「有八重，四面如一。當斗牛之分，上應台宿，故曰天台」。《元和郡縣圖志》二六江南道二台州唐興縣：「天台山在縣北一十里。」道教以天台山爲南嶽衡山佐理，佛教天台宗亦發源於此，故佛徒、道士多喜往遊。

〔四〕華頂峰：天台山主峰。衆山環拱，華頂峰居中，其上可觀日出。上有拜經臺，乃隋佛教天台宗開山祖師智者大師拜經處。孟浩然《寄天台道士》：「焚香宿華頂，裛露采靈芝。」

〔五〕「目觀」句：謂天台山東近大海也。《元和郡縣圖志》二六江南道二台州：「東至大海一百八十里。」孟浩然《越中逢天台太乙子》：「登陸尋天台……俯臨滄海大。」是登天台可遠觀東海也。

就峰公宿〔一〕

河出鳥宿後，螢火白露中〔二〕。上人坐不倚〔三〕，共我論量空〔四〕。殘月華晻曖①〔五〕，遠水響玲瓏。爾時無了夢②，兹宵方未窮〔六〕。

【校勘記】

①晻曖：底本作「晻曖」，非是；黄校本改作「晻曖」，甚是，今從之。奉新本作「腌曖」，亦誤。②夢：席本作「寣」。

【箋注】

〔一〕峰公：事跡未詳，蓋島之方外友人。

〔二〕「河出」二句：謂就峰公宿時天色已晚，星斗滿天鳥鵲宿巢，秋露已下飛螢點點。河：天河、銀河。《文選》二六謝脁《暫使下都夜發新林至京邑贈西府同僚》：「秋河曙耿耿，寒渚夜蒼蒼。」李善注：「秋河，天漢也。」螢火：螢火蟲發的光。杜甫《見螢火》：「巫山秋夜螢火飛，簾疏巧入坐人衣。」白露：秋天的露水。《詩·秦風·蒹葭》：「蒹葭蒼蒼，白露爲霜。」

〔三〕上人：佛家謂内有德智，外有勝行，在人之上的僧徒名「上人」，見本集卷一《贈智朗禪師》注〔二〕。倚：歪斜。

〔四〕量空：佛教有關「量」與「空」的概念比較複雜，其因明學有現量、比量、聖教量；法相宗有心識三量之現量、比量、非量，及四量、五量、六量等，一般教義還有心量等等；而般若部諸經談空的極至爲法空、我空、空空。所以這裏的「量空」講的無非是佛教如何認識空的道理。

〔五〕晻曖：昏暗貌。《文選》一一王延壽《魯靈光殿賦》：「霄靄靄而晻曖。」張銑注：「晻曖，暝色。」

〔六〕「爾時」二句：謂以前没有理解的妙道，今夜大徹大悟無遮無礙。了：了悟、通達，即佛家所謂了悟佛法，通達事理。夢：指夢行般若。《大品般若·夢行品》：須菩提報舍利弗：「若菩薩於晝日入三三昧，則於般若波羅蜜有益，夜夢中亦當有益。何以故，晝夜夢中，等而無異。」

劉景陽東齋〔一〕

松陰連竹影，中有蕪苔井。清風此地多，白日空自永①。景陽公幹孫〔二〕，幹孫詩得景②〔三〕。勸我不須歸，月出東齋静。

【校勘記】

①永：汲古閣本、席本作「詠」。　②幹孫詩得：奉新本、叢刊本、汲古閣本、季稿、席本、《全詩》五七一作「詩句得真」。

【箋注】

〔一〕劉景陽：蓋建安七子劉楨之裔孫，餘事未詳。

〔二〕公幹：劉楨，字公幹，漢末魏初東平（今屬山東）人。仕至曹操丞相掾屬，爲著名的「建安七子」之一。曹丕《又與吴質書》稱楨「五言詩之善者，妙絶時人」。鍾嶸《詩品》卷上亦贊楨詩：「真骨凌霜，高風跨俗……自陳思以下，楨稱獨步。」

〔三〕「幹孫」句：謂景陽能遠承乃祖詩歌之真髓。真景：即鍾嶸所稱劉楨詩歌之「真骨」也。

對菊①

九日不出門〔一〕，十日見黄菊。灼灼尚繁英〔二〕，美人無消息〔三〕。

【校勘記】

①汲古閣本、席本題作「對雨」，非是。詩乃寫菊，非雨也。

【箋注】

〔一〕九日：農曆九月九日重陽節。《藝文類聚》卷四《歲時中·九月九日》引南朝梁吴均《續齊諧記》云：「今世人每至九日，登山飲菊酒。」王勃《蜀中九日》：「九月九日望鄉臺，他席他鄉送客杯。」

〔二〕「灼灼」句：狀菊花繁盛貌。《詩·國風·桃夭》：「桃之夭夭，灼灼其華。」毛傳：「灼灼，華之盛也。」

〔三〕「美人」句：節日對菊懷人也。王維《九月九日憶山東兄弟》：「每逢佳節倍思親。」美人：蓋指從弟無可，亦或友朋。

送集文上人遊方〔一〕

來從道陵井①〔二〕，雙木溪邊會②〔三〕。分首芳草時，遠意青天外。此遊詣幾嶽，嵩華衡恒泰〔四〕。

【校勘記】

①陵：《英華》二七八作「路」。　②雙木：《英華》作「去求」。

【箋注】

〔一〕詩當作於武宗會昌元年至三年春。集文上人：蜀中陵州仁壽縣僧，島之方外友人，餘事未詳。上人：上德之人，見本集卷一《贈智朗禪師》注〔二〕。遊方：僧徒爲尋師問道或化緣而雲遊四方，亦稱行脚。

〔二〕「來從」句：謂上人乃陵州僧也。道陵井：亦簡稱「陵井」，道教祖師張道陵所開鹽井。《元和郡縣圖志》三三劍南道下陵州：「陵井者，本沛國張道陵所開，故以『陵』爲號。」又本州仁壽縣：「陵井，縱廣三十丈，深八十餘丈。益部鹽井甚多，此井最大。……張道陵祠，在縣西南百步，陵開鑿鹽井，人得其利，故爲立祠。」

〔三〕「雙木」句：謂與上人相會於普州也。雙木溪：當即雙溪也。唐普州治所安岳縣有雙溪。《方輿勝覽》六三普州：「岳陽溪在安岳縣。天聖中郡守彭乘鑿石爲曲水，後名翰林灘，每歲修禊事於此。雙溪在郡西七里，與岳陽溪合而東。」是雙溪蓋雙木溪也。

〔四〕「嵩華」句：謂五嶽也。見本集卷一《北嶽廟》注〔二〕。

題岸上人郡内閒居〔一〕

静向方寸求，不居千嶂幽①〔二〕。池開菡萏香，門閉莓苔秋。金玉重四句，粃糠輕九流〔三〕。鑪煙上喬木，鐘磬下危樓〔四〕。手種一株松，貞心與師儔〔五〕。

【校勘記】

①千：叢刊本、季稿、《全詩》五七一作「山」。

【箋注】

〔一〕這是一首題壁詩。岸上人：蓋謂普岸禪師也。《宋高僧傳》二七《唐天台山福田寺普岸傳》載：普岸，俗姓蔡，漢東人也。乃百丈懷海禪師的入門弟子，得法後設道場於安陸壽山院，文宗大和初遊方天台平川谷平田峰下，慕其境幽静，乃住錫結茅，開成年間遂成大道場，武宗會昌三年圓寂。郡内閒居：蓋指普岸設於安州郡（治安陸縣，故治在今湖北安陸北）内的閒静居所。島爲僧時嘗遊方於荆鄂襄漢間，詩蓋作於這一時期。

〔二〕「静向」二句：謂岸上人結廬郡内而不住山中，是因爲清静只能向心中尋求，心静則境自静。晉張翼《贈沙門竺法頵三首》其三：「苟能夷沖心，所憩靡不静。」

〔三〕「金玉」二句：言岸上人極重佛法，輕視九流百家之説。四句：梵語偈陀，漢譯曰頌，梵漢雙舉曰偈頌，字數和句數皆有規定，一般以三字至八字爲一句，四句爲一偈，故偈頌亦可稱爲「四句」。唐胡伯崇《贈釋空海歌》：「説四句，演毗尼，凡夫聽者盡歸依。」九流：我國先秦時期的九個學術流派。《漢書・叙傳下》：「劉向司籍，九流以别。」顔師古注引應劭曰：「儒、道、陰陽、法、名、墨、從横、雜、農凡九家。」南朝梁沈約《與陶弘景書》：「先生糠秕俗流。」

〔四〕「鑪煙」二句：謂岸上人居所内氣氛莊嚴，法事繁盛。鐘磬：佛教法器，敲擊時可發出樂音。磬，梵語犍稚，譯曰磬或鐘，乃一種形狀似鉢的打擊樂器，與中國古磬形制不同。此指磬聲。

〔五〕「貞心」句：贊揚上人品格猶如青松。貞心：堅貞不移的心地。李白《湖邊採蓮婦》：「願學秋胡婦，貞心比古松。」

游子〔一〕

游子喜鄉遠，非吾憶歸廬。誰知奔他山，自欲早旋車〔二〕。朝賞暮已足，圖歸願無餘。當期附鵬翼，未偶方躊躇〔三〕。

【箋注】

〔一〕游子：離家遠遊之人。《管子·地數》：「夫齊衢處之本，通達所出也，遊子勝商之所道。」

〔二〕「誰知」二句：意謂遊子一旦到了他鄉，没有不想早些回家的。旋車：掉轉車駕，亦即回轉之意。《楚辭·九歎·遠遊》：「旋車逝於崇山兮，奏虞舜於蒼梧。」

〔三〕「當期」二句：謂遊子正希企成就功業，因時運不濟而徘徊不進。鵬翼：《莊子·逍遥遊》：「鵬之背不知其幾千里也，怒而飛，其翼若垂天之雲……徙於南冥也，水擊三千里，摶扶摇而上者九萬里。」偶：遇合，幸運。韓愈《寄崔二十六立之》：「不脱吏部選，可見偶與奇。」

寄山中王參〔一〕

我看嶽西雲〔二〕，君看嶽北月〔三〕。長懷燕城南，相送十里别①〔四〕。别來千餘日〔五〕，日日憶不歇。遠寄一紙書，數字論白髮。

【校勘記】

①十：《全詩》五七一校：「一作千。」里别：奉新本作「數里」。

【箋注】

〔一〕王參：當爲燕人，島友，隱於山中，其餘事跡未詳。此詩約作於元和十年（八一五）秋島居長安時。

〔二〕「我看」句：島謂己寓居長安也。嶽：指西嶽華山也，因其於五嶽中所處最西，故稱「西嶽」。《爾雅·釋山》：「泰山爲東嶽，華山爲西嶽。」

〔三〕「君看」句：謂王參處於恒山北的燕山之中。嶽：北嶽恒山也。

〔四〕「長懷」二句：元和六年冬十一月，島自長安返回故鄉范陽，第二年秋又離鄉赴長安，王參相送當在此時。燕城：此指唐時幽州城，故址即今北京市區西南一帶，春秋戰國時爲燕地，故稱。

〔五〕千餘日：謂三年也。島元和七年秋離故鄉赴長安，歷三年爲元和十年秋也，故詩當作於此時。

送汲鵬〔一〕

淮南臥理後，復逢君姓汲①〔二〕。文彩非尋常，志願期卓立〔三〕。深江東泛舟，夕陽眺原隰〔四〕。夏夜言詩會〔五〕，往往追不及〔六〕。

【校勘記】

①逢：奉新本作「遇」。

【箋注】

〔一〕汲鵬：事跡未詳。細繹此詩，知島與鵬曾多次參與長安朋友組織的夏夜詩會，探討詩法。此次汲鵬去淮南，蓋赴幕職，島因賦此詩以相送。

〔二〕「淮南」二句：謂自漢著名太守汲黯高臥而治淮南後，如今又遇您這位姓汲的官吏。淮南臥理：《史記·汲鄭列傳》：漢武帝時汲黯爲東海太守，「學黄老之言，治官理民，好清静，擇丞史而任之。其治責大指而已，不苛小。黯多病，卧閨閤内不出。歲餘東海大治」。後武帝又任黯爲淮陽太守，曰：「吾徒得君之重，卧而治之。」「黯居郡如故治，淮陽政清。」謝朓《在郡卧病呈沈尚書》：「淮陽股肱守，高卧猶在兹。」淮南：貞觀元年，唐太宗依山河形勢之便，分天下爲十道，其七曰淮南。玄宗開元二十一年，又分天下爲十五道，淮南道治揚州。肅宗乾元元年後，於揚州「置淮南節度使，親王爲都督，領使，長史爲節度副大使，知節度事，恒以此爲治所」（《舊唐書·地理三》）。漢汲黯第二次卧理之淮陽國，治所即今河南淮陽縣治。唐乾元元年後，淮南節度使治所爲揚州，因知此「淮南」當指揚州。揚州地近長江，故下文有「深江東泛舟」之句。

〔三〕卓立：特立獨出。《文心雕龍·誄碑》：「清詞轉而不窮，巧義出而卓立。」

〔四〕「深江」二句：言赴任後公餘閒暇，既可長江放舟游玩，又可憑高眺望原野。深江：指長江也。《元和郡縣圖志》闕卷逸文卷二淮南道揚州：「大江，西北自六合縣界流入。晉祖逖擊楫中流自誓之所，南對丹徒之京口，舊闊四十餘里，今闊十八里。」原隰：地勢低濕的平原。《書·禹貢》：「原隰底績，至於豬野。」孔傳：「下濕曰隰。」韓愈《送水陸運使韓侍御歸所治序》：「又爲之奔走經營，相原隰之宜，指授方法。」

〔五〕詩會：詩社。孟郊《送陸暢歸湖州因憑題故人皎然塔陸羽墳》：「昔游詩會滿，今游詩會空。」

〔六〕「往往」句：謂詩會上論文作詩，自己常常不如汲鵬。

賈島集校注卷三

寄令狐相公①〔一〕

策杖馳山驛②〔二〕，逢人問梓州〔三〕。長江那可到③〔四〕，行客替生愁④。

【校勘記】

①《紀事》四〇題作「赴長江道中」。②杖：《全詩》五七一校：「一作馬。」③可：《紀事》作「日」。④替：奉新本作「更」。

【箋注】

〔一〕文宗開成二年（八三七）九月，五十九歲的賈島因「飛謗」罪責授遂州長江縣主簿，此詩即作於赴任途中。令狐相公：令狐楚，字殼士，自號「白雲孺子」，敦煌人。德宗貞元七年登進士第，釋褐桂州刺史王拱幕府從事。歷官禮部員外郎、河陽節度使等。元和十四年入朝拜中書侍郎、同平章事。穆宗長慶元年爲汴州刺史、汴宋亳觀察使。文宗大和七年入爲吏部尚書，轉太常卿、尚書左僕射，進封彭陽郡公。開成元年出爲山南西道節度使（治興元府，故治即今陝西漢中），二年十一月卒於官，謚曰「文」。生平見兩《唐書》本傳、《唐才子傳》卷五等。楚善駢儷章表，德宗愛其文，數稱賞之，亦工詩，尤長絶句，加之官位顯赫，遂爲當時文壇宗匠。島入蜀赴任時，楚正在山南西道節度使任上，因賦寄此詩以致意。

〔二〕山驛：設於山間供過往官吏休息、食宿的地方。

〔三〕梓州：唐屬劍南道，治郪縣，故治在今四川三臺縣東南。《元和郡縣圖志》三三劍南道下梓州：「《禹貢》梁州之域。秦并天下，是爲蜀郡。漢高帝分置廣漢郡，今州即廣漢郡郪、廣漢二縣地也。宋於此置新城郡，梁武陵王蕭紀於郡置新州，隋開皇末改爲梓州，因梓潼水爲名也。」

〔四〕長江：唐代縣名，屬劍南道遂州，故治在今四川蓬溪西六十里。《元和郡縣圖志》三三劍南道下遂州：「長江縣，上。南至州五十里。本晉巴興縣，魏恭帝改爲長江縣。」

【輯評】

宋胡仔《苕溪漁隱叢話》前集一九引宋釋惠洪《冷齋夜話》：賈島詩有影略句，韓退之喜之。……《赴長江道中》詩曰：「策杖離山驛，逢人問梓州。長江那可到，行客替生愁。」

清無名氏《静居緒言》：元和、長慶間，詩有兩歧，韓門諸子，專尚質實，張籍、皇甫故爲敏妙，以及郊寒島瘦，各有勝處。「慈母手中線」與「妾心古井水」諸篇，殆所謂在古無上者矣。《終南山》詩、《巫山高》等作，椎琢渾成，高視闊步，豈亦寒儉者乎？「客舍并州已十霜」，及「策杖離山驛，逢人問梓州」，亦千古合作，豈一例瘦辭乎！然有終卷不可得此一二篇者矣。

哭柏巖禪師①〔一〕

苔覆石牀新〔二〕，師曾占幾春②。寫留行道影，焚却坐禪身〔三〕。塔院關松雪③〔四〕，經房鎖隙塵④〔五〕。自嫌雙淚下，不是解空人〔六〕。

【校勘記】

①禪師：《又玄》中、《紀事》四〇作「和尚」。②師曾：《又玄》《紀事》作「吾師」。占：《全詩》五七二校作「去」。③雪：《英華》三〇五作「路」。④經房：《又玄》、《紀事》作「房門」。

【箋注】

〔一〕元和十年（八一五）十二月，長安章敬寺柏巖禪師懷暉滅度，此詩蓋作於懷暉滅度時。島另撰有《章敬國師碑》，見王象之《輿地碑記目》卷三「福州碑記」條。《宋高僧傳》卷一〇謂懷暉滅度，「嶽陽司倉賈島爲文述德焉」，所指蓋島此《章敬國師碑》，《祖堂集》録存《碑銘》（見本集《附集》）。另，權德輿有《唐故章敬寺百巖禪師碑銘並序》（四部叢刊本《權載之文集》卷一八）。據島與德輿碑銘並序文，懷暉（七五六—八一五），俗姓謝，諱懷暉，泉州（今屬福建）人。禪宗洪州宗祖師馬祖道一弟子，年二十五出家，得圓明清净之本，心離文字。嘗詣曹溪，抵清涼。後下幽都，登徂徠，入太行，化無方所。止於太行柏巖寺，門人因以「柏巖」號焉。憲宗元和三年徵至京師，敕住章敬寺，每歲召入麟德殿講論，推爲上座。《釋氏稽古略》作元和三年卒,《釋氏通鑑》作元和十一年卒,《金石録補》卷一四作元和十二年卒,卷二七又作元和二年卒,《景德傳燈録》作元和十三年卒,均誤。《宋高僧傳》雖作元和十年卒,然謂年六十二(見陳垣《釋氏疑年録》),亦未確。禪師:修習禪定的僧人,見本集卷一《贈智朗禪師》注〔二〕。此指禪宗僧人。

〔二〕石牀:石質坐卧用具。

〔三〕「寫留」二句:謂柏巖惟留肖像,肉身已火化。寫:摹寫、摹畫,此指寫真。王建《題柏巖禪師影堂》云:「恨不生前識,今朝禮畫身。」亦提及柏巖畫像,可見柏巖確有寫真留下。行道:修道。祖詠《題遠公經臺》:「苔侵行道席,雲濕坐禪衣。」「焚卻」句:謂柏巖火葬也。火葬乃天竺四葬之一,梵語曰荼毘,又曰闍維,譯爲焚燒,焚燒所餘名舍利。

〔四〕塔院:建有靈塔的院子。塔起源印度,梵語窣堵坡,用於收藏僧人屍身或屍身焚燒後所得之舍利,後亦用於儲藏佛像、經卷、法器,或作爲雄偉建築以莊嚴佛寺等。杜甫《江畔獨步尋花七絶句》其五:「黄師塔前江水東。」仇兆鰲注引陸游《老學庵筆記》云:「蜀人呼僧爲師,葬所爲塔。」這裏指柏巖禪師的舍利塔。

〔五〕經房:柏巖禪師誦習佛經的房屋。

〔六〕「自嫌」二句:收筆點出「哭」字,慚愧自己已脱僧籍,還俗成爲儒士,然仍爲大師的寂滅沉痛落淚。孟郊《夏日謁智遠禪師》:「不得爲弟子,名姓掛儒宫。」此蓋島所本。解空人:僧人也。

僧人修習佛法旨在悟解塵世萬法皆由緣生，其性本空的道理，以覺悟成佛，故云。僧肇《維摩經注·弟子品第三》：「須菩提，秦言善吉，弟子中解空第一也。」

【輯評】

宋歐陽修《六一詩話》：詩人貪求好句而理有不通，亦語病也。……如賈島《哭僧》云：「寫留行道影，焚却坐禪身。」時謂燒殺活和尚，此尤可笑也。

尤袤《全唐詩話》卷六：（周）賀《哭柏嵓師》云：「林徑西風急，松枝構杪餘。凍鬚亡夜剃，遺偈疾時書。地燥焚身後，堂空卧影初。此時頻下淚，曾省到吾廬。」時島亦有詩云「苔覆石牀新」，時謂相侔云。

宋胡仔《苕溪漁隱叢話》後集卷一一：《六一居士詩話》云：「賈島《哭柏巖禪師》詩：『寫留行道影，焚却坐禪身。』時謂燒殺活和尚，此可笑也。若『步隨青山影，坐學白塔骨』，又『獨行潭底影，數息樹邊身』，皆是島詩，何精粗頓異也。」苕溪漁隱曰：「余於此兩聯，但各取一句而已。『坐學白塔骨』，可見禪定之不動，『獨行潭底影』，可見形影之清孤，島嘗爲衲子，故有此枯寂氣味形之於詩句也。」

元方回《瀛奎律髓》四七：歐公謂第四句似燒殺活和尚，誠亦可議。然詩格自好。

清李懷民《重訂中晚唐詩主客圖》：分明有不壞身在。後來作哭僧詩皆法此刻苦，然於禪理之空妙處不能及也（「寫留」二句下）。

清潘德輿《養一齋詩話》卷七：賈島詩「寫留行道影，焚却坐禪身」，歐陽公笑之。然謂「『步隨青山影，坐學白塔骨』，『獨行潭底影，數息樹邊身』，亦島詩，何精粗頓異」。「步隨青山」數語，果謂之「精」乎？吾第見其幽怪酸澀而已。

李慶甲《瀛奎律髓彙評》四七：清馮舒：長江奇句錯落，然門面亦一例如此。末聯「哭」。查慎行：末聯，哭僧詩必如此方切題，又是現身説法。紀昀：結得有意。

山中道士〔一〕

頭髮梳千下〔二〕，休糧帶瘦容〔三〕。養雛成大鶴①，種子作高松〔四〕。白石通宵煮〔五〕，寒泉盡日舂〔六〕。不曾離隱處，那得世人逢〔七〕。

【校勘記】

①大：《英華》二二九作「老」。

【箋注】

〔一〕道士：道教徒。《資治通鑑·梁敬帝紹泰元年》：「敕道士皆剃髮爲沙門。」胡三省注：「道家雖曰宗老子，而西漢以前未嘗以道士自名，至東漢始有張道陵、于吉等，其實與佛教皆起於東漢之時。」

〔二〕「頭髮」句：謂多次梳髮可以養生也。道教有梳髮養生説。《雲笈七籤》四七《櫛髮咒》條引

《三洞奉道科》曰：「凡梳頭，先洗手面，然後梳之，皆不得使人見，增壽八百二十。」又云：「凡欲櫛髮，先叩齒三通……然後解櫛之，當令三五百遍爲佳。然經中唯須一千五百遍。畢，成髻，兩手握，固於膝上。」

〔三〕休糧：辟穀、絶穀，即不食食物也。爲道家與道教的全身長生之術，《史記·留侯世家》：「乃學辟穀，道引輕身。」葛洪《抱朴子·内篇·論仙》：「仙法欲止絶臭腥，休糧清腸。」

〔四〕「養雛」二句：陳延傑注：「松鶴如此，可知居山中之久。」

〔五〕「白石」句：謂煮雲母爲藥液以養生也。《抱朴子·内篇·仙藥》：「（雲母）五色並具而多青者名雲英，宜以春服之。五色並具而多赤者名雲珠，宜以夏服之。五色並具而多白者名雲液，宜以秋服之。」服食之法「或以桂蔥水玉，化之以爲水，或以露於鐵器中，以玄水熬之爲水，或以硝石合於筒中，埋之爲水。……服之一年則百病除，三年久服，老公反成童子，五年不闕，可役使鬼神，入火不燒，入水不濡，踐棘而不傷膚，與仙人相見。」又《列仙傳·白石生》言生「嘗煮白石爲糧」。《雲笈七籤》卷七一録有「太山張和煮石法」：「取河中青白石，如桃李大者五升，取北流水九升，煮之一沸，以神水二合攪之，又煮一沸，候石熟，任意食。食之五日後，萬病愈，一年壽命延永，久服白日升天矣。」

〔六〕「寒泉」句：謂冲洗雲母，去土以備熬煮也。《抱朴子·内篇·仙藥》：雲母爲藥前「皆當先以茅屋霤水，若東流水、露水，漬之百日，淘汰去其土石，乃可用」。舂：衝擊，此指以泉水冲洗雲母。

〔七〕「不曾」二句：巧妙點出「山中」二字。

【輯評】

元方回《瀛奎律髓》四八：八句無一句不佳。

明高棅《唐詩品彙》卷六八引宋劉須谿語：又癡又嫩。癡可笑，嫩可惜。

明顧璘《批點唐音》一五：此篇一意下來，不及王、孟典重温厚，似枯刻急直耳。

李慶甲《瀛奎律髓彙評》四八：清馮舒：方君亦以此等爲佳，如何説到黄、陳，便昏昏如夢如魘？　清紀昀：起句、三句，俱不成語。

就可公宿〔一〕

十里尋幽寺〔二〕，寒流數派分〔三〕。僧同雪夜坐，雁向草堂聞〔四〕。静語終燈燄，餘生許嶠雲〔五〕。猶來多抱疾①，聲不達明君〔六〕。

【校勘記】

①猶：季稿、《全詩》五七二作「由」。《英華》二三七校：「集作由。」

【箋注】

〔一〕此詩爲大和年間無可往錫終南山白閣峰下草堂寺時，島前往訪宿而作。可公：僧無可也。無可屢稱島爲從兄（見其《弔從兄島》等詩），故應俗姓賈，范陽人。早歲出家，曾與島同居長安青龍寺。後移錫草堂寺，復雲遊潤州、杭州、越州、湘漢等地，又移居嵩山佛寺。文宗大和年間爲白閣峰下草堂寺僧（見《金石萃編》卷六六）。本卷另有《送無可上人》詩，云：「圭峰霽色新，送此草堂人。」圭峰就在白閣峰西。後又爲天仙寺僧。島去世，嘗編輯島詩爲《天仙集》（見明曹學佺《蜀中名勝記》卷三〇）。無可工於詩，與島及姚合過從甚密，張籍、馬戴、厲玄、喻鳬等亦與之往還唱酬。

〔二〕「十里」句：謂自鄠縣赴草堂寺爲十里也。本集卷八有《二月晦留别鄠中友人》詩，知島嘗往遊鄠縣。其赴草堂寺訪無可當爲同時。幽寺：此指白閣峰下草堂寺，因其處於遠離長安的鄠縣山中，故云。

〔三〕「寒流」句：由島《二月晦留别鄠中友人》詩知，島離鄠縣在二月末，其赴鄠縣西南草堂寺當在元至二月間，天氣仍寒，故詩中言及寒、雪、雁等。數派：當謂紫閣、白閣峰下匯入渼陂的諸道水流也。宋敏求《長安志》一五鄠縣：「渼陂在縣西五里，出終南諸谷，合朝公泉爲陂。」派：水分道而流。劉向《説苑·君道》：「禹鑿江以通於九派。」

〔四〕僧：指無可。草堂：草堂寺，故址在今陝西户縣西南圭峰、白閣二峰間。元駱天驤《類編長安志》卷九《勝遊》條：「草堂，姚秦逍遥園也。有須彌山、波若臺、鳩摩羅什譯經處。後爲禪院，在圭峰下。」岑參有《因假歸白閣西草堂》（《全唐詩》卷一九八），因知草堂寺坐落於圭峰與白閣二峰間。

〔五〕「静語」二句：謂雪夜長時相對默坐或交談，因有所悟，後半生决心隱退。嶠雲：山中白雲。嶠：《爾雅·釋山》：「鋭而高，嶠。」

〔六〕「猶來」二句：島謂己體弱多病又不得志，故思隱退。

【輯評】

清李懷民《重訂中晚唐詩主客圖》：警聳處全是鍊功（「僧同」二句下）。

李慶甲《瀛奎律髓彙評》四七：清紀昀：末二句鄙甚。

旅遊〔一〕

此心非一事，書札若爲傳。舊國别多日〔二〕，故人無少年。空巢霜葉落，疏牖水螢穿〔三〕。留得林僧宿，中宵坐默然①〔四〕。

【校勘記】

①默：叢刊本校：「一作黯。」

【箋注】

〔一〕旅遊：此指長期客居他鄉，與臨時出遊自當不同。

〔二〕「舊國」句：謂久離故鄉也。舊國：故鄉。《莊子·則陽》：「舊國舊都，望之暢然。」成玄英疏：「少失本邦，流離他邑，歸望桑梓，暢然歡喜。」李白《梁園吟》：「洪波浩蕩迷舊國，路遠西歸安可得。」

〔三〕「空巢」二句：陳延傑注：「二句寫物色，亦所以起旅思也。」疏牖：格子稀疏或破損的窗户。李嶠《月》詩：「皎潔臨疏牖，玲瓏鑒薄帷。」水螢：水邊螢火蟲。

〔四〕「留得」二句：謂留宿僧人夜半對坐，默然不語。林僧：山林古寺中的僧人。

【輯評】

宋計有功《唐詩紀事》五七引段成式《酉陽雜俎》：予因請坐客各吟近日爲詩者佳句，有吟賈島「舊國別多日，故人無少年」。

胡仔《苕溪漁隱叢話》前集三三引宋釋惠洪《冷齋夜話》：唐詩有曰：「長因送人處，憶得别家時。」又曰：「舊國別多日，故人無少年。」而荆公、東坡用其意，作古今不經人道語。荆公詩曰：「木末北山煙冉冉，草根南澗水泠泠。繰成白雪桑重緑，割盡黄雲稻正青。」東坡曰：「春畦雨過羅紈膩，夏壠風來餅餌香。」如《華嚴經》：「舉果知因，譬如蓮花，方其吐花，而果具蕊中。」造語之工，至於荆公、山谷、東坡，盡古今之變。

宋范晞文《對牀夜語》卷三：顧況「一别二十年，人堪幾回别」之句，予讀老杜《别唐十五》詩云：「九載一相逢，百年能幾何。」顧之意或原於此。張籍有絶句云：「山東二十餘年别，今日相逢在上都。説盡向來無限事，相看摩捋白髭鬚。」句不同而意極長，使後人能於其中易以一字，則不足以爲絶句。賈島亦有「舊國别多日，故人無少年」，與張意同。

元方回《瀛奎律髓》二九：起句十字謂心緒甚多，鄉書難寫。頷聯十字謂别鄉之久，故人皆老成，真奇語也。景聯言蕭索之味。結句謂之有僧爲伴，深夜無言，其酸苦至矣，詩法却自整峭。如第五句「空巢霜葉落」，乃謂鳥巢既空，葉落於巢之中。其深僻如此。

明高棅《唐詩品彙》六八：宋劉辰翁：「短語不可復道。」

清吴喬《圍爐詩話》卷二：《旅遊》之「此心非一事，書札若爲傳。舊國别多日，故人無少年」，子美也。

賀裳《載酒園詩話又編》：閬仙五字詩實爲清絶，如「空巢霜葉落，疏牖水螢穿」，即孟襄陽「鳥過煙樹宿，螢傍水軒飛」，不能遠過。

清李懷民《重訂中晚唐詩主客圖》：「少」字去聲，然以對「多」字却妙。若依袁子才傳某論詩，必謂是差半個字也。（「舊國」二句下）又云：結得平淡（尾聯下）。

朱寶瑩《詩式》：「沖淡。」

李慶甲《瀛奎律髓彙評》二九：清馮舒：如此説詩，實自解頤。然亦只浪仙一輩人須如此講，前乎此則不必矣。紀昀：五句不佳，虚谷媚其初祖，曲爲之詞。馮氏以島是唐人，從而附和之。使出宋人，不知作何詆訶矣。成見之難化如此。查慎行：三、四頗似張司業。紀昀：極用意而不自然，起句尤太突。若作寄人則可。

送鄒明府遊靈武〔一〕

曾宰西畿縣，三年馬不肥〔二〕。債多平劍與①〔三〕，官滿載書歸〔四〕。邊雪藏行徑，林風透卧衣。靈州聽曉角②，客館未開扉〔五〕。

【校勘記】

①平：奉新本、《二妙集》、席本、《英華》二七八作「憑」。　②聽：奉新本作「吹」。

【箋注】

〔一〕鄒明府：名未詳。明府：漢魏以降多以「明府」或「明府君」尊稱州郡守牧，亦偶以「明府」稱縣令。《後漢書·吴祐傳》：「國家制法，囚身犯之。明府雖加哀矜，恩無所施。」王先謙集解引沈欽韓云：「縣令爲明府，始見於此。」自唐以後，則多以之稱縣令。此詩首句「曾宰西畿縣」，則明府爲縣令明矣。靈武：唐縣名，屬關内道靈州，故治在今寧夏靈武縣西北約三十餘里處。《元和郡縣圖志》卷四關内道四靈州：靈武縣「本漢富平縣之地。後魏破赫連昌，收胡户徙之，因號胡地城。天和中於此州東北置建安縣，隋開皇十八年改爲大潤縣，仁壽元年改爲靈武縣，移入胡地城安置」。

〔二〕「曾宰」二句：言鄒氏曾做過京西縣令，爲官清廉。畿縣：京都近旁屬縣。《新唐書·百官四下》：「畿縣令各一人，正六品上。」

〔三〕「債多」句：言債多用劍值償還。平：均平、均等。《易・乾》：「雲行雨施，天下平也。」孔穎達疏：「言天下普得其利，而均平不偏陂。」此指以劍折價還債。與：用。《詩・唐風・采苓》：「人之爲言，苟亦無與。」毛傳：「無與，勿用也。」

〔四〕「官滿」句：謂做官儒雅清正不斂財貨。韋應物《答長寧令楊轍》詩：「宰邑視京縣，歸來無寸資。」亦此意也。

〔五〕「靈州」二句：言罷官後遊歷靈州，閒散從容。靈州：唐屬關内道，治靈武縣。《元和郡縣圖志》卷四關内道四：靈州，《禹貢》雍州之域，春秋及戰國屬秦，秦并天下爲北地郡。漢時爲富平縣之地。後魏太武帝平赫連昌，置薄骨律鎮，後改置靈州，以州在河渚之中，隨水上下，未嘗陷没，故號「靈州」。隋大業三年改爲靈武郡。武德元年又改爲靈州。曉角：報曉的號角聲。

【輯評】

元方回《瀛奎律髓》二四、三〇：三、四極佳。今宰邑者能如此，何患世之不治耶。第二句「三年馬不肥」亦好。又云：中四句佳，前聯尤勝。

明陸時雍《唐詩鏡》：「三年馬不肥」一語，寫作特異。「債多憑劍與」，落想亦特。

清李懷民《重訂中晚唐詩主客圖》：止説到此，妙。（末二句評語）

李慶甲《瀛奎律髓彙評》二四：清馮舒：第二句便異。　查慎行：第二句，「官清馬骨高」本此。紀昀：起得别致，妙於不澀不纖。

題皇甫荀藍田廳[一]

任官經一年，縣與玉峰連[二]。竹籠拾山果，瓦瓶擔石泉。客歸秋雨後，印鎖暮鐘前[三]。久别丹陽浦[四]，時時夢釣船。

【箋注】

[一] 此詩蓋島謁荀於藍田縣時所賦。本集卷七有《皇甫主簿期遊山不及赴》，此「皇甫主簿」，亦當爲荀也。皇甫荀：事跡未詳。詩云「任官經一年」、「久别丹陽浦」，知荀乃丹陽人，島友。藍田：唐縣名，屬關内道京兆府，今屬陝西。《元和郡縣圖志》卷一關内道一京兆府：「藍田縣，畿。東北至府八十里。本秦孝公置。按《周禮》：『玉之美者曰球，其次爲藍。』蓋以縣出美玉，故曰藍田。周閔帝割京兆之藍田，又置玉山、白鹿二縣，置藍田郡，至武帝省郡，復爲藍田縣，屬京兆，後遂因之。」

[二] 玉峰：指玉山。《元和郡縣圖志》卷一關内道一京兆府藍田縣：「藍田山，一名玉山，一名覆車山，在縣東二十八里。」

[三] 「印鎖」句：謂黄昏時皇甫主簿把縣令大印鎖存起來。主簿之職掌文書和大印，故云。暮鐘：黄昏報時的鐘聲。《群談採餘》：「鐘聲，晨昏叩一百八聲。」

[四] 丹陽浦：當指江南丹陽縣之練湖。《元和郡縣圖志》二五江南道一潤州丹陽縣：「本舊雲陽縣

地，秦時望氣者云有王氣，故鑿之以敗其勢，截其直道，使之阿曲，故曰曲阿。武德五年曾於縣置簡州，八年廢。天寶元年改爲丹陽縣。」又云：「練湖，在縣北一百二十步，周迴四十里。」詩謂丹陽浦可乘船垂釣，正與此合。

【輯評】

宋歐陽修《六一詩話》：聖俞嘗語余曰：「詩家雖率意而造語亦難。若意新語工，得前人所未道者，斯爲善也。必能狀難寫之景如在目前，含不盡之意見於言外，然後爲至矣。賈島云：『竹籠拾山果，瓦瓶擔石泉。』姚合云：『馬隨山鹿放，鷄逐野禽棲。』等是山邑荒僻，官況蕭條，不如『縣古槐根出，官清馬骨高』爲工也。」

元方回《瀛奎律髓》卷六：前輩歐、梅論詩，頗不然此三、四，然賈島、姚合非如此不能奇，不可棄也。

清岳端《寒瘦集》：贊皇甫之清高處，俱在言外，才不落套。

李慶甲《瀛奎律髓彙評》卷六：馮班：三、四細玩終不好。　紀昀：歐、梅時門户未興，尚存公論。又云：此非奇語，乃太僻、太碎、太狹小、太寒儉耳，此二語虚谷一生歧誤之根。

贈王將軍〔一〕

宿衛爐煙近〔二〕，除書墨未乾〔三〕。馬曾金鏃中，身有寶刀瘢〔四〕。父子同時捷，君王畫陣看〔五〕。何當爲外帥，白日出長安〔六〕。

【箋注】

〔一〕王將軍：王茂元，濮州濮陽（今河南濮陽市）人。父棲曜，官至左龍武大將軍，檢校禮部尚書兼御史大夫。憲宗元和中，茂元爲右神策將軍，文宗大和中檢校工部尚書、廣州刺史、嶺南節度使，後授忠武軍節度使、陳許觀察使。武宗會昌中爲河陽節度使，卒於官。生平見《舊唐書・王棲曜傳》附傳、《新唐書》本傳。《舊唐書・文宗紀》云：大和七年正月「以右金吾衛將軍王茂元爲嶺南節度使」。詩乃島送茂元赴嶺南而作。

〔二〕「宿衛」句：言茂元嘗爲右金吾衛將軍也。金吾衛將軍掌皇宫守衛、扈從車駕等事，值宿不離皇宫左右，故云。爐煙：宫中香爐升騰的香煙，此借以指皇宫。

〔三〕「除書」句：謂茂元新授嶺南節度使也。除書：朝廷拜官授職，立書面文字作爲憑據，謂之「除書」。

〔四〕「馬曾」二句：謂茂元久經戰陣，功勳卓著也。《舊唐書・王棲曜傳》附茂元傳：「幼有勇略，從父征伐。」金鏃：裝有金屬箭頭的箭。揚雄《長楊賦》：「兖鋋瘢耆，金鏃淫夷者數十萬人。」

〔五〕「父子」二句：謂茂元父子獲捷，其文韜武略深得君王賞識。《舊唐書・王棲曜傳》附茂元傳謂其「從父征伐知名」，知島言皇帝垂青非虚美也。

〔六〕「何當」二句：言茂元今又出爲一方主帥，白天出京旌節儀仗威武榮耀。何當：何況。王昌齡

《江上聞笛》："何當邊草白，旌節隴城陰。"

【輯評】

元方回《瀛奎律髓》三〇：中四句似不作對而對，所以爲妙。

清沈德潛《唐詩别裁》一二：中晚五律亦多佳制，然蒼莽之氣不存，所以難與前人分道。此篇庶幾近之。

清李懷民《重訂中晚唐詩主客圖》：可知寵遇（首聯下）。又曰：倒襯有力，却是虚筆，故妙（"馬曾"句下）。又曰：鏃必是"金"，刀必是"寶"，偏於人馬受傷處寫出名將身分（"身有"句下）。又曰：唐賢用史之妙，此等平常對處著眼（"父子"二句下）。又曰："白日"二字寫出光寵（尾聯下）。

李慶甲《瀛奎律髓彙評》三〇：清馮舒：虚谷不喜"四靈"，却尚知長江。馮班：次聯二句一意，何以爲佳？第四句未鍊，"寶刀"字有病。查慎行：五、六出色精神，如讀《周盤龍傳》。紀昀：浪仙亦有此應酬之作。

下第①〔一〕

下第只空囊②，如何住帝鄉③〔二〕。杏園啼百舌，誰醉在花傍④〔三〕。淚落故山遠，病來春草長。知音逢豈易⑤，孤棹負三湘⑥〔四〕。

【校勘記】

①《英華》二八八題作「下第别人」。②只空囊：《英華》作「鬢毛蒼」。只：席本校：「一作惟。」③如何住：《英華》作「徘徊懸」。住：叢刊本校：「一作在。」④「杏園」二句：《英華》作「鶯聲寒食後，人醉曲江傍」。⑤逢豈易：《英華》作「豈易别」。逢：底本、叢刊本、汲古閣本、張鈔本、席本、江户本諸本校：「一作酬。」⑥負：《英華》作「復」。

【箋注】

〔一〕《新唐書·韓愈傳》附賈島傳云：「累舉，不中第。」姚合《送賈島及鍾渾》詩：「日日攻詩亦自强，年年供應在名場。」本集卷八《送康秀才》詩亦云：「俱爲落第年，相識落花前。」又本集卷九《早蟬》詩云：「得非下第無高韻。」是知島落第多次，故此詩作於何時已不可確考。下第：科舉考式不中，亦稱落第、落榜等。

〔二〕帝鄉：即京師。此指長安。杜甫《承聞河北諸道節度入朝歡喜口號絶句十二首》其七：「衣冠是日朝天子，草奏何時入帝鄉。」

〔三〕「杏園」二句：唐代新科進士放榜後，賜宴杏園，而後雁塔題名，士人視爲極榮耀之事，故及之。王定保《唐摭言》卷三：新第進士「神龍已來，杏園宴後，皆於慈恩寺塔下題名。同年中推一善書者紀之」。

〔四〕「知音」二句：慨歎難逢能識自己詩文之妙的主試官，因生隱退江湖之志。三湘：湘潭、湘鄉、湘陰爲三湘，見《太平寰宇記》一一六江南西道一四全州。又陶潛《贈長沙公族祖》詩：「遥遥三湘，滔滔九江。」陶澍集注：「湘水發源會瀟水，謂之瀟湘；及至洞庭陵子口會資江，謂之資湘；又北與沅水會於湖中，謂之沅湘。」或指沅湘、瀟湘、資湘之三湘；或指灕湘、瀟湘、蒸湘之三湘；或指沅湘、瀟湘、蒸湘之三湘。此借以泛指江湖。

【輯評】

蔡正孫《詩林廣記》前集卷七引《夢溪筆談》：詩有蜂腰體，如賈島《下第》詩是也。蓋頷聯亦無對偶，然是十字叙一事，而意貫上二句。又頸聯方對偶分明，謂之蜂腰格，言若已斷而復續也。

清李懷民《重訂中晚唐詩主客圖》：偷春格。感羨極矣，卻不損其高致（「杏園」二句下）。

寄賀蘭朋吉〔一〕

往往東林下，花香似火焚〔二〕。故園從小别，夜雨近秋聞①。野菜連寒水，枯株簇古墳。泛舟同遠客，尋寺入幽雲〔三〕。斜日扉多掩，荒田徑細分。相思蟬幾處，偶坐蝶成羣②。會宿曾論道〔四〕，登高省議文〔五〕。苦吟遥可想，邊葉向紛紛③〔六〕。

【校勘記】

①「故園」二句：《全詩》七九六作無名氏。《英華》二五九載此完詩，作賈島，當從。雨：《英華》作「杵」。　②蝶：叢刊本作「蛺」。　③向：汲古閣本作「正」。

【箋注】

〔一〕賀蘭朋吉：本集卷四有《夜喜賀蘭三見訪》詩云：「踏苔行引興，枕石卧論文。即此尋常静，來多祇是君。」今人岑仲勉先生《唐人行第録》謂：賀蘭三即朋吉也。此詩亦云：「會宿曾論道，登高省議文。」二詩均提及與朋吉頻相往還，論道議文之事。是知朋吉排行三，能詩文，爲島友人。細繹此詩，乃島寄與正在邊地遊歷的朋吉，以表相思之情。

〔二〕「往往」二句：謂東林之下花開嬌艷似火，芬芳如香料焚燃。東林：此謂東邊的樹林。江淹《效阮公詩十五首》其一：「孤雲出北山，宿鳥驚東林。」

〔三〕幽雲：雲山深處。漢王褒《九懷·危僞》：「顧列孛兮縹縹，觀幽雲兮陳浮。」

〔四〕會宿：衆友相會，至夜而同宿共眠。本集卷六《酬厲玄》詩云：「鄰居帝城雨，會宿御溝冰。」

〔五〕議文：即論文，談論詩文的内容、藝術及寫作技巧等。杜甫《春日憶李白》：「何時一樽酒，重與細論文。」

〔六〕「苦吟」二句：言朋吉遠在邊地，正吟詠深秋草木摇落的蕭索之景。苦吟：做詩用心刻苦，反復吟詠推敲。唐馮贄《雲仙雜記》卷二「苦吟」條曰：「孟浩然眉毫盡落，裴祐袖手，衣袖至穿，王維至走入醋甕，皆苦吟者也。」

【輯評】

明高棅《唐詩品彙》卷八〇：宋劉辰翁：是謂流麗。

憶吴處士①〔一〕

半夜長安雨，燈前越客吟〔二〕。孤舟行一月，萬水與千岑〔三〕。島嶼夏雲起，汀洲芳草深。何當折松葉②，拂石剡溪陰〔四〕。

【校勘記】

①憶：《紀事》四〇作「贈」。　②松：汲古閣本作「秋」。

【箋注】

〔一〕吴處士：名不詳。本集卷五另有《憶江上吴處士》詩云：「閩國揚帆去。」與此詩「越客」之言合，知吴處士爲閩人，島之友人。處士：才德兼備，隱居不仕的人。《孟子·滕文公下》：「聖王不作，諸侯放恣，處士横議，楊朱、墨翟之言盈天下。」《荀子·非十二子》：「古之所謂處士者，德盛者也，能静者也，修正者也，知命者也，箸是者也。」

〔二〕「半夜」二句：逆鋒落筆，追憶長安雨夜吴處士燈前吟詩的情形。越客：旅居他鄉的越地人。越，古國名，春秋時興起，勾踐滅吴後一度稱霸東南，戰國時爲楚所滅。其地唐屬越州，即今浙江杭州以東，南至福建一帶地區。《左傳·宣公八年》：「盟吴越而返。」杜預注：「越國，今會稽山陰縣也。」

〔三〕「孤舟」二句：陳延傑注：「兩句意相銜接，賈律詩對句之最可法者。」

〔四〕何當：何日、何時。李商隱《夜雨寄北》：「何當共剪西窗燭，卻話巴山夜雨時。」剡溪：水名，在今浙江嵊縣南。《元和郡縣圖志》二六江南道二越州剡縣：「剡溪，出縣西南，北流入上虞縣界爲上虞江。」上虞江，即今曹娥江。顧祖禹《讀史方輿紀要》九二紹興府嵊縣：「剡溪，在縣治南，即曹娥江之上源也。宋樓鑰曰：剡溪山水俱秀，邑之四鄉，山圍平野，溪行其中。其源有四：一自天臺山，一自東陽之王山，一自奉化，一自寧海，兼四大流。」

【輯評】

清王壽昌《小清華園詩談》卷上：何謂逸？曰：古之逸調，不可枚舉。略指其概，如左太沖之「皓天舒白日……」。近體則如……李太白之「燕支黄葉落……」。……賈浪仙之「半夜長安雨……」。

哭孟郊〔一〕

身死聲名在①，多應萬古傳②〔二〕。寡妻無子息〔三〕，破宅帶林泉。塚近登山道〔四〕，詩隨過海船〔五〕。故人相弔後，斜日下寒天③〔六〕。

【校勘記】

①死：《全詩》五七二校：「一作没。」　②古：奉新本作「代」。　③寒天：《英華》三〇四校：「一作天邊。」

【箋注】

〔一〕孟郊：見本集卷二《寄孟協律》注〔一〕。唐憲宗元和九年（八一四）八月己亥，孟郊卒，十月葬於洛陽東北邙山先人墓左。孟郊之卒，韓愈、張籍等皆哭之（見韓愈《貞曜先生墓誌銘》），此詩當爲同時所賦。

〔二〕「身死」二句：謂孟郊雖死，其詩名將萬古流芳。曹丕《典論·論文》：「蓋文章，經國之大業，不朽之盛事。年壽有時而盡，榮樂止乎其身。……是以古之作者，寄身於翰墨，見意於篇籍，不假良史之辭，不託飛馳之勢，而聲名自傳於後。」此用其意。張籍私謚孟郊曰「貞曜先生」，亦有稱贊其聲名不朽之意。

〔三〕「寡妻」句：《貞曜先生墓誌銘》云：「孟氏卒，無子，其配鄭氏以告。」

〔四〕「塚近」句：言孟郊墓在洛陽東北邙山之山路旁邊。《貞曜先生墓誌銘》：「葬之洛陽東其先人墓左。」本卷又有《弔孟協律》云：「孤塚北邙外。」《明一統志》：「北邙山，……在河南府城北十里，山連偃師、鞏、孟津三縣，綿亘四百餘里。東漢諸陵及唐、宋名臣，墳多在此。」

〔五〕「詩隨」句：謂孟郊詩歌在其生前已流傳海外。

〔六〕「故人」二句：陳延傑注：「此二句寫哭。『斜日』、『寒天』，有不勝悽傷者矣。」

【輯評】

宋劉克莊《後村詩話·後集》卷一：賈島《哭孟郊》云：「塚近登山道，詩隨過海船。」此爲郊寫真也。

元方回《瀛奎律髓》四九：凡哭友詩，當極其哀。彼生而榮者，雖哀不宜過也。如孟郊之死，三、四所道，人忍聞乎？併尾句味之至矣。

清余成教《石園詩話》卷二：浪仙《弔孟協律》云：「才行古人齊，生前品位低。」又云：「身死聲名在，多應萬古傳。」浪仙亦不愧於此語，但其行終當遜孟一籌耳。

清李懷民《重訂中晚唐詩主客圖》：看來此與《哭孟協律》本是一詩，此初脱稿，後乃再三改煉，以成奇絶。

李慶甲《瀛奎律髓彙評》四九：馮班：尾句頗平。紀昀：亦視交情之淺深，豈以榮枯爲限哉？又曰：結得不盡。

送崔定〔一〕

未知遊子意，何不避炎蒸〔二〕。幾日到漢水〔三〕，新蟬鳴杜陵〔四〕。秋江待得月，夜語恨無僧①。巴峽吟過否，連天十二層〔五〕。

【校勘記】

①語：《英華》二七八作「話」。

【箋注】

〔一〕崔定：事跡未詳，蓋爲島友，夏離長安漫遊南方，島因以此詩送之。

〔二〕炎蒸：暑熱熏蒸之氣。庾信《奉和夏日應令詩》：「五月炎蒸氣，三時刻漏長。」

〔三〕漢水：發源於今陝西西南部寧强縣之嶓塚山，東流貫穿陝西南部，至湖北會丹江後經襄陽，至漢口入長江，爲長江最大的支流。《尚書・禹貢》曰：「嶓塚導漾，東流爲漢。」崔定此次蓋南遊，因及漢水。

〔四〕新蟬：仲夏初出土的蟬。《禮記・月令》：「仲夏之月，……蟬始鳴。」晉孫楚《蟬賦》：「當仲夏而始出，據長條而悲鳴。」杜陵：古杜伯國，後爲秦所滅，秦武公十一年於其地置杜縣。漢宣帝元康元年，在杜縣東原治初陵，杜縣更名爲杜陵（見《水經注・渭水下》）。《元和郡縣圖志》卷一關内道一京兆府萬年縣：「杜陵，在縣東南二十里。漢宣帝陵也。」位於今陝西西安市東南。

〔五〕「巴峽」二句：謂崔定此遊能否過巴峽，入巫峽，觀十二峰吟詠賦詩。巴峽：今四川巴縣以東，古屬巴國，秦爲巴郡，唐爲渝州巴縣，故其地之江峽稱巴峽。此借以指巴東三峽：瞿塘峽、巫峽、西陵峽。十二層：巫山十二峰也。蘇轍《巫山賦》：「峰連屬以十二兮，其九可見而三不知。」祝穆《方輿勝覽》五七夔州：「（十二峰）曰望霞、翠屏、朝雲、松巒、集仙、聚鶴、净壇、上昇、起雲、飛鳳、登龍、聖泉。」

寄白閣默公〔一〕

已知歸白閣，山遠晚晴看①。石室人心静〔二〕，冰潭月影殘〔三〕。微雲分片滅，古木落薪乾。後夜誰聞磬②，西峰絶頂寒〔四〕。

【校勘記】

①晚：《英華》二二二作「曉」。②後夜誰聞：《英華》作「夜後風飄」。

【箋注】

〔一〕白閣：即白閣峰，位於今陝西户縣西南十餘里，與圭峰、紫閣峰相鄰。默公：僧默然也。姚合有《寄白閣默然》詩，當爲同一人。島從弟無可文宗大和年間爲白閣峰下草堂寺僧，島嘗往遊白閣，賦有《就可公宿》一詩（已見本卷），島與默然相識蓋在此時。此詩云：「已知歸白閣。」默公蓋赴長安訪島，回山後島寄此詩以通音問也。

〔二〕石室：猶石房，此指默公的禪房。鮑溶《送僧文江》：「吴王劍池上，禪子石房深。」

〔三〕冰潭：當指渼陂冰冷的潭水。渼陂就在白閣峰下。杜甫《渼陂西南臺》：「錯磨終南翠，顛倒白閣影。」可證。

〔四〕西峰：當指紫閣峰。紫閣在白閣、黄閣兩峰之西。

雨後宿劉司馬池上〔一〕

藍溪秋漱玉①，此地漲清澄〔二〕。蘆葦聲兼雨，芰荷香遠燈②〔三〕。岸頭秦古道，亭面漢荒陵③〔四〕。静想泉根本，幽崖落幾層〔五〕。

【校勘記】

①藍：底本、張抄本、江户本作「籃」，均誤；據奉新本、叢刊本、汲古閣本、季稿、席本、《全詩》五七二、《英華》一六六改。②遠：底本、奉新本、叢刊本、汲古閣本、季稿、席本、《全詩》、《英華》作「遶」；黄校本校：「宋本遠。」今據改。③荒：《英華》作「光」，誤。

【箋注】

〔一〕劉司馬：名未詳。司馬：官名。《舊唐書・職官志》：諸王府、諸都督府、諸州、諸督護府、諸節度使府等皆有司馬之職，其品秩由從四品下至從六品下不等，其職責爲佐助長上，綱紀衆務，通判列曹。

〔二〕「藍溪」二句：言司馬宅中池沼與藍溪相通也。藍溪：在今陝西藍田縣東南藍田山下，爲有名的産玉之地，乃灞水的源頭。《漢書・地理志》：「霸水亦出藍田谷，北入渭。」李賀《老夫採玉歌》：「藍溪水氣無清白。」

〔三〕「蘆葦」二句：賦池上景也。蘆葦：《詩・豳風・七月》：「七月流火，八月萑葦。」孔穎達疏：

「初生爲葭，長大爲蘆，成則名爲葦，小大之異名。」《淮南子·脩務訓》：「雁順風以愛氣力，銜蘆而翔，以備矰弋。」高誘注：「未秀曰蘆，已秀曰葦。」芰荷：菱葉與荷葉。《楚辭·離騷》：「製芰荷以爲衣兮，集芙蓉以爲裳。」

〔四〕「岸頭」二句：意謂此池經秦歷漢以迄於今，歷史久遠也。秦古道：此蓋指秦地東南出嶢關的大道。《元和郡縣圖志》卷一關内道一京兆府藍田縣：「藍田關，在縣南九十里，即嶢關也。秦趙高將兵拒嶢關，沛公引兵攻嶢關。」漢荒陵：此指霸陵，漢文帝墳墓，陵在白鹿原上，灞水經原下北入渭。陵：《水經注·渭水下》：「秦名天子冢曰山，漢曰陵。」

〔五〕「静想」二句：謂池沼裏的泉水，其源頭在藍田山重巒叠嶂深谷中。幽崖：幽深的崖谷。《文選》三一江淹《雜體詩三十首·魏文帝遊宴》：「緑竹夾清水，秋蘭被幽崖。」李周翰注：「幽崖，深岸也。」

【輯評】

清李懷民《重訂中晚唐詩主客圖》：此意想到，此景寫不到（「蘆葦」二句下評語）。賈生面目如見（末二句下評語）。

送朱可久歸越中〔一〕

石頭城下泊〔二〕，北固暝鐘初〔三〕。汀鷺潮衝起〔四〕，舟窗月過虛①〔五〕。吴山侵越衆〔六〕，隋柳入唐疏〔七〕。日欲躬調膳②，辟來何府書〔八〕。

【校勘記】

①舟：奉新本、叢刊本、季稿、《全詩》《英華》二七八、《律髓》二四作「船」。②躬：奉新本、何校本、《律髓》作「供」。

【箋注】

〔一〕此詩乃朱慶餘及第後島送之歸故鄉而作，張籍、姚合並有《送朱慶餘及第後歸越》詩，皆作於寶曆二年。朱可久：字慶餘，以字行，越州（今浙江紹興一帶）人。登敬宗寶曆二年（八二六）進士第，釋褐秘書省校書郎。未第前以《閨意獻張水部》詩謁水部員外郎張籍，大得賞識，由是知名。文宗大和六年前後歸居越中，約於開成初去世。其詩長於五律七絶，《唐才子傳》卷六評爲「得張水部詩旨，氣平意絶」。生平見《雲溪友議》卷下、《唐詩紀事》四六、《唐才子傳校箋》卷六等。越中：越地。越，古國名，見本卷《憶吴處士》注〔二〕。此指越州治所今浙江紹興。

〔二〕石頭城：故址在今江蘇南京。《藝文類聚》六三《居處部三·城》引《丹陽記》曰：「石頭城，因山爲城，江以爲池，地形險固，尤省奇勢。」《元和郡縣圖志》二五江南道一潤州上元縣：「石頭城，在縣西四里，即楚之金陵城也。吴改爲石頭城，建安十六年吴大帝修築以貯財寶軍器，有戍。《吴都賦》云：『戎車盈於石城』是也。諸葛亮云『鍾山龍盤，石城虎居』，言其形之險固也。」唐時石頭城尚下臨江水，故此詩云「城下泊」。

〔三〕北固：北固山。在今江蘇鎮江。《元和郡縣圖志》二五江南道一潤州丹徒縣：「北固山，在縣北一里，下臨長江，其勢險固，因以爲名。」暝鐘：暮鐘。此指北固山甘露寺黄昏百八下鐘聲也。暝，通「瞑」，暮，黄昏。

〔四〕汀鷺：水邊平沙上的鷺鷥。鷺，鷺鷥。白鷺、蒼鷺居多，赤鷺較罕見。《詩·周頌·振鷺》：「振鷺于飛，于彼西雝。」《爾雅·釋鳥》：「鷺，春鉏。」郭璞注：「白鷺也。頭、翅、背上皆有長翰毛。」郝懿行義疏：「齊魯之間謂之春鉏，遼東、樂浪、吴楊人皆謂之白鷺，青脚，高尺七八寸，尾如鷹尾，喙長三寸，頭上有毛數十枚，長尺餘，毵毵然與衆毛異好。欲取魚時則弭之。」

〔五〕「舟窗」句：謂船窗清澈明亮也。虚：虚明也。陶潛《辛丑歲七月赴假還江陵夜行塗口》：「涼風起將夕，夜景湛虚明。」

〔六〕「吴山」句：吴越兩地毗鄰，山脉逶迤多相連屬，故云。

〔七〕隋柳：即隋堤柳。隋煬帝大業元年開通濟渠，自洛陽引穀洛水達黄河，是謂通濟渠西段；復自板渚引黄河入開封、商丘之汴河通於泗，是謂通濟渠之東段。又重開邗溝，引江水經高郵達淮安。通濟渠、邗溝旁修御道，道旁植柳，謂之隋堤柳，亦省稱「隋柳」。

〔八〕「日欲」二句：謂慶餘將被徵召爲官，欲居家奉養雙親不可得也。調膳：司厨，調理膳食。此指奉養親老。府：此指有任免官吏職權的官署。阮籍《奏記詣太尉蔣濟》：「開府之日，人人自以爲掾屬。辟書始下，下走爲首。」

【輯評】

元方回《瀛奎律髓》二四：汀上之鷺，潮衝之而見其起。舟中之窗，月過之而見其虚。可謂善言吴中泊舟之趣。「吴山」「隋柳」一聯，近乎粧砌太過。趙紫芝全用此聯，爲「瀟水添湘潤，唐碑入宋稀」，殊爲可笑。所選《二妙集》於浪仙取八十一首，其非僧道而送行者，凡取十首，獨不取此一首。蓋欲以蒙蔽蹈襲之罪，非耶！

李慶甲《瀛奎律髓彙評》二四：清查慎行：第六句自不可棄。　紀昀曰：結句未健。

送田卓入華山〔一〕

幽深足暮蟬①，驚覺石牀眠〔二〕。瀑布五千仞，草堂瀑布邊②〔三〕。壇松涓滴露③〔四〕，嶽月沉寥天④〔五〕。鶴過君須看，上頭應有仙〔六〕。

【校勘記】

①足：《英華》二七八作「是」，《全詩》五七二校：「一作入。」　②「瀑布五」二句：《全詩》七九六又作無名氏。然《英華》二七八載此完詩，作賈島。毛扆用宋無名氏刻島集所校汲古閣八家詩本《長江集》，及黄校本皆載此完詩，今從之。　③壇：奉新本、《英華》作「檀」。　④沉：奉新本作「寂」，《英華》作「沉」。

【箋注】

〔一〕田卓：嘗舉進士不第，因入華山而居。姚合有《送進士田卓入華山》，與此詩當係同時所賦，姚詩云：「辭家計已久，入谷住應深。……業成須謁帝，無貯白雲心。」知田卓入華山乃暫居讀書。華山：亦稱太華山，五嶽之一，因其所處最西，故稱西嶽，由蓮花、落雁、朝陽、玉女、五雲諸峰組成。《書·虞書·舜典》：「八月西巡守，至於西嶽。」

〔二〕石牀：見本卷《哭柏巖禪師》注〔二〕。亦稱石榻，《藝文類聚》卷七《山部上·華山》引《列仙傳》云：「脩羊公者，魏人，止華陰山石室中，中有石榻，常卧其上，石盡陷穿。」

〔三〕「瀑布」二句：寫田卓華山居處。瀑布：《水經注·河水四》：華山「頂上方七里，靈泉二所，一名蒲池，西流注於澗；一名太上泉，東注澗下」。詩云「瀑布五千仞」，蓋泉水下流所成者。五千仞：《山海經》卷二《西山經》：「太華之山，削成而四方，其高五千仞，其廣十里。」草堂：當爲田卓在華山中之居處。

〔四〕壇松：封禪壇場旁的松樹。唐玄宗天寶九載（七五〇），羣臣請封西嶽華山，玄宗「命鑿華山路，設壇場。既而以關中旱，不果」。見《讀史方輿紀要》五二《名山·泰華》條。涓滴：一滴一滴地流淌。杜甫《倦夜》：「重露成涓滴，稀星乍有無。」

〔五〕「嶽月」句：謂月夜華山天空顯得更加寥廓。泬寥：清朗空曠貌。《楚辭·九辯》：「泬寥兮，天高而氣清。」王逸注：「泬寥，曠蕩空虚也。或曰泬寥猶蕭條。蕭條，無雲貌。」

〔六〕「鶴過」二句：化用仙人騎鶴典。漢劉向《列仙傳》：「王子喬者，周靈王太子晉也，好吹笙作鳳凰鳴。遊伊洛間，道士浮丘公接上嵩高山。三十餘年後求之於山上，見柏良曰：『告我家，七月七日待我於緱氏山巔。』至時，果乘鶴駐山頭，望之不可到。舉手謝時人，數日而去。」晉何劭《游仙詩》：「羨昔王子喬，友道發伊洛。迢遞陵峻岳，連翩御飛鶴。」

【輯評】

清李懷民《重訂中晚唐詩主客圖》：妙從已往說起（首聯下）。又曰：此五丁開山之句，即在古人亦難必得，得者乃天成也。「草」字單平落調，然不可改者，其句已絕，故寧使律不協耳。若改「草」字爲「茅」字，或改「瀑布」爲「飛瀑」，即失其妙。此可爲知者道也（「瀑布」二句下）。又曰：此等不待深思，但一吟之已可想其高寒（「壇松」二句下）。又曰：妙（尾聯下）。

送董正字常州覲省〔一〕

相逐一行鴻，何時出磧中〔二〕。江流翻白浪，木葉落青楓〔三〕。輕檝浮吴國，繁霜下楚空〔四〕。春來懽侍阻，正字在東宫①〔五〕。

【校勘記】

①在：《英華》二八四作「來」。

【箋注】

〔一〕董正字：董武。姚合有《送董正字武歸常州覲親》，與此詩同韻，當係同時所賦。本集卷四另有《寄董武》詩，亦即此人。此詩題云「常州覲省」，則武爲常州人。又云「出磧中」，明武此前宦遊邊地，佐理戎幕。結云「春來」「正字在東宫」，則「正字」蓋新授之職。正字：《舊唐書·職官三》東宫官屬：司經局「校書四人，正九品。正字二人，從九品上……校書、正字，掌典校四庫書籍」。常州：唐屬江南道，故治即今江蘇常州市。覲省：亦作省覲，探視父母或尊長。裴鉶《傳奇·鄭德璘》：「（韋氏）叩頭曰：『吾之父母，當在水府，可省覲否。』」

〔二〕「相逐」二句：言董武一行人自邊地沙漠回京也。磧：沙漠。《北史·魏紀一·道武帝》：登國六年「冬十月戊戌，征北蠕蠕，追破之於大磧南商山下」。此指邊地。

〔三〕「江流」二句：狀董武省覲途中將歷之景。青楓：蒼萃的楓樹。楓，木名，即楓香樹，落葉喬木，通稱楓樹。《山海經·大荒南經》：「楓木，蚩尤所棄其桎梏，是謂楓木。」晉嵇含《南方草木狀·楓香》：「楓香樹似白楊，葉圓而歧分，有脂而香。」霜後其葉變紅，故又有「丹楓」「紅楓」之稱。

〔四〕吴國：古國名，此指吴地。楚空：楚地的天空。楚，古國名，見本集卷一《送沈秀才下第東歸》注〔一〇〕。其全盛時據有今湖北、湖南、江西、浙江及河南、安徽大部地區。

〔五〕「春來」二句：謂明春難得承歡侍奉尊親也。阻：《爾雅·釋詁》：「阻，艱難也。」東宫：太子所居之宮。《詩·衛風·碩人》：「東宮之妹，邢侯之姨。」孔穎達疏：「太子居東宮，因以東宮表太子。」此指太子所屬諸衙。

酬姚少府〔一〕

梅樹與山木①，俱應摇落初〔二〕。柴門掩寒雨，蟲響出秋蔬。枯槁彰清鏡，孱愚友道書〔三〕。刊文非不朽，君子自相於〔四〕。

【校勘記】

①梅：《全詩》五七二校：「一作海。」誤。

【箋注】

〔一〕穆宗長慶三年（八二三）春，姚合罷武功主簿返長安，秋遷京兆萬年尉，寶曆元年（八二五）夏以疾長告，迨秋辭萬年尉（郭文鎬《姚合仕履考略》）。由此詩尾聯看，島蓋以詩作呈姚合求教，合刊定後寄島，此詩即島的酬謝之作，時間應在長慶三或四年秋。姚少府：姚合，見本集卷二《重酬姚少府》注〔一〕。少府：縣尉的别稱。

〔二〕「梅樹」二句：言深秋已至，萬木開始凋零。摇落：《楚辭·九辯》：「悲哉秋之爲氣也，蕭瑟兮草木摇落而變衰。」此用其意。梅：《詩·召南·摽有梅》：「摽有梅，其實七兮。」朱熹《集傳》：「梅，木名，華白，實似杏而酢。」又《詩·秦風·終南》：「終南何有，有條有梅。」鄭玄箋:「梅,枏也。」《説文·木部》:「梅,枏也。」段玉裁注:「《召南》等之梅,與《秦》《陳》之梅判然二物,《召南》之梅,今之酸果也。《秦》《陳》之梅,今之楠樹也。」此應指《召南》之梅。

〔三〕「枯槁」二句:島謂己憔悴瘦弱,常與道書爲伴。孱愚:鄙陋愚拙。元稹《爲嚴司空謝招討使表》:「臣誠雖懇到,性本孱愚,任重憂深,驚惶失據。」道書:道家或佛教典籍。江淹《自序傳》:「山中無事,專與道書爲偶。……深信天竺緣果之文,偏好老氏清浄之術。」本集卷六《病起》云:「燈下南華卷,祛愁當酒杯。」「南華卷」,即《南華真經》,乃《莊子》一書的别稱。

〔四〕「刊文」二句:謂訂正詩文目的不在傳名後世,而是爲了以文會友。不朽:曹丕《典論·論文》:「蓋文章經國之大業,不朽之盛事。年壽有時而盡,榮樂止乎其身。二者必至之常期,未若文章之無窮。」此反用其意。刊文:修正文章,作爲定稿。《三國志·蜀書·向朗傳》:「年踰八十,猶手自校書,刊定謬誤。」相於:相親相厚。漢焦贛《易林·蒙之巽》:「患解憂除,王母相於,與喜俱來,使我安居。」漢王符《潛夫論·釋難》:「夫堯舜之相於,人也,非戈與伐也。其道同仁,不相害也。」

【輯評】

清賀裳《載酒園詩話又編》:閬仙五字詩實爲清絶,如……「柴門掩寒雨,蟲響出秋蔬」,「地侵山影掃,葉帶露痕書」,「移居見山燒,買樹帶巢烏」,皆於深思静會中得之。

清李懷民《重訂中晚唐詩主客圖》:古本作「梅樹」。梅木之美者以寓姚,山木無用以自寓,然俱當衰老也。後人不識，改爲「海樹」，「山」與「海」似乎對舉，而按之全無義意（首聯下）。

送無可上人〔一〕

圭峰霽色新，送此草堂人〔二〕。麈尾同離寺，蛩鳴暫别親①〔三〕。獨行潭底影，數息樹邊身〔四〕。終有煙霞約，天台作近鄰〔五〕。

【校勘記】

①親：《英華》二二二作「秦」。

【箋注】

〔一〕詩中云「天台」，姚合有《送無可上人遊越》詩，蓋大和年間無可往遊越中山水，島賦此詩以送之，具體時間則不可考。無可：即島從弟僧無可也，見本卷《就可公宿》注〔一〕。上人：佛教稱内有德智，外有勝行，在人之上者爲上人。

〔二〕「圭峰」二句：謂雨過天晴送無可離寺出行。圭峰：位於今陝西户縣西南紫閣、白閣二峰之西，其形如圭，故名。其東又有小圭峰。草堂：草堂寺，在圭峰山麓，見本卷《就可公宿》注〔四〕。

〔三〕「麈尾」二句：謂無可出行是在秋天也。麈尾：又名拂塵、拂子等，以綫、羊毛、馬尾等製成，爲除塵、驅蠅的用具。魏晋後僧人、道士及談玄者俱持此物，爲玄談或講論之助。《根本説一切有部毘奈耶雜事》卷六：佛言「我今聽諸苾蒭蓄拂蚊子物」。《南史·陳顯達傳》：「凡奢侈者鮮有不敗，麈尾、蠅拂是王、謝家物，汝不須捉此自隨，即取於前燒除之。」蛩：蟋蟀。蛩鳴：謂時序屬秋。鮑照《擬古詩八首》其七：「秋蛩扶户吟，寒婦晨夜織。」

〔四〕「獨行」二句：想象遊方僧途中行腳與休息的情形。島吟成此聯自注一絶云：「二句三年得，一吟雙淚流。知音如不賞，歸卧故山秋。」

〔五〕「終有」二句：謂與無可有約將歸隱天台山也。煙霞約：隱居山林之約。煙霞：此泛指山林、山水。楊炯《原州百泉縣令李君神道碑》：「獨守大玄，且忘名利之境。于時魏特進、房僕射、杜相州等並以江海相期，煙霞相許。」天台：山名，位於今浙江天台縣北。見本集卷二《送鄭山人游江湖》注〔三〕。

【輯評】

歐陽修《六一詩話》：詩人貪求好句而理有不通，亦語病也。……如賈島哭僧云：「寫留行道影，焚却坐禪身。」時謂燒殺活和尚，此尤可笑也。若「步隨青山影，坐學白塔骨」，又「獨行潭底影，數息樹邊身」，皆島詩，何精粗頓異也。

宋魏泰《臨漢隱居詩話》：人豈不自知耶？及自愛其文章，乃更大繆，何也？……賈島云：「獨行潭底影，數息樹邊身。」其自注云：「二句三年得，一吟雙淚流。知音如不賞，歸卧故山秋。」不知此二句有何難道，至於「三年」始成，而「一吟」淚下也？

元方回《瀛奎律髓》四七：五、六絶唱。

明李東陽《麓堂詩話》：律詩對偶最難，如賈浪仙「獨行潭底影，數息樹邊身」，至有「兩句三年得」之句。許用晦「湘潭雲盡暮山出，巴蜀雪消春水來」，皆有感而後得者也。

明都穆《南濠詩話》：世人作詩以敏捷爲奇，以連篇累册爲富，非知詩者也。老杜云：「語不驚人死不休。」蓋詩須苦吟則語方妙，不特杜爲然也。賈浪仙云：「兩句三年得，一吟雙淚流。」……予由是知詩之不工，以不用心之故，蓋未有苦吟而無好詩者。

明謝榛《四溟詩話》卷四：遯軒子曰：「凡作詩貴識鋒犯，而最忌偏執。偏執不惟有焦勞之患，且失詩人優柔之旨。如賈島『獨行潭底影』，其詞意閒雅，必偶然得之，而難以句匹。當入五言古體，或入仄韻絶句，方見作手。而島積思三年，局於聲律，卒以『數息樹邊身』爲對，不知反爲前句之累。其所爲『二句三年得，吟成雙淚流』，雖曰自惜，實自許也。不識鋒犯，偏執不回至於如此。唐人中識鋒犯者，莫如子美，其『落日在簾鉤』之作，亦難以句匹者也，故置之句首，俊麗可愛；使束於聯中，未必若首句之妙。學者觀其全篇起結雄健，頸頷微弱可見矣。」

清施閏章《蠖齋詩話》：賈閬仙嘗得句云：「獨行潭底影」，苦難屬對，久之聯以「數息樹邊身」，自注云：「二句三年得，一吟雙淚流。」後續成一律《送無可上人》：「圭峰霽色新……」余謂此語宜是山行野望，心目間偶得之，不作送人詩當更勝。誦老杜「力稀經樹歇，老睏撥書眠」，氣象全別矣。

薛雪《一瓢詩話》：賈長江「獨行潭底影，數息樹邊身」，只堪自愛。柳河東「壁空殘月曙，門掩候蟲秋」，恨少人知。

清李懷民《重訂中晚唐詩主客圖》：對法妙。無可在俗爲浪仙從弟，故詩中用「親」字非泛下也。（「塵尾」二句下）。又曰：此等李洞諸人皆不能道，非不及其詩，不及其精於禪也。此爲師生平得意語，須思其得意處安在（「獨行」二句下）。

李慶甲《瀛奎律髓彙評》四七：馮舒：腹聯奇句。馮班：長江用思極苦，然出語自遠。李洞、曹松之流，雖有新警，詞多露骨，爲不及矣。紀昀：第四句太費解。○浪仙於五、六句下自誌一絕曰：「二句三年得，一吟雙淚流。知音如不賞，歸卧故山秋。」蓋生平得意之語。初讀似率易，細玩之，果有幽致。許印芳：紀批云第四句太費解，故爲易作「蛩鳴亦愴神」。

送李騎曹①〔一〕

歸騎雙旌遠，懽生此别中〔二〕。蕭關分磧路，嘶馬背寒鴻②〔三〕。朔色晴天北，河源落日東〔四〕。賀蘭山頂草〔五〕，時動卷帆風③。

【校勘記】

①曹：底本、叢刊本、汲古閣本、張抄本、《二妙集》、席本、江户本作「胄」；奉新本、季稿作「冑」，均誤；據《全詩》五七二、《律髓》二四改。②嘶：季稿作「厮」。③帆：《全詩》校：「一作旂。」

【箋注】

〔一〕李騎曹：即李琮，隴右臨洮（今青海樂都）人。唐名將李晟之孫，父聽，元和十五年六月至長慶二年二月爲靈州大都督府長史、靈鹽節度使（見《舊唐書》本傳）。僧無可有《送威武李騎曹之靈武寧省》，與此詩同韻，當係同賦。張籍、姚合亦有同送詩，然《全唐詩》四九六合送詩誤作「李宗」（見陶敏《全唐詩人名考證》）。而合元和十五年夏罷魏博幕，明年即長慶元年春爲武功簿（見郭文鎬《姚合佐魏博幕及賈島東游魏博考》），是合本年秋至明年春在京。此詩云「寒鴻」，因知此詩及諸同送詩，並當作於本年秋冬間。騎曹：《舊唐書·職官三》載：天子武官十衛之左右衛、左右驍衛、左右武衛、左右威衛、左右金吾衛，及諸王府之武官均設有文職之騎曹參軍事一員，省稱「騎曹」，品秩爲正六品下和正七品上不等，其職「掌本曹勾檢之事」及「督本曹事、出使、檢校典籤，宣傳教命」。

〔二〕「歸騎」二句：言李琮省親行程雖遠，分別之際却充滿了歡樂。雙旌：此指隨行的旌旗儀仗。無可《送威武李騎曹之靈武寧省》詩：「一歲一歸寧，涼天數騎行。」

〔三〕「蕭關」二句：謂出了蕭關路多沙石，然駿馬嘶鳴仍一路北行。無可送行詩復云：「河來當塞曲，山遠與沙平。……新鴻引寒色，迴日滿京城。」可見所言「磧路」「寒鴻」乃實景也。蕭關：古時秦地著名的四關之一，扼關中通向靈武的交通咽喉，故址在今寧夏固原東南。《史記·孝文本紀》「攻朝那塞」補《正義》引《括地志》云：「蕭關，今隴山關，漢文帝十四年匈奴入朝那縣之地。」《元和郡縣圖志》卷三關内道三原州平高縣：「蕭關故城，在縣東南三十里。」磧路：多沙石的路。鮑照《登翻車峴》：「淖坂既馬領，磧路又羊腸。」

〔四〕「朔色」二句：言塞外遼闊，所見極曠遠也。朔色：北方之黑色。《周禮·冬官·考工記中》：「五色：東方謂之青，南方謂之赤，西方謂之白，北方謂之黑，天謂之玄，地謂之黄。」此謂北方邊遠景色。河源：黄河源頭。「河源」句，極言河源之遠，遠在天邊日落處之東邊也。

〔五〕賀蘭山：一名阿拉善山，在今寧夏回族自治區西北邊境與内蒙古自治區接界處。《元和郡縣圖志》卷四關内道四靈州保静縣：「賀蘭山，在縣西九十三里，山有樹木青白，望如駮馬，北人呼駮馬爲賀蘭。……南北約長五百餘里，真邊城之鉅防。」帆：船篷，此蓋指黄河中的帆船。

【輯評】

元方回《瀛奎律髓》二四：此詩謂「嘶馬背寒鴻」，則雁南向而人北去。又謂「河源落日東」，河源當在西，今反在落日之東，則身過河源又遠矣。所謂賀蘭山，蓋回紇之地也。

清屈復《唐詩成法》：中四皆寫邊塞寒苦。今日歸騎所見之風，猶吹賀蘭之草，反言結一二也，格甚奇。

清李懷民《重訂中晚唐詩主客圖》：無此奇筆如何匠得塞垣景出？此與王右丞「大漠孤煙直，長河落日圓」有正變之分，而發難顯則同（「朔色」二句下）。

送烏行中石淙別業①〔一〕

寒水長繩汲，丁泠數滴翻。草通石淙脉〔二〕，硯帶海潮痕〔三〕。嶽色何曾遠〔四〕，蟬聲尚未繁〔五〕。勞思當此夕，苗稼在西原〔六〕。

【校勘記】

①《全詩》五七二「行中」下校：「一本有還字。」淙：底本、叢刊本、張鈔本、季稿、席本、《全詩》五七二、江户本諸本校「一作琮」，非是。

【箋注】

〔一〕烏行中：事跡未詳。本集卷九有《夜集烏行中所居》七絶一首。蓋行中嘗寓居京師，而有別墅在嵩嶽旁。行中將還別墅，島因以此詩送之。石淙：又名平樂澗，位於今河南登封縣嵩山南、箕山北，武則天嘗率羣臣會飲於此，與太子顯、相王旦及李嶠、徐彦伯等皆賦有《石淙》詩，見《全唐詩》卷二、卷五、卷六一、卷七六。相王詩云：「奇峰巙嶙箕山北，秀崿岧嶢嵩鎮南。」武則天詩題下注：「即平樂澗。」《讀史方輿紀要》四八河南府登封縣「奉天宫」條：「三陽宫在縣西二十里之石淙山，武后聖曆三年建，自是數幸焉。」是此石淙乃石淙山下之澗溪也。別業：別墅。晋石崇《思歸引序》：「晚節更樂放逸，篤好林藪，遂肥遁於河陽別業。」

〔二〕「草通」句：謂別業前芳草與石淙溪岸連成一片。石淙脉：石淙溪流，即源於嵩山東谷之細流，一路屈曲潛行於地中，而後在崇岡山峽間，方潛出於硤石亂流，其石遂成嶼、崖、臺、窟等等，變化萬千。

〔三〕「硯帶」句：謂行中所用石硯紋理與海潮波痕極爲相似。杜甫《石硯》詩：「其滑乃波濤，其光或雷電。」

〔四〕「嶽色」句：謂石淙別業就在中嶽嵩山附近。嶽：中嶽嵩山。見本集卷二《投張太祝》注〔七〕。

〔五〕「蟬聲」句：謂時當仲夏，新蟬始生也。蟬五月始鳴，見本卷《送崔定》注〔四〕。蟬聲未繁，謂仲夏新蟬出土尚不多也。

〔六〕西原：蓋指平樂澗西岸原野。

送覺興上人歸中條山兼謁河中李司空〔一〕

又憶西巖寺，秦原草白時〔二〕。山尋樵徑上，人到雪房遲〔三〕。暮磬潭泉凍①，荒林野燒移②〔四〕。聞師新譯偈〔五〕，説擬對旌麾③〔六〕。

【校勘記】

①磬：《英華》二二二作「罄」。②燒：《英華》作「火」。③旌：《英華》作「旄」。

【箋注】

〔一〕李嘉言《賈島年譜》判此詩作於長慶四年或稍後。差近。考近人吴廷燮《唐方鎮年表》卷四，河中府自元和至島貶長江簿，其間以司空銜領河中牧之李姓，唯李愿一人。又《舊唐書·敬宗紀》載：長慶四年（八二四）六月「李愿檢校司空兼河中尹」，至敬宗寶曆元年（八二五）六月「河中節度使、檢校司空李愿卒」。是愿牧河中僅一年零一個月。此詩云「雪房」、云「泉凍」，爲冬季之景，因知此詩乃長慶四年冬作。覺興上人：事跡未詳，蓋爲中條山西巖寺僧，遊於京師，與島爲友。中條山：又名雷首山，位於今山西西南與河南交界處，黄河於山脚下流過。《元和郡縣圖志》一二河東道一河中府河東縣：「雷首山，一名中條山，在縣南十五里。」河中：唐河中府，治河東縣，故治在今山西永濟西。李司空：李愿，隴右臨洮（今青海樂都）人。中唐名將李晟子。以父蔭召拜太子賓客，轉左衛大將軍。長慶二年檢校司空、兼汴州刺史、宣武軍節度使。長慶四年六月復檢校司空兼河中尹、充河中晋絳慈隰等州節度使，明年即敬宗寶曆元年六月卒於官。司空：官名，三公之一。《舊唐書·職官一》：「武德七年定令，以太尉、司徒、司空爲三公。」並正一品。《職官二》：「三公論道之官也。蓋以佐天子理陰陽，平邦國，無所不統，故不以一職名其官。大祭祀則太尉亞獻，司徒奉俎，司空掃除。」李愿所任司空爲檢校官。

〔二〕西巖寺：當爲中條山中寺宇，覺興上人所歸處。秦原：即秦川，指長安附近山原。元駱天驤《類編長安志》卷七「原丘」條載，長安一帶有白鹿原、少陵原、咸陽原、龍首原，及長安城内的樂遊原等。李嶠《鹿》：「涿鹿聞中冀，秦原闢帝畿。」

〔三〕「山尋」二句：謂上人跋山尋徑回到寺中天色已晚。雪房：此指西巖寺中僧房。

〔四〕「暮磬」二句：想象上人回寺後之夜景。磬：佛教樂器，見本集卷二《題岸上人郡内閒居》注〔四〕。此指磬聲。野燒：燒荒的野火。嚴維《荆溪館呈丘義興》：「野燒明山郭，寒更出縣樓。」

〔五〕新譯偈：新近翻譯的佛經。偈：見本集卷二《投孟郊》注〔六〕。

〔六〕旌麾：帥旗。《舊唐書·職官三》云：「至德之後，中原用兵，大將爲刺史者兼治軍旅，遂依天寶邊將故事，加節度使之號，連刺數郡，奉辭之日，賜雙旌雙節。」李愿時爲河中尹、充河中晋絳慈隰等州節度使，有軍旅之任，故衙前建帥旗、樹旌節。此借以指李愿。陳延傑注：「末二句點謁字。」

寄無可上人〔一〕

僻寺多高樹，涼天憶重遊〔二〕。磬過溝水盡〔三〕，月入草堂秋。穴蟻苔痕静，藏蟬柏葉稠。名山思徧往，早晚到嵩丘①〔四〕。

【校勘記】

①嵩：奉新本作「高」。

【箋注】

〔一〕此詩作於大和二年（八二八）之秋。姚合賦有同題同韻詩。時無可當駐錫嵩山。無可上人：見本卷《就可公宿》注〔一〕。

〔二〕「僻寺」二句：逆鋒落筆，追憶重遊樹木高茂的嵩山古刹。僻寺：地處偏僻的寺院。此指嵩山寺宇。重遊：元和五年（八一〇）前後，島有《欲遊嵩岳留别李少尹益》詩（見本集卷十）。那次往遊嵩山，亦當遊覽嵩山寺院，故此次爲「重遊」也。

〔三〕「磬過」句：言寺中香火旺盛，做佛事的鐘磬聲於山下溝水旁還隱約可聞。

〔四〕「早晚」句：表達再次往遊之心。嵩丘：中嶽嵩山。

【輯評】

清李懷民《重訂中晚唐詩主客圖》：省力句矣（「磬過」二句下評語）。

朱寶瑩《詩式》：發句上句寫寺景，寓追憶之神，下句曾重遊到此，已爲「憶」字鹽腦。頷聯上句聞，下句見，均承上「憶」字生發。頸聯寫景，「穴蟻」、「藏蟬」，「穴」字下得尤煉，「静」字、「稠」字不能移易，「静」字尤下得妙。此聯與頷聯，詩心均極細。落句有羡上人之意。「早晚」猶云不遠也，謂不遠將隨上人於嵩丘也。

南池①〔一〕

蕭條微雨絶②，荒岸抱清源。入舫山侵塞③，分泉稻接村④〔二〕。秋聲依樹色，月影在蒲根〔三〕。淹泊方難遂⑤，他宵關夢魂〔四〕。

【校勘記】

①此詩《全唐詩》四六二又作白居易。白氏生前嘗數番手定其集，而此詩不見於宋紹興本、日本元和那波本《白氏長慶集》，故絶非白詩。王安石《唐百家詩選》一五此詩作賈島，黄丕烈校南宋書棚本《賈浪仙長江集》卷三及明清刊刻諸種島集皆載此詩，可爲佐證。考《文苑英華》一六五所載白氏《新池》詩後，即爲此詩，蓋因版損佚去島名，遂被誤爲白作（參李嘉言《長江集新校》卷三）。季振宜《全唐詩稿本》始據《英華》將此詩補入白集，康熙敕編《全唐詩》因之，遂致重出。　②絶：王《選》一五作「後」。　③侵：叢刊本作「偏」。　④稻：《英華》一六五作「道」。　⑤遂：奉新本、季稿作「逐」。

【箋注】

〔一〕南池：天下池水以「南池」名者，有多處。長安慈恩寺南池其一也，見韋應物與趙娵詩；洛陽亦有南池，見白居易詩；武功縣有南池，見朱慶餘詩；吴中有南池，見皎然詩；閬中縣亦有南池，見杜甫詩等等。島此《南池》詩云：「入舫山侵塞，分泉稻接村。」細繹詩意，不當爲慈恩寺南池，明矣。然島所賦南池究在何處，俟詳考。

〔二〕「入舫」二句：寫舟行池中所見山重水複，泉分溉田之景。陳延傑注引清李懷民曰：「山侵塞，舫中所見。」

〔三〕「秋聲」二句：寫秋天月夜池上之景。蒲：蒲草。亦稱香蒲，生淺水中。其葉細長，連莖可供編織之用。《詩·大雅·韓奕》：「其蔌維何，維筍及蒲。」

〔四〕「淹泊」二句：謂己處境並不隨心如願，惟南池之遊尚且愜意。淹泊：滯留。此指仕途坎坷。杜甫《奉贈李八丈判官》：「所親問淹泊，泛愛惜衰朽。」

寄龍池寺貞空二上人〔一〕

受請終南住①〔二〕，俱妨去石橋〔三〕。林中秋信絶〔四〕，峰頂夜禪遥〔五〕。寒草煙藏虎，高松月照雕。霜天期到寺，寺置即前朝〔六〕。

【校勘記】

①請：王《選》一五作「命」。

【箋注】

〔一〕龍池寺：在終南山中玉案山北、玉峰山南龍池旁。由詩結句知，寺立於唐代以前。唐時寺爲終南勝跡，至宋時已廢。孟郊《遊終南龍池寺》詩云：「飛鳥不到處，僧房終南巔。龍在水長碧，雨開山更鮮。步出白日上，坐依清溪邊。」宋張禮《遊城南記》云：「上玉峰軒，南望龍池廢寺。」自注：「龍池寺直玉案山之北。」貞空：龍池寺二僧法名。本集卷六有《送空公往金州》云：「惠能同俗姓，不是嶺南盧。」是空公俗姓盧，爲禪宗僧人。貞上人既與同寺，亦當爲禪林僧人。朱慶餘有《夏日訪貞上人院》詩。是知貞、空二上人與賈島、姚合、朱慶餘等皆有往來。

〔二〕「受請」句：謂貞、空二上人是依衆願住錫龍池寺的。住：即住錫，也作「駐錫」，謂僧人在某處居留。

〔三〕石橋：在今浙江天台縣北五十里天台山中，兩嶺並峙百里，中有橋形石梁懸架兩嶺崖間，有雙澗合流於橋下，橋勢峻峭，下臨萬仞，爲天台山名勝之一。《太平寰宇記》九八江南東道十台州天台縣引《啓蒙記》注云：「天台山去天不遠，路經油溪，水深險清泠。前有石橋，路逕不盈尺，長數十丈，下臨絶澗，唯忘其身然後能濟。」天台爲佛教名山，僧徒喜遊，故及之。

〔四〕林中：寺中。林：叢林，即寺院。《大智度論》卷三：「僧伽，秦言衆，多比丘一處和合，是名僧伽，譬如大樹叢聚，是名爲林。」後泛稱寺院爲叢林。此指龍池寺。

〔五〕夜禪：夜間坐禪習定。禪：意謂静慮、思維修，見本集卷一《贈智朗禪師》注〔六〕。遥：遥夜，夜深。《楚辭·九辯》：「靚杪秋之遥夜兮，心繚悷而有哀。」

〔六〕「霜天」二句：言與二上人相約，深秋前往寺中遊賞也。「寺置」句，言寺之古也。耿湋《廢慶寶寺》：「黄葉前朝寺，無僧寒殿開。」

送貞空二上人〔一〕

林下中餐後〔二〕，天涯欲去時。衡陽過有伴〔三〕，夢澤出應遲〔四〕。石磬疏寒韻，銅瓶結夜澌〔五〕。殷勤訝此別，且未定歸期。

【箋注】

〔一〕貞空二上人：見前詩《寄龍池寺貞空二上人》詩注〔一〕。蓋二上人將雲遊四方，島因以此詩相送。

〔二〕林下：指寺中。林：叢林，即寺院，見前詩《寄龍池寺貞空二上人》注〔四〕。中餐：即中食也，以日值中午而食，故曰「中食」。過中則不許吃一毫食物，唯許飲茶水。《釋氏要覽》上：「《僧祇律》云：『時食，謂時得食，非時，不得食。』今言中食，以天中日午時得食，當日午，故言中食。」

〔三〕衡陽：唐縣名，故治即今湖南衡陽市。《元和郡縣圖志》二九江南道五衡州：「衡陽縣，緊。郭下。本漢酃縣地，吴分置臨蒸縣，屬衡山郡。天寶初更名衡陽郡，縣仍屬焉。縣城東傍湘江，北背蒸水。」有伴：謂二上人結伴同行也。

〔四〕夢澤：古水澤名，與雲澤合稱曰「雲夢」，見本集卷二《送張校書季霞》注〔五〕。

〔五〕「石磬」二句：謂時節寒冷，石磬聲緩，銅瓶結冰。石磬：一種石製的打擊樂器。盧綸《慈恩寺石磬歌》：「靈山石磬生海西，海濤平處與山齊。」此指僧徒手持的鈴鐸一類打擊樂器，行走時摇動以震路也。銅瓶：僧人盛洗漱水所用的銅質瓶子。唐義净《南海寄歸内法傳》卷一《水有二瓶》條曰：「凡水分净濁，瓶有二枚。净者咸用瓦瓷，濁者任兼銅鐵。净擬非時飲用，濁乃便利所須。净則净手方持，必須安著净處。濁乃濁手隨執，可於濁處置之。」澌：冰也。《楚辭·九歌·河伯》：「與女遊兮河之渚，流澌紛兮將來下。」

送裴校書〔一〕

拜官從秘省，署職在藩維〔二〕。多故長疏索〔三〕，高秋遠別離。天寒泗上醉，夜静岳陽棋〔四〕。使府臨南海〔五〕，帆飛到不遲。

【箋注】

〔一〕裴校書：名未詳。校書，官名。詩云：「拜官從秘省，署職在藩維。」則裴氏當爲試秘書省校書郎。《舊唐書·職官二》：「秘書省……校書郎八人，正九品上。」明陸深《玉堂漫筆》：「唐制有曰攝者，如侍中之攝吏部是也。又有行、守、試之别，職事高者爲守，職事卑者爲行，未正名命者爲試。」是裴氏校書郎當爲其所試京銜，其實際官職乃地方幕職。

〔二〕秘省：秘書省。《舊唐書·職官二》：「秘書省：……掌邦國經籍圖書之事。」藩維：指衛國疆吏。《詩·大雅·板》：「价人維藩，大師維垣，大邦維屏，大宗維翰。」此指裴氏所赴南海幕府。

〔三〕疏索：分散、離散。駱賓王《疇昔篇》：「當時門客今何在，疇昔交朋已疏索。」

〔四〕「天寒」二句：謂裴氏赴南海幕途經淮泗、洞庭也。泗：泗水，亦名泗河，源於今山東泗水縣，經江蘇北部入安徽匯入淮河。《元和郡縣圖志》一〇河南道六兖州泗水縣：「泗水，源出縣東陪尾山，其源有四，四泉俱導，因以爲名。」岳陽：即唐之岳州，其地相當於今湖南洞庭湖以東及湖南之北部一帶，南朝梁時曾於此置岳陽郡，治岳陽縣，故治在今湖南湘陰縣南二十里，以其「居天岳山之陽，故稱岳陽」（見《方輿勝覽》二九「岳州」）。

〔五〕「使府」句：謂嶺南節度使幕臨近南海。《元和郡縣圖志》三四嶺南道一：「嶺南節度使。廣州，南海〔縣〕……今爲嶺南節度使理所……正南至大海七十里。」南海：《書·禹貢》：「導黑水至於三危，入於南海。」此泛指南方大海。

昇道精舍南臺對月寄姚合①〔一〕

月向南臺見，秋霖洗滌餘〔二〕。出逢危葉落，静益衆峰疏②〔三〕。冷露尋時有③，禪窗此夜虚〔四〕。相思聊悵望，潤氣徧衣初④。

【校勘記】

①昇道：汲古閣本、席本作「丹陽」，非是。②益：奉新本、叢刊本、季稿、《全詩》五七二作「看」；《二妙集》校：「一作答。」③尋：季稿、《全詩》作「常」。④初：《英華》二三七作「裾」。

【箋注】

〔一〕元和七年(八一二)秋,島返初服至長安修習舉業,初居長安延壽坊,迨元和十三年(八一八)春,已遷居樂遊原東昇道坊,詩當作於本年或稍後。時姚合正在魏博幕任職。昇道:即昇道坊,長安坊區名。宋敏求《長安志》卷九:朱雀街東第五街即皇城東之第三街,街東從北第八坊爲新昌坊,「次南昇道坊」。精舍:精緻的房舍。見本集卷一《延壽里精舍寓居》注〔一〕。此指賈島的居舍。南臺:在昇道坊賈島居舍附近,見本集卷二《上谷送客遊江湖》注〔四〕。姚合:島友,見本集卷二《重酬姚少府》注〔一〕。

〔二〕「月向」二句:言南臺所見乃秋天久雨初晴碧空如洗時的新月。秋霖:秋季淫雨。

〔三〕「出逢」二句:寫秋山落葉。危葉:將落的枯葉。王融《永明十一年策秀才文》之五:「危葉畏風,驚禽易落。」衆峰:指終南山諸峰也。

〔四〕禪窗:禪房之窗。此指禪室或寺院。常建《題破山寺後禪院》:「竹逕通幽處,禪房花木深。」

即事〔一〕

索漠對孤燈①〔二〕,陰雲積幾層。自嗟鄰十上②,誰肯待三徵〔三〕。心被通人見,文叨大匠稱〔四〕。悲秋秦塞草,懷古漢家陵〔五〕。城静高崖燒③,漏多幽沼冰〔六〕。過聲沙島鷺,絶行石菴僧〔七〕。豈爲舊廬在④,誰言歸未曾〔八〕。

【校勘記】

①漠：汲古閣本、席本作「莫」。孤：汲古閣本、席本作「寒」。②鄰：叢刊本、季稿、《全詩》五七二作「憐」。③燒：奉新本、叢刊本作「草」，非是；季稿、《全詩》作「樹」，亦非是。黄校本校：「崖下宋〔本〕闕一字。」④爲：底本、奉新本、叢刊本、汲古閣本、張鈔本、席本、江户本諸本校：「一作謂。」叢刊本、季稿、《全詩》作「謂」。

【箋注】

〔一〕即事：《詩人玉屑》卷六《命意》「陵陽謂須先命意」條云：「凡作詩須命終篇之意，切勿以先得一句一聯，因而成章；如此則意不多屬。然古人亦不免如此。如述懷、即事之類，皆先成詩，而後命題者也。」杜甫以前，以「即事」爲題之作似無，杜甫創之，作四首。此詩蓋學杜甫者。細繹詩意，當作於島屢試不第之後，故有「自嗟鄰十上」之歎。

〔二〕索漠：亦作索寞或索莫，失意消沉，寂寞無聊。唐楊厚《早起》：「星漢轉寒更，伊余索寞情。」

〔三〕「自嗟」二句：謂己積極仕進却屢試不第，不免自我嗟歎哀傷。十上：《戰國策·秦策一》：「（蘇秦）説秦王，書十上而説不行，黑貂之裘弊，黄金百斤盡，資用乏絶，去秦而歸。羸縢履蹻，負書擔橐，形容枯槁，面目黧黑。」此用其意。三徵：《後漢書·楊倫傳》：「前後三徵，皆以直諫不合。既歸，閉門講授，自絶人事。」此反用其意，謂不待朝廷徵召，積極仕進。

〔四〕「心被」二句：謂心爲通人所知，詩文亦被其稱揚。通人：學識淵博通達的人。《莊子·秋水》：

「當桀紂而天下無通人。」王充《論衡·超奇》：「博覽古今者爲通人。」島所謂通人，蓋指韓愈也。島初爲僧，韓愈賞其才，令還俗與仕進，故云「心被通人見」。大匠：蓋指韓、孟等人。韓愈有《送無本師歸范陽》詩，孟郊有《戲贈無本二首》，對島詩評價都比較高，故云：「文叨大匠稱。」

〔五〕「悲秋」二句：舉悲秋、懷古類詩歌，以示自己創作内容廣泛壯浪。秦塞：秦地的關塞。《史記·蘇秦傳》：「秦四塞之國。」張守節正義：「東有黄河，有函谷、蒲津、龍門、合河等關；南有南山及武關、嶢關；西有大隴山及隴山關、大震、烏蘭等關；北有黄河、南塞，是四塞之國也。」漢家陵：指西漢諸帝的陵墓，諸如高祖長陵、文帝霸陵、武帝茂陵、宣帝杜陵等在關中者共十五座（見《三輔黄圖》卷六「陵墓」條）。

〔六〕「城静」二句：寫郊野夜景。燒：即野燒，野火也。漏多：謂夜深也。夜深轉冷，故沼水結冰。漏：漏壺，亦名箭漏，古代計時器。

〔七〕石菴：圓頂石屋，此指僧人禪室。菴：《釋名·釋宫室》：「草圓屋曰蒲。蒲，敷也，總其上而敷下也。又謂之庵。庵，奄也，所以自覆奄也。」

〔八〕「豈爲」二句：言故鄉房屋蕩然無存，不知何處是歸宿。舊廬：猶故廬，此指故鄉的屋舍。

皇子陂上韓吏部①〔一〕

石樓云一别②，二十二三春〔二〕。相逐升堂者，幾爲埋骨人〔三〕。涕流聞度瘴③，病起賀還秦④〔四〕。曾是令勤道⑤，非唯卹在迍⑥〔五〕。疏衣蕉縷細，爽味茗芽新〔六〕。鐘絶滴殘雨，螢多無近鄰。溪潭承到數，位秩見辭頻〔七〕。若箇山招隱⑦，機忘任此身〔八〕。

【校勘記】

①皇子陂：底本及諸校本均作「黄子陂」，皆誤。《長安志》卷一一萬年縣下引《十道志》曰：「秦葬皇子，起冢陂北原上，因名皇子陂。」《水經注·渭水下》「沈水」即作「皇子陂」，甚是，今據改。②云：季稿、《全詩》五七二校：「一作雲。」③度：《英華》二五九作「染」。④賀：奉新本、叢刊本、季稿、《全詩》作「喜」。⑤令：《英華》作「今」。⑥迍：《英華》作「屯」。⑦招：底本、奉新本、汲古閣本、張鈔本、席本、《全詩》、江户本諸本校：「一作中。」

【箋注】

〔一〕這是一首充滿深情的獻詩。穆宗長慶四年（八二四）夏，韓愈因病告假，居長安城南莊别墅休養，張籍、賈島一同陪侍，泛舟於皇子陂，詩即作於此時。冬韓愈去世。皇子陂：爲長安城南一水泊。《水經注·渭水下》：沈水「上承皇子陂於樊川」。《長安志》卷一一萬年縣：「永安坡，在縣南二十五里，周七里。《十道志》曰：『秦葬皇子，起冢陂北原上，因名皇子陂。』隋文帝改。」程大昌《雍録》卷六《皇子陂》條云：「在萬年縣西南二十五里，周七里。……皇子陂。隋文帝改爲永安陵。杜甫詩曰：『天寒皇子陂。』或書『皇』爲『黄』，誤也。」韓吏部：韓愈。見本集卷一《雙魚謡》注〔二〕。長慶二、三年間，韓愈曾兩度任吏部侍郎，故稱。吏部，此指吏部侍郎。侍郎之職「掌天下官吏選授，勳封考課之政令」，「總其職務而行其制命，凡中外百司之事，由於所屬，皆質正焉」（見《舊唐書・職官二》）。

〔二〕「石樓」二句：發唱驚聽，謂告别香山寺石樓逃禪業舉，並走上詩歌創作之路已二十三年了。《新唐書・韓愈傳》附賈島傳云：「來東都，時洛陽令禁僧午後不得出，島爲詩自傷。愈憐之，因教其爲文。遂去浮屠，舉進士。」島識韓在貞元十七年，見本書附録《賈島年譜新編》，至長慶四年恰爲二十三年。是韓愈的激勵獎掖，島方還俗仕進，並最終成爲唐代詩壇上的名家。島對韓的獎掖之情充滿感激，故當韓因病告退去世前獻此詩，深情回顧在韓的獎掖下走過的路程。石樓：此指洛陽香山寺内之石樓。劉長卿《龍門八詠》其五即爲《石樓》詠（《全唐詩》一四八）；白居易有《香山寺石樓潭夜浴》詩（同上四四五），其《修香山寺記》亦云：「寺前亭一所。登寺橋一所，連橋廊七間。次至石樓一所，連廊六間。」

〔三〕「相逐」二句：言韓門弟子多有凋零。諸如孟郊元和九年去世，樊宗師於本年去世等，故島有是言。升堂：比喻學問技藝已入門。《論語・先進》：「子曰：『由也升堂矣，未入於室也。』」《顔氏家訓・誡兵》：「仲尼門徒，升堂者七十有二，顔氏居八人焉。」

〔四〕「涕流」二句：元和十四年，韓愈上表諫阻迎祀佛骨，觸怒憲宗，被貶爲潮州刺史，次年九月以國子祭酒徵還，事見兩《唐書》本傳，二句即詠此事。瘴：瘴氣。我國南方山林間濕熱鬱蒸之氣，能使人致病，故又稱瘴毒。唐劉恂《嶺表録異》上云：「嶺表山川，盤鬱結聚，不易疏洩，故多嵐霧作瘴。人感之，多病腹脹成蠱。」韓愈《左遷至藍關示侄孫湘》亦云：「知汝遠來應有意，好收吾骨瘴江邊。」秦：本爲周代諸侯國，春秋時逐漸强盛，戰國時滅六國，建立起統一的大秦帝國。此指秦地長安。

〔五〕「曾是」二句：謂韓愈在學問道德與生活方面對自己多有關照。本集卷七另有《卧疾走筆酬韓愈書問》云：「一卧三四旬，數書惟獨君。……身上衣蒙與，甌中物亦分。」可參看。迍：困頓。

〔六〕「疏衣」二句：謂韓愈曾周濟衣物及茗茶。疏衣：即疏布衣，粗布衣服也。蕉縷：蕉麻紡成的細綫，此指蕉布衣。《後漢書・王符傳》：「篇中女布。」李賢注引沈懷遠《南越志》云：「蕉布之品有三：有蕉布，有竹子布，又有葛焉。雖精麤之殊，皆同出而異名。」清李調元《南越筆記・葛布》：「蕉類不一，其可爲布者曰蕉蔴，山生或田種。以蕉身熟踏之，煮以純灰水，漂澼令乾，乃績爲布。本蕉也而曰蕉蔴，以其爲用如蔴故。……蕉布與黄蔴布，爲嶺外所重。」茗芽：茶芽。《説文新附・艸部》：「茗，荼芽也。」唐陸羽《茶經》卷上「一，茶之源」條曰：「茶者，南方之嘉木也，……其名一曰茶，二曰檟，三曰蔎，四曰茗，五曰荈。」

〔七〕「溪潭」二句：謂度假期間韓愈多次來皇子陂與南溪遊覽，頻頻上章辭去禄位。位秩：官位和官階品秩。《北齊書・張瓊傳》：「凡人官爵，莫若處中，忻位秩太高，深爲憂慮。」

〔八〕「機忘」句：謂忘却人世巧詐功利，任憑此身適性逍遥。機：指機心，即巧詐與名利之心。《莊子·天地篇》：「有機械者必有機事，有機事者必有機心。機心存於胸中，則純白不備。」

天津橋南山中各題一句〔一〕

野坐分苔石李益〔二〕，山行遶菊叢韋執中〔三〕。雲衣惹不破諸葛覺〔四〕，秋色望來空浪仙①。

【校勘記】

①浪仙：汲古閣本、席本作「賈浪仙」。

【箋注】

〔一〕此詩蓋元和五或六年秋後作，時島赴洛陽謁河南少尹李益，因與李益、韋執中、諸葛覺聯句於天津橋南山中（參本卷《投李益》注〔一〕）。天津橋：《元和郡縣圖志》卷五河南道一河南府河南縣：「天津橋，在縣北四里。隋煬帝大業元年初造此橋，以架洛水，用大纜維舟，皆以鐵鎖鉤連之。南北夾路，對起四樓，其樓爲日月表勝之象。……《爾雅》：『箕、斗之間爲天漢之津。』故取名焉。」各題一句：即聯句詩也。六朝以前名「連句」，篇幅短小，至韓愈、孟郊始有長篇巨製。

〔二〕李益：字君虞，鄭州（今屬河南）人，郡望隴西姑臧。登大曆四年（七六九）齊映榜進士，六年又中諷諫主文制科，釋褐華州鄭縣主簿。德宗朝嘗爲朔方、邠寧、幽州節度從事，長期生活於軍旅邊塞。元和初入朝，四年前後遷中書舍人，五年改河南少尹，元和末至大曆初爲右散騎常侍，後以禮部尚書致仕。益詩名早著，邊塞詩尤佳，七絶爲當時第一。

〔三〕韋執中：京兆(今陝西西安)人。憲宗元和五年嘗爲河南縣令，與韓愈、竇牟等聯唱，後又爲泉州刺史。

〔四〕雲衣：雲氣。《楚辭·九歎·遠逝》：「遊清靈之颯戾兮，服雲衣之披披。」諸葛覺：越州(今浙江紹興一帶)人。初爲僧，法名淡然。元和初嘗與韓愈、孟郊、李益、賈島、韋執中聚於洛下，相互交往唱酬。穆宗長慶初聽韓愈勸勉還俗，韓以《送諸葛覺往隨州讀書》詩相贈。文宗大和間去世。覺，一作「珏」。

投李益〔一〕

四十歸燕字①，十年外始吟②〔二〕。已將書北嶽〔三〕，不用比南金〔四〕。

【校勘記】

①字：奉新本作「子」，誤。②十：底本及諸校本均作「千」，皆誤；《全詩》五七二校：「一作十。」今據改。外：奉新本作「今」。

【箋注】

〔一〕此詩題曰《投李益》，本集卷六另有《再投李益常侍》詩云：「何處初投刺，當時赴尹京。」益約於元和四年(八〇九)爲中書舍人，五年爲河南少尹，七年遷秘書少監兼集賢學士。是此詩蓋元和五或六年春夏之間作。《再投李益常侍》還云：「淹留花木變，然諸肺腸傾。避暑蟬移樹，登高雁過城。……聯句逢秋盡，嘗茶見月生。」因知此詩與本卷聯句詩《天津橋南山中各題一句》爲同年所作。李益：見本卷《天津橋南山中各題一句》注〔三〕。

〔二〕「四十」二句：謂益於幽州幕中所作的邊塞五言律詩，自己十年後方拜讀。《舊唐書·李益傳》載：益不得意，北遊河朔，投幽州節度使劉濟幕爲從事。益入幕後，有《獻劉濟》等詩，多爲五言八句律詩。憲宗雅聞其詩名，召入京，爲秘書少監。「四十歸燕字」即謂其入劉幕所作五律也。歸：投奔、歸依。益入劉濟幕在貞元十三年（七九七），至元和五年（八一〇）島投此詩時已十四年，故云「十年外」。

〔三〕北嶽：恒山也。見本集卷一《北嶽廟》注〔一〕。

〔四〕「不用」句：謂益有才具詩名很大，用不着再拿「南金」作比方。南金：南方出産的銅，質地色澤俱佳，特稱曰「南金」。後借以比喻南方優秀人才。《晉書·薛兼傳》：「兼清素有器宇，少與同郡紀瞻、廣陵閔鴻、吴郡顧榮、會稽賀循齊名，號爲『五儁』。初入洛，司空張華見而奇之，曰：『皆南金也。』」

弔孟協律〔一〕

才行古人齊〔二〕，生前品位低〔三〕。葬時貧賣馬，遠日哭惟妻①〔四〕。孤塚北邙外〔五〕，空齋中嶽西〔六〕。集詩應萬首，物象徧曾題〔七〕。

【校勘記】

①遠：《全詩》五七二校：「一作逝。」

【箋注】

〔一〕孟協律：孟郊也。協律，即協律郎。均見本集卷二《寄孟協律》注〔一〕。孟郊卒於元和九年八月，十月葬於洛陽東先人墓左，韓愈、張籍、賈島等皆有詩哭之，見本卷《哭孟郊》詩注。此詩應爲當時的弔祭之作。

〔二〕「才行」句：謂孟郊才智和德行與古昔賢人相同。張籍稱孟郊「揭德振華，於古有光」，因私謚曰「貞曜先生」。韓愈《薦士》詩謂「有窮者孟郊，受材實雄鶩」；又謂郊「生六七年，端序則見，長而愈騫涵而揉之，内外完好」；「及其爲詩，劌目鉥心，刃迎縷解，鉤章棘句，掐擢胃腎，神施鬼設，間見層出。唯其大翫於詞而與世抹摋，人皆劫劫，我獨有餘。」（韓愈《貞曜先生墓誌銘》）《新唐書・孟郊傳》引李觀論孟詩曰：「高處在古無上，平處下顧二謝。」可見島「才行」句之評價，非其一人之虚譽也。

〔三〕「生前」句：孟郊一生官職，唯試協律郎品秩最高，然亦不過正八品上，還不及一個小小縣令，故云。

〔四〕「葬時」二句：言孟郊家貧且無子也。韓愈《貞曜先生墓誌銘》云：「貞曜先生孟氏卒，無子，其配鄭氏以告。愈走位哭，且召張籍會哭。明日，使以錢如東都，供葬事。」本卷《哭孟郊》亦云：「寡妻無子息，破宅帶林泉。」皆謂郊無嗣且貧也。

〔五〕「孤塚」句：謂郊葬洛陽北邙山也。見本卷《哭孟郊》注〔四〕。

〔六〕「空齋」句：《舊唐書・孟郊傳》：「孟郊者，少隱於嵩山，稱處士。」空齋：蓋指其嵩山隱居處屋舍；亦或指其洛陽貧居。中嶽：嵩山也。見本集卷二《投張太祝》注〔七〕。

〔七〕「物象」句：韓愈《薦士》詩評孟郊詩云：「冥觀洞古今，象外逐幽好。橫空盤硬語，妥帖力排奡。敷柔肆紆徐，奮猛卷海潦。榮華肖天秀，捷疾逾響報。」此與之意同。

【輯評】

元方回《瀛奎律髓》四九：孟協律即郊也，哭與弔相先後耳。郊無子，而唐史謂鄭餘慶廪其妻子，豈後亦立鄸郢之子爲子耶？存疑當考。

清余成教《石園詩話》卷二：浪仙《弔孟協律》云：「才行古人齊，生前品位低。」又云：「身死聲名在，多應萬古傳。」浪仙亦不愧於此語，但其行終當遜孟一籌耳。

清李懷民《重訂中晚唐詩主客圖》：五字贊盡，故其下更不用贊。世皆知東野所長在詩，而昌黎與浪仙皆極贊其行，所以爲深知。而詩之高又不待言（首句下）。又曰：質極樸極老極痛極，狠苦結撰，非老郊何以當此（「葬時」二句下）。又曰：此墳不朽（「孤塚」句下）。又曰：此居不朽。二句似不如前作，而格意覺高於前（「空齋」句下）。又曰：止以餘意及之（尾聯下）。又曰：非此詩不稱此人。見解撰力無一不到。此即前《哭孟郊》詩改煉而成，此因有第二句，故題中著其句名（全詩後）。

李慶甲《瀛奎律髓彙評》四九：清紀昀：詩無此意，即是横生支節。（按：指立嗣子事）又云：此太不及前篇。「品位低」三字俚。

送人適越〔一〕

高城滿夕陽，何事欲需裳。遷客蓬蒿暮〔二〕，遊人道路長。晴湖勝鏡碧〔三〕，寒柳似金黄。若有相思夢，殷勤載八行〔四〕。

【箋注】

〔一〕所送不知爲誰，蓋島友，細繹詩意，友人當遭貶而適越者。

〔二〕遷客：貶官放逐外任的人。劉長卿《聽笛歌留别鄭協律》：「舊游憐我長沙謫，載酒沙頭送遷客。」蓬蒿：蓬草和蒿草。蓬草，見本集卷二《携新文詣張籍韓愈途中成》注〔四〕。蒿草，見本集卷一《哭盧仝》注〔八〕。然亦有呼蒿爲「蓬蒿」者，見《爾雅·釋草》「蘩，皤蒿。蒿，菣」。邢昺疏引《本草》唐本注：「葉似艾葉，上有白毛，麤澀，俗呼蓬蒿，可以爲菹。」此處借蓬蒿以指偏僻的荒野。

〔三〕「晴湖」句：謂鏡湖清澈明浄也。鏡湖：《元和郡縣圖志》二六江南道二越州會稽縣：「鏡湖，後漢永和五年太守馬臻創立。在會稽、山陰兩縣界築塘蓄水，水高丈餘。」

〔四〕八行：指書信。《後漢書·竇章傳》「與馬融、崔瑗同好，更相推薦」。李賢注引馬融《與竇伯向書》曰：「孟陵奴來，賜書，見手跡……書雖兩紙，紙八行，行七字。」謂書信一紙八行。後世書信多準此式，因稱書信爲「八行」。孟浩然《登萬歲樓》：「今朝偶見同袍友，却喜家書寄八行。」

送僧遊衡嶽①〔一〕

心知衡嶽路，不怕去人稀②。船裏猶鳴磬③，溪頭自曝衣④。有家從小別，無寺不言歸⑤〔二〕。料得逢寒住⑥，當禪雪滿扉⑦〔三〕。

【校勘記】

①《全詩》五五四亦載此詩，作項斯，題爲《送僧歸南嶽》。《英華》二二三、《律髓》四七俱作項斯，江標刊《唐人五十家小集》之《項斯集》亦載此詩。然黄丕烈校宋書棚本《賈浪仙長江集》三，及明清刊刻諸種島集皆收此詩。此詩本事無可考，故兩存之。②怕：奉新本作「念」。③猶：《全詩》五五四、《律髓》作「誰」。④溪：《全詩》五五四、《律髓》作「沙」。⑤無：《全詩》五五四、《律髓》作「是」。不言：《全詩》五五四、《律髓》作「即言」；《英華》二二三作「却言」。⑥寒：《全詩》五五四、《律髓》作「春」。住：奉新本、叢刊本作「往」。⑦禪：《英華》作「船」。雪：《全詩》五五四、《律髓》作「雲」。

【箋注】

〔一〕衡嶽：南嶽衡山。見本集卷二《送鄭山人游江湖》注〔二〕。

〔二〕歸：投奔、歸依。見本卷《投李益》注〔二〕。

〔三〕禪：此指坐禪。見本集卷一《贈智朗禪師》注〔六〕。

送路①〔一〕

別我就蓬蒿，日斜飛伯勞〔二〕。龍門流水急，嵩嶽片雲高〔三〕。歎命無知己，梳頭落白毛。從軍當此去，風起廣陵濤〔四〕。

【校勘記】

①《全詩》五七二題下校：「一本有某從軍三字。」

【箋注】

〔一〕此乃送人從軍所賦之詩也，所送之人及寫作時間今已不可考詳。

〔二〕「別我」二句：言午後送從軍者上路也。蓬蒿：已見本卷《送人適越》注〔三〕。此借以指荒郊。伯勞：鳥名，又名鶪或鴂，善鳴。《詩·豳風·七月》：「七月鳴鶪。」毛傳：「鶪，伯勞也。」梁武帝蕭衍《東飛伯勞歌》：「東飛伯勞西飛燕。」後借以指離別的朋友或親人。

〔三〕龍門：今陝西韓城與山西河津兩縣之間的黃河峽谷也，又稱龍門口。《書·禹貢》：「導河積石，至于龍門。」又今河南洛陽南郊之伊闕，亦謂之龍門，《史記·周本紀》：赧王三十四年「又將兵出塞攻梁」。張守節正義云：「謂伊闕塞也，在洛州南十九里……今謂之龍門，禹鑿以通水。」從「龍門」與「嵩嶽」對舉來看，似指伊闕之龍門。

〔四〕廣陵：今江蘇揚州一帶，漢屬廣陵國之地，東漢爲廣陵郡，唐初爲揚州大都督府，天寶元年復爲廣陵郡，見《漢書》《後漢書》《舊唐書》之《地理志》等，故揚州亦稱廣陵。廣陵濤：長江經廣陵一段八月漲潮，波濤浩瀚，聲勢壯闊，因稱「廣陵濤」。枚乘《七發》：「將以八月之望，與諸侯遠方交游兄弟，並往觀濤乎廣陵之曲江。」

洛陽道中寄弟〔一〕

趨走迫流年①，慚經此路偏②〔二〕。密雲埋二室，積雪度三川〔三〕。生類梗萍泛，悲無金石堅〔四〕。翻鴻有歸翼，極目仰聯翩〔五〕。

【校勘記】

①迫：汲古閣本、席本作「逼」。　②路：《全詩》五七二校：「一作地。」

【箋注】

〔一〕此詩爲赴洛陽道中寄從弟無可之作。洛陽：據《括地志輯校》卷三洛州河南、洛陽二縣載：周成王時，周公於瀍水西之郟鄏築王城，故址即今洛陽王城公園一帶。召公於瀍水東築成周城，西距王城二十六里。東周敬王避子朝亂，遷居成周，王城漸廢。秦滅東周，以成周置洛陽縣，以其居洛水之陽，「洛陽」一名即始於此。又《元和郡縣圖志》卷五河南道一河南府云：隋煬帝仁壽四年建東京，自成周城西移約二十里，蓋王城故址也，而規模過之。此後成周城遂廢。隋之東都，即唐之東京洛陽也，又稱東京。

〔二〕「趨走」二句：島嘗多次往返於長安與洛陽之間而老大無成，故有是言。趨走：奔走服役。《列子・周穆王》：「昔昔夢爲人僕，趨走作役，無不爲也。」此謂迫於功名而奔波輾轉。偏：非常、特別。《水經注・沔水》：「沔水又東，偏淺，冬月可涉渡。」

〔三〕「密雲」二句：寫洛陽道中所見山川。二室：中嶽嵩山之太室、少室二山也。《漢書・地理志》潁川郡崈高縣：「武帝置，以奉太室山。是爲中嶽，有太室、少室山廟。」《元和郡縣圖志》卷五河南道一河南府登封縣：「嵩高山，在縣北八里，亦名外方山。又云東曰太室，西曰少室，嵩高總名，即中岳也。」三川：伊水、洛水、黄河也。秦於此三水流域置三川郡，治洛陽縣，見《括地志輯校》卷三洛州。

〔四〕「生類」二句：慨功名無成生涯漂泊，年華易逝也。梗萍泛：如桃梗浮萍漂泊不定。梗：桃梗。《戰國策・齊策三》「孟嘗君將入秦」條：「淄上有土偶人與桃梗相與語。桃梗謂土偶人曰：『子，西岸之土也，挺子以爲人，至歲八月，降雨下，淄水至，則汝殘矣！』土偶曰：『不然！吾，西岸之土也，土，則復西岸耳！今子，東國之桃梗也，刻削子以爲人，降雨下，淄水至，流子而去，則子漂漂者將何如耳？』」金石堅：《古詩十九首·迴車駕言邁》：「盛衰各有時，立身苦不早。人生非金石，豈能長壽考。」

〔五〕「翻鴻」二句：謂飛鴻可歸人不得歸，故羨慕而久久仰望也。島燕人，家在北方，故見鴻雁北飛而觸景生情。翻鴻：飛雁。翻，飛也。張衡《西京賦》：「衆鳥翩翻。」聯翩：連續不斷，此指結伴而去的雁羣。

江亭晚望①

浩渺浸雲根，煙嵐没遠村②〔一〕。鳥歸沙有跡③，帆過浪無痕〔二〕。望水知柔性④，看山欲倦魂⑤。縱情猶未已，迴馬欲黄昏〔三〕。

【校勘記】

①此詩《全詩》五二又作宋之問。吴琯《初唐詩紀》三四、《唐音統籤》五七、季稿第六册俱作宋之問詩。然黄丕烈校宋書棚本《賈浪仙長江集》三、《律髓》三四却皆作賈島，且詩之頷聯對偶圓熟流暢，風調不似初唐五律初創時格律在典重中顯出板滯，故方回評曰：「三、四似熟套，在浪仙時初出此句亦佳。」甚確。《英華》三一六「亭類」亦作賈島，當從之。江：《英華》「江」上有「登」字。望：《英華》作「眺」　②没：《律髓》三四作「出」。　③鳥：《英華》作「烏」。　④知：奉新本作「乏」。⑤倦：《英華》作「捲」，《律髓》作「斷」。

【箋注】

〔一〕「浩渺」二句：狀江流廣闊遠至深山雲起之處，山林霧氣蒸騰籠罩村落。雲根：石也，此指深山雲起之處。晉張協《雜詩》之十：「雲根臨八極，雨足灑四溟。」杜甫《題忠州龍興寺所居院壁》：「忠州三峽内，井邑聚雲根。」

〔二〕「鳥歸」二句：陳延傑注：「寫物象亦自瘦苦。」

〔三〕「縱情」二句：意謂天色已晚，江景欣賞尚未盡興。縱情：此指盡情、盡興。

【輯評】

元方回《瀛奎律髓》三四：三、四似熟套，在浪仙時初出此句亦佳。後山傚之，則無味矣。

李慶甲《瀛奎律髓彙評》三四：清紀昀：凡佳句，一經再摹，便成窠臼，不但此二句。此評最精。

又云：五、六不佳，結亦滑。

送耿處士〔一〕

一瓶離别酒，未盡即言行。萬水千山路，孤舟幾月程。川原秋色静，蘆葦晚風鳴①。迢遞不歸客，人傳虚隱名〔二〕。

【校勘記】

①鳴：《英華》二二三〇作「輕」。

【箋注】

〔一〕耿處士：名未詳。處士：見本卷《憶吴處士》注〔一〕。

〔二〕「迢遞」二句：陳延傑注：「有自傷之意。」虚隱：幽隱，亦即隱居、潛藏。虚：虚寂、清静。南朝宋范曄《樂遊應詔詩》：「崇盛歸朝闕，虚寂在川岑。」後漢嚴忌《哀時命》：「寧幽隱以遠禍兮，孰侵辱之可爲。」

賈島集校注卷四

過唐校書書齋〔一〕

池滿風吹竹①，時時得爽神。聲齊雛鳥語，畫卷老僧真〔二〕。月出行幾步，花開到四鄰。江湖心自切，未可挂頭巾〔三〕。

【校勘記】

①池：奉新本、汲古閣本、席本作「地」。

【箋注】

〔一〕過：前往拜訪。《史記·信陵君列傳》：「臣有客在市屠中，願枉車騎過之。」唐校書：名未詳。校書：官名，見本集卷二《送張校書季霞》注〔一〕。

〔二〕「畫卷」句：謂校書習佛，書齋懸挂着老僧的畫像。真：肖像、畫像。范攄《雲溪友議》卷上：「楚材得妻真及詩範，遽有雋不疑之讓，夫婦隨偕老焉。」

〔三〕「江湖」二句：言校書雖有真切的隱退之心，亦未可當下即行。挂頭巾：猶挂冠。懸挂頭巾，以示棄官遁跡歸隱。唐劉長卿《雲母溪》：「寥寥古松下，歲晚挂頭巾。」

送杜秀才東遊〔一〕

東遊誰見待，盡室寄長安〔二〕。別後葉頻落，去程山已寒①。大河風色渡，曠野燒煙殘②〔三〕。匣有青銅鏡③〔四〕，時將照鬢看④。

【校勘記】

①「別後」二句：《全詩》七九六又作無名氏。考《英華》二一七八載此完詩，作賈島，黄丕烈校宋書棚本《賈浪仙長江集》卷四，及明清刊刻諸種島集均載此完詩，今從之。後：《英華》《二妙集》作「夜」；底本、奉新本、叢刊本、汲古閣本、張鈔本、席本、季稿、《全詩》五七二、江户本諸本校：「一作夜」。《全詩》七九六作「地」。去程：《英華》作「登途」。②野：《二妙集》作「夜」，非是。③青：底本、張抄本、江户本作「清」；據奉新本、叢刊本、汲古閣本、《二妙集》、季稿、席本、《英華》改。④將：《二妙集》作「時」。

【箋注】

〔一〕姚合《送杜觀罷舉東遊》詩云：「秋風離九陌，心事豈云安。」馬戴《送杜秀才東遊》詩云：「羈遊年復長，去日值秋殘。」此詩亦云：「別後葉頻落，去程山已寒。」三詩均爲五律，同用寒韻，所賦又同爲深秋之景，故所送當爲同一人。是杜秀才爲杜觀也，罷舉後東遊，島等因賦詩以送之。秀才：見本集卷一《送沈秀才下第東歸》注〔一〕。

〔二〕「東遊」二句：言杜秀才只身東遊，全家寄居長安無人照看。

〔三〕燒煙：燒荒的煙火。開荒前放火燒去地上的荒草謂之燒荒。元稹《留呈夢得子厚致用》：「泉溜才通疑夜磬，燒煙餘暖有春泥。」

〔四〕青銅鏡：用青銅鑄造的照面用具。沈約《少年新婚爲之詠》：「盈尺青銅鏡，徑寸合浦珠。」

【輯評】

明陸時雍《唐詩鏡》：三、四清硬。

清岳端《寒瘦集》：浪仙五律多以流水句見長，而此詩首聯最爲深遠，更兼起結有情。次聯雄健，直追盛唐。

清李懷民《重訂中晚唐詩主客圖》：澹味深情，賈師與張先生是一是二。

送天台僧〔一〕

遠夢歸華頂，扁舟背岳陽〔二〕。寒蔬修净食，夜浪動禪牀〔三〕。雁過孤峰燒①，猿啼一樹霜〔四〕。身心無别念，餘習在詩章②。

【校勘記】

①燒：叢刊本、《二妙集》、季稿作「曉」，《英華》二二二作「晚」。②詩：《英華》作「文」。

【箋注】

〔一〕島於文宗開成五年（八四〇）九月遷普州司倉參軍，武宗會昌三年（八四三）七月卒於官。詩言「寒蔬」、言「樹霜」，乃秋冬之景，故當作於開成五年至會昌二年這三年間之秋冬二季。天台：即今浙江天台山也。見本集卷二《送鄭山人游江湖》注〔三〕。

〔二〕「遠夢」二句：寫送處與歸處。華頂：即華頂峰，天台山主峰。見本集卷二《送鄭山人游江湖》注〔四〕。岳陽：岳陽山，在安岳縣（今屬四川）西北。何光遠《鑒誡録》卷八「賈忤旨」條云：「岳陽，普州地名，今因創（島）墓在岳陽山上，山下有岳陽池。」《方輿勝覽》六三普州：「岳陽溪在安岳縣。」

〔三〕「寒蔬」二句：寫路途舟中齋素與坐禪也。净食：大乘佛教所謂的齋食，即不含肉類的素食。禪牀：亦稱禪榻，坐禪用的牀榻。

〔四〕「猿啼」句：《水經注・江水》：「每至晴初霜旦，林寒澗肅，常有高猿長嘯，屬引淒異，空谷傳響，哀轉久絶。故漁者歌曰：『巴東三峽巫峽長，猿鳴三聲淚沾裳。』」此用其意，以表明僧人所歷乃長江三峽。

懷紫閣隱者〔一〕

寂寥思隱者，孤燭坐秋霖①。梨栗猿喜熟，雲山僧説深〔二〕。寄書應不到，結伴擬同尋。廢寢方終夕，迢迢紫閣心②〔三〕。

【校勘記】

①燭：奉新本、張抄本、《二妙集》、席本作「獨」，《英華》二三二作「竹」。 ②迢迢：《英華》校：「一作沉沉。」

【箋注】

〔一〕紫閣：即紫閣峰。位於今陝西户縣西南十餘里處，與白閣峰、圭峰相鄰。岑參《因假歸白閣西草堂》詩「東望白閣雲，半入紫閣松」可證。另參本集卷三《就可公宿》注。隱者：隱居不仕的人，即隱士。《易·乾》：「龍德而隱者也。」

〔二〕「雲山」句：東漢安玄譯《法鏡經》云：「未曾有開士（案：即僧徒）在家爲得道者，皆去家入山澤，以往山澤爲得道。」三國吴支謙譯《大明度經》、晋羅什譯《小品般若》等皆有類似的説法。可見僧徒幽居深山是有經典依據的。説：悦，此謂喜愛、喜好。《管子·權修》：「故百姓皆説爲善，則暴亂之行無由至矣。」

〔三〕「廢寢」二句：謂心中懷念紫閣峰下隱者，徹夜不眠。廢寢：《列子·天瑞》：「杞國有人，憂天地崩墜，身亡所寄，廢寢食者。」迢迢：遠貌。《古詩十九首》：「迢迢牽牛星，皎皎河漢女。」

【輯評】

清冒春榮《葚原詩説》卷一：（詩）有第一句點題者，如《柱杖》詩云：「一條寒澗木。」……《懷隱者》云：「寂寥思隱者」是也。

雨夜同厲玄懷皇甫荀〔一〕

桐竹遶廳匝，雨多風更吹〔二〕。還如舊山夜〔三〕，卧聽瀑泉時。磧雁來期近〔四〕，秋鐘到夢遲。溝西吟苦客〔五〕，中夕話兼思。

【箋注】

〔一〕此詩乃穆宗長慶三或四年（八二三、八二四）秋，島與朱慶餘、厲玄等於雨夜相聚萬年縣尉姚合宅，同懷友人皇甫荀而作。厲玄：西陵（今浙江蕭山西興鎮）人。文宗大和二年進士及第，開成、會昌間官監察御史、員外郎等職。出爲京兆府萬年令。宣宗大中六年爲睦州刺史。一時詩人如姚合、皇甫荀及島等均與之游。皇甫荀：見本集卷三《題皇甫荀藍田廳》注〔一〕。

〔二〕「桐竹」二句：謂梧桐與翠竹環遶廳堂，夜間不時傳來風吹雨打的聲響。匝：周也。《東觀漢記·明德馬皇后傳》：「爲四起大髻，但以髮成尚有餘，繞髻三匝。」

〔三〕舊山：故鄉、故居。《文選》二六謝靈運《過始寧墅》：「剖竹守滄海，枉帆過舊山。」

〔四〕「磧雁」句：謂時已八月也。《藝文類聚》九一《鳥部中·雁》引《周書》云：「白露之日鴻雁來，寒露之日又來。」《逸周書·時訓》：「寒露之日，鴻雁來賓。」農曆寒露節，約當八至九月之間。磧雁：塞北大漠中的鴻雁。

〔五〕溝：當指長安城内的御溝。本集卷六《酬厲玄》云：「鄰居帝城雨，會宿御溝冰。」可證。晉崔豹《古今注·都邑》：「長安御溝謂之楊溝，謂植高楊於其上也。一曰羊溝，謂羊喜抵觸垣墻，爲溝以隔之，故曰羊溝也。」吟苦客：島自謂也。本卷《秋暮》島謂己：「默默空朝夕，苦吟誰喜聞。」姚合《聞蟬寄賈島》詩：「秋來吟更苦，半咽半隨風。」皆島作詩苦吟之證。苦吟：作詩苦心推敲，反復吟詠錘煉字句。馮贄《雲仙雜記》卷二《苦吟》：「孟浩然眉毫盡落，裴祐袖手衣袖至穿，王維至走入醋甕，皆苦吟者也。」《鑒誡録》卷八「賈忤旨」條所記賈島作詩「推敲」的故事，亦「苦吟」之例也。

秋暮〔一〕

北門楊柳葉，不覺已繽紛〔二〕。值鶴因臨水，迎僧忽背雲〔三〕。白鬚相並出，暗淚兩行分①。默默空朝夕，苦吟誰喜聞〔四〕。

【校勘記】

①暗：奉新本、季稿、《全詩》五七二作「清」。

【箋注】

〔一〕這是一首借景抒懷之作。落葉繽紛，歲時將盡，年華老大，知音難遇，功名無成，對景傷情不覺流下淚來。秋暮：即末秋九月也。《初學記》卷三引梁元帝《纂要》曰：「九月季秋，亦曰暮秋、末秋、暮商、季商、杪秋。」曹植《迷迭香賦》：「芳暮秋之幽蘭兮，麗崑崙之芝英。」

〔二〕「北門」二句：《詩·邶風·北門》：「出自北門，憂心殷殷。終窶且貧，莫知我艱。」《詩·序》謂：「《北門》，刺士不得志也。」後遂借以喻士之不遇。《世説新語·言語》：「李弘度常歎不被遇……曰：『北門之歎，久已上聞。窮猿奔林，豈暇擇木。』」島詩亦寓此意。北門：清徐松《唐兩京城坊考》卷一：長安城「北面，即禁苑之南面也，三門皆當宮城西。中景曜門，東芳林門……元和十三年，西市百姓於芳林門置無遮僧齋。西光華門」。島所謂「北門」，蓋此三門歟？

〔三〕「值鶴」二句：謂因臨近流水而逢鶴，經雲山而遇僧。鶴乃清静之物，僧乃塵外之人。島以之入感物抒懷之作，寓有超塵趨静之意。值：逢、遇。《莊子·知北遊》：「明見無值。」成玄英疏：「值，會遇也。」背：經過。枚乘《七發》：「於是背秋涉冬，使琴摯斫斬以爲琴。」

〔四〕「苦吟」句：歎知音難遇也。苦吟：苦心作詩，反復推敲字句。

哭胡遇〔一〕

夭壽知齊理，何曾免歎嗟〔二〕。祭迴收朔雪①，弔後折寒花②〔三〕。野水吟秋斷③，空山影暮斜④〔四〕。弟兄相識徧，猶得到君家⑤。

【校勘記】

①祭迴：底本、奉新本、叢刊本、汲古閣本、張鈔本、季稿、席本、《全詩》五七二、江户本諸本校：「一作葬時。」 ②後：《英華》三〇四作「罷」。拆：底本、奉新本、叢刊本、汲古閣本、張鈔本、季稿、席本、《全詩》作「折」，據黄校本、江户本改。 ③吟秋：季稿、《全詩》《英華》作「秋吟」。 ④影暮：季稿、《全詩》、《英華》作「暮影」。 ⑤猶：《英華》作「那」。到：《英華》校：「集作見。」

【箋注】

〔一〕此島哭胡遇詩，張籍、朱慶餘有同哭詩。籍卒於大和四年（八三〇）左右，因知此詩作於大和四年以前，具體時間未詳。胡遇：排行十八，父祖兩代皆舉進士。遇少時即有詩名，亦舉進士，故張籍稱其：「文場續繼成三代，家族輝華在一身。」携妻入京，居宣陽里。與張籍、姚合、朱慶餘及賈島交游唱和。惜未第而夭，慶餘亦有詩哭之。

〔二〕「夭壽」二句：謂明知短命和長壽皆合於大道，然對胡遇之夭亡仍不免悲傷歎息。「壽夭」句，典出《莊子·齊物論》：「莫壽於殤子，而彭祖爲夭。天地與我並生，而萬物與我爲一。既已爲一矣，且得有言乎。」意謂殤子、彭祖及天地萬物皆是「無」即道所生，都與道同體。既爲同體，那還有什么不同可言呢！此化用其意。

〔三〕「祭迴」二句：朔雪：北方飄來的雪花。鮑照《學劉公幹體詩五首》其三：「胡風吹朔雪，千里度龍山。」拆寒花：因悲痛不覺撕毁了手中菊花。寒花，菊花。李頎《送李回》：「千巖曙雪旌門上，十月寒花輦路中。」

〔四〕「野水」二句：謂空山荒寒，野水悲咽，夕陽西下，更生淒涼。陳延傑注：「寫山野莫景，亦自悲颯。」

送丹師歸閩中〔一〕

波濤路杳然〔二〕，衰柳洛陽蟬〔三〕。行李經雷電〔四〕，禪前漱島泉。歸林久別寺〔五〕，過越未離船。自説從今去，身應老海邊〔六〕。

【箋注】

〔一〕丹師：事跡未詳。閩中：即閩地。閩：古代閩人分爲七族，居住於今福建與浙江南部地區，稱爲七閩。《周禮·夏官·職方氏》：「四夷、八蠻、七閩、九貉、五戎、六狄之人民。」賈公彦疏：「叔熊居濮如蠻，後子從分爲七種，故謂之七閩也。」《元和郡縣圖志》二九江南道五福州：秦并天下，以其地爲閩中郡。漢初爲閩越國。隋大業二年爲閩州。唐初爲泉州，後又改爲閩州，開元十三年改爲福州。

〔二〕「波濤」句：唐時去閩中千里迢迢，盡爲水路，故云。杳然：渺遠貌。徐幹《中論·治學》：「故學者如登山焉，動而益高。……顧所由來，則杳然甚遠。以其難而懈之，誤且非矣。」

〔三〕洛陽：見本集卷三《洛陽道中寄弟》注〔一〕。

〔四〕行李：行旅，此謂行程。《胡笳十八拍》：「追思往日兮行李難，六拍悲兮欲罷彈。」

〔五〕「歸林」句：謂回到分别已久的山林寺院中。

〔六〕「身應」句：《元和郡縣圖志》二九江南道五福州：閩縣「海在縣東南一百六十里」。閩地近海，故云「老海邊」。

送安南惟鑒法師①〔一〕

講經春殿裏②，花遶御牀飛〔二〕。南海幾迴過③〔三〕，舊山臨老歸。潮摇蠻草落〔四〕，月濕島松微。空水既如彼④，往來消息稀〔五〕。

【校勘記】

①安南：《紀事》四〇作「長安」，非是。②殿：《又玄》中、《紀事》作「色」。③過：《全詩》五七二、《又玄》、《紀事》作「渡」；《英華》二二二、季稿作「度」。④「潮摇」三句：底本、奉新本、叢刊本、汲古閣本、張鈔本、席本、季稿、《全詩》、江户本、《二妙集》諸本校一作「觸風香損印，霑雨磬生衣。雲水路迢遞」。《又玄》、《紀事》作「觸風香損印，霑雨磬生衣。雲水路迢遞」。《英華》作「觸風香損印，霑雨磬生衣。雲水路迢遶」。

【箋注】

〔一〕安南：唐都護府，治宋平縣，故治在今越南河内市區。《元和郡縣圖志》三八嶺南道五：安南，本古越地。秦始皇平百越，以爲桂林、象郡，今州即秦象郡地也。漢代定爲交趾刺史，不稱州。建安八年張津爲刺史，士燮爲太守，共表請立爲州，自此始稱交州。隋仁壽四年置總管府。唐永徽二年改爲安南都督府。至德二年改爲鎮南都護府，兼置節度。大曆三年罷節度，置經略使，仍改爲安南都護府。惟鑒法師：事跡未詳。由此詩知其爲安南高僧，朝廷徵至京師，升殿講法。法師：精通佛法並能講解的高僧，亦用爲一般僧人的尊稱。《正法華經·法師品》：「稱詠法師，發心悦豫，其獲福不可限量。」

〔二〕「講經」二句：謂惟鑒佛法造詣高深，嘗受詔升金殿講經生動感人。《維摩詰經·觀衆生品》：「時維摩詰室有一天女，見諸大士聞所説法，便現其身，即以天華散諸菩薩大弟子上。」此用其事。御牀：此指皇帝的坐具。《三國志·魏書·曹真傳》附子爽傳：「先帝詔陛下、秦王及臣升御牀，把臣臂，深以後事爲念。」

〔三〕南海：南中國海，所處中國大陸之南，故名，爲我國三大邊緣海之一。《元和郡縣圖志》三四嶺南道一廣州南海縣：「南海在縣南，水路百里。自州東八十里有村，號曰古斗，自此出海，浩淼無際。」舊山：故鄉，故居。

〔四〕蠻草：南方的草木。蠻：《禮記·王制》：「南方曰蠻，雕題交趾，有不火食者。」

〔五〕「空水」二句：意謂别後相隔遥遠，彼此通信不易。空水：天空和水色。謝靈運《登江中孤嶼》：「雲日相輝映，空水共澄鮮。」

題李疑幽居①〔一〕

閒居少鄰並〔二〕，草徑入荒園②。鳥宿池中樹③，僧敲月下門〔三〕。過橋分野色，移石動雲根〔四〕。暫去還來此，幽期不負言〔五〕。

【校勘記】

①疑：叢刊本、汲古閣本、季稿、席本、《全詩》五七二、《又玄》中、《律髓》二三作「凝」；何校本作「嶷」；《紀事》四〇作「欵」。②園：《又玄》、《紀事》作「村」。③中：叢刊本、汲古閣本、季稿、席本、《律髓》、《全詩》作「邊」。

【箋注】

〔一〕這是一首題壁詩。李疑，事跡未詳。李嘉言《長江集新校》云：「『李凝』，《紀事》作『李款』。案《新唐書·宰相世系表》有姑臧李凝，《孝友傳》有弋陽李凝。張籍有《題李山人幽居》詩，與本詩或係同賦。張詩云：『襄陽南郭外，茅屋一書生。』則李山人爲襄陽人，與《新唐書》二李凝俱不合。又案《新唐書》一一八有李款者，長慶初及第，與張、賈爲同時。疑作『李款』者是。」録以供參考。幽居：僻静的居所。謝靈運《石門新營所住四面高山迴溪石瀨修竹茂林》：「躋險築幽居，披雲卧石門。」

〔二〕閒居：閒静的居所，猶「幽居」也。孟浩然《宴鮑二融宅》：「閒居枕清洛，左右接大野。」

〔三〕「鳥宿」二句：何光遠《鑒誡録》卷八「賈忤旨」條云：「（島）忽一日於驢上吟得『鳥宿池中樹，僧敲月下門』。初欲著『推』字，或欲著『敲』字，煉之未定，遂於驢上作『推』字手勢，又作『敲』字手勢，不覺行半坊。觀者訝之，島似不見。時韓吏部愈權京兆尹，意氣清嚴，威震紫陌。經第三對呵唱，島但手勢未已。俄爲官者推下驢，擁至尹前，島方覺悟。顧問，欲責之。島具對：『偶吟得一聯，安一字未定，神遊不覺，致衝大官，非敢取尤，希垂至鑒。』韓立馬良久思之，謂島曰：『作敲字佳矣。』遂與島並語笑，同入府署，共論詩道，數日不厭，因與島爲布衣之交。」此聯與島著名的「推敲」故事聯繫在一起，雖與《新唐書·韓愈傳》附賈島傳所叙韓、賈始交情形悖繆，然却足以體現島之「苦吟」精神。

〔四〕雲根：石也。古人以爲雲從山間石中生出，故稱石爲雲根。宋孝武帝劉駿《登作樂山》詩：「屯煙擾風穴，積水溺雲根。」

〔五〕幽期：此指幽雅的約會。謝靈運《撰征賦》：「石幽期而知賢，張揣景而示信。」

【輯評】

宋葛立方《韻語陽秋》卷四：唐朝人士以詩名者甚衆，往往因一篇之善，一句之工，名公先達爲之游談延譽，遂至聲〔問〕〔聞〕四馳。「曲終人不見，江上數峰青」，錢起以是得名。……「鳥宿池中木，僧敲月下門」，賈島以是得名。……然觀各人詩集，平平處甚多，豈皆如此句哉？古人所謂嘗鼎一臠，可以盡知其味，恐未必然爾。

元方回《瀛奎律髓》二三：此詩不待贅説，「敲」「推」二字待昌黎而後定，開萬古詩人之迷。學者必如此用力，何止「吟安一個字，撚斷數莖髭」耶？

高棅《唐詩品彙》六八：劉辰翁云：「敲」意妙絶，「下」意更好，結又老成。

明顧璘《批點唐音》：此篇典重，亦少優游，可入中唐，韓公眼力不差。于此見古人之心不遺片言，又見其沉思苦索，非徒誑俗而已也。

郭浚《增定評注唐詩正聲》：浪仙詩閒静自是本色，以有意無意求之，比較厚重耳。

胡應麟《詩藪·内篇》卷四：晚唐有一首之中，世共傳其一聯，而其所不傳反過之者。如張祜「樹影中流見，鐘聲兩岸聞」，雖工密，氣格故不如「僧歸夜船月，龍出曉堂雲」也。如賈島「鳥宿池邊樹，僧敲月下門」，雖幽奇，氣格故不如「過橋分野色，移石動雲根」也。

謝榛《四溟詩話》卷二：韓退之稱賈島「鳥宿池邊樹，僧敲月下門」爲佳句，未若「秋風吹渭水，落葉滿長安」氣象雄渾，大類盛唐。

陸時雍《唐詩鏡》：三、四苦而呆，絶少生韻，酷似老衲興味。

周珽《唐詩選脉會通評林》周敬云：次聯幽然事，偶然意。唐汝詢云：「僧敲」句因退之而傳，終不若第三聯幽活。起聯見李凝獨往沉冥。中聯詠幽情幽景，妙。結言已戀戀有同隱之志。

清王夫之《薑齋詩話》卷二：「僧敲月下門」，祇是妄想揣摩，如説他人夢，縱令形容酷似，何嘗毫髮關心？知然者，以其沈吟「推」「敲」二字，就他作想也。若即景會心，則或推或敲，心居其一，因景因情，自然靈妙，何勞擬議哉？「長河落日圓」，初無定景；「隔水問樵夫」，初非想得：則禪家所謂現量也。

吴喬《圍爐詩話》卷二：「鳥宿池邊樹，僧敲月下門」，寫得幽居出。

何焯《唐三體詩評》：五、六亦百煉苦吟而得。直是深山寫幽趣，乃覺迎接不暇。鳥棲，月上，起「去」字。五、六徘徊不捨，起「來」字。將他人順序語倒轉説。

顧安《唐律消夏録》：上半首從荒園一路到門，情景逼真。「暫去」兩字照應「月下」句，亦妙。可惜五、六呆寫閒景，若將「幽期」二字先寫出意思來，便是合作。

宋宗元《網師園唐詩箋》：刻畫盡致（「鳥宿」四句下評語）。

《歷代詩發》：膾炙人口久矣，讀之光彩如新。

余成教《石園詩話》卷二：元和中詩尚輕淺，島獨變格入僻，以矯艷俗。詩如……「葉下故人去，天中新雁來」，皆卓然名句，不獨「鳥宿池邊樹，僧敲月下門」、「秋風吹渭水，落葉滿長安」兩聯爲佳也。

王壽昌《小清華園詩談》卷下：唐人佳句，有可以照耀古今，膾炙人口者。如陳拾遺之「古木生雲際，歸帆出霧中」，……少陵之「水流心不競，雲在意俱遲」，……賈浪仙之「過橋分野色，移石動雲根」，……此等句當與日星河嶽，同垂不朽。又云：佳句自來難得有偶，如……賈浪仙之「僧敲月下門」，少陵之「天顔有喜近臣知」，錢員外之「深樹雲來鳥不知」，……皆係興會所至，偶然而得。强欲偶之，雖費盡苦思，終不能敵，是蓋有不可以力爭者。

清李懷民《重訂中晚唐詩主客圖》：二句本佳，亦不在「推敲」一重公案（「鳥宿」二句下評語）。

李慶甲《瀛奎律髓彙評》二三：清馮班：「池邊樹」，「邊」，集作「中」，較勝。《詩人玉屑》引此亦作「中」。「池中樹」，樹影在池中也。後人不解，改作「邊」字，通句少力。紀昀：馮氏以「池邊」作「池中」，言樹影在池中，若改作「邊」字，通句少力。不知此十字正以自然，故入妙。不應下句如此自然，上句如此迂曲。「分」字、「動」字，着力煉出。

送韓湘〔一〕

挂席從中路①，長風起廣津〔二〕。楚城花未發，上苑蝶來新〔三〕。半没湖波月，初生島草春〔四〕。孤霞臨石鏡，極浦映村神〔五〕。細響吟乾葦，餘馨動遠蘋。欲憑將一札，寄與沃洲人〔六〕。

【校勘記】

①中：叢刊本、季稿、《全詩》五七二作「古」。

【箋注】

〔一〕長慶三年（八二三）韓湘進士及第，冬入江西觀察使幕爲從事，島與姚合、沈亞之、朱慶餘等皆有詩送之，此即島送湘入江西幕府而作。韓湘：字北渚，韓愈姪孫，見本集卷二《詠韓氏二子》

注〔一〕。

〔二〕「挂席」二句：言從漢水揚帆，恰逢廣闊水道上颸起遠風。挂席：升起船帆，即揚帆。《文選》二二謝靈運《遊赤石進帆海》：「揚帆采石華，挂席拾海月。」李善注：「揚帆、挂席，其義一也。《海賦》：『維長綃，挂帆席。』」中路：指由漢水入長江而達江西也。唐時出關至江西的水路，西由巴蜀入長江，北由渭水入黄河經汴泗及運河入長江，南由漢水入長江，皆可到達江西，而此三路漢水居中，且路程最近，因稱「中路」。長風：遠風。宋玉《高唐賦》：「長風至而波起兮，若麗山之孤畝。」

〔三〕楚城：楚地的城邑。楚：古國名，此指楚地。上苑：皇家園林。

〔四〕「半没」二句：謂途經彭蠡湖時，島上初生春草。湖：蓋指鄱陽湖，古謂之彭蠡。《書·禹貢》：「彭蠡既豬，陽鳥攸居。」孔安國傳：「彭蠡，澤名。」《讀史方輿紀要》八三江西一鄱陽湖：鄱陽湖即彭蠡湖，在南昌府東北一百五十里。周迴四百五十里，浸四郡之境。隋以前概謂之彭蠡，煬帝時以鄱陽山所接，兼有鄱陽之稱。

〔五〕石鏡：廬山之石鏡也。《水經注·廬江水》：廬山「山東有石鏡，照水之所出。有一圓石，懸崖明浄，照見人形，晨光初曜，則延曜入石，豪細必察，故名石鏡焉」。韓湘赴江西幕，舟行彭蠡，可望見石鏡。極浦：遥遠的水濱。《楚辭·九歌·湘君》：「望涔陽兮極浦，横大江兮揚靈。」王逸注：「極，遠也。浦，水涯也。」

〔六〕沃洲：山名，在今浙江新昌。《高僧傳》卷四《竺道潛傳》：「支遁遣使求買岇山之側沃洲小嶺，欲爲幽棲之處。潛答云：『欲來輒給，豈聞巢、由買山而隱。』」本集卷十另有《早秋寄題天竺靈隱寺》詩：「峰前峰後寺新秋，絶頂高窗見沃洲。」此借沃州以指江南也。

【輯評】

清賀裳《載酒園詩話又編》：賈有精思而無快筆，往往意工於詞。又生平好用倒句，如「細響吟乾葦」，「枝重集猿楓」，雖紆曲而猶能達其意。

寄董武〔一〕

雖同一城裏，少省得從容〔二〕。門掩園林僻，日高巾幘慵〔三〕。孤鴻來半夜，積雪在諸峰〔四〕。正憶毗陵客〔五〕，聲聲隔水鐘。

【箋注】

〔一〕此詩蓋董武任官長安時島的寄贈之作。董武：見本集卷三《送董正字常州覲省》注〔一〕。

〔二〕從容：周旋、交往。《漢書·酈食其陸賈等傳贊》：「陸賈位止大夫，致仕諸吕，不受憂責，從容平、勃之間，附會將相以彊社稷，身名俱榮，其最優乎。」

〔三〕「門掩」二句：謂己居處偏僻門關常掩，往往日高還懶於漱洗冠帶。巾幘：頭巾，以一幅整巾製成的帽子。《隋書·煬帝紀上》：「武官平巾幘，袴褶。」

〔四〕諸峰：當指長安西南太白山等諸多山峰也。

〔五〕毗陵客：即董武也。武，毗陵、即今常州人，見本集卷三《送董正字常州覲省》注〔一〕。

【輯評】

清李懷民《重訂中晚唐詩主客圖》：風骨高騫。二句獨絕千古，然不如此對亦不見如此好。賈集中此最高格，非才江輩所能追（「孤鴻」二句下）。

宿贇上人房〔一〕

階前多是竹，閒地擬栽松。朱點草書疏，雪平麻履蹤〔二〕。御溝寒夜雨，宫寺静時鐘〔三〕。此室無他事①，來尋不厭重②。

【校勘記】

①室：奉新本、叢刊本、季稿、《全詩》五七二作「時」。　②尋：《英華》二三七校：「集作多。」

【箋注】

〔一〕贇上人：事跡未詳。上人：佛教謂内有德智，外有勝行，在人之上者爲「上人」。

〔二〕「朱點」二句：言上人大雪天以朱筆批讀草體佛經也。疏：闡釋經書或舊注的文字。麻履：麻編的鞋子。

〔三〕「御溝」二句：寫夜雨聞鐘。御溝：又名楊溝、羊溝，見本卷《雨夜同厲玄懷皇甫荀》注〔五〕。

宫寺：皇宫和官署。長安城内設有鐘樓和鼓樓，晨昏擊鼓鳴鐘，以報時辰。南朝陳阮卓《長安道》：「長安馳道上，鐘鳴宫寺開。」

訪李甘原居〔一〕

原西居處静，門對曲江開〔二〕。石縫銜枯草，查根上净苔①〔三〕。翠微泉夜落，紫閣鳥時來〔四〕。仍憶尋淇岸，同行採蕨回〔五〕。

【校勘記】

①上净：底本、叢刊本、汲古閣本、季稿、席本、《全詩》五七二、江户本諸本校：「一作漬古。」王《選》一五、《律髓》二三作「漬古」。

【箋注】

〔一〕此詩當作於大和九年（八三五）李甘被貶以前。李甘：字和鼎。登穆宗長慶四年進士第，文宗大和二年，又以賢良方正能直言極諫科擢第。累官至侍御史。九年七月因論鄭注不可爲相，被貶爲封州司馬，途中墜車傷股，卒於貶所，時人頗痛其冤。原：樂遊原也。宋程大昌《雍録》卷七云：「曲江之北又爲樂遊原，及樂遊苑及漢宣帝樂遊廟也。廟至唐世基跡尚存，與唐之曲江、芙蓉園、芙蓉池皆相並也。宇文愷爲隋營大興城，以京城東南地高不便，故於城之東南存一坊，穿芙蓉池以厭勝之。」元駱天驤《類編長安志》卷七曰：樂遊原在「曲江池東北。秦宜春苑也，漢宣帝起樂遊廟，在唐京城内高處」。

〔二〕「原西」二句：謂李甘宅位於樂遊原西、曲江北岸，環境雅静。曲江：亦名曲江池、曲池。漢武帝時所穿，以其水曲折，有似廣陵之曲江，故名。唐開元時重加疏鑿，南有紫雲樓、芙蓉苑，西爲杏園、慈恩寺等，花柳環繞，煙水明滅，遂爲勝境（見《劇談録》、《太平寰宇記》二五、《雍録》七、《唐兩京城坊考》三等）。

〔三〕查根：樹木砍伐後所餘地面以上的殘樁，亦省稱曰「查」。《隋書·楊約傳》：「約字惠伯，素異母弟也。在童兒時，嘗登樹墮地，爲查所傷，由是竟爲宦者。」

〔四〕翠微：青翠掩映的山色。《爾雅·釋山》：「未及上，翠微。」李白《贈秋浦柳少府》：「摇筆望白雲，開簾當紫微。」此指長安城南的終南山諸峰。紫閣：指終南山紫閣峰。見本卷《懷紫閣隱者》注〔一〕。

〔五〕淇：水名，位於今河南北部。《水經注·淇水》：「淇水出河内隆慮縣西大號山。」本爲古黄河支流，南流至今河南汲縣東北淇門鎮入河。漢末曹操爲便利河北漕運，於淇口作堰遏使北流，注入白溝（今衛河），遂爲衛河支流。《詩·衛風·淇澳》：「瞻彼淇澳，緑竹猗猗。」即淇水也。蕨：植物名，多年生草本，嫩莖稱蕨菜。《詩·召南·草蟲》：「陟彼南山，言採其蕨。」陸璣疏：「蕨，山菜也。周秦曰蕨，齊魯曰鼈。初生似蒜，莖紫黑色，可食。」

【輯評】

元方回《瀛奎律髓》二三：此詩亞於前作。第四句蜀碑本作「查根上浄苔」。紫閣、白閣，終南山二峰之别名。二詩皆以平聲起句，而末句平倒。在老杜集「四更山吐月」，平起平倒者甚少。晚唐必欲如此，而其終擲前六句不顧，别出一意繳。此二句亦一格也。如老杜「合分雙賜筆，猶作一飄蓬」，以自然對繳住，則晚唐所不能矣。

清李懷民《重訂中晚唐詩主客圖》：搜剔不遺細小。僻澀可念（「石縫」二句下）。

李慶甲《瀛奎律髓彙評》二三：清紀昀：此亦無關於工拙，未免多生分别。又云：是有此法。然此詩别出一意處，却少意味。無名氏（甲）：李甘爲御史，言事貶謫，故以「原居」志慨。

題山寺井

沈沈百尺餘，功就豈斯須〔一〕。汲早僧出定〔二〕，鑿新蟲自無。藏源重嶂底，澄翳太空隅〔三〕。此地如經劫，涼潭會共枯〔四〕。

【箋注】

〔一〕斯須：片刻、須臾。《禮記·祭義》：「禮樂不可斯須去身。」鄭玄注：「斯須，猶須臾也。」

〔二〕出定：結束禪定修習。禪定，見本集卷一《贈智朗禪師》注〔六〕。

〔三〕「澄翳」句：謂井水明净清澈，能映出天空一角。澄：澄清，使液體中的雜質沉淀。翳：翳穢，即雜草、泥土等物。

〔四〕「此地」二句：意謂若遇到世界毁壞時期，清涼的井水會一同乾枯。劫：梵語音譯作「劫波」或作「劫簸」，略稱作「劫」，爲佛教所説的長時、大時。《大智度論》云：一增劫、一減劫合爲一小劫。二十個小劫叫一中劫。成劫、住劫、壞劫、空劫，四劫各需一中劫。成、住、壞、空四中劫合起來爲一大劫。佛教以爲，世界無始無終地依照成、住、壞、空之大劫周而復始，永遠也不會停息。島這裏指的是空劫。歷經空劫時世界空無一物，泉水當然也隨之消失了，故云「涼潭會共枯」。《俱舍論》一二云：「謂此世間，災所壞已，二十小劫，唯有虚空。」

僻居無可上人相訪〔一〕

自從居此地，少有事相關。積雨荒鄰圃①，秋池照遠山〔二〕。硯中枯葉落，枕上斷雲閒。野客將禪子，依依偏往還〔三〕。

【校勘記】

①鄰：《英華》二二二作「林」。

【箋注】

〔一〕元和十三年（八一八）春，島已由延壽坊遷居樂遊原東昇道坊，詩當作於本年或稍後。僻居：居於偏僻之地。此蓋指島樂遊原東昇道坊之居所也。張籍《過賈島野居》云：「此地去人遠，知君終日閒。」《續玄怪録》云：「張庾舉進士，居長安昇道坊南街，盡是墟墓，絶無人住。」亦島僻居之證。無可上人：島從弟，僧無可也。見本集卷三《就可公宿》注〔一〕。

〔二〕遠山：指終南山也。張籍《過賈島野居》云：「青門坊外住，行坐見南山。」姚合《寄賈島》：「寂寞荒原下，南山祇隔籬。」

〔三〕「野客」二句：言與從弟深情相處，多有往來也。野客：村野之人，島自謂也。禪子：僧侣、信佛者。皎然《聞鐘》詩：「永夜一禪子，泠然心境中。」姚合《寄題尉遲少卿郊居》：「隅坐唯禪子，隨行只藥童。」

【輯評】

元方回《瀛奎律髓》二三：此詩較前二首皆一體。中四句極其工，而皆不離乎景，情亦寓乎景中。但不善措置者，近乎冗。老杜則不拘，有四句皆景者，有兩句情、兩句景者，尤伶俐浄潔也。

李慶甲《瀛奎律髓彙評》二三：馮班：唐詩初不拘情景，起伏照應則不可無法，大略太拘便不是能手。　紀昀：老杜詩伸縮變化，亦不止此二格。　又云：「照」字未工。

送李餘及第歸蜀〔一〕

知音伸久屈〔二〕，覲省去光輝。津濟逢清夜①，途程盡翠微②〔三〕。雲當綿竹叠，鳥離錦江飛〔四〕。肯寄書來否，原居出甚稀③〔五〕。

【校勘記】

①濟：奉新本、叢刊本、《全詩》五七二作「渡」，季稿作「度」。黄校本校：「津下宋本缺一字。」　②

途程：季稿作「程途」。　③甚：奉新本、季稿、《全詩》作「亦」。

【箋注】

〔一〕長慶三年（八二三）李餘進士及第，夏歸蜀，島賦此詩以送之。張籍、姚合、朱慶餘等有同送之作。李餘：成都人。大致活動於憲宗至宣宗數朝間。曾應舉十年，至穆宗長慶三年方登第，後入湖南觀察使幕爲從事。李餘有詩名，尤長於樂府，本集卷八有《喜李餘自蜀至》詩，譽其「詞體近風騷」，元稹《樂府古題序》稱其嘗「賦古樂府詩數十首，其中一二十章咸有新意」，並「選而和之」。蜀：古國名，位於今四川西部地區。秦滅蜀，於其地置蜀郡。唐高祖武德元年改爲益州總管府。天寶元年改爲蜀郡大都督府，十五年玄宗幸蜀，改爲成都府。見《華陽國志·蜀志》、《元和郡縣圖志》三一劍南道上成都府。此指成都府治。

〔二〕「知音」句：李餘十年應舉，方得一朝登第，故云「伸久屈」。

〔三〕翠微：青翠掩映的山色。見本卷《訪李甘原居》注〔四〕。

〔四〕「雲當」二句：謂雲彩聚集在綿竹縣上空，飛鳥離開錦江飛向遠方。綿竹：《元和郡縣圖志》三一劍南道上漢州：綿竹縣，本漢舊縣也，屬廣漢郡，有紫喦山，綿水所出。隋時境有孝子姜詩泉，因改名孝水縣。後復爲綿竹，屬蜀郡。唐武德中屬益州，垂拱三年割入漢州。故治在今四川綿竹縣東南。錦江：俗名府河，又名汶江、流江、走馬河等。自今四川郫縣西，分岷江東流至成都南，與郫江合流。以此水濯錦，鮮於他水，故名。見《元和郡縣圖志》三一劍南道上成都府成都縣。

〔五〕原：指樂遊原。島元和末移居樂遊原東，故曰「原居」。參本集卷二《上谷送客遊江湖》注〔四〕，及本卷《訪李甘原居》注〔一〕。

【輯評】

清李懷民《重訂中晚唐詩主客圖》：何必是蜀，卻是蜀（「津渡」二句下）。又曰：二句固切其地，亦略著色寫及第興頭（「雲當」二句下）。又曰：唐人多是如此說，可知古誼非世情也（尾聯下）。

荒齋〔一〕

草合徑微微，終南對掩扉〔二〕。晚涼疏雨絶，初曉遠山稀①。落葉無青地②，閒身着白衣〔三〕。朴愚猶本性，不是學忘機〔四〕。

【校勘記】

①山：《英華》三一七作「蟬」。　②落葉：《英華》作「葉落」。青：《英華》作「情」。

【箋注】

〔一〕元和十三年（八一八）前後，島已由延壽坊遷居樂遊原東昇道坊，詩蓋作於此年或稍後。荒齋：姚合《寄賈島浪仙》詩云：「所居率荒野，寧似在京邑。……頽籬里人度，敗壁鄰燈入。」所寫正島荒齋景象。

〔二〕終南：終南山。

〔三〕「閒身」句：言身無官職衣平民服裝。閒身：身無官職。白衣：古代平民服裝。《史記·儒林列傳序》：「武安侯田蚡爲丞相，絀黄老刑名百家之言，延文學儒者數百人，而公孫弘以《春秋》，白衣爲天子三公，封以平津侯。」

〔四〕「朴愚」二句：謂天性質朴敦厚，並非有意泯滅機巧之心。朴愚：指性情質朴敦厚。《漢書·南粤王傳》：「道里遼遠，壅蔽樸愚，未嘗致書。」忘機：消除機巧之心，淡泊名利，與世無争。王勃《江曲孤鳬賦》：「爾乃忘機絶慮，懷聲弄影。」

夜喜賀蘭三見訪〔一〕

漏鐘仍夜淺，時節欲秋分〔二〕。泉聒棲松鶴，風除翳月雲〔三〕。踏苔行引興，枕石卧論文〔四〕。即此尋常静，來多秖是君。

【箋注】

〔一〕賀蘭三：島詩友，見本集卷三《寄賀蘭朋吉》注〔一〕。

〔二〕「漏鐘」二句：落筆點時，言將近秋分時節天黑不久，賀蘭三來訪。漏：古代計時器，即漏壺。見本集卷三《即事》注〔六〕。秋分：二十四節之一，約在農曆八月中旬前後。董仲舒《春秋繁露·陰陽出入上下》：「至于中秋之月，陽在正西，陰在正東，謂之秋分。秋分者，陰陽相半也，故晝夜均而寒暑平。」

〔三〕「風除」句：意謂泉聲攪擾宿於松上的仙鶴，微風吹散遮月的雲彩。聒：煩擾。杜甫《北征》：「翻思在賊愁，甘受雜亂聒。」翳月雲：《世説新語·言語》：「司馬太傅齋中夜坐，於時天月明净，都無纖翳，太傅歎以爲佳。謝景重在坐，答曰：『意謂乃不如微雲點綴。』太傅因戲謝曰：『卿居心不净，乃復强欲滓穢太清邪？』」翳：遮蔽。《楚辭·離騷》：「百神翳其備降兮，九疑繽其并迎。」王逸注：「翳，蔽也。」

〔四〕「枕石」句：謂與賀蘭氏悠閒相處，談詩論文。枕石：《世説新語·排調》：「孫子荆年少時欲隱，語王武子『當枕石漱流』，誤曰『漱石枕流』。王曰：『流可枕，石可漱乎？』孫曰：『所以枕流，欲洗其耳；所以漱石，欲礪其齒。』」

題青龍寺鏡公房〔一〕

一夕曾留宿，終南摇落時〔二〕。孤燈岡舍掩①〔三〕，殘磬雪風吹②。樹老因寒折，泉深出井遲。疏慵豈有事，多失上方期〔四〕。

【校勘記】

①岡：奉新本作「龕」。　②雪：江户本作「雲」。

【箋注】

〔一〕此詩深情追憶貞元十七年（八〇一）與韓愈相識洛陽後，冬十一月隨韓入京，寄宿於青龍寺的情景。尾聯剖白因疏慵而多次與鏡公爽約，並非澹忘舊情。青龍寺：位於長安新昌坊南門東側，本隋靈感寺，唐武德四年廢，龍朔二年城陽公主奏立爲觀音寺，唐睿宗景雲二年改爲青龍寺。寺北枕樂遊原，南望開闊，爲登眺之勝（見《長安志》卷九）。鏡公：當爲青龍寺主持僧。

〔二〕「一夕」二句：謂貞元十七年冬，曾一夕宿於青龍寺也。島貞元十七年春識韓愈於洛陽，冬隨韓至長安，見本書所附《賈島年譜新編》。詩云「一夕曾留宿」青龍寺，蓋在此時也。《唐才子傳・賈島傳》曰：「來東都，旋往京，居青龍寺。」正指此事。韓愈《送無本師歸范陽》云：「始見洛陽春，桃枝綴紅糝。遂來長安里，時卦轉習坎。」「坎」爲十一月卦。與島此詩「雪風吹」亦相合。摇落時：此謂時節已冬季也。

〔三〕「孤燈」句：謂佛燈爲岡上房舍所遮掩。閻文儒、閻萬鈞《兩京城坊考補》卷三朱雀門街東第五街新昌坊青龍寺條，引《唐青龍遺址踏察記略》云：今西安城東南六里許的鐵爐廟村，恰好位於唐新昌坊的東南部，當即古青龍寺遺址的所在地，村北的高地應即所謂樂遊原。寺的範圍，可能還包括村北的高地。可知寺係背岡修建，部分殿宇當在樂遊原上。踏察中發現青龍寺重要遺物——石燈臺經咒幢。孤燈：佛像前長明燈也，亦名無盡燈、續明燈。《佛説目連問戒律中五百輕重事》：「問：『續佛光明，晝可滅不？』答：『不得，若滅犯墮。』」

〔四〕「疏慵」二句：謂因疏懶而多次失約。元和十三年前後，島所居昇道坊與青龍寺很近，往來原本很方便而多次爽約，故有是言。上方：原指山中佛寺，後借以呼寺中主持。

【輯評】

元方回《瀛奎律髓》四七：中四句已佳。尾句謂疏慵之人，有何事乎？而多失上方之約，亦奇也。

李慶甲《瀛奎律髓彙評》四七：清許印芳：句句洗鍊，而出以自然。曉嵐全取之，但無批語耳。

送陳判官赴天德①〔一〕

將軍邀入幕，束帶便離家〔二〕。身暖蕉衣窄〔三〕，天寒磧日斜。火燒岡斷葦②，風卷雪和沙③。絲竹豐州有，春來秖欠花〔四〕。

【校勘記】

①天：奉新本、叢刊本、季稿、《全詩》五七二作「綏」。②葦：底本、奉新本、叢刊本、汲古閣本、季稿、席本、《全詩》、《二妙集》諸本校：「一作草。」《英華》二七八作「草」。③和：奉新本、季稿、《全詩》作「平」。

【箋注】

〔一〕陳判官：名未詳。判官：官名，《新唐書·百官五》：節度、觀察、團練諸使有判官一人。《通典·職官一四》：判官「分判倉、兵、騎、胄四曹事」。天德：唐置軍名，屬關内道，故治在今内蒙古烏拉特中旗北偏西約三十里處。《元和郡縣圖志》卷四關内道四天德軍：本安北都護，貞觀二十一年歸燕然都護府。其後屢有更易。天寶十四載安思順於大同川西築大安軍城，安史亂中爲賊將破毁。乾元後改爲天德軍，西南移三里，權居規模較小的永清柵，後又移其理所於西受降城。元和八年黄河壞西受降城，宰相李吉甫奏復大安軍舊城，移天德軍治所於舊城中。

〔二〕「將軍」二句：言陳判官應邀赴天德軍。幕：幕府的簡稱。古代將帥的府署。《晉書·劉琨祖逖傳論》：「劉琨弱齡，本無異操，飛纓賈謐之館，借箸馬倫之幕。」白居易《寄王質夫》詩云：「我守巴南城，君佐征西幕。」

〔三〕蕉衣：用蕉布裁製的衣服。陸龜蒙《早秋吴體寄襲美》：「短燭初添蕙幌影，微風漸折蕉衣稜。」蕉布，見本集卷三《皇子陂上韓吏部》注〔六〕。磧日：沙漠上的太陽。

〔四〕「絲竹」二句：意謂邊塞荒寒，春風難到也。豐州：唐屬關内道，故治即今内蒙古五原縣。《元和郡縣圖志》卷四關内道四豐州：本秦上郡之北境，秦末没於胡。漢武帝元朔二年使衛青逐去匈奴，開置朔方。隋文帝開皇三年，於永豐鎮置豐州。唐貞觀四年突厥降服，又權於此置豐州都督府。二十二年又分置豐州。天寶元年改爲九原郡，乾元元年復爲豐州。

送唐環歸敷水莊①〔一〕

毛女峰當户〔二〕，日高頭未梳。地侵山影掃〔三〕，葉帶露痕書〔四〕。松徑僧尋廟②，沙泉鶴見魚。一川風景好③，恨不有吾廬。

【校勘記】

①壞：叢刊本、季稿、《全詩》五七二、《律髓》二三作「環」；奉新本作「懷」，非是；《英華》二七八作「壞」，蓋皆「壞」字之形訛。②廟：底本、叢刊本、汲古閣本、季稿、席本、江户本諸本校：「一作藥。」奉新本、《全詩》五七二、《英華》作「藥」。③風景好：季稿、《全詩》校作「人境別」。《英華》作「人境別」。

【箋注】

〔一〕唐壞：事跡未詳。敷水：在今陝西華陰縣。《水經注·渭水下》：「渭水又東，敷水注之。水南出石山之敷谷……又北逕集靈宫西。《地理志》曰華陰縣有集靈宫，武帝起。故張昶《華嶽碑》稱漢武慕其靈，築宫在其後。而北流注於渭。」敷水莊：當爲敷水岸邊一村莊。

〔二〕「毛女」句：謂唐壞居所南向正對華山毛女峰。毛女峰：爲西嶽華山諸峰之一。華山西峰曰蓮花，東峰曰仙人掌，南峰曰落雁，三者乃華嶽三主峰也。毛女峰位於三峰西北。劉向《列仙傳》：「毛女字玉姜，秦始皇宫人，逃之華陰山中，食松柏，遍體生毛，故謂之毛女。」錢起《送人歸華山》：「欲依毛女岫，初卷少夷峯。」

〔三〕「地侵」句：意謂打掃山影籠罩下的地面。杜甫《渼陂行》：「半陂以南純浸山，動影裊窕沖融間。」此化用其意。

〔四〕「葉帶」句：謂書寫於帶着露痕的樹葉。鄭虔「善圖山水，好書，常苦無紙，於是慈恩寺貯柿葉數屋，遂往日取葉肆書，歲久殆遍」（《新唐書·文藝傳中·鄭虔傳》）。又古印度常用貝多羅樹葉寫經，名貝葉經，亦書葉之事也。

【輯評】

元方回《瀛奎律髓》二三：八句皆好，三、四尤精緻。無中造有者，掃「山影」之謂也。微中致著者，書「露痕」之謂也。人能作此一聯，亦可以名世矣。

清賀裳《載酒園詩話又編》：閬仙五字詩實爲清絶，如「空巢霜葉落，疏牖水螢穿」，即孟襄陽「鳥過煙樹宿，螢傍水軒飛」不能遠過。又如……「地侵山影掃，葉帶露痕書」，「移居見山燒，買樹帶巢鳥」，皆於深思静會中得之。

宋宗元《網師園唐詩箋》：起勢突兀。眼前景，寫來新穎爾許（「地侵」二句下）。

清李懷民《重訂中晚唐詩主客圖》：「尋」字、「見」字皆極平常字，然二句傳神入妙，却全在此二字（「松徑」二句下）。

李慶甲《瀛奎律髓彙評》二三：紀昀：此聯自佳。然以此名世，便是小家局面。又云：三、四幽曲之至。然幽曲而出以自然，故異乎武功之瑣屑。結未渾成。　許印芳：結句無病，此亦苛論。

原東居喜唐温琪頻至①〔一〕

曲江春草生〔二〕，紫閣雪分明〔三〕。汲井嘗泉味②，聽鐘問寺名〔四〕。墨研秋日雨，茶試老僧鐺〔五〕。地近勞頻訪，烏紗出送迎〔六〕。

【校勘記】

①琪：《律髓》二三作「淇」。　②井：《律髓》作「水」。

【箋注】

〔一〕元和十三年（八一八）春，島已遷居樂遊原東昇道坊，此詩即移居後所賦，具體時間則難以考詳。原：樂遊原。在長安昇平坊，而島所居昇道坊位於昇平坊正東（見《長安志》卷八、卷九），故云「原東居」。唐温琪，事跡未詳。

〔二〕「曲江」句：謝靈運《登池上樓》：「池塘生春草。」此活用其句。曲江：見本卷《訪李甘原居》注〔二〕。昇道坊即在曲江旁，故及之。

〔三〕「紫閣」句：本集卷一有《冬月長安雨中見終南雪》，是終南山雪景，可於長安城中眺望也。而紫閣峰在終南主峰偏西，故於樂遊原上可望見紫閣峰雪景也。紫閣：紫閣峰，見本卷《懷紫閣隱者》注〔一〕。

〔四〕寺：蓋指龍華尼寺和青龍寺也。尼寺就在昇道坊，青龍寺位於新昌坊，坊南即島所居昇道坊，二寺毘鄰，唐氏蓋未知之，故聞鐘而問寺爲何名也。

〔五〕「墨研」二句：追叙唐氏去秋來訪的情景，烹茶賦詩風雅蘊藉。「茶試」句，謂用老僧曾經用過的茶具煮茶。鐺：茶鐺，煎茶用的鍋，較小，有三足，以金屬或陶瓷製成。

〔六〕「烏紗」句：謂勞駕唐氏多次來訪，島每每出門相迎送也。烏紗：即烏紗帽。東晉成帝時宫官有著烏紗帢者，至劉宋時始有烏紗帽，隋代爲上層官服，唐初官員無論貴賤皆服之。後世相沿。馬縞《中華古今注·烏紗帽》：唐高祖「武德九年十一月，太宗詔曰：『自今以後，天子服烏紗帽，百官士庶皆同服之。』」《新唐書·車服志》：「弁服者，文官九品公事之服也，以鹿皮爲之，通用烏紗、牙簪、導纓。」唐氏應爲官員，故借烏紗以代之。

【輯評】

元方回《瀛奎律髓》二三：起句十字自然而佳。中四句用工而佳。末句放寬，亦大自在。

李慶甲《瀛奎律髓彙評》二三：清馮舒：會看。　馮班：「春草生」時，又云「秋日雨」，何也？紀昀：結弱而少味。

送歇法師〔一〕

度歲不相見，嚴冬知出關①〔二〕。孤煙寒色樹，高雪夕陽山。瀑布寺應到〔三〕，牡丹房甚閒②。南朝遺跡在〔四〕，此去幾時還。

【校勘記】

①知：汲古閣本、季稿、《全詩》五七二作「始」。　②閒：季稿、《全詩》校作「寒」。《英華》二二二作「寒」。

【箋注】

〔一〕 敭法師：事跡未詳。李嘉言《長江集新校》云：「姚合有《送敬法師歸福州》，與本詩同韻，『敭』『敬』形近，未知孰是。皎然有《詠敭上人座右畫松》，又有《秋日遥和盧使君遊何山寺宿敭上人房論涅槃經義》（《全唐詩》卷八一五），不知與此敭法師是一人否？」今案：佛教所謂的「法師」，指精通佛法並能講解的高僧，見本卷《送安南惟鑒法師》注〔一〕，由盧使君與之「論涅槃經義」一語看，「敭上人」與此「敭法師」應爲一人，故應爲吴興何山寺僧，皎然友人，精通《涅槃經》義。

〔二〕 關：秦地的關塞，此指潼關或武關。「函谷關至唐時已廢。潼關，《元和郡縣圖志》卷二關内道二華州華陰縣潼關：在縣東北三十九里，古桃林塞也，故址在今陝西潼關縣東南數里。武關：《史記·秦始皇本紀》「由武關歸」，張守節正義引《括地志》云：「故武關在商州商洛縣東九十里。春秋時少習也，杜預云，少習，商縣武關也。」故址在今陝西商南縣西北三十公里處。或以爲「『關』指潼關，語意不合。古人所云出關，指西行出塞外，入關，東行入關口，今敭法師歸江南，似不得云西行出關」。遂以爲「出關，佛教語。僧徒閉門静修……稱爲閉關……閉關結束，則開門出關。……賈詩當指敭法師出關後離寺南遊」。此説大誤，《史記》謂孟嘗君「得出即馳去，更封傳，變姓名以出關」。此「出關」即非西行出塞外，而指東出秦地關塞。此類例子頗夥，即便賈島詩中亦有謂東出秦地爲「出關」者，如本集卷八《送僧》云：「仙掌雲邊樹，巢禽時出關。」此「出關」，恐非僧人閉關修習後之「出關」，亦非向西飛出塞外，而是指華山中的鳥鵲有時東向飛出關外。又本集卷五《石門陂留辭從叔謨》「有恥長爲客，無成又入關」，島自稱從衛州西赴長安應舉爲「入關」，亦非必離秦東行才叫入關。

〔三〕瀑布寺：《法苑珠林》三三云：「隋天台山瀑布寺，釋慧達……繕修成務，或登山臨水，或遊履聚落，但據形勝之處，皆措心營造。」是天台山有瀑布寺。此借以指名勝之地。

〔四〕「南朝」句：東晉後宋、齊、梁、陳四朝據有江南，皆定都建康（今江蘇南京），史稱「南朝」。遺跡：指四朝人事在建康遺留下來的痕跡。

寄錢庶子①〔一〕

曲江春水滿〔二〕，北岸掩柴關②〔三〕。祇有僧鄰舍〔四〕，全無物映山〔五〕。樹陰終日掃，藥債隔年還③。猶記聽琴夜，寒燈竹屋間〔六〕。

【校勘記】

①寄：奉新本作「送」，非是。　②掩：季稿、《全詩》五七二校作「枕」；《英華》二五九作「枕」。

③藥債：《英華》作「詩債」，校：「集作藥價。」季稿、《全詩》校作「詩價」。

【箋注】

〔一〕此詩乃元和十三四年春，錢徽爲右庶子時島的寄贈之作，時島已移居樂遊原東昇道坊。錢庶子：李嘉言《賈島年譜》云：「本集有《寄錢庶子》詩，即徽也。」錢徽，字蔚章，吴興（今浙江湖州）

人。大曆十才子起之子。德宗貞元初進士及第，又登賢良方正能直言極諫科。兩爲地方幕職，憲宗元和十年累官至中書舍人。吴元濟叛，上書請罷淮西兵，降爲太子右庶子。後出爲虢州刺史。元和末爲禮部侍郎，大和二年卒。生平仕履具兩《唐書》本傳。徽善詩工文，與韓愈、白居易、劉禹錫等均有唱酬。庶子：官名。《舊唐書·職官三》：「太子右春坊右庶子二人，正四品下。中舍人二人，正五品上。……諸臣及宫臣上皇太子，大事以牋，小事以啓，其封題皆曰上。」

〔二〕曲江：見本卷《訪李甘原居》注〔二〕。

〔三〕「北岸」句：本卷《訪李甘原居》云：「原西居處静，門對曲江開。」本卷《原東居喜唐温琪頻至》云：「曲江春草生。」此詩云：「曲江春水滿，北岸掩柴關。」是無論居樂遊原之東抑或其西，皆南臨曲江也。

〔四〕「祇有」句：唐時長安佛寺林立，昇道坊附近就有青龍、法雲諸寺（見《長安志》卷九），故云。

〔五〕「全無」句：島謂己居處高曠，可直接見到終南山。《續玄怪録》云：「張庾舉進士，居長安昇道里，南街盡是墟墓，絶無人住。」姚合《寄賈島》詩云：「寂寞荒原下，南山祇隔籬。」張籍《過賈島野居》：「青門坊外住，行坐見南山。」映：遮擋。《文選》二二顔延之《應詔觀北湖田收》：「樓觀眺豐潁，金駕映松山。」李善注：「映，猶蔽也。」

〔六〕「猶記」二句：本集卷六有《秋夜仰懷錢孟二公琴客會》一詩，作於元和十二或十三年秋，「錢孟二公」，即錢徽、孟簡，二公嘗以聽琴相邀宴，島亦嘗應邀赴會，故此詩云「猶記」，復云「寒燈」。

此詩首句「曲江春水滿」，可證此詩蓋十三或十四年春作。

【輯評】

元方回《瀛奎律髓》二三：五、六最佳，末句脱灑。

清李懷民《重訂中晚唐詩主客圖》：對法極高（「祇有」二句下）。又曰：時人必以爲常而無味，不知不常有味處正在阿堵（「樹陰」二句下）。

李慶甲《瀛奎律髓彙評》二三：紀昀：四句拙。

原上秋居〔一〕

關西又落木①，心事復如何〔二〕。歲月辭山久〔三〕，秋霖入夜多。鳥從井口出，人自岳陽過②〔四〕。倚杖聊閒望，田家未剪禾。

【校勘記】

①西：《全詩》五七二校：「一作山。」　②岳：季稿、《全詩》五七二作「洛」。季稿校：「宋刻作岳。」

【箋注】

〔一〕元和十三年（八一八）春，島已由延壽坊遷居樂遊原東昇道坊，詩云「秋居」，蓋作於本年秋或稍後。原：樂遊原也。

〔二〕「關西」二句：《楚辭・九辯》：「悲哉秋之爲氣也，蕭瑟兮草木摇落而變衰。憭慄兮若在遠行，……坎廩兮貧士失職而志不平。」此用其意。關西：函谷關以西，即所謂關中之地也。《漢書·蕭何傳》：「相國守關中，摇足，則關西非陛下有也。」抑或指潼關、武關等關塞以西之地，因函谷關至唐時已廢。

〔三〕山：即「舊山」也，指故鄉，見本卷《雨夜同厲玄懷皇甫荀》注〔三〕。

〔四〕「人自」句：此句蓋懷南行友人。岳陽：見本集卷三《送裴校書》注〔四〕。

【輯評】

宋黄徹《䂬溪詩話》卷三：舊説賈島詩如「鳥從井口出，人自岳陽來」，貫休「此夜一輪滿，清光何處無」，皆經年方得偶句，以見其辭澀思苦，非若好事者誇辭，亦謬用其心矣。

元方回《瀛奎律髓》二三：五、六謂經年乃下得句，學者當細味之。

李慶甲《瀛奎律髓彙評》二三：清馮舒：第五句亦過於矜莊作態。　馮班：長江詩雖清僻，然句有餘韻，所以高也。今人用露骨硬語，學之便不近。　紀昀：起四句一氣渾成，五、六亦自然，惟結處無味。　許印芳：結句回應起句，本無可議，此亦苛論。

夏夜〔一〕

原寺偏鄰近〔二〕，開門物景澄〔三〕。磬通多葉罅〔四〕，月離片雲稜〔五〕。寄宿山中鳥，相尋海畔僧〔六〕。唯愁秋色至，乍可在炎蒸〔七〕。

【箋注】

〔一〕元和十三年(八一八)春,島已由延壽坊遷居樂遊原東昇道坊,此詩結句云「乍可在炎蒸」,蓋作於本年夏或稍後。

〔二〕「原寺」句:樂遊原在昇平坊,東鄰島所居昇道坊,而昇道坊西北隅爲龍華尼寺,又昇道坊北鄰新昌坊,新昌坊有青龍寺,故云「原寺偏鄰近」。本卷《寄錢庶子》云:「祇有僧鄰舍。」與此句意近。

〔三〕「開門」句:島昇道坊居所在樂遊原東,地勢乃長安城中最高敞處,居高臨下,視野開闊,故云。昇道坊北即新昌坊,王維《春日與裴迪過新昌里訪吕逸人不遇》云:「城上青山如屋裏,東家流水入西鄰。」亦物景清澄之寫照也。

〔四〕「磬通」句:謂附近佛寺裏的鐘磬之音可飄至樂遊原上樹木茂密的溝谷之中。罅:裂縫,此指川谷。

〔五〕「月離」句:意謂夜月高懸於片雲邊上。離:去聲,通「麗」,附著,依附。《易·離》:「象曰:離,麗也。日月麗乎天,百穀草木麗乎土。」《詩·小雅·漸漸之石》:「月離于畢,俾滂沱矣。」朱熹集傳:「離,月所宿也。」張衡《思玄賦》:「松喬高跱孰能離,結精遠遊使心攜。」李善注:「離,附也。」稜,物體的稜角,此指雲彩邊緣。

〔六〕「寄宿」二句:謂所居環境清幽,終南山鳥鵲可飛來投宿,遠方僧人可造訪論道。山:謂終南山也。

〔七〕「惟愁」二句：意謂夏夜雖蒸熱難熬，然想起寥落衰颯令人生愁的秋季將至，寧可受此酷熱。郭璞《遊仙詩十九首》其四：「時變感人思，已秋復願夏。」此化用其意。

【輯評】

元方回《瀛奎律髓》一一：此詩前二韻特用生字，而奇澀工緻。五、六亦故爲此等句法，末句亦好奇之所爲也。

李慶甲《瀛奎律髓彙評》一一：紀昀：三句苦思得之，而極不佳。又云：末二句亦刻意造作，而轉得淺近。虚谷以爲好奇之過，良是。查慎行曰：有意求新，一變唐賢風格。

冬夜

羈旅復經冬，瓢空盎亦空〔一〕。淚流寒枕上，跡絶舊山中①〔二〕。凌結浮萍水〔三〕，雪和衰柳風。曙光鷄未報，嘹唳兩三鴻〔四〕。

【校勘記】

①山：席本校：「一作溪。」

【箋注】

〔一〕盎：漢史游《急就篇》卷三：「甀、缶、盆、盎、甕、罃、壺。」顏師古注：「缶、盆、盎，一類耳。缶即盎，大腹而斂口；盆則斂底而寬上。」漢樂府詩《東門行》：「盎中無斗米儲，還視架上無懸衣。」

〔二〕舊山：故鄉。

〔三〕浮萍：浮生水面的一種植物，葉橢圓形或倒卵形，下生須狀根，花白色。魏文帝曹丕《秋胡行二首》其二：「汎汎緑池，中有浮萍。」

〔四〕嘹唳：形容聲音響亮淒清。謝朓《從戎曲》：「嘹唳清笳轉，蕭條邊馬煩。」

【輯評】

清李懷民《重訂中晚唐詩主客圖》：極形淒寂之苦。學空人亦不廢此，以詩固主乎情也，無情之人不可與言詩。

送厲宗上人〔一〕

擁策背岷峨〔二〕，終南雨雪和〔三〕。漱泉秋鶴至，禪樹夜猨過〔四〕。高頂白雲盡〔五〕，前山黄葉多。曾吟廬嶽上〔六〕，月動九江波〔七〕。

【箋注】

〔一〕厲宗上人：事跡未詳。詩云「背岷峨」，則上人蓋蜀中僧人，與島有交往。

〔二〕岷峨：岷山與峨嵋山。岷山山脈綿延於今四川、甘肅兩省交界處，餘脈向南延伸至今四川嵋縣西南，有兩峰突起，相對如蛾眉，故名峨嵋山（參《元和郡縣圖志》三一劍南道上嘉州峨眉縣）。

岷山與峨嵋山緊密相連，故合稱岷峨。此當特指峨嵋山，其山蒼峻秀麗，爲我國佛教四大名山之一，厲宗上人蓋峨嵋山僧人歟！

〔三〕終南：終南山。

〔四〕「禪樹」句：謂上人夜間坐禪於林間樹下，猿猴於樹上攀緣而過。禪：坐禪，見本集卷一《贈智朗禪師》注〔六〕。

〔五〕高頂：山頂，即終南山頂也。王維《投道一師蘭若宿》：「一公棲太白，高頂出風煙。」

〔六〕廬嶽：廬山。位於今江西九江市南、鄱陽湖北，又名匡山、匡廬、鄣山。廬山因廬水而得名，方圓五百餘里，聳立於長江以南、鄱陽湖以北，三面臨水，雲氣鬱蒸，多峭壁巉巖、飛瀑清泉之勝。

〔七〕九江：《書·禹貢》：「九江孔殷。」漢儒對九江的解釋有數種，其中劉歆以爲，九江乃「湖漢九水入彭蠡澤也」，即以今江西贛江挾九水入鄱陽湖爲九江也（見《太康地記》）。此指廬山一帶的長江。

寄李存穆〔一〕

聞道船中病，似憂親弟兄。信來從水路，身去到柴城〔二〕。久別長鬚鬢，相思書姓名。忽然消息絶，頻夢却還京〔三〕。

【箋注】

〔一〕李存穆：事跡未詳。蓋島之好友，因赴柴城途中染病，島寄此詩以表關切之情。

〔二〕柴城：即柴桑縣城。柴桑縣，漢置，至隋時已廢，故址在今江西九江市西南數里處。《元和郡縣圖志》二八江南道四江州潯陽縣：「柴桑故城，在縣西南二十里。」

〔三〕京：指京師長安。

贈無懷禪師〔一〕

身從劫劫修，果以此生周〔二〕。禪定石牀暖〔三〕，月移山樹秋。捧盂觀宿飯〔四〕，敲磬過清流。不掩玄關路，教人問到頭①〔五〕。

【校勘記】

①到：奉新本、叢刊本、季稿、《全詩》五七二作「白」。

【箋注】

〔一〕無懷禪師：事跡未詳。禪師：見本集卷一《贈智朗禪師》注〔一〕。

〔二〕「身從」二句：謂無懷生生世世以來長久修行，圓滿的佛果此生即可修成。劫：乃佛教所説的大時、長時，見本卷《題山寺井》注〔四〕。果：依小乘佛教「四果」之説，凡生在欲界之人，首先所得之果報爲須陀洹果，亦名預流果，意謂去凡夫初入聖道之法流。得此果報者，斷盡三界無明與迷惑。

〔三〕禪定：坐禪入定，心神凝聚集中，不散不亂的一種心理狀態。另參本集卷一《贈智朗禪師》注〔六〕。石牀：見本集卷三《哭柏巖禪師》注〔二〕。

〔四〕盂：鉢盂也，僧徒食器。《敕修百丈清規・辨道具》曰：「梵云鉢多羅，此云應量器，今略云鉢，又呼云鉢盂，即華梵兼名。」

〔五〕「不掩」二句：謂無懷善於誘導大衆悟入玄妙的佛理，傾心向其求教成佛之道。玄關：悟入玄旨的門關。《文選》五九王簡棲《頭陀寺碑文》：「玄關幽揵，感而遂通。」李善注：「玄關幽揵，喻法藏也。謝靈運《金剛般若經注》曰：『玄關難啓，善揵易開。』」到頭：蓋謂棄凡成佛之道也。

【輯評】

元方回《瀛奎律髓》四七：第五句何其窮之極也。三、四佳。

李慶甲《瀛奎律髓彙評》四七：清紀昀：三、四亦俗。

寄武功姚主簿〔一〕

居枕江沱北，情懸渭曲西〔二〕。數宵曾夢見，幾處得書批①〔三〕。驛路穿荒坂，公田帶淤泥〔四〕。静棋功奥妙，閒作韻清凄〔五〕。鋤草留叢藥，尋山上石梯②。客迴河水漲，風起夕陽低。空地苔連井③，孤村火隔溪。卷簾黄葉落，鎖印子規啼④〔六〕。隴色澄秋月⑤，邊聲入戰鼙〔七〕。會須過縣去，况是屢招攜〔八〕。

【校勘記】

①處：《英華》二五九作「度」。批：叢刊本、季稿、《全詩》五七二作「拔」。②石：《英華》作「柏」，校：「集作石。」③苔：《律髓》六作「臺」。④「卷簾」二句：《全詩》七九六又作無名氏。《英華》二五九、《律髓》六載此完詩，作賈島，黄丕烈校宋書棚本《賈浪仙長江集》及明清刊刻諸種島集皆載此完詩，當從之。⑤澄：季稿作「呈」。

【箋注】

〔一〕姚主簿：姚合，見本集卷二《重酬姚少府》注〔一〕。元和十一年（八一六）姚合登第，十二年冬末佐魏博幕，十五年夏罷幕職。長慶元年（八二一）春遷武功縣主簿，三年春罷武功簿，返長安，秋轉萬年縣尉（見郭文鎬《姚合佐魏博幕及賈島東游魏博考》，《江海學刊》一九八七年第四期）。此詩云：「隴色澄秋月。」因知此詩乃長慶元年或二年秋作。武功：唐縣名，屬關内道，即今陝西武功縣。《元和郡縣圖志》二「關内道二京兆下」：「武功縣，畿。東至府一百四十里，漢舊縣。古有邰國……舊縣境有武功山，斜谷水亦名武功水……則縣本以山水立名也。武德三年分雍州之武功、好畤、盩厔、扶風之郿四縣，於今縣理置稷州，因后稷所封爲名。貞觀元年廢州，以縣屬京兆。」主簿：官名。《舊唐書·職官三》：「京兆、河南、太原所管諸縣謂之畿縣，令各一人，正六品下，丞一人，從八品下，主簿一人，正九品上。」

〔二〕「居枕」二句：謂身居江漢之間，心中思念關中做官的姚合。江沱：今湖北監利縣古有夏水從江分出，經沔陽入漢水，即所謂荆州江沱也。《書·禹貢》：「九江孔殷，沱潛既道。」孔穎達疏：「華容有夏水，首出江，尾入沔，蓋此所謂沱也。」《詩·召南·江有汜》：「江有沱，之子歸。」江沱即謂此也。這裏借以指江漢地區。渭曲西：關中地區，此謂武功縣。

〔三〕「幾處」句：謂姚合書問頻繁也。批：批反，即批示答復。沈括《夢溪補筆談·雜志》：「前世風俗：卑者致書於所尊，尊者但批紙尾答之，曰『反』，故人謂之『批反』。如官司批狀，詔書批答之類，故紙尾多作『敬空』字，自謂不敢抗敵，但空紙尾以待批反耳。」又，於他人所寄書尾題寫文字，亦稱「批」，柳宗元《殷賢戲批書後寄劉連州并示孟崙二童》詩，宋韓醇曰：「公與夢得聞問最數，殷賢戲題其書後，故舉庾翼事爲寄。」

〔四〕「驛路」二句：言官道穿過荒蕪的山坡方到武功縣城，官田不少還是淤泥一片。坂：山坡、斜坡。王褒《九懷·株昭》：「驥垂兩耳兮，中坂蹉跎；蹇驢服駕兮，無用日多。」公田：官府控制的土地，亦名官田。《詩·小雅·大田》：「雨我公田，遂及我私。」《晉書·陶潛傳》：「爲彭澤令，在縣公田，悉令種秫穀，曰：『令吾常醉於酒，足矣。』」

〔五〕「閒作」句：謂姚合詩歌風格清新淒雋。唐張爲《詩人主客圖》列姚合爲「清奇雅正主」李益之入室者，胡震亨《唐音癸籤》七謂姚合「洗濯既浄，挺拔欲高。得趣於浪仙之僻而運以爽亮；取材於籍、建之淺而媚以倩芬。殆兼同時數子，巧撮其長者」。諸家概括指出了姚詩清新雋秀的特點。

〔六〕「鎖印」句：謂傍晚閉衙後，可聞杜鵑悲啼之聲也。姚合《武功縣中作三十首》其二十七云：「今朝知縣印，夢裏百憂生。」子規：即杜鵑，又名杜宇。《埤雅·釋鳥》：「杜鵑，一名子規。」相傳子規爲戰國時蜀王望帝的冤魂所化，鳴聲悲切，聞者生愁。

〔七〕「隴色」二句：謂隴山之夜秋月澄碧，邊地戰鼓聲聲在耳。安史之亂後吐蕃趁機東侵，隴山以西盡爲所有，隴山即爲邊地矣，故有「邊聲戰鼙」之慨。隴：隴山，古時又稱隴坂、隴坻，位於今陝西與甘肅交界處。《水經注》四〇：「隴山、終南山、惇物山在扶風武功縣西南也。」戰鼙：戰鼓。鼙，古代軍中所用的一種小鼓。

〔八〕「會須」二句：謂擬應邀赴武功相訪也。會須：應當，該當。皎然《戲呈薛彝》：「山僧不厭野，才子會須狂。」招携：招呼爲伴。謝惠連《擣衣詩》：「美人戒裳服，端飾相招携。」

【輯評】

宋胡仔《苕溪漁隱叢話》前集二三引宋蔡寬夫《詩話》：詩家有假對，本非用意，蓋造語適到，因以用之。若杜子美「本無丹竈術，那免白頭翁」，韓退之「眼穿長訝雙魚斷，耳熱何辭數爵頻」，借「丹」對「白」，借「爵」對「魚」，皆偶然相值，立意下句，初不在此。而晚唐諸人遂立以爲格。賈島「卷簾黄葉落，開户子規啼」，崔峒「因尋樵子徑，得到葛洪家」爲例，以爲假對勝的對，謂之高手，所謂癡人面前不得説夢也。

李慶甲《瀛奎律髓彙評》卷六：清紀昀：浪仙詩難得如此流利。又云：寄姚即作姚體，古人多如是。又云：「黄葉」「子規」一聯天然有韻。昔人謂借「子」爲「紫」以對「黄」，詩家雖有此法，然「黄葉」對「子規」自可，如此説轉成小樣。許印芳：借對雖是小樣，大家亦嘗爲之，但不多耳。其格有二：如老杜「愛酒晋山簡，能詩何水曹」、「子雲清自守，今日起爲官」，此借字面爲對也。太白「水春雲母碓，風掃石楠花」、襄陽「厨人具鷄黍，稚子摘楊梅」，此借字音爲對。以「楠」影「男」，以「楊」影「羊」也。浪仙此詩即是借音爲對，此皆偶一爲之，故不傷格。無名氏（甲）：造語自有深思，頓矯樂天之平易。然氣局甚窄，不能開暢，此其病也。

題劉華書齋〔一〕

白石牀無塵①，青松枿有鱗②〔二〕。一鶯啼帶雨，兩樹合從春③。荒榭苔膠砌，幽叢果墮榛〔三〕。偶來疏或數〔四〕，當暑夕勝晨。露滴星河水④，巢重草木薪〔五〕。終南同往意，趙北獨遊身〔六〕。渡葉司天漏，驚蛩遠地人〔七〕。機清公幹族，也莫卧漳濱〔八〕。

【校勘記】

①石：席本作「日」。②枿：叢刊本、季稿、《全詩》五七二作「樹」。③合：季稿作「各」。④滴：底本、張鈔本作「適」；據黄校本、奉新本、叢刊本、汲古閣本、席本、季稿、何校本、《全詩》、江户

本改。

【箋注】

〔一〕貞元二十年（八〇四）前後之夏秋間，島嘗往遊趙地，此詩乃島遊趙時結識劉華後題其書齋之作，詩云「趙北獨遊身」，是其佐證。劉華：事跡未詳。此詩結句云：「機清公幹族，也莫卧漳濱。」知華乃「建安七子」劉楨那樣的高潔之士，隱於漳河岸邊。

〔二〕「白石」二句：謂書齋環境清潔幽静也。白石牀：白色石料製成的坐卧用具。參本集卷三《哭柏巖禪師》注〔二〕。梼：木伐後所生的新芽或分枝。張衡《東京賦》：「山無槎梼。」李善注：「斜斫曰槎，斬而復生曰梼。」李公佐《南柯太守傳》：「遂命僕夫荷斤斧，斷擁腫，折查梼。」

〔三〕「荒榭」二句：謂亭榭荒蕪苔蘚佈滿臺階，雜樹茂密菓子落入荆棘之中。膠，黏住使不動，此指鱗；此指似鱗的松皮。

〔四〕「偶來」句：言偶爾來此遊賞人地生疏，然以後或許會再來多次。數：屢次、多次。《孫子·行軍》：「屢賞者窘也，數罰者困也。」

苔蘚佈滿臺階。砌：臺階。

〔五〕「露滴」二句：謂露珠乃天河水下滴而致，鳥巢爲柴薪重疊而成。重：重複、重疊。《易·坎》：「習坎，重險也。」孔穎達疏：「兩坎相重，謂之重險。」

〔六〕趙：《元和郡縣圖志》一七河北道二趙州：《禹貢》冀州之域，春秋時屬晋，戰國時屬趙，秦爲邯鄲郡地，漢爲常山郡平棘縣地，高齊時始置趙州，隋大業三年以趙州爲趙郡，唐武德元年張志昂舉城歸國，又改爲趙州。此指古趙國之地。

〔七〕「渡葉」二句：謂欲扁舟渡漳須察看久雨何時可晴，蟋蟀秋鳴使遠遊人爲之心驚。葉：葉舟，小船。薛道衡《敬酬楊僕射山齋獨坐》：「葉舟旦旦浮，驚波夜夜流。」天漏：天下雨過多。杜甫《九日寄岑參》：「安得誅雲師，疇能補天漏。」蛩：蟋蟀的别名。古來皆以蟋蟀鳴叫爲秋季來臨之兆，而秋至表明歲時將盡，故云「驚蛩」。王維《早秋山中作》：「草間蛩響臨秋急，山裏蟬聲薄暮悲。」

〔八〕「機清」二句：謂劉華乃劉楨同族，秉性同樣清遠高潔，莫非也要隱居漳河岸邊嗎？機清：秉性清静高潔。公幹：劉楨，字公幹，「建安七子」之一。《三國志·魏書·劉楨傳》裴注引《先賢行狀》云其「清玄體道，六行修備，聰識洽聞，操翰成章。輕官忽禄，不耽世榮」。後除官，以疾不行。劉楨《贈五官中郎將詩四首》其二：「余嬰沈痼疾，竄身清漳濱。」是楨閒居漳濱在先，故島有「也莫」之問，惜二人之才不得其用也。漳：漳水，發源於今山西太行山，有清、濁二源，東流至今河南與河北交界處匯合，又東流注於衛河。《元和郡縣圖志》一六河北道一相州鄴縣：「濁漳水在縣北五里。西門豹爲鄴令，引漳水以富魏之河内。」曹魏建都鄴城，即在漳水附近。

送盧秀才遊潞府〔一〕

雨餘滋潤在，風不起塵沙〔二〕。邊日寡文思，送君吟月華〔三〕。過山干相府，臨水宿僧家〔四〕。能賦焉長屈，他春宴杏花①〔五〕。

【校勘記】

①他：奉新本、季稿、《全詩》五七二作「芳」。

【箋注】

〔一〕盧秀才：名未詳。潞府：唐河東道澤潞節度使幕府，治潞州上黨縣，即今山西長治市。《元和郡縣圖志》一五河東道四：「潞州，上黨。大都督府。……今爲澤潞節度使理所。」

〔二〕「雨餘」二句：王維《送元二使安西》：「渭城朝雨浥輕塵。」此化用其意。

〔三〕「邊日」二句：謂邊地難以激起作文的衝動，故同賦月詩以送行。文思：此指作文的思路或衝動。石崇《大雅吟》：「文思允恭，武則不猛。」《文心雕龍・神思》：「陶鈞文思，貴在虚静。」月華：月色，亦指月亮。江淹《雜體詩三十首・王徵君微養疾》：「清陰往來遠，月華散前墀。」

〔四〕山：此當指太行山。唐澤、潞二州東面和南面皆太行山，故云。《元和郡縣圖志》一五河東道四澤州晋城縣：「太行山在縣南四十里。」相府：當指澤潞節度使幕府。蓋其時任澤潞節度使者嘗官至相位，故稱。與島時代相當之昭義軍節度使兼潞州大都督府長史，且官曾至相位者有李抱真、李愬、劉悟、劉從諫四人。盧秀才前往干謁者當爲此四人中之一。僧家：寺院，寺宇。韓愈《題秀禪師房》：「橋夾水松行百步，竹牀莞席到僧家。」

〔五〕「能賦」二句：謂盧秀才有文章才華，他年定能榮登高第。《韓詩外傳》卷七：孔子曰：「君子登高必賦。」《漢書·藝文志》：「登高能賦，可以爲大夫。」宴杏花：指新進士杏園賜宴，見本集卷三《下第》注〔三〕。

送南康姚明府〔一〕

銅章美少年，小邑在南天〔二〕。版籍多遷客〔三〕，封疆接洞田①〔四〕。静江鳴野鼓，發纜帶村煙。卻笑陶元亮，何須憶醉眠〔五〕。

【校勘記】

①接：奉新本作「盡」。

【箋注】

〔一〕南康：唐縣名，屬江南道虔州，故治在今江西南康縣西南隅。《元和郡縣圖志》二八江南道四虔州：「南康縣：上。東北至州八十里。本漢灌嬰所置南壄縣也，屬豫章郡。獻帝初平二年，析南壄置南安縣，晋太康五年改爲南康。」姚明府：名未詳。明府，縣令。

〔二〕銅章：銅質官印。應劭《漢官儀》：「千石至三百石銅印。六百石銅章黑綬。」唐以後借銅章稱郡縣長官或相應的官職。此指縣令。岑參《送宇文舍人出宰元城》：「縣花迎黑綬，關柳拂銅章。」南天：南康縣在長安東南數千里之外（見《元和郡縣圖志》二八），故云「在南天」。

〔三〕版籍：版圖、疆域，亦指户籍。《後漢書·仲長統傳》：「明版籍以相數閲，審什伍以相連持。」李賢注：「《周禮》曰：『凡在版者。』注云：『版，名籍也，以版爲之也。』」遷客：降職調往偏遠地區的官吏。江淹《恨賦》：「遷客海上，流戍隴陰。」

〔四〕「封疆」句：謂南康縣與南方洞族地區接壤。封疆：疆土、疆域。《周禮·地官·大司徒》：「諸公之地，封疆方五百里。」此指南康縣域。洞：古時南方少數民族的部落。《陳書·周迪傳》：「（王琳）至湓城，新吴洞主余孝頃舉兵應琳。」

〔五〕「卻笑」二句：激勵姚明府恪盡職守，不須歸隱。《宋書·陶潛傳》：性閒静不慕榮利，爲彭澤縣令，郡遣督郵至，應束帶往見，潛歎曰：「我不能爲五斗米折腰向鄉里小人。」即日解印綬去職歸隱。潛嗜酒，貴賤造之者，有酒輒設。若先醉便語客曰：「我醉欲眠，卿可去。」其性真率如此。詩反用其意。

送友人棄官遊江左〔一〕

羨君休作尉〔二〕，萬事且全身〔三〕。寰海多虞日，江湖獨往人〔四〕。姓名何處變〔五〕，鷗鳥幾時親①〔六〕。別後吴中使，應須訪子真〔七〕。

【校勘記】

①鳥：《二妙集》作「鷺」。

【箋注】

〔一〕江左：即江東，今長江下游以東地區。清魏禧《日録·雜説》：「江東稱江左，江西稱江右，何也。曰：自江北視之，江東在左，江西在右耳。」

〔二〕尉：指縣尉，官名。《新唐書·百官五》載：京縣、畿縣、諸州上、中、下縣，縣尉六人至一人不等，品秩由從八品下至從九品下，其職責爲「分判衆曹，收率課調。」

〔三〕「萬事」句：謂友人休官擯除塵俗之事，以全身適性。全身：指保全自身真性，亦即保全莊子所説的純樸不慕榮利的本性。杜甫《課小豎鉏斫舍北果林枝蔓荒穢淨訖移牀三首》其二：「薄俗防人面，全身學《馬蹄》。」

〔四〕「寰海」二句：意謂憂患重重的時代，只有你一人隱遁江湖高蹈不仕。《詩·王風·君子陽陽》序：「君子遭亂，相招爲禄仕，全身遠害而已。」此反用其意，故云「江湖獨往人」。

〔五〕「姓名」句：《漢書·梅福傳》：「字子真，九江壽春人也。少學長安，明《尚書》《穀梁春秋》，爲郡文學，補南昌尉，後去官歸壽春。……居家常以讀書養性爲事。至元始中，王莽顓政，福一朝棄妻子，去九江，至今傳以爲仙。其後，人有見福於會稽者，變名姓爲吴市門卒云。」此用其事。

〔六〕「鷗鳥」句：《列子·黄帝篇》：「海上之人有好漚鳥者，每旦至海上，從漚鳥游，漚鳥之至者百住而不止。其父曰：『吾聞漚鳥皆從汝游，汝取來吾玩之。』明日之海上，漚鳥舞而不下也。」此用其事，謂友人已泯除機巧之心，鷗鳥應及時與之親近。鷗鳥：即漚鳥，《本草綱目·禽一·鷗》：「鷗者浮水上，輕漾如漚也……在海者名海鷗，在江者名江鷗。」

〔七〕「别後」二句：謂友人歸隱，世傳其名，吴地長官定會慕名尋訪。吴中使：唐時浙西觀察使轄蘇州、常州、潤州、杭州等六州，一般還兼蘇州刺史，其轄地相當於春秋時吴地，故稱「吴中使」。子真：梅福，漢代著名隱士。或兼指鄭子真。《漢書·王貢兩龔鮑傳》：「其後谷口有鄭子真，蜀有嚴君平，皆修身自保，非其服弗服，非其食弗食。成帝時，元舅大將軍王鳳以禮聘子真，子真遂不詘而終。」

雨中懷友人

對雨思君子，嘗茶近竹幽①〔一〕。儒家鄰古寺〔二〕，不到又逢秋。

【校勘記】

①幽：奉新本作「愁」，非是。

【箋注】

〔一〕竹幽：竹邊僻静幽雅處。

〔三〕儒家：指崇奉孔子學説的重要學派。《漢書·藝文志》：「儒家者流……游文於六經之中，留意於仁義之際，祖述堯舜，憲章文武，宗師仲尼。」自漢武帝「罷黜百家，獨尊儒術」後，儒家文獻遂被捧爲經典，成爲奉儒者的必修課，因而讀書仕進人家亦稱爲儒家。元稹《高允恭授侍御史知雜事制》：「允恭始以儒家子能文入官。」此島自指。

寄遠

家住錦水上〔一〕，身征遼海邊〔二〕。十書九不到，一到忽經年〔三〕。

【箋注】

〔一〕錦水：即錦江，見本卷《送李餘及第歸蜀》注〔四〕。

〔二〕遼海：遼東近海之地，即今遼寧遼河以東沿海地區。桓温《薦譙元彦表》：「雖園、綺之棲商洛，管、寧之默遼海，方之於（譙）秀，殆無以過。」賈至《燕歌行》：「隋家昔爲天下宰，窮兵黷武征遼海。」

〔三〕經年：經過一年或一年以上。王績《看釀酒》：「從來作春酒，未省不經年。」

【輯評】

清岳端《寒瘦集》：辭淺情深，有古樂府之遺風。

李懷民《重訂中晚唐詩主客圖》：此等不盡是家法，然可觀其對法也（「寰海」二句下）。

賈島集校注卷五

送雍陶入蜀〔一〕

江山事若諳，那肯滯雲南〔二〕。草色分危磴〔三〕，杉陰近古潭〔四〕。日斜褒谷鳥〔五〕，夏淺嶲州蠶〔六〕。吾自疑雙鬢，相逢更不堪〔七〕。

【箋注】

〔一〕此詩乃文宗大和三年（八二九）夏初，陶返蜀時島的送行之作。雍陶：字國鈞，成都人。家貧好學，勉力仕進。大和元年前後赴長安，八年登進士第。嘗官監察御史，宣宗大中間授國子毛詩博士，八年出爲簡州刺史。後棄官閒居，養痾傲世以終。陶詩賦皆善，一時文士如姚合、賈島、殷堯藩等皆與之友善。生平見《雲溪友議》卷上、《唐才子傳校箋》卷七等。蜀：古國名，見本集卷四《送李餘及第歸蜀》注〔一〕。此指四川地區。

〔二〕雲南：古滇王國也。漢武帝開西南夷，始置益州郡雲南縣，故治在今雲南省祥雲縣南約八十里處。三國時蜀置雲南郡，治梇棟縣。唐武德四年，改治姚州。天寶末陷南詔。此借以指成都及其以南地區。當時南詔屢屢危害成都以南一帶，故有「那肯」之句。

〔三〕「草色」句：謂蜀道險峻，天梯石棧兩邊盡是青緑山色。李白《蜀道難》：「地崩山摧壯士死，然後天梯石棧相鉤連。」徐凝《廬山瀑布》詩：「今古長如白練飛，一條界破青山色。」磴：石級，山路的臺階。

〔四〕古潭：蓋指雲南滇池也。滇池漢屬益州郡，唐屬劍南道姚州，行政區劃屬於蜀地，故及之。《漢書·地理志上》益州郡滇池縣：「滇池澤在西北，有黑水祠。」

〔五〕褒谷：與斜谷相連，故合稱「褒斜谷」。谷中有褒斜道，爲關中穿越終南山達於漢中乃至蜀地的重要通道，其北曰斜谷，在今陜西眉縣西南，南曰褒谷，在今陜西漢中市褒城北，兩谷相通，故曰「褒斜」。《史記·貨殖列傳》：「（巴蜀）四塞，棧道千里，無所不通，唯褒斜綰轂其口。」《元和郡縣圖志》二二山南道三興元府褒城縣：「褒斜道，一名石牛道，張良令漢王燒絶棧道，示無還心，即此道也。」

〔六〕嶲州：唐州名，屬劍南道，故治即今四川西昌市。《元和郡縣圖志》三二劍南道中嶲州：本秦漢邛都國，漢武帝開西南夷，於其地置越嶲郡，屬益州。周武帝於嶲城置嚴州，隋開皇十八年改爲嶲州。唐因之，至德二年没吐蕃，貞元十三年節度使韋臯收復之。

〔七〕「吾自」二句：意謂深爲雍陶入蜀擔憂，相見時雙鬢恐更加斑白了。

張郎中過原東居〔一〕

年長惟添懶〔二〕，經旬祇掩關①。高人餐藥後〔三〕，下馬此林間。對坐天將暮，同來客亦閒。

幾時能重至，水味似深山〔四〕。

【校勘記】

①祇：叢刊本、季稿、《全詩》五七二作「止」。

【箋注】

〔一〕長慶四年（八二四）秋，張籍遷主客郎中。此詩蓋長慶四年秋或稍後籍造訪時島所賦。張郎中：張籍，見本集卷一《早起》注〔七〕。郎中：官名，此指主客郎中。《舊唐書·職官二》：禮部「主客郎中一員，從五品上。隋曰司蕃郎，武德改主客郎中，龍朔爲司蕃大夫，咸亨復。員外郎一員，從六品上」。「郎中、員外之職，掌二王後及諸蕃朝聘之事」。過：來訪。《詩·召南·江有汜》：「子之歸，不我過。」原東居：指樂遊原東昇道坊島之寓所。見本集卷四《原東居喜唐温琪頻至》注〔一〕。

〔二〕「年長」句：長慶四年島已近五十，故云「年長」。

〔三〕「高人」句：謂張籍相信道家養生術，服食丹藥以延年。李肇《唐國史補》卷下：「長安風俗，自貞元侈於遊宴，……或侈於卜祝，或侈於服食，各有所蔽也。」風氣所被，有詩名者如張籍亦不免。高人：志行高尚的人，多指隱士或修道者。籍行道家養生之術，服食丹藥以求長生，故稱其「高人」。

〔四〕「水味」句：昇道坊荒涼，絶少人住，張籍曾稱賈島寓所爲「野居」，故云。

【輯評】

王夫之《薑齋詩話》卷二：對偶有極巧者，亦是偶然湊手，如「金吾」「玉漏」、「尋常」「七十」之類，初不以此礙於理趣。求巧則適足取笑而已。賈島詩：「高人〔燒〕〔餐〕藥罷，下馬此林間。」以「下馬」對「高人」，噫，是何言與！

李懷民《重訂中晚唐詩主客圖》：對法古妙（「高人」二句下）。又曰：極無可説處寫得出便是真詩。看此句可知必不止張郎中一人也，而題中並不多及，此唐人置題有法，不似後人作會合詩輒如開請客帖也（「對坐」二句下）。

答王秘書①〔一〕

人皆聞蟋蟀，我獨恨蹉跎②〔二〕。白髮無心鑷，青山去意多③〔三〕。信來漳浦岸，期負洞庭波〔四〕。時掃高槐影，朝迴或恐過〔五〕。

【校勘記】

①王秘書：奉新本、叢刊本、汲古閣本、季稿、席本、《全詩》五七二「王」下有「建」字。　②恨：汲古閣本、席本作「歎」。　③「白髮」二句：《全唐詩》七九六又作無名氏。黄丕烈校宋書棚本《賈浪仙長江集》卷五及明清刊刻諸種島集皆收此完詩，當從之。髮：《全詩》七九六作「鬢」。去：《全詩》七九六作「得」。

【箋注】

〔一〕穆宗長慶三年（八二三）前後，王建官秘書丞時當有詩贈賈島，此詩乃島的酬答之作。王秘書：王建，字仲初，一云字仲和，關輔（今陝西）人，郡望潁川。少離家出關，與張籍求學於邢州鵲山。德宗貞元初，爲淄青節度使幕職，旋隱於山中十年，煉丹服食，苦於資斧之乏，復出佐幽州、魏博等幕府。穆宗長慶二年七月遷秘書丞，轉太常丞。後以侍御史出爲陝州司馬，數年後歸，卜居咸陽原上而終。建喜詩，樂府尤爲所長，沈德潛《説詩晬語》譽其「心思之巧，辭句之雋，最易啓人聰穎」。詩人張籍、韓愈、劉禹錫、李益等皆與之交游酬唱。秘書：此指秘書丞，官名。《舊唐書·職官二》：秘書省，丞一員，從五品上，其職掌判省事。

〔二〕「人皆」二句：《詩·唐風·蟋蟀》：「蟋蟀在堂，歲聿其莫。今我不樂，日月其除。」朱熹《集傳》：「蟋蟀在堂，而歲忽已晚矣。當此之時而不爲樂，則日月將舍我而去矣。」此反用其意，謂聞蟋蟀並不顧念樂不及時，而唯恨年華流逝，有志無成也。

〔三〕「白髮」二句：謂無心修飾，惟思退隱。無心鑷：古人於白髮、白鬚始生時常用鑷子除去以保持青春風采。唐馮贄《雲仙雜記》卷四《却老先生》：「王僧虔晚年惡白髮，一日對客，左右進銅鑷，僧虔曰：『却老先生至矣，庶幾乎。』」此反用其意。

〔四〕「信來」二句：謂王建佐江陵幕時來信相約游洞庭而未果。漳：指今湖北漳水，源出今湖北南漳西南，東南流經當陽合沮水，又東南經今江陵縣入長江。《左傳·哀公六年》：「江、漢、沮、漳，楚之望也。」王粲《登樓賦》：「挾清漳之通浦兮，倚曲沮之長洲。」「漳浦岸」本此。王建元和初嘗入江陵幕供職，故云。洞庭波：代指洞庭湖，其湖位於今湖南省北部長江以南。江陵距洞庭不遠，故建邀島往游。

〔五〕「時掃」二句：承上言前約已負，今建在朝，因時時打掃宅院以待建退朝來訪。掃高槐影：清掃大槐樹蔭下的地面。島喜用「影下清掃」字面，以增强詩味，他如本集卷四《送唐環歸敷水莊》：「地侵山影掃。」再如本卷《泥陽館》：「樹影掃青苔。」槐：槐樹，落葉喬木。長安土壤宜槐樹，故漢唐詩文中多有述及者。

送李餘往湖南〔一〕

昔去候温涼，秋山滿楚鄉①〔二〕。今來從辟命，春物偏涔陽〔三〕。嶽石挂海雪〔四〕，野楓堆渚檣②。若尋吾祖宅，寂寞在瀟湘〔五〕。

【校勘記】

①滿：席本校：「一作留。」　②楓：汲古閣本、席本作「峰」。

【箋注】

〔一〕此詩爲島送李餘入湖南觀察使幕時所賦。李餘：見本集卷四《送李餘及第歸蜀》注〔一〕。湖南：此指唐時湖南觀察使幕府所在地潭州，即今湖南長沙市。《元和郡縣圖志》二九江南道五：「潭州，長沙。中都督府……今爲湖南觀察使理所。」

〔二〕「昔去」二句：謂餘昔日曾於仲秋去過湖南。候温涼：節候温涼適中，即八月仲秋也，故下文接以「秋山」句。《詩·鄭風·野有蔓草》：「零露漙兮。」孔穎達疏：「仲春、仲秋俱是晝夜等，温涼中。」楚鄉：楚地也。

〔三〕「今來」二句：謂如今應徵召往湖南，處處春意盎然。今來：如今。曹植《情詩》：「始出嚴霜結，今來白露晞。」涔陽：涔水北岸。涔，水名，源於今湖南石門北，東南流經澧陽縣東入澧水，而後匯入洞庭湖。楚辭《九歌·湘君》：「望涔陽兮極浦，横大江兮揚靈。」

〔四〕「嶽石」句：謂衡山衆峰有積雪。嶽：南嶽衡山。見本集卷二《送鄭山人游江湖》注〔二〕。

〔五〕「若尋」二句：謂長沙有賈誼宅也。吾祖宅：賈誼乃島遠祖，漢文帝時曾爲長沙王太傅。唐蘇絳《賈司倉墓誌銘》云：「公諱島，字浪仙，范陽人也。自周康王封少子建侯於賈，因而氏焉。誼則大漢太傅。」《水經注·湘水》：長沙「郡廨西陶侃廟，云舊是賈誼宅。地中有一井，是誼所鑿，極小而深，上斂下大，其狀似壺。傍有一脚石牀，纔容一人坐形，流俗相承云：誼宿所坐牀」。《元和郡縣圖志》二九江南道五潭州長沙縣：「賈誼宅，在縣南四十步。」瀟湘：瀟水和湘水的合稱，見本集卷一《冬月長安雨中見終南雪》注〔六〕。此借以指湖南地區。

偶作〔一〕

野步隨吾意，那知是與非〔二〕。稔年時雨足〔三〕，閏月暮蟬稀〔四〕。獨樹依岡老，遥峰出草微。園林自有主，宿鳥且同歸。

【箋注】

〔一〕元和十三年（八一八）春，島已由延壽坊遷居樂遊原東昇道坊，詩蓋作於此年或稍後。

〔二〕「野步」二句：謂漫步於郊野，是非得失不關於心。野步：野外散步。孟郊《秋懷十五首》其四：「野步踏事少，病謀向物違。」是與非：《莊子·天下篇》：「獨與天地精神往來，而不敖倪於萬物，不譴是非，以與世俗處。」此用其意。

〔三〕稔年：豐年。錢起《江行無題一百首》其三一：「岸草連荒色，村聲樂稔年。」時雨：應時的雨水。

〔四〕閏月：農曆一年，較地球繞太陽一週相差約十日二十一時，故須置閏。三年閏一個月，五年閏兩個月，十九年閏七個月。每逢閏年所加的一個月叫「閏月」。《書·堯典》：「朞，三百有六旬有六日，以閏月定四時成歲。」

【輯評】

元方回《瀛奎律髓》二三：此詩妙，五、六尤淡而細，只「那知是與非」一句頗俗。

清岳端《寒瘦集》：題是「偶作」，便用眼前語，句句似不經意，有悠然自得之致。

清李懷民《重訂中晚唐詩主客圖》：礙而通。峰遠出平地上，故曰「出草」。《文心雕龍》有云：「礙而實通。」故凡詩句中有乍看似無理，細想乃確妙者，皆謂之礙而通。後仿此（「遥峰」句下）。

李慶甲《瀛奎律髓彙評》二三：馮舒：此詩細甚，非極細人不易知也。首云隨意野步，何曾有恁是非。中四句説野步之景，末句忽然省得此誰家園林也，依然是非在目矣，且與宿鳥同歸耳。又云：若以次句爲俗，則起結精神俱廢。紀昀：馮氏説此句好，此評亦是。

過雍秀才居〔一〕

夏木鳥巢邊，終南嶺色鮮。就涼安坐石〔二〕，爲茗汲鄰泉①。鐘遠青霄半②〔三〕，蜩稀暑雨前〔四〕。幽齋如葺罷〔五〕，約我一來眠。

【校勘記】

①爲：奉新本、叢刊本、汲古閣本、季稿、席本、《全詩》五七二作「煮」。②青：叢刊本、季稿、《全詩》作「清」。

【箋注】

〔一〕詩當作於雍陶登第前寓居長安時，具體時間則難以指詳。雍秀才：雍陶，見本卷《送雍陶入蜀》注〔一〕。陶於大和元年左右入京應試，至八年登進士第，其間曾短暫返蜀。

〔二〕坐石：石製坐具，如石牀、石礅等。

〔三〕「鐘遠」句：謂鐘聲從遠處半空中傳來。杜甫《船下夔州郭宿雨濕不得上岸别王十二判官》：「晨鐘雲外濕。」此化用其意。

〔四〕「蜩稀」句：謂夏季暑雨前，蟬出土尚少鳴聲稀疏。蜩：蟬也。《詩・豳風・七月》：「四月秀葽，五月鳴蜩。」《經典釋文》：「蜩，音條。司馬云『蟬』。」《禮記・月令》：「仲夏之月……蟬始鳴。」是中夏方始有蟬出而鳴。暑雨：夏季暑天之雨。《書・君牙》：「夏暑雨，小民惟曰怨咨。」孔穎達疏：「夏月大暑大雨，天之常也，小民惟曰怨恨而咨嗟。」

〔五〕幽齋：猶幽居也，亦即僻静的居舍。謝靈運《石門新營所住四面高山回溪石瀨修竹茂林》：「躋險築幽居，披雲卧石門。」

寄顧非熊〔一〕

知君歸有處，山水亦難齊〔二〕。猶去瀟湘遠，不聞猿狖啼〔三〕。穴通茅嶺下〔四〕，潮滿石城西①〔五〕。獨立生遥思，秋原日漸低〔六〕。

【校勘記】

①城：叢刊本、季稿、《全詩》五七二作「頭」。

【箋注】

〔一〕顧非熊：蘇州（今屬江蘇）人。詩人顧況之子，少穎儁，詩名早著。然蹭蹬科場三十年，屈聲在人耳。嘗遊歷河中、蕭關等地。武宗會昌五年，試又落第。武宗先已知其詩名，詔有司放追榜始登第。曾爲盱眙尉，亦嘗遠赴蜀中卭州做官，後歸隱茅山以終。與韓愈、張籍、王建、賈島、姚合等均有交往。生平見《舊唐書·顧況傳》附傳、《唐才子傳校箋》卷七等。細繹此詩之意，當爲顧氏登第前歸茅山途中，島的寄贈之作，具體時間則難以確考。

〔二〕「知君」二句：謂非熊所歸茅山秀麗奇異，他處山水難以媲美。《唐摭言》卷八「已落重收」條云：「顧況全家隱茅山，竟莫知所止。其子非熊……亦隱於舊山。」故其「歸有處」，應指歸茅山無疑。茅山，《元和郡縣圖志》二五江南道一潤州：「句容縣，緊。東北至州二百里。……茅山在縣東南六十里。」《梁書·陶弘景傳》：「止於句容之句曲山……周回一百五十里，昔漢有咸陽三茅君，得道來掌此山，故謂之茅山。」齊：平齊，比並。《易·説卦》：「齊也者，言萬物之絜齊也。」高亨注：「齊者，整齊也。」

〔三〕「猶去」二句：意謂茅山遠在巴蜀湖湘之東。王昌齡《送魏二》：「憶君遥在瀟湘月，愁聽清猿夢裏長。」此反用其意。瀟湘：瀟水和湘水的合稱。

〔四〕「穴通」句：謂茅山上有洞窟屈曲幽深與茅山脚下相通。厲玄《送顧非熊及第歸茅山》詩亦云：「梅生洞少寒，採薇留客飲。」茅嶺：茅山山嶺。茅山有大茅峰，峰有華陽洞二，《建康志》

載：「西洞在崇壽觀後，南洞在元符宫東。」

〔五〕石城：石頭城，見本集卷三《送朱可久歸越中》注〔二〕。唐時石頭城下臨長江，故有「潮滿」之句。

〔六〕原：樂遊原也。見本集卷四《訪李甘原居》注〔一〕。島居所在樂遊原東，故傍晚可見原上逐漸下落的紅日。

送神邈法師〔一〕

柳絮落濛濛，西州道路中〔二〕。相逢春忽盡①，獨去講初終。行疾遥山雨，眠遲後夜風。遶房三兩樹②〔三〕，迴日葉應紅③。

【校勘記】

①逢：《英華》二二二作「留」。②遶房：奉新本作「遥方」。③日：叢刊本作「去」。

【箋注】

〔一〕神邈法師：事跡未詳。法師：精通佛法並能講解的高僧。

〔二〕西州：本卷另有《岐下送友人歸襄陽》詩云：「蹉跎隨汎梗，羈旅到西州。……若更登高峴，看碑定淚流。」則關中稱西州。又巴蜀亦稱西州，東晋時揚州治所也一度設於西州城（故址在今江蘇南京市西）。此「西州」未詳所指。

〔三〕「遶房」句：陶潛《讀山海經十三首》其一：「孟夏草木長，繞屋樹扶疏。」

送慈恩寺霄韻法師謁太原李司空〔一〕

何故謁司空，雲山知幾重。磧遥來雁盡〔二〕，雪急去僧逢。清磬先寒角，禪燈徹曉烽①〔三〕。舊房閒片石，倚著最高松②。

【校勘記】

①烽：奉新本、季稿作「峰」。②倚著：奉新本作「遠倚」。倚：《英華》二二二作「傍」。

【箋注】

〔一〕此詩當作於大和七年至開成元年這四年之冬季。慈恩寺：唐韋述《兩京新記》：「進昌坊慈恩寺，隋無漏寺故地。」宋敏求《長安志》卷八：進昌坊「慈恩寺，隋無漏寺之地，武德初廢。貞觀二十二年高宗在春宫，爲文德皇后立爲寺，故以慈恩爲名。仍選林泉形勝之所，寺成，高宗親幸」。霄韻法師：事跡未詳，蓋島之方外友人。太原：指唐太原府，故治即今山西太原市。《元和郡縣圖志》一三河東道二太原府：唐天授元年置北都，開元十一年置太原府，天寶元年改北都爲北京，府依舊。李司空：與島生平相當且檢校司空兼太原尹之李姓，唯有載義一人。《舊唐書·李載義傳》及同書《文宗紀》云：載義少孤，有勇力，爲幽州節度使劉濟親軍，從征伐屢建軍功。寶曆中敬宗嘉其誅逆之功，加檢校司空，進階金紫光禄大夫，充幽州盧龍等軍節度副大使、知節度事。文宗大和二年加平章事。七年六月至開成二年（八三三—八三七）四月任北都留守兼太原尹，充河東節度觀察處置等使。卒，贈太尉。司空：官名，三公之一。見本集卷三《送覺興上人歸中條山兼謁河中李司空》注〔一〕。

〔二〕「磧遥」句：謂遥遠的塞北荒漠已是寒冬，雁已南來。磧：沙漠。

〔三〕「清磬」二句：狀所見太原寺宇晨景。角：曉角，報曉的角聲。禪燈：禪房的燈火。曉烽：清晨邊防向京城傳遞的平安烽火。古時邊防報警的烽火，晝平安則於夜間發更時舉火一把，夜平安則於拂曉舉煙一把，謂之平安火；緩急盜賊，不拘時候，日舉煙，夜舉火，各三把。《墨子·號令》：「晝則舉烽，夜則舉火。」

【輯評】

清李懷民《重訂中晚唐詩主客圖》：此等是燕本真本領、真力量，學者未易企及。此與清塞所送之省己似是一人，兩詩風格略同，而此尤勝。

送知興上人〔一〕

久住巴興寺〔二〕，如今始拂衣〔三〕。欲臨秋水别，不向故園歸①。錫挂天涯樹〔四〕，房開嶽頂扉②〔五〕。下看萬里曉③，霜海日生微〔六〕。

【校勘記】

①園：《英華》二三二作「山」。 ②開：《英華》作「閒」。 ③萬：奉新本、汲古閣本、季稿、席本、《全詩》五七二作「千」。

【箋注】

〔一〕詩云「巴興寺」，巴興爲東晉所置縣，唐爲長江縣，因知上人爲蜀僧。題曰「送」，文宗開成二年至五年間，島爲長江縣主簿，則詩應爲島官長江主簿時送知興上人遊方而作。知興上人：事跡未詳。上人：見本集卷一《贈智朗禪師》注〔二〕。

〔二〕巴興寺：當爲巴興縣之佛寺。巴興，東晉所置縣，唐爲長江縣地，屬劍南道，故治在今四川蓬溪縣西約六十里處。《元和郡縣圖志》三三劍南道下遂州：「長江縣，上。南至州五十里。本晉巴興縣，魏恭帝改爲長江縣。」

〔三〕拂衣：振衣而去，多以稱辭官隱退。晉殷仲文《罪釁解尚書表》：「進不能見危受命，忘身殉國；退不能辭粟首陽，拂衣高謝。」此以拂衣指上人離寺出遊。

〔四〕錫：錫杖，僧人所持禪杖。杖頭裝有金屬圓環，中段用木，高與肩齊，下裝鐵纂，可三寸許。亦有全用銅、金製成者。用以驅蟲、拄扶及乞食等。《得道梯隥錫杖經》：「是錫杖者，名爲智杖，亦名德杖。」

〔五〕「房開」句：謂上人遊方投宿山寺。嶽：《詩·大雅·崧高》：「崧高維嶽，駿極于天。」毛傳：

「嶽，四嶽也，東嶽岱，南嶽衡，西嶽華，北嶽恒。」此借以指一般山嶽。

〔六〕霜海：白色的雲海。李白《白紵辭三首》其一：「寒雲夜卷霜海空，胡風吹天飄塞鴻。」

送惠雅法師歸玉泉〔一〕

祇向瀟湘水①，洞庭湖未遊〔二〕。飲泉看月别〔三〕，下峽聽猿浮②〔四〕。講不停雷雨〔五〕，吟當近海流③〔六〕。降霜歸楚夕〔七〕，星冷玉泉秋。

【校勘記】

①向：底本、奉新本、叢刊本、張抄本、何校本、季稿、《全詩》五七二、江户本作「到」，據汲古閣本、席本改。②浮：奉新本、汲古閣本、季稿、席本、《全詩》作「愁」。③當：底本、奉新本、叢刊本、汲古閣本、張鈔本、季稿、席本、《全詩》、江户本諸本校：「一作曾。」

【箋注】

〔一〕朱慶餘有《送惠雅上人西遊》詩，知惠雅蓋由長安西行遊方，而後折入蜀中，再出三峽歸玉泉寺。朱慶餘大和六年前後歸居越中，見本集卷三《送朱可久歸越中》注〔一〕。因知此詩爲島大和六年以前居長安時所作。惠雅法師：事跡未詳，由詩題知其爲玉泉寺僧。玉泉：即玉泉寺，在今湖北當陽縣西三十里玉泉山東麓，以山有珍珠玉泉，因以名寺。又，玉泉山形似覆船，故又名「覆船山寺」。後改爲「玉泉寺」。唐貞觀中法瑱增建。與天台國清寺、金陵棲霞寺、長清靈巖寺並稱「天下四大叢林」。

〔二〕「祇向」二句：惠雅自蜀出三峽至今湖北宜昌舍舟陸行而東，不百里即至玉泉，而洞庭湖還遠在宜昌東南五六百里之外，瀟湘更在洞庭湖以南，故云「祇向」瀟湘、「未遊」洞庭，便可歸玉泉寺了。瀟湘：見本集卷一《冬月長安雨中見終南雪》注〔六〕。洞庭湖：見本卷《答王秘書》注〔四〕。

〔三〕「飲泉」句：意謂路途靡費時日，明月已歷圓缺變化。泉：指玉泉，在玉泉寺側。

〔四〕「下峽」句：李白《早發白帝城》：「兩岸猨聲啼不盡，輕舟已過萬重山。」此化用其意。峽：當指瞿塘峽、巫峽、西陵峽三峽，見本集卷三《送崔定》注〔五〕。浮：《書·禹貢》：「浮于濟漯，達于河。」孔安國傳：「順流曰浮。」

〔五〕「講不」句：謂法師宣講佛法如春雷甘雨連續不停，駭動物情啓迪衆慧。雷雨：《易·解卦》：「天地解而雷雨作，雷雨作而百果草木皆甲坼。」此指佛教所謂的法雷法雨。康僧鎧譯《無量壽經》上曰：「震法雷，曜法電，澍法雨，演法施。」嘉祥疏曰：「震雷能駭動物情，譬説法皆動無明之識也。」「澍雨有潤澤之功，譬説法能沾利衆生也。」

〔六〕「吟當」句：謂法師誦讚諸佛功德，其情形類似大海之涌流不斷，滔滔不絶。吟：歌唱、作詩詞，或有節奏地誦讀；此指誦讚諸佛功德。《根本説一切有部毘奈耶雜事》：「佛言不可作吟詠聲，誦諸經法，及讀經，請敬白事皆不可作。然有二事作吟詠聲，一爲嘆大師之德，二謂誦時《三啓經》,惟誦讚如來功德和誦《三啓經》,餘皆不合。」可見佛教不主張一般性的歌吟賦詩,惟誦讚如來功德和誦《三啓經》時方可。《三啓經》乃哀禱、送葬時方吟誦之,故惠雅法師這裏所吟詠者應爲諸佛功德。近:近似,類似。《漢書·外戚傳下·成帝班倢伃》:「觀古圖畫,賢聖之君皆有名臣在側,三代末主乃有嬖女,今欲同輦,得無近似之乎?」海流:此指佛教所謂的法海法流。佛法廣大雜測,因喻之以大海,相續不絶,故喻之以流水。《維摩詰經·佛國品》:「當禮法海德無邊。」《楞伽經》四曰:「申暢無生者,法流永不斷。」

〔七〕楚:古國名,此借以指玉泉寺,寺當楚之腹地,故云。

憶江上吴處士〔一〕

閩國揚帆去,蟾蜍虧復團①〔二〕。秋風吹渭水②〔三〕,落葉滿長安。此地聚會夕③,當時雷雨寒〔四〕。蘭橈殊未返,消息海雲端〔五〕。

【校勘記】

①蟾蜍虧:《英華》二三〇作「蟾虧還」。團:奉新本、叢刊本、汲古閣本、季稿、《英華》、《律髓》二六作「圓」。②吹:《英華》作「吟」;《全詩》五七二作「生」。③地:汲古閣本作「夜」。夕:《英華》作「久」。

【箋注】

〔一〕處士蓋由長安回福建，計程正行進於江上，島因作此詩以懷之。吴處士：見本集卷三《憶吴處士》注〔一〕。

〔二〕「閩國」二句：謂吴處士乘船去福州已一個月了。閩國：即閩地，見本集卷四《送丹師歸閩中》注〔一〕。蟾蜍：即蛤蟆，亦作蝦蟆。神話傳説以爲月中有蟾蜍。《後漢書·天文志上》：「言其時星辰之變。」劉昭注引張衡《靈憲》云：「羿請無死之藥於西王母，姮娥竊之以奔月……遂託身於月，是爲蟾蠩。」後遂借以指月。李白《古朗月行》：「蟾蜍蝕圓影，大明夜已殘。」

〔三〕渭水：亦名渭河。《書·禹貢》：「導渭自鳥鼠同穴，東匯於灃，又東匯於涇，又東過漆沮，入于河。」渭水源出今甘肅渭源縣鳥鼠山，東流横貫陝西中部，經西安北納涇水，經華陰北納洛水，至潼關匯入黄河。

〔四〕「此地」二句：陳延傑注：「此迴憶舊遊。」

〔五〕「蘭橈」二句：謂吴處士正向閩地進發。蘭橈：木蘭做的船槳，爲槳的美稱。殊：尚、猶。李頎《與諸公游濟瀆泛舟》：「兹境信難遇，爲歡殊未終。」海雲端：即海邊，福建近海，故云。此謂極遥遠也。

【輯評】

五代王定保《唐摭言》卷一一：（賈島）常跨驢張蓋，横截天衢，時秋風正厲，黄葉可掃。島忽吟曰：「落葉滿長安」，志重其衝口直致，求之一聯，杳不可得，不知身之所從也。因之唐突大京兆劉棲楚，被繫一夕而釋之。

方回《瀛奎律髓》二十六：或問此詩何以謂之變體，豈「秋風吹渭水，落葉滿長安」爲壯乎？曰：不然。此即唐人「春還上林苑，花滿洛陽城」也。其變處乃是「此地聚會夕，當時雷雨寒」，人所不敢言者。或曰：以「雷雨」對「聚會」，不偏枯乎？曰：兩輕兩重自相對，乃更有力。但謂之變體，則不可常爾。

明謝榛《四溟詩話》卷二：韓退之稱賈島「鳥宿池邊樹，僧敲月下門」爲佳句，未若「秋風吹渭水，落葉滿長安」氣象雄渾，大類盛唐。

明王世貞《藝苑卮言》卷四：「秋風吹渭水，明月滿長安」，置之盛唐，不復可別。

明許學夷《詩源辯體》卷二五：（賈島詩）尚有初、盛唐氣格，惜非完璧。又云：其詩有「秋風吹渭水，落葉滿長安」，古今勝語，而不自知愛。

明周珽輯《唐詩選脈會通評林》：魏淳父《風騷句法》：「『秋風』一聯爲『洞庭摇櫓』，謂雙有聲也。」王世貞曰：「次二句置之盛唐，不復可别。」當秋風落葉之際，念故人久别不返，因追想當時聚首情景，渾古遒勁，深淺合度。

清王夫之《薑齋詩話》卷二：詩文俱有主賓。無主之賓，謂之烏合。俗論以比爲賓，以賦爲主；以反爲賓，以正爲主，皆塾師賺童子死法耳。立一主以待賓，賓無非主之賓者，乃俱有情而相浹洽。

若夫「秋風吹渭水，落葉滿長安」，於賈島何與？「湘潭雲盡暮煙出，巴蜀雪消春水來」，於許渾奚涉？皆烏合也。「影静千官裏，心蘇七校前」，得主矣，尚有痕跡；「花迎劍佩星初落」，則賓主歷然，鎔合一片。

王夫之《明詩評選》卷六高啓《梅花》：古今藝苑遞有推譽，謝客則「池塘生春草」，玄暉則「大江流日夜」，特標片語，必爾籠罩乾坤。流及既下，乃至賈島「落葉」之詠，和靖「暗香」之語，雖幽細未弘，猶矜雅式。國初袁景文、高季迪集中，片羽略亦不乏……擇藝吟圃者，乃以傳之三百年，千人一齒。嗚呼，蔑言作者，即求一解詩人，亦不可得。一二稍知其非者，又將矯枉以求之元白郊島之中，何怪乎詩之不亡也。

清吴喬《圍爐詩話》卷二：「秋風吹渭水，落葉滿長安」，非叙景，乃引情也。

屈復《唐詩成法》：（賈島詩）格法老……「秋風」是今日事，「雷雨」是當時事。雷雨寒時尚得相聚，秋風摇落乃不得相聚，寫「憶」字入骨。三、四昔人稱其盛唐佳句，不知五、六絶妙。

沈德潛《唐詩别裁》一二：「秋風吹渭水，落葉滿長安」句，風格頗高，惜通體不稱，故不全録。

沈德潛《説詩晬語》：賈長江「秋風吹渭水，落葉滿長安」，温飛卿「古戍落黄葉，浩然離故關」，卑靡時乃有此格。後唯馬戴亦間有之。

余成教《石園詩話》卷二：元和中詩尚輕淺，島獨變格入僻，以矯艷俗。詩如「百迴信到家，未當身一歸」……皆卓然名句，不獨「鳥宿池邊樹，僧敲月下門」，「秋風吹渭水，落葉滿長安」兩聯爲佳也。

翁方綱《石洲詩話》卷二：《摭言》稱賈島跨驢天街，吟「落葉滿長安」之句，唐突京尹。然此詩聯對處極爲矯變，必非湊泊而成者也。

清李懷民《重訂中晚唐詩主客圖》：二句誠佳，然不是本家筆。世有選賈詩專推此種，正是摸象見識（「秋風」二句下）。

李慶甲《瀛奎律髓彙評》二六：馮舒：次聯直凌二謝。馮班云：此詩高處只在次聯，直敵過仲宣「灞陵」句矣。以區區對偶論之，去之千里。紀昀：天骨開張，而行以灝氣，浪仙有數之作。而以五、六逆挽爲佳處，淺矣。

題章博士新居①〔一〕

青楓何不種，林在洞庭村〔二〕。應爲三湘遠〔三〕，難移萬里根。斗牛初過伏〔四〕，菡萏欲香門②〔五〕。舊即湖山隱，新廬葺此原〔六〕。

【校勘記】

①章：奉新本、叢刊本、季稿、《全詩》五七二作「張」，誤。②「斗牛」二句：奉新本、叢刊本校、汲古閣本校、季稿校、席本校、《全詩》校作：「斗移亭北樹，蓮照水邊門。」「門」，季稿作「明」。

【箋注】

〔一〕章博士：名未詳。博士：官名，有國子博士、太學博士，以及四門、律學、書學、算學、五經、廣文館等諸博士，品階由正五品上至從九品下不等，見《舊唐書·職官志》。章氏所充未知爲何種博士。或謂「博士」指張籍，「章」作「張」。然而按之詩意，與張籍行事殊不合。詩云：「舊即湖山隱，新廬葺此原。」而籍早於德宗貞元十五年（七九九）已進士及第，歷官太常寺太祝、國子助教、秘書郎、國子博士等職，遷居靖安坊時籍雖官博士，然此前長期居於延康坊，殊非「舊即湖山隱」者。又籍根本未居樂遊原上，此與「新廬葺此原」句牴牾。可見新居原上的「博士」絶非張籍。

〔二〕「青楓」二句：寫章博士湖山舊隱處。青楓：見本集卷三《送董正字常州覲省》注〔三〕。洞庭：見本卷《答王祕書》注〔四〕。

〔三〕三湘：陶潛《贈長沙公族祖》：「遥遥三湘，滔滔九江。」陶澍集注：「湘水發源會瀟水，謂之瀟湘；及至洞庭陵子口會資江，謂之資湘；又北與沅水會於湖中，謂之沅湘。」此以「三湘」指湖南地區。

〔四〕「斗牛」句：謂斗宿、牛宿已運行到標誌伏天的鶉首星次。我國古代把黄道與赤道附近一周天，由西向東分爲十二等分，叫十二星次，以標誌日月星辰運行與節令轉換的情形。鶉首爲第七星次，夏季伏天時「斗牛」二宿星次正當鶉首之次，故云「斗牛初過伏」。

〔五〕「菡萏」句：謂博士新居距曲江不遠也。樂遊原南臨曲江，章博士新居既在原上，故云曲江伏天，荷香欲飄至門前了。菡萏：《説文·艸部》：「菡蕳，扶渠華。未發爲菡蕳，已發爲夫容。」

〔六〕原：此指樂遊原。

百門陂留辭從叔謨①〔一〕

幽鳥飛不遠，此行千里間②〔二〕。寒衝陂水霧③，醉下菊花山。有恥長爲客，無成又入關〔三〕。何時臨澗柳，吾黨共來攀④〔四〕。

【校勘記】

①百：叢刊本、汲古閣本、季稿、席本、《全詩》五七二作「石」，皆誤。　②此：王《選》一五作「我」。③霧：王《選》作「路」。　④共：奉新本作「亦」。

【箋注】

〔一〕島於元和七年（八一二）還俗，次年赴舉。此詩云「寒衝陂水霧」，復云「無成又入關」，因知此詩爲九年秋冬間再次入關應試前，便道往訪正於衛州共城任官的從叔謨，而後於百門陂分手時所賦。百門陂：《詩·衛風·竹竿》：「泉源在左，淇水在右。」朱熹《詩集傳》：「泉源，即百泉也，在衛之西北，而東南流入淇。」又名百門泉、搠刀泉，即今河南衛輝市北郊之百泉也。《元和郡縣圖志》一六河北道一衛州共城縣：「百門陂，在縣西北五里。方五百步許，百姓引以溉稻田，此米明白香潔，異於他稻，魏、齊以來，常以薦御。陂南通漳水。」從叔謨：即賈謨也。謨宜春人，登元和七年進士第，見徐松《登科記考》一八。時謨正任職共城，姚合有《送賈謨赴共城營田》。島從弟無可有《中秋月彩如晝寄上南海從翁侍御》，則賈謨亦無可之叔父（從翁），後官侍御。謨居宜春，蓋遷居其地也。

〔二〕「幽鳥」二句：眷念故土，慨歎遠行也。《古詩十九首・行行重行行》：「胡馬依北風，越鳥巢南枝。」此化用其意。幽鳥：幽地的鳥雀。島自喻也。幽：幽州，古九州之一。《周禮・夏官・職方氏》：「東北曰幽州。」其地大致相當於今河北北部、遼寧南部及毗鄰的内蒙古一部分地區。

〔三〕「無成」句：言再次入關赴長安應進士試也。關：秦地的關塞，見本集卷三《即事》注〔五〕。此蓋指潼關。

〔四〕「何時」二句：意謂不知何時能再游此地也。惜别之意頗濃。澗：指蘇門澗也。蘇門山又名蘇嶺，乃太行山一支脈，本稱百門山，在今河南衛輝市西南。山中有百門泉，蘇門澗當爲蘇門山中之澗溪。吾黨：我們、我輩。《論語・公冶長》：「吾黨之小子狂簡，斐然成章，不知所以裁之。」此謂島與從叔謨。

送朱兵曹迴越〔一〕

星彩練中見，澄江豈有泥〔二〕。潮生垂釣罷，楚盡去檣西〔三〕。磧鳥辭沙至，山鼯隔水啼〔四〕。會稽半侵海〔五〕，濤白禹祠溪〔六〕。

【箋注】

〔一〕朱兵曹：名未詳。蓋爲越人，島之友朋。因其歸越，島賦此詩以送之。兵曹：官名，即兵曹參軍。《舊唐書·職官三》載：天子諸衛、羽林軍、東宫皆有兵曹參軍數員；諸王府、諸都護府、諸都督府及諸州皆有兵曹參軍事數員。其品秩由正七品上至從九品下不等。越：古國名，此指越地。

〔二〕「星彩」二句：謂歸越沿途清江如練，江中月華星光倒影清晰可見。謝朓《晚登三山還望京邑》：「餘霞散成綺，澄江静如練。」此化用其意。星彩：夜空星光。杜荀鶴《旅舍遇雨》：「月華星彩坐來收，嶽色江聲暗結愁。」

〔三〕「潮生」二句：言天晚收起漁竿潮水上漲，船隻也駛過了楚地。楚：古國名，此指楚地。檣：船桅桿。此借以指船只。

〔四〕「磧鳥」二句：寫兵曹歸途所見景色。磧鳥：大雁。因其生長於北方荒漠地區，故名。鼯：鼯鼠，鼠的一種，俗稱大飛鼠。《爾雅·釋鳥》：「鼯鼠，夷由。」郭璞注：「狀如小狐，似蝙蝠，肉翅。翅尾項脅，毛紫赤色，背上蒼艾色，腹下黄，喙頷雜白，脚短爪長，尾三尺許。飛且乳，亦謂之飛生。聲如人呼，食火煙。能從高赴下，不能從下上高。」漢馬融《長笛賦》：「猨蜼晝吟，鼯鼠夜叫。」

〔五〕會稽：本山名，位於今浙江紹興東南約二十里。相傳夏禹大會諸侯於此計功，故以此名山。《元和郡縣圖志》二六江南道二越州會稽縣：「會計山，在州東南一十里。」此借以指越地。

〔六〕禹祠：大禹廟。《太平寰宇記》九六江南東道八越州會稽縣：「大禹廟在縣南一十里。」禹祠溪，即若耶溪，因流經禹廟，故稱。

【輯評】

清李懷民《重訂中晚唐詩主客圖》：但叙越境而不及其人，正可於言外推想。

懷博陵故人〔一〕

孤城易水頭〔二〕，不忘舊交遊。雪壓圍棋石①，風吹飲酒樓〔三〕。路遥千萬里②〔四〕，人别十三秋〔五〕。吟苦相思處，天寒水急流③。

【校勘記】

①石：王《選》一五作「屋」。②萬里：王《選》作「里月」。③水：王《選》作「江」。

【箋注】

〔一〕此詩作於寶曆元年（八二五），乃回憶十三年前、即元和七年（八一二）由故鄉赴長安途經易水時，與博陵郡故人始交棋酒聚會的情形，及久别的深切思念。本集卷九又有《逢博陵故人彭兵曹》，知此詩所懷之「博陵故人」，即後來任兵曹之博陵彭氏也。彼詩云「曲陽分散會京華」，因知島與彭氏始交於易水縣，復遇於曲陽，再會於京師。此詩即曲陽分别後的思念之作。博陵：唐郡名，屬河北道，故治即今河北定縣。《元和郡縣圖志》一八河北道三定州：今州蓋秦趙郡、鉅鹿二郡之地。漢分趙、鉅鹿置常山、中山二郡。後魏道武帝置定州。隋大業三年改爲博陵郡。唐武德四年後置定州，天寶元年改爲博陵郡，乾元元年復爲定州。

〔二〕孤城：指唐易州治下之易水縣城，故治在今河北易縣東南隅。《元和郡縣圖志》一八河北道三易州：「易縣，上。郭下。本漢故安縣，屬涿郡。文帝以申屠嘉爲故安侯。隋開皇十六年，於漢故城西北隅置易縣，故城即燕之南郡，周迴約三十里。」易水：見本集卷一《易水懷古》注〔一〕。

〔三〕「雪壓」二句：陳延傑注：「雪石風樓，并寫舊遊之樂。」二句切題中「懷」字，回顧當年赴京途經博陵時，與故人風雪天歡聚酒樓博弈暢飲之樂。圍棋石：石製的圍棋。圍棋，古名弈，相傳爲堯所發明，春秋戰國時代就有關於圍棋的記載，隋唐時傳入日本。《方言》第五云：「圍棋謂之弈。」韓愈《送靈師》：「圍棋鬬黑白。」

〔四〕「路遥」句：謂長安至易州路途遥遠。《元和郡縣圖志》一八河北道三易州：「西南至上都二千三百四十五里。」

〔五〕「人别」句：謂元和七年冬與彭氏别，至寶曆元年恰爲十三年也。

夕思

秋宵已難曙，漏向二更分〔一〕。我憶山水坐，蟲當寂寞聞。洞庭風落木〔二〕，天姥月離雲〔三〕。會自東浮去，將何欲致君〔四〕。

【箋注】

〔一〕「秋宵」二句：點題，謂秋夜本長，而時方二更。言外之意夜還長着呢，因而思緒聯翩。南朝陳伏知道《從軍五更轉五首》其二：「二更愁未央，高城寒夜長。」漏：漏壺，古代計時器。見本集卷三《即事》注〔六〕。

〔二〕「洞庭」句：《楚辭·九歌·湘夫人》：「嫋嫋兮秋風，洞庭波兮木葉下。」

〔三〕天姥：山名，在今浙江新昌縣東。《元和郡縣圖志》二六江南道二越州剡縣：「天姥山，在縣南八十里。」

〔四〕「會自」二句：言欲乘舟東下歸隱天姥，不必總想着功名仕進。致君：輔佐國君使其成爲堯舜樣的聖明君主。《墨子·親士》：「良才難令，然可以致君見尊。」杜甫《奉贈韋左丞丈二十二韻》：「致君堯舜上。」此反用其意，以抒發仕途牢落之情。

寄河中楊少尹①〔一〕

非惟咎囊時，投刺詣門遲〔二〕。悵望三秋後，參差萬里期〔三〕。禹留疏鑿跡，舜在寂寥祠〔四〕。此致杳難共②〔五〕，迴風逐所思〔六〕。

【校勘記】

①奉新本題下有「巨源」二字。　②致：《全詩》五七二作「到」。

【箋注】

〔一〕穆宗長慶四年至文宗大和四年（八二四—八三〇），楊巨源爲河中少尹，此詩乃巨源爲少尹期間島的投寄之作，具體時間已不可詳考。河中：指河中府。唐屬河東道，故治在今山西永濟縣西。《元和郡縣圖志》一二河東道一河中府：本帝舜所都蒲坂也，秦漢爲河東郡地，後魏太武帝於今州理所置雍州，隋大業三年又置河東郡，唐武德九年復置蒲州，玄宗開元元年改爲河中府。楊少尹：楊巨源，字景山，河中人。德宗貞元五年第進士，憲宗元和六年，以監察御史入河中節度幕爲從事，九年入朝，歷官至國子司業等職。穆宗長慶四年告歸鄉里，宰相愛其才，奏授河中少尹，不絕其禄。巨源善詩，律詩尤爲所長，當時著名詩人元稹、白居易、張籍、王建等均與唱和。少尹：官名。《舊唐書·職官三》：京兆、河南、太原等府「少尹各二員，從四品下」。

〔二〕「非惟」二句：言拜望少尹爲時確嫌晚了點。投刺：投遞名帖，以求拜謁交通。楊衒之《洛陽伽藍記·景寧寺》：「或有人慕其高義，投刺在門。」

〔三〕「悵望」二句：謂秋季與少尹相會又將錯過。參差：不齊貌，此指耽誤、錯過。

〔四〕「禹留」二句：詠河中府勝蹟也。《元和郡縣圖志》一二河東道一河中府絳州龍門縣：「黄河北去縣二十五里，即龍門口也。《禹貢》曰：『浮於積石，至於龍門。』……大禹導河積石，疏决龍門，即斯處也。河口廣八十步，巖際鐫跡，遺功尚存。」同書河中府河東縣：「舜祠，在州理舜城中。貞觀十一年詔致祭，以時灑掃。」

〔五〕「此致」句：言難與少尹同享領略勝蹟的情趣。致：情趣。此指領略舜祠、禹蹟産生的情致。

〔六〕迴風：旋風。《文選》二九《古詩十九首·東城高且長》：「迴風動地起，秋草萋已緑。」

孟融逸人〔一〕

孟君臨水居，不食水中魚〔二〕。衣褐唯粗帛①，筐箱祇素書〔三〕。樹林幽鳥戀，世界此心疏〔四〕。擬棹孤舟去，何峰又結廬。

【校勘記】

①褐：《律髓》二三作「衲」。

【箋注】

〔一〕孟融：事蹟未詳。逸人：亦作「遺人」，遺世之人，猶逸民、隱士也。唐避太宗李世民諱，故稱。戴叔倫《酬袁太祝長卿小湖村山居書懷見寄》：「背江居隙地，辭職作遺人。」

〔二〕「孟君」二句：言孟氏慈悲不殺生也。佛教講衆生平等，無論是五戒、八戒，還是十戒等等，首戒便是不許殺生。《受十善戒經》云：「八戒齋者，是過去、現在諸佛如來爲在家人制出家法：一者不殺、二者不盜……」

〔三〕「衣褐」二句：謂其貧而好學也。褐：粗布衣。用葛、獸毛或大蔴織布裁製的衣服，多爲貧賤者所服。《詩・豳風・七月》：「無衣無褐，何以卒歲。」鄭玄箋：「褐，毛布也。」素書：此指書籍。《周書・張軌傳》：「軌性清素，臨終之日，家無餘財，唯有素書數百卷。」

〔四〕「樹林」二句：言逸人一心隱居，外心塵世也。幽鳥：猶幽禽也，鳴聲幽雅的禽鳥。此以喻孟融。

【輯評】

元方回《瀛奎律髓》二三：五、六變體。若專如三、四則太鄙矣。不可不察此曲折也。

清李懷民《重訂中晚唐詩主客圖》：起興超然（首二句下）。以古行律，法如此。

李慶甲《瀛奎律髓彙評》二三：清馮舒：如何説鄙。馮班：亦未可云鄙。紀昀：三、四是樸非鄙，尚有氣韻。若俗手效之，則必鄙。虚谷亦防其漸耳。又云：不衫不履，風格絶高。又云：五、六一比一賦，相連而下，奇恣之甚。

晚晴見終南諸峰

秦分積多峰①，連巴勢不窮〔一〕。半旬藏雨裏，此日到窗中〔二〕。圓魄將昇兔②〔三〕，高空欲叫鴻③。故山思不見，碣石沉寥東〔四〕。

【校勘記】

①分：奉新本作「下」。叢刊本、季稿、《全詩》五七二諸本校：「一作下。」②圓：《英華》一五九作「團」。③空：底本、奉新本、叢刊本、汲古閣本、張鈔本、席本、季稿、《全詩》、江户本、《二妙集》諸本校：「一作虛。」《英華》作「虛」。

【箋注】

〔一〕「秦分」二句：意謂秦與巴蜀間巍峨的山峰相連，無窮無盡。秦分：秦地。分，分野。古時以十二星次的方位，劃分地面上郡、國的位置，使二者相對應。就天文言，稱作分星，就地域説，稱作分野，或地分、地域。《國語·周語下》：「歲之所在，則我有周之分野也。」《漢書·陳餘傳》：「甘公曰：『漢王之入關，五星聚東井。東井者，秦分也，先至必王。楚雖强，後必屬漢。』」巴：此指巴嶺，亦稱巴山或大巴山。《元和郡縣圖志》二二山南道三興元府南鄭縣：「巴嶺，在縣南一百九里。東傍臨漢江，與三峽相接。山南即古巴國。」

〔二〕「此日」句：點題中「晴」字。謝朓《郡内高齋閒望答吕法曹》：「窗中列遠岫。」此化用其意。島居樂遊原，窗中可見終南山諸峰。張籍《過賈島野居》：「青門坊外住，行坐見南山。」

〔三〕「圓魄」句：言月將昇也。「圓魄」與「兔」，皆指月。梁武帝《擬明月照高樓》：「圓魄當虚闥，清光流思延。」《藝文類聚》卷一《天部上·月》引《五經通義》：「月中有兔與蟾蜍。」後遂借兔以指月。

〔四〕碣石：山名，即今河北昌黎縣北十餘里之碣石山。《書·禹貢》：「夾右碣石，入於河。」孔安國傳：「碣石，海畔山。」《元和郡縣圖志》闕卷逸文卷一河北道平州盧龍縣：「碣石，在縣南二十三里。」島范陽人，范陽與碣石並在古幽州之地，故云。泬寥：清朗空曠貌。《楚辭·九辯》：「泬寥兮天高而氣清。」

【輯評】

清李懷民《重訂中晚唐詩主客圖》：乘興而作，汩汩其來。得興在起，三四一氣説下不難（「半句」二句下）。又云：五字中想見燕本冰雪骨（末句下）。

李慶甲《瀛奎律髓彙評》三三：紀昀：首句拙，第三句尤拙，第五句「昇兔」二字鄙甚，第六句「叫鴻」與終南何涉，七句突轉無緒。

宿池上①

泉來從絶壑〔一〕，亭敞在中流。竹密無空岸，松長可絆舟。蟪蛄潭上夜，河漢島前秋〔二〕。異夕期深漲②，携琴卻此遊。

【校勘記】

①此篇《全詩》四六二又作白居易。考《英華》一六五此篇署名「前人」。此篇前爲《南池》詩，題下佚名。《南池》詩前一首爲白居易《新池》詩。李嘉言《長江集新校》卷三於《南池》下校云：疑《南池》下原有島名，因版壞，二詩遂誤爲白作。所論甚是。白氏詩集乃其生前手定，此二詩不見於南宋紹興本、日本元和那波本《白氏長慶集》，故不當爲白作。王安石《唐百家詩選》一五此詩作賈島。黄丕烈所見南宋書棚本《賈浪仙長江集》卷五，明清刊刻諸種島集，皆收此二完詩，當從之。清季振宜編《全唐詩稿本》時，誤據《英華》將二詩補入白集，康熙敕編《全唐詩》因之，遂致重出。②夕：底本、奉新本、叢刊本、汲古閣本、張鈔本、季稿、《全詩》五七二、江户本諸本校：「一作日。」深：《全詩》四六二作「新」。

【箋注】

〔一〕絶壑：深谷。李白《春日遊羅敷潭》：「攀崖度絶壑，弄水尋迴溪。」

〔二〕「蟪蛄」二句：狀夜宿池上耳聞目見。蟪蛄：蟬的一種。《莊子·逍遥遊》：「朝菌不知晦朔，蟪蛄不知春秋。」河漢：《古詩十九首・迢迢牽牛星》：「皎皎河漢女，纖纖擢素手。」李善注：「河漢，天河也。」

喜姚郎中自杭州迴[一]

路多楓樹林，累日泊清陰。來去泛流水，翛然適此心[二]。一披江上作，三起月中吟。東省期司諫[三]，雲門悔不尋[四]。

【箋注】

〔一〕文宗大和八年（八三四）冬，姚合以户部郎中出爲杭州刺史，開成元年（八三六）春罷任，夏返朝，拜諫議大夫（參郭文鎬《姚合仕履考略》）。是此詩乃開成元年夏作無疑。姚郎中：姚合，見本集卷二《重酬姚少府》注〔一〕。郎中：官名。此指户部郎中。《舊唐書・職官二》：尚書省户部：「郎中二員，並五品上。員外郎二員，從六品上。……郎中、員外之職，掌分理户口、井田之事。」杭州：唐州名，屬江南道，治錢塘縣，故治即今浙江杭州市。《元和郡縣圖志》二五江南道一杭州：「春秋時爲吴越二國之境。其地本名錢塘，《史記》云：『秦始皇東游，至錢塘，臨浙江』是也。漢屬會稽，《吴志》注云：『西部都尉理所。』陳禎明中置錢塘郡。隋平陳，廢郡爲州。」

〔二〕翛然：自在無拘束貌。《莊子・大宗師》：「翛然而往，翛然而來而已矣。」成玄英疏：「翛然，無係貌也。」

〔三〕「東省」句：言朝廷門下省徵姚合爲左諫議大夫也。東省：指門下省。唐時門下省位於西京西内太極殿、東内宣政殿東側，故稱東省，亦稱左省。程大昌《雍録》卷八「唐兩省」條云：「按《六典》：宣政殿前有兩廡……東則門下省也，以其地居殿廡之左，故又曰左省也。凡兩省官繫銜以左者，如左散騎、左諫議、給事中皆其屬也。……西即中書省也，凡繫銜爲右者，如右諫議、右常侍、中書舍人則其屬也。」司諫：諫議大夫。《舊唐書·職官二》門下省：諫議大夫四員，正五品上，「貞元四年五月十五日，敕諫議分爲左右，加置八員，四員隸門下爲左」。因諫議大夫「掌侍從贊相，規諫諷諭」，故稱其爲「司諫」。

〔四〕雲門：雲門山，亦名東山。在今浙江紹興南三十餘里，爲著名的風景名勝之地，山有晋朝所建雲門寺，唐時尚存。

送鄭史①〔一〕

雲林頗重叠②，岑渚復幽奇。汨水斜陽岸，騷人正則祠③〔二〕。蒼梧多蟋蟀〔三〕，白露濕江蘺〔四〕。擢第榮南去〔五〕，晨昏近九疑〔六〕。

【校勘記】

①奉新本、叢刊本、季稿、《全詩》五七二題作「送鄭長史之嶺南」，非是。　②雲林：《紀事》五六作

「葛林」，非是。　③騷：《紀事》作「羈」，非是。

【箋注】

〔一〕此詩當作於開成元年（八三六）春夏間。鄭史：字惟直，宜春（今屬江西）人。詩人鄭谷之父。《唐詩紀事》五六謂其開成元年登第，嘗謁池陽廉訪使崔君，悦其一妓行雲，有詩云：「最愛鉛華薄薄粧，更兼衣着又鵝黄。從來南國名佳麗，何事今朝在北行。」臨別，博陵崔公輟妓贈之。史後官國子博士、永州刺史等職。此詩云「蒼梧」、云「九疑」，蓋史登第後嘗赴湖湘一帶爲幕職，島賦此詩以送之。

〔二〕「汨水」二句：言汨羅江邊有屈原祠堂。汨水：水名，即今湖南東北部的汨羅江。《元和郡縣圖志》二七江南道三岳州湘陰縣：「汨水，東北自洪州建昌縣界流入，西經玉笥山，又西經羅國故城爲屈潭，即屈原懷沙自沈之所，又西流入於湘水。」騷人：指屈原，名平，字原，戰國楚人。《離騷》云：「名余曰正則兮，字余曰靈均。」據此，或以爲正則爲屈原小名，靈均爲小字。出身楚王同姓之貴族，一度參與内政，後因讒言兩次被流放。在楚國後期政治混亂，軍事屢敗於秦，土地日削，危亡在即的情勢下，自感理想破滅，投汨水而死。屈原長於辭賦，著有《離騷》、《九歌》、《天問》、《九章》等，爲「騷體」詩的創始人。

〔三〕蒼梧：唐縣名，屬嶺南道，即今廣西蒼梧縣。《禮記・檀弓》：「舜葬於蒼梧之野。」周爲百越之地，後歸楚。秦爲桂林郡地。漢武帝置蒼梧郡，其地屬廣信縣。隋開皇十年罷郡，置蒼梧縣，屬静州。唐武德五年於郡置梧州，以蒼梧縣屬焉（參《漢書·地理志》下、《元和郡縣圖志》三七）。

〔四〕白露：秋露。見本集卷二《就峰公宿》注〔二〕。江蘺：亦作「江離」，又名「蘼蕪」。《楚辭·離騷》：「扈江離與辟芷兮，紉秋蘭以爲佩。」王逸注：「江離、芷，皆香草名。」

〔五〕擢第：科舉考試及第。封演《封氏聞見記·貢舉》：「進士初擢第，頭上七尺焰光。」

〔六〕九疑：山名，在今湖南寧遠縣南。《史記·五帝紀》：「（舜）南巡狩，崩於蒼梧之野，葬於江南九疑，是爲零陵。」裴駰《集解》引《皇覽》曰：「舜冢在零陵營浦縣，其山九谿皆相似，故曰九疑。」《水經注校·湘水》：九疑山「磐基蒼梧之野，峯秀數郡之間，羅巖九舉，各導一谿，岫壑負阻，異嶺同勢，遊者疑焉，故曰九疑山。大舜窆其陽」。

送李溟謁宥州李權使君〔一〕

英雄典宥州，迢遞苦吟遊〔二〕。風宿驪山下〔三〕，月斜灞水流〔四〕。去時初落葉，迴日定無秋①。太守携才子〔五〕，看鵬百尺樓。

【校勘記】

①無：奉新本、季稿、《全詩》五七二作「非」。

【箋注】

〔一〕李溟：主要活動於唐憲宗至宣宗朝，賈島、薛能、許渾等俱有詩及之。嘗隱於長安鄠縣西南白闍峰，又出塞漫遊，後赴江南謁許渾。溟善詩，唐張爲《詩人主客圖》將其列爲清奇僻苦主孟郊之及門者。宥州：《元和郡縣圖志》四關内道四新宥州：玄宗開元二十六年置宥州，在鹽州北三百里，後廢。憲宗元和九年，於經略軍城置新宥州，十五年移州治於長澤。故治在今陝西靖邊縣東。此蓋指宥州治所長澤而言。李權：事蹟未詳。使君：漢稱刺史及太守爲使君，後遂用以尊稱州郡長官。《玉臺新詠・日出東南隅行》：「使君從南來，五馬立踟躕。」

〔二〕「英雄」二句：言李權掌管宥州，李溟往謁，遠途遊覽賦詩的確辛苦。迢遞：遥遠貌。嵇康《琴賦》：「指蒼梧之迢遞，臨迴江之威夷。」

〔三〕驪山：在今陝西臨潼東南約二十里。《史記・周本紀》：「犬戎攻幽王，幽王舉燧火徵兵，兵莫至，遂殺幽王驪山下。」宋敏求《長安志》一五臨潼縣：「驪山在縣東南二里，驪戎來居此山，故以名。」

〔四〕灞水：水名，見本集卷一《冬月長安雨中見終南雪》注〔五〕。

〔五〕太守：官名。秦分天下爲三十六郡，郡置守。漢景帝改郡守曰太守。隋改郡爲州，以刺史爲州長官。唐玄宗又改州爲郡，改刺史曰太守；旋復改郡爲州，稱刺史。此後太守便爲州郡長官的别稱。此指李權。才子：李溟也。

永福湖和楊鄭州〔一〕

積水還平岸，春來引鄭溪〔二〕。舊渠通郭下〔三〕，新堰絶湖西。嵩少分明對，瀟湘闊狹齊〔四〕。客遊隨庶子〔五〕，孤嶼草萋萋。

【箋注】

〔一〕此詩蓋作於大和四或五年（八三〇、八三一）春。永福湖：當在鄭州治所城郊。楊鄭州：楊歸厚，字貞一，華陰弘農（故治在今河南靈寶南四十里）人。武后、中宗二朝宰相楊綝從曾孫。元和中自左拾遺貶鳳州司馬，歷官東都留守判官、太子右庶子分司東都，鄭、虢二州刺史等。工於翰墨，有名當世。生平見李虞仲《授楊歸厚太子右庶子制》，劉禹錫《管城新驛記》《鄭州刺史廳壁記》及《新唐書·宰相世系表》等。劉文云：大和二年閏三月，滎陽守楊歸厚上表請修管城驛站，四年新修鄭州刺史東廳。因知楊氏爲鄭州刺史在大和二至五年間，此詩應作於刺史廳落成之後。鄭州：唐州名，屬河南道，故治即今河南鄭州管城區。《元和郡縣圖志》卷八河南道四鄭州：「《禹貢》豫州之域，春秋時爲鄭國。秦并天下屬三川郡，漢改三川郡爲河南郡，其地屬焉。晉武帝分河南置滎陽郡，周改爲滎州。隋開皇三年改滎州爲鄭州，十六年分置管州。大業二年廢鄭州，改管州爲鄭州。唐有天下，復置鄭州，理武牢，又於今鄭州理所置管州。貞觀元年廢管州，七年自武牢移鄭州於今理。」

〔二〕「積水」二句：言楊使君春引鄭溪入湖使滿蓄春水。鄭溪：《水經注·瀆水》附渠水云：不家溝水出京縣東南梅山北溪，其水自溪東北流，逕管城西，「俗又謂之爲管水」。管城乃鄭州治所，管水既經管城，島或緣此稱之爲「鄭溪」歟？

〔三〕「舊渠」句：謂古老的渠水流逕管城之郊。《水經注·灣水》附渠水云：「渠出滎陽北河，東南過中牟縣之北。」渠水自古有之，故稱之曰「舊渠」。而管城縣處於滎陽與中牟二縣之間，爲渠水流逕之地，故云「通郭下」。

〔四〕「嵩少」二句：言永福湖與嵩嶽兩相映照，寬窄與湘江相同。嵩少：嵩嶽少室山。在登封縣西十里。《元和郡縣圖志》卷五河南道一河南府登封縣：「嵩高山，在縣北八里，亦名外方山。又云東曰太室，西曰少室，嵩高總名，即中嶽也。山高二十里，周迴一百三十里。少室山，在縣西十里，高十六里，周迴三十里。」此指中嶽也。瀟湘：見本集卷一《冬月長安雨中見終南雪》注〔六〕。

〔五〕客：島自指也。庶子：官名，此指太子右庶子，見本集卷四《寄錢庶子》注〔一〕。李虞仲有《授楊歸厚太子右庶子制》。劉禹錫《春日書懷寄東洛白二十二楊八二庶子》。楊庶子，即楊歸厚，見陶敏《全唐詩人名考證》。其爲右庶子在寶曆元年前後。

題長江①〔一〕

言心俱好静②，廨署落暉空〔二〕。歸吏封宵鑰，行蛇入古桐。長江頻雨後，明月衆星中〔三〕。若任遷人去，西浮與剡通③〔四〕。

【校勘記】

①《全詩》五七二於題下校云：「一本有廳字。」②言：《律髓》六作「玄」。③浮：奉新本、季稿、《全詩》作「溪」，非是。

【箋注】

〔一〕此爲題長江主簿廳之作。《新唐書·韓愈傳》附《賈島傳》云：「文宗時坐飛謗，貶長江主簿。」島爲遂州長江主簿在文宗開成二年九月至五年九月間。崔塗《過長江賈島主簿舊廳》詩云：「到廳空見舊題名。」知島不僅有此題長江主簿廳之詩，還親筆題名於主簿庭壁。長江：唐縣名，屬劍南道遂州，故治在今四川蓬溪縣西。《元和郡縣圖志》三三劍南道下遂州：「長江縣，上。南至州五十里。本晉巴興縣，魏恭帝改爲長江縣。」

〔二〕「言心」二句：謂本愛清静，又恰值縣衙傍晚公退，寂静極了。島之「好静」，儒佛二者當兼有之。《論語·雍也》：「智者動，仁者静。」《大方廣圓覺修多羅了義經》曰：「諸菩薩取極静，由静力故，永斷煩惱。」島初爲僧，後返俗讀書應舉，然衲性未除，每每言及欲修南宗禪理。故此「好静」，應含有儒佛二家之由。廨署：官衙、官署。此指長江主簿廳。

〔三〕「明月」句：謂明月山高聳於星空也。明月：此指明月山。見本集卷二《明月山懷獨孤崇魚琢》注〔一〕。

〔四〕「若任」二句：謂己願辭官由涪江順流而下，直達越中隱居。遷人：被貶斥的官吏。王昌齡

《江上聞笛》：「羸馬望北走，遷人悲越吟。」此島自謂也。西浮：長江縣治西二百五步即涪江，見《元和郡縣圖志》三三劍南道下遂州長江縣條。自涪江入長江可直通吴越，故云「西浮」。剡：剡縣。縣有剡溪，溪旁即天姥山，皆越中名勝之地，位於今浙江新昌縣北。《元和郡縣圖志》二六江南道二越州剡縣：「天姥山在縣南八十里。剡溪，出縣西南，北流入上虞縣界爲上虞江。」此借以指理想中的隱居之地。

【輯評】

宋吴曾《能改齋漫録》卷七：賈浪仙主長江簿，有《題長江》詩云：「歸吏封宵鑰，行蛇入古桐。」桐在縣庭前，大觀中縣令胡同老惡其枯枿，斲去。其不好事如此。

李慶甲《瀛奎律髓彙評》卷六：紀昀：三、四十字連讀，乃吏散之後，公庭闃寂，故蛇敢出行耳。此詩雖僻，而賴上句大方，遂不覺其鄙瑣。

泥陽館〔一〕

客愁何併起，暮送故人迴。廢館秋螢出①〔二〕，空城寒雨來②。夕陽飄白露③〔三〕，樹影掃青苔。獨坐離容慘④，孤燈照不開。

【校勘記】

①螢：奉新本作「蛍」。　②寒：奉新本作「暮」。　③陽：《英華》二九八作「陰」。　④容：江户

本作「客」，《律髓》二九作「懷」。

【箋注】

〔一〕泥陽：縣名。故治在今陝西耀縣東南，中唐時故城尚存。《元和郡縣圖志》二關内道二京兆華原縣：「泥陽故縣，在縣東南十七里。」詩蓋爲憑弔此泥陽故城而賦，故有「廢館」「空城」之歎。館：客舍，或非通途大道設的驛站。《詩·鄭風·緇衣》：「適子之館兮。」孔穎達疏：「館者，人所止舍，古爲舍也。」李白《經亂離後天恩流夜郎憶舊游書懷贈江夏韋太守良宰》：「徵樂昌樂館，開筵列壺觴。」王琦注引《通典》曰：「三十里置一驛，其非通途大路，則曰館。」

〔二〕螢：即螢火蟲。

〔三〕白露：秋露。

【輯評】

元方回《瀛奎律髓》二九：此三詩（按：指《寄韓湘》《宿孤館》及本詩）亦能道旅中事。浪仙愛説「樹影」「掃地」，詩思甚幽。

清李懷民《重訂中晚唐詩主客圖》：於此等題，看古人詩興。

李慶甲《瀛奎律髓彙評》二九：清馮舒：奇妙至此。查慎行：六句筆路與想路俱別，不善學之，則流爲楊誠齋矣。紀昀：恐是「白鷺」，然「白露」不通，「白鷺」亦不佳。又云：且「螢出」「雨來」，兼以「孤坐」，亦不應有「夕陽」「樹影」，此詩殊雜凑不可解。

送徐員外赴河中〔一〕

原野正蕭瑟，中間分散情。吏從甘扈罷，詔許朔方行〔二〕。邊日沈殘角①，河關截夜城〔三〕。雲居閒獨往②，長老出房迎〔四〕。

【校勘記】

①日：席本作「月」。　②往：奉新本、汲古閣本、席本作「住」。

【箋注】

〔一〕徐員外：名未詳。員外：官名，即員外郎。尚書省左右司、六尚書所領二十四司各有員外郎之職，品階自從五品上至從六品上，其職事各有不同（見《舊唐書·職官二》）。河中：即河中府。見本集卷三《送覺興上人歸中條山兼謁河中李司空》注〔一〕。姚合亦有同題之作，蓋爲同時送行所賦，具體時間則難以指詳。

〔二〕「吏從」二句：言徐員外罷去京縣之官，赴河中府任職。甘扈：夏朝有扈國，其南郊有地名甘，故址在今陝西户縣南。《書·甘誓序》：「啓與有扈戰於甘之野。」陸德明《釋文》：「京兆鄠縣即有扈之國也。甘，有扈郊地名。」此指唐之鄠縣。朔方：唐郡縣名，屬關内道，故治在今陝西横縣西。原《禹貢》雍州之域，春秋及戰國屬魏。秦并天下置三十六郡，此地屬上郡。漢武帝分置朔方郡，北魏改置夏州。天寶元年復朔方郡，乾元元年改夏州，治朔方縣（見《元和郡縣圖志》卷四關内道四夏州及朔方縣條）。唐之河中府，治所在今山西永濟縣西。徐氏罷去鄠縣官職，蓋帶朝廷員外郎職銜入河中府任職。然赴河中經由朔方之地遊歷，而後南下至河中府就職，繞道太遠，故須詔書特許。

〔三〕「邊日」二句：謂邊地落日時分角聲隱約，夜城之下河防要塞亘卧。殘角：隱約斷續的號角聲。唐劉復《夕次襄邑》：「古戍飄殘角，疏林振夕風。」截：跨越，這裏有亘卧之意。

〔四〕「雲居」二句：言員外若遊佛寺，高僧將出門迎接。雲居：指雲居寺，唐初沙門知苑所居。故址在今北京房山西南石經山。長老：住持僧的尊稱。《祖庭事苑·釋名讖辨·長老》：「今禪宗住持之者，必呼長老。」亦用於僧人的尊稱。白居易《閒意》：「北省朋僚音信斷，東林長老往還頻。」

【輯評】

清葉矯然《龍性堂詩話初集》：賈閬仙「長江人釣月，曠野火燒風」……「邊日沈殘角，河關截夜城」，「峰懸驛路殘雲斷，海浸城根老樹秋」，「山鐘夜渡空江水，汀月寒生古石樓」等語，真堪鑄佛禮拜。

送賀蘭上人〔一〕

野僧來別我〔二〕，略坐傍泉沙。遠道擎空鉢〔三〕，深山蹋落花①。無師禪自解〔四〕，有格句堪誇〔五〕。此去非緣事，孤雲不定家〔六〕。

【校勘記】

①「遠道」二句：《全詩》七九六又作無名氏。黄丕烈所見南宋書棚本《賈浪仙長江集》五，及明清刊刻諸種島集皆收此完詩，當從之。遠道：《全詩》七九六作「道遠」。

【箋注】

〔一〕賀蘭上人：事蹟未詳。蓋爲島之方外友人。上人：見本集卷一《贈智朗禪師》注〔二〕。

〔二〕野僧：居處山野的僧人。張籍《贈王秘書》：「身屈祇聞詞客説，家貧多見野僧招。」此指賀蘭上人。

〔三〕鉢：梵語鉢多羅的省稱，漢名應器，亦名應量器。僧人飲食之具，一般有陶鐵兩種，平底，口略小，形圓稍扁。

〔四〕「無師」句：謂上人自通禪道也。佛教禪宗本講師徒傳授，徒弟受法須得師父印可方爲世所公認，否則便是左道旁門。然自六祖惠能、特别是中唐以後，禪宗强調「佛是自性作，莫向身外求」，强調「自悟」「自度」，故島有是語。禪：此指禪道，即達摩所傳的禪宗之道，講究發明自心佛性，見性成佛。

〔五〕「有格」句：謂上人詩歌已風格獨具。格：指詩人所獨具的風格、格調。

〔六〕「此去」二句：言上人爲遊方僧也。陶淵明《詠貧士》其一：「萬族各有託，孤雲獨無依。」孤雲無依，正可用來形容此類僧人。

【輯評】

李慶甲《瀛奎律髓彙評》四七：馮班：次聯好。紀昀：三、四天然清遠，惜六句太鄙淺。許印芳：三、四極佳。又云：原本前後有病，愚爲易之。原本起句太率，下句太湊，易作「野僧心在野，行脚是生涯」。原本六句，紀批云太鄙淺，易作「得句俗爭誇」。原本七句意與八句不貫，皆疵纇也，易作「此去終何適」。

寄令狐相公①〔一〕

梁園趨戟節，海草幾枯春〔二〕。風水難遭便②，差池未振鱗〔三〕。姓名猶語及，門館阻何因〔四〕。苦擬修文卷，重擎獻匠人〔五〕。吟看青島處，朝退赤墀晨〔六〕。根愛杉栽活，枝憐雪霰新。綴篇嗟調逸，不和揣才貧〔七〕。早晚還霖雨，滂沱洗月輪〔八〕。揠苗方滅列，成器待陶鈞〔九〕。困坂思迴顧〔一〇〕，迷邦輒問津〔一一〕。數行望外札，絶句握中珍〔一二〕。是日榮遊汴，當時怯往陳〔一三〕。鴻舂乖漢爵，楨病卧漳濱③〔一四〕。岳整五千仞，雲惟一片身〔一五〕。故山離未死④，秋水宿經旬〔一六〕。下第能無恧，高科恐有神〔一七〕。罷耕田料廢，省釣岸應榛〔一八〕。慷慨知音在，誰能淚墮巾〔一九〕。

【校勘記】

①寄：叢刊本、季稿、《全詩》五七三作「送」。令狐：奉新本、叢刊本、汲古閣本、季稿、席本、《全詩》

作「令狐綯」，誤。②水：奉新本作「雨」。③楨：奉新本、叢刊本、季稿作「禎」，誤。

④離：底本、奉新本、叢刊本、汲古閣本、張鈔本、季稿、席本、《全詩》、江户本諸本校：「一作心。」

【箋注】

〔一〕此詩當爲文宗大和七年（八三三）六月，令狐楚以太原尹入爲吏部尚書時島的再次干謁之作。令狐相公：令狐楚，見本集卷三《寄令狐相公》注〔一〕。楚嘗於憲宗元和十四年拜中書侍郎、同平章事，穆宗長慶四年九月檢校禮部尚書、汴州刺史、宣武軍節度使、汴宋亳觀察等使，文宗大和七年六月檢校左僕射，入爲吏部尚書。相公：對宰相的尊稱。令狐楚於元和末嘗拜相，故稱。

〔二〕「梁園」二句：言謁楚於汴州已好多年了。梁園：亦稱「梁苑」，乃西漢梁孝王劉武東苑，故名。《一統志》：「梁園，在河南開封府城東南，一名梁苑，漢梁孝王遊賞之所。」戟節：戟門和旌節，爲當時節度使儀仗。《通鑑・唐紀》七三僖宗光啓三年：「斬於戟門之外。」胡三省注：「唐設戟門之制……三品及上都督、中都督、上都護、上州之門十二，下都督、下都護、中州、下州之門各十。設戟於門，故謂之戟門。」《舊唐書・職官三》：「至德之後，中原用兵，大將爲刺史者兼治軍旅，遂依天寶邊將故事，加節度使之號，連制數郡，奉辭之日，賜雙旌雙節。」唐時汴州爲天下六雄州之一（見《通典・職官》一五），故楚之儀仗當爲雙旌雙節十二門戟。此借戟節指令狐楚。海草：唐時汴州郭城北二里有沙海，元和中已無水，見《元和郡縣圖志》卷七河南道三汴州開封縣條。「海草」，蓋謂沙海之草歟。

〔三〕「風水」二句：島謂時運不濟，至今仍未登第入仕。差池：蹉跎、失意。白居易《酬張太祝晚秋卧病見寄》：「差池終日别，寥落經年心。」振鱗：指鯉躍龍門。《三秦記》曰：「河津一名龍門，水陸不通，魚鱉之屬莫能上。江海大魚集龍門下數千，不得上，上則爲龍，故曰『曝鰓龍門』。」《水經注・河水四》：「鯉魚……三月則上渡龍門，得渡爲龍矣。否則點額而還。」後遂以鯉魚躍龍門喻登第入仕。

〔四〕「姓名」二句：謂與相公多年交往，拜謁仍非易事。門館，官署。高適《效古贈崔二》：「周旋多燕樂，門館列車騎。」此借以指楚宅守門者。

〔五〕匠人：木工、工匠。此譽令狐楚爲當時文壇宗匠。《舊唐書・元稹傳》：「宰相令狐楚一代文宗。」劉禹錫《唐故相國贈司空令狐公集記》：「知制誥，詞鋒犀利，絶人遠甚。」

〔六〕「吟看」二句：謂楚或出門遊賞吟詩，或退朝閒暇無事。青島：青島寺，在長安城西。喻鳬《寄劉録事》：「城西青島寺，累夏漱寒泉。」赤墀：即丹陛，皇宫中的臺階，因以赤色丹和泥塗之，故名。《漢書・梅福傳》：「登文石之陛，涉赤墀之塗。」顔師古注引應劭曰：赤墀，「以丹淹泥塗殿上也」。此借以指朝廷。

〔七〕「綴篇」二句：言楚賦詩格調高逸，自忖不敢奉和。逸：超逸、閒放。《文心雕龍・才略》：「景純艷逸，足冠中興。」《詩式・辨體》：「體格閒放曰逸。」

〔八〕「早晚」二句：謂詩藝還需相公多多指教。霖雨：甘雨、時雨。《書・説命上》：「若歲大旱，用汝作霖雨。」此喻恩澤。月輪：圓月，此喻詩藝。

〔九〕「揠苗」二句：言對待人才鹵莽當然悖理，但必須經過陶冶。揠苗：《孟子・公孫丑上》：「宋人有閔其苗之不長而揠之者，芒芒然歸，謂其人曰：『今日病矣，予助苗長矣。』其子趨而往視之，苗則槁矣。天下之不助苗長者寡矣，以爲無益而舍之者，不耘苗者也。助之長者，揠苗者也。非徒無益，而又害之。」此用其意。滅列：猶「滅裂」，毁壞，毁滅。列，「裂」之古字。陶鈞：亦作陶均，製作陶器所用的轉輪。此喻陶冶、造就。袁宏《三國名臣序贊》：「莫不宗匠陶鈞，而羣才緝熙。」

〔一〇〕「困坂」句：《戰國策・楚策四》：「夫驥之齒至矣，服鹽車而上太行。蹄申膝折，尾湛胕潰，漉汁灑地，白汗交流，中阪遷延，負轅不能上。伯樂遭之，下車攀而哭之，解紵衣而冪之。驥於是俛而噴，仰而鳴，聲達於天，若出金石聲者，何也，彼見伯樂之知己也。」此喻己久困科場，欲楚援引也。坂：斜坡、山坂。

〔一一〕「迷邦」句：謂己曾向楚求教藝文也。迷邦：《論語・陽貨》：「陽貨欲見孔子，孔子不見。歸孔子豚。孔子時其亡也而往拜之。遇諸塗，謂孔子曰：『來，予與爾言。』曰：『懷其寶而迷其邦，可謂仁乎？』曰：『不可。』『好從事而亟失時，可謂知乎？』曰：『不可。』『日月逝矣，歲不我與。』孔子曰：『諾。吾將仕矣。』」問津：《論語・微子》：「長沮、桀溺耦而耕。孔子過之，使子路問津焉。」鄭玄注：「津，濟渡處。」此以詢問渡口，喻請求指點仕途也。

〔一二〕「數行」二句：謂楚以書、詩相招，島喜出望外。蓋楚鎮汴時，島嘗獻文寄書，故得楚所酬「札」與「絶句」。

〔一三〕「是日」二句：寫當年遊汴往陳事。遊汴：島往遊汴州當在穆宗長慶四年（八二四）九月至文宗大和二年（八二八）十月楚鎮汴期間。怯往陳：昔日孔子絶糧於陳在先，而今離汴赴陳，無楚一樣之地主慇懃招請，亦有「絶糧」之懼，故云。汴：汴州，唐州名，屬河南道，見《元和郡縣圖志》卷七河南道三汴州，故治即今河南開封。陳：此指陳州，唐州名，屬河南道，治宛丘，見《元和郡縣圖志》卷八河南道四陳州，故治即今河南淮陽縣治。

〔一四〕「鴻春」二句：以梁鴻、劉楨自喻，謂至今尚無禄位。鴻春：《後漢書・逸民傳》：梁鴻字伯鸞，受業太學，家貧而賞節介，與妻孟光隱於吴，依大家居廊廡下，爲人賃春以終。漢爵：漢代的官爵，亦泛指禄位。楨病：《三國志・魏書・劉楨傳》：「楨字公幹。」裴松之注引《先賢行狀》曰：「幹清玄體道，六行修備，聰識洽聞，操翰成章……建安中太祖特加旌命，以疾休息。後除上艾長，又以疾不行。」漳：漳水，見本集卷四《題劉華書齋》注〔八〕。

〔一五〕「岳整」二句：謂楚相恩重如山，然自己不肖，至今一命未沾。「岳整」句，庾信《謝滕王集序啓》：「華山五千仞，終愧斯恩之重。」「雲惟」句，謂身如浮雲，飄泊無依。

〔一六〕「故山」二句：言秋雨連綿抱病而卧，極思鄉山。本集卷七《卧疾走筆酬韓愈書問》：「一卧三四句，數書惟獨君。」

〔一七〕「下第」二句：言屢試落第是因無名人顯宦相助。高科：科舉中第。《雲麓漫鈔》卷八曰：「唐之舉人，先藉當世顯人以姓名達之主司，然後以所業投獻，逾數日又投，謂之温卷。」可見「温卷」乃登科前提。而「温卷」須「藉當時顯人」，島所謂「神」，蓋即「顯人」也。穆宗長慶四年冬韓愈去世，島不得不重新尋求行卷的凭藉。而楚亦當時文壇宗匠，官至相位，島投刺獻文於楚正是情理中事。其初次投刺於楚，乃楚鎮汴期間，即敬宗寶歷元年（八二五）至文宗大和二年（八二八）間，見《唐才子傳校箋》卷五；此次再投，當在楚爲吏部尚書時，即詩所云「海草幾枯春」之後。

〔一八〕「罷耕」二句：島少年棄家爲僧，故云「田料廢」。屢試不第又不欲退隱山中，故云「省鈞岸應榛」，言外之意，只有仍走科舉入仕之路。

〔一九〕「慷慨」二句：陳延傑注：「言欲附託令狐也。」楚可謂繼韓愈之後對島關懷備至的又一位知音長者。楚鎮汴時島投刺獻文，楚即以詩書招島遊汴。此次再獻，又得楚多方照顧。楚嘗賜衣賈島，本集卷六有《謝令狐相公賜衣九事》。島除長江主簿，恐亦楚援引之力，故島赴任途中有《寄令狐相公》詩云：「良樂知騏驥，張雷驗鏌鋣。謙光賢將相，别紙書龍蛇。」又《寄令狐相公》詩云：「一主長江印，三封東省書。」（均見本集卷六）由島接連上書於楚的情形，即可知矣。

【輯評】

《四庫全書總目·集部·别集三》：「『梁園趨旌節』句，又有『是日榮遊汴，當時怯往陳』句，當是楚鎮河中之時。

寄滄州李尚書〔一〕

滄溟深絶闊，西岸郭東門〔二〕。弋者羅夷鳥，桴人思嶠猿〔三〕。威稜高臘冽，煦育極春温〔四〕。陂淀封疆内〔五〕，蒹葭壁壘根〔六〕。摇鞞邊地脉，愁箭虎狼魂〔七〕。水縣賣紗市，鹽田煮海村〔八〕。枝條分御葉，家世食唐恩〔九〕。武可縱横講①，功從戰伐論〔一〇〕。天涯生月片，嶼頂涌泉源〔一一〕。非是泥池物，方因雷雨尊②〔一二〕。沈謀藏未露，鄰境帖無喧〔一三〕。青塚驕回鶻③〔一四〕，蕭關陷吐蕃〔一五〕。何時霖歲旱，早晚雪邦冤〔一六〕。迢遞瞻旌纛，浮陽寄詠言〔一七〕。

【校勘記】

①縱：底本作「蹤」，誤；據奉新本、叢刊本、汲古閣本、季稿、席本、《全詩》五七三、江户本改。②因：汲古閣本、席本作「應」。③回：底本、奉新本、汲古閣本、張鈔本、席本、江户本作「迴」，誤；據叢刊木、季稿、《全詩》改。

【箋注】

〔一〕李尚書：李寰，唐皇室宗親。大和元年十一月，以保義軍節度使晋慈等州觀察處置等使爲横海軍節度使，二年九月除夏州節度使（陶敏《全唐詩人名考證》）。是此詩作於大和二年前後。滄州：唐州名，屬河北道，故治在今河北滄州市東南三十里。《元和郡縣圖志》一八河北道三滄州：「《禹貢》冀州、兖州之域。後魏孝明帝熙平二年，分瀛州、冀州置滄州，以滄海爲名。隋大業二年罷州，爲渤海郡。武德元年改爲滄州。」尚書：官名，《舊唐書·職官二》：尚書都省，尚書令一員，「其屬有六尚書，一曰吏部、二曰户部、三曰禮部、四曰兵部、五曰刑部、六曰工部。凡庶務皆會而决之」。其品階爲正三品。「尚書」蓋寰遷滄州（横海軍）後所帶檢校京銜。

〔二〕滄溟：大海，此指渤海。滄州瀕臨渤海西岸，故及之。《初學記》卷六引張華《博物志》曰：「東海之别有渤澥，故東海共稱渤海，又通謂之滄海。」郭東門：滄州外城的東門。郭：古時於城外加築的一道城墻。《左傳·昭公二十年》：「寅閉郭門，踰而從公。」

〔三〕「弋者」二句：言尚書治下百姓安居樂業。弋者：射鳥的人。揚雄《法言·問明》：「鴻飛冥冥，弋人何篡焉。」夷：古時中原華夏民族對東部各族的總稱。《禮記·王制》：「五方之民皆有性也，不可推移。東方曰夷……南方曰蠻。」此借以指滄州地區。桴人：鼓手。此處蓋指民間以要猴藝爲業的人。

〔四〕「威稜」二句：謂尚書聲威如嚴冬一樣凛冽，撫慰百姓像春天般温暖。威稜：聲威超越。《漢書·李廣傳》：「名聲暴於夷貉，威稜憺乎鄰國。」臘冽：臘月嚴寒。煦育：養育。此指安撫。

〔五〕「陂淀」句：言滄州境内池塘湖沼星羅棋佈。《新唐書·地理志》《元和郡縣圖志》一八河北道三載：滄州之地有湖沼多處，城東南十五里即有仵清池，西五十里有李彪淀，所轄長蘆縣有薩摩陂，「周迴五十里，有蒲魚之利」。陂淀：池塘湖泊。淀，淺水湖泊。《文選》卷六左思《魏都賦》：「掘鯉之淀，蓋節之淵。」李善注：「淀者，如淵而淺也。」

〔六〕「蒹葭」句：蓋謂漢參户故城早已荒蕪長滿蘆葦也。《元和郡縣圖志》一八河北道三滄州長蘆縣：「本漢參户縣地，周大象二年於此置長蘆縣，屬章武郡。《水經》云：『長蘆，水名也。水傍多蘆葦，因以爲名。』」蒹葭：蘆葦。《詩·秦風·蒹葭》：「蒹葭蒼蒼，白露爲霜。」或謂初生曰葭，無穗曰蒹，長大曰蘆，成則曰葦，見《詩·豳風·七月》「八月萑葦」孔穎達疏。壁壘：軍營圍墻。此蓋指漢參户故城。

〔七〕「摇鞞」二句：謂尚書鎮滄州，使叛軍魂驚。鞞：古代軍中所用的一種小鼓，漢以後也叫騎鼓。《周禮·夏官·大司馬》：「中軍以鼙令鼓。」地脉：地勢。孟浩然《送吴宣從事》：「旌旆邊庭去，山川地脉分。」

〔八〕「水縣」二句：言滄州境内商貿活躍。鹽田：滄州海濱曬鹽池也。煮海：煮海水製鹽。《水經注·涑水》引吕宿之言曰：「沈沙煮海謂之鹽。」《新唐書·地理志》河北道滄州：清池、鹽山諸縣皆産鹽。

〔九〕「枝條」二句：謂尚書與唐皇室同宗世代沐唐之恩。御葉：喻指皇室帝胄。李實《紀瑞》云：「皇上御宇……實忝列宗枝。」（《全唐文》卷七一六）與此二句詩合。

〔一〇〕「武可」二句：言尚書精通武略，戰功卓著。「（王）廷凑之亂，聯軍十五萬無成功，賊鋒不可嬰」，而尚書斬敵三百，並與傅良弼堅守樂壽，博野「累歲，梗其吞暴，議者以爲難。敬宗世，寰圖其事上之」（《新唐書·傅良弼傳》）。島稱其「威稜」「臘洌」，非虚譽也。

〔一一〕嶼：小島。《玉篇·山部》：「嶼，海中洲。」曹操《滄海賦》：「覽島嶼之所有。」

〔一二〕「非是」二句：《三國志·吴書·周瑜傳》：「劉備以左將軍領荊州牧，治公安。備詣京見權，瑜上疏曰：『劉備以梟雄之姿，而有關羽、張飛熊虎之將，必非久屈爲人用者。……恐蛟龍得雲雨，終非池中物也。』」此意謂尚書天生雄才恰逢戰伐時代，且已貴爲尚書，前程遠大。

〔一三〕「沈謀」二句：言尚書謀略未施四境已臻大治。沈謀：周密的謀劃。舊題漢馬融《忠經·冢臣》：「夫忠者……在乎沈謀潛運，正國安人。」帖：即寧帖、安定平静。吴兢《貞觀政要·慎終》：「脱因水旱，穀麥不收，恐百姓之心，不能如前日之寧帖。」

〔一四〕「青塚」句：言回鶻驕縱强迫唐以太和公主和親也。《舊唐書·迴紇傳》載：元和末回鶻屢請和親。憲宗以回鶻平定「安史之亂」有功，加之吐蕃連年挑起邊患，只好再許和親。然不久憲宗崩。穆宗長慶元年回鶻以五百七十三人來朝，强迎和親公主。穆宗不得已只好「敕太和公主出降迴鶻」。青塚：漢王昭君墓，在今内蒙古呼和浩特市南。相傳當地多白草，而此塚獨青，故名。此借以指西北方的回鶻地區，又寓和親之事。回鶻：原稱迴紇，元和四年毘迦可汗在位，「遣使改爲回鶻，義取迴旋輕捷如鶻也」。其先乃匈奴之裔，後魏時號鐵勒部落，勢力微小。隋時又名特勒。唐貞觀末敗突厥，由是大振，然又臣服於唐。天寶末曾出兵助唐平息「安史之亂」，遂恃功驕恣難制。後内部分裂，晚唐漸弱（見《舊唐書·迴紇傳》《新唐書·回鶻傳》）。

〔一五〕「蕭關」句：謂敬宗寶曆二年吐蕃入寇蕭關。蕭關：見本集卷三《送李騎曹》注〔三〕。吐蕃：公元七至九世紀藏族所建政權。唐貞觀中始遣使朝貢，太宗以文成公主嫁其首領贊普。後漸盛，屢起戰事，殺擄焚掠。「安史之亂」起，吐蕃乘間東侵，遂侵據隴右、河西和西域數千里之地。代宗朝曾攻入長安，居十五日而退。此後屢犯隴東、涇原、邠寧及河套等地。唐末逐漸衰微（見兩《唐書·吐蕃傳》）。

〔一六〕「何時」二句：謂尚書終能一奮威神洗雪國耻民冤。霖：甘雨、時雨。《書·説命上》：「若歲大旱，用汝作霖雨。」

〔一七〕「迢遞」二句：謂遥望中彷彿可見尚書的威武儀仗，因寄此詩以達心意。旌纛：大旗。此指節度使雙旌雙節與戟門等儀仗，見本卷《寄令狐相公》注〔二〕。浮陽：漢縣名，唐名清池縣，爲滄州節度使治所，故治在今河北滄州市東南四十里。《元和郡縣圖志》一八河北道三滄州：「清池縣，緊。郭下。本漢浮陽縣，屬渤海郡，在浮水之陽。後魏屬滄州。隋開皇十八年改爲清池縣，以縣東有仵清池，因以爲名。」詠言：猶永言、吟詠，即歌唱或曼聲長吟也。《書·舜典》：「詩言志，歌永言。」

逢舊識〔一〕

幾歲阻干戈，今朝勸酒歌〔二〕。羨君無白髮①，走馬過黄河。舊宅兵燒盡，新宫日奉多②〔三〕。妖星還有角，數尺鐵重磨〔四〕。

【校勘記】

①羨：奉新本作「喜」。　②奉：奉新本、叢刊本、汲古閣本、季稿、席本、《全詩》五七三作「奏」。

【箋注】

〔一〕島居長安期間，前後凡歷憲、穆、敬、文四朝，其中惟敬宗性奢靡，即位之初雖有詔「罷進奉」，然寶曆元年六月接受鹽鐵使王播所進「羨餘」，一次即達絹百萬疋，日進二萬疋，五十日方畢，頗切詩「新宫日奉多」之譏。《舊唐書·敬宗紀》謂「帝性好土木，自春至冬，興作相繼」。因知此詩當作於寶曆元至二年（八二五—八二六）間。舊識：老相識。

〔二〕「幾歲」二句：謂多年河朔兵亂，今日方得相對歡歌暢飲也。干戈：指戰争。《通鑑·唐紀》五八、五九載：穆宗長慶元年（八二一）秋七月，成德都知兵馬使王庭湊謀亂，殺節度使田弘正，自稱留後，且遣人殺冀州刺史，分兵據其州，又引兵圍深州、寇蔚州。朱克融亦趁機爲亂，焚掠易州、淶州、遂城、滿城。詔發諸道兵先後達十七八萬，直至長慶末朝廷亦不能禁。勸酒歌：歌唱以侑酒也。曹操《短歌行》：「對酒當歌，人生幾何。」

〔三〕新宫：新建的宫室。左思《蜀都賦》：「營新宫於爽塏，擬承明而起廬。」此蓋謂敬宗新朝也。

〔四〕「妖星」二句：謂天下仍將有戰亂，故磨劍以備征戰。妖星：預兆戰亂災禍的星辰。《左傳·昭公十年》：「居其維首，而有妖星焉，告邑姜也。」《晋書·天文志中》云：妖星有二十一種。第十曰司危星，形如太白，出正西。「或曰大而有毛，兩角……爲乖争之徵，主擊强兵」；第十二曰五殘星，出正東，「如辰星出角……主乖亡，爲五分毁敗之徵」「妖星」蓋謂此類星也。角：即芒角，星宿的光芒。數尺鐵：猶「三尺劍」也。《史記·高祖本紀》：「吾以布衣提三尺劍取天下。」

崇聖寺斌公房①〔一〕

近來惟一食〔二〕，樹下掩禪扉②〔三〕。落日寒山磬，多年壞衲衣〔四〕。白鬚長更剃③，青靄遠還歸〔五〕。仍説遊南岳，經行是息機〔六〕。

【校勘記】

①斌：汲古閣本、席本作「彬」。②禪：季稿作「柴」。③鬚：奉新本、席本作「髮」。長：汲古閣本、席本作「多」。

【箋注】

〔一〕崇聖寺：《長安志》卷九：朱雀門街西第二街從北第四坊崇德坊：「西南隅崇聖寺，寺有東門、西門。本濟度尼寺，隋秦孝王儁捨宅所立。東門本道德尼寺，隋時立，至貞觀二十三年，徙濟度寺於安業坊之修善寺，以其所爲靈寶寺，盡度太宗嬪御爲尼以處之。徙道德寺額於嘉祥坊之太原寺，以其所爲崇聖宫，以爲太宗别廟。儀鳳二年併爲崇聖僧寺。」斌公：事蹟未詳，蓋爲島之方外友。

〔二〕「近來」句：言斌公戒行嚴明也。一食：又名一坐食，爲佛教十二頭陀行之一，即每日於正午以前作一度之正食外，不再作小食。一正食，即正式吃一次飯。《維摩詰所説經》：「若能於此一食，了達三諦，即成潔食。」

〔三〕禪扉：禪房。戴叔倫《越溪村居》：「年來橈客寄禪扉，多話貧居在翠微。」

〔四〕壞衲衣：壞色之衲衣，又名壞色衣、壞衲，僧人法衣也。以木蘭等不正之色染壞之，故謂之「壞」；納綴種種之雜片布而成之衣，故謂之「衲衣」。此指斌公袈裟。

〔五〕「青靄」句：言仍回歸深山寺宇也。青靄：青色的雲氣。鮑照《登大雷岸與妹書》：「左右青靄，表裏紫霄。」

〔六〕經行：僧徒沿固定路綫旋繞或往返走動。《妙法蓮華經·序品》：「又見佛子，未嘗睡眠，經行林中，勤求佛道。」李白《崇明寺佛頂尊勝陀羅尼幢頌》序：「以天下所立兹幢，多臨諸旗亭，喧囂湫隘，本非經行網繞之所。」王琦注：「經行，謂僧衆週幢循行，所以致其敬禮之心。」息機：泯滅機巧欺詐之心。《楞嚴經》六：「息機歸寂然，諸幻成無性。」

送李廓侍御劍南行營①〔一〕

走馬從邊事，新恩受外臺②〔二〕。勇看雙節出〔三〕，期破八蠻回〔四〕。許國家無戀，盤江棧不摧〔五〕。移軍刁斗逐，報捷劍門開〔六〕。角咽獮猴叫，鼙乾霹靂來〔七〕。去年西甸邑③，猶滯佐時才〔八〕。

【校勘記】

①李廓：底本及諸校本均作「李傅」，皆誤；參本詩注〔一〕。侍御：底本及諸校本均作「侍郎」，皆誤；《全詩》五七三於「郎」字下校「一作御」，今據改。②受：汲古閣本、席本作「授」。③西：叢刊本、季稿、《全詩》作「新」，非是。

【箋注】

〔一〕文宗大和三年（八二九）十一月，南詔諸部大舉入寇，陷巂、戎、邛三州，逼成都。朝廷先後發東川、興元、荆南及鄂、岳、襄、鄧、陳、許等州兵往救之。十二月己未（十三日）又以右領軍大將軍董重質爲神策諸道西川行營都知兵馬使，發太原、鳳翔兵赴西川。南詔又犯東川，入梓州，陷成都西郭，留十日，大掠子女百工數萬人及珍寶而去。丁卯（二十一日）詔重質及諸道兵皆引還（見《舊唐書·文宗紀》與同書《西南蠻傳》及《通鑑·唐紀》卷六〇）。此詩題曰「劍南行營」，詩云「期破八蠻回」，與上述史事合，故當爲大和三年十二月己未前後，島送李廓隨重質行營赴成都討南詔而作。李廓侍御：廓爲宗室宰相程之子。元和十三年進士及第，釋褐司經局正字。寶曆間出爲鄠縣尉，本集卷七有《酬鄠縣李廓少府見寄》等詩。重質禦南詔，廓入幕，姚合有《送李廓侍御赴西川行營》，顧非熊有《送李廓侍御赴劍南》可證。大中初，累官至潁州刺史，遷武寧軍節度使，因軍亂被逐，貶爲澧、唐二州司馬。大中四年（八五〇）卒。生平見兩《唐書》本傳、《唐才子傳校箋》卷六及《唐才子傳校箋·補箋》卷六等。廓詩有名於時，賈島、姚合、顧非熊等均與酬唱。侍御：指殿中侍御史或監察御史。《舊唐書·職官三》御史臺：殿中侍御史六人，從七品下。監察御史十員，正八品上。劍南行營：即劍南道西川都知兵馬使軍營。劍南道，貞觀初置，轄蜀中劍閣以南地區，故名。行營：出征的軍營。

〔二〕外臺：外官。《新唐書·高元裕傳》：「故事，三司監院官帶御史者號外臺，得察風俗、舉不法。」廓由殿中侍御史或監察御史，出爲西川行營幕職，故島以「外臺」稱之。

〔三〕雙節：即雙旌雙節。見本卷《寄令狐相公》注〔二〕。此指董重質出征的儀仗。

〔四〕八蠻：古指南方八蠻國。《書·周書·旅獒》：「惟克商，遂通道於九夷八蠻。」此借以指南詔。

〔五〕「盤江」句：言盤繞於江邊的棧道堅不可摧。棧：棧道。在山崖險絕處鑿石架木鋪成的道路。《史記·高祖本紀》：「從杜南入蝕中，去輒燒絕棧道。」司馬貞索隱：「棧道，閣道也。……崔浩云險絕之處傍鑿山巖而施版梁爲閣。」

〔六〕「移軍」二句：謂重質進軍得勝。刁斗：古時軍中用具，銅質有柄，晝作炊具，夜擊以巡更。

《史記·李將軍列傳》:「廣行無部伍行陣,就善水草屯,舍止,人人自便,不擊刁斗以自衛。」劍門:山名,又名梁山。在今四川北部,有七十二峰,峭壁中斷,形似插劍爲門,故名。主峰大劍山在今劍閣縣北。

〔七〕「角咽」二句:謂號角有礙蜀猿長鳴,鼙鼓乾燥聲如雷霆。鼙:鼙鼓。見本卷《寄滄州李尚書》注〔七〕。

〔八〕「去年」二句:謂廓濟世之才今日方得施展也。廓前此爲京兆鄠縣尉,故云。西甸邑:鄠縣也。《元和郡縣圖志》卷二關内道二京兆下:「鄠縣,畿。東北至府六十五里。本夏之扈國……至秦改爲鄠邑,漢屬右扶風,自後魏屬京兆,後遂因之。」甸:《周禮·天官·大宰》:「三曰邦甸之賦。」賈公彦疏:「郊外曰甸,百里之外,二百里之内。」佐時:輔佐君王治理國家。張衡《歸田賦》:「遊都邑以永久,無明略以佐時。」

别徐明府①〔一〕

抱琴非本意,生事偶相縈〔二〕。口尚袁安節,身無子賤名〔三〕。地寒春雪盛②,山淺夕風輕。百戰餘荒野,千夫漸耦耕③〔四〕。一杯宜獨夜,孤客戀交情〔五〕。明日疲驂去,蕭條過古城〔六〕。

【校勘記】

①《英華》二八八「别」上有「留」字。府：汲古閣本、席本作「甫」，非是。②寒春：叢刊本、季稿作「春寒」。③耦：底本、奉新本、叢刊本、季稿、江户本作「偶」；《英華》二八八作「藕」；據汲古閣本、席本、《全詩》五七三改；《全詩》校：「一作偏。」

【箋注】

〔一〕此爲島於旅途中拜謁徐明府，臨别所贈之作。徐明府：名未詳。明府，縣令，見本集卷三《送鄒明府遊靈武》注〔一〕。

〔二〕「抱琴」二句：言徐氏出任縣令是迫於生計。抱琴：《吕氏春秋》卷二一：「宓子賤治單父，彈鳴琴，身不下堂而單父治。」此以宓子賤彈琴而單父治，喻徐氏出任縣令也。生事：生計。常璩《華陽國志·蜀志》：「山原肥沃，有澤漁之利……土地易爲生事。」

〔三〕「口尚」二句：謂明府以德化民，不求有宓子賤之治聲。袁安：《汝南先賢傳》載：安字邵公，東漢汝陽人。居洛陽，家貧。一次大雪，深丈餘，貧者多出外乞食，安獨閉門僵卧。洛陽令出巡，見安門爲雪所封，疑其死。命人掃雪而入，問安，答曰：「大雪人皆餓，不宜干人。」令欽其德高，舉爲孝廉。此以洛陽令舉薦袁安，喻徐明府力倡德政以化民風。子賤：宓子賤也，名不齊，春秋時魯國人，孔子弟子，爲單父縣宰，彈琴不下堂而縣境大治，孔子稱之。後世追封爲單父侯。

〔四〕耦耕：二人並耕。《禮記·月令》：季冬之月「命農計耦耕事，修耒耜，具田器」。陶潛《辛丑歲七月赴假還江陵夜行塗口》：「商歌非吾事，依依在耦耕。」後亦泛指農事。

〔五〕孤客：單身旅居外地的人。漢焦贛《易林·損》：「路多枳棘，步刺我足，不利孤客，爲心作毒。」此島自謂也。

〔六〕「明日」二句：結處照應題中「别」字。疲驂：衰老的劣馬。謝朓《冬緒羈懷示蕭諮議虞田曹劉江二常侍》：「疲驂良易返，思波不可越。」島有瘦馬，後死去。本集卷十《夏日寄高洗馬》有「不緣馬死西州去」句，可證。古城：徐明府治下的縣城也。

岐下送友人歸襄陽〔一〕

蹉跎隨汎梗，羈旅到西州〔二〕。舉翮籠中鳥，知心海上鷗〔三〕。山光分首暮①，草色向家秋②〔四〕。若更登高峴，看碑定淚流〔五〕。

【校勘記】

①首：《全詩》五七三校：「一作手。」　②向：汲古閣本作「尚」。

【箋注】

〔一〕此詩蓋長慶二年（八二二）前後，島往遊鳳翔時於岐山下送友人歸襄陽而作。岐下：岐山脚下。岐山在今陝西岐山縣東北十里。《元和郡縣圖志》卷二關内道二鳳翔府岐山縣：「岐山，亦名天柱山，在縣東北十里。渭水在縣南三十里。」襄陽：唐縣名，屬山南道，故治即今湖北襄陽市。《元和郡縣圖志》二一山南道二襄州：「襄陽縣，望。郭下。本漢舊縣也，屬南郡，在襄水之陽，故以爲名。魏武帝平荆州，分南郡置襄陽郡，縣屬焉，後遂不改。」

〔二〕「蹉跎」二句：謂友人漂泊來到關中也。汎梗：漂泊的桃梗。《戰國策·齊策三》：「淄上有土偶人與桃梗相與語，桃梗謂土偶人曰：『子，西岸之土也。挺子以爲人，至歲八月，降雨下，淄水至，則汝殘矣。』土偶曰：『不然。吾，西岸之土也。土，則復西岸耳。今子，東國之桃梗也，刻削子以爲人，降雨下，淄水至，流子而去，則子漂泊者將何如耳？』」西州：此指陝西關中地區。《戰國策·韓策三》：「昔者秦穆公一勝於韓原而霸西州，晉文公一勝於城濮而定天下。」此借以指岐下。

〔三〕「知心」句：謂友人已泯除機心，决意歸隱。海上鷗：參本集卷四《送友人棄官遊江左》注〔六〕。

〔四〕向：猶到也。唐陳玄佑《離魂記》：「向今五年，恩慈間阻，覆載之下，胡顔獨存也。」

〔五〕「若更」二句：典出《晉書·羊祜傳》：祜鎮襄陽，德惠被乎江漢。及卒「襄陽百姓於峴山祜平生遊憩之所，建碑立廟，歲時饗祭焉。望其碑者，莫不流涕，杜預因名爲『墮淚碑』」。《元和郡縣圖志》二一山南道二襄州襄陽縣：「峴山，在縣東南九里。山東臨漢水，古今大路。羊祜鎮襄陽，與鄒潤甫共登此山，後人立碑，謂之墮淚碑，其銘文即蜀人李安所製。」峴：峴山，又名峴首山。在今湖北襄陽縣東南九里。碑：指墮淚碑。

送友人遊蜀①〔一〕

萬岑深積翠②，路向此中難〔二〕。欲暮多羈思〔三〕，因高莫遠看。卓家人寂寞〔四〕，揚子業凋殘③〔五〕。唯有岷江水④，悠悠帶月寒〔六〕。

【校勘記】

①此詩《全詩》二六八又作耿湋，題爲《送蜀客還》。考《英華》二七五作耿湋，然南宋陳思本耿集不載，王《選》一五作賈島，黄丕烈校宋書棚本《賈浪仙長江集》五及明清刊刻諸種島集皆收有此詩，今存之。②岑：《全詩》二六八作「峰」。③凋：《全詩》二六八作「荒」。④有：《全詩》二六八作「見」。

【箋注】

〔一〕蜀：古國名。見本集卷四《送李餘及第歸蜀》注〔一〕。

〔二〕「萬岑」二句：謂蜀道穿行於千山萬嶺之間，極爲難行。岑：《爾雅·釋山》：「山小而高，岑。」此指川陝間衆多高大的山峰。路：謂蜀道也。陰鏗《蜀道難》：「高岷長有雪，陰棧屢經燒。輪摧九折路，騎阻七星橋。蜀道難如此，功名詎可要。」

〔三〕羈思：旅居他鄉的情思。鮑照《紹古辭七首》之三：「紛紛羈思盈，慊慊夜絃促。」

〔四〕「卓家」句：謂卓文君與司馬相如戀愛的佳話已成往事。《史記·司馬相如列傳》載：臨邛多富人而卓王孫爲首。女文君好音律而新寡家居。相如飲酒於卓家，以琴心挑文君。文君夜奔相如，與馳歸成都，居家徒四壁。卓王孫怒，不分一錢與女。文君乃與相如還邛，買一酒舍，文君當壚，相如自著犢鼻褌，滌器市中。卓王孫恥之，乃分錢百萬與文君。後相如以文章受知於漢武帝，帝遣其以中郎將之職使蜀，蜀太守以下郊迎，蜀人以爲榮。卓王孫喟然而歎，自恨文君配相如晚。

〔五〕「揚子」句：意謂揚雄仕途坎坷家道中落。《漢書·揚雄傳》：雄字子雲，蜀成都人也。自其高祖季居岷山之陽曰郫，至雄五世而傳一子，有田一壥，有宅一區。世世以農桑爲業，家産不過十金。雄年四十餘自蜀遊京師，與王莽、劉歆同時，與董賢同官。後莽、賢皆位至三公，而雄三世不徙官。莽篡位，談説之士獲封爵者甚衆，雄復不侯。以耆老居宦久，轉爲大夫，然以病免官。家素貧嗜酒，人稀至其門。雄死，蜀中無其族之揚姓焉。

〔六〕「唯有」二句：結以蜀中景物，别意悠長。岷江：古時以爲岷江乃長江正源，《書·禹貢》所謂「岷山導江」是也，因把岷江與蜀中長江統稱曰「大江」或「岷江」（見《水經注·江水》及《讀史方輿紀要》六六）。悠悠：連綿不盡貌。左思《吴都賦》：「直衝濤而上瀨，常沛沛以悠悠。」

【輯評】

清李懷民《重訂中晚唐詩主客圖》：何必是蜀，確是蜀。能知此法，思過半矣（前四句下）。又云：略及蜀事，又寓感慨。若止覼縷故實，不過有韻之地輿志耳，何足有無（「卓家」二句下）。

送鄭少府〔一〕

江岸一相見，空令惜此分①〔二〕。滏陽行帶月②〔三〕，酌水少留君。野地初燒草③〔四〕，荒山過雪雲。明年還調集〔五〕，蟬可在家聞。

【校勘記】

①令：汲古閣本、席本作「憐」。惜：汲古閣本作「憶」。②滏：奉新本、叢刊本、季稿、《全詩》五七三作「夕」；黄校本、江户本缺。黄校本校：「分下宋本缺一字。」③初：汲古閣本、席本作「多」。

【箋注】

〔一〕鄭少府：名未詳，蓋島之友人。據此詩首末二句看，少府家於長安。長慶二年前後，島往游荆襄時，二人即已相識。此次島之送别，則在滏陽，然具體時間則難以指詳。少府，縣尉。見本集卷二《重酬姚少府》注〔一〕。

〔二〕「江岸」二句：意謂早在長慶初即與少府於長江岸邊相識，此次分别只能令人惋惜。空：僅、只。李白《江上吟》：「屈平詞賦懸日月，楚王臺榭空山丘。」

〔三〕「滏陽」句：謂少府由滏陽踏上征途時，月已躍上天衢。陶潛《歸田園居五首》其三：「晨興理荒穢，帶月荷鋤歸。」此化用其意。滏陽：唐縣名，屬磁州，故治即今河北磁縣。《元和郡縣圖志》一五磁州：「滏陽縣，望。郭下。本漢武安縣之地，魏黄初三年分武安立臨水縣，屬廣平郡，以城臨滏水，故曰臨水；以城在滏水之陽，亦曰滏陽。周武帝於此别置滏陽縣，屬成安郡。隋開皇三年廢郡，縣屬相州。十年，於此置磁州，滏陽屬焉。大業二年廢磁州，縣屬相州。永泰元年重立磁州，縣又割屬。」

〔四〕燒草：即燒荒。開荒時燒掉荒地上的野草。參本集卷四《送杜秀才東遊》注〔三〕。

〔五〕調集：調選遷轉官職。王讜《唐語林》補遺二：「李相國揆，以進士調集在京師。」

子規①〔一〕

遊魂自相叫，寧復記前身。飛過鄰家月②，聲連野路春③〔二〕。夢邊催曉急，愁處送風頻④。自有霑花血〔三〕，相和雨滴新⑤。

【校勘記】

①此詩《全詩》五五四於題下注：「一作項斯詩。」江標刊《唐人五十家小集》本《項斯詩集》亦收此篇。然黄丕烈校宋書棚本《賈浪仙長江集》五，及明清所刊諸種島集皆收此詩，故今存之。②鄰：《全詩》五五四作「人」。③連：《全詩》五七三校：「一作憐。」野：《全詩》五五四作「客」。路：汲古閣本作「寺」。④處：《全詩》五五四作「外」。⑤雨：《全詩》五五四作「淚」，校：「一作露。」

【箋注】

〔一〕子規：鳥名，即杜鵑，又名杜宇，産於蜀中。相傳古蜀國望帝杜宇，被人篡國，死後冤魂化爲杜鵑，啼聲哀切動人。《成都記》：「望帝死，其魂化爲鳥，名曰杜鵑，亦曰子規。」《埤雅·釋鳥》：「杜鵑，一名子規。」《禽經》：「江左曰子規，蜀右曰杜宇，甌越曰怨鳥，一名杜鵑。」杜甫《子規》：「兩邊山木合，終日子規啼。」《杜臆》：「一云子規非杜鵑，乃叫不如歸去者。」

〔二〕「聲連」句：子規於春末始現，故云。

〔三〕「自有」句：相傳子規悲鳴不止，以致口邊滴血，故云。孟郊《答韓愈李觀别因獻張徐州》：「古樹春無花，子規啼有血。」

送僧歸天台〔一〕

辭秦經越過，歸寺海西峰〔二〕。石磵雙流水〔三〕，山門九里松〔四〕。曾聞清禁漏，卻聽赤城鐘〔五〕。妙字研磨講①，應齊智者蹤〔六〕。

【校勘記】

①字：叢刊本、季稿、《全詩》五七三作「宇」。

【箋注】

〔一〕天台：山名，見本集卷二《送鄭山人遊江湖》注〔三〕。

〔二〕「歸寺」句：謂僧所歸寺院在大海西岸的天台山。《元和郡縣圖志》二六江南道二台州唐興縣：「天台山在縣北一十里，……大海在縣東七十里。」天台山及山中寺院東近大海，故云。

〔三〕「石硼」句：《讀史方輿紀要・浙江四》台州府天台縣天台山：「石橋山在縣北五十里。石橋架兩巖間，長七丈，北闊二尺，南七尺，其中尖起丈餘。下有兩澗合流，勢甚峭峻。孫綽云『跨穹窿之懸巖，臨萬丈之絶溟』是也。」

〔四〕山門：佛寺的外門。李華《雲母泉詩》：「山門開古寺，石竇含純精。」九里松：周密《武林舊事・湖山勝概》載：唐玄宗開元年間，袁仁敬爲杭州刺史，自杭州西湖北行春橋至靈隱、天竺二山間植松樹，左右各三行，凡九里，蒼萃夾道，因名，亦名「袁松」。陸羽《靈隱天竺寺記》：「謝亭巋然，袁松多壽。」此借以指天台山國清寺前夾道的松樹。

〔五〕「曾聞」二句：謂僧嘗爲君王説法，而今將返回天台了。清禁漏：皇宫中漏壺的滴水聲。清禁，指皇宫，謂其嚴肅清静也。應劭《風俗通・十反・司徒九江朱倀》：「臣願陛下思周旦之言，詳左右清禁之内，謹供養之官，嚴宿衛之身。」漏，漏壺，見本集卷三《即事》注〔六〕。此指漏聲。祖詠《扈從御宿池》：「寒疏清禁漏，夜警羽林兵。」赤城：山名，在今浙江天台縣北，爲天台山南面門户。《文選》一一孫綽《遊天台山賦》：「赤城霞起而建標，瀑布飛流以界道。」李善注引支遁《天台山銘・序》云：「往天台，當由赤城山爲道徑。」又引孔靈符《會稽記》曰：「赤城，山名，色皆赤，狀似雲霞。」

〔六〕「妙字」二句：願僧潛心天台宗經典，講經弘法，功齊智顗大師。妙字：指佛經。主要指天台宗經典。智者：天台宗開山祖師智顗，俗姓陳，年十七出家從慧思禪師習法華三昧，有所悟解，受慧思贊許。又經多年苦心鑽研，對佛家教義和觀行方法形成了自己的一家教法。因其理論是在天台山形成的，因稱此宗爲天台宗，智顗成爲天台宗開創者。後智顗弘法三十餘年，著作二十多種，成爲中國化佛教宗派中影響較大的一家。

賈島集校注卷六

讓糺曹上樂使君〔一〕

戰戰復兢兢，猶如履薄冰〔二〕。雖然叨一掾，還似說三乘①〔三〕。瓶汲南溪水，書來北岳僧〔四〕。戇愚兼抱疾，權糺不相應②〔五〕。

【校勘記】

①還：奉新本、叢刊本作「猶」。似：汲古閣本、席本作「是」。②糺：汲古閣本、季稿、席本、《全詩》五七三作「紀」，誤。

【箋注】

〔一〕文宗開成二年（八三七）九月，島爲遂州長江縣主簿，至五年九月秩滿，一時尚無新官之命。普州刺史樂闉，辟島爲代理司法參軍，不就，因上此詩辭之。不久，朝命遷普州司倉參軍。糺曹：《舊唐書·職官三》：中州（普州爲中州）置「司功、司倉、司户、司兵、司法、司士六曹參軍事各一人，並正八品下」。司法參軍職在糺察，故稱「糺曹」。樂使君：普州刺史樂闉，故稱樂使君。樂闉嘗撰《紫極宫碑》，賈島書，樂顔融篆額，會昌元年立在普州，見歐陽修《集古録》卷一〇。是島書碑事，在任普州司倉參軍次年。使君：州刺史也，見本集卷五《送李溟謁宥州李權使君》注〔一〕。紏同糾。

〔二〕「戰戰」二句：意謂踏入仕途後心境尚有餘悸。島入仕僅一任長江主簿，還是責授，畏再罹新禍，故云。《詩·小雅·小旻》：「戰戰兢兢，如臨深淵，如履薄冰。」鄭玄箋：戰戰，恐也。兢兢，戒也。「如臨深淵」，恐墜也；「如履薄冰」，恐陷也。朱熹《詩集傳》釋此三句云：「懼及其禍之詞也。」

〔三〕「雖然」二句：謂雖得主簿之職，然心境還若以前爲僧時超然塵外也。掾：官衙中佐助官吏的通稱。《史記·項羽本紀》：「項梁嘗有櫟陽逮捕，乃請蘄獄掾曹咎書，抵櫟陽獄掾司馬欣，以故事得已。」劉長卿《送陶十赴杭州攝掾》：「莫歎江城一掾卑，滄洲未是阻心期。」説三乘：猶言爲僧也。三乘，指聲聞乘、緣覺乘、菩薩乘。三乘又分大乘、小乘等數種不同意義之三乘，佛教以之概指一切經文，乃僧人學習修煉的主要内容，故以「説三乘」代指僧人生活也。

〔四〕「瓶汲」二句：言官場之外是自己嚮往的生活。此乃「還似」句所述似僧人心境的具體化。

〔五〕「權紏」句：點出題目中的「讓」字。權紏：暫時代理州司法參軍事之職。權：唐以後稱試官或暫時代理官職曰「權」。宋戴埴《鼠璞·權行守試》：「予考之漢，試守即權也……權字唐始用之，韓愈權知國子博士，三歲爲真。」《舊唐書·高祖本紀》：「天策上將府司馬宇文士及，權檢校侍中。」

贈友人

五字詩成卷〔一〕，清新少得偕①〔二〕。不同狂客醉，自伴律僧齋〔三〕。春別和花樹〔四〕，秋辭帶月淮〔五〕。却歸登第日，名近牓頭排②〔六〕。

【校勘記】

①新：叢刊本作「詩」。少得：奉新本作「韻俱」，季稿、《全詩》五七三作「韻具」。②近：奉新本、叢刊本作「姓」。

【箋注】

〔一〕五字詩：即五言詩。許渾《贈閒師》：「東林共許三乘學，南國争傳五字詩。」

〔二〕「清新」句：謂友人五言詩格調清新，少有人可比。杜甫《春日憶李白》：「清新庾開府，俊逸鮑參軍。」

〔三〕「不同」二句：謂友人行爲檢點，好佛修身也。狂客：放蕩不羈的人。李白《醉後答丁十八以詩譏余搥碎黄鶴樓》：「一州笑我爲狂客，少年往往來相譏。」律僧：持守佛教戒律的僧人。白居易《醉後戲題》：「自知清冷似冬凌，每被人呼作律僧。」齋：梵語烏哺沙他，又名布薩，意爲清淨，後轉意爲「時」，即指僧人日不過中而食，守之曰持齋。此乃齋之本義。蓋自梁武帝蕭衍後，又轉而爲不肉食，遂謂持齋者禁肉食也。此乃大乘之齋義也。又清除心中之不淨，亦謂之齋。《大乘義章》一二曰：「防禁故名爲戒，潔清故名爲齋。」

〔四〕和花樹：樹已開花。和：連帶也。元稹《貶江陵途中寄樂天杓直杓直以員外郎判鹽鐵樂天以拾遺在翰林》：「紫芽嫩茗和枝采，朱橘香苞數瓣分。」

〔五〕淮：淮水、淮河。源於今河南桐柏山，經豫、皖兩省入江蘇洪澤湖。《書·禹貢》：「導淮自桐柏。」《元和郡縣圖志》二一山南道二唐州桐柏縣：「淮水，出縣南桐柏山，一名大復山。」淮河元朝以前有入海河道，元時黄河奪淮，河道淤高，主流改由高郵湖入長江。

〔六〕登第：科舉時代應考人被録取，亦叫及第、擢第、登科等。因牓上題名列有甲乙次第，故名登第。鄭谷《贈劉神童》：「還家雖解喜，登第未知榮。」牓：同「榜」，張挂的科舉考試中第者的名單。

送雍陶及第歸成都寧覲①〔一〕

不唯詩著籍〔二〕，兼又賦知名。議論於題稱，春秋對問精〔三〕。半應陰騭與，全賴有司平〔四〕。歸去峰巒衆②〔五〕，別來松桂生。漲江流水凸③，當道白雲坑〔六〕。勿以攻文捷④，而將學劍輕。製衣新濯錦⑤〔七〕，開醖舊燒罌〔八〕。同日昇科士⑥，誰同膝下榮〔九〕。

【校勘記】

①覲：汲古閣本、季稿、席本、《全詩》五七三作「親」。　②峰：季稿、《全詩》《英華》二八四諸本

校：「一作巖。」③凸：底本及諸校本均作「品」；季稿、《全詩》《英華》諸本校：「一作凸。」意較勝，今據改。④捷：季稿、《全詩》《英華》諸本校：「一作健。」⑤製：《英華》作「裂」，校：「一作製。」⑥科：《英華》作「高」。

【箋注】

〔一〕雍陶：見本集卷五《送雍陶入蜀》注〔一〕。《郡齋讀書志》一八謂陶「大和八年進士」，故李嘉言《賈島年譜》判此詩作於大和八年（八三四），甚是。唐代進士放榜在春末，而島本年夏赴金州，故此送别詩當作於本年春夏之間。及第：即登第，見本卷《贈友人》注〔六〕。宋高承《事物紀原・學校貢舉・及第》：「漢之取士，其射策中者謂之高第。隋唐以來，進士諸科，遂有及第之目。」成都：古爲蜀國，秦併之始置成都縣，漢因之，三國蜀漢都之。唐初分置蜀縣，後改名華陽縣，與成都縣共治郭下。《元和郡縣圖志》三一劍南道上成都府：「成都縣，次赤。郭下。本南夷蜀侯之所理也，秦惠王遣張儀、司馬錯定蜀，因築城而郡縣之。自秦漢至國初以來，前後移徙十餘度，所理不離郡郭。」又載：「華陽縣，次赤。管縣東界，郭下。本漢廣都縣地，貞觀十七年分蜀縣置。乾元元年改爲華陽縣。」寧覲：歸里省親。

〔二〕著籍：登記在户籍薄上。《三國志・蜀書・諸葛亮傳》：「荆州北據漢沔，利盡南海。」裴松之注引三國魏魚豢《魏略》云：「今荆州非少人也，而著籍者寡。」此引申爲著名，載於口碑。

〔三〕「議論」二句：謂陶考卷之時務策議論扣合題目，《春秋》等經義策問應對言簡意精。議論精：

據《册府元龜》六四一載：唐以進士舉人，國初以來試詩賦、帖經、時務策五道。中間或暫更改，旋即仍舊。然大和八年春進士試卻「準大和七年八月敕，貢舉人不要試詩賦策，且先帖大經、小經共二十帖，次對正義十道，次試議論各一首訖，考覆，放及第」。是所謂「議論精」，蓋謂陶考卷之「試議論」言簡意精也。對問：當指對所帖經文正義的回答。春秋：孔子據魯國史書修訂而成的編年體史書。《孟子·滕文公下》：「孔子懼，作《春秋》。」

〔四〕「半應」二句：言陶登第全仰仗主考官公正無私。此年知貢舉者爲李漢（見《舊唐書·文宗紀》）。《記纂淵海》引《秦中記》云：「唐大和八年放進士多貧士。無名子作詩曰：『乞兒還有大通年，六十三人籠仗全。薛庶準前騎瘦馬，范鄭依舊蓋番氈。』」表明這年進士考試的確是公平的。陰騭：《書·洪範》：「惟天陰騭下民。」孔傳：「騭，定也。天不言而默定下民。」此引申爲陰德。有司：《書·大禹謨》：「好生之德，洽於民心，兹用不犯於有司。」此指主考官李漢。

〔五〕「歸去」句：謂陶歸覲所歷蜀道山峰連綿，險峻難行。

〔六〕「漲江」二句：言途中江流波濤層層，路上白雲若坑壑道道。凸：指江面波濤湧起。姚合《惡神行雨》：「風擊水凹波撲凸，雨淙山口地嵌坑。」

〔七〕新濯錦：新織蜀錦。此特指用錦江水洗濯出來的新錦緞。《文選》卷四左思《蜀都賦》：「百室離房，機杼相和。貝錦斐成，濯色江波。」李善注引譙周《益州志》云：「成都織錦既成，濯於江水，其文分明，勝於初成。他水濯之，不如江水也。」

〔八〕舊燒罌：此指長期釀造而成的酒，猶昔酒也。《周禮·天官·酒正》：「二曰昔酒。」賈公彦疏：「昔酒者，久釀乃熟，故以昔酒爲名。」

〔九〕膝下：父母膝旁。人幼年時常依偎之，後用以表示對父母的敬稱。晋劉柔妻王氏《懷思賦》：「憶昔日之歡恃，奉膝下而怡裕。」後周宇文護《報母閻姬書》：「區宇分崩，遭遇災禍，違離膝下，三十五年。」

謝令狐相公賜衣九事①〔一〕

長江飛鳥外，主簿跨驢歸〔二〕。逐客寒前夜〔三〕，元戎與厚衣②〔四〕。雪來松更緑，霜降月彌輝③〔五〕。即入調殷鼎④，朝分是與非〔六〕。

【校勘記】

①令狐：奉新本、汲古閣本、季稿、席本、《全詩》五七三作「令狐綯」，誤，乃宋以後人誤增也。②與：汲古閣本、席本、《全詩》作「予」。③彌：奉新本作「尤」。④入：汲古閣本、季稿、席本、《全詩》作「日」。

【箋注】

〔一〕文宗開成二年（八三七）九月，島因「飛謗」罪責授遂州長江主簿，十一月前後到任，此詩乃到任後所作。令狐相公：指令狐楚，見本集卷三《寄令狐相公》注〔一〕。令狐氏與島爲舊交，而島一介窮書生，初至任所難免衣衫不周，令狐氏寄衣以周濟之，島因作此詩以致謝。事：此處用作量詞，件也。白居易《張常侍池涼夜閒讌贈諸公》：「對月五六人，管絃三兩事。」

〔二〕「長江」二句：意謂長安至長江路途遥遠，赴任艱辛。長江：長江縣，見本集卷五《題長江》注〔一〕。歸：趨向。《易·序卦》：「與人同者，物必歸焉。」《孟子·梁惠王上》：「誠如是也，民歸之，由水之就下，沛然誰能禦之。」此指赴任。

〔三〕逐客：島自謂也。本集卷八《觀冬設上東川楊尚書》有「逐遷屬吏隨賓列」之句，亦以「逐吏」自稱。可見蘇絳《賈司倉墓誌銘》謂島「罹誹謗」解褐授長江主簿，《新唐書·本傳》謂島「坐飛謗」貶長江主簿，其事乃史實。

〔四〕元戎：主將、統帥。徐陵《移齋文》：「我之元戎上將，協力同心，承稟朝謨。」此指令狐楚。時令狐氏任興元節度使（見《舊唐書·文宗紀》），主治地方軍旅，故稱曰「元戎」。

〔五〕「雪來」二句：贊譽令狐楚德性高潔也。島在遭貶責授的境況下，相公仍賜寄衣裳以示關懷，故島謂其友情若雪後青松更加蒼翠高潔，人格似霜天月輪愈發光輝照人。《論語·子罕》：「歲寒然後知松柏之後彫也。」此化用其意。

〔六〕「即入」二句：謂令狐楚即將入朝任相治國。調殷鼎：在大型炊器中烹調食物。此喻任相治國。《韓詩外傳》卷七：「伊尹，故有莘氏僮也，負鼎操俎調五味而立爲相。」殷，大。鼎，古代炊器；後以喻國家政權和帝位及宰輔、重臣之位等。孟浩然《都下送辛大之鄂》：「未逢調鼎用，徒有濟川心。」

【輯評】

清李懷民《重訂中晚唐詩主客圖》：此詩前半感令狐之知，後半愬自己之謫，惟知之深故望之切也。

送金州鑒周上人〔一〕

池必尋天目①，溪仍住若耶〔二〕。帆隨風便發，月不要雲遮②。極浦浮霜鴈〔三〕，迴潮落海查〔四〕。峨嵋省春上，立雪指流沙〔五〕。

【校勘記】

①池：《全詩》五七三作「地」，校：「一作池。」②要：奉新本作「欲」。

【箋注】

〔一〕金州：唐屬山南西道，故治即今陝西安康縣治。《太平寰宇記》一四一山南西道九：金州，《禹貢》梁州之域。周爲庸國之地，戰國爲楚地，秦惠王取漢中地置漢中郡。西魏時因其地出金，改爲金州。隋大業三年罷州爲西城郡。唐武德元年復爲金州，天寶元年改爲安康郡，乾元元年復爲金州。鑒周上人：事蹟未詳，蓋爲金州一遊方僧。

〔二〕「池必」二句：起首點出上人往遊的東南諸地。天目：池名，在今浙江臨安縣西北五十里之天目山頂。《元和郡縣圖志》二五江南道一杭州於潛縣：「天目山，在縣理北六十里，有兩峰，峰頂各一池，左右相對，名曰天目。」若耶：溪名，亦名五雲溪。在今浙江紹興縣南二十里若耶山下，因名。相傳春秋時西施曾於此溪浣紗。《史記·東越傳》：「下瀨將軍出若邪、白沙。」張守節正義：「越州有若耶山若耶溪。」

〔三〕極浦：遥遠的水濱。《楚辭·九歌·湘君》：「望涔陽兮極浦，横大江兮揚靈。」王逸注：「極，遠也。浦，水涯也。」

〔四〕海查：竹木編製的海筏。查：亦作「槎」。唐李懷遠《凝碧池侍宴看競渡應制》：「忽聞天上樂，疑逐海查流。」虞世基《賦昆明池一物得織女石》：「船疑海槎渡，珠似客星來。」

〔五〕「峨嵋」二句：結尾逗出上人往遊的西北諸地。峨嵋：山名。見本集卷四《送厲宗上人》注〔二〕。流沙：沙漠之古稱。《書·禹貢》：「導弱水，至於合黎，餘波入於流沙。」《元和郡縣圖志》四〇隴右道下甘州張掖縣：「居延澤，古文以爲流沙者，風吹流行，故曰流沙。」《周書·異域傳下》：「鄯善，古樓蘭國也，東去長安五千里。……西北有流沙數百里，夏日有熱風，爲行旅之患，……其風迅駛，斯須過盡，若不防者，必至危弊。」故上人欲「立雪指流沙」也。

送譚遠上人〔一〕

下視白雲時，山房蓋樹皮①〔二〕。垂枝松落子②〔三〕，側頂鶴聽棋③〔四〕。清淨從沙劫〔五〕，中終日未欹④〔六〕。金光明本行，傳侍出峨嵋⑤〔七〕。

【校勘記】

①蓋：奉新本作「掛」。叢刊本、季稿、《全詩》五七三諸本校：「一作掛。」②垂：席本校：「一作雪。」③側：席本校：「一作佛。」④日未：叢刊本、季稿、《全詩》作「未日」。⑤傳侍：奉新本、叢刊本、季稿、《全詩》作「同侍」；何校本作「相侍」。黄校本校：「行下宋本缺一字。」

【箋注】

〔一〕譚遠上人：事蹟未詳。清蔣超《峨嵋山志》卷七《古今藝文》録有此詩，題作《送卧雲庵僧》。據蔣氏《峨嵋山志》，卧雲庵在峨嵋山頂，與此詩「下視白雲」句合。則譚遠爲卧雲庵僧無疑。

〔二〕「下視」二句：寫由卧雲庵俯視所見。白雲：指白雲峰，在峨嵋山半腰。《峨嵋山志》卷三「全山形勝」條：「白雲峰，即白巖峰，在中峰寺後。」同卷載明胡世安《登峨嵋山道里紀》云：「白巖，石色皜潔。」山房：此指山上寺院中的木皮殿。《峨嵋山志》卷五《歷代高僧》：「晉阿羅婆多尊者，西域聖僧也。來禮峨嵋，覩山水環合，頗同西域化城寺地形，遂依此而建道場。山高無瓦埴，又雨雪寒嚴，多遭凍裂，故以木皮蓋殿，因呼爲木皮殿。」范成大《峨嵋山行紀》云：「極峰頂光相寺，亦板屋無人居……至光明巖，炷香小殿，止木皮蓋之。王瞻叔參政嘗易以瓦，爲雪霜所薄，一年輒碎，後復以木皮易之，翻可支二三年。」

〔三〕「垂枝」句：謂峨嵋山上松樹枝柯下垂，松果成熟松子紛紛墜落。范成大《峨眉山行紀》云：「山高多風，木不能長，枝悉下垂。……又有塔松，狀似松而葉圓細，亦不能高，重重偃蹇，如浮圖，至山頂猶多。」「垂枝松」，蓋范氏所謂「塔松」歟。

〔四〕鶴聽棋：蔣超《峨嵋山志》卷一「星野圖説」條曰：「白雲峰，一名白巖，左即呼應峰。……孫思邈真人隱峨眉時，與禪師尊者集弈於兹，常相呼應。山後有三仙洞，洞外有棋盤石，方廣丈餘，至今猶存。」此借典實謂上人歸後將弈棋山中也。

〔五〕「清浄」句：言上人所具佛性無始以來即是清浄無染的。佛性乃中國佛教之涅槃師，特别是禪宗談論的中心問題，禪宗六祖《壇經》云：「世人性本自浄。萬法在自性，思量一切惡事，即行於惡，思量一切善事，便修於善行。如是一切法，盡在自性。自性常清浄，日月常明。」沙劫：如天竺（古印度）恒河沙粒那樣多數量的劫時。劫：梵語音譯的略語，有大劫、中劫、小劫及增劫、減劫種種不同，是通常所説的年月不能相比的極長的時間。參本集卷四《題山寺井》注〔四〕。

〔六〕「中終」句：謂上人戒律嚴明，中食結束太陽還未過午。中：蓋指佛家中食，即日中之食，過午則不食一毫之食。此爲佛教主要戒律之一，《摩訶僧祇律》云：「時食，謂時得食，非時不得食。

今言中食，以天中日午時得食，當日午故言中食。」此以中食概指上人嚴守戒律，勤苦修煉也。欹：傾斜。

〔七〕「金光」二句：謂佛法照耀上人對智慧的修行，定可成就佛道升入佛界。金光：佛光，此指佛法的光明。本行：本來所修的行法，此指對作爲成佛根本的智慧的修行。《維摩詰所説經·佛國品》云：「大智本行，皆悉成就。」佛家以爲，領悟佛道便可成佛。然佛道奥博，領悟須有智慧，因而把智慧的修行稱作「大智本行」，或直稱曰「本行」。侍：侍者。此指侍候譚遠上人的隨從僧徒。峨嵋：山名，見本集卷四《送厲宗上人》注〔二〕。

新年

嗟以龍鍾身①〔一〕，如何歲復新。石門思隱久〔二〕，銅鏡强窺頻。花發新移樹，心知故國春〔三〕。誰能平此恨，豈是北宗人〔四〕。

【校勘記】

①身：底本、奉新本、叢刊本、汲古閣本、張鈔本、季稿、席本、《全詩》五七三、何校本諸本校：「一作皃。」何校本「貌」下，何焯注有一「是」字。《二妙集》作「貌」。

【箋注】

〔一〕龍鍾：年邁衰老的樣子。沈佺期《答魑魅代書寄家人》：「龍鍾離北闕，蹭蹬守南荒。」

〔二〕石門：古時地名石門者有多處，此石門未詳究在何處，蓋借以指隱居之地也。

〔三〕故國：指故鄉。唐曹松《送鄭谷歸宜春》：「無成歸故國，上馬亦高歌。」本卷另有《贈紹明上人》云：「祖豈無言去，心因斷臂傳。不知能已後，更有幾燈燃。」又有《青門里作》云：「欲問南宗理，將歸北嶽修。」

〔四〕「誰能」二句：謂只有南宗禪的妙法，才能平息潦倒的煩惱。據是，賈島服膺南宗禪是顯而易見的。北宗人：禪宗之北宗僧人。禪宗初祖爲菩提達摩，五傳至唐初弘忍，門下有神秀和惠能兩大弟子，先後發展爲南北兩大宗派。《宋高僧傳》卷八《唐荆州當陽山度門寺神秀傳》：「初，秀同學能禪師與之德行相埒，互得發揚，無私於道也。嘗奏天后，請追能赴都，能懇而固辭，……了不度大庾嶺而終。天下散傳其道，謂秀宗爲北，能宗爲南，南北二宗，名從此起。」中唐以後，北宗逐漸湮没無聞。此詩恰爲中唐時期北宗趨於衰微的真實反映。

【輯評】

清李懷民《重訂中晚唐詩主客圖》：前六句中無限感傷，所以有此結句。

送姚杭州〔一〕

白雲峰下城〔二〕，日夕白雲生。人老江波釣①〔三〕，田侵海樹耕〔四〕。吴山鐘入越〔五〕，蓮葉吹摇旌。詩異石門思〔六〕，濤來向越迎②〔七〕。

【校勘記】

①「人老」句：《英華》二七八作「人釣魚江老」。江波：季稿校、《全詩》五七三校作「魚江」。②向越迎：《英華》、季稿校、《全詩》校作「閣上迎」。越：季稿校、《全詩》校：「一作遠。」迎：汲古閣本、席本作「吟」，誤。

【箋注】

〔一〕文宗大和八年（八三四）冬，姚合由户部郎中出爲杭州刺史，詩正作於此時。姚杭州：杭州刺史姚合。見本集卷二《重酬姚少府》注〔一〕。

〔二〕白雲峰：杭州一山峰也。姚合到杭州後所賦《郡中西園》詩云：「朝朝見白雲。」此「白雲」當即白雲峰。

〔三〕「人老」句：謂嚴光也。《後漢書・逸民傳》：嚴光字子陵，一名遵，會稽餘姚人也，少有高名，與光武帝劉秀同遊學。及光武即位，乃變名姓隱居不見。光武訪知，備安車玄纁，三反乃聘之京師。除爲諫議大夫，不就，歸耕於富春山而終老，後人名其垂釣處爲嚴陵瀨。唐李賢注引顧野王《輿地志》云：「桐廬縣南有嚴子陵漁釣處，今山邊有石，上下可坐十人，臨水，名爲嚴陵釣壇也。」《元和郡縣圖志》二五江南道一睦州桐廬縣：「浙江，在縣南一百四十步。……嚴子陵釣臺，在縣西三十里，浙江北岸也。」

〔四〕「田侵」句：謂農家耕地連着海濱樹木。《元和郡縣圖志》二五江南道一杭州鹽官縣：「海水在縣南七里。」可見唐時杭州轄區有濱海者，因云。

〔五〕「吴山」句：唐杭州和越州僅隔一浙江，故吴山佛寺的鐘聲可傳入越地。吴山：亦名胥山，上有伍子胥祠，在杭州治所錢塘縣治西南隅，春秋時爲吴國南界。《咸淳臨安志》二二《山川一·城内諸山》：「吴山，在城中。吴人祠子胥山上，因命曰胥山。」越：古國名，此指越地。

〔六〕「詩異」句：謂合刺杭賦詩定會與謝靈運石門諸詩意興迥異。靈運乃中國山水詩的拓流開派者，其《石門新營所住四面高山回溪石瀨修竹茂林》《登石門最高頂》《石門巖上宿》等石門諸詩皆山水詩中膾炙人口的名篇，然詩人在欣賞山水之美的同時，卻流露出感傷孤寂的情調，因其時靈運正宦途失意故也。而合刺杭州適逢官運亨通春風得意，故賦詩定當與靈運情調迥異。石門：山名，在今浙江嵊縣西北。靈運《遊名山志》：「石門山，兩巖間微有門形，故以爲稱。瀑布飛瀉，丹萃交曜。」

〔七〕「濤來」句：謂八月可觀賞錢塘江上洶涌的大潮。《元和郡縣圖志》二五江南道一杭州錢塘縣浙江：「江濤每日晝夜再上，常以月十日、二十五日最小，月三日、十八日極大。小則水漸長不過數尺，大則濤湧高至數丈。每年八月十五日，數百里士女共觀舟人漁子泝濤觸浪，謂之弄潮。」向越迎：錢塘江越地一段大潮最爲洶涌壯觀，故云。向：朝向，或前往，去。《後漢書·文苑傳上·杜篤》：「師之攸向，無不靡披。」迎：迎接，此指觀潮賦詩。合刺杭州時的確賦有《杭州觀潮》詩，中云：「勢連滄海闊，色比白雲深。怒雪驅寒氣，狂雷散大音。浪高風更起，波急石難沈。」狀寫錢塘大潮聲威，亦頗動人。

送僧

出家從丱歲①，解論造玄門〔一〕。不惜揮談柄〔二〕，誰能聽至言。中時山果熟〔三〕，後夏竹陰繁〔四〕。此去逢何日，峨嵋曉復昏〔五〕。

【校勘記】

①丱：奉新本作「早」。

【箋注】

〔一〕「出家」二句：謂僧少年出家修道，佛法造詣精深微妙。丱歲：幼年。楊炯《後周明威將軍梁公神道碑》：「丱歲騰芳，髫年超靄。」丱：古時兒童束髮成兩角的樣子。《詩·齊風·甫田》：「婉兮孌兮，總角丱兮。」朱熹《詩集傳》：「丱，兩角貌。」論：梵語音譯曰優婆提舍，意譯曰論。佛自我論議問答而辨理者，稱作「論」；佛弟子論析佛語，議解法相，與佛相應者亦稱作「論」。《净土論注》上曰：「梵言優婆提舍，此間無正名相譯，若舉一隅，可名爲論。……佛所説十二部經有論議經，名優婆提舍。若舉佛諸弟子解佛經教，與佛義相應者，佛亦許名優婆提舍。」後凡佛典中解釋經義、論辨法相的書籍，統稱爲「論藏」，與經、律合稱「三藏」。玄門：高深的境界。《世説新語·言語》：「劉尹與桓宣武共聽講《禮記》。桓云：『時有入心處，便覺咫尺玄門。』劉曰：『此未關至極，自是金華殿之語。』」

〔二〕談柄：即拂塵，亦名麈尾。古人清談或講論時所執器物，用木、玉等作柄，末端縛以綫、蔴、牛尾等，用以拂塵或驅趕蚊蠅。庾信《送炅法師葬》：「玉匣摧談柄，懸河落辯鋒。」《高僧傳・竺法汰傳》：「恒自覺義途差異，神色微動，麈尾扣案，未即有答。」

〔三〕「中時」句：謂夏末山果已熟可作齋食。中時：古代以春、夏、秋、冬四時配木、火、金、水四行，另分立秋前十八日配土，名爲「中央時」，簡稱「中時」。後因以泛指夏末。

〔四〕後夏：季夏，即夏季最後一個月，農歷六月。《禮記・月令》：「季夏之月，日在柳，昏火中，旦奎中。……是月也，樹木方盛。」桓寬《鹽鐵論・散不足》：「諸生獨不見季夏之螇乎？音聲入耳，秋風至而無聲。」

〔五〕峨眉：峨眉山。見本集卷四《送厲宗上人》注〔二〕。

夜集田卿宅〔一〕

朗詠高齋下①，如將古調彈〔二〕。翻鴻向桂水〔三〕，來雪度桑乾〔四〕。滴滴玉漏曙②，翛翛竹籟殘〔五〕。曩年曾宿此，亦值五陵寒〔六〕。

【校勘記】

①詠：汲古閣本、席本作「誦」。　②漏：汲古閣本、席本作「露」。

【箋注】

〔一〕田卿：名未詳。檢《全唐詩》姚合卷有太僕田卿和光禄田卿，與此「田卿」蓋爲一人。卿：官名，朝廷諸寺各有卿一員，品階由正三品至從三品。如《舊唐書·職官三》：太僕卿一員，從三品，「掌邦國廄牧車輿之政令，總乘黄典牧車府四署及諸監牧之官屬」；光禄卿從三品，「掌邦國酒醴、膳羞之事，總太官珍羞、良醖、掌醢之屬，修儲備，謹出納」，等等。

〔二〕「朗詠」二句：謂田卿賦詩風格古樸典雅。古調：古代的樂調。劉長卿《聽彈琴》：「古調雖自愛，今人多不彈。」這裏比喻高雅古樸的詩歌。杜審言《和晉陵陸丞早春遊望》：「忽聞歌古調，歸思欲沾巾。」

〔三〕桂水：源出今湖南藍山縣南，東北合舂陵水入湘江。《漢書·地理志》：桂陽郡桂陽縣。顔師古注引應劭曰：「桂水所出，東北入湘。」《水經注·鍾水》：「桂水出桂陽縣北界山，山壁高聳，三面特峻，石泉懸注瀑布而下，北逕南平縣而東北流，届鍾亭右會鍾水，通爲桂水也。故應劭曰：『桂水出桂陽，東北入湘。』」此以桂水指代南方。另，今湖南郴縣西黄岑山出一水，亦名桂水，東北逕永興縣入耒水。杜甫《詠懷二首》其二：「飄飄桂水遊。」即此桂水也。

〔四〕桑乾：即桑乾河。源於今山西朔州市南，東北流入河北省，逕北京市西南稱永定河，逕天津入海河，而後匯入渤海。見《水經注·㶟水》。

〔五〕「滴滴」二句：謂時間已届黎明，竹叢發出夜闌時的餘響。玉漏：漏壺的美稱。見本集卷三

《即事》注〔六〕。翛翛：象聲詞。甄皇后《塘上行》：「邊地多悲風，樹木何翛翛。」竹籟：風吹竹叢發出的聲響。籟，孔穴裏發出的聲音。《莊子·齊物論》：「地籟則衆竅是已，人籟則比竹是也，敢問天籟。」

〔六〕五陵：一指西漢高祖、惠帝、景帝、武帝、昭帝五座陵墓。《文選》卷一班固《西都賦》：「南望杜霸，北眺五陵。」劉良注：「宣帝杜陵，文帝霸陵在南。高、惠、景、武、昭帝此五陵皆在北。」另一指唐高祖、太宗、高宗、中宗、睿宗五座陵墓，亦稱五陵。李白《永王東巡歌十一首》其五：「二帝巡遊俱未迴，五陵松柏使人哀。」王琦注：「五陵，高祖、太宗、高宗、中宗、睿宗之陵也。」此借以指長安一帶。

寄山友長孫棲嶠①〔一〕

此時氣蕭颯②，琴院可應關〔二〕。鶴似君無事，風吹雨徧山。松生青石上，泉落白雲間。有逕連嵩頂③，心期相與還〔三〕。

【校勘記】

①友：季稿、《全詩》五七三諸本校：「一作中。」　②颯：《全詩》校：「一作瑟。」　③嵩：叢刊本、季稿、《全詩》作「高」。

【箋注】

〔一〕長孫棲嶠：事蹟未詳。蓋爲嵩山一隱君子，島之友朋。

〔二〕「此時」二句：謂時已深秋，長孫氏蓋已閉門彈琴怡情矣。蕭颯：蕭條冷落。杜甫《相逢歌贈嚴二別駕》：「成都亂罷氣蕭颯，浣花草堂亦何有。」此謂秋深。

〔三〕「有逕」二句：言嵩山有路，期望與長孫氏一同歸隱。嵩：中嶽嵩山。見本集卷二《投張太祝》注〔七〕。相與：共同、一道。《孟子·公孫丑上》：「又有微子、微仲、王子比干、箕子、膠鬲，皆賢人也，相與輔相之，故久而後失之也。」

【輯評】

明陸時雍《唐詩鏡》：三四琢極自然，上句倒裝得妙。「鶴似君無事，風吹雨遍山」，此是賈島勝場，然氣韻枯寂，自不能掩。

清黄生《唐詩摘鈔》：只寫山中之景，而長孫之高自見。末語自家，亦占地步。起手忽然寫此五字，若不知其所指，讀四句後知之，便是古文遥呼徐應之法。

李懷民《重訂中晚唐詩主客圖》：不曰君似鶴，而曰鶴似君，加一倍寫乃逾高（「鶴似」句下）。又曰：第三句奇妙得未曾有，卻止以極尋常語對之。試去合看，無奇非常，即無常非奇也。後來李洞詩「千年松遶屋」止對以「半夜雨連溪」，正得此訣（「風吹」句下）。又云：此亦佳，然不及王右丞「明月松間照」二句。可知盛唐不用力而自勝，中晚以後必須用力乃能與相追。難以概論，粗心人不能省也(「松生」二句下)。

清冒春榮《葚原詩説》卷一：寫景之句，以工緻爲妙品，真境爲神品，淡遠爲逸品。如「芳草平仲緑，清夜子規啼」(沈佺期)，「明月松間照，清泉石上流」(王維)，「雨中山果落，燈下草蟲鳴」(同上)，「緑樹村邊合，青山郭外斜」(孟浩然)，「松生青石上，泉落白雲間」(賈島)，「泉聲入秋寺，月色徧寒山」(于武陵)，皆逸品也。

酬厲玄〔一〕

我來從北鄙，子省陟西陵①〔二〕。白髮初相識，秋山擬共登。鄰居帝城雨，會宿御溝冰〔三〕。未報見貽作②，耿然中夜興〔四〕。

【校勘記】

①陟：季稿、《全詩》五七三作「涉」，席本、《全詩》二本校：「一作度。」 ②見：何校本作「先」，《英華》二四五作「君」。

【箋注】

〔一〕厲玄：見本集卷四《雨夜同厲玄懷皇甫荀》注〔一〕。寶曆元年(八二五)或稍後，厲玄應有詩贈賈島，島賦此詩相酬答。

〔二〕「我來」二句：島謂己乃燕人，而厲玄爲西陵人也。北鄙：北方邊遠地區。《春秋·僖公二十六年》：「夏，齊人伐我北鄙。」陟：遠行，長途跋涉。《書・商書・太甲下》：「若升高，必自下。若陟遐，必自邇。」孔安國傳：「登高升遠，必用下近爲始，然後終致高遠。」西陵：今浙江蕭山西興鎮的古稱。李白《送友人尋越中山水》：「東海横秦望，西陵繞越臺。」

〔三〕「鄰居」二句：言自與厲玄結鄰，多有往來也。穆宗長慶三或四年（八二三、八二四）冬，島嘗與朱慶餘、顧非熊、無可及厲玄聚會并宿於萬年縣尉姚合宅，「會宿」句即謂此也，見本集所附《賈島年譜新編》。帝城：京城、皇都，此指長安。御溝：見本集卷四《雨夜同厲玄懷皇甫荀》注〔五〕。

〔四〕「未報」二句：寫酬答之因。意謂没有酬答厲玄所贈詩篇，夜半起來還心情不安。見貽：猶見贈。元稹《酬盧秘書》序：「予自唐歸京之歲，秘書郎盧拱作《喜遇白贊善學士》詩二十韻，兼以見貽。」耿：心情不安。杜甫《遣悶》：「百年從萬事，故國耿難忘。」

送劉式洛中覲省〔一〕

晴峰三十六，侍立上春臺〔二〕。同宿别離恨〔三〕，共看星月迴。野鶯臨苑語〔四〕，河棹歷江來〔五〕。便寄相思札，緘封花下開〔六〕。

【箋注】

〔一〕劉式：事蹟未詳。洛中：即洛下、洛陽城。南朝梁劉令嫻《祭夫文》：「調逸許中，聲高洛下。」

〔二〕「晴峰」二句：謂劉式歸洛陪親老遊覽，登臺可見嵩山三十六峰也。《讀史方輿紀要·河南一》「名山」條「嵩山」引《名山記》曰：「山高二十里，周百三十里，中爲峻極峰，東曰太室，西曰少室，其回環蓋有三十六峰。」李白《贈嵩山焦煉師序》：「余訪道少室，盡登三十六峰。」春臺：蓋指登眺遊玩之勝處。《老子》：「衆人熙熙，如享太牢，如登春臺。」

〔三〕「同宿」句：謂送别前依依難舍，抵足而眠仍悵恨不已。

〔四〕苑：當指唐洛陽神都苑。徐松《唐兩京城坊考》卷五神都苑：「唐之東都苑，隋之會通苑也，又曰上林苑，武德初改芳華苑，武后曰神都苑。東抵宫城，西至孝水，北背邙阜，南拒非山，穀、洛二水會於其間，周一百二十六里。」

〔五〕「河棹」句：謂洛水上行進着由長江駛來的船隻。河：洛河也。《元和郡縣圖志》卷五河南道一河南府洛陽縣：「洛水，在縣西南三里。西自苑内上陽之南瀰漫東流，宇文愷築斜隄東令東北流。」

〔六〕緘封：指書信。李紳《逾嶺嶠止荒陬抵高要》：「魚陽雁足望緘封，地遠三江嶺萬重。」

送空公往金州〔一〕

七百里山水，手中柳栗粗〔二〕。松生師坐石，潭滌祖傳盂〔三〕。長擬老岳嶠〔四〕，又聞思海湖。惠能同俗姓，不是嶺南盧〔五〕。

【箋注】

〔一〕空公：島之方外友人，俗姓盧。餘事未詳。金州：見本卷《送金州鑒周上人》注〔一〕。

〔二〕「七百」二句：言長安與金州間七百里山高水深，道路難行。《通典·州郡五》安康郡金州：「去西京九百九十一里。」椰栗：木名，可爲手杖。此借以指禪杖。

〔三〕盂：盛湯水或飯食的圓口器皿。此指僧人飲食用的鉢盂，參本集卷五《送賀蘭上人》注〔三〕。

〔四〕岳嶠：五嶽之山峰也。五嶽，見本集卷一《北嶽廟》注〔二〕。嶠：《爾雅·釋山》：「山小而高，岑。鋭而高，嶠。」亦泛指高山峻嶺。顔延之《和謝監靈運》：「跂予間衡嶠，曷月瞻秦稽。」

〔五〕「惠能」二句：意謂空公與禪宗六祖俗姓相同但不同宗。惠能：亦作慧能，俗姓盧，原籍范陽（故治即今北京大興縣）。父唐武德中流往南海新興（今屬廣東）。能三歲喪父，稍長賣柴養母度日。後聞人誦《金剛經》，立有所悟，乃往依黄梅禪宗五祖弘忍學法，得衣鉢真傳。返嶺南，隱遁十六年，復出傳法。與同學神秀分别創立禪宗南北二宗。中唐以降北宗衰微，惠能被尊爲禪宗六祖，南禪遂成禪宗正傳（見《宋高僧傳》卷八、《景德傳燈録》卷五）。嶺南：五嶺以南地區，即今廣東、廣西一帶。《晋書·吴隱之傳》：「朝廷欲革嶺南之弊。」嶺，五嶺。《史記·張耳陳餘列傳》：「北有長城之役，南有五嶺之戍。」司馬貞索隱據裴淵《廣州記》曰：「大庾、始安、臨賀、桂陽、揭陽，斯五嶺。」《漢書·張耳陳餘傳》作「五領」，顔師古注與司馬貞同，且進一步釋云：「領者，西自衡山之南，東窮于海，一山之限耳，而别標名則有五焉。」並引鄧德明《南康記》曰：「大庾領一也，桂陽騎田領二也，九真都龐領三也，臨賀萌渚領四也，始安越城領五也。」

贈紹明上人〔一〕

未住青龍室①，中秋獨往年〔二〕。上方嵩古寺②，下視雨和煙③〔三〕。祖豈無言去，心因斷臂傳〔四〕。不知能已後，更有幾燈燃〔五〕。

【校勘記】

①龍：季稿、《全詩》五七三作「雲」，誤。②古：奉新本、季稿、《全詩》作「若」。③和：奉新本作「如」。

【箋注】

〔一〕紹明上人：白居易《唐東都奉國寺禪德大師照公塔銘並序》中，提到照公有一弟子「紹明在秦」，當即此紹明上人。白氏文中又云：照公「學心法於惟忠禪師。忠一名南印，即第六祖之法曾孫也。大師祖達摩，宗神會，而父事印」。惟忠既爲六祖之法曾孫，則照公爲六祖下四世法嗣，紹明乃五世矣，屬禪宗菏澤神會一系下四世法嗣。由此詩知，紹明原於嵩山古寺爲僧，後入長安爲青龍寺僧。貞元十七年島初至長安時宿於青龍寺，此詩蓋爲後來所賦。姚合亦有《贈僧紹明》詩，蓋同時所賦也。上人：見本集卷一《贈智朗禪師》注〔二〕。

〔二〕「未住」二句：逆鋒入筆，追憶未來青龍寺投宿之前，即於中秋節在嵩山古寺結識了紹明。青龍：青龍寺，在長安新昌坊，見本集卷四《題青龍寺鏡公房》注〔一〕。

〔三〕「上方」二句：回想昔日於嵩山結識紹明時，曾於寺中一起俯瞰雨中山景。上方：佛寺的住持僧居住的内室，亦指佛寺。唐何元上《所居寺院涼夜書情呈上呂和叔温郎中》：「庾公念病宜清暑，遣向僧家占上方。」此指紹明上人的居室。嵩：嵩山，中嶽也。

〔四〕「祖豈」二句：言禪宗初祖達摩禪法因慧可而發揚光大也。祖：菩提達摩祖師。《五燈會元》卷一載：達摩於西魏文帝大統二年坐化，「葬熊耳山，起塔於定林寺。後三歲，魏宋雲奉使西域回，遇祖於葱嶺，見手攜隻履，翩翩獨逝。雲問：『師何往。』祖曰：『西天去。』雲歸，具説其事，及門人啓壙，唯空棺，一隻革履存焉」。此即禪門佳話中著名的祖師「隻履西歸」故事。心：禪宗心法。即教外别傳，不立文字，直指人心，見性成佛之禪法。斷臂：禪宗二祖慧可也。《景德傳燈録》卷三載：達摩祖師於少林寺面壁九年，時僧人慧可欲習禪宗妙法於達摩，於洞外立雪没膝，達摩不予理睬。慧可於是斷左臂以獻，表示決心。達摩終被感動，傳授禪宗心法與慧可。慧可後傳法於僧璨，僧璨傳道信，道信傳弘忍，弘忍傳惠能，惠能以後禪宗大盛於天下。

〔五〕「不知」二句：言惠能之後禪宗興旺發達，像紹明一樣可嗣續禪宗心法的高僧大德還有很多。能：惠能。見本卷《送空公往金州》注〔五〕。燈：本爲照明器具，佛教以燈能破暗，因用以喻佛法。劉禹錫《送僧元暠東遊》："傳燈已悟無爲理，濡露猶懷罔極情。"此指傳授禪宗心法的高僧。

贈弘泉上人〔一〕

洗足下藍嶺，古師精進同〔二〕。心知溪卉長，居此玉林空〔三〕。西殿宵燈磬，東林曙雨風〔四〕。舊峰鄰太白，石座雨苔濛①〔五〕。

【校勘記】

①濛：汲古閣本、席本作"蒙"。

【箋注】

〔一〕弘泉上人：當爲藍田山寺中一行脚僧，原居太白山下寺院中。餘事未詳。

〔二〕"洗足"二句：謂弘泉行脚尋師修道鋭意精進，與古代高僧精神相同。洗足：謂弘泉勇爲行脚僧人。《祖庭事苑》卷八曰："行脚者，謂遠離鄉曲，脚行天下，脱情捐累，尋訪師友，求法證悟也。所以學無常師，徧歷爲尚。"藍嶺：指藍田山。《元和郡縣圖志》卷一關内道一京兆府藍田縣："藍田山，一名玉山，一名覆車山，在縣東二十八里。"精進：鋭意求進。佛教謂堅持修善法、斷惡法，毫不懈怠爲精進。《唯識論》卷六云："勤爲精進，於善惡品修斷事中勇悍爲性，對治懈怠，滿善爲業。"

〔三〕「心知」二句：謂弘泉遊方遠去，藍溪玉山風景無人欣賞。杜甫《蜀相》：「映階碧草自春色，隔葉黄鸝空好音。」此化用其意。溪：藍溪，見卷三《雨後宿劉司馬池上》注〔二〕。玉林：仙境。隋煬帝《步虚詞二首》其二：「輕舉金臺上，高會玉林墟。」《長安志》一六「藍田縣」條引後魏《風土記》曰：藍田山「山巔方二里，聖賢仙隱之處」。藍田山既爲聖賢仙隱之處，故島以「玉林」稱之。

〔四〕「西殿」二句：謂弘泉遊方至廬山東林、西林二寺尋師修道也。西殿：寺院内西邊的佛殿。此借以指廬山西林寺。磬：佛教法器，敲擊時發出樂音，此指作法事的鐘磬聲。東林：指廬山東林寺。西林、東林二寺，見本集卷一《酬棲上人》注〔六〕。

〔五〕「舊峰」二句：謂弘泉原住的山寺鄰近太白山，弘泉去後舊居荒蕪。太白：指太白山，在今陝西眉縣南。《水經注·渭水中》：「太白山，在武功縣南，去長安二百里。」石座：即石牀，石質的坐卧用具。

送宣皎上人遊太白〔一〕

剃髮鬢無雪〔二〕，去年三十三。山過春草寺，磬度落花潭。得句才鄰約〔三〕，論宗意在南〔四〕。峰靈疑懶下〔五〕，蒼翠太虚參〔六〕。

【箋注】

〔一〕宣皎上人：事跡未詳。據詩意，上人乃禪宗南宗一行脚僧。太白：即太白山，見前詩《贈弘泉上人》注〔五〕。

〔二〕「剃髮」句：謂上人出家時年紀尚輕。剃髮：此指剃除鬚髮出家爲僧。《過去現在因果經》卷二曰：「爾時太子便以利劍自剃鬚髮，即發誓言：今落鬚髮，願與一切斷除煩惱及習障。」後來佛弟子出家時皆剃去鬚髮，把衣服染成雜色，爲的是除去憍慢，有别於外道出家也。《大智度論》四九云：「剃頭著染衣，持鉢乞食，此是破憍慢法。」

〔三〕「得句」句：謂上人賦詩才情近似沈約。約：沈約，字休文，吴興武康（今浙江德清）人。少孤家貧，然聰穎秀異，篤志好學，博通群籍，善屬文。仕於宋、齊、梁三朝，官至尚書令，卒謚「隱」。約著述甚富，有文集一百卷、《晋書》一百十卷、《宋書》一百卷、《宋文章志》三十卷等凡十種，生平事跡具《梁書》及《南史》本傳。其《四聲譜》創「四聲八病」説，對梁陳新體詩及唐宋以後詩詞曲格律的形成頗有影響。

〔四〕「論宗」句：謂上人門派屬於禪宗南宗。南：禪宗南宗也。中國禪宗於初盛唐之際形成南宗和北宗兩大派别。南宗以惠能爲代表，奉行頓悟教法，中唐以後迅速發展，成爲禪宗之主流。《大正藏經》本《壇經》云：「世人盡傳南宗能、北（宗）秀，未知根本事由。且秀禪師於南荆府當陽縣玉泉寺住持修行，慧能大師於韶州城東三十五里曹溪山住。法即一宗，人有南北，因此便立南北。」

〔五〕「峰靈」句：謂上人對鍾靈毓秀的太白山依依不舍也。峰靈：猶靈峰，靈秀美好的太白山也。《水經注·渭水中》云：太白山「山下軍行，不得鼓角，鼓角則疾風雨至」。《長安志》一四「武功縣」條引周《地圖記》云：「太白山甚高，上常積雪，無草木。半山有横雲如瀑布，則澍雨，人常以爲候，驗之如離畢焉。故語曰：『南山瀑布，非朝則暮。』」「峰靈」蓋此之謂。另，「靈」字又有善、美好之意。《文選》卷七潘岳《藉田賦》：「夫孝，天地之性，人之所由靈也。」吕延濟注：「靈，善也。」

〔六〕「蒼翠」句：謂上人於太白蒼山翠峰間參禪修道也。王維《投道一師蘭若宿》：「一公棲太白，高頂出雲煙。」太虚：天空。《文選》一一孫綽《遊天台山賦》：「太虚遼廓而無閡，運自然之妙有。」李善注：「太虚，謂天也。」參：指參禪。參禪乃禪宗的重要修持方法，分爲參究禪理、打坐禪思、訪師問禪等形式。釋玄覺《永嘉證道歌》：「遊江海，涉山川，尋師訪道爲參禪。」

病起

嵩丘歸未得①，空自責遲迴〔一〕。身事豈能遂，蘭花又已開〔二〕。病令新作少，雨阻故人來。燈下南華卷〔三〕，祛愁當酒盃。

【校勘記】

①嵩：季稿、《全詩》五七三作「高」。

【箋注】

〔一〕「嵩丘」二句：意謂未能歸隱，自責何用？言外之意未歸隱并不後悔也。島還俗後讀書仕進終生不逾，於此亦可見也。嵩丘：中嶽嵩山也。遲迴：猶滯留，即停留也。《晉書·顧衆傳》：「及敦構逆，令衆出軍，衆遲迴不發。」

〔二〕「身事」二句：慨歎春天又至，進士考試又將落第也。蘭花：多年生常緑草本植物，品種很多，常見者建蘭、墨蘭、蕙蘭等。《本草綱目·草三·蘭草》寇宗奭曰：「四時長青，花黄緑色，中間瓣上有細紫點。春芳者爲春蘭，色深。秋芳者爲秋蘭，色淡。開時滿室盡香，與他花香又别。」此指春蘭，以代春天。唐進士考試春季放榜，島蓋預感將再次落榜，故有是歎。

〔三〕南華卷：《南華真經》，爲《莊子》一書的别稱。《唐會要》卷五〇《雜記》：「天寶元年二月二十二日敕文，追贈莊子南華真人，所著書爲《南華真經》。」

【輯評】

元方回《瀛奎律髓》二六：老杜此等體，多於七言律詩中變。獨賈浪仙乃能於五言律詩中變，是可喜也。昧者必謂「身事」不可對「蘭花」二字，然細味之，乃殊有味。以十字一串貫意，而一情一景自然明白。下聯更用「雨」字對「病」字，甚爲不切，而意極切，真是好詩變體之妙者也。若「往往語復默，微微雨灑松」，則其變太厓異而生澀矣。

清岳端《寒瘦集》：此詩一氣流注，兩聯工妙，爲集中五律之冠，而未嘗見人傳誦。

清李懷民《重訂中晚唐詩主客圖》：此等對法脱化，然不善學恐易入滑派（「身事」二句下）。

李慶甲《瀛奎律髓彙評》二六：馮舒：高（按：指方回贊許語）不在此。馮班：唐人頷聯常直下，何妨。查慎行：巧生於熟則可，初學不可。紀昀：虚谷謂「獨賈浪仙乃能於五言律詩中變」，按：亦不獨浪仙，此語欠考。又曰：虚谷謂「以十字一串貫意，而一情一景自然明白。下聯更用『雨』字對『病』字，甚爲不切，而意極切」，此論亦允。無名氏（乙）：骯髒不聊，在次聯十字傾瀉。

送殷侍御赴同州〔一〕

馮翊蒲西郡①，沙岡擁地形〔二〕。中條全離岳〔三〕，清渭半和涇〔四〕。夜莫眠明月②，秋深至洞庭③。猶來交辟士④，事别偃林扃⑤〔五〕。

【校勘記】

①翊：叢刊本、季稿分别校作「連」與「蓮」，均誤。蒲西：奉新本作「連蒲」。西：《全唐》五七三校：「一作連。」亦誤。②莫：《全詩》校、《英華》二七八作「久」。③深：季稿、《全詩》二本校、《英華》作「新」。④猶：季稿、《全詩》二本校、《英華》作「由」。辟士：季稿、《全詩》二本校、《英

華》作「臂者」。　⑤別：季稿、《全詩》二本校、《英華》作「事」。

【箋注】

〔一〕文宗大和九年（八三五）姚合爲杭州刺史。秋島遊杭州謁姚合。《唐詩紀事》五二「殷堯藩」條曰：「從李翺長沙幕府，後以侍御官江南，姚合有《送堯藩歸同州》詩。」按上年十二月，李翺罷湖南觀察使，以李仍叔代之（見《舊書》本紀）。是堯藩罷李翺幕後，官江南當在本年。本年姚合既刺杭州，其《送殷堯藩侍御赴同州》詩自當作於杭。島此詩與姚詩乃同送之作，故亦當賦於杭。島詩曰：「夜莫眠明月，秋深至洞庭。」知堯藩將取道湖南，經洞庭赴同州也。殷堯藩：秀州（今浙江嘉興）人，元和九年進士及第，入河中節度使趙宗幕爲從事。嘗官永樂令，客遊山南等地。大和七八年間以侍御史出爲湖南觀察使李翺幕職，九年出爲同州刺史劉禹錫幕職，時已暮年。侍御：官名。見本集卷五《送李廓侍御劍南行營》注〔一〕。同州：唐屬關内道，治馮翊縣（今陝西大荔）。《元和郡縣圖志》卷二關内道二同州：《禹貢》雍州之域，春秋時其地屬秦。本大荔戎國，秦取之更爲臨晉。戰國時屬魏，始皇併天下以爲馮翊，屬内史之地。漢武帝更名左馮翊。後魏永平三年改爲同州。《禹貢》云：「漆、沮既從，灃水攸同。」言二水至此同流入渭，城居其地，故曰同州。

〔二〕「馮翊」二句：言同州位於蒲州之西，其南面的大沙岡地理形勢非常重要。馮翊：唐縣名，屬關内道同州，故治在今陝西大荔縣。亦有爲馮翊郡時，《通典・州郡三》馮翊郡同州：「大唐爲同州，或爲馮翊郡。」蒲：蒲州。唐屬河東道，故治在今山西永濟縣。見本集卷五《寄河中楊少尹》注〔二〕。馮翊與蒲州夾黄河相望，故云「馮翊蒲西郡」。沙岡：即沙苑也。《元和郡縣圖志》卷二關内道二同州馮翊縣：「沙苑，一名沙阜，在縣南十二里，東西八十里，南北三十里。後魏文帝大統三年，周太祖爲相國，與高歡戰於沙苑，大破之。」

〔三〕「中條」句：謂中條山與華山原爲一山而分離，黄河從中間流過。《文選》卷二張平子《西京賦》：「綴以二華，巨靈贔屓，高掌遠蹠，以流河曲。」李善注：「華，山名也。巨靈，河神也。……古語云：此本一山，當河水過之而曲行，河之神以手擘開其上，足蹋離其下，中分爲二，以通河流。」中條：中條山，在今山西永濟縣。《元和郡縣圖志》一二河東道一河中府河東縣：「雷首山，一名中條山，在縣南十五里。」岳：西岳華山也。見本集卷三《送田卓入華山》注〔一〕。

〔四〕「清渭」句：言清澈的渭水與渾濁的涇水在同州相匯。《詩·邶風·谷風》：「涇以渭濁，湜湜其沚。」毛傳：「涇渭相入而清濁異。」渭：指渭水。見本集卷五《憶江上吴處士》注〔三〕。涇水：涇水支流，源於今甘肅、寧夏二省，南北二源，在甘肅境内合流後，東南入陝西匯入渭水。《山海經·西山經》：「涇谷之山，涇水出焉，東南流注於渭。」

〔五〕「猶來」二句：謂侍御乃交相徵聘的才士，行事自與林下偃卧者不同。猶來：意同「由來」，歷來也。李白《代贈遠》：「渴飲易水波，猶來多感激。」交辟：交相徵聘。楊炯《王勃集序》：

「三府交辟，遇疾辭焉。」扃：門户。鮑照《蕪城賦》：「若夫藻扃黼帳，歌堂舞閣之基；璇淵碧樹，弋林釣渚之館。」

送沈鶴〔一〕

家楚壻於秦〔二〕，携妻去養親①。陸行千里外，風卷一帆新。夜泊疏山雨，秋吟搗藥輪〔三〕。蕪城登眺作②，才動廣陵人〔四〕。

【校勘記】

①去：奉新本作「爲」。　②作：奉新本作「後」；季稿、《全詩》五七三校：「一作後。」

【箋注】

〔一〕「沈鶴」：事跡未詳。蓋爲島之友朋，楚地人。就婚於秦地，爲奉養親老而携妻還家，島因賦此詩以送之。

〔二〕「家楚」句：言沈鶴乃楚地人，妻子關中人。楚：古國名，此指楚地。秦：古國名，此指關中秦地。

〔三〕「夜泊」二句：寫途中晴雨之景。搗藥輪：月也。古代神話傳説月中有白兔擣藥，故稱。晉傅玄《擬天問》：「月中何有，白兔擣藥。」李白《朗月行》：「白兔擣藥成，問言與誰餐。」

〔四〕「蕪城」二句：謂沈鶴文才出衆，途經廣陵故城賦詩作文必將使人欽敬。蕪城：即廣陵城，故址在今江蘇揚州東北。《元和郡縣圖志》闕卷逸文卷二淮南道揚州江都縣：「廣陵城，吴王濞都，周十四里半，一名揚子城，在縣北四里，州城正直其上。」南朝宋竟陵王劉誕據廣陵反，兵敗而死（事見《宋書·竟陵王誕傳》），廣陵城荒蕪。鮑照過其地，作《蕪城賦》以諷之。賦頗有名，廣陵遂名「蕪城」。

秋夜仰懷錢孟二公琴客會①〔一〕

月色四時好，秋光君子知②。南山昨夜雨，爲我寫清規③〔二〕。獨鶴聳寒骨，高杉韻細颸〔三〕。仙家縹緲弄，髣髴此中期〔四〕。

【校勘記】

①仰：《二妙集》作「望月」。②君：奉新本作「吾」。叢刊本、季稿、《全詩》五七三校：「一作吾。」③寫：汲古閣本、席本作「寄」。

【箋注】

〔一〕錢：指錢徽，見本集卷四《寄錢庶子》注〔一〕。孟：孟簡，見本集卷一《雙魚謡》注〔一〕。琴客會：招聚客人，品賞琴藝以相娱樂。《舊唐書·憲宗紀》載：元和十二年（八一七）八月，孟簡自浙東觀察使入朝爲户部侍郎，十三年五月，以檢校工部尚書出爲襄州刺史、山南東道節度使。時錢徽官朝散大夫、守右庶子。若是錢、孟二公秋季同在京師以琴相會者，唯元和十二年秋（參岑仲勉《〈賈島詩注〉與〈賈島年譜〉》，《岑仲勉史學論文集》，頁二八九至二九〇）。《寄錢庶子》詩云：「猶記聽琴夜，寒燈竹屋間。」正記二公以琴藝相會之事，且所記的確是在秋季。此詩題云「秋夜仰懷」，因知此詩乃琴會後不久或次年秋作。

〔二〕「南山」二句：意謂秋雨過後，終南山上的圓月分外皎潔。清規：圓月也。滿月圓如規，光輝皎潔，故云。盧照鄰《琴曲歌辭·明月引》：「澄清規於萬里，照離思於千行。」

〔三〕「高杉」句：謂涼風吹拂杉樹，聲韻輕妙細微。杉：常緑喬木。見本集卷一《玩月》注〔二〕。颸：涼風。陶潛《和胡西曹示顧賊曹》：「蕤賓五月中，清朝起南颸。」

〔四〕「仙家」二句：言那天琴妓清越悠揚的琴曲所描繪的，彷彿就是眼前這種月下境界。仙家：仙人、仙女。唐時亦指妖艷婦人、女道士或妓女。陳寅恪《元白詩箋證稿》第四章附《讀鶯鶯傳》：「唐代仙之一名，遂多用作妖艷婦人或風流放誕之女道士之代稱，亦竟有以之目倡伎者。」此蓋指琴妓。弄：曲調、樂曲。此指琴曲。《韓非子·難三》：「且中期之所官，琴瑟也，絃不調，弄不明，中期之任也。」期：相當。《書·大禹謨》：「皋陶……汝作士，明于五刑，以弼五教，期于予治。」

贈李金州〔一〕

綺里祠前後〔二〕，山程踐白雲。泝流隨大旆〔三〕，登岸見全軍〔四〕。曉角吹人夢，秋風卷鴈羣。霧開方露日，漢水底沙分①〔五〕。

【校勘記】

①底：奉新本作「與」。叢刊本、季稿及《全詩》五七三諸本校：「一作與。」

【箋注】

〔一〕此詩爲元和十一年（八一六）李正辭赴金州刺史任時所贈。李金州：金州刺史李正辭也。《舊唐書·憲宗紀》：元和十一年九月，「刑部郎中李正辭爲金州刺史」。李正辭，郡望隴西成紀（今甘肅泰安），陳留（今屬河南開封）人。李翺從弟，翺有《寄從弟正辭書》（《全唐文》卷六三六）。金州：見本卷《送金州鑒周上人》注〔一〕。

〔二〕綺里祠：秦漢之際高士綺里季的祠廟。此借以指商山四皓之祠。《太平寰宇記》一四一山南西道九商州上洛縣：「高車山在縣北二里。《高士傳》云：『高車山上有四皓碑及祠，皆漢惠帝所立。』」《史記·留侯世家》：漢有天下，綺里季與東園公、夏黄公、角里先生四人有高名，然皆老，鬚眉皓白。以漢高祖慢侮人，乃隱於商洛山中，義不爲漢臣。高祖欲至之而不可得。後高祖欲易太子，吕后急，用張良計，厚禮卑辭，迎請四人輔佐太子。及宴置酒，高祖見四人隨侍太子，大驚，以爲太子「羽翼成矣」，遂罷廢太子事。商洛山區乃赴金州所經之地，故云。

〔三〕泝流：正辭赴任蓋由長安出發，經商洛地區南至漢水，然後由漢水逆流上至金州，故云。大旆：大旗。旆：此泛指旌旗。《詩·商頌·長發》：「武王載旆，有虔秉鉞。」毛傳：「旆，旗也。」此指刺史隨行的旌節儀仗。

〔四〕「登岸」句：謂金州全軍將士列隊歡迎正辭也。《元和郡縣圖志》闕卷逸文卷一山南道金州：「漢水去州城百步。」又《舊唐書・職官三》：「至德之後，中原用兵，大將爲刺史者兼治軍旅。」中唐以後，一般刺史亦兼管州郡軍事，故新刺史到任，軍人列隊相迎。

〔五〕漢水：見本集卷三《送崔定》注〔三〕。

酬姚校書①〔一〕

因貧行遠道②〔二〕，得見舊交遊〔三〕。美酒易傾盡③，好詩難卒酬。公堂朝共到，私第夜相留。不覺入關晚〔四〕，别來林木秋④。

【校勘記】

①姚：奉新本、叢刊本、汲古閣本、季稿、席本、《全詩》五七三作「姚合」。②遠道：叢刊本、何校本作「道遠」。③易：《英華》二四五作「一」。盡：張抄本作「壺」。④木：《二妙集》作「下」。

【箋注】

〔一〕元和十三年（八一八）春，島訪姚合於魏博節度使幕，直到深秋方還京師。時合正以校書郎之京銜，爲魏博幕從事，其《喜賈島至》詩曰：「布囊懸蹇驢，千里到貧居。飲酒誰堪伴，留詩自與書。愛眠知不醉，省語似相疎。軍吏衣裳窄，還應暗笑余。」（《全唐詩》卷五〇一）「軍吏衣裳」

乃戎裝，正與其魏博幕從事身份相符。島詩「因貧行遠道」與姚詩「千里」句合；「美酒易傾盡」與姚詩「飲酒誰堪伴」句合，二詩正可相互印證。是此詩乃酬答姚《喜賈島至》的唱和之作。由島詩尾聯看，此酬答詩乃返京入關後所作，島謂「好詩難卒酬」，蓋爲此也。姚校書：校書郎姚合。姚合，見本集卷二《重酬姚少府》注〔一〕。

〔二〕遠道：《元和郡縣圖志》一六河北道一魏州：「今爲魏博節度使理所……西南至上都一千六百一十里。」時島自長安赴魏博，故云。

〔三〕舊交遊：姚合元和十一年進士及第，見徐松《登科記考》卷十八。十二年入魏博節度使幕爲從事，合有《寄狄拾遺時魏博從事》詩云：「三年城中遊，與君最相識。」是合於長安應試凡三年，其始赴京蓋在元和八年。島元和七年已入京應試，與合相識蓋在元和八年前後。若是，至本年島赴魏博訪合，二人相識已五年矣，故云。

〔四〕關：潼關也。見本集卷四《送歇法師》注〔二〕。

【輯評】

元方回《瀛奎律髓》二五：「易」「難」二字拗用，句意俱佳。尾句「入」、「林」字亦拗。詩人如此者多。

送獨孤馬二秀才居明月山讀書〔一〕

濯志俱高潔，儒科慕冉顏〔二〕。家辭臨水郡〔三〕，雨到讀書山。棲鳥棱花上〔四〕，聲鐘礫閣間①〔五〕。寂寥窗户外，時見一舟還。

【校勘記】

①磔：《全詩》五七三校：「一作檪。」

【箋注】

〔一〕開成二年（八三七）十一月，島就任長江主簿，至五年九月任滿，詩即作於此三年間，具體時間則難以指詳。獨孤馬二秀才：本集卷二另有《明月山懷獨孤崇魚琢》一詩，則獨孤秀才即崇也，而馬秀才與魚琢亦當爲一人；此詩題明言送「二秀才」，則所懷自當亦爲「二秀才」；崇既爲獨孤氏秀才，則「魚琢」必爲馬秀才無疑。「馬」「魚」蓋形近而訛，然二姓未知孰是（參陶敏《全唐詩人名考證》）。明月山：在遂州長江縣西南二里，見《明月山懷獨孤崇魚琢》注〔一〕。

〔二〕「濯志」二句：言二秀才乃習科舉之明經科目者也。濯：大也。《詩·大雅·文王有聲》：「王公伊濯，維豐之垣。」毛傳：「濯，大。」《文選》三四枚乘《七發》：「血脈淫濯，手足墮窳。」李善注：「淫濯，謂過度而且大也。《爾雅》曰：『淫，過也。』又曰：『濯，大也。』」儒科：蓋指唐代科舉考試之明經科目。《新唐書·選舉志》：「唐制，取士之科……有秀才、有明經、有俊士、有進士……明經之别有五經、有三經、有二經，有學究一經，有三禮，有三傳。」所試皆儒家經典，故謂之「儒科」。冉顔：冉耕，字伯牛；顔回，字子淵。二人皆孔子弟子，以德行著稱。《孟子·公孫丑上》：「冉牛、閔子、顔淵善言德行。」

〔三〕臨水郡：蓋指長江縣治也。《元和郡縣圖志》三三劍南道下遂州長江縣：「涪江，經縣南，去縣二百五步。」故曰「臨水郡」。郡：古代地方行政區劃名。《左傳·哀公二年》：「克敵者，上大夫受縣，下大夫受郡。」杜預注引《周書·作洛篇》：「千里百縣，縣有四郡。」周制縣大郡小，戰國時郡漸大于縣，秦有天下，立郡縣制，以郡統縣，唐時州郡互稱，至明而郡廢。此借以指長江縣治。

〔四〕椶：亦作棕，木名，即棕櫚樹。《山海經·西山經》：「石脆之山，其木多椶枏。」郭璞注：「椶樹高三丈許，無枝條，葉大而員，枝生梢頭，實皮相裹，上行一皮者爲一節，可以爲繩。一名栟櫚。」

〔五〕礫：即卓礫，也作「逴躒」。《論衡·命義》：「卓礫時見，往往皆然。」《集韻·覺韻》：「躒，逴躒，超絶也。或從石。」此謂鐘聲長久迴蕩。

病蟬〔一〕

病蟬飛不得，向我掌中行。折翼猶能薄①〔二〕，酸吟尚極清。露華凝在腹，塵點誤侵睛。黄雀並鳶鳥②，俱懷害爾情〔三〕。

【校勘記】

①折：汲古閣本、席本、《全詩》五七三作「拆」。　②並：季稿及《全詩》校、《英華》三三〇作「兼」。

鳶：季稿及《全詩》校、《紀事》四〇作「鳥」。

【箋注】

〔一〕何光遠《鑒誡録》卷八云：「(島)吟《病蟬》之句以刺公卿。公卿惡之，與禮闈議之，奏島與平曾等風狂撓擾貢院。是時逐出關外，號爲十惡。議者以浪仙自認病蟬，是無搏風之分。詩曰：……」《唐詩紀事》四〇亦云：「島久不第，吟《病蟬》之句以刺公卿。或奏島與平曾等爲十惡，逐之。詩曰：……」可見，詩之寓意是相當明確的。然姚合《送賈島及鍾渾》詩云：「日日攻詩亦自强，年年供應在名場。」《新唐書·賈島傳》亦謂島「累舉不中第」。故此詩作年已難以確考。

〔二〕「折翼」句：言病蟬翅折仍可不停地拍擊。薄，拍擊也。《易·説卦》：「雷風相薄，水火不相射。」《韓非子·解老》：「物有理，不可以相薄，故理之爲物之制。」王先謙曰：「薄，迫也。」

〔三〕「黄雀」二句：劉向《説苑·正諫》：「園中有樹，其上有蟬。蟬高居悲鳴飲露，不知螳蜋在其後也。螳蜋委身曲附欲取蟬，而不知黄雀在其傍也。」此事亦見《莊子·山木》。二句即化用其意。黄雀：鳥名，鳴聲婉轉柔美，可飼養以供觀賞。此以黄雀喻庸俗誹謗之俗士。《文選》二三劉楨《贈從弟三首》其三：「鳳凰集南嶽，徘徊孤竹根。於心有不厭，奮翅凌紫氛。豈不常勤苦，羞與黄雀群。」李善注：「黄雀，喻俗士也。」鳶鳥：鷙鳥，屬猛禽類，俗名鷂鷹、老鷹。《詩·小雅·四月》：「匪鶉匪鳶，翰飛戾天。」此喻大權在握、炙手可熱的公卿大臣。

【輯評】

宋阮閱《詩話總龜》前集三三《詩讖門》：賈島嘗爲《病蟬》詩曰：「病蟬飛不得，……」議者謂無摶風之意，果爲禮闈所斥。

元方回《瀛奎律髓》二七：賈浪仙詩得老杜之瘦而用意苦矣。蟬有何病，殆偶見之，託物寄情，喻寒士之不遇也。中四句極其奇澀，而「塵點誤侵睛」，尤亘古詩人所未道，故曰浪仙用意苦矣。

清李懷民《重訂中晚唐詩主客圖》：此自是賦，而兼自寓意，然不必泥，即匠物已神絶。

李慶甲《瀛奎律髓彙評》二七：清馮舒：鏤雕如鬼工。又云：「四靈」腹聯之外，便無餘力，不得長江一支也。馮班：此有所刺也。查慎行：第三句費解。結有防微遠患之戒。紀昀：次句領下四句，唯在「掌中」，故得細看細寫。四句極刻畫而自然，不得目以奇澀。又曰：虚谷云：「賈浪仙詩得老杜之瘦而用意苦矣。」此解確。又云：「中四句極其奇澀。」未嘗澀。

青門里作〔一〕

燕存鴻已過①〔二〕，海内幾人愁。欲問南宗理〔三〕，將歸北岳修。若無攀桂分②，祇是卧雲休〔四〕。泉樹一爲别，依稀三十秋〔五〕。

【校勘記】

①過：何校本作「去」。　②攀：何校本作「扳」。

【箋注】

〔一〕青門里：蓋即青門坊也。隋以前京師編户、邸第、寺觀，皆以「坊」爲區劃，隋煬帝改「坊」爲「里」，至唐時「坊」「里」並稱（見《長安志》卷七）。青門，本漢代長安城東出南邊第一門（見《水經注・渭水下》）。至唐代，長安城東出南邊第一門名延興門（見《長安志》卷七）。或因漢世舊稱，唐時仍呼延興門爲「青門」。唐薛據有《出青門往南山下别業》詩，此「青門」即指延興門。若是則此所謂「青門里」，蓋爲地近延興門（青門）之昇道坊的别稱。元和十三年（八一八）春，島已遷居樂遊原東昇道坊，詩蓋遷居後不久所作，具體時間則難以確考。

〔二〕「燕存」句：謂時節已經二月也。《禮記・月令》：「仲春之月……玄鳥至。」鄭玄注：「玄鳥，燕也。」同書又云：「孟春之月……鴻雁來。」鄭玄注：「鴈自南方來，將北反。」至仲春之月，則鴻雁已「過」去矣。

〔三〕南宗理：禪宗惠能一派的頓悟成佛説。六祖惠能《壇經》云：「佛是自性作，莫向身外求。自性迷，佛即衆生。自性悟，衆生即是佛。」此即「南宗理」最精辟最明白的闡釋。南宗，見本卷《送宣皎上人遊太白》注〔四〕。

〔四〕「若無」二句：懷疑無緣於禄位而欲歸隱也。攀桂分：科舉登第的命分。淮南小山《招隱士》：「攀援桂枝兮聊淹留。」桂枝冬夏四季常青而色澤芳潔，隋唐時遂以「攀桂」喻科舉登第。王勃有《何少府故人攀桂序》，即以「攀桂」喻登第。

〔五〕「泉樹」二句：謂思念久别之故鄉也。泉樹：猶「井樹」，借指飲食休息之所。《周禮·秋官·野廬氏》：「宿息井樹。」鄭玄注：「井供飲食，樹爲蕃蔽。」因借指故鄉。

【輯評】

清李懷民《重訂中晚唐詩主客圖》：既得禪悦，豈復沾沾一桂？然唐賢志向如此，勿以爲疑（「若無」二句下）。

盧秀才南臺〔一〕

居在青門里〔二〕，臺當千萬岑〔三〕。下因岡勢助①〔四〕，上有樹交陰。陵遠根纔辯②，空長畔可尋〔五〕。新晴登嘯月③〔六〕，驚起宿枝禽。

【校勘記】

①勢助：叢刊本、何校本、季稿、《全詩》五七三作「助勢」。②辯：奉新本、叢刊本、季稿、《全詩》作「近」。黄校本校：「宋本纔下嘯下各缺一字。」江户本闕字同。③月：奉新本、叢刊本、季稿、《全詩》作「處」。

【箋注】

〔一〕元和十二年（八一七）前後，島遷居樂遊原東昇道坊，詩蓋遷居後所作，具體時間則難以確考。盧秀才：名未詳。南臺：本集卷三有《昇道精舍南臺對月寄姚合》，是昇道坊有南臺。《唐兩京城坊考》載：長安朱雀門街東第五街皇城東第三街街東從北第九坊爲昇道坊。此坊地近青門（即唐延興門），故或名青門坊、青門里。

〔二〕青門里：即青門坊或昇道坊，見前詩《青門里作》注〔一〕。

〔三〕「臺當」句：謂南臺正對着終南山萬千峰巒也。昇道坊在樂遊原東側，地勢高敞，故遠眺終南山衆峰如在目前。張籍《過賈島野居》詩云：「青門坊外住，行坐見南山。」

〔四〕「下因」句：言南臺坐落在樂遊原岡坡上，因而顯得更高。岡：蓋指樂遊原也。杜甫《樂遊原歌》：「公子華筵勢最高，秦川對酒平如掌。」亦謂樂遊原居高臨下也。

〔五〕「陵遠」二句：謂凭臺眺望，可看清遠方漢陵的完整形狀，也可尋視遠天的邊際。陵：蓋指霸陵、杜陵等漢代陵墓。漢文帝霸陵，在長安城東十里白鹿原上，宣帝杜陵，在長安城東南十五里（見宋敏求《長安志》卷一一）。根：物體的下部。韓愈《贈崔立之評事》：「墻根菊花好酤酒，錢帛縱空衣可準。」此指陵墓的基部。辯：與「辨」通，别也。

〔六〕嘯月：在月光下長嘯也。嘯：撮口吹出聲音。《詩・召南・江有汜》：「不我過，其嘯也歌。」鄭玄箋：「嘯，蹙口而出聲。」《世説新語・棲逸》：「阮步兵嘯聞數百步。」

寄李輈侍御①〔一〕

終過盟津書，分明夢不虚〔二〕。人從清渭别，地隔太行餘〔三〕。賓幕唯嫌静②，公門但晏如〔四〕。擱鞞乾霹靂，斜漢濕蟾蜍〔五〕。追琢垂今後，敦龐得古初〔六〕。井臺憐操築③，漳岸想丕疏〔七〕。亦冀鏗珉珮④，終當直石渠〔八〕。此身多抱疾，幽里近營居⑤〔九〕。憶漱蘇門澗，經浮楚澤瀦〔一〇〕。松栽侵古影，葷斷尚芹葅〔一一〕。語嘿曾延接⑥，心源離滓淤〔一二〕。誰言姓琴氏，獨跨角生魚〔一三〕。

【校勘記】

①侍御：叢刊本、季稿、《全詩》五七三作「侍郎」，誤。②唯：奉新本、叢刊本、季稿、《全詩》作「誰」。③憐：奉新本作「連」。④鏗：汲古閣本、席本作「鏗」。⑤幽里：奉新本作「幽室」。⑥延：底本、汲古閣本、張抄本、席本作「眠」；奉新本、叢刊本、季稿、《全詩》作「延」，今據改。黄校本校：「宋本曾下缺一字。」江户本闕字同。

【箋注】

〔一〕李輈：事跡不見於史傳。孟郊有《謝李輈再到》詩，稱輈爲「賢人」，知輈與孟往還時尚未入仕。陶敏《全唐詩人名考證》，謂輈嘗佐魏博幕，迨宣宗大中十二年（八五八）輈撰《楊宰墓志》，具銜「朝議大夫、守左諫議大夫、上柱國」（《千唐志齋藏志》一一四一號），知輈後入朝爲官。其生平大略如此。陶敏疑輈與楊宰父茂卿元和末蓋同參魏博節度使田弘正幕，故後爲宰撰《墓志》。而田弘正元和十五年（八二〇）十一月自魏博移鎮成德，次年成德軍亂被殺，茂卿等數百名隨往參佐將吏全部遇害（見《舊唐書·田弘正傳》），然輈無恙，知輈在弘正移鎮前已離開魏博。此詩云：「憶漱蘇門澗。」「蘇門澗」蓋即蘇門山之溪澗。蘇門山又名百門山，山有百門泉，元和九年島曾與從叔謨同遊百門泉（見本集卷五《百門陂留辭從叔謨》注〔一〕），輈蓋與焉，若是島與輈元和九年即已相識。此詩題曰「侍御」，詩云「賓幕」，又云「井臺憐曹築，漳岸想丕疏」，因知元和十三年島訪姚合於魏博幕并同遊鄴城時，輈亦與焉。此詩復云「經浮楚澤瀦」，是島與輈曾多次一同遊賞。然由「人從清渭別，地隔太行餘」二句看，此詩蓋爲元和十三年秋冬間，島自魏博返京後的寄輈之作。

〔二〕「終過」二句：謂夢中清楚看到所寄書信終於渡過孟津抵達魏博。盟津：即孟津，古黄河渡口。位於今河南孟津縣治東北黄河南岸。《史記·周本紀》：武王伐紂「諸侯不期而會盟津者八百」。《元和郡縣圖志》卷五河南道一河南府偃師縣：「盟津，在縣西北三十一里。」

〔三〕「人從」二句：言輈赴任時曾到渭水畔送别，而今輈却遠在魏博。渭：渭水。見本集卷五《憶江上吴處士》注〔三〕。太行：山名，位於今山西與河北、河南之間，北起拒馬河，向西南綿延千里直抵黄河北岸，山勢東陡西緩，多東西横谷，著名的「太行八陘」爲古來交通要道。《書·夏書·禹貢》：「大行、恒山至於碣石，入於海。」孔安國傳：「此二山連延，東北接碣石而入滄海。」餘：寬餘不盡。此謂太行山寬闊綿遠。

〔四〕「賓幕」二句：謂長官精於治道，境内太平，幕僚無事。賓幕：幕府，即「公門」也。唐盧象《送趙都護赴安西》：「漢使開賓幕，胡笳送酒卮。」晏如：安定、恬適。《史記·司馬相如列傳》：

「及臻厥成，天下晏如也。」

〔五〕「擷鞞」二句：言魏博軍幕白日鼓聲震天，夜晚秋月朦朧。鞞：古代軍中所用的一種小鼓，漢以後亦名騎鼓，見本集卷五《寄滄州李尚書》注〔七〕。乾：聲音清脆響亮。李商隱《祭外舅贈司徒公文》：「鼍鐘響遠，鼉鼓聲乾。」這裏形容鼓聲可以蓋過霹靂。斜漢：秋天向西南偏斜的銀河。《文選》一三謝希逸《月賦》：「斜漢左界，北陸南躔。」李周翰注：秋時天漢「西南斜，遠於左界」。蟾蜍：見本集卷五《憶江上吴處士》注〔二〕。此借以指月。

〔六〕「追琢」二句：言軥詩文千錘百煉風格古樸敦厚，足可流傳後世。追琢：雕琢也。《詩·大雅·棫樸》：「追琢其章，金玉其相。」毛傳：「追，彫也。金曰彫，玉曰琢。」鄭箋：「《周禮》：『追師掌追衡笄。』則追亦治玉也……追琢玉使成文章。」敦龐：敦厚。此指文風。王充《論衡·自紀》：「没華虚之文，存敦龐之樸。」古初：太古之時。《列子·湯問》：「殷湯問於夏革曰：『古初有物乎？』」此指先秦兩漢。韓愈古文運動倡導先秦兩漢文風，島爲韓門弟子，故亦用是説以衡文。

〔七〕「井臺」二句：謂軥遊覽鄴中曹氏父子的遺蹟也。井臺：冰井臺遺址。晋陸翽《鄴中記》云：銅爵臺、金虎臺、冰井臺皆在鄴都北城西北隅，因城爲基址。三臺於建安十五至十八年先後建成。冰井臺則凌室也，有屋一百四十間，上有冰室三，室有數井，井深十五丈，藏冰及石墨。左思《魏都賦》：「三臺列峙以崢嶸。」即謂冰井等三臺也。這裏借以指鄴城一般臺閣宫殿遺址。

丕疏：蓋指曹丕疏鑿溝渠引漳水事。《三國志・魏書・武帝紀》：建安十八年九月「鑿渠引漳水入白溝以通河」。曹丕鑿渠引漳水事，典籍失載。

〔八〕「亦冀」二句：謂軥佐戎幕亦希一展文學才華，最終定會被朝廷擢用。鏗珉珮：鏗金戛玉的略語。鏗，敲擊、碰撞。《楚辭・招魂》：「鏗鐘摇簴，揳梓瑟些。」此指對文辭的驅駕運用。珉珮，玉珮，此乃詩文的美稱。韓愈《祭柳子厚文》：「玉珮瓊琚，大放厥辭。」石渠：即石渠閣，西漢皇室藏書之處。《漢書・施讎傳》：「詔拜讎爲博士，甘露中，與五經諸儒雜論同異於石渠閣。」顔師古注：「《三輔故事》云：『石渠閣在未央殿北，以藏秘書也。』」《三輔黄圖》卷六云：「石渠閣，蕭何造，其下礲石爲渠以導水，若今御溝，因爲名閣。所藏入關所得秦之圖籍。至於成帝，又於此藏秘書焉。」

〔九〕「幽里」句：島言新近才於僻静處置辦宅舍。幽里：僻静的坊巷。此指昇道坊，亦名青門里。島長安之居宅，初在延壽里，元和十三年春已遷於昇道坊，參本集卷三《昇道精舍南臺對月寄姚合》注〔一〕。本集卷四《荒齋》詩云：「草合徑微微。」《續玄怪録》曰：「張庾舉進士，居長安昇道坊南街，盡是墟墓，絶無人住。」稱昇道坊爲「幽里」，蓋實情也。里，隋唐時長安坊區，見本集卷一《延壽里精舍寓居》注〔一〕。

〔一〇〕「憶漱」二句：追憶與軥北遊魏博、蘇門山，南涉江漢、雲夢的美好經歷。漱：洗滌，此指遊賞山水。曹操《秋胡行》之一：「名山歷觀，遨遊八極，枕石漱流。」蘇門澗：蘇門山澗。蘇門山位於今河南衛輝市西南，又名蘇嶺，乃太行山支脈，本稱柏門山，亦名百門山，上有百門泉，故名。晉時孫登曾隱於此，見《晉書·孫登傳》。楚澤：古楚地有雲夢等大澤，見本集卷二《送張校書季霞》注〔五〕，此借以泛指楚地。瀦：水停聚處。

〔一一〕芹葅：芹菜和醃菜，這裏用以指一切菜蔬。葅：醃菜。《詩·小雅·信南山》：「疆埸有瓜，是剥是葅。」鄭玄箋：「淹漬以爲葅。」

〔一二〕「語嘿」二句：言曾與輈交往，談吐之間覺輈胸次高曠超塵脱俗。語嘿：即語默，或説話或沉默。《易·繫辭上》：「君子之道，或出或處，或默或語。」此謂彼此交談。延接：接待。《後漢書·蓋勳傳》：「帝方欲延接勳，而蹇碩等心憚之。」心源：佛教視心爲萬法産生的根源，故稱爲「心源」。《金剛頂瑜伽中發阿耨多羅三藐三菩提心論》曰：「妄心若起，知而勿隨。妄若息時，心源空寂，萬德斯具，妙用無窮。」《摩訶止觀》卷五曰：「心源一止，法界同寂。」滓淤：污泥。此指塵世諸慾和煩惱。

〔一三〕「誰言」二句：意謂與輈亦可跨魚龍爲仙。劉向《列仙傳·琴高》：「琴高，周末趙人，能鼓琴，爲宋康王舍人，浮遊冀州涿郡間。後與諸弟子期，入涿水取龍子，某日當返。至期，弟子候於水旁，琴高果乘鯉而出，留一日，復入水去。」角生魚：即生角魚，指龍也。張衡《西京賦》：「海鱗變而成龍，狀蜿蜿以蝹蝹」。

寄令狐相公①〔一〕

驢駿勝羸馬，東川路匪賒〔二〕。一緘論賈誼，三蜀寄嚴家〔三〕。澄澈霜江水②，分明露石沙。話言聲及政，棧閣谷離斜〔四〕。自著衣偏暖，誰憂雪六花〔五〕。裹裳留闊襆③，防患與通茶〔六〕。山館中宵起，星河殘月華〔七〕。雙僮前日雇〔八〕，數口向天涯。良樂知騏驥，張雷驗鏌鋣〔九〕。謙光賢將相〔一〇〕，別紙聖龍蛇〔一一〕。豈有斯言玷，應無白璧瑕〔一二〕。不妨圓魄裏，人亦指蝦蟆〔一三〕。

【校勘記】

①令狐：奉新本、叢刊本、汲古閣本、席本、季稿、《全詩》五七三作「令狐綯」，誤。此指令狐楚。②澈：奉新本、叢刊本、季稿、《全詩》作「徹」。③裹：奉新本、叢刊本、何校本、季稿作「裏」。

【箋注】

〔一〕令狐相公：即令狐楚，見本集卷三《寄令狐相公》注〔一〕。文宗開成二年（八三七）九月島貶遂州長江主簿，十月至梓州，有《寄令狐相公》「策杖馳山驛」一首。時令狐楚正在興元節度使任上，得島信後，寄衣以表祝賀。十一月左右，島至任上。《舊唐書·令狐楚傳》載：文宗開成元年四月，令狐楚檢校左僕射、興元尹，充山南西道節度使。二年十一月卒於鎮。是令狐楚寄衣，只能在開成二年九至十一月間接島梓州所寄詩歌之後，去世之前。故島到任接衣後所賦此答謝詩，應在十一月底前後，其時令狐已去世，然島尚未知也。

〔二〕東川：今四川省東境也。《舊唐書·肅宗紀》：乾元元年（七五八）三月以後，置劍南東川節度使於梓州，與西川節度使共治蜀中（另參《元和郡縣圖志》三三）。此借以指遂州長江縣一帶。賒：距離遠。唐吕巖《七言》詩：「常憂白日光陰促，每恨青天道路賒。」

〔三〕「一緘」二句：以賈誼上疏被貶，喻自己作詩獲罪被貶至蜀地。《史記·屈原賈生列傳》：賈誼年少便拜太中大夫，以爲漢興二十餘年，天下和洽，當改正朔、易服色、明法度、定官名、興禮樂，乃一一上疏言之。於是文帝律令之更定、列侯之就國，皆出賈誼之意。然周勃、灌嬰等宰輔公卿皆詆毁賈誼。文帝遂冷落之，貶爲長沙王太傅。蘇絳《賈司倉墓誌銘》謂：賈誼乃島遠祖，島「穿楊未中，遽罹誹謗，解褐授遂州長江主簿」（《全唐文》七六三）。《新唐書》本傳亦云：「文宗時坐飛謗，貶長江主簿。」是島與賈誼同有遭貶的經歷，其自比賈誼被謫，蓋緣此也。緘：量詞，封、件。三蜀：《文選》卷四左思《蜀都賦》：「三蜀之豪，時來時往。」劉逵注：「三蜀，蜀郡、廣漢、犍爲也。本一蜀國，漢高祖分置廣漢，漢武帝分置犍爲。」寄：通暨，至、達到。《墨子·備梯》：「禽滑釐子事子墨子，三年，手足胼胝，面目黧黑，役身給使，不敢問欲。子墨子綦哀之，乃管酒塊脯，寄于大山，昧茅坐之，以樵禽子。」岑仲勉注：「寄、暨，粤同音，至也。」嚴家：西漢蜀中高士嚴君平。《漢書·王貢兩龔鮑傳》載：蜀有嚴君平，卜筮於成都市，常借著龜言利害以化衆人，依老子莊周之指著書十萬餘言。此借嚴家以指蜀地。

〔四〕「話言」二句：謂經過褒斜谷時，想起當年張良獻計，劉邦燒絶谷中棧道。政：政事、政治。《書·洪範》：「八政：一曰食，二曰貨……八曰師。」孔穎達疏：「八政者，人主施政教於民有八事也。」此指楚漢争奪天下的大事。棧閣：棧道，見本集卷五《送李廓侍御劍南行營》注〔五〕。離：斷絶。《戰國策·秦策四》：「則是我離秦而攻楚也，兵必有功。」郭希汾詳注：「離，絶也，絶秦楚之交也。」此指燒絶棧道。斜：斜谷，此指褒斜谷，見本集卷五《送雍陶入蜀》注〔五〕。

〔五〕「自著」二句：《晏子春秋·内篇諫上》第二十：「景公之時，雨雪三日而不霽。公被狐白之裘，坐于堂側階。晏子入見，立有間。公曰：『怪哉，雨雪三日而天不寒。』晏子對曰：『天不寒乎？』公笑。晏子曰：『嬰聞古之賢君，飽而知人之饑，温而知人之寒，逸而知人之勞。今君不知也。』公曰：『善，寡人聞命矣！』乃令出裘發粟，以與饑寒者。」此用其意。雪六花：雪花六瓣，亦稱六出花、六出公。宋之問《奉和春日翫雪應制》：「瓊章定少千人和，銀樹長芳六出花。」

〔六〕「裹裳」二句：言令狐相公裹衣相寄，又以茶相贈預防疾病。留：收受。杜甫《太子張舍人遺織成褥段》：「留之懼不祥，施之混柴荆。」襆：布單、巾帕。此指包袱、包裹。《南史·王華傳》：「華時年十三，在軍中，與厥相失，隨沙門釋曇冰逃，使提衣襆從後。」通：共用。《禮記·内則》：「外内不共井，不共湢浴，不通寢席，不通乞假。」此謂寄贈。

〔七〕山館：山中驛站，供過往官吏停宿。唐李郢《送劉谷》：「郵亭已送征車發，山館誰將候火迎。」

星河：衆星和天河。張融《海賦》：「湍轉則日月似驚，浪動而星河如覆。」

〔八〕僮：奴婢。《史記·司馬相如列傳》：「臨邛中多富人，而卓王孫家僮八百人。」

〔九〕「良樂」二句：此以善相馬的王良、伯樂，善識劍的張華、雷焕比擬令狐楚，謂令狐相公待己有知遇之恩也。良樂：王良、伯樂。《呂氏春秋·觀表》：「古之善相馬者……若趙之王良，秦之伯樂、九方堙，尤盡其妙。」《漢書·叙傳》：「良樂軼能於相馭。」顔師古注：「良，王良也。樂，伯樂也。軼與逸同。相，相馬也。馭，善馭也。」張雷：張華、雷焕也。二人善識寶劍事見本集卷二《代邊將》注〔四〕。鏌鋣：古寶劍名。《莊子·大宗師》：「今大冶鑄金，金踴躍曰：『我且必爲鏌鋣。』」

〔一〇〕「謙光」句：謂令狐位至將相，謙虚待下，美德光明盛大。謙光：《易·謙》：「謙，尊而光，卑而不可踰。」孔穎達疏：「尊者有謙而更光明盛大，卑謙而不可踰越。」《三國志·魏書·高貴鄉公髦傳》：「今聽所執，出表示外，以章公之謙光焉。」

〔一一〕「别紙」句：言令狐寄衣外别有書信相寄，信中書體如草聖一般寫得龍飛鳳舞。聖：指草聖，即善草書者，如漢代張芝，唐代張旭、懷素。龍蛇：指草字。龍蛇喻其筆勢飛動圓轉，仿佛龍蛇舞動一樣。李白《草書歌行》：「怳怳如聞神鬼驚，時時只見龍蛇走。」

〔一二〕「豈有」二句：島謂己光明磊落，非流言蜚語所可玷污。島之遭貶，蘇絳《墓銘》及《新唐書·本傳》言因「飛謗」罪。何光遠《鑒誡録·賈忤旨》條謂島被貶，是因吟詩「以刺公卿，公卿惡之」。玷：《詩·大雅·抑》：「斯言之玷，不可爲也。」毛傳：「玷，缺也。」鄭玄箋：「斯，此也。玉之缺尚可磨鑢而平，人君政教一失，誰能反覆之。」此謂玷污毁謗。

〔三〕「不妨」二句：意謂自己德行光明磊落，指責是無中生有。不妨：不料。皮日休《陪江西裴公游襄州延慶寺》：「更向碧山深處問，不妨猶有草茅臣。」圓魄：月亮。梁武帝《擬明月照高樓》：「圓魄當虚闥，清光流思延。」蝦蟆：此指神話傳説中的月裏蟾蜍。漢焦贛《易林·蒙之大壯》：「千里望城，不見山青。老兔蝦蟆，遠絶無家。」

再投李益常侍〔一〕

何處初投刺，當時赴尹京〔二〕。淹留花木變①，然諾肺腸傾。避暑蟬移樹，登高鴈過城②。人家嵩岳色，公府洛河聲〔三〕。聯句逢秋盡〔四〕，嘗茶見月生③。新衣裁白紵，思從曲江行〔五〕。

【校勘記】

①木：季稿、《全詩》五七三、王《選》一五、《紀事》四〇作「柳」。　②登高：季稿、《全詩》、王《選》、《紀事》作「高眠」。　③見：汲古閣本、席本作「看」。

【箋注】

〔一〕李益：見本集卷三《天津橋南山中各題一句》注〔二〕。益元和末至大和初，六七年間皆官散騎常侍，見傅璇琮主編《唐才子傳校箋》卷四《李益傳》，詩當作於此一時期，具體時間則難以指詳。本集卷三有《投李益》，故此詩云「再投」。常侍：官名，即散騎常侍之省稱，有左右之分。益所官爲右散騎常侍。《舊唐書·職官二》：門下省「左散騎常侍二人，從三品。魏晋置散騎常侍，……貞觀初置常侍二人，隸門下省。顯慶二年又置二員，隸中書省，始有左右之號，并金蟬珥貂，左常侍與侍中左貂，右常侍與中書令右貂，謂之八貂。……常侍掌侍奉規諷，備顧問應對」。

〔二〕「何處」二句：言首次投遞名帖是在元和五年前後，益爲洛陽少尹時。投刺：投遞名帖，見本集卷五《寄河中楊少尹》注〔二〕。尹京：治理京畿。《漢書·叙傳下》：「廣漢尹京，克聰克明。」此指李益爲河南府少尹時轄治東都洛陽。

〔三〕「人家」二句：言於洛陽城中可遥望嵩山山色，在官府内可聽到洛水聲響。嵩岳：中岳嵩山。公府：官府。此指河南府衙。洛河：即洛水，源於今陝西洛南縣西北塚嶺山，東南入今河南盧氏縣，而後東北經宜陽、洛陽，至鞏義市東北洛口入黄河。《元和郡縣圖志》卷五河南道一河南府：「北據邙山，南直伊闕之口，洛水貫都，有河漢之象。」

〔四〕「聯句」句：追憶秋末與李益、韋執中等聯句於天津橋南山中的風雅之事。事見本集卷三《天津橋南山中各題一句》注〔一〕。聯句：又稱連句。古代詩體的一種，又是賦詩的一種方式，二人或數人各賦一句或數句，聯結成篇，故名。《文心雕龍·明詩》云：「聯句共韻，則《柏梁》餘製。」是此體始於漢武帝與諸臣合作的《柏梁聯句》。晋宋時期陶淵明、鮑照等皆有聯句之作，至唐作者更多，而以韓愈、孟郊的聯句詩最爲有名。

〔五〕「新衣」二句：言如今時節又至春天，欲約常侍一遊曲江。白紵：亦作「白苧」，用白苧麻織的布。張籍《白苧歌》：「皎皎白苧白且鮮，將作春衣稱少年。」從：往就。《晏子春秋·雜上一二》：「景公夜從晏子飲，晏子稱不敢與。」曲江：見本集卷四《訪李甘原居》注〔二〕。

積雪

省屬時霖滯①，今逢臘雪多〔一〕。南猜飄杜渚②，北訝雨交河〔二〕。盡滅平蕪色，彌重古木柯③〔三〕。空中離白氣，島外下滄波〔四〕。隱者迷樵道，朝人冷玉珂〔五〕。夕繁仍晝密，漏間復鍾和〔六〕。想積高嵩頂，新秋皓月過④〔七〕。

【校勘記】

①省：席本、《全詩》五七三、《英華》一五五作「昔」。②猜：奉新本作「晴」，《英華》作「積」。杜：奉新本、叢刊本、汲古閣本、季稿、《全詩》五七三作「桂」。③彌：《英華》作「珍」。④皓：季稿、《全詩》作「皎」。

【箋注】

〔一〕「省屬」二句：意謂難遇及時雨久下，今逢臘月大雪不停。省：少也。《管子・八觀》：「是故明君枉上位，刑省罰寡，非可刑而不刑，非可罪而不罪也。」屬：遇、逢。《顔氏家訓・終制》：「先夫人棄背之時，屬世荒饉，家塗空迫。」滯：久，長期。漢枚乘《七發》：「當是之時，雖有淹病滯疾，猶將伸傴起躄，發瞽披聾而觀望之。」臘雪：冬至後，立春前下的雪。劉禹錫《送陸侍御歸淮南使府五韻》：「秦山呈臘雪，隋柳布新年。」

〔二〕「南猜」二句：想像雪下得很廣。枉渚：《水經注・沅水》：「沅水又東歷小灣，謂之枉渚。渚東里許便得枉人山。」是枉渚乃沅水一小灣也。又《元和郡縣圖志》闕卷逸文卷一山南道朗州武陵縣：「枉水，出縣南蒼山，名曰枉渚，善卷所居，時人號曰枉渚。《楚詞》云：『朝發枉渚，夕宿辰陽。』亦此謂也。」此枉水源頭之枉渚，位於今湖南武陵縣南。二者未知孰是。然詩既借以指代南方，則二者均可。交河：水名，在今新疆吐魯番縣西北。《元和郡縣圖志》四〇隴右道下西州交河縣：「交河，出縣北天山，水分流於城下，因以爲名。」

〔三〕「盡滅」二句：意謂雪下得很大。平蕪：生有草木的平原曠野。江淹《去故鄉賦》：「窮陰匝海，平蕪帶天。」

〔四〕「空中」二句：狀雪天之景，空中霧氣彌漫，島外波平浪静。離：羅列，陳列。晋郭璞《江賦》：「雹布餘糧，星離沙鏡。」此謂彌漫。下：除去，舍去。《周禮・秋官・司民》：「自生齒以上，皆書於版……歲登下其生死。」鄭玄注：「下，猶云去也。每歲更著生去死。」此謂平息。

〔五〕「隱者」二句：側筆寫雪大，樵者失路，玉珂生寒。玉珂：馬絡頭上的玉製裝飾物。張華《輕薄篇》：「文軒樹羽蓋，乘馬鳴玉珂。」

〔六〕「夕繁」二句：言閒静的漏聲與悠揚的鐘聲伴着大雪晝夜下個不停。漏：漏壺，見本集卷三《即事》注〔六〕。此指漏聲。

〔七〕「想積」二句：想像嵩山頂上的積雪一片皎潔，若初秋明月照耀。謝靈運《歲暮》詩：「明月照積雪。」此化用其意。嵩：中嶽嵩山。陳延傑注：「以上並形容雪狀，微嫌刻畫。」

過楊道士居①〔一〕

先生修道處，茅屋遠囂氛〔二〕。叩齒坐明月，搘頤望白雲〔三〕。精神含藥色〔四〕，衣服帶霞紋②〔五〕。無話瀛洲路③，多年别少君〔六〕。

【校勘記】

①楊：《英華》二二七作「陽」。②紋：奉新本作「紜」，非是；汲古閣本、席本作「文」。③無話：《英華》作「每語」。瀛：底本、英華作「嬴」，誤；據奉新本、叢刊本、汲古閣本、席本、季稿、《全詩》五七三、江户本改。

【箋注】

〔一〕楊道士：事跡未詳。道士：道教徒，見本集卷三《山中道士》注〔一〕。

〔二〕囂氛：塵世的喧囂氣氛。《晉書·隱逸傳序》：「藏聲江海之上，捲跡囂氛之表。」

〔三〕「叩齒」二句：寫道士修煉。叩齒：牙齒上下相碰擊，爲古代道士健齒之法。《抱朴子·雜應卷》：「或問堅齒之道，抱朴子曰：『能養以華池，浸以醴液，清晨建齒三百過者，永不摇動。』」《顔氏家訓·養生》：「吾嘗患齒，摇動欲落，飲食熱冷，皆苦疼痛。《抱朴子》牢齒之法，早朝叩齒，三百下爲良。行之數日，即便平愈。」搘頤：以手托腮。王維《贈東嶽焦鍊師》：「搘頤問樵客，世上復何如。」

〔四〕「精神」句：謂楊道士的神情面色，顯示出服食丹藥的氣象。藥：指道家、道士養生或成仙的金丹仙藥等。《抱朴子》有《金丹卷》和《仙藥卷》等，專門講煉丹服藥之方。《金丹卷》曰：「小神丹方……旦服如麻子許十丸，未一年髮白者黑，齒落者生，身體潤澤長肌，服之不老，老翁成少年，長生不死矣。」

〔五〕「衣服」句：謂道士身有仙氣也。神話傳説中仙人以雲霞爲衣，故云。沈約《和劉中書仙詩二首》其二曰：「霞衣不待縫，雲錦不須織。」

〔六〕「無話」二句：謂楊道士乃仙人入世。瀛洲：海上仙山。《史記·秦始皇本紀》：「齊人徐市等上書言：『海中有三神山，名曰蓬萊、方丈、瀛洲，僊人居之。』」少君：李少君也。《史記·孝武本紀》載：少君以方術得見武帝。嘗言於武帝曰：「祠竈則致物，致物而丹砂可化爲黄金。黄金成，以爲飲食器則益壽，益壽而海中蓬萊僊者可見。見之以封禪則不死，黄帝是也。臣嘗游海上，見安期生，食巨棗大如瓜。安期生僊者，通蓬萊中。」

【輯評】

清李懷民《重訂中晚唐詩主客圖》：尋常語，卻是得道者（「叩齒」二句下）。又曰：妙是含藥色，若作得仙貌則庸矣（「精神」句下）。又曰：妙是霞紋，若作似雲霞則庸矣（「衣服」句下）。又曰：祇似真個（尾聯下）。

贈僧

亂山秋木穴，裏有靈蛇藏〔一〕。鐵錫挂臨海①，石樓聞異香〔二〕。出塵頭未白，入定衲凝霜〔三〕。莫話五湖事，令人心欲狂〔四〕。

【校勘記】

①「鐵錫」句：奉新本、叢刊本與季稿校作「楊桂臨滄海」；《全詩》五七三校：「一作錫挂臨滄海。」臨：席本、《全詩》二本校：「一作陵。」

【箋注】

〔一〕「亂山」二句：喻僧人隱於深山修道也。靈蛇：有靈應的蛇、神異的蛇。《楚辭·天問》：「一蛇吞象，厥大何如。」王逸注：「《山海經》云：『南方有靈蛇，吞象，三年然後出其骨。』」

〔二〕「鐵錫」二句：謂僧人雲遊四方，尋師訪道也。錫：錫杖，即僧人所持禪杖。石樓：此蓋指禪室，即島所謂「石室」、「石房」也。

〔三〕「出塵」二句：謂僧人年輕出家，而今禪定功力深厚持久。出塵：超出塵世。此指僧人剃度出家。《四十二章經》云：「佛言，人繫於妻子舍宅，甚於牢獄。牢獄有散釋之時，妻子無遠離之念。情愛於色，豈憚驅馳，雖有虎口之患，心存甘伏，投泥自溺。故曰凡夫透得此門，出塵羅漢。」入定：進入禪定境界。禪定，亦簡稱禪，見本集卷一《贈智朗禪師》注〔六〕。衲：衲衣，僧人法衣，又名袈裟。見本集卷五《崇聖寺斌公房》注〔四〕。

〔四〕「莫話」二句：島謂己嚮往優遊四方山水之事。五湖：五大湖泊的總稱，所指不一。《史記·三王世家》：「大江之南，五湖之間，其人輕心。」司馬貞索隱：「五湖者，具區、洮滆、彭蠡、青草、洞庭。」此借以指名山勝水。

送友人遊塞

飄蓬多塞下，君見益潸然①〔一〕。迴磧沙銜日，長河水接天〔二〕。夜泉行客火，曉戍向京煙〔三〕。少結相思恨，佳期芳草前〔四〕。

【校勘記】

①益：奉新本作「亦」。

【箋注】

〔一〕「飄蓬」二句：謂友人看見邊塞蕭條，蓬草飄動易感傷流淚。飄蓬：秋冬蓬草隨風飄動，故稱。古代常用以比喻羈旅之人飄泊不定的行蹤，故離鄉遠行者易見而傷情下淚。杜甫《贈李白》：「秋來相顧尚飄蓬，未就丹砂愧葛洪。」

〔二〕「迴磧」二句：狀關河邊塞，景象雄壯開闊。磧：沙漠。《北史·魏本紀一·道武帝》：登國六年「冬十月戊戌，征北蠕蠕，追破之於大磧南商山下」。長河：黄河。應瑒《别詩二首》之二：「浩浩長河水，九折東北流。」

〔三〕「夜泉」二句：謂邊塞上晝夜可見路人所用火光和戍卒所放的烽煙。行客：旅客，過路人。向京煙：古時邊防報警的烽火臺，晝平安則於夜間發更時舉火一把，夜平安則於拂曉舉煙一把，謂之平安火。緩急盜賊不拘時候，日則舉煙，夜則舉火，各三把。《墨子·號令》：「晝則舉烽，夜則舉火。」《資治通鑑·唐紀》三四：至德元載六月，「潼關既敗……及暮，平安火不至，上（唐玄宗）始懼」。胡三省注引《唐六典》云：「時守兵已潰，無人復舉火。」

〔四〕佳期：美好的時日。謝朓《晚登三山還望京邑》：「佳期悵何許，淚下如流霰。」此蓋指與友人重逢之期。

思遊邊友人

凝愁對孤燭，昨日飲離杯〔一〕。葉下故人去①，天中新鴈來②〔二〕。連沙秋草薄，帶雪暮山開〔三〕。苑北紅塵道〔四〕，何時見遠迴。

【校勘記】

①葉：《全詩》五七三校：「一作鄴。」②中：奉新本作「邊」。

【箋注】

〔一〕「凝愁」二句：謂與友人交情深厚，昨日剛剛餞别，今天便覺孤愁難禁。凝愁：愁情凝聚。

〔二〕「葉下」二句：言與友人分别的季節在中秋。新雁：八月剛從北方飛來的大雁。《禮記·月令》：「仲秋之月，……鴻雁來，玄鳥歸。」

〔三〕「連沙」二句：謂沙地旁邊的秋草非常稀薄，披雪的羣山排列於暮色之中。開：排列。謝朓《和伏武昌登孫權故城》：「釣臺臨講閲，樊山開廣讌。」李白《古風》之二四：「中貴多黄金，連雲開甲宅。」

〔四〕「苑北」句：指長安禁苑北面的大道。苑：長安城北皇家禁苑。《唐兩京城坊考》卷一：「禁苑者，隋之大興苑也，東距滻，北枕渭，西包漢長安，南接都城。東西二十七里，南北二十三里，周一百二十里。正南阻於宫城。」紅塵：車馬揚起的飛塵。班固《西都賦》：「紅塵四合，煙雲相連。」

【輯評】

清余成教《石園詩話》卷二：元和中詩尚輕淺，島獨變格入僻，以矯艷俗。詩如「百迴信到家，未當身一歸」，……「葉下故人去，天中新雁來」，皆卓然名句，不獨「鳥宿池邊樹，僧敲月下門」，「秋風吹渭水，落葉滿長安」兩聯爲佳也。

秋暮寄友人

寥落關河暮，霜風樹葉低〔一〕。遠天垂地外，寒日下山西①。有志煙霞切②，無家歲月迷③〔二〕。清宵話白閣〔三〕，已負數年棲④。

【校勘記】

①山：奉新本、叢刊本、季稿、《全詩》五七三作「峰」。②有：奉新本作「失」。③無：奉新本作「還」。④數：奉新本、叢刊本、何校本、季稿、《全詩》作「十」。

【箋注】

〔一〕「寥落」二句：寫深秋薄暮中的山河風光，寒風肅殺木葉下垂。寥落：衰敗、衰落。陶潛《和胡西曹示顧賊曹》：「悠悠待秋稼，寥落將賒遲。」關河：此指秦地的關塞與黄河。《史記·蘇秦列傳》：「秦四塞之國，被山帶渭，東有關河，西有漢中。」此指秦地的山河。

〔二〕「有志」二句：島謂己功名不成，唯思退隱山林。煙霞：煙霧、雲霞。蕭統《錦帶書十二月啓·夾鍾二月》：「敬想足下，優游泉石，放曠煙霞。」此指山水林泉隱居之地。

〔三〕白閣：白閣峰。見本集卷三《寄白閣默公》注〔一〕。

【輯評】

清岳端《寒瘦集》：前四句是景，後四句是情，看去又覺景中有情，情中有景。

葉矯然《龍性堂詩話初集》：賈浪仙……「遠天垂地外，寒日下峰西」，「邊日沈殘角，河關截夜城」，「峰懸驛路殘雲斷，海浸城根老樹秋」，「山鐘夜渡空江水，汀月寒生古石樓」等語，真堪鑄佛禮拜。

清李懷民《重訂中晚唐詩主客圖》：寫景已透微，而寓意自渺然（「遠天」二句下）。又云：後世能喜者誰歟，何論當時。結明五六之旨。

寄令狐相公①〔一〕

官蒙明敕授②，老免把犁鋤③〔二〕。一主長江印，三封東省書〔三〕。不無濠上思，唯食圃中蔬〔四〕。夢幻將泡影，浮生事只如〔五〕。

【校勘記】

①令狐：奉新本、叢刊本、汲古閣本、季稿、席本、《全詩》五七三作「令狐綯」，誤。此指令狐楚。②

蒙明：黄校本校：「官下宋本缺二字。」江户本闕字同。奉新本、叢刊本、季稿、《全詩》作「高頻」，非是。③免：奉新本、季稿作「不」。犁鋤：汲古閣本作「鉏犁」。

【箋注】

〔一〕此詩乃島初至長江主簿任時所賦。島屢試不第，淪落失意。然遊汴時，令狐楚以禮相待，島任長江主簿，楚恐亦有舉薦之功。楚與島有知遇之恩。赴長江主簿任時，楚又捎書寄衣以相慰賀，故此詩云：「一主長江印，三封東省書。」島對楚感激涕零，因寄呈此詩以表謝忱。令狐相公：即令狐楚，見本集卷三《寄令狐相公》注〔一〕。

〔二〕「官蒙」二句：謂詔書任命入官籍，至老可免於耕稼爲生之勞。唐時官吏致仕仍可領取半俸，見《唐會要》六七「致仕官」條下，故云「老免把犁鋤」。老：《舊唐書·食貨志》上：「二十一爲丁，六十爲老。」

〔三〕「一主」二句：言到長江主簿任後，便多次寄信給令狐相公。長江印：長江主簿的官印。此指長江主簿之職。蘇絳《賈司倉墓誌銘》：「穿楊未中，遽罹誹謗，解褐授遂州長江主簿。」東省：即門下省也，又稱左省，見本集卷五《喜姚郎中自杭州迴》注〔三〕。此借以指令狐楚也，楚不久前曾任太常卿、尚書左仆射，故云。

〔四〕「不無」二句：言雖身爲主簿，心中仍有歸隱山林種蔬自食之念。濠上：即濠梁之上。《莊子·秋水》：「莊子與惠子游於濠梁之上……我知之濠上也。」此借以指可隱居之處。濠：濠水，在今安徽鳳陽縣境。《水經注·淮水》：「淮水又東北，濠水注之。水出莫耶山東北之溪，溪水西北引瀆，逕禹墟北，又西流注於淮。」

〔五〕「夢幻」二句：謂世事難如人願，山林歸隱的夢想亦將落空。夢幻：夢中的幻境，此指島歸隱的理想。泡影：水泡和影子，比喻空幻不實。《金剛般若波羅蜜經》：「一切有爲法，如夢幻泡影。如露亦如電，應作如是觀。」浮生：語本《莊子·刻意》：「其生若浮，其死若休。」這裏指人生，因人生在世虚浮不定，故稱。鮑照《答客》詩：「浮生急馳電，物道險絃絲。」

和孟逸人林下道情〔一〕

四氣相陶鑄①，中庸道豈銷〔二〕。夏雲生此日，春色盡今朝〔三〕。陋巷貧無悶〔四〕，毗耶疾未調〔五〕。已栽毫末柏②，合抱豈非遥〔六〕。

【校勘記】

①氣：奉新本、叢刊本、何校本、季稿、《全詩》五七三校作「時」。②毫：黄校本校：「栽下宋本缺一字。」奉新本、叢刊本、季稿、《全詩》五七三作「天」。何校本作「豪」。

【箋注】

〔一〕孟逸人蓋先有《林下道情》詩贈島，島因以此詩相唱和。孟逸人：當爲孟融，見本集卷五《孟融逸人》注〔一〕。林下：山林隱退之處。《高僧傳·晉泰山崑崙巖竺僧朗傳》：「朗常蔬食布衣，志耽人外……與隱士張忠爲林下之契，每共遊處。」唐靈澈《東林寺酬韋丹刺史》：「相逢盡道休官好，林下何曾見一人。」

〔二〕「四氣」二句：謂四季温熱冷寒之氣相次更替的規律並未改變。四氣：春夏秋冬四季的温熱冷寒之氣候。《禮記·樂記》：「奮至德之光，動四氣之和，以著萬物之理。」孔穎達疏：「動四氣之和者，謂感動四時之氣，序之和平，使陰陽順序也。」陶鑄：作範曰陶，熔金澆注範中以成器皿曰鑄。此引伸爲融合，指四氣相互沖融更替。《隋書·高祖紀》：「五氣陶鑄，萬物流形。」中庸道：《論語·雍也》：「中庸之爲德也，其至矣乎？」何晏集解：「庸，常也。中和可常行之道。」

〔三〕「夏雲」二句：言此時正值孟夏四月初一日也，夏雲始生，春色已去，故云。

〔四〕「陋巷」句：謂己貧居自適也。陋巷：狹小簡陋的居室。《論語·雍也》：「賢哉，回也！一簞食，一瓢飲，在陋巷，人不堪其憂，回也不改其樂。」劉寶楠正義：「顔子陋巷，即《儒行》所云『一畝之宫，環堵之室』。解者以爲街巷之巷，非也。」此以顔回貧居自喻也。無悶：没有煩惱苦悶。《易·乾》：「龍德而隱者也，不易乎世，不成乎名，遯世無悶。」

〔五〕「毗耶」句：謂己堅持仕進，以求用世也。毗耶疾：即維摩疾也。《維摩詰所説經·文殊師利問疾品》載：佛在毗耶離城庵摩羅園説法時，居士維摩詰故意稱疾不往。佛遣舍利弗與文殊師利等前往問疾。文殊問：「居士是疾，何所因起。」維摩詰答曰：「一切衆生病，是故我病。

若一切衆生得不病者，則我病滅。」是「毗耶疾」即衆生之疾也。衆生最大之疾在欲念難除，而欲望之首，莫過於功名利禄。可見島此稱「毗耶疾未調」，蓋謂功名心未退也。毗耶：梵語的音譯，又譯作毗耶離、毗舍利等，古印度城名，佛弟子維摩詰居於此，故借以指維摩詰。

〔六〕「已栽」二句：《老子》：「合抱之木，生於毫末。」此化用其意，謂既已從事舉業，一朝登第入仕，還是有希望的。島雖屢試不第，然始終没有放棄仕進，本集卷七《卧疾走筆酬韓愈書問》一詩云：「欲知强健否，病鶴未離羣。」亦是這種心志的表達。

宿姚少府北齋〔一〕

石溪同夜泛，復此北齋期〔二〕。鳥絶吏歸後，蛩鳴客卧時①〔三〕。鎖城涼雨細，開印曙鐘遲〔四〕。憶此漳川岸②，如今是别離〔五〕。

【校勘記】

①鳴：奉新本作「吟」。②川：張抄本作「州」，非是。

【箋注】

〔一〕此詩作於長慶四年（八二四）秋。時姚合官萬年縣尉，曾與島及張籍一起陪韓愈夜間泛舟南溪，見本集卷九《和韓吏部泛南溪》注〔一〕。此詩首句云：「石溪同夜泛。」正指其事。此詩即泛舟後，返京留宿姚合宅所作。姚少府：即姚合。少府，縣尉的别稱。併見本集卷二《重酬姚少府》注〔一〕。姚合有《萬年縣中雨夜會宿寄皇甫荀》（《全唐詩》四九七），朱慶餘亦有《與賈島顧非熊無可上人宿萬年姚少府宅》（《全唐詩》五一四）。

〔二〕「石溪」二句：謂與姚合夜間曾陪韓愈一同泛舟石溪，此時又與朋友聚會於姚合北齋。期：會合。《國語·周語中》：「火之初見，期於司里。」韋昭注：「期，會也。」

〔三〕「鳥絶」二句：謂天晚退衙至夜深人定北齋很静。蛩：蟋蟀。鮑照《擬古詩八首》之七：「秋蛩扶户吟，寒婦晨夜織。」

〔四〕「鎖城」二句：謂傍晚京城關閉時細雨生涼，清晨曙鐘報曉衙門開始辦公。縣尉分理諸曹，主盜賊，案察奸宄（參《通典》三三），掌一縣治安，故有「鎖城」「開印」之語。開印：舊時年終官府封印，次年正月啓封用印辦公。此指縣衙開始辦公。曙鐘：報曉的鐘聲。古時以漏壺計時，以鐘鼓報時。庾肩吾《詠蔬圃堂》：「風長曙鐘近，地迴洛城遥。」

〔五〕「憶此」二句：謂而今回憶漳河岸邊的風光，不覺已别離多年了。元和十三年春夏間，姚合任職魏博幕時島嘗往訪，并同游曹魏首都鄴城及漳河岸邊曹丕疏鑿的引水工程，即所謂「井臺憐操築，漳岸想丕疏」（本集卷六《寄李輈侍御》）。漳川：漳水，見本集卷四《題劉華書齋》注〔八〕。

雪晴晚望

倚杖望晴雪①，溪雲幾萬重。樵人歸白屋②〔一〕，寒日下危峰〔二〕。野火燒岡草，斷煙生石松③〔三〕。却迴山寺路，聞打暮天鐘〔四〕。

【校勘記】

①杖：黄校本、江户本作「仗」。晴：《律髓》一三作「松」。②歸：奉新本作「居」。③石：底本、奉新本、叢刊本、汲古閣本、張抄本、季稿、席本、《全詩》五七三、江户本諸本校：「一作古。」《二妙集》作「古」。

【箋注】

〔一〕白屋：用白茅覆蓋的房屋。《尸子·君治》：「人之言君天下者，瑶臺九纍，而堯白屋。」《漢書·王莽傳上》：「開門延士，下及白屋。」顔師古注：「白屋，謂庶人以白茅覆屋者也。」

〔二〕危峰：高峻的山峰。謝靈運《山居賦》：「傍危峰，立禪室，臨浚流，列僧房。」

〔三〕斷煙：猶片煙也，此指籠罩松樹的煙霧。

〔四〕暮天鐘：即暮鐘也，傍晚報時的鐘聲。

【輯評】

宋方回《瀛奎律髓》一三：晚唐詩多先鍛景聯、頷聯，乃成首尾以足之。此作似乎一句唱起，直説至底者。「燒」字讀作去聲，乃與下句叶。

《歷代詩發》：通首俱切，結更佳。

清李懷民《重訂中晚唐詩主客圖》：對之三伏中凛凛有寒意。古今雪詩至歐、蘇始稱白戰，其實自退之即不持寸鐵也，但用鬱思定力、峭骨沉響，筆補造化，無逾此作。

李慶甲《瀛奎律髓彙評》一三：清馮班：「松」字重。　紀昀：此言雙拗法也（按：指方回所云「燒」字格律）。不知此乃單拗，以「生」字救「斷」字耳。　又曰：起四句有氣力，後半稍弱。五句亦未雅。

中國古典文學基本叢書

賈島集校注

下册

〔唐〕賈島 著

齊文榜 校注

中華書局

賈島集校注卷七

送崔嶠遊瀟湘〔一〕

功烈尚書孫，琢磨風雅言〔二〕。渡河山鑿處〔三〕，陟峴漢灘喧①〔四〕。夢想吟天目〔五〕，宵同話石門。楓林葉欲下，極浦月清暾〔六〕。

【校勘記】

①峴：汲古閣本、席本作「險」，誤。

【箋注】

〔一〕崔嶠：字巖士，《新唐書・宰相世系表》「清河小房」崔氏，載其爲寅八世孫。餘事未詳。瀟湘：見本集卷一《冬月長安雨中見終南雪》注〔六〕。此借以指湖南地區。

〔二〕「功烈」二句：謂嶠乃功業卓著的尚書後裔，文章言辭不同凡響。據《魏書》卷六九《崔休傳》載，休曾爲度支尚書、七兵尚書、殿中尚書，故朝臣稱爲「崔尚書」。休弟即寅也，字敬禮，乃嶠八世祖。島謂嶠「尚書孫」，蓋緣此也。功烈：功勳業績。《左傳・襄公十九年》：「銘其功烈，以示子孫，昭明德而懲無禮也。」尚書：官名，見本集卷五《寄滄州李尚書》注〔一〕。風雅：《詩經》中的《國風》和《小雅》、《大雅》，後借以指代文學作品或文學創作。蕭統《文選・序》：

「《關雎》《麟趾》，正始之道著；《桑間》《濮上》，亡國之音表。故風雅之道，粲然可觀。」

〔三〕「渡河」句：謂由龍門渡黄河也。《史記·夏本紀》：「至于龍門西河。」張守節正義引《括地志》云：「龍門山在同州韓城縣北五十里。李奇云：『禹鑿通河水處，廣八十步。』」《元和郡縣圖志》卷一二河東道一絳州龍門縣：「黄河，北去縣二十五里，即龍門口也……大禹導河積石，疏決龍門，即斯處也。河口廣八十步，巖際鐫跡，遺功尚存。」詩云「山鑿處」，當謂此也。

〔四〕「陟峴」句：謂登峴山可聽到漢水灘頭的浪濤聲。峴：峴山，又名峴首山，在今湖北襄陽市東南。《元和郡縣圖志》二一山南道二襄州襄陽縣：「峴山，在縣東南九里。山東臨漢水，古今大路。羊祜鎮襄陽，與鄒潤甫共登此山，後人立碑，謂之墮淚碑。」漢：漢水。見本集卷三《送崔定》注〔三〕。

〔五〕天目：山名。見本集卷六《送金州鑒周上人》注〔二〕。

〔六〕極浦：遥遠的水濱。《楚辭·九歌·湘君》：「望涔陽兮極浦，横大江兮揚靈。」王逸注：「極，遠也；浦，水涯也。」此指瀟湘水濱。暾：明亮。韓愈《陸渾山火一首和皇甫湜用其韻》：「三光弛隳不復暾，虎熊麋豬逮猴猿。」

寄朱錫珪〔一〕

遠泊與誰同，來從古木中〔二〕。長江人釣月，曠野火燒風①。夢澤吞楚大②〔三〕，閩山阸海叢③〔四〕。此時檣底水，濤起屈原通〔五〕。

【校勘記】

①曠野：汲古閣本、席本作「野曠」。②吞楚：奉新本作「楚嶠」。③阨：汲古閣本、席本作「隱」。

【箋注】

〔一〕從内容看，此詩乃朱氏離京歸鄉途中島的寄贈之作。朱錫珪：事跡未詳，蓋爲島之朋友，東南閩地沿海一帶人。

〔二〕「遠泊」二句：意謂朱氏遠從閩海一帶來京，此次回去無人結伴同行。泊：停船靠岸。自長安往閩中多水路，故云。又南方多樹木，而閩以南古來便稱荒僻之地，故云「來從古木中」。

〔三〕「夢澤」句：謂雲夢之澤浩淼無邊也。夢澤：見本集卷二《送張校書季霞》注〔五〕。楚：古國名，此指楚地。

〔四〕「閩山」句：謂閩地羣山扼守着沿海一帶。閩：上古閩人，分七族，居於今浙江以南及福建一帶，見本集卷四《送丹師歸閩中》注〔一〕。此指閩人所居之地。叢：聚集，此指福建沿海一帶人或物聚集之地。杜甫《往在》：「是時妃嬪戮，連爲糞土叢。」

〔五〕「此時」二句：意謂此時朱氏大概已行至湖南境内。檣：船桅杆，此借以指船。屈原：見本集卷五《送鄭史》注〔二〕。屈原因投汨羅江而死，故云「濤起屈原通」。

【輯評】

清葉矯然《龍性堂詩話初集》：賈閬仙「長江人釣月，曠野火燒風」「流星透疏木，走月逆行雲」，……「山鐘夜渡空江水，汀月寒生古石樓」等語，真堪鑄佛禮拜。

馬戴居華山因寄〔一〕

玉女洗頭盆〔二〕，孤高不可言。瀑流蓮岳頂〔三〕，河注華山根〔四〕。絶雀林藏鶻〔五〕，無人境有猿。秋蟾纔過雨，石上古松門〔六〕。

【箋注】

〔一〕此詩蓋文宗大和年間，馬戴未第前居華山時島的寄贈之作。馬戴：字虞臣，曲陽（今江蘇東海西南）人。屢舉不第，嘗遊太原，居華山。武宗會昌四年登第，旋入太原節度使幕爲掌書記，以正言被斥爲朗州龍陽縣尉，遷舒州懷寧令。後入京爲國子博士。戴詩名早著，雅有古調，與當時詩人賈島、姚合、殷堯藩等相唱和。

〔二〕「玉女」句：《類編長安志》卷六「山水門華山」條：「《三峰記》云：『華山雲臺上有石盆，可容水數斛，明瑩如玉，上古篆，人莫識，俗呼爲玉女洗頭盆。』」杜甫《望岳》：「安得仙人九節杖，拄到玉女洗頭盆。」

〔三〕「瀑流」句：謂華山頂上有瀑布流水也。《水經注·河水四》：華山頂有「靈泉二所，一名蒲池，西流注於澗;一名太上泉,東注澗下」。蓮嶽:即華山,亦稱蓮華嶽。蘇頲《奉和聖製途經華嶽應制》:「朝望蓮華嶽,神心就日來。」

〔四〕「河注」句:謂黄河水從華山脚下流過也。《水經注·河水四》:「華嶽本一山當河,河水過而曲行。河神巨靈,手盪脚蹋,開而爲兩,今掌足之跡仍存。」

〔五〕鶻:即隼,類似鷹而較小,性兇猛,常襲食其它鳥類。杜甫《義鶻行》:「斯須領健鶻,痛憤寄所宜。」

〔六〕「秋蟾」二句:謂華山雨後秋月皎潔,光輝灑在門前長着古松的石上。秋蟾:秋月。蟾,蟾蜍,此以指月。見本集卷五《憶江上吴處士》注〔二〕。松門:門前植松的建筑。王勃《遊梵宇三覺寺》:「蘿幌棲禪影,松門聽梵音。」

【輯評】

元方回《瀛奎律髓》二三:五、六謂絶雀之林爲藏鶻,無人之境始有猿。一句上本下,一句下本上。詩家不可無此互體。工部詩「林疏黄葉墜,野静白鷗來」亦似。

清李懷民《重訂中晚唐詩主客圖》:「頂」「根」二字煉。二句直寫得奇絶,真大法力(「瀑流」二句下)。又曰:此却降一等(「絶雀」二句下)。

李慶甲《瀛奎律髓彙評》二三:紀昀:解得好。又曰:無深意而自然高爽,此由氣格不同。許印芳:末句有訛字。

寄胡遇〔一〕

一自殘春别，經炎復到涼。螢從枯樹出〔二〕，蛩入破階藏〔三〕。落葉書勝紙，閒砧坐當牀〔四〕。東門因送客，相訪也何妨〔五〕。

【箋注】

〔一〕胡遇：見本集卷四《哭胡遇》注〔一〕。胡氏卒於大和四年以前。據此詩尾聯看，時島居長安城東南隅昇道坊（參本集卷六《青門里作》注〔一〕），胡氏亦在長安。因知這首寄贈之作，乃元和十三年至大和四年（八一八—八三〇）之間所賦，具體時間則難以指詳。

〔二〕螢：螢火蟲。

〔三〕蛩：蟋蟀。《詩·豳風·七月》：「七月在野，八月在宇，九月在户。」時蓋爲八九月間，故云「蛩入破階藏」。

〔四〕「落葉」二句：島謂己日用起居極爲簡陋。書：寫字。島書法頗有造詣，明陶宗儀《書史會要》卷五云：「賈島八分似韓擇木。」砧：擣衣石。漢班婕妤《擣素賦》：「於是投香杵，扣玟砧，擇鸞聲，争鳳音。」牀：此指古代坐具。《禮記·内則》：「少者執牀與坐。」陳澔集説：「牀，《説文》云：『安身之几坐。』非今之卧牀也。」

〔五〕「東門」二句：謂胡遇若送客至東門，不妨趁便來家。東門：《長安志》卷七：唐京城「東面三門，北曰通化門，中曰春明門，南曰延興門」。此蓋謂延興門也。延興門又稱青門，與島所居昇道坊不遠，故云。

【輯評】

方回《瀛奎律髓》二三：此詩句句伶俐，不知幾鍛而成，後人豈可一蹴而至耶？

李慶甲《瀛奎律髓彙評》二三：紀昀：「武功派」從此種出，最爲偏僻狹小。誤以此爲新爲高，則去詩遠矣。又曰：次句不佳。

送李戎扶侍往壽安〔一〕

二千餘里路，一半是波濤〔二〕。未曉着衣起，出城逢日高。關山多寇盜①〔三〕，扶侍帶弓刀。臨别不揮淚，誰知心鬱陶〔四〕。

【校勘記】

①寇盜：奉新本作「盜寇」。

【箋注】

〔一〕李戎：事跡未詳。扶侍：攙扶陪侍之人。《宋書·朱修之傳》：「後墜車折腳，……以腳疾不堪獨行，特給扶侍。」《新唐書·張果傳》：「擢銀青光禄大夫，號通玄先生，賜帛三百匹，給扶侍二人。」壽安：蓋即壽安鎮，在今四川蒲江縣境。

〔二〕「二千」二句：據《元和郡縣圖志》：蒲江縣壽安鎮所在邛州（故治即今四川邛崍縣），東北至長安二千一百七十里。而蜀中多水路，故云。

〔三〕關山：關隘山嶺。《樂府詩集·横吹曲辭五·木蘭詩》：「萬里赴戎機，關山度若飛。」

〔四〕鬱陶：憂思蓄積於胸臆也。《書·五子之歌》：「鬱陶乎予心，顔厚有忸怩。」孔傳：「鬱陶，言哀思也。」陸德明《經典釋文》：「鬱陶，憂思也。」

送孫逸人〔一〕

衣屨猶同俗①，妻兒亦宛然〔二〕。不餐能累月〔三〕，無病已多年②。是藥皆諳性，令人漸信仙〔四〕。杖頭書數卷，荷入翠微煙〔五〕。

【校勘記】

①屨：《英華》二三二作「履」。　②病：汲古閣本、席本作「疾」。

【箋注】

〔一〕孫逸人：名未詳。逸人，遺世之人，即遺民、隱士。見本集卷五《孟融逸人》注〔一〕。

〔二〕「衣屨」二句：意謂逸人衣着服飾及其家人與世俗並無二致。屨：單底鞋，多以蔴、葛、皮等材料製成，後亦泛指鞋子。《周禮·天官·屨人》：「掌王及后之服屨。」鄭玄注：「複下曰舄，禪下曰屨。」《説文·尸部》：「屨，履也。」段玉裁注引晉蔡謨曰：「今時所謂履者，自漢以前皆名屨，……屨、舄者一物之别名也。」宛然：真切貌。《關尹子·五鑒》：「譬猶昔游再到，記憶宛然，此不可忘，不可遣。」

〔三〕「不餐」句：謂逸人累月不食也。《史記·留侯世家》：「留侯性多病，即道引不食穀，杜門不出歲餘。」裴駰集解引《漢書音義》曰：「服辟穀之藥，而静居行氣。」

〔四〕「是藥」二句：謂逸人服食藥石以求長生也。《古詩十九首·驅車上東門》：「服食求神仙，多爲藥所誤。」李肇《唐國史補》卷下：「長安風俗，自貞元侈于遊宴……或侈于卜祝，或侈于服食，各有所蔽也。」

〔五〕翠微：青翠縹緲的山色。《爾雅·釋山》：「未及上，翠微。」清郝懿行義疏：「翠微者……蓋未及山頂，孱顔之間，葱鬱葐蒀，望之谸谸青翠，氣如微也。」

【輯評】

元方回《瀛奎律髓》四八：三代之世，恐無此譎觚之民也。唐人喜爲詩，則已喜談而樂道之。

明邢昉《唐風定》：東野之古，浪仙之律，異曲同工，宇宙間真少此種不得。若長吉歌行，則少之不爲缺事矣。

清岳端《寒瘦集》：一氣呵成，結處如畫，而又與「送」字有情。

清李懷民《重訂中晚唐詩主客圖》：此與張水部《隱者》《道者》等篇都一體例，要知亦不止兩公爲然。

李慶甲《瀛奎律髓彙評》四八：清查慎行：五、六對句不測。紀昀：屢發此論（按：指方回所言），實所不必。此何異選録艷歌，而與談男女有别。又曰：末二句突入送意，太無來路。

寄華山僧〔一〕

遥知白石室，松柏隱朦朧〔二〕。月落看心次，雲生閉目中〔三〕。五更鐘隔岳〔四〕，萬尺水懸空〔五〕。苔蘚嵌巖所，依稀有逕通①。

【校勘記】

①逕：汲古閣本、席本作「境」。

【箋注】

〔一〕華山僧：名未詳，蓋爲島之方外友人。

〔二〕「遥知」二句：謂僧人所居白石洞，在華山松柏掩映處。白石室：白色的巖洞。曹植《苦思行》：「鬱鬱西岳巔，石室青葱與天連。」

〔三〕「月落」二句：意謂夜間禪定心神達到一種自由自在、悠然自得之境。看心次：即静心思慮之時，亦即禪定之時也，參本集卷一《贈智朗禪師》注〔六〕。次，際，間，表示在某段時間之内。「雲生」句，《景德傳燈録》卷五載：唐肅宗問惠忠國師在曹溪得何法？惠中反問曰：「陛下見空中一片雲麽？」肅宗答：「見。」惠忠曰：「釘釘著，懸掛著？」此即禪宗愛以雲喻心，以形容其不受拘束，自由自在，悠然自得。

〔四〕「五更」句：五更鐘：山寺報曉的鐘聲，即曙鐘也，見本集卷六《宿姚少府北齋》注〔四〕。嶽：此指華山山峰。謂報曉的鐘聲從山峰背面傳來。

〔五〕「萬尺」句：華山頂有蒲池、太上二靈泉注於東西澗下（見本卷《馬戴居華山因寄》注〔三〕），故云「水懸空」。

【輯評】

清李懷民《重訂中晚唐詩主客圖》：非無本不能道此，非深於宗旨者未可輕學（「月落」二句下）。

送李登少府〔一〕

伊陽耽酒尉，朗詠醉醒新〔二〕。應見嵩山裏，明年躑躅春〔三〕。一千尋樹直，三十六峰鄰〔四〕。流水潺潺處，堅貞玉澗珉①〔五〕。

【校勘記】

①澗：奉新本作「潤」。

【箋注】

〔一〕李登赴任伊陽縣尉，島以此詩相送。李登：事跡未詳。少府：即縣尉。見本集卷二《重酬姚少府》注〔一〕。

〔二〕「伊陽」二句：稱贊李登乃一位嗜酒耽詩的伊陽縣尉，無論醉醒都能吟成新詩。伊陽：唐縣名，屬河南道，故治在今河南嵩縣西南。《元和郡縣圖志》卷五河南道一河南府：「伊陽縣，畿。北至府二百六十里。本陸渾縣南界之地，先天元年割置伊陽縣。」

〔三〕「應見」二句：謂少府明春可遊覽嵩山，觀看杜鵑花滿山的壯美景象。躑躅：杜鵑花的别名，亦名映山紅、山石榴。韓愈《答張十一功曹》詩云：「篔簹競長纖纖筍，躑躅閒開艷艷花。」《嶺南異物志》：「南中花多紅赤，亦彼方之色也，唯躑躅爲勝。嶺北時有，不如南之繁多也。山谷間悉生，二月發時，照耀如火，月餘不歇。」（見《太平廣記》）

〔四〕三十六峰：嵩山之三十六座山峰也。見本集卷六《送劉式洛中覲省》注〔二〕。

〔五〕「堅貞」句：謂玉澗中的珉石堅貞如美玉。玉澗：蓋爲嵩山脚下一溪流也。珉：似玉的美石也。《荀子・法行》：「故雖有珉之雕雕，不若玉之章章。」《漢書・司馬相如傳上》：「其石則赤玉玫瑰，琳珉昆吾。」顔師古注引張揖曰：「琳，玉也。珉，石之次玉者也。」

易州過郝逸人居〔一〕

每逢詞翰客，邀我共尋君〔二〕。果見閒居賦，未曾流俗聞〔三〕。也知鄰市井，宛似出囂氛①〔四〕。卻笑巢由輩，何須隱白雲〔五〕。

【校勘記】

①囂：汲古閣本、席本作「塵」。

【箋注】

〔一〕元和六年（八一一）冬島嘗回故鄉幽州，不久便返京師。此詩蓋往返途中經易州時拜謁郝逸人而作。易州：見本集卷二《易州登龍興寺樓望郡北高峰》注〔一〕。郝逸人：名未詳。逸人：即逸民，見本集卷五《孟融逸人》注〔一〕。

〔二〕「每逢」二句：謂郝氏文名出衆，所以每遇文士便相邀同去拜訪。詞翰客：文學之士。

〔三〕「果見」二句：謂郝氏有似《閒居賦》一類的佳作，情志確與世俗風氣不同。閒居賦：指潘岳《閒居賦》抒發的明道守拙，淡薄名利，悠游閒居的情志。流俗：世俗，社會上流行的風俗習慣。《禮記·射義》：「幼壯孝弟，耆耋好禮，不從流俗。」此指追逐名利，醉心事功，詐僞巧宦的社會積習。

〔四〕「也知」二句：謂郝氏雖居近城市，然風神恰像超塵出世一般。晋王康琚《反招隱詩》云：「小隱隱陵藪，大隱隱朝市。」此用其意。囂氛：塵世的喧囂氣氛。見本集卷六《過楊道士居》注〔二〕。

〔五〕「卻笑」二句：謂真正的隱士不一定要隱於山深林密之處。巢由：堯時隱士巢父、許由也。皇甫謐《高士傳·巢父》：「巢父者，堯時隱人也，山居不營世利，年老以樹爲巢而寢其上，故時人號曰巢父。」又同書《許由》謂：堯讓天下於許由，由不受，遁居於潁水之陽箕山之下；堯又召爲九州長，由以爲聞而污耳，因洗耳於潁水之濱。

酬鄠縣李廓少府見寄〔一〕

稍憐公事退〔二〕，復遇夕陽時。北朔霜凝竹，南山水入籬〔三〕。吟懷滄海侣，空問白雲師〔四〕。恨不相從去，心惟野鶴知〔五〕。

【箋注】

〔一〕敬宗寶曆間，李廓爲鄠縣尉時當寄詩於島，故島以此詩相酬答。鄠縣：唐縣名，屬京兆府，故治即今陝西户縣治。《元和郡縣圖志》卷二關内道二京兆府下：「鄠縣，畿。東北至府六十五里。」李廓：見本集卷五《送李廓侍御劍南行營》注〔一〕。少府：即縣尉。見本集卷二《重酬姚少府》注〔一〕。

〔二〕憐：喜愛、疼愛。《莊子·秋水》：「夔憐蚿，蚿憐蛇，蛇憐風，風憐目，目憐心。」鍾泰發微：「憐，愛羨也。」公事：《詩·大雅·瞻卬》：「婦無公事，休其蠶織。」朱熹集傳：「公事，朝廷之事。」此指縣衙中的公務。

〔三〕「北朔」二句：寫鄠縣南北景物。北朔：北方之地。晉成公綏《嘯賦》：「奏胡馬之長思，向寒風乎北朔。」南山：終南山。《元和郡縣圖志》卷二關内道二京兆下鄠縣：「終南山，在縣東南二十里。」

〔四〕「吟懷」二句：謂少府作詩懷念仙人，學佛請教僧人。吟：古代詩歌體裁之一，此謂作詩。《三國志·蜀書·諸葛亮傳》：「亮躬耕隴畝，好爲《梁父吟》。」滄海侶：滄海島上的仙人也。《海内十洲記·滄海島》：「滄海島在北海中。地方三千里，去岸二十一萬里。海四面繞島，各廣二千里，水皆蒼色，仙人謂之滄海也。」空：小乘佛教以爲，萬物皆由因緣而生，緣散即滅，没有固定的實體，所以謂之「空」。至大乘佛教出，連「空」也一併否定，即「空空」。《維摩詰所説經·弟子品》曰：「諸法究竟無所有，是空義。」注引僧肇曰：「小乘觀法緣起，内無真主爲空義。雖能觀空，而於空未能都泯，故不空竟。大乘在有不有，在空不空，理無不極，所以究竟空義也。」「空空」亦稱「真空」「畢竟空」「究竟空」。然萬物（法）皆假因緣而有，謂之「假有」。假者，借也。故萬法皆「真空假有」。白雲師：此指僧人，因僧人理解空之精義，且多居山間修道，故云。

〔五〕「恨不」二句：點出酬答之意，謂欲一同歸隱也。「心惟」句，意謂只有野鶴才是伴侣。

浄業寺與前鄠縣李廓少府同宿〔一〕

來從城上峰，京寺暮相逢〔二〕。往往語復默，微微雨灑松〔三〕。家貧初罷吏，年長畏聞蛩〔四〕。前日猶拘束，披衣起曉鐘〔五〕。

【箋注】

〔一〕敬宗寶曆中，李廓爲鄠縣尉；此詩既云「前鄠縣李廓少府」，則廓已罷尉職且未獲新任，故此詩應作於前詩《酬鄠縣李廓少府見寄》後不久。净業寺：唐代長安寺院，即詩所謂「京寺」，未詳所在何坊。鄠縣：見前詩注〔一〕。李廓：見本集卷五《送李廓侍御劍南行營》注〔一〕。

〔二〕「來從」二句：謂李廓自終南山腳下的鄠縣入京城相會。城上峰：指終南山也。終南山聳立於長安城南，自城中望之，彷彿聳立城頭之上，故云。王維《春日與裴迪過新昌里訪吕逸人不遇》：「城上青山如屋裏，東家流水入西鄰。」京寺：即長安净業寺也。

〔三〕「往往」二句：寫同宿夜話的情形，謂李廓言語聽之猶如微雨灑在青松上似的韻味幽長。「語復默」：即語默，説話或沉默。《易・繫辭上》：「君子之道，或出或處，或默或語。」此單指言語。

〔四〕「年長」句：謂少府逢秋有遲暮之感。蛩：蟋蟀。

〔五〕「前日」二句：謂前此之時少府還忙於公務，聞鐘即起。言外之意少府剛剛罷任，現在已閒散多了。拘束：約束、限制。《晉書・愍懷太子遹傳》：「殿下誠可及壯時極意所欲，何爲恒自拘束。」此指職事的限制。曉鐘：報曉的鐘聲。

送南卓歸京〔一〕

殘春别鏡陂，罷郡未霜髭〔二〕。行李逢炎暑〔三〕，山泉滿路歧。雲藏巢鶴樹①，風觸囀鶯枝〔四〕。三省同虚位，雙旌帶去思〔五〕。入城宵夢後，待漏月沈時〔六〕。長策并忠告，從容寫玉墀②〔七〕。

【校勘記】

①鶴樹：叢刊本作「樹鶴」。　②墀：席本校：「一作池。」

【箋注】

〔一〕文宗大和九年（八三五）秋，島往遊杭州謁姚合。蓋第二年（開成元年）春遊會稽，適逢南卓罷婺州刺史經會稽赴京，島因賦此詩以送之。南卓：字昭嗣，初遊學吴楚，羈旅十餘年。大和二年與裴休、杜牧等同登賢良方正能直言極諫制科。任拾遺時，因諫諍貶松滋令，歷婺州、商州、蔡州刺史。會昌元年任洛陽令。大中間官黔南觀察使。卓善詩文，精通音律，所著《羯鼓録》一卷傳世。

〔二〕「殘春」二句：謂卓春末離會稽歸京，年紀尚輕已爲封疆大吏。鏡陂：鏡湖，又名鑑湖、慶湖、長湖、太湖，在今浙江紹興南。《元和郡縣圖志》卷二六江南道二越州會稽縣：「鏡湖，後漢永和五年太守馬臻創立，在會稽、山陰兩縣界築塘蓄水，水高丈餘，田又高海丈餘，若水少則洩湖灌田。……隄塘周迴三百一十里，溉田九千頃。」今已乾涸爲農田。

〔三〕行李：行旅，引申爲行程，見本集卷四《送丹師歸閩中》注〔四〕。

〔四〕「雲藏」二句：意謂雲霧籠罩仙鶴巢居的樹木，微風拂動啼鶯所立的柔枝。巢：鳥類及蜂蟻等築的窩。這裏指築巢而居。

〔五〕「三省」二句：謂朝廷空出官位以待南卓，侍從也急於歸京。三省：中書省、門下省、尚書省也。自南北朝至唐，三省同爲最高政務機構。王維《奉和聖製暮春送朝集使歸郡應制》：「祖席傾三省，褰帷向九州。」這裏借以指朝廷。雙旌：一定品級官員隨行的旌旗儀仗。見本集卷三《送李騎曹》注〔二〕。此指南卓的隨從。

〔六〕「入城」二句：謂南卓歸京夜間稍事休息，拂曉便待漏準備上朝。待漏：百官早朝，要待漏箭刻度指到規定時刻，宫門方開，謂之待漏。待漏之所，謂之待漏院。《東觀漢記·樊梵傳》：「自當直事，常晨駐馬待漏。」李肇《唐國史補》卷中：「舊百官早朝，必立馬於望仙、建福門外，宰相於光宅車坊，以避風雨。元和初始置待漏院。」漏，滴漏，古計時器，見本集卷三《即事》注〔六〕。

〔七〕玉墀：宫殿前石階的美稱。漢武帝《落葉哀蟬曲》：「羅袂兮無聲，玉墀兮塵生。」王維《扶南曲歌詞五首》其四：「拂曙朝前殿，玉墀多珮聲。」這裏借以指朝廷。

卧疾走筆酬韓愈書問①〔一〕

一卧三四旬，數書惟獨君②。願爲出海月，不作歸山雲〔二〕。身上衣蒙與③，甌中物亦分〔三〕。欲知彊健否，病鶴未離羣〔四〕。

【校勘記】

①疾：《律髓》四四作「病」。　②數書惟獨：奉新本、叢刊本校、季稿校、《全詩》五七三校作「書至獨思」。　③蒙與：奉新本、叢刊本、季稿、《全詩》作「頻寄」。

【箋注】

〔一〕島自元和七年（八一二）秋赴長安應舉，屢試不第，滯留京師，到長慶四年（八二四）冬韓愈去世，前後十三年間二人多有往還，島體弱多病，故其卧疾及韓愈書問的具體時間，今已不可確考了。韓愈：見本集卷一《雙魚謡》注〔二〕。

〔二〕「願爲」二句：以月和雲自喻，以示仍將積極進取，永不退隱，以求有爲也。《藝文類聚》卷一《天部上·月》條引《文子》曰：「百星之明，不如一月之光。」此用其意。「不作」句，陶潛《歸去來兮辭》：「雲無心以出岫。」以雲在山喻歸隱不仕之意。此反其意而用之，謂永不退隱也。

〔三〕「身上」二句：感激韓愈周濟衣物。甌：盆、盂之類的瓦器。《方言》第五：「自關而西謂之甂，其大者謂之甌。」

〔四〕「欲知」二句：點出「酬」字，謂雖病而不致離羣索居也。島爲韓門弟子之一，故云。病鶴：島自喻也。

【輯評】

元方回《瀛奎律髓》四四：五、六可憐，其所以感昌黎者至矣。起句尤見退之高誼，賢哉賓主間也。

李慶甲《瀛奎律髓彙評》四四：清馮班：又批得𩦺鈍。紀昀：浪仙作澀語便工，作平語便庸鈍，所謂人各有能有不能。又曰：五、六雖真，而不免於鄙。

長孫霞李溟自紫閣白閣二峰見訪〔一〕

寂寞吾廬貧〔二〕，同來二閣人。所論唯野事，招作住雲鄰①〔三〕。古寺期秋宿，平林散早春〔四〕。漱流今已矣，巢許豈堯臣〔五〕。

【校勘記】

①招作：奉新本作「訪我」；叢刊本、季稿、《全詩》五七三諸本校：「一作訪我。」

【箋注】

〔一〕此詩當爲李溟與長孫氏拜訪賈島時，島的即興之作。長孫霞：事跡未詳。李溟：曾漫遊吴地，與許渾相過從，一度赴宥州拜謁刺史李權，並遊塞外。與僧栖白，當時詩人賈島、薛能均有交往。唐張爲《詩人主客圖》列李溟爲「清奇僻苦主孟郊」及門之一。紫閣：山名。見本集卷四《懷紫閣隱者》注〔一〕。白閣：山名。見本集卷三《寄白閣默公》注〔一〕。

〔二〕「寂寞」句：姚合詩中屢屢言及賈島貧窘，如《寄賈島浪仙》云：「院落夕彌空，蟲聲雁相及。衣巾半僧施，蔬藥常自拾。凛凛寢席單，翳翳竈煙濕。頹籬里人度，敗壁鄰燈入。」

〔三〕住雲鄰：隱居雲山的鄰居。住雲：猶卧雲，意謂隱居。白居易《酬元郎中同制加朝散大夫書懷見贈》：「終身擬作卧雲伴，逐月須收燒藥錢。」

〔四〕「古寺」二句：言隱居雲山後春花秋月時節有諸種遊賞活動。平林：平原上的林木。《詩·小雅·車舝》：「依彼平林，有集維鷮。」毛傳：「平林，林木之在平地者也。」

〔五〕「漱流」二句：意謂如今不作隱士，隱士不能成爲社稷之臣。漱流：枕石漱流的略語，指隱居山林的生活。曹操《秋胡行》之一：「遨遊八極，枕石漱流飲泉。」巢許：巢父、許由。二人皆不受堯之爵位，隱居終身。見本卷《易州過郝逸人居》注〔五〕。堯：傳説中古帝陶唐氏之號。《易·繫辭下》：「神農氏没，黄帝、堯、舜氏作。」《史記·五帝本紀》：「帝嚳崩，而摯代立。帝摯立不善，崩，而弟放勳立，是爲帝堯。」

送惟一遊清涼寺〔一〕

去有巡臺侶，荒溪衆樹分〔二〕。瓶殘秦地水，錫入晉山雲①〔三〕。秋月離喧見，寒泉出定聞②〔四〕。人間臨欲别，旬日雨紛紛。

【校勘記】

①錫：底本作「錫」，誤，據黄校本、奉新本、叢刊本等諸校本改。②出：何校本、王《選》一五作「入」。

【箋注】

〔一〕惟一將往遊五臺山清涼寺，島因以此詩送之。惟一：事跡未詳，當爲島之方外友。清涼寺：唐法藏《華嚴經探玄記》卷一五曰：「清涼山，即是代州五臺山是也。於中現有古清涼寺，以冬夏積雪，故以爲名。」

〔二〕「去有」二句：謂送别惟一及其同伴的地方，夾溪兩岸盡是樹木。臺：指五臺山。山在今山西五臺縣東北，爲我國佛教四大名山之一，五峰聳峙，峰頂如壘土之臺，故名。主峰北臺，山無炎暑，故又名清涼山。《元和郡縣圖志》一四河東道三代州五臺縣：「五臺山，在縣東北百四十里。道經以爲紫府山，内經以爲清涼山。」

〔三〕「瓶殘」二句：謂秦晋毗鄰也。韓翃《送客水路歸陜》：「枕上未醒秦地酒，舟前已見陜人家。」此化用其意。瓶：此指僧人飲水用的浄瓶。見本集卷三《送貞空二上人》注〔五〕。秦地：指戰國時秦國的域地。秦，見本集卷三《皇子陂上韓吏部》注〔四〕。錫：錫杖，見本集卷五《送知興上人》注〔四〕。晋山：晋地的山川。晋，春秋時諸侯國。周成王封弟叔虞於堯之故墟唐，其南有晋水，叔虞子燮父因改國號曰「晋」。其地據有今山西、河北二省南部，河南西北及陜西東部地區，戰國時，爲其大夫韓、趙、魏所分。參《史記·晋世家》。

〔四〕「秋月」二句：謂較之喧鬧的京城，途中所見秋月格外静謐皎潔，坐禪後所聞泉聲更加清悠悦耳。喧：嘈雜吵鬧。定：禪定，見本集卷一《贈智朗禪師》注〔六〕。

鄭尚書新開涪江二首〔一〕

岸鑿青山破，江開白浪寒〔二〕。日沈源出海〔三〕，春至草生灘。梓匠防波溢①，蓬仙畏水乾〔四〕。從今疏決後，任雨滯峰巒。

不侵南畝務，已拔北江流〔五〕。涪水方移岸，潯陽有到舟〔六〕。潭澄初搗藥〔七〕，波動乍垂鈎。山可疏三里，蹤知歷億秋②〔八〕。

【校勘記】

①溢：何校本作「隘」。②蹤知：叢刊本校、汲古閣本、季稿校、席本、《全詩》五七三校作「惟應」；席本校、《全詩》作「從知」。

【箋注】

〔一〕鄭復開涪江事，《全唐文》卷七九四孫樵《梓潼移江記》叙述頗詳：「涪繚於郪，迫城如蟠。淫潦漲秋，狂瀾陸高。突隄嚙涯，包城蕩墟，歲殺州民，以爲官憂。滎陽公始至，則思所以洗民患……别爲新江……未幾而新江告成……其年七月，水果大至，雖踰防稽陸，不能病民。……是歲開成五年也。」遂州長江縣屬東川節度使治下，鄭氏開江成，功用顯然，欣喜之餘，蓋召治下官吏，宴慶賦詩作文，以旌功德，島遂有此作。詩云「春至草生灘」，知爲開成五年春作。鄭尚書：即鄭復也，滎陽（今屬河南）人。嘗爲倉部郎中，大和七年前後以朝議大夫使持節楚州諸軍事，守楚州刺史。文宗開成初爲京兆尹，四年九月出爲劍南東川節度使。武宗會昌元年六月，以有疾擅離本道罷。鄭氏爲尚書事，當在任京兆尹之前。尚書：官名，見本集卷五《寄滄州李尚書》注〔一〕。涪江：水名，源於今四川松潘，東南流經平武、綿陽、三臺、遂寧、潼南至合川縣入嘉陵江。《説文·水部》：「涪水，出廣漢剛邑道徼外，南入漢。」段玉裁注：剛邑蓋誤，當作剛氏，「按剛氏道徼外，蓋在今四川龍安府松潘廳境内，地舊松潘衛也。衛東有小分水嶺，涪水出焉，東南流。……嘉陵江即西漢水也。許云南入漢，謂入嘉陵江也」。

〔二〕「岸鑿」二句：謂鑿山開出新涪江，江波清泠寒冽。《梓潼移江記》云：「鑿江東壖地，别爲新江，使東北注流五里，復匯而東，即隄墟舊江，使水道與地相遠，以薄江怒。」

〔三〕「日沈」句：謂涪江發源於西海日落處。《漢書·地理志》廣漢郡：「剛氏道，涪水出徼外，南至墊江入漢，過郡二，行千六十九里。」海：西海，西方日落處。李白《古風》之十一：「黄河走東溟，白日落西海。」此以「源出海」謂涪江源遠流長也。

〔四〕梓匠：指梓人，即古代木工，主造器具。《墨子·節用中》：「凡天下羣百工，輪車鞼匏，陶冶，梓匠，使各從事其所能。」蓬仙：東海仙山蓬萊上的仙人也。見本集卷六《過楊道士居》注〔六〕。二句謂水旱各有其宜。

〔五〕「不侵」二句：謂開成新涪江並未影響農事。《梓潼移江記》云：「遂命武吏發卒三千，跡其前謀，役興三月……未幾而新江告成。」鄭氏開江不役使農夫，故云。南畝：農田。《詩·豳風·七月》：「饁彼南畝，田畯至喜。」北江：指鄞縣城北一段涪江。

〔六〕「潯陽」句：謂新開涪江有通航之利，長江潯陽一帶船只可直達這裏。潯陽：江名，長江流經今江西九江市北的一段。「潯」本水名，在長江北，南流入江，漢代因以爲縣名，而江遂得「潯陽」之稱也。

〔七〕「潭澄」句：謂潭水清澈可映見新月也。搗藥：古代神話傳説月中有白兔搗藥也。此借以指月。見本集卷六《送沈鶴》注〔三〕。

〔八〕「山可」二句：意謂新江雖只三里，但業績永存。《梓潼移江記》云：「新江長步一千五百，闊十分其長之二，深十分其闊之一。」「疏三里」：概實言也。蹤：事跡。此指開江的業績。

寄喬侍郎〔一〕

大寧猶未到，曾渡北浮橋〔二〕。曉出爬船寺，手擎紫栗條〔三〕。差池不相見〔四〕，悵望至今朝。近日營家計，繩懸一小瓢〔五〕。

【箋注】

〔一〕此詩自示窘困，意求喬侍郎相助。喬侍郎：名未詳。侍郎：官名。《舊唐書·職官二》：門下、中書侍郎正三品；吏部侍郎正四品上；餘諸部侍郎正四品下。

〔二〕「大寧」二句：島謂己當年曾由洛陽北渡黄河浮橋遊覽，然却没有再北行至大寧縣。大寧：唐縣名，屬河東道，今屬山西。《元和郡縣圖志》一二河東道一隰州治下，有大寧縣。北浮橋：黄河上所架浮橋，即河陽橋，故址在今河南孟縣西南黄河上。《元和郡縣圖志》卷五河南道一河南府河陽縣：「造浮橋，架黄河爲之，以船爲脚，竹䈴亙之。《晋陽秋》云『杜元凱造河橋於富平津』，即此是也。」安史之亂中，相州行營郭子儀等與史思明戰，九節度使兵潰，子儀斷河陽橋，以餘兵保東京，即此浮橋也（見《舊唐書·肅宗紀》）。後橋蓋又修復，故至島時仍可由橋渡河至河北也。

〔三〕紫栗條：栗木手杖也。栗：木名，其果實即栗子。

〔四〕差池：差錯，意外。見本集卷二《投孟郊》注〔三〕。

〔五〕「近日」二句：謂近日家境困窘，艱難度日也。言外之意，欲求侍郎周濟。島還俗應舉，屢試不第，生計自成問題，其詩中每每言及困窘之狀，此其一也。張籍《贈賈島》亦云：「籬落荒涼僮僕飢，樂遊原上住多時……拄杖傍田尋野菜，封書乞米趁時炊。」

送去華法師〔一〕

在越居何寺〔二〕，東南水路歸。秋江洗一鉢，寒日曬三衣①〔三〕。默聽鴻聲盡，行看葉影飛②〔四〕。囊中無寶貨，船户夜扃稀。

【校勘記】

①「秋江」二句：《全詩》七九六又作無名氏。然黄丕烈所見宋書棚本《賈浪仙長江集》，《瀛奎律髓》四七及明清刊刻諸種島集皆收此完詩，當從之。②葉：《律髓》四七作「蝶」。

【箋注】

〔一〕去華法師：事跡未詳。去：鄭穆公子去疾之後，爲去疾氏，或省作去姓。法師：精通佛法並能講解的高僧，亦用作一般僧人的尊稱。

〔二〕越：古國名，此指越地。

〔三〕三衣：梵文之意譯，爲僧人穿的三種衣服：一曰僧伽梨，即大衣或名衆聚時衣，大衆聚會或授戒、説戒時着之；二曰鬱多羅僧，即上衣，禮誦、聽講等時着之；三曰安陀會，即内衣，日常作業或安寢時着之。三衣皆袈裟也，因其大小不同，故有别名。《高僧傳·唱導·曇光》：「宋明帝於湘宫設會，聞光唱導，帝稱善，即敕賜三衣瓶鉢。」

〔四〕葉影飛：謂深秋木葉飄落也。宋玉《九辯》：「悲哉秋之爲氣也，蕭瑟兮草木摇落而變衰。」

【輯評】

元方回《瀛奎律髓》四七：後六句皆好。

李慶甲《瀛奎律髓彙評》四七：清馮舒：次句送。　紀昀：僧歸豈必有「寶貨」？此句烘托不起。

送蔡京〔一〕

躍蹄歸魯日，帶漏別秦星〔二〕。易折芳條桂，難窮邃義經〔三〕。登封多泰岳①，巡狩徧滄溟〔四〕。家在何林下，梁山翠滿庭〔五〕。

【校勘記】

①岳：汲古閣本作「岱」。

【箋注】

〔一〕此爲送蔡京進士及第後歸鄉之作。蔡京：鄆州（今山東東平）人。早歲爲僧，後還俗讀書，登文宗開成元年（八三六）進士第。武宗會昌三年復中學究科，授畿縣尉。歷官監察御史、撫州、饒州刺史、荆襄巴南宣慰安撫使等職。懿宗咸通三年爲嶺南西道節度使，以御下慘毒，爲軍中所逐，後貶死。蔡京頗以辭氣自負，與劉禹錫、令狐楚、賈島等皆有交往。

〔二〕「躍蹄」二句：謂蔡京走馬回鄉起程很早。魯：周代諸侯國名，據地相當於今山東兖州東南至江蘇沛縣、安徽泗縣一帶。後借以指魯地。蔡京故鄉鄆州屬魯地，故云「歸魯」。帶漏：夜漏未盡，猶言拂曉。秦星：秦地天空的星宿，即秦地的分星也。此以秦地的分星指代秦地。

〔三〕「易折」二句：謂蔡京進士及第後，又欲自明經登第選官。唐代舉子進士及第後，尚需通過吏部書判或宏詞科考試入等，方可授官。其才如韓愈，三試於吏部尚未入等，可見其不易。但由明經登第者，據《唐會要》卷七五載，開元中便令於冬集時直接授官，不必再通過吏部考試。蔡京進士及第後，蓋以就吏部試爲難，因而轉欲由明經登第入仕。劉禹錫《送前進士蔡京赴學究科》詩云：「已是世間能賦客，更攻窻下絶編書。」蔡氏第進士後七年，方再登明經中的學究科，授畿縣尉。唐代重進士而輕明經，故《唐摭言》《唐詩紀事》皆記時人謂蔡京「好及第，惡科名。有錦上披簑之誚焉」。芳條桂：即桂枝也，喻進士第，見本集卷二《寄孟協律》注〔三〕。邃義經：指含義深奧的《春秋》《周禮》《儀禮》《公羊》《穀梁》等明經考試的儒家經典。

〔四〕「登封」二句：謂魯中乃政治要地，古今帝王封禪、視察邦國州郡行徧東海之濱。登封：登山築土爲壇以祭天，報天之功，謂之封；闢場祭地，報地之德曰禪，合稱封禪，亦曰登封。《史記·封禪書》：「（武帝）遂登封泰山，至於梁父。」泰岳：東岳泰山。見卷一《北嶽廟》注〔二〕。巡狩：天子出行，視察邦國州郡。《書·舜典》：「歲二月，東巡狩，至于岱宗，柴。」孔安國傳：「諸侯爲天子守土，故稱守。巡，行之。」《孟子·梁惠王下》：「天子適諸侯曰巡狩。巡狩者，巡所守也。」滄溟：大海，此指魯地所臨東海。見本集卷五《寄滄州李尚書》注〔二〕。

〔五〕梁山：《元和郡縣圖志》卷一〇河南道六鄆州壽張縣：「梁山，在縣南三十五里。」蔡氏蓋鄆州壽張人，故云「梁山翠滿庭」。

慈恩寺上座院〔一〕

未委衡山色，何如對塔峯〔二〕。曩宵曾宿此〔三〕，今夕值秋濃。羽族棲煙竹，寒流帶月鐘。井甘源起異，泉湧漬苔封〔四〕。

【箋注】

〔一〕本集卷三《皇子陂上韓吏部》詩云：「涕流聞度瘴，病起賀還秦。」「度瘴」，指元和十四年（八一九）韓愈因諫迎佛骨貶潮州一事；「病起賀還秦」，指十五年韓還京，島病後往賀。本卷另有《宿慈恩寺郁公房》云「病身來寄宿」「新秋過雨山」，是元和十五年初秋島病時，曾投宿慈恩寺郁公房。本集卷九有《酬慈恩寺文郁上人》云：「阻宿幽房疾未平。」亦謂患病期間曾投宿郁公房。此詩云：「曩宵曾宿此，今夕值秋濃。」前句亦當指病時投宿慈恩寺文郁上人一事，故此「上座」，指文郁上人無疑。下句言「今夕」再宿，不忘前情也。然此詩作於何時？則難以確指。慈恩寺：見本集卷五《送慈恩寺霄韻法師謁太原李司空》注〔一〕。上座：年高有德之僧，亦用於稱一寺之主持或尊稱一般僧人。《四分律删繁補闕行事鈔》下三之二云：「毘尼母云：從無夏至九夏是下座，十夏至十九夏名中座，二十夏至四十九夏名上座。」是上座乃有道高僧。此指僧文郁。郁乃越人，出家嘗居衡山寺，後至京居慈恩寺。

〔二〕「未委」二句：意謂上人既不住南嶽修道，那在慈恩寺駐錫就是最好的了。衡山：南嶽也，見本集卷二《送鄭山人遊江湖》注〔二〕。塔峰：慈恩寺大雁塔也。《唐兩京城坊考》卷三云：「大慈恩寺，……寺西院浮圖六級，崇三百尺。永徽三年沙門玄奘所立。初唯五層，崇一百九十尺，塼表土心，倣西域窣堵波制度，以置西域經像。後浮圖心内卉木鑽出，漸以頹毁。長安中更拆改造，依東夏刹表舊式，特崇於前。」浮圖，亦作「浮屠」，即佛塔也。

〔三〕曩宵：往日夜間。曩，以前、昔日、先時。《莊子・齊物論》：「曩子行，今子止。曩子坐，今子起。」成玄英疏：「曩，昔也。」

〔四〕苔封：苔蘚生長繁茂。封：增多。杜甫《風疾舟中伏枕書懷三十六韻奉呈湖南親友》：「春草封歸恨，源花費獨尋。」仇兆鰲注：「封，猶增也。」

題朱慶餘所居〔一〕

天寒吟竟曉，古屋瓦生松①。寄信船一隻，隔鄉山萬重〔二〕。樹來沙岸鳥，窗度雪樓鐘〔三〕。每憶江中嶼，更看城上峰〔四〕。

【校勘記】

①屋：席本作「居」。

【箋注】

〔一〕此乃一首題壁詩。詩云：「隔鄉山萬重。」蓋爲朱氏居京師時，島題其屋壁之作。朱慶餘：名可久，以字行，生平事跡見本集卷三《送朱可久歸越中》注〔一〕。

〔二〕「寄信」二句：由京師去越州，中間多是水路，故云「寄信船一隻」；因相距遥遠，故曰「隔鄉山萬重」。杜甫《贈虞十五司馬》：「書籍終相與，青山隔故園。」

〔三〕「樹來」二句：謂宅中樹上棲息着水鳥，窗前可聽到雪晨鐘聲。鐘：此指報曉的鐘聲。古時晨鐘暮鼓以報曉昏，故云。

〔四〕江中嶼：江心的島嶼。謝靈運《登江中孤嶼》：「亂流趨正絶，孤嶼媚中川。」此蓋指慶餘家鄉浙江江心小島。城上峰：長安城中所見終南山也。終南山高大雄偉，自城中視之，彷彿矗立於城頭之上，故云。

【輯評】

元方回《瀛奎律髓》二三：三、四新異。今蜀人語頗多類第三句，豈普州人得其遺風而廣之耶？

李慶甲《瀛奎律髓彙評》二三：紀昀：三句鄙甚，非新異。

送黄知新歸安南①〔一〕

池亭沉飲徧，非獨曲江花〔二〕。地遠路穿海〔三〕，春歸冬到家。火山難下雪〔四〕，瘴土不生茶〔五〕。知决移來計②，相逢期尚賒〔六〕。

【校勘記】

①知新：《英華》二七八作「和新」。　②移來：《英華》作「秋來」，非是。

【箋注】

〔一〕島在京結識士子黄知新，知新欲回安南移家來京師，因賦此詩以送之。黄知新：據此詩知其爲安南人，來京師，爲繁華所動，因欲移家京師。餘事未詳。安南：即安南都護府，治宋平縣，故治位於今越南河内市區。參本集卷四《送安南惟鑒法師》注〔一〕。

〔二〕「池亭」二句：謂長安名勝之地如曲江等處黄氏遊賞殆徧。沉飲：大量喝酒。顔延之《五君詠·劉參軍》：「韜精日沉飲，誰知非荒宴。」曲江：見本集卷四《訪李甘原居》注〔三〕。

〔三〕「地遠」句：《元和郡縣圖志》卷三八嶺南道五安南都護府：「北至上都六千四百四十五里，水路六千六百四十里。」自京歸安南，亦可越南海而至，故云「路穿海」。

〔四〕「火山」句：嶺南已極少有雪，安南一帶更是酷熱之地，則絶無雪矣，故云。火山：《神異經·南荒經》：「南荒外有火山，其中生不盡之木，晝夜火燃。」此蓋借以指安南一帶炎熱之地。

〔五〕瘴土：指安南一帶瘴氣彌漫之地。瘴，瘴氣，南方山林間濕熱鬱蒸之氣，易致人濕熱之疾，故又稱「瘴毒」。見本集卷三《皇子陂上韓吏部》注〔四〕。

〔六〕賒：此謂時間長久。何遜《秋夕仰贈從兄寘南》詩云：「寸心懷是夜，寂寂漏方賒。」

【輯評】

李慶甲《瀛奎律髓彙評》三八：紀昀：運意細切，而語不甚工。

贈胡禪師①〔一〕

自是根機鈍，非關夏臘深〔二〕。秋來江上寺，夜坐嶺南心②〔三〕。井鑿山含月，風吹磬出林〔四〕。祖師携隻履③，去路杳難尋〔五〕。

【校勘記】

①師：《全詩》五七三作「歸」，誤。②南：《全詩》校：「一作頭。」非是。③携：汲古閣本、席本作「遺」，非是。

【箋注】

〔一〕胡禪師：名未詳。蓋島所識方外友人。禪師：本指修習禪定的僧人，亦用作對一般和尚的尊稱。見本集卷一《贈智朗禪師》注〔一〕。

〔二〕「自是」二句：謂禪師爲僧多年，然領悟禪道尚不通脱自然。根機：即根性。樹之本在根，人之本在性，合言之則曰根性。佛家以人之眼、耳、鼻、舌、身、意爲六根，根之發動曰機。佛法的進止，修道的興廢，皆決定於根機之利鈍，故云。《金光明最勝王經》卷七云：「隨彼根機，令習定。」夏臘：僧人出家的年歲也。佛家紀年，以七月十六日爲一歲之首。四月十五至七月十五，整整三個月，爲僧人夏季安居時期。而七月十五則爲歲末一日，如世俗臘月除夕，因安居時間涵有臘月，因稱「夏臘」，又名「僧臘」。佛家以夏臘多寡，計算僧人出家的資歷。《月燈三昧經》卷六云：「當問其夏臘。」

〔三〕「夜坐」句：言胡禪師乃南宗禪之僧人，夜間修習惠能禪法。嶺南心：即嶺南心法，禪宗六祖惠能禪法也。惠能出生於五嶺以南的新州（今廣東新興），於黄梅東山得五祖弘忍親傳禪宗心法後，又回嶺南傳法而終，故云。嶺：指五嶺，見本集卷六《送空公往金州》注〔五〕。

〔四〕磬：梵語犍稚，譯曰鐘或磬，乃一種形狀似鉢的樂器，此借以指整個佛寺的樂音。

〔五〕「祖師」二句：謂禪宗初祖達摩早已西歸，胡禪師雖習南禪却無從得其真傳了。言外之意胡禪師的禪法，已不純是達摩舊説了。「祖師」句：用達摩「隻履西歸」事，見本集卷六《贈紹明上人》注〔四〕。

【輯評】

清冒春榮《葚原詩説》卷一：五字爲句，有上二下三，上三下二，上一下四，上四下一，上二下二中一，上二中二下一，上一中二下二，上二下一中三凡八法。……上一中二下二，如「地盤山入海，河繞國連天」（張祜），「井鑿山含月，風吹磬出林」（賈島）。

元日女道士受籙〔一〕

元日天新夜①，齋身稱浄衣〔二〕。數星連斗出〔三〕，萬里斷雲飛〔四〕。霜下磬聲在，月高壇影微〔五〕。立聽師語了，右肘繫符歸②。

【校勘記】

①天：奉新本、叢刊本、季稿、《全詩》五七三作「更」。　②右：叢刊本、季稿、《全詩》作「左」。

【箋注】

〔一〕元日：此指吉日。《吕氏春秋·仲春》：「擇元日，命人社。」高誘注：「元，善也。」受籙：道教徒接受秘密文書。籙，符與籙的省稱，二者皆道教所傳秘密文書。《北史·魏紀二·顯祖獻文帝》：「帝幸道壇，親受符籙。」

〔二〕「元日」二句：謂吉日這天夜晚，齋戒沐浴的女道士穿着乾浄合身的衣服。齋身：沐浴潔浄之身。

〔三〕斗：此蓋指二十八宿之北方玄武七星的第一宿斗星。《詩·小雅·大東》：「維北有斗，不可以挹酒漿。」

〔四〕斷雲：成片之雲。梁簡文帝蕭綱《薄晚逐凉北樓迥望》詩：「斷雲留去日，長山减半天。」

〔五〕壇：道壇，道教作法事的場所。《晋書·隱逸傳·張忠》：「立道壇於窟上，每旦朝拜之。」

【輯評】

元方回《瀛奎律髓》四八：世間愚人無知而失身者，莫若尼姑、女冠。立聽師語，右肘繫符，果何所得乎？昌黎獨不信，如《謝自然》詩及《兩街講經》詩必闢之。

李慶甲《瀛奎律髓彙評》四八：清馮舒：昌黎著書立言，自不脱儒家體面。然終以金丹亡，則知其本懷亦不信其無也。選詩只説性情，奈何處處下此閒話。　紀昀：有所不滿而不着一語，結句言外見之。　又曰：「在」字不佳。

重與彭兵曹〔一〕

故人在城裏，休寄海邊書〔二〕。漸去老不遠，別來情豈疏。硯冰催臘日〔三〕，山雀到貧居。羨有平戎計①，官蒙別敕除②〔四〕。

【校勘記】

①羨：奉新本、叢刊本、季稿、《全詩》五七三作「每」。計：汲古閣本、席本、《二妙集》作「策」。②官蒙：奉新本、叢刊本、季稿、《全詩》《英華》二五九作「官家」。敕除：底本、黄校本、奉新本、叢刊本、汲古閣本、張鈔本、季稿、席本、江户本、《英華》均作「敕書」，非是。《新唐書·百官志二》云：「凡王言之制有七……六曰論事敕書，戒約臣下則用之。」是「敕書」原不用於授官。其餘六項，皆不稱敕書。《資治通鑑·唐睿宗景雲元年》：「舊制，三品以上官册授，五品以上制授，六品以下敕授。」島授長江主簿，正九品下，其《寄令狐相公》云：「官蒙明敕授。」以「敕授」稱官誥，極是。而兵曹乃七品以下官職，故應作「敕授」爲是；然「授」字仄聲，不合律；《全詩》《二妙集》作「敕除」，甚是，今據改。「官蒙」句：《英華》校：「一作官名敕盡除。前已押書字。」

【箋注】

〔一〕本集卷五有《懷博陵故人》，卷九有《逢博陵故人彭兵曹》，前詩題中的「博陵故人」，與後詩題中的「彭兵曹」應爲一人。前詩作於寶曆元年（八二五），見《懷博陵故人》注〔一〕，其時彭氏尚未官兵曹；後詩稱故人「彭兵曹」，且云：「曲陽分散會京華，……蹋雪携琴相就宿。」顯然作於前詩之後。此詩題曰「重與彭兵曹」，詩云：「硯冰催臘日。」自應較後詩稍晚而賦，時已冬十二月臘日矣，然具體年份則難以指詳。彭兵曹：見本集卷五《懷博陵故人》注〔一〕。兵曹，官名，見本集卷五《送朱兵曹迴越》注〔一〕。

〔二〕「故人」二句：意謂如今與老朋友同在京城也。《逢博陵故人彭兵曹》云：「曲陽分散會京華，見説三年住海涯。」知彭氏嘗一度居於海邊，而今同在京城，故此云「休寄海邊書」。

〔三〕臘日：臘月初八日（農曆十二月初八），古爲臘祭之日，故謂之「臘日」。宗懔《荆楚歲時記》：「十二月八日爲臘日。」

〔四〕「羨有」二句：謂彭氏有平定寇敵的謀略，將被朝廷另授新官。戎：此指寇敵。王國維《觀堂集林·鬼方昆夷玁狁考》：「其字從戈從甲，本爲兵器之總稱，引申之則凡持兵器以侵盗者，亦謂之戎。」敕除：敕授官職。

贈莊上人①〔一〕

不語焚香坐，心知道已成〔二〕。流年衰此世，定力見他生〔三〕。暮雪餘春冷，寒燈續晝明〔四〕。尋常五侯至，敢望下階迎〔五〕。

【校勘記】

①此詩《英華》卷二二二作島詩，卷二三五又作耿湋，題爲《題莊上人房》。清人黄丕烈所見宋書棚本《賈浪仙長江集》及明清刊刻諸種島集皆收有此詩。清江標《唐人五十家小集》影刻南宋陳思本《耿湋詩集》亦收此詩，作《題莊上人房》。説明此詩宋代以來已兩存之。清季振宜輯《全唐詩稿本》，島詩用明朱之藩刻《唐賈浪仙長江集》，集中收有此篇，季氏删之；而耿詩用汲古閣刻《耿湋詩集》，季氏於此詩下注：「一作張籍詩。」不知何據，《全唐詩》張籍集未收。佟培基《全唐詩重出誤收考·耿湋考》以爲「此篇似耿湋作」，然尚乏證據。細味此詩，風調頗類島其他贈僧詩，姑仍存之。

【箋注】

〔一〕莊上人：名未詳，蓋爲島所識僧人中之有道者。上人：見本集卷一《贈智朗禪師》注〔二〕。

〔二〕「不語」二句：意謂莊上人乃得道高僧也。坐：即坐禪，謂默坐而修禪也。《增一阿含經》卷一二云：「坐禪思惟，莫有懈怠。」心：定心，禪定中形成的不散不亂，凝聚静慮之心。《大智度論》卷二六曰：「定心者，定名一心不亂，亂心中不能得見實事。」

〔三〕「流年」二句：謂上人年歲雖高，然無邊的禪定功力可以看到前生的業因。流年：似水般流逝的光陰。鮑照《登雲陽九里埭》：「宿心不復歸，流年抱衰疾。」定力：禪定之力，爲佛家六科二十九道品中的五力之一，指由禪定而生的能破除諸種雜亂惑想之力。《無量壽經》下曰：「定力禪力。」《增一阿含經》卷二三載：佛陀成道那天晚上，禪定達到絶對清浄的境界，獲得三明，看到宿世一生二生乃至百千萬生「無數世事」。

〔四〕「暮雪」二句：謂莊上人早春雪夜坐禪達旦。

〔五〕「尋常」二句：謂上人道高身尊也。五侯：五等諸侯公侯伯子男的簡稱。此泛指達官權貴。韓翃《寒食》：「日暮漢宫傳蠟燭，輕煙散入五侯家。」

皇甫主簿期遊山不及赴〔一〕

休官匹馬在，新意入山中。更住應難遂，前期恨不同①〔二〕。集蟬苔樹僻，留客雨堂空②〔三〕。深夜誰相訪，惟當清淨翁〔四〕。

【校勘記】

①前期：季稿、《全詩》五七三校作「相期」。②客：底本、汲古閣本、張抄本、席本作「落」，非是；據黄校本、奉新本、叢刊本、季稿、《全詩》、江户本改。

【箋注】

〔一〕島曾往訪藍田縣主簿皇甫荀，適逢雨天，故本集卷三有《題皇甫荀藍田廳》「客歸秋雨後」之句，時蓋未及遊藍田山而返。今皇甫荀罷官，當以書約島借機遊藍田山，島因事不及赴，因賦此詩以記之。皇甫主簿：皇甫荀也。見《題皇甫荀藍田廳》注〔一〕。山：藍田山也。《元和郡縣圖志》卷一關内道一京兆府藍田縣：「藍田山，一名玉山，一名覆車山，在縣東二十八里。」

〔二〕「更住」二句：意謂以前與主簿相約遷居藍田山中，現在難以實現令人悵恨。藍田風景絶佳，乃理想的隱居之地，宋之問、王維等曾先後隱居其間。島與皇甫氏蓋有同隱藍田之約而未能如願，故云。更住：即更居，遷居也。《史記·貨殖列傳》：「昔唐人都河東，殷人都河内，周人都河南。夫三河在天下之中，若鼎足，王者所更居也。」

〔三〕「留客」句：意謂皇甫荀罷官，其居住的廳堂也人去室空了。

〔四〕「深夜」二句：島謂己不及赴約，希皇甫氏來相訪也。清淨翁：謂皇甫荀也。荀官罷，繁雜公務完全屏除，清閒自在，故云。

宿成湘林下〔一〕

相訪夕陽時，千株木未衰〔二〕。石泉流出谷①，山雨滴棲鵶〔三〕。漏向燈聽數，君因客寢遲②〔四〕。今宵不盡興，更有月明期〔五〕。

【校勘記】

①流出：《二妙集》作「出幽」；底本、叢刊本、汲古閣本、張鈔本、席本、《全詩》五七三、江户本諸本校：「一作出幽。」　②君：奉新本、叢刊本、季稿、《全詩》作「酒」；何校本作「鐘」。黄校本校：「數下宋本缺一字。」

【箋注】

〔一〕島因訪宿成湘於隱居處而作是詩。成湘：蓋爲一隱士，島之友人，事跡未詳。林下：山林野田隱居之處。《高僧傳·義解二·竺僧朗》：「朗常蔬食布衣，志耽人外。……與隱士張忠爲林下之契，每共遊處。」

〔二〕「千株」句：謂時非深秋林木尚茂，造訪時已至傍晚。衰：《文選》卷三三宋玉《九辯》：「悲哉秋之爲氣也，蕭瑟兮草木摇落而變衰。」李善引王逸注：衰指「形體易色，枝枯槁也」。

〔三〕鴟：即鷂鷹，屬鷹一類猛禽。《詩·大雅·瞻卬》：「懿厥哲婦，爲梟爲鴟。」

〔四〕「漏向」二句：意謂彼此對燈談興極濃，更漏已深仍不能終止。數：多次，屢次。《孫子·行軍》：「屢賞者窘也，數罰者困也。」多次聽到漏聲，意謂夜色深也。

〔五〕「更有」句：謂月圓之時，可再次相訪。期：約會。《史記·留侯世家》：「與老人期，後，何也？」

喜雍陶至〔一〕

今朝笑語同，幾日百憂中〔二〕。鳥度劍門静，蠻歸瀘水空〔三〕。步霜吟菊畔〔四〕，待月坐林東。且莫孤此興，勿論窮與通〔五〕。

【箋注】

〔一〕文宗大和元年（八二七）前後，雍陶赴長安，三年夏初歸成都，冬南詔大舉入寇，犯東川、入梓州，陷成都，留十日，大掠子女百工數萬人及珍寶而去。島知消息，一度爲雍陶擔心。蓋四年秋冬間，雍陶返回長安。朋友重逢，欣喜之餘，賦此詩以誌之。雍陶：見本集卷五《送雍陶入蜀》注〔一〕。

〔二〕百憂中：雍陶有《答蜀中經蠻後友人馬艾見寄》云：「此地有征戰，誰家無死生。人悲還舊里，鳥喜下空營。弟姪意初定，交朋心尚驚。自從經難後，吟苦似猨聲。」

〔三〕「鳥度」二句：謂蜀中戰後平静空寂，邊境一帶空無人跡。劍門：山名，又名梁山。見本集卷五《送李廓侍御劍南行營》注〔六〕。蠻：古代對長江中游及其以南地區少數民族的泛稱。此指南詔，見《送李廓侍御劍南行營》注〔四〕。瀘水空：雍陶《蜀中戰後感事》云：「戰後悲逢血，燒餘恨見灰。空留犀猷怪，無復酒除災。歲積萇弘怨，春深杜宇哀。」瀘水，古時金沙江、四川境内的雅礱江、安寧河皆名瀘水。《水經注·若水》：若水「又東北至犍爲朱提縣西，瀘江水」。此借瀘水指唐與南詔之邊境地區。

〔四〕「步霜」句：謂時令在秋冬之間也。

〔五〕「且莫」二句：謂莫以窮通辜負了相會的雅興。孤：辜負。《史記·遊俠列傳》：「今拘學或抱咫尺之義，久孤於世。」窮與通：仕途困厄與顯達。

酬胡遇〔一〕

麗句傳人口，科名立可圖①〔二〕。移居見山燒②，買樹帶巢烏〔三〕。遊遠風濤急，吟清雪月孤〔四〕。卻思初識面，仍未有多鬚。

【校勘記】

①科名：汲古閣本、席本作「功名」。　②山燒：《英華》二四五作「山繞」。

【箋注】

〔一〕胡氏蓋有詩篇贈島，島因以此詩相酬答，具體時間未詳。胡遇：島之詩友，生平事跡見本集卷四《哭胡遇》注〔一〕。

〔二〕科名：科舉功名。韓愈《答陳生書》：「子之汲汲於科名，以不得進爲親之羞者，惑也。」

〔三〕「移居」二句：謂胡氏移居山間風光一新。燒：燒荒，開荒前燒掉荒地上的野草荆棘，既增加地力，又便於開墾。

〔四〕「吟清」句：謂胡氏所賦詩篇風調如明月照雪，瑩潔清新。謝靈運《歲暮》詩：「明月照積雪。」此化用其意。

【輯評】

清賀裳《載酒園詩話又編》：閬仙五字詩實爲清絶，如「空巢霜葉落，疎牖水螢穿」，即孟襄陽「鳥過煙樹宿，螢傍水軒飛」不能遠過。又如……「移居見山燒，買樹帶巢烏」，皆於深思静會中得之。

宿慈恩寺郁公房〔一〕

病身來寄宿，自掃一牀閒〔二〕。反照臨江磬，新秋過雨山〔三〕。竹陰移冷月，荷氣帶禪關〔四〕。獨往天台意①，方從内請還〔五〕。

【校勘記】

①獨往：奉新本、季稿、《全詩》五七三作「獨住」。

【箋注】

〔一〕元和十四年（八一九），韓愈因諫迎佛骨事貶潮州，次年還京，島病後往賀，故本集卷三《皇子陂上韓吏部》詩云：「涕流聞度瘴，病起賀還秦。」是島曾於元和十五年患病。此詩云「病身來寄宿」，又云「新秋過雨山」。知島病在初秋，此詩即初病時投宿慈恩寺郁公房時所作。郁公：即僧人文郁。見本卷《慈恩寺上座院》注〔一〕。慈恩寺：見本集卷五《送慈恩寺霄韻法師謁太原李司空》注〔一〕。

〔二〕「病身」二句：點題寫「宿」字，謂因病而寄宿也。

〔三〕「反照」二句：謂寄宿時節在新秋初晴的一個下午，寺中禮佛樂聲陣陣。反照：即返景，夕陽的返光。王維《鹿柴》：「返景入深林，復照青苔上。」江：此指曲江。慈恩寺在曲江西不遠處，故於寺中可見曲江夕照之景。康駢《劇談録》：「曲江池……其西有杏園、慈恩寺。」磬：此指鐘磬聲，慈恩寺禮佛的樂聲。

〔四〕「竹陰」二句：謂寺中月夜肅穆清静，陣陣荷香亦透出禪意。禪關：領悟禪法的關口，此指禪法機要。

〔五〕「獨往」二句：謂郁公欲外出遊方，遠訪天台也。天台：山名。見本集卷二《送鄭山人遊江湖》注〔三〕。内：指朝廷。《史記·汲鄭列傳》：「以數切諫，不得久留内，遷爲東海太守。」

【輯評】

清李懷民《重訂中晚唐詩主客圖》：斬新古畫，畫有不能到（「反照」二句下）。

送褚山人歸日東①〔一〕

懸帆待秋色②，去入杳冥間③〔二〕。東海幾年別④，中華此日還〔三〕。岸遥生白髮，波盡露青山〔四〕。隔水相思在，無書也是閒〔五〕。

【校勘記】

①日東：《全詩》五七三、《英華》二三二作「日本」。②待：奉新本作「在」。色：叢刊本、季稿、《全詩》作「水」。③間：奉新本、叢刊本、季稿作「關」。④東海：奉新本作「滄海」。

【箋注】

〔一〕褚山人蓋爲日本入唐道士，與島友善，山人東歸日本，島因賦此詩以送之。褚山人：名未詳。山人：見本集卷二《送鄭山人遊江湖》注〔一〕。此蓋指道士。日東：指日本國。

〔二〕「懸帆」二句：謂山人備船等待秋天回國。懸帆：升起船篷，此謂備好船隻。杳冥間：指渺茫無際的東海。《水經注·膠水》：「北眺巨海，杳冥無極，天際兩分，白黑方別，所謂之溟海者也。」杳溟，渺茫無際貌。

〔三〕「東海」二句：謂山人與日本已相別多年了，今日方從大唐返回祖國。東海：秦漢以後，東海泛指今黄海與東海一帶。此指日本，故日本後亦稱東瀛。中華：古時以爲黄河中游地區爲四方之中，因稱建都於此的華夏民族爲中華，後凡華夏民族統轄之廣大區域皆曰中華。桓温《請還都洛陽疏》：「自彊胡陵暴，中華蕩覆，狼狽失據。」此指唐帝國。

〔四〕「岸遥」二句：謂雖海路遥遠使人生愁，然波濤行盡便是日本。岸：指日本海岸。

〔五〕「隔水」二句：意謂有朋友隔海思念，書信不通也無關緊要。閒：閒暇，此謂無關緊要。《文心雕龍·章句》：「據事似閒，在用實切。」

【輯評】

李慶甲《瀛奎律髓彙評》三八：紀昀：右丞《送晁監歸日本》詩何以不録，而託始於浪仙此篇。又曰：五、六自好。結句意謂有書相寄，所道不過閒居。雖無書寄，亦不過是閒居耳，可不必寄書也。然語不明晰，未免澀而欠妥。　無名氏（甲）：「日東」即日本。

寄韓湘〔一〕

過嶺行多少，潮州瘴滿川①〔二〕。花開南去後，水凍北歸前〔三〕。望鷺吟登閣，聽猿淚滴船②〔四〕。相思堪面話③，不著尺書傳〔五〕。

【校勘記】

①瘴滿：奉新本、叢刊本、何校本作「漳滿」；汲古閣本、季稿、席本、《全詩》五七三作「漲滿」，均誤。

②滴船：《律髓》二八作「滿船」。　③面話：汲古閣本、席本作「面語」。

【箋注】

〔一〕元和十四年（八一九），韓愈因諫迎佛骨事被貶，三月至潮州，十月改袁州刺史。赴潮州時侄孫湘、滂皆侍行。故詩當作於元和十四年三月後，十月前。韓湘：韓愈侄老成之子，見本集卷二《詠韓氏二子》注〔一〕。

〔二〕嶺：此指五嶺，見本集卷六《送空公往金州》注〔五〕。潮州：唐屬嶺南道，故治即今廣東潮州市區。《元和郡縣圖志》三四嶺南道一潮州：「漢南海郡之揭陽縣也，晉安帝義熙九年，於此立義安郡及海陽縣。隋開皇十年罷郡省海陽縣，仍於郡廨置義安縣，以屬循州。十一年，於義安縣立潮州，以潮流往復，因以爲名。大業三年罷州爲義安郡，武德四年復爲潮州。」瘴：即瘴氣。見本集卷三《皇子陂上韓吏部》注〔四〕。

〔三〕「花開」二句：謂湘春日隨從祖赴潮州，冬前恐未能返回。

〔四〕「聽猿」句：《水經注·江水二》：「巴東三峽巫峽長，猿鳴三聲淚沾裳。」此用其意。

〔五〕尺書：古代簡牘，官書及經書等長二尺四寸，非經律者，短於官書，稱爲短書，亦稱尺書。王充《論衡·書解篇》：「秦雖無道，不燔諸子，諸子尺書，文篇具在。」此指書信。漢趙曄《吴越春秋・勾踐歸國外傳》："越王悦兮忘罪除，吴王歡兮飛尺書。"

【輯評】

元方回《瀛奎律髓》二九：昌黎《寄韓湘》云："知汝遠來應有意，好收吾骨瘴江邊。"然昌黎終得生還，湘亦重骨肉之義，可敬也。

李慶甲《瀛奎律髓彙評》二九：紀昀：不是"寄"。此種支蔓，與詩何涉。又曰：閬仙忽作此平易語。然細看之，本色仍露。　許印芳：此評確。郊、島詩其平易處，皆自鑱刻中來，所謂極苦得甘也。

雨夜寄馬戴〔一〕

芳林杏花樹，花落子西東〔二〕。今夕曲江雨①，寒催朔北風〔三〕。鄉書滄海絶，隱路翠微通〔四〕。寂寂相思際②，孤釭殘漏中③〔五〕。

【校勘記】

①今夕：汲古閣本、席本作"今日"。江雨：張抄本作"江樹"。　②際：汲古閣本、席本作"處"。

③孤釭：《英華》一五三作"紅釭"。

【箋注】

〔一〕此詩蓋大和年間（八二七—八三五）馬戴未第前居華山時，島雨夜思之而賦此以寄。時島居昇道坊。馬戴：島之詩友，見本卷《馬戴居華山因寄》注〔一〕。

〔二〕「芳林」二句：狀長安杏園之景，點明時節正值暮春。康駢《劇談録》：「曲江池……其西有杏園。」島所居昇道坊，就在曲江北岸樂遊原東，居高臨下俯視杏園，故詩云「杏花樹」。《藝文類聚》卷八七《菓部下·杏》條引《四民月令》曰：「三月杏花盛。」則花落子生當爲暮春也。

〔三〕曲江：見本集卷四《訪李甘原居》注〔二〕。朔北：泛指我國長城以北地區。李陵《答蘇武書》：「流離辛苦，幾死朔北之野。」

〔四〕「鄉書」二句：島謂海畔家鄉音書全無，不禁萌生隱居之思。滄海：大海。古代亦稱東海及渤海爲滄海。《初學記》卷六引張華《博物志》云：「東海之别有渤澥，故東海共稱渤海，又通謂之滄海。」幽州乃島故鄉，地近渤海，故借滄海指代故鄉。翠微：青翠縹緲的山色，見本卷《送孫逸人》注〔五〕。此指山水林泉。

〔五〕「寂寂」二句：謂雨夜更深孤燈照影，寂寞中特别思念朋友。釭：燈也。王融《詠幔》：「但願置樽酒，蘭釭當夜明。」

喜無可上人遊山迴〔一〕

一食復何如，尋山無定居〔二〕。相逢新夏滿，不見半年餘〔三〕。聽話龍潭雪〔四〕，休傳鳥道書①〔五〕。别來還似舊，白髮日高梳。

【校勘記】

①鳥道：《英華》二二二作「鳥跡」。

【箋注】

〔一〕無可嘗往遊越中山水。此詩當作於無可遊越中山水回長安時，具體時間則難以指詳。無可：島從弟。見本集卷三《就可公宿》注〔一〕。

〔二〕「一食」二句：意謂尋山居處不定，一日能否一食？一食：又名一坐食，中午之前唯一度之正食，不再作小食也。見本集卷五《崇聖寺斌公房》注〔二〕。

〔三〕新夏滿：謂四月三十日。新夏，猶孟夏，其爲夏季第一個月，故云。半年餘：無可往遊越中，島賦詩送之，見本集卷三《送無可上人》，詩云：「蛩鳴暫別親。」蛩鳴乃農曆七、八月間。此詩云：「相逢新夏滿。」則時節已四月末。自先年七、八月至次年四月，約八個月，故云。

〔四〕龍潭：蓋指位於今江蘇句容北八十里長江邊之龍潭。

〔五〕鳥道：高險狹窄的山路。沈約《愍途賦》：「依雲邊以知國，極鳥道以瞻家。」

寄毗陵徹公〔一〕

身依吴寺老〔二〕，黄葉幾迴看。早講林霜在，孤禪隙月殘〔三〕。井通潮浪遠，鐘與角聲寒〔四〕。已有南遊約①〔五〕，誰言禮謁難。

【校勘記】

①南遊：《英華》二二二作「南浮」。

【箋注】

〔一〕文宗大和九年（八三五）春，姚合到任杭州刺史，公務之暇，約島遊杭。秋島往遊杭州，行前以此詩寄毗陵僧清徹，蓋欲途經其地時前往拜謁也。毗陵：漢縣名，晋元帝以避諱改爲晋陵郡，隋開皇間移常州治所於此。唐武德七年仍舊置常州，見《元和郡縣圖志》二五江南道一常州。故治即今江蘇常州市。徹公：僧清徹。《宋高僧傳》卷一六清徹傳謂其「初於吴苑開元寺北院道恒律師，親乎閫奥，深該理致……元和八年癸巳中，約志著記二十卷，亦鳩聚諸家要當之説，解《南山鈔》，號《集義》焉」。因知清徹乃一位律學高僧，初習律學於蘇州開元寺道恒，終老於毗陵佛寺。張籍有《題清徹上人院》，二者應爲一人。

〔二〕吴寺：吴地的寺院。吴：古國名，見本集卷一《送沈秀才下第東歸》注〔九〕。此借以指吴地。

〔三〕早講：早晨講説佛教經典。僧人講經，始見於《晋書·藝術傳·鳩摩羅什傳》：「嘗講經于草堂寺，（姚）興及朝臣大德沙門千餘人，肅容觀聽。」清徹屬於修習戒律的僧人，所講蓋律典也。孤禪：謂獨坐修禪也。禪：見本集卷一《贈智朗禪師》注〔六〕。

〔四〕「井通」二句：謂寺中井泉與漲潮的長江浪濤相通，晨鐘與曉角聲在寒空中迴蕩。潮浪：常州北距長江不遠，故當指長江中之潮浪。鐘：當指寺内報曉的鐘聲。角：古管樂器，發聲高亢勁勵，軍中多以之警昏曉、振士氣、肅軍容，因其表面有彩繪，故又稱畫角。此當指常州軍營的號角。

〔五〕南遊約：李嘉言《賈島年譜》云：時島之好友姚合爲杭州刺史，約島南遊杭州，故云。

送韋谿校書①〔一〕

賓佐兼歸覲，此行江漢心〔二〕。別離從闕下，道路向山陰〔三〕。孤嶼消寒沫〔四〕，空城滴夜霖〔五〕。若耶溪畔寺〔六〕，秋色共誰尋。

【校勘記】

①韋谿：底本、汲古閣本、張抄本、何校本、季稿、《全詩》五七三、江户本、《英華》二八四俱作「韋瓊」，席本作「李瓊」，皆誤。朱慶餘有《送韋谿校書赴浙東幕》、姚合有《送韋瑶校書赴越》，與此詩所送韋校書皆家於浙東，秋赴浙東幕職。是三詩所送韋校書當爲一人。《册府元龜》卷六四五、《唐會要》卷六七、《登科記考》卷二〇皆有韋谿，寶曆元年賢良方正能直言極諫科登第。因知「瓊」作「谿」爲是，因形近而誤作「瑶」，又誤作「瓊」，今據朱詩改。又此詩，奉新本、叢刊本誤作《寄毘陵徹公》之二；而叢刊本於本卷末唯存《送韋瓊校書》一題，題下注「（詩）闕」；奉新本則并題目亦佚去，均誤（參李嘉言《長江集新校》）。

【箋注】

〔一〕此詩作於寶曆元年（八二五）秋。韋緐：越州山陰（今浙江紹興）人。敬宗寶曆前已及第，爲校書郎，寶曆元年又登賢良方正能直言極諫科，故相元稹爲浙東觀察使，辟爲從事，島與姚合、朱慶餘等賦詩送之，此詩即島送行時所賦。朱慶餘《送韋緐校書赴浙東幕》詩云：「丞相辟書新，秋關獨去人。官離芸閣早，名占甲科頻。」李嘉言《賈島年譜》云：朱慶餘寶曆二年進士及第後歸居越中，故其與賈島、姚合所賦送韋詩只能作於寶曆元年。

〔二〕「賓佐」二句：謂韋緐此次經漢水入長江赴越，既作丞相幕僚佐吏，又可回故鄉省親。賓佐：幕賓佐吏。江漢：長江和漢水。漢水，見本集卷三《送崔定》注〔三〕。長江，古以「江」專稱長江。《書·禹貢》：「江漢朝宗于海。」

〔三〕「別離」二句：寫韋緐之出發點與終點。闕下：宫闕之下，借指帝王所居宫庭。此指唐京城長安。山陰：漢、唐縣名，故治即今浙江紹興。《元和郡縣圖志》二六江南道二越州：「會稽縣，望。郭下。……山陰縣，秦舊地，隋改爲會稽。垂拱二年，又割會稽西界別置山陰，大曆二年刺史薛兼訓奏省山陰并會稽。七年，刺史劉少遊又奏置，今復併入會稽。」

〔四〕「孤嶼」句：謂時已秋深錢塘江水位下降，孤島旁水沫消退。孤嶼：孤立的島嶼。謝靈運《登江中孤嶼》：「亂流趨正絶，孤嶼媚中川。」

〔五〕空城：指浙東觀察使治所會稽縣城。

〔六〕若耶溪：在山陰南二十里若耶山下，故名。見本集卷六《送金州鑒周上人》注〔二〕。

寄劉侍御〔一〕

衣多苔蘚痕，猶擬更趨門①。自夏雖無病，經秋不過原〔二〕。積泉留代雁②，疊岫隔巴猿③〔三〕。琴月西齋集〔四〕，如今豈復言。

【校勘記】

①門：《英華》二五九作「村」。②代：底本、黄校本、奉新本、叢刊本、汲古閣本、張抄本、季稿、席本、《全詩》五七三、江户本均作「岱」，非是；據何校本、《英華》改。雁：奉新本、叢刊本、季稿、《全詩》作「鳥」，非是。③岫：《英華》校：「集作嶼。」

【箋注】

〔一〕劉侍御：名未詳，當爲島在京結識的友人。侍御：見本集卷五《送李廓侍御劍南行營》注〔一〕。

〔二〕原：樂遊原也。

〔三〕「積泉」二句：島謂己所居原下蓄積泉流成爲陂澤，南望可見峰巒重疊的終南山。代：唐州名，屬河東道，故治即今山西代縣。《元和郡縣圖志》一四河東道三：代州，雁門。中都督府。古并州之域，春秋時爲晉地，戰國時屬趙。秦置三十六郡，雁門其一焉。漢因之。隋開皇五年改肆州爲代州，大業三年改爲雁門郡。「武德四年平代，置代州都督府」。此指代州以北廣大地區，鴻雁多棲息此地，故稱「代雁」。巴：古巴族，主要分布於今川東、鄂西一帶。周初封爲子國，稱巴子國，戰國時並於秦，置巴郡。見《華陽國志·巴志》。此指巴地。巴蜀多猿猴，在終南山之南，故云「隔」。

〔四〕「琴月」句：謂月夜朋友會聚於劉侍御書齋聽琴也。西齋：文人書齋。《陳書·蔡凝傳》：凝「常端坐西齋，自非素貴名流，罕所交接」。

賈島集校注卷八

送穆少府知眉州〔一〕

劍門倚青漢〔二〕，君昔未曾過。日暮行人少，山深異鳥多。狖啼和峽雨①〔三〕，棧盡到江波〔四〕。一路白雲裏，飛泉灑薜蘿〔五〕。

【校勘記】

①狖：叢刊本、季稿、《全詩》五七三作「猿」。

【箋注】

〔一〕穆少府：名未詳。少府，縣尉的别稱。知眉州：執掌眉州，即作眉州刺史。眉州，唐州名，屬劍南道，故治即今四川眉山縣。《元和郡縣圖志》三二劍南道中西川下：「眉州……禹貢梁州之域。在漢即犍爲郡武陽縣之南境。梁太清二年，武陵王蕭紀開通外徼，於此立青州，取漢青衣縣爲名也。後魏廢帝二年平蜀，改青州爲眉州，因峨眉山爲名也。武德元年改眉州爲嘉州，二年於通義縣復置眉州。」

〔二〕劍門：山名，又名梁山。見本集卷五《送李廓侍御劍南行營》注〔六〕。青漢：天漢、天空。陶弘景《答虞中書書》：「望綺雲於青漢者，有日於兹矣。」劍門雄奇險峻，爲由陝入川之要塞，故詩及之。

〔三〕狖：長尾猿。《楚辭·九歌·山鬼》：「雷填填兮雨冥冥，猨啾啾兮狖夜鳴。」《文選》卷五左思《吴都賦》：「狖鼯猓然，騰踔飛超。」李善注引《異物志》曰：「狖，猿類，露鼻，尾長四五尺，居樹上，雨則以尾塞鼻。」

〔四〕棧：棧道。見本集卷五《送李廓侍御劍南行營》注〔五〕。

〔五〕薜蘿：薜荔和女蘿。薜荔，又名木蓮，蔓生而常緑。《楚辭·離騷》：「貫薜荔之落蘂。」王逸注：「薜荔，香草也，緣木而生蘂實也。」女蘿，《楚辭·九歌·山鬼》：「若有人兮山之阿，被薜荔兮帶女蘿。」王逸注：「女蘿，兔絲也。」

二月晦留别鄠中友人①〔一〕

立馬柳花裏〔二〕，别君當酒酣。春風漸向北，雲雁不飛南②〔三〕。明曉日初一，今年月又三③〔四〕。鞭羸去暮色，遠岳起煙嵐〔五〕。

【校勘記】

①晦：奉新本、叢刊本、何校本、季稿、《全詩》五七三作「晦日」。鄠：汲古閣本、席本作「鄠」，誤。

②雲雁：《英華》二八八作「雪雁」。③又三：《英華》作「已三」。

【箋注】

〔一〕晦：農曆每月的最後一天。《春秋·僖公十五年》：「己卯晦，震夷伯之廟。」《藝文類聚》卷四《歲時中·月晦》條引《帝王世紀》云：「堯有草夾階而生，每月朔生一莢，月半則生十五莢，自十六日一莢落，至月晦而盡，月小則餘一莢，厭而不落，以爲瑞草，名爲蓂莢，一名曆莢。」鄠：唐縣名，今爲陝西户縣。見本集卷七《酬鄠縣李廓少府見寄》注〔一〕。

〔二〕柳花：柳樹開的鵝黄色小花。杜甫《曲江陪鄭八丈南史飲》詩：「雀啄江頭黄柳花，鵁鶄鸂鶒滿晴沙。」

〔三〕「雲雁」句：《禮記·月令》：「季冬之月……雁北鄉。」孔穎達疏：「雁北鄉有早有晚，早者則此月北鄉，晚者二月乃北鄉，故《易説》云：『二月驚蟄，候雁北鄉。』」二月末天氣轉暖，鴻雁北歸，故云「不飛南」。

〔四〕「明曉」二句：意謂今日既爲二月最末一日，那麽明曉就日而言爲初一、就年而言已是三月了。語淺而意思曲折新穎。

〔五〕羸：瘦弱。此指瘦馬。煙嵐：山林間蒸騰的霧氣。

送李校書赴吉期〔一〕

筮筭重重吉，良期訃可還〔二〕。不同牛女夜，是配鳳凰年〔三〕。佩玉春風裏，題章蠟燭前①〔四〕。詩書與箴訓，夫哲又妻賢〔五〕。

【校勘記】

①蠟：底本、奉新本、叢刊本、張抄本、季稿、江户本作「臘」，非是；據汲古閣本、席本、《全詩》五七三改。

【箋注】

〔一〕李校書：名未詳。吉期：此指婚期也。

〔二〕「筮筭」二句：謂校書婚期已定，大吉大利。《詩·魏風·氓》：「爾卜爾筮，體無咎言。」此化用其意。筮筭：用筮卜計筭吉凶。筮，以蓍草占卦。《易·蒙》：「初筮告，再三瀆。」

〔三〕「不同」二句：意謂此去是男婚女嫁的好時期，不同天上牛郎織女隔河不得相會。牛女夜：《古詩十九首》：「迢迢牽牛星，皎皎河漢女。……盈盈一水間，脈脈不得語。」鳳凰：本作鳳皇，古代傳説中的靈瑞之鳥。《詩·大雅·卷阿》：「鳳皇于飛，翽翽其羽。」毛傳：「鳳皇靈鳥，仁瑞也。雄曰鳳，雌曰皇。」此以喻男女夫婦。

〔四〕「佩玉」二句：謂春天吉日禮服成婚，洞房花燭題詩寄興。佩玉：身戴美玉。《禮記·玉藻》：「古之君子必佩玉……無故玉不去身。君子於玉比德焉。」題章：猶「題詩」，即題寫詩句，抒發情感。

〔五〕「詩書」二句：言李校書富有才學，妻子具備婦德，夫哲妻賢天生一對。詩書：《詩經》和《尚書》。《左傳·僖公二十七年》:「《詩》《書》,義之府也。《禮》《樂》,德之則也。」箴訓:箴誡和規訓一類有關婦德、婦道的説教。庾信《周車騎大將軍贈小司空宇文顯墓誌銘》:夫人高氏「箴訓有儀,言容以德」。

宿孤館〔一〕

落日投村戍〔二〕,愁生爲客途。寒山晴後緑①,秋月夜來孤②。橘樹千株在,漁家一半無〔三〕。自知風水静,舟繫岸邊蘆。

【校勘記】

①寒山:《英華》二九八作「春山」。晴:《英華》校:「集作寒。」 ②秋月:叢刊本作「秋水」;何校本、《英華》作「江月」。夜來:《英華》作「夜深」。

【箋注】

〔一〕孤館:孤寂的客舍。許渾《瓜洲留别李詡》:「孤館宿時風帶雨,遠帆歸處水連雲。」

〔二〕村戍:村莊守衛之所。題中所謂「孤館」,蓋爲設於村莊守衛之處的客舍。

〔三〕「橘樹」二句:言戰後物是人非,人口鋭減。反映安史之亂和藩鎮間的戰争給社會造成極大危害。橘樹千株:《三國志·吴書·孫休傳》:「丹陽太守李衡。」裴松之注引晋習鑿齒《襄陽記》云:李衡「於武陵龍陽汎洲上作宅,種甘橘千株。臨死敕兒曰:『汝母惡吾治家,故窮如是。然吾州里有千頭木奴，不責汝衣食，歲上一匹絹，亦可足用耳。……』吴末，衡甘橘成，歲得絹數千匹，家道殷足」。

【輯評】

方回《瀛奎律髓》二九：三、四自然，浪仙詩似此平易者少。五、六似是産橘之地，曾經兵火矣。

清賀裳《載酒園詩話又編》：賈有精思而無快筆，往往意工於詞。又生平好用倒句，如「細響吟乾葦」，「枝重集猿楓」，雖紆曲而猶能達其意。至「舟繫岸邊蘆」，蘆豈堪繫舟，必是繫舟蘆岸。

李懷民《重訂中晚唐詩主客圖》：境常意常無一字不常，然卻能如此異樣出色，乃撰力勝耳（「寒山」二句下）。

清余成教《石園詩話》卷二：元和中詩尚輕淺，島獨變格入僻，以矯艷俗。詩如……「寒山晴後緑，秋月夜來孤」，「門不當官道，行人到亦稀」，「葉下故人去，天中新雁來」，皆卓然名句，不獨「鳥宿池邊樹，僧敲月下門」，「秋風吹渭水，落葉滿長安」兩聯爲佳也。

李慶甲《瀛奎律髓彙評》二九：紀昀：結句稍僻。許印芳：此評亦苛。

哭宗密禪師〔一〕

鳥道雪岑巔①，師亡誰去禪〔二〕。几塵增滅後，樹色改生前〔三〕。層塔當松吹②，殘蹤傍野泉〔四〕。唯嗟聽經虎，時到壞菴邊〔五〕。

【校勘記】

①岑巔：奉新本作「岑嶺」，何校本作「峰巔」。　②松吹：奉新本作「風吹」。

【箋注】

〔一〕島與宗密交往當在長安時。此詩蓋會昌元年（八四一）任普州司倉參軍時聞宗密滅度，賦以悼之。宗密禪師：禪宗六祖慧能下五世、菏澤神會四世法嗣，俗姓何，果州西充（今四川西充）人。出身豪盛之家，少通儒書。元和二年從遂州道圓禪師出家，得其心印。後遊方，數謁禪門高僧，又拜會華嚴宗四祖澄觀，道益進。宗密博通内典，著述二百許卷。所集禪源諸詮爲《禪藏》，總而序之爲《禪源諸詮集都序》，尤爲知名。住圭峰山北麓草堂寺，累被召入内殿，問其法要，文宗賜紫方袍爲大德。會昌元年正月坐化，建塔於圭峰，謚曰「定慧禪師」。後華嚴宗奉爲五祖。生平見裴休《圭峰禪師碑銘·并序》、《宋高僧傳》卷六。

〔二〕「鳥道」二句：謂宗密大師去世後，已無人去險峻的圭峰山下草堂寺裏坐禪修道了。鳥道：險峻狹窄的山路。沈約《愍塗賦》：「依雲邊以知國，極鳥道以瞻家。」

〔三〕「几塵」二句：謂宗密大師滅度後，山林爲之變色。几塵增滅：謂大師滅度也。几塵：几坐之塵，此指宗密。几，几坐。《説文》：「牀，安身之几坐也。」《禮記·内則》：「少者執牀與坐，御者舉几。」《説文》段注：「謂晨興時也，即以所衽爲所坐也。」是此「牀」與「几」義同，均指坐牀或几坐。塵：佛教以爲，地水火風四大能生五境，即色、聲、香、味、觸五境，五境皆塵也。因聲塵有無不定，故其餘四塵和合，可造山河大地，草木衆生等萬類，且衆生之眼耳鼻舌身五根，亦四塵所生，故可借「塵」以指衆生，此「几塵」即指宗密。增滅：生滅也，即四塵之緣，聚合而萬類生，離散而萬類滅無。「樹色」句：言宗密去世，山川林木亦有感應也。《續高僧傳·道信傳》云：禪宗四祖道信大師滅度時，「天地闇冥，遶住三里樹木葉白，房側梧桐樹曲枝向房，至今曲處皆枯」。六祖慧能滅度時亦有此景象發生，見《壇經》。

〔四〕「層塔」二句：謂大師滅度後唯存靈塔和生前活動的蹤跡。塔：見本集卷三《哭柏巖禪師》注〔四〕。此指宗密的靈塔。松吹：松風。唐鮑溶《窺覽都官李郎中和李舍人益酬張舍人弘静夏夜寓直思聞雅琴見寄》：「松吹暑中冷，星花池上深。」

〔五〕「唯嗟」二句：《景德傳燈録》卷八載：「潭州華林善覺禪師……一日觀察使裴休訪之，問曰：『師還有侍者否？』師曰：『有一兩箇。』裴曰：『在什麼處？』師乃喚：『大空小空。』時二虎自庵後而出，裴睹之驚悸。師語二虎曰：『有客，且去。』二虎哮吼而去。裴問曰：『師作何行業，感得如斯。』師乃良久，曰：『會麼？』曰：『不會。』師曰：『山僧常念觀音。』」此化用其事。

【輯評】

李慶甲《瀛奎律髓彙評》四七：紀昀：亦是哭僧套語。

宿山寺

衆岫聳寒色，精廬向此分〔一〕。流星透疏木，走月逆行雲①。絶頂人來少，高松鶴不羣〔二〕。一僧年八十，世事未曾聞。

【校勘記】

①逆行：《律髓》四七作「送行」，非是。

【箋注】

〔一〕「衆岫」二句：意謂佛寺就坐落在暮色蒼茫的羣峰之間。精廬：佛寺或僧舍。《北齊書·楊愔傳》：「至碻磝戍，州内有愔家舊佛寺，入精廬禮拜。」向：猶在也。唐崔曙《登水門樓見亡友張貞期題望黄河詩因以感興》：「人隨川上逝，書向壁中留。」分：地域，分野。見本集卷五《晚晴見中南諸峰》注〔一〕。

〔二〕「高松」句：以鶴喻僧，賦中有比，逗出尾聯。

【輯評】

明許學夷《詩源辯體》二五：賈島五言律雖多變體，然中如「飄蓬多塞下」……四篇，尚有初盛唐氣格，惜非完璧。如「辭秦經越過」……四篇，便似中唐。如「未知遊子意」、「去有巡臺侶」、「衆岫聳寒色」、「頭髮梳千下」四篇，亦似晚唐。

清黄生《唐詩矩》：尾聯寓意格。三、四寫景極確。若子美「飛星過水白，落月動沙虚」，雖極刻畫而無刻畫之跡，又未可同日論矣。

黄生《唐詩摘鈔》：意在言外（末二句下）。

岳端《寒瘦集》：首聯十字都是眼前平常之景，一經巨手出之，便可驚人。

何焯《唐三體詩評》：「寒色」是暮，又是在絶頂也。又云：結句亦欲棄人事而從之避世也。句句精絶超絶，神仙中人。

沈德潛《唐詩别裁》一二：順行雲則月隱矣，妙處全在「逆」字。

方南堂《方南堂先生輟鍛録》：詩有語意相同而工拙大相遠者，如賈長江「走月逆行雲」，亦可爲形容刻劃之至矣。試與韋蘇州「喬木生夏涼，流雲吐華月」較之，真不堪與之作奴。

李懷民《重訂中晚唐詩主客圖》：「透」字「走」字過於煉，字反帶傖氣（「流星」二句下）。結超古無上。（全詩後）

清冒春榮《葚原詩説》卷一：對法不可合掌，如一動必一静，一高必一下，一縱必一横，一多必一少，此類可以遞推。如耿湋「冒寒人語少，乘月燭來稀」，「稀」、「少」合掌。李宗嗣「普天皆滅焰，匝地盡藏煙」，「皆」、「盡」合掌。賈島「流星透疏木，走月逆行雲」，「流」、「走」合掌。

李慶甲《瀛奎律髓彙評》四七：馮班：次聯奇句。　紀昀：「流星」「走月」字不佳。又曰：後四句忽作平語，然一氣流走，有蕭散之致。　許印芳：全詩有奇氣。三、四乃即景佳句。曉嵐以

「流」、「走」字面刺目而斥之，蓋以試帖禁忌之例繩律詩，苛且謬矣。後四句亦從洗鍊而出，「高松」五字甚警策，曉嵐亦斥爲平語，皆非公論。　無名氏（乙）：嘗見此景，詫君拾之。

送友人如邊〔一〕

去日重陽後〔二〕，前程菊正芳。行車輾秋岳，落葉墮寒霜①。雲入漢天白，風高磧色黄〔三〕。蒲輪待恐晚，求薦向諸方〔四〕。

【校勘記】

①葉墮：叢刊本、季稿、《全詩》五七三作「葉墜」。

【箋注】

〔一〕從詩的尾聯看，友人如邊目的在於尋求做官的機遇，時間在九月九日後，島賦此詩以送之。如邊：赴邊防。如：往，去。《左傳·隱公六年》：「鄭伯如周，始朝桓王也。」

〔二〕重陽：古以九爲陽數之極，故稱農曆九月九日爲「重陽」或「重九」。《藝文類聚》卷四引魏文帝《與鍾繇書》：「歲往月來，忽復九月九日。九爲陽數，而日月并應，俗嘉其名，以爲宜於長久，宴享高會。」南朝梁庾肩吾《九日侍宴樂遊苑應令詩》：「獻壽重陽節，回鑾上苑中。」

〔三〕「雲入」二句：寫友人所見邊庭景象。漢天：指古華夏、漢族地區的天空。乃相對「胡天」而言。磧：沙漠。此指邊塞的沙漠。

〔四〕「蒲輪」二句：言友人如邊是爲了積極尋求仕進機會。蒲輪：用蒲草裹輪的車子，震動較小，乘坐安適，古代招賢或封禪時用之，以示禮敬。《史記·平津侯主父列傳》：「始以蒲輪迎枚生，見主父而歎息。」《漢書·武帝紀》：「安車蒲輪，束帛加璧，徵魯申公。」諸方：各方。此指邊地。

題竹谷上人院〔一〕

禪庭高鳥道，迴望極川原〔二〕。樵徑連峰頂，石泉通竹根。木深猶積雪，山淺未聞猿。欲別塵中苦，願師貽一言〔三〕。

【箋注】

〔一〕竹谷上人：事跡未詳。上人：見本集卷一《贈智朗禪師》注〔二〕。院：禪院，寺院。

〔二〕「禪庭」二句：謂寺院坐落在高山之上，回首眺望視野廣闊。禪庭：禪院，寺院。孟浩然《臘月八日於剡縣石城寺禮拜》：「竹柏禪庭古，樓臺世界稀。」鳥道：見本卷《哭宗密禪師》注〔二〕。極：至，到達。《詩·小雅·緜蠻》：「豈敢憚行，畏不能極。」鄭玄箋：「極，至也。」曹植《雜詩七首》之一：「江湖迥且深，方舟安可極。」

〔三〕「欲別」二句：寫訪問竹谷上人之旨，欲得禪宗頓悟之道，瞬間超脱塵世苦痛。孟郊《夏日謁智遠禪師》：「何必千萬劫，瞬息去樊籠。」此化用其意。貽：贈給，留給。

京北原作〔一〕

登原見城闕，策蹇思炎天〔二〕。日午路中客，槐花風處蟬〔三〕。遠山秦木上①〔四〕，清渭漢陵前〔五〕。何事居人事，皆從名利牽②〔六〕。

【校勘記】

①秦木：《律髓》二六作「秦樹」。　②從：奉新本作「因」。叢刊本、季稿、《全詩》五七三校：「一作因。」

【箋注】

〔一〕此詩乃島遊覽京城北邊之畢原，觀宫闕之壯麗，感秦漢歷代之盛衰，有悟於名利之縛人而作。原：畢原，又名咸陽原、北陵、北坂等。位於今陜西西安北渭水北岸。《元和郡縣圖志》卷一關内道一京兆府咸陽縣：「畢原，即縣所理也。《左傳》曰：『畢、原、酆、郇，文之昭也。』即謂此地。原南北數十里，東西二三百里，無山川陂湖，井深五十丈。亦謂之畢陌，漢氏諸陵並在其上。」

〔二〕「登原」二句：意謂夏日登上畢原，眺望壯麗的宫闕思緒紛紛。蹇：劣馬或跛驢。《漢書·叙傳上》：「駑蹇之乘，不騁千里之塗。」炎天：夏天。顔延之《夏夜呈從兄散騎車長沙》：「炎天方埃鬱，暑晏闃塵紛。」

〔三〕「日午」二句：寫正午原上之景，和風陣陣蟬鳴聒耳，槐花清香襲人。槐花：李時珍《本草綱目》三五《木部・槐》：「四月、五月開黄花。」

〔四〕「遠山」句：秦都城咸陽一帶，地處原下，故其樹木上方可見遠山。秦：此指秦都城咸陽一帶。《元和郡縣圖志》卷一關内道一京兆府咸陽縣：「孝公十二年於渭北城咸陽，自汧、隴徙都焉。秦自孝公、惠公、悼武、昭襄、莊襄王、始皇、胡亥並都之。」

〔五〕清渭：《詩・邶風・谷風》：「涇以渭濁，湜湜其沚。」孔穎達疏：「涇水以有渭水清，故見涇水濁。」漢陵：此指漢高祖劉邦長陵、惠帝劉盈安陵、景帝劉啓陽陵，三陵皆在咸陽東渭水之濱；另有昭帝劉弗之平陵、元帝劉奭之渭陵、成帝劉驁之延陵、哀帝劉欣之義陵、平帝劉衎之康陵等，皆在咸陽西北，去渭水稍遠（見《三輔黄圖》卷六、《元和郡縣圖志》卷一）。

〔六〕「何事」二句：《史記・貨殖列傳》：「天下熙熙，皆爲利來。天下攘攘，皆爲利往。」此用其意。從：因爲。許渾《寄殷堯藩》：「宅從栽竹貴，家爲買書貧。」

【輯評】

元方回《瀛奎律髓》二六：「日午路中客」一句似粗疏，「槐花風處蟬」句却細密，亦變體也。「秦樹」、「漢陵」及尾句俱佳。

李慶甲《瀛奎律髓彙評》二六：紀昀：三、四以對照見意，人苦熱，蟬自涼耳。此烘托之法，詩家常格，非變體。又曰：三、四高老，惜五、六落套，結尤不成語。許印芳：三、四固是烘托法，然以物對人，與前《病起》詩「身事」、「蘭花」同一變格。虛谷之言亦自不錯，曉嵐不駁前批，而獨駁此批，何耶？ 無名氏（乙）：生峭。

寄江上人〔一〕

紫閣舊房在〔二〕，新家中岳東〔三〕。煙波千里隔①，消息一朝通。寒日汀洲路，秋晴島嶼風。分明杜陵葉〔四〕，别後雨經紅②。

【校勘記】

①隔：汲古閣本、席本作「見」，非是。 ②雨：奉新本、叢刊本、何校本、季稿、《全詩》五七三作「兩」；底本、汲古閣本、張鈔本、席本、江户本、《二妙集》諸本校：「一作兩。」

【箋注】

〔一〕江上人：事跡未詳。蓋島之方外友人。據詩意，上人先駐錫紫閣峰下寺宇中，又移居中嶽嵩山之東，而後雲遊南方，島寄此詩以表思念之情。

〔二〕紫閣：終南山峰名。在今陝西户縣西南，與白閣峰相鄰。見本集卷四《懷紫閣隱者》注〔一〕。

〔三〕中嶽：嵩山。見本集卷二《投張太祝》注〔七〕。

〔四〕杜陵：漢宣帝劉洵的陵墓。見本集卷三《送崔定》注〔四〕。

送僧歸太白山〔一〕

堅冰連夏處，太白接青天〔二〕。雲塞石房路①〔三〕，峰明雨外巔。夜禪臨虎穴，寒漱撇龍泉〔四〕。後會不期日，相逢應信緣〔五〕。

【校勘記】

①雲塞：何校本作「雪寒」，季稿作「雲寒」。房：奉新本作「旁」。

【箋注】

〔一〕太白山：在今陝西眉縣南。見本集卷六《贈弘泉上人》注〔五〕。

〔二〕「堅冰」二句：《水經注·渭水中》：「俗云武功太白，去天三百。……太白山南連武功山，於諸山最爲秀傑，冬夏積雪，望之皓然。」

〔三〕石房：石室。此指禪室。見本集卷一《冬月長安雨中見終南雪》注〔七〕。

〔四〕「夜禪」二句：言僧所居在太白山中虎穴旁，龍泉邊也。寒漱：寒涼的激流。唐徐夤《和尚書詠泉山瀑布十二韻》：「寒漱緑陰仙桂老，碎流紅艷野桃夭。」龍泉：山泉的雅稱。江淹《遊黄蘗山》：「陽岫照鸞采，陰谿噴龍泉。」

〔五〕期日：約定或預測時日。《周禮·地官·山虞》：「令萬民時斬材，有期日。」孫詒讓正義：「有期日者，謂依其所用木之多少，爲其出山入山之日數。」緣：緣分，因緣。由於以往生生世世所積累的因緣，致有當今之機遇。《文選》卷二五謝靈運《還舊園作見顏范二中書》：「長與懽愛別，永絶平生緣。」李善注：「緣，因緣也。」

【輯評】

清李懷民《重訂中晚唐詩主客圖》：「處」字又妙（首句下）。又曰：王右丞「碧峰出山後」視此易盡（「雲塞」二句下）。

李慶甲《瀛奎律髓彙評》四七：紀昀：刻意求奇，而字多未穩。　無名氏（甲）：太白、終南二山相接。

暮過山村

數里聞寒水，山家少四鄰[一]。怪禽啼曠野[二]，落日恐行人。初月未終夕，邊烽不過秦[三]。蕭條桑柘外，煙火漸相親[四]。

【箋注】

[一] 山家：山野人家。《南史・侯景傳》：「山家小兒果攘臂，太極殿前作虎視。」

[二] 怪禽：怪鳥，奇異的鳥。《山海經・南山經》：「又東四百里，至於旄山之尾，其南有谷曰育遺，多怪鳥，凱風自是出。」《廣雅・釋鳥》：「鶉鷃、鵋離、延居、頸雀，怪鳥屬也。」

[三] 邊烽：邊境報警的烽火。此指夜間發更時的平安火，參本集卷六《送友人遊塞》注[三]。不過

秦：中唐時邊境所防主要是西方及西北方的吐蕃和回紇，平安火傳至京師而終，故云「不過秦」。

〔四〕「蕭條」二句：寫傍晚山村景色。桑柘：桑樹與柘樹也。其葉皆可養蠶，故多種於村莊附近。煙火：指山村人家的炊煙與燈火。《史記·律書》：「天下殷富，粟至十餘錢，鳴鷄吠狗，煙火萬里，可謂和樂者乎。」

【輯評】

宋歐陽修《六一詩話》：聖俞嘗語余曰：「詩家雖率意，而造語亦難。若意新語工，得前人所未道者，斯爲善也。必能狀難寫之景，如在目前，含不盡之意，見於言外，然後爲至矣。……」余曰：「語之工者固如是。狀難寫之景，含不盡之意，何詩爲然？」聖俞曰：「作者得於心，覽者會以意，殆難指陳以言也。雖然，亦可略道其髣髴，若……温庭筠『鷄聲茅店月，人跡板橋霜』，賈島『怪禽啼曠野，落日恐行人』，則道路辛苦，羈愁旅思，豈不見於言外乎？」

宋范晞文《對牀夜語》卷四：岑參詩：「疲馬卧長坂，夕陽下通津。山風寒空林，颯颯如有人。」賈島云：「數里聞寒水，山家少四鄰。怪禽啼曠野，落日恐行人。」遠途淒慘之意，畢見於此。

元方回《瀛奎律髓》二九：「怪禽」「落日」一聯，善言羈旅之味，詩無以復加。「初月未終夕」，則村落之黑尤早，「邊烽不過秦」，似是西邊寇事始息，初有人煙處。

清宋宗元《網師園唐詩箋》：十字作一句（「初月」一聯下）。

清葉矯然《龍性堂詩話續集》：賈島「怪禽啼曠野，落日恐行人」，夕陽驢背上真有此景，想之心怦怦然動。

李慶甲《瀛奎律髓彙評》二九：馮舒：次聯奇妙之句。馮班：六句謂不過京師也。又云：字字洗拔。紀昀：「無以復加」語太過。又曰：「初月」礙「落日」，「邊烽」句語意未明。無名氏（甲）：東野古多律少，浪仙古少律多，然其孤高則同，非一時流輩可及，足見韓公取人另具法眼，過於九方皋也。

鷺鷥〔一〕

求魚未得食，沙岸往來行。島月獨棲影，暮天寒過聲。墮巢因木折〔二〕，失侶遇弦驚〔三〕。頻向煙霄望，吾知爾去程。

【箋注】

〔一〕鷺鷥：即鷺鳥也，因其頭頂、胸、肩、背皆有長毛如絲，故名。見本集卷三《送朱可久歸越中》注〔四〕。

〔二〕「墮巢」句：《荀子·勸學》：「南方有鳥焉，名曰蒙鳩，以羽爲巢而編之以髮，繫之葦苕。風至苕折，卵破子死。巢非不完也，所繫者然也。」此化用其意。

〔三〕「失侣」句：《戰國策·楚策四》「天下合從」條：「更羸與魏王處京臺之下，仰見飛鳥。更羸謂魏王曰：『臣爲王引弓虚發而下鳥。』魏王曰：『然則射可至此乎？』更羸曰：『可。』有閒，雁從東方來，更羸以虚發而下之。魏王曰：『然則射可至此乎？』更羸曰：『此孽也。』王曰：『先生何以知之？』對曰：『其飛徐而鳴悲。飛徐者，故瘡痛也；鳴悲者，久失羣也。故瘡未息，而驚心未去也，聞弦音，引而高飛，故瘡隕也。』」此化用其意。

内道場僧弘紹〔一〕

麟德燃香請，長安春幾回〔二〕。夜閒同像寂①，晝定爲吾開②〔三〕。講罷松根老，經浮海水來〔四〕。六年雙足履，只步院中苔。

【校勘記】

①閒：奉新本作「寒」；叢刊本、季稿、《全詩》五七三諸本校：「一作寒。」②開：何校本作「聞」，非是。

【箋注】

〔一〕内道場：此指唐時皇宫中誦經禮佛的場所，因在宫内，故稱。宫内設道場始於梁武帝，唐代武則天、中宗、睿宗、玄宗、代宗、憲宗等皆設道場於宫中。《新唐書·王縉傳》：「縉素奉佛……代宗喜祠祀而未重浮屠法，每從容問所以然。縉與元載盛陳福業報應，帝意向之。繇是禁中祀佛諷唄齋薰，號内道場。引内沙門日百餘，饌供珍滋。」僧弘紹：事跡未詳。

〔二〕「麟德」二句：言好多年來，麟德殿舉行佛事皆請弘紹參加。麟德：唐宫殿名，位於東内紫宸殿正西。白居易《三教論衡》：「大和元年十月，皇帝降誕日，奉敕召入麟德殿内道場，對御三教談論。」《唐兩京城坊考》卷一：大明宫「麟德殿，殿有三面，南有閣，東西有樓，故曰三殿」。

〔三〕「夜閒」二句：謂弘紹夜間習禪端然静坐有如佛像一尊，白天因島相訪特地解除禪定。閒：安静。《莊子·大宗師》：「其心閒而無事。」定：禪定。見本集卷一《贈智朗禪師》注〔六〕。

〔四〕「經浮」句：《高僧傳·法顯傳》載：法顯嘗冒生死之險，赴印度訪尋佛經，由北天竺達南天竺，後從海上乘船回國，帶回大量佛經，劉宋時在京師道場寺與佛馱跋陀譯出《摩訶僧祇律》《方等泥洹經》《雜阿毗曇心論》，垂有百餘萬言。

【輯評】

清李懷民《重訂中晚唐詩主客圖》：人知愛其閒，再不想如此寫（「夜閒」句下）。又曰：人知崇其定，再不料如此對。三四匪夷所思，然不如此亦不能匠得出得道高僧（「晝定」句下）。又曰：真高絶（尾聯下）。

蔣亭和田蔡州①〔一〕

蔣宅爲亭榭②，蔡城東郭門〔二〕。潭連秦相井〔三〕，松老漢朝根〔四〕。已積蒼苔徧，何曾舊逕存〔五〕。高齋無事後，時復一携樽〔六〕。

【校勘記】

①田蔡州：底本、黄校本、奉新本、叢刊本、張抄本、何校本、季稿、《全詩》五七三、江户本作「蔡湘州」；汲古閣本、席本作「蔡湘川」，俱誤。姚合有《寄題蔡州蔣亭兼簡田使君》，僧無可亦有《寄和蔡州田郎中》，因知應作「田蔡州」爲是。説見陶敏《全唐詩人名考證》，今據改。②蔣宅：汲古閣本作「蔡宅」，誤。

【箋注】

〔一〕田蔡州：指田羣。兩《唐書》田弘正傳附傳謂其弘正子，大和八年爲少府少監充入吐蕃使，會昌初爲蔡州刺史，坐贓當死，兄肇聞之，不食而卒。宰相李德裕論奏，武宗詔減死一等。田群刺蔡州時，蓋嘗就州中名勝蔣亭賦詩寄島、姚合及無可等，島與姚合、無可因皆以和詩酬寄。島卒於會昌三年初秋，故此詩當作於會昌二年前後。蔣亭：無可《寄和蔡州田郎中》（一作《寄和蔡州中丞題蔣亭》）云：「遺跡仍留蔡，幽人出漢朝。」知亭爲漢代某蔣氏所建。薛能嘗遊蔡州，賦《蔡州蔣亭》詩。可見蔣亭確爲蔡州一名勝。蔡州，唐屬河南道，治汝陽縣（今河南汝南縣）。《元和郡縣圖志》卷九河南道五蔡州：古豫州之域。春秋時爲蔡、吕等國之地，戰國時屬魏，漢爲汝南郡。隋煬帝始置蔡州。武德四年復置豫州，寶應元年以避代宗廟諱，復改爲蔡州。

〔二〕「蔣宅」二句：謂蔣亭位於蔡州外城東門邊漢蔣宅上。薛能《蔡州蔣亭》云：「草徑徹林間，過橋如入山。蔡侯添水榭，蔣氏本柴關。」榭：建在高臺上的木屋，多爲遊觀之所。《書·泰誓上》：「惟宫室臺榭。」孔安國傳：「土高曰臺，有木曰榭。」郭：古代城之外圍加築的一道城墻。《禮記·禮運》：「城郭溝池以爲固。」

〔三〕「潭連」句：謂蔣亭下臨之水潭泉脈與李斯井相通。秦相井：李斯井也。《太平寰宇記》卷一一河南道一一蔡州上蔡縣：「李斯井，在縣南二里。」上蔡距汝南不遠，且同屬汝水水系，故島有是言。秦相，李斯也。斯上蔡人，少從荀卿學帝王之術，入秦爲客卿，以謀略輔秦王政二十餘年，卒成帝業。始皇立，斯爲丞相。後爲秦二世與趙高所害。

〔四〕「松老」句：言亭旁的漢代松樹，根部盤曲頗爲蒼老。

〔五〕舊徑：姚合《寄題蔡州蔣亭兼簡田使君》云：「幾歲亂軍裏，蔣亭名不銷。無人知舊徑，有藥長新苗。」因知所謂「舊徑」，蓋指元和中蔡州吴元濟叛亂前的路徑。

〔六〕「高齋」二句：言田氏公餘不妨隨時去蔣亭宴遊。高齋：書齋。亦用爲他人屋舍之敬稱。孟浩然《宴張别駕新齋》：「高齋徵學問，虚薄濫先登。」

光州王建使君水亭作〔一〕

楚水臨軒積，澄鮮一畝餘〔二〕。柳根連岸盡，荷葉出萍初。極浦清相似，幽禽到不虚〔三〕。夕陽亭際眺①，槐雨滴稀疏②。

【校勘記】

①亭：叢刊本、汲古閣本、何校本、季稿、席本、《全詩》五七三作「庭」，非是。眺：奉新本作「晚」。

②稀疏：叢刊本、季稿、《全詩》作「疏疏」。

【箋注】

〔一〕李嘉言《賈島年譜》云：大和三年前建出爲陝州司馬，刺光州當在爲司馬後，島赴光州當在大和五或六年夏。此言非是。本集卷九有《酬張籍王建》詩云：「久住還因太守憐。」此「太守」即指王建，詩乃長慶四年作，見該詩注。而島訪王建於光州，時間自應在賦《酬張籍王建》詩之前的長慶三年（八二三）。而此詩云：「荷葉出萍初。」是島赴光州謁王建在長慶三年春夏間，詩即賦於此時。光州：唐屬河南道，治定城縣，故治即今河南潢川縣治。《元和郡縣圖志》卷九河南道五光州：「《禹貢》揚州之域。春秋時弦國之地……在秦屬九江郡。在漢爲西陽，屬江夏。晉安帝立光城縣，理於此。梁末於縣置光州，隋大業二年罷州爲弋陽郡。武德三年改爲光州總管府，貞觀元年爲光州都督府。太極元年自光山縣移於今理。」王建：見本集卷五《答王秘書》注〔一〕。使君：州郡長官，此指刺史，見本集卷五《送李溟謁宥州李權使君》注〔一〕。水亭：臨水的亭子。杜審言《夏日過鄭七山齋》：「薜蘿山逕入，荷芰水亭開。」

〔二〕楚水：楚地的江河湖澤。庾信《三月三日華林園馬射賦》：「橫弧於楚水之蛟，飛鏃於吴亭之虎。」此指刺史府廨内的水池。光州古爲楚地，故云。澄鮮：清新。謝靈運《登江中孤嶼》：

「雲日相輝映，空水共澄鮮。」此指池水清澈明浄。

〔三〕「極浦」二句：謂亭子周圍環境清静，鳴聲幽雅的鳥雀常在這裏出没。極浦：遥遠的水濱。《楚辭·九歌·湘君》：「望涔陽兮極浦，横大江兮揚靈。」虚：稀少。

留别光州王使君①〔一〕

杜陵千里外〔二〕，期在末秋歸。既見林花落，須防木葉飛〔三〕。楚從何地盡②，淮隔數峰微〔四〕。迴首餘霞失〔五〕，斜陽照客衣。

【校勘記】

①王使君：奉新本、叢刊本、季稿、《全詩》五七三「使君」下有「建」字。汲古閣本、席本題作「留别王光州」。

②何地：何校本作「何處」。

【箋注】

〔一〕長慶三年（八二三）春夏間，島赴光州謁刺史王建，見前詩注〔一〕，此詩即其離開光州時留别王建之作。詩云：「須防木葉飛。」是島離光州時已届秋天。

〔二〕杜陵：漢宣帝的陵墓。在唐京城東南二十里。見本集卷三《送崔定》注〔四〕。《元和郡縣圖志》卷九河南道五光州：「西北至上都一千七百三十里。」故云「千里外」。

〔三〕木葉飛：秋深也。《楚辭·九辯》：「悲哉秋之爲氣也，蕭瑟兮草木摇落而變衰。」此用其意。

〔四〕「楚從」二句：意謂自光州北去，楚國的邊界在何處，是否就是淮河對岸隱隱約約的幾座山峰？楚：古國名，此指楚地。楚地北與魏韓接壤，其邊界隨彼此國力消長多有變動，楚全盛時北部邊界一度達到河南魯山、方城、漯河、周口、商丘及江蘇徐州一帶，淮河以北尚有三百多里。故島有「淮隔數峰微」之句。淮：淮水，即今淮河也。見本集卷六《贈友人》注〔五〕。

〔五〕餘霞：殘霞。謝朓《晚登三山還望京邑》：「餘霞散成綺，澄江静如練。」

宿姚合宅寄張司業①〔一〕

閒宵因集會②，柱史話先生〔二〕。身愛無一事，心期往四明〔三〕。松枝影摇動，石磬響寒清。誰伴南齋宿③，月高霜滿城④。

【校勘記】

①司業：奉新本、叢刊本、汲古閣本、季稿、席本、《全詩》五七三「司業」下有「籍」字。②集會：席本作「會集」。③南齋宿：奉新本作「南齋月」。④月高霜：奉新本作「星宿高」。

【箋注】

〔一〕大和二年（八二八）十月，姚合由監察御史分司東都，入朝爲殿中侍御史，四年春轉侍御史，五年春遷户部員外郎。張籍大和二年由主客郎中遷國子司業。此詩云「霜滿城」，因知此詩乃大和二年冬或稍後作。姚合：見本集卷二《重酬姚少府》注〔一〕。張司業：張籍。見本集卷一

《早起》注〔七〕。司業：國子監司業，古代學官名。《舊唐書·職官三》：國子監「司業二員，從四品下。隋大業三年始置司業一人，從四品，官名隨曹改易。祭酒司業之職，掌邦國儒學訓導之政令」。

〔二〕杜史：即侍御史，亦稱侍御。嚴維《剡中贈張卿侍御》：「早列月卿位，新參柱史班。」此指姚合。

〔三〕「身愛」二句：言張籍雖爲司業，心中希望歸隱四明山中。四明：指四明山，在今浙江餘姚南。《元和郡縣圖志》二六江南道二越州餘姚縣：「四明山，在縣西一百五十里。」

哭張籍〔一〕

精靈歸恍惚〔二〕，石磬韻曾聞。即日是前古，誰人耕此墳〔三〕。舊遊孤棹遠①，故域九江分〔四〕。本欲蓬瀛去，餐芝御白雲〔五〕。

【校勘記】

①孤棹：叢刊本、季稿作「孤枕」。

【箋注】

〔一〕張籍於島，乃師長輩中人，對島之人生和創作影響頗大。籍辭世約在大和四年（八三〇）前後，島以此詩弔之，情真意切感人肺腑。張籍：見本集卷一《早起》注〔七〕。

〔二〕「精靈」二句：意謂張籍雖然去世了，但其典雅優美的詩歌卻曾領略過。精靈：靈魂。左芬《萬年公主誄》：「况我公主，形滅體訛，精靈遷逝，幽此中阿。」恍惚：迷離，難以捉摸。《史記·司馬相如列傳》：「於是乎周覽泛觀，瞋盼軋沕，芒芒恍忽，視之無端，察之無崖。」此指冥冥之中。石磬：古代石製的一種打擊樂器，雅樂用之。《禮記·樂記》：「石聲磬。」唐段安節《樂府雜録·雅樂部》：「依月排之，每面石磬及編鐘各一架。」此喻張籍高雅富有韻味的詩歌。

〔三〕前古：從前，往古。耕此墳：桓譚《新論·琴道》：雍門周謂孟嘗君：「千秋萬歲之後，宗廟必不血食，高臺既已傾，曲池又已平，墳墓出荆棘，狐狸穴其中，遊兒牧豎躑躅其足而歌其上。」

〔四〕「舊遊」二句：意謂昔日張籍孤舟而游的蹤跡遠在江南，故鄉吴地被九江爲界與楚地劃分開來。舊遊：昔日遊覽之地。此指張籍及第前曾漫游湖湘、兩廣、江浙等江南廣大地區。「故域」句，張籍原爲吴縣（今江蘇蘇州）人，後移家和州烏江（今安徽和縣），二地均屬吴地。而吴與楚分界爲九江。《元和郡縣圖志》二八江南道四江州：「今州南五十二里彭蠡湖是也。荆州云『九江孔殷』，今州西北二十五里九江是也。然彭蠡以東爲揚州界，九江以西屬荆州界。春秋時爲吴之西境，吴爲越滅，後復爲楚地。」

〔五〕「本欲」二句：謂籍原打算學道昇仙，然而卻未能如願。蓬瀛：海上三座仙山蓬萊、方丈、瀛洲也。見本集卷六《過楊道士居》注〔六〕。此指仙界也。

【輯評】

清李懷民《重訂中晚唐詩主客圖》：張、賈雖兩派，其性情相關處要無二致，故須合訂。

靈準上人院〔一〕

掩扉當太白①，臘數等松椿〔二〕。禁漏來遥夜②〔三〕，山泉落近鄰。經聲終卷曉〔四〕，草色幾芽春。海内知名士，交遊準上人③。

【校勘記】

①當太白：《英華》二三七作「常太半」。②來：底本、汲古閣本、張抄本作「未」，據黄校本、奉新本、叢刊本、明鈔本、季稿、席本、《全詩》五七三、江户本改。遥：《英華》校：「一作遲。」③準：《英華》作「湯」。

【箋注】

〔一〕靈準曾居太白山下，此詩當爲島前往謁準時題其院壁之作。靈準：穆宗朝爲兩街僧録，奉旨赴汾州開元寺迎請無業禪師入京。會業示寂，靈準述其事於汾州牧楊潛，潛爲業作碑頌。事見《宋高僧傳》卷一一無業傳。

〔二〕臘數：靈準剃度爲僧的歲數。臘，夏臘，僧人每年夏季三個月安居修道期滿，稱爲一臘，亦名戒臘、夏臘、法臘等。法顯《佛國記》：「比丘滿四十臘，然後得入。」參本集卷七《贈胡禪師》注〔二〕。

〔三〕禁漏：宫中計時的漏刻。古時以漏壺計時，壺箭上有時間刻度，稱漏刻。陸暢《宿陝府北樓奉酬崔大夫二首》其一：「人定軍州禁漏傳，不妨秋月城頭過。」

〔四〕「經聲」句：謂上人勤於修道，一部經卷誦完天已拂曉。

【輯評】

元方回《瀛奎律髓》四七：末句直道其事，亦是一法。

李慶甲《瀛奎律髓彙評》四七：紀昀：淺俗無味，豈可爲法。

寄柳舍人①〔一〕

格與功俱造〔二〕，何人意不降〔三〕。一宵三夢柳，孤泊九秋江〔四〕。擢第名重列〔五〕，沖天字幾雙〔六〕。誓爲仙者僕，側執馭風幢〔七〕。

【校勘記】

①舍人：奉新本、叢刊本、汲古閣本、季稿、席本、《全詩》五七三「舍人」下有「宗元」二字，非是。李嘉言《長江集新校》云：「一本無『宗元』二字，是也。柳舍人謂柳公權。見附録《年譜》開成五年。」《年譜》開成五年下引劉師培《左盦集・讀全唐詩書後》下曰：「一本無宗元二字。案子厚未嘗官舍人，當從一本。」

【箋注】

〔一〕此詩蓋文宗大和至開成間，柳公權爲中書舍人時島求援引的投寄之作。柳舍人：柳公權，字誠縣，京兆華原（今陝西耀縣）人。著名書法家。幼嗜學，年十二能爲辭賦。元和三年狀元擢第，同年又登博學宏辭科，授秘書省校書郎。穆宗即位拜右拾遺，充翰林侍書學士，遷右補闕。敬宗、文宗二朝仍侍書禁中。迨大和間，升中書舍人充翰林書詔學士。武宗即位遷工部尚書，封河東郡公。咸通初改太子少師等，六年卒，贈太子太師。舍人，指中書舍人。《舊唐書·職官二》：「中書省……中書舍人六員，正五品上……舍人掌侍奉進奏，參議表章，凡詔旨敕制及璽書册命，皆按典故起草進畫，既下則署而行之。」

〔二〕「格與」句：意謂公權書藝格調功力均至極高境界。格：格調、風範。《文心雕龍·議對》：「亦各有美，風格存焉。」造：學業藝術等達到某種程度或境界。《孟子·離婁下》：「君子深造之以道，欲其自得之也。」趙岐注：「造，致也，言君子問學之法，欲深致極竟之以知道意。」

〔三〕降：悦服。《詩·召南·草蟲》：「亦既見止，亦既覯止，我心則降。」馬瑞辰通釋：「降者，夅之假借。《説文》：『夅，服也。』正與二章『我心則説』《傳》訓爲服同義。」

〔四〕「一宵」二句：島謂己對公權仰慕之至。

〔五〕「擢第」句：謂公權一年之中兩登科第也。《唐語林》卷四：「柳公權……及擢第，首冠諸生。當年宏詞登高科。」

〔六〕「沖天」句：謂公權以書藝諷諫穆宗，且歷事五朝皇帝一時無人可比。《舊唐書·柳公綽傳》附公權傳載：「穆宗政僻，嘗問公權：『筆何盡善？』對曰：『用筆在心，心正則筆正。』上改容，知其筆諫也。」穆宗之後，公權一直在朝，官至工部尚書，封郡公等。

〔七〕「誓爲」二句：島謂己願投身柳氏門下，奔走效力。仙者：此指公權。島久試不第，仕途當然需有力者援引。風幢：風展的旌旗。幢，旌旗的一種。古時常在儀仗、舞蹈、軍事指揮中使用。

送玄巖上人歸西蜀〔一〕

玉壘山中寺，幽深勝概多〔二〕。藥成彭祖擣〔三〕，頂受七輪摩〔四〕。去臘催今夏〔五〕，流光等逝波〔六〕。會當依糞掃①，五岳徧頭陀〔七〕。

【校勘記】

①會當：汲古閣本、席本作「會常」，非是。掃：奉新本作「草」；叢刊本、季稿、《全詩》五七三諸本校：「一作草。」均誤。

【箋注】

〔一〕玄巖上人：事跡未詳。當爲蜀中僧而行脚四方者，欲自京歸蜀，島賦此詩以送之。西蜀：今四川省西部，古爲蜀國，以其東爲巴國，或在中原以西，故稱。杜甫《諸將五首》之五：「西蜀地形天下險，安危須仗出群材。」

〔二〕「玉壘」二句：言上人所居寺院在蜀地玉壘山間，優美境界頗多。玉壘山：在今四川汶川縣東。《文選》卷四左思《蜀都賦》：「包玉壘而爲宇。」李善注：「玉壘，山名也，湔水出焉，在成都西北岷山界。」《元和郡縣圖志》三三一劍南道中茂州汶川縣：「玉壘山，在縣東北四里。」勝概：美景；美好的境界。李白《夏日陪司馬武公與群賢宴姑熟亭序》：「嘉名勝概，自我作也。」

〔三〕彭祖：劉向《列仙傳·彭祖傳》載：乃顓頊帝之玄孫，陸終氏之第三子，姓籛名鏗，堯封之於彭城，殷商時爲收藏史，周爲柱下史，壽八百餘歲。善養生，會導引之術，並服水桂、雲母粉、麋角，常有少容。其道可法，故稱彭祖。

〔四〕「頂受」句：言上人嘗受有道高僧摩頂授法，道行超衆。七輪：七星如意輪觀音的略稱。以如意輪觀音爲本尊，以七星爲眷屬，故名。亦即如意輪王菩薩也。摩：摩頂授法也。佛爲授記或授法，以手撫摸弟子頭頂。《妙法蓮華經·囑累品》曰：「釋迦牟尼佛從法座起，現大神力，以右手摩無量菩薩摩訶薩頂，而作是言。」

〔五〕臘：僧臘，相當於世俗所謂的歲或年。見本集卷七《贈胡禪師》注〔二〕。夏：僧人夏季三個月安居修行佛法也，又稱夏坐、夏安居。《四分律删繁補闕行事鈔》上之四曰：「自今已去，聽三月夏安居。」

〔六〕「流光」句：《論語·子罕》：「子在川上，曰：『逝者如斯夫，不舍晝夜。』」此用其意。

〔七〕「會當」二句：言上人應當身著袈裟，行脚乞食，徧遊五嶽。糞掃：即糞掃衣，僧人之衲衣，亦名袈裟。《雜阿含經》卷四一：「佛告迦葉：『汝當受我糞掃衣。』」隋慧遠《大乘義章》卷一五：「糞掃衣者，所謂火燒、牛嚼、鼠齧、死人衣等，外國之人，此等之衣，棄之巷野，事同糞掃，名糞掃衣。行者取之，浣洗縫治，用以供身。」著糞掃衣，乃十二頭陀行之一。頭陀：梵語音譯，意爲抖擻、洮汰、浣洗等，謂抖擻衣服、飲食、住處三種貪着的修行方法，俗因稱僧人行脚乞食者爲頭陀，亦稱行者。

寄宋州田中丞〔一〕

古郡近南徐〔二〕，關河萬里餘。相思深夜後①，未答去秋書②。自别知音少〔三〕，難忘識面初。舊山期已久，門掩數畦蔬。

【校勘記】

①夜後：《英華》二五九作「夜雨」。　②去秋：《英華》、《律髓》二六作「去年」。

【箋注】

〔一〕此詩當爲長慶二年（八二二）八月至十二月間，田穎在宋州刺史任上時島的寄贈之作。田中丞：田穎。原爲李光顔部將，淮西之役平吴元濟屢有戰功。後王師征討，穎常在戰陣，以忠勇著稱。穆宗長慶二年汴州軍亂，穎參與討伐。八月亂平，穎由亳州刺史轉宋州刺史，十二月，以疾卒於任所，敕贈工部尚書。生平見《册府元龜》卷一二八、卷一三四。宋州：唐屬河南道，治睢陽縣，故治在今河南商丘市南約十五里。《元和郡縣圖志》卷七河南道三宋州睢陽：《禹貢》豫州之域，即高辛氏之子閼伯所居商丘，今州理是也。周爲青州之域，武王封微子於宋。秦爲碭郡，後改梁國。漢文帝封其子武爲梁王。隋於睢陽置宋州，又改梁郡。唐又爲宋州。安史之亂中，張巡、許遠守睢陽踰年，使賊鋒挫衄，屏蔽江淮，即此地也。中丞：即御史中丞。《舊唐書·職官三》：御史臺，大夫一員，正三品，中丞二員，正四品下，「大夫、中丞之職，掌持邦國刑憲典章，以肅正朝廷，中丞爲之貳」。

〔二〕古郡：指宋州城，商周時即爲諸侯王都城，故云。南徐：今江蘇鎮江市。古名丹徒、京口、徐陵等。晋室南遷，於此置南徐州，以其在淮北之徐州以南，故名。見《宋書·州郡志一》《元和郡縣圖志》二五江南道一潤州。

〔三〕知音：知己、知心朋友。見本集卷二《送别》注〔三〕。

【輯評】

元方回《瀛奎律髓》二六：「相思深夜後，未答去年書。」初看甚淡，細看十字一串，不喫力而有味。浪仙善用此體，如「白髮初相識，秋山擬共登」，如「羨君無白髮，走馬過黄河」，如「萬水千山路，孤舟一月程」，皆句法之變也。如「自别知音少，難忘識面初」，又當截上二字下三字分爲兩段而觀，方見深味。蓋謂自相别之後，知音者少。「自别」二字極有力，而最難忘者，尤在識面之初。老杜有此句法，「每語見許文章伯」之類是也。「不寐防巴虎，全生狎楚童」，亦是也。山谷「欲嗔王母惜，稍慧女兄誇」，亦是也。

清屈復《唐詩成法》：先寫宋州，見路之遠。後寫寄書，却用虚筆。五、六方寫交情，便不直致。結不甚佳。

清李懷民《重訂中晚唐詩主客圖》：僻澀。

李慶甲《瀛奎律髓彙評》二六：紀昀：此一段議論俱細密。又曰：一氣清空，在《長江集》又是一格。　許印芳：三、四用流水對，五、六用逆挽法，與前詩（按：指《京北原作》）同一用筆。虚谷所論一句分爲兩段者，即詩家所謂折腰句也。然此格猶止兩層意思，又有一句三轉灣法，意思尤深厚，如老杜「感時花濺淚，恨別鳥驚心」、「地平江動蜀，天闊樹浮秦」、「勳業頻看鏡，行藏獨倚樓」、「古墻猶竹色，虚閣自松聲」之類是也。凡五律句法，一意直下者味薄氣弱，每難出色。須參以兩折、三折之句，疏密相間，方臻妙境，學者宜知之。

送朱休歸劍南〔一〕

劍南歸受賀，太學賦聲雄〔二〕。山路長江岸，朝陽十月中〔三〕。芽新抽雪茗〔四〕，枝重集猿楓。卓氏琴臺廢，深蕪想遥通〔五〕。

【箋注】

〔一〕朱休：事跡未詳。由兹詩知其爲劍南人，就讀於太學，以能賦知名。《全唐文》九四六存其《駕幸太學賦》一篇，《全唐詩》七八〇存其省試詩《春水緑波》一首。此詩乃休歸劍南時，島的送行之作。劍南：指今四川劍門關以南、長江以北，及甘肅嶓塚山以南廣大地域，唐時於此置劍南道，治成都（今屬四川）。見《元和郡縣圖志》三一。

〔二〕太學：我國古代設於京師的最高學府。始於西周，發展於漢代。唐代亦設有太學，與國子學、四門學等皆屬國子監，見《新唐書·選舉志》。

〔三〕朝陽：山的東面。《釋名·釋山》：「山東曰朝陽，山西曰夕陽，隨日所照而名之也。」《詩·大雅·卷阿》：「梧桐生矣，於彼朝陽。」毛傳：「山東曰朝陽。」

〔四〕雪茗：茶的一種。冲泡後浮起一層雪白的泡沫，故名。

〔五〕「卓氏」二句：想象司馬相如琴臺荒廢，唯有草徑與之相連。卓氏：卓文君。《史記·司馬相如列傳》：「是時，卓王孫有女文君新寡，好音。故相如繆與令相重，而以琴心挑之……既罷，相如乃使人重賜文君侍者通殷懃。文君夜亡奔相如，相如乃與馳歸。」琴臺：在今四川成都浣花溪畔，相傳爲司馬相如當年彈琴之所。庾信《爲梁上黄侯世子與婦書》：「龍飛劍匣，鶴别琴臺。」倪璠注：「李膺曰：『市橋西二百步（里）得相如舊宅。今按梅安寺南有琴臺。』」

【輯評】

明許學夷《詩源辯體》二五：賈島五言律，如「鳥絶吏歸後，蛩鳴客卧時。鎖城涼雨細，開印曙鐘遲」……等句皆氣味清苦，聲韻峭急。其他句多奇僻，即變體，不可爲法，如……「芽新抽雪茗，枝重集猿楓」、「露寒鳩宿雨，鴻過月圓鐘」等句，最爲奇僻，皆前人所未有者。世傳李洞慕賈島詩名，則鑄爲像以師之。晚唐人卑陋，於島輩傾心向慕，於退之、東野茫乎無得也。

寄長武朱尚書〔一〕

不日即登壇，槍旗一萬竿①〔二〕。角吹邊月没，鼓絶爆雷殘〔三〕。中國今如此，西荒可取難〔四〕。白衣思請謁〔五〕，徒步在長安。

【校勘記】

①槍旗：汲古閣本、席本作「旗槍」。

【箋注】

〔一〕此詩當爲大和七年（八三三）十一月，朱叔夜初授涇原節度使時島的投寄之作。長武：長武城。故址在今陝西長武縣西北約五十里處。《元和郡縣圖志》卷三關内道三邠州宜禄縣：「長武城，在縣西五十里。隋開皇中築在涇河南岸，武德元年廢，大曆初郭子儀置兵以備西戎。」朱尚書：朱叔夜。文宗大和七年十一月，涇原節度使康志睦卒，己卯以左神策長武城使朱叔夜爲涇州刺史、充涇原節度使。開成元年叔夜以侵牟士卒，贓數萬，家畜兵器，罷爲左武衛大將軍，二月賜死於藍田關。生平略見《舊唐書·文宗紀》《新唐書·殷侑傳》。尚書，見本集卷五《寄滄州李尚書》注〔一〕。此尚書乃檢校散官。

〔二〕「不日」二句：謂朱尚書不久就要赴涇原節度使任。登壇：《史記·淮陰侯列傳》：蕭何以爲韓信乃國士無雙，説服劉邦「擇良日，齋戒，設壇場具禮」拜信爲大將軍。劉邦許之，遂拜信爲大將軍。司馬貞索隱述贊曰：「君臣一體，自古所難。相國深薦，策拜登壇。」此用其事，謂叔夜拜涇原節度使也。據《新唐書·兵志》，唐節度使皆握有兵權，中唐以後兵權猶重，故島以「登壇」形容之。

〔三〕「鼓絶」句：言軍中擂起戰鼓比炸雷還響。絶：超過。鮑照《代朗月行》：「鬢奪衛女迅，體絶飛燕先。」殘：剩餘。杜甫《洗兵馬》：「祇殘鄴城不日得，獨任朔方無限功。」

〔四〕「中國」二句：言唐朝現在如此强大，西北外族欲侵擾掠奪並不容易。中國：古代黄河流域的華夏民族自以爲居天下之中，因而稱所建立的國家爲「中國」，周邊其他地區稱爲四夷。《詩·小雅·六月序》：「《小雅》盡廢，則四夷交侵，中國微矣。」此指唐帝國。西荒：西方僻遠之地。荒，古代京畿以外由近及遠，依次劃分爲侯、甸、綏、要、荒，又名「服」，每服相距五百里，而「荒服」最遠。孟郊《感懷》：「羣物歸大化，六龍頽西荒。」此指西方吐蕃、西北突厥等少數民族國家。

〔五〕白衣：古代平民的服裝。見本集卷四《荒齋》注〔三〕，此借以自指。

送皇甫侍御〔一〕

曉鐘催早朝，自是赴嘉招①〔二〕。舟泊襄江闊②〔三〕，田收楚澤遥③〔四〕。雁驚起衰草④，猿渴下寒條。來使黔南日，時應問寂寥〔五〕。

【校勘記】

①自是：《英華》二七八作「獨自」。②舟：叢刊本、季稿作「身」，非是。襄江：奉新本、叢刊本、季稿、《全詩》五七三作「湘江」。③田收：奉新本作「山收」。④雁：《二妙集》作「鴻」。

【箋注】

〔一〕皇甫侍御：李賀《高軒過》詩原注曰：「韓員外愈皇甫侍御湜見過因而命作。」李嘉言《賈島年譜》據此疑兹詩之「侍御」指皇甫湜。今從其説。湜字持正，睦州新安（今浙江淳安）人。元和元年進士及第，授陸渾尉。三年又登賢良方正能直言極諫科。韓愈任都官員外郎在元和四年六月，五年轉洛陽令，見《唐才子傳校箋》卷五。韓所任都官，乃分司官，在洛陽。其與湜見賀應在元和四五年間，時湜登科後蓋已擢爲御史，且亦應爲分司官，故二人方能同往見賀。而此詩題曰「皇甫侍御」，且云「早朝」，因知湜已由分司官入朝爲御史，時間蓋在稍後之元和七八年間，島詩蓋此時所賦。侍御，官名。見本集卷五《送李廓侍御劍南行營》注〔一〕。

〔二〕嘉招：朝廷的徵聘。《文選》卷二六潘岳《河陽縣作二首》之一：「微身輕蟬翼，弱冠忝嘉招。」呂延濟注：「弱冠謂二十，時忝辱被辟爲太祖掾也。」此指朝廷使命。

〔三〕襄江：漢水自襄陽以下俗稱襄河，亦名襄江、襄漢。項斯《漢南遇友人》：「夢盡吴越水，恨深襄漢鐘。」

〔四〕楚澤：古楚地有雲夢等七澤，後以「楚澤」泛指楚地或楚地的湖泊。劉長卿《觀校獵上淮西相公》：「龍驤校獵邵陵東，野火初燒楚澤空。」

〔五〕「來使」二句：謂侍御奉命出使期間，應及時來信以慰朋友思念之情。來使：負有使命前來。《韓非子·存韓》：「（李）斯之來使，以奉秦王之歡心。」黔：黔州，唐屬黔中道，後又屬江南道，治彭水縣（今屬四川）。《元和郡縣圖志》三〇江南道六：黔州，本漢涪陵縣理。三國時蜀置郡，北周置奉州，又改名黔州。隋改爲黔安郡。天寶元年改爲黔中郡，乾元元年復爲黔州。

【輯評】

清賀裳《載酒園詩話又編》：閬仙五字詩實爲清絶，如……「雁驚起衰草，猿渴下寒條」，「夕陽飄白露，樹影掃清苔」……皆於深思静會中得之。

郊居即事〔一〕

住此園林久，其如未是家〔二〕。葉書傳野意，簷溜煮胡茶〔三〕。雨後逢行鷺〔四〕，更深聽遠蛙。自然還往裏，多是愛煙霞〔五〕。

【箋注】

〔一〕元和十三年（八一八）春，島已由延壽坊遷居樂遊原東昇道坊，詩蓋作於此年或稍後，具體時間則難以確考。昇道坊比較偏僻荒蕪，有如郊野，故稱「郊居」。島遷居後張籍前去看望，賦《過賈島野居》詩，直稱島宅爲「野居」。故此詩當爲遷居樂遊原後所作。

〔二〕「住此」二句：王粲《登樓賦》：「雖信美而非吾土兮。」此用其意。其如：無奈，可惜。劉長卿《硤石遇雨宴前主簿從兄子英宅》：「雖欲少留此，其如歸限催。」

〔三〕葉書：沈約《均聖論》：「西國密塗，厥路非遠，雖葉書横字，華梵不同，而深義妙理，於焉自出。」古印度用貝多羅樹葉鈔寫佛經，名「貝葉經」，因稱「葉書」。此指用樹葉寫的書信。簷溜：檐溝，此指檐溝流下的雨水，又名檐滴。

〔四〕行鷺：成行而飛的鷺鷥。杜甫《絶句四首》其三：「兩箇黄鸝鳴翠柳，一行白鷺上青天。」

〔五〕煙霞：指自然界的山水林泉。蕭統《錦帶書十二月啓·夾鍾二月》：「敬想足下，優遊泉石，放曠煙霞。」此指樂遊原周圍的景色。

夜集姚合宅期可公不至〔一〕

公堂秋雨夜①，已是念園林〔二〕。何事疾病日②，重論山水心〔三〕。孤燈明臘後，微雪下更深③〔四〕。釋子乖來約，泉西寒磬音〔五〕。

【校勘記】

①秋：《英華》二一七作「春」，非是；《全詩》五七三校：「一作初。」　②疾病：奉新本作「病疾」。

③微雪：《英華》作「微雨」。

【箋注】

〔一〕此詩與馬戴《集宿姚殿中宅期僧無可不至》，二詩題目及内容均相同，當係同賦。姚合：見本集卷二《重酬姚少府》注〔一〕。合大和二年十月由監察御史分司入朝爲殿中侍御史，四年春轉侍御史。馬戴既稱姚合爲「殿中」，島詩云：「孤燈明臘後，微雪下更深。」因知此詩作於大和二或三年冬。可公：僧無可，見本集卷三《就可公宿》注〔一〕。

〔二〕「公堂」二句：謂姚合嘗於秋雨之夜的官廨中懷念自己。公堂：官衙内的廳堂。此借以指姚合。園林：前一首《郊居即事》云：「住此園林久。」知「園林」乃島借以自指。

〔三〕山水心：歸隱山水林泉的志趣。姚合《喜賈島雨中訪宿》云：「終須攜手去，滄海棹魚船。」又《寄賈島浪仙》云：「海嶠誓同歸，橡栗充朝給。」

〔四〕「孤燈」二句：謂時值隆冬更深雪降。臘：臘日，農曆臘月初八，古爲臘祭之日，故名。見本集卷七《重與彭兵曹》注〔三〕。

〔五〕「釋子」二句：謂無可失約，蓋爲寺院正做佛事。釋子：《大般若波羅蜜多經》四五三曰：「非沙門，非釋子。」《高僧傳·釋道安傳》：「初魏晋沙門依師爲姓，故姓各不同。安以爲大師之本，莫尊釋迦，乃以釋命氏。後獲《增一阿含》，果稱四河入海，無復河名，四姓爲沙門，皆稱釋種。既懸與經符，遂爲永式。」故中國僧徒稱釋子，自道安始也。《維摩詰所説經》慧遠疏曰：「從佛釋師，教化出生，故名釋子。」磬音：寺院舉行法事的音樂聲。

喜李餘自蜀至〔一〕

迢遞岷峨外，西南驛路高〔二〕。幾程尋險棧〔三〕，獨宿聽寒濤。白鳥飛還立，青猿斷更號〔四〕。往來從此過，詞體近風騷〔五〕。

【箋注】

〔一〕兹詩當爲李餘返京後島與之相會，欣喜至極而作。李餘：島之詩友，成都人，長慶三年進士及第，其年夏回故鄉，島賦《送李餘及第歸蜀》詩以相送（見本集卷四），姚合、朱慶餘有同送之作。

〔二〕「迢遞」二句：謂李餘遠自蜀中來，山高路遠難於行走。迢遞：連綿不絶貌。沈約《九日侍宴樂遊苑》：「虹旌迢遞，翠華葳蕤。」岷峨：岷山和峨眉山，見本集卷四《送厲宗上人》注〔二〕。此特指岷山，因李餘故鄉成都在岷山之南，自京師方向看乃岷山之「外」。而峨眉山在成都西南。驛路：驛道，古時驛馬、傳車通行的道路，沿途設有驛站。

〔三〕「幾程」句：謂自蜀至京，不少路程沿着危險的棧道行進。尋：沿着，循着。棧：棧道，見本集卷五《送李廓侍御劍南行營》注〔五〕。

〔四〕「白鳥」二句：言蜀道險絶難行，連過山的鳥兒猿猴也不時發出哀鳴。李白《蜀道難》：「黄鶴之飛尚不得過，猨猱欲度愁攀援。」此化用其意。立：停留、停止。

〔五〕「往來」二句：謂李餘往返經過蜀道，文風自然與《國風》和《離騷》相近。詞體：詩文風格。

此指詩文等文學作品。風騷：《國風》和《離騷》。

王侍御南原莊〔一〕

買得足雲地〔二〕，新栽藥數窠。峯頭盤一徑，原下注雙河〔三〕。春寺閒眠久，晴臺獨上多〔四〕。南齋宿雨夜①，仍許重來麽②。

【校勘記】

①雨夜：奉新本、叢刊本、季稿、《全詩》五七三、《英華》三一九作「雨後」。②來麽：奉新本作「相過」。

【箋注】

〔一〕此詩當爲大和五年（八三一）前後，島往謁咸陽原上王建新居而賦。王侍御：王建。見本集卷五《答王秘書》注〔一〕。文宗大和二年，王建出爲陝州司馬，約於三年後休官。《唐才子傳·王建傳》謂其「歸，卜居咸陽原上」。《類編長安志》卷七云：「咸陽原在渭水北，九嵕山南，俱陽之地，謂之咸陽原。」咸陽原，即畢原，見本卷《京北原作》注〔一〕。侍御，見本集卷五《送李廓侍御劍南行營》注〔一〕。南原莊：蓋爲王建在咸陽原南新建的住宅。

〔二〕足雲地：謂南原莊也。蓋其地近九嵕山，常有雲煙繚繞，故云。

〔三〕「峰頭」二句：言莊背山臨水，環境宜人也。峰：當指九嵕山之山峰也。雙河：指涇水與汧河也。涇水，見本集卷六《送殷侍御赴同州》注〔四〕。泔河，源於今陝西永壽縣北分水嶺，東南流經縣東，又東南經乾縣、禮泉縣，於谷口下游匯入涇水。王建新宅蓋位於二水交匯處附近，故云。

〔四〕「春寺」二句：謂王建卸任後生活悠然閒散。

送康秀才〔一〕

倶爲落第年〔二〕，相識落花前。酒瀉兩三盞，詩吟十數篇。行歧逢塞雨，嘶馬上津船〔三〕。樹影高堂下，迴時應有蟬〔四〕。

【箋注】

〔一〕康秀才亦入京應試舉子，兩人春花爛熳時相識，花落時節（春末夏初）康秀才落第回鄉，島以此詩相送。詩云：「倶爲落第年。」知島本年亦應試未第。然島居京應試十多年未第，故此次落第究爲何年？則難以確考。康秀才：名未詳。秀才：見本集卷一《送沈秀才下第東歸》注〔一〕。

〔二〕落第：又稱下第，科舉考試未被録取。

〔三〕「行歧」二句：言秀才歸鄉行歧路渡河津，風雨兼程。歧：由大道分出的小路或岔道。曹植《美女篇》：「美女妖且閒，採桑歧路間。」塞雨：邊塞的風雨。

〔四〕「樹影」二句：言回到家中時令已是夏五月了。《禮記·月令》：「仲夏之月……鹿角解，蟬始鳴。」高堂：此指高大的廳堂。唐鄭鏦《邯鄲俠少年》：「執事非無膽，高堂念有親。」

送僧

此生披衲過，在世得身閒〔一〕。日午遊都市〔二〕，天寒往華山。言歸文字外〔三〕，意出有無間〔四〕。仙掌雲邊樹，巢禽時出關〔五〕。

【箋注】

〔一〕「此生」二句：陳延傑注：「言爲僧之狀。」衲：衲衣，僧人之糞掃衣，見本卷《送玄巖上人歸西蜀》注〔七〕。《大智度論》：「五比丘曰：『佛當着何等衣？』佛言：『應着衲衣。』」

〔二〕都市：《漢書·食貨志上》：「日遊都市，乘上之急，所賣必倍。」此指唐京城長安。

〔三〕「言歸」句：指禪宗倡導的「教外别傳，不立文字。直指人心，見性成佛」的宗風。《唐中岳沙門釋法如禪師行狀》曰：禪宗自「天竺相承，本無文字；入此門者唯意相傳」（《金石續編》卷六）。《五燈會元》卷一云：「世尊在靈山會上拈花示衆。是時衆皆默然，唯迦葉尊者破顔微笑。世尊曰：『吾有正法眼藏，涅槃妙心，實相無相，微妙法門，不立文字，教外别傳，付囑摩訶迦葉。』」言：學説，主張。《孟子·滕文公下》：「天下之言，不歸楊則歸墨。」此指禪宗所傳的佛道。

〔四〕「意出」句：謂佛法不陷於「有」與「無」相互對立的認識，而講「亦有亦無，非有非無」的中道觀。《楞伽經》卷五：「邪見論生法，妄想計有無；若知無所生，亦知無所滅，觀世悉空寂，彼不墮有無。」

〔五〕「仙掌」二句：寫華山之景。仙掌：華山仙人掌峰的省稱。崔顥《行經華陰》：「武帝祠前雲欲散，仙人掌上雨初晴。」關：潼關。見本集卷四《送歘法師》注〔二〕。

【輯評】

清冒春榮《葚原詩説》卷一：（詩）有第四句見題者，如《送僧歸華山》云「此生披衲過，在處得身閒。日午遊都市，天寒歸華山」，《送李秀才南歸》詩云「頻年住帝畿，猶著舊麻衣。南國二親老，西風萬里歸」是也。

寄魏少府①〔一〕

來時乖面別②〔二〕，終日使人慚。易記卷中句，難忘燈下談。濕苔粘樹癭〔三〕，瀑布濺房菴。音信如相惠，移居古井南〔四〕。

【校勘記】

①寄：汲古閣本、席本作「送」。　②乖面：奉新本作「傷遠」。叢刊本、季稿、《全詩》五七三校：「一作傷遠。」

【箋注】

〔一〕茲詩尾聯云云，乃島自謂移居事。島移居在元和十二年（八一七）前後，見本集卷三《昇道精舍南臺對月寄姚合》注〔一〕。因知此詩當作於移居後不久。魏少府：名未詳。少府：縣尉。見本集卷二《重酬姚少府》注〔一〕。

〔二〕「來時」句：言少府來京時失去了當面告别的機會。乖：違，失。徐陵《武皇帝作相時與北齊廣陵城主書》：「小之事大，差無違理；彼之陵我，自是乖言。」

〔三〕「濕苔」句：謂濕潤的苔蘚附着在樹瘤上生長。樹瘿：樹木上生長的瘤狀物。張鷟《遊仙窟》：「金盞銀盃，江螺海蚌；竹根細眼，樹瘿蝎脣。」

〔四〕「移居」句：元和十二年前後，島自延壽里移居昇道坊。其北隔兩坊之地爲常樂坊，坊之西南隅有趙景公寺（見《唐兩京城坊考》卷三）。段成式《酉陽雜俎》卷一五云：「景公寺前街中舊有巨井，俗呼爲八角井。元和初有公主夏中過，見百姓方汲，令從婢以銀稜椀就井取水，誤墜椀，經月餘出於渭河。」島所謂「古井南」，蓋謂八角井南耶？

原居即事言懷贈孫員外〔一〕

出入土門偏，秋深石色泉〔二〕。逕通原上草，地接水中蓮〔三〕。採菌依餘枿〔四〕，拾薪逢刈田①。鑷擣白髮斷〔五〕，兵阻尺書傳②。避路來華省〔六〕，抄詩上彩牋③。高齋久不到〔七〕，猶喜未經年。

【校勘記】

①拾薪：奉新本作「嘗新」。　②尺書：奉新本作「墨書」。　③抄詩：汲古閣本、席本作「抄書」。

【箋注】

〔一〕元和十三年（八一八）春，島已由延壽坊遷居樂遊原東昇道坊，而孫革任刑部員外郎在長慶初，故此詩當作於長慶初，具體時間則難以確考。孫員外：孫革。約德宗至文宗朝在世，江南人。貞元間進士及第。元和間任監察御史，以實報鳳翔舊馬坊事忤駙馬張茂宗，一度被罷官。後起用，長慶元年遷刑部員外郎，轉洛陽令，累官至刑部侍郎。大和四年任左庶子。

〔二〕「出入」二句：謂移居樂遊原後，迨深秋時已熟悉了周圍所有人家。土門：即土居，當地房舍、居民。《後漢書·南蠻西南夷傳論》：「蠻夷雖附阻巖谷，而類有土居，連涉荆、交之區，布護巴、庸之外，不可量極。」偏：通「徧」，普遍，全部。《墨子閒詁·經説下》：「偏字不可偏舉。」孫詒讓閒詁：「偏、徧，并聲同字通。」石色泉：清澈的石類泉，即石泉。以其與沙土泉不同，故名。色：類也。

〔三〕「逕通」二句：寫原居景色。

〔四〕「採菌」句：言從樹木朽茬上尋採蘑菇、木耳等。餘枿：樹木砍伐後殘存的根茬。《水經注·沅水》：「吴丹陽太守李衡，植柑於其上……今洲上猶有陳根餘枿，蓋其遺也。」

〔五〕「鑷捋」句：謂以鑷子拔除白髮時，把白髮給扯斷了。左思《白髮賦》：「星星白髮，生於鬢垂。雖非青蠅，穢我光儀。策名觀國，以此見疵。將拔將鑷，好爵是縻。」捋：《方言》卷一：「捋，取也。」此謂拔、扯。

〔六〕華省：清貴的官署。潘岳《秋興賦》：「宵耿介而不寐兮，獨展轉於華省。」此指孫革所在尚書省左司刑部員外郎衙門。

〔七〕高齋：高雅的書齋，亦用爲他人屋舍的敬稱。參本卷《蔣亭和田蔡州》注〔六〕。

登樓

秋日登樓望①〔一〕，涼風吹海初〔二〕。山川明已久，河漢没無餘〔三〕。遠近涯寥敻②，高低中太虚〔四〕。賦因王閣筆③〔五〕，思比謝遊疏④〔六〕。

【校勘記】

①登樓：叢刊本、季稿、《全詩》五七三作「登高」。②敻：何校本作「塗」；《全詩》校：「一作廓。」③王閣：奉新本作「王燦」，非是。④比：底本、奉新本、汲古閣本、張抄本、席本作「此」，非是；據黄校本、叢刊本、季稿、何校本、《全詩》、江户本改。

【箋注】

〔一〕「秋日」句：王粲《登樓賦》：「登兹樓以四望兮。」以「望」字領起下文。此句似之。

〔二〕「涼風」句：涼風：秋風。《禮記·月令》：「孟秋之月……涼風至，白露降，寒蟬鳴。」

〔三〕「山川」二句：承首聯「望」字狀秋日物象明晰，好久以來白天可眺望清晰的山川，夜晚可觀察伸向天際的銀河。河漢：銀河。《古詩十九首·迢迢牽牛星》：「河漢清且淺，相去復幾許。」

〔四〕「遠近」二句：承首聯「望」字寫視野廣闊高遠，遠方寥廓無垠，天地處在宇宙之間。涯：毗鄰、毗連。寥夐：空曠，開闊，意同寥廓。中：居於其中。《孟子·盡心上》：「中天下而立。」《漢書·鄭吉傳》：「吉於是中西域而立莫府。」太虛：宇宙。沈約《均聖論》：「我之所久，莫過軒羲；而天地之在彼太虛，猶軒羲之在彼天地。」

〔五〕「賦因」句：謂登樓欲作賦，因王粲已有《登樓賦》在先，只好作罷。王：指王粲，字仲宣，山陽高平（今山東鄒縣）人。少年時爲中郎將蔡邕推重，年十七，司徒辟詔除黄門待郎，以西京擾亂，乃之荆州依劉表，不受重用，感情抑鬱，思鄉懷歸，因登當陽城樓作《登樓賦》。《文心雕龍·詮賦篇》譽爲「魏晉之賦首也」。閣筆：停筆，放下筆。《三國志·魏書·王粲傳》譽粲：「善屬文，舉筆便成，無所改定。」裴松之注：「鍾繇、王朗等雖各爲魏卿相，至於朝廷奏議，皆閣筆不能措手。」

〔六〕「思比」句：謂登臨對景，詩思遠遜於謝靈運。謝：指謝靈運，陳郡陽夏（今河南太康）人。東晋名將謝玄之孫，襲封康樂公，世稱「謝康樂」。曾任永嘉太守、臨川内史。退居故鄉始寧時，縱情遨遊山水，寫下了大量的山水詩，成爲我國山水詩的開山之作，被鍾嶸《詩品》譽爲「興多才高，寓目輒書，内無乏思，外無遺物」。島自思不如，故云。

上樂使君救康成公①〔一〕

曾夢諸侯笑，康囚議脱枷〔二〕。千根池裏藕②，一朵火中花〔三〕。

【校勘記】

①此首《全詩》七四六又作陳陶《續古詩》，非是。今人李嘉言《長江集新校》云：「島别有《讓紇曹上樂使君》，與本詩『樂使君』蓋即一人。」謂兹詩乃島作，甚是。②池裏：《全詩》七四六作「池底」。

【箋注】

〔一〕文宗開成五年（八四〇），島長江主簿任滿，遷普州司倉參軍。會昌元年（八四一），普州刺史樂闓撰《紫極宫碑》，賈島書，樂顔融撰額，見歐陽修《集古録》卷一〇。此詩蓋書碑後所作，輕松流暢的格調表明島與長官相處較爲融洽，這與其未任普州司倉前所作《讓紇曹上樂使君》「戰戰復兢兢」（本集卷六）的調子大相逕庭，亦此詩書碑後所作之證。樂使君：遂州刺史樂闓，見本集卷六《讓紇曹上樂使君》注〔一〕。康成公：事跡未詳，細繹詩意，蓋爲樂使君屬下有德望而不應下獄者，故島上此詩以相救。

〔二〕「曾夢」二句：意謂普州群僚以爲康成公無辜，應該釋放。諸侯笑：《史記·孔子世家》：「魯哀公三年，而孔子年六十矣。秋季桓子……卒，康子代之。已葬，欲召仲尼。公之魚曰：『昔吾先君用之不終，終爲諸侯笑。今又用之，不能終，是再爲諸侯笑。』」此用其事，以季桓子不能始終如一任用孔子，爲諸侯取笑，以諷樂使君用康成公不終也。諸侯：本指魯國以外的周王朝分封的各諸侯國君主，此借以指普州知情的衆僚屬。夢諸侯笑議，乃島托辭以諷，委婉見意。

〔三〕「千根」二句：稱贊康成公乃不可多得的出衆人才。火中花：火中蓮花也。《維摩詰所説經·佛國品》以「火中生蓮華，是可謂稀有」，贊揚維摩詰居士雖身處世俗，出污泥而不染，修成佛道，稀有難得。此以火中蓮花之稀有，喻康成公人才出衆難得。

昆明池泛舟〔一〕

一枝青竹榜〔二〕，泛泛緑萍裹〔三〕。不見釣魚人，漸入秋塘水〔四〕。

【箋注】

〔一〕昆明池：《漢書·武帝紀》載，元狩三年秋「發謫吏穿昆明池」。顔師古注引臣瓚曰：「《西南夷傳》：『有越嶲昆明國，有滇池，方三百里。漢使求身毒國而爲昆明所閉，今欲伐之，故作昆明池象之，以習水戰。在長安西南，周回四十里。』」《漢書·食貨志》亦云：「是時，粤欲與漢用船戰逐，迺大脩昆明池，列館環之，治樓船高十餘丈，旗幟加其上，甚壯。」杜甫《秋興八首》其七：「昆明池水漢時功，武帝旌旗在眼中。」即詠其事。唐文宗以前，昆明池仍與京城相通，有魚蒲灌溉之利，故島尚能泛舟其中。文宗以後水竭爲田，見程大昌《雍録》卷六。

〔二〕青竹榜：用青竹做成的船槳。《楚辭·九章·涉江》：「乘舲船余上沅兮，齊吴榜以擊汰。」

〔三〕「泛泛」句：謂舟在緑萍之間緩緩行進。《詩·小雅·采菽》：「汎汎楊舟，紼纚維之。」

〔四〕「漸入」句：蓋謂船漸漸駛入昆明池水域中心。

送僧

大内曾持論，天南化俗行〔一〕。舊房山雪在①，春草岳陽生〔二〕。曉了蓮經義〔三〕，堪任寶蓋迎〔四〕。王侯皆護法〔五〕，何寺講鐘鳴〔六〕。

【校勘記】

①舊房：奉新本作「竹房」。

【箋注】

〔一〕「大内」二句：謂僧昔日曾在宫内弘揚佛法，如今去南方教化世俗。大内：皇宫内。韓愈《論佛骨表》：「陛下令群僧迎佛骨於鳳翔，御樓以觀，舁入大内。」此指内道場，見本卷《内道場僧弘紹》注〔一〕。持論：立論，申述見解。此蓋指内道場三教論衡時僧人所述對佛教的看法。天南：此泛指南方。化俗：施行教化以改變風俗。《文選》卷二張衡《西京賦》：「化俗之本，有與推移。」

〔二〕岳陽：唐之岳州，故治即今湖南岳陽市。見本集卷三《送裴校書》注〔四〕。

〔三〕蓮經：即《妙法蓮華經》，簡稱《法華經》。該經《安樂行品》云：「此《法華經》諸佛如來秘密之藏。」段成式《酉陽雜俎》續集卷五云：大興善寺素和尚「轉《法華經》三萬七千部」，有僧題詩云：「三萬蓮經三十春，半生不踏院門塵。」

〔四〕寶蓋：飾有寶玉之天蓋，懸於佛、菩薩及講師、讀師高座上方。《維摩經·佛國品》：「寶精與五百長者子，持七寶蓋來詣佛所。」

〔五〕護法：既擁護佛之正法，又護持自己所得之善法。《俱舍論》二五云：「護法者，謂於所得，善自防護。」

〔六〕講鐘：高僧講經時敲擊的鐘磬。張籍《寄李渤》：「五度谿頭躑躅紅，嵩陽寺裏講時鐘。」

送劉知新往襄陽〔一〕

此別誠堪恨①，荆襄是舊遊〔二〕。眼光懸欲落〔三〕，心緒亂難收。花木三層寺〔四〕，煙波伍相樓②〔五〕。因君兩地去，長使夢悠悠。

【校勘記】

①堪恨：奉新本作「堪嘆」。②伍：底本及諸校本均作「五」；《全詩》五七三校：「一作伍。」今據改。

【箋注】

〔一〕劉知新赴襄陽，引起島對舊遊之地的懷念，因賦此詩以送之。劉知新：事跡未詳，當爲島友。襄陽：唐縣名，爲襄陽節度使治所，故治即今湖北襄陽市區。《元和郡縣圖志》二一山南道二襄州：「襄陽縣，望。郭下。本漢舊縣也，屬南郡，在襄水之陽，故以爲名。魏武帝平荆州，分南郡置襄陽郡，縣屬焉。後遂不改。」

〔二〕荆襄：荆州與襄陽。荆州，唐屬山南道，後改爲江陵府，治江陵縣，故治即今湖北江陵。《太平寰宇記》一四六山南東道五荆州：《禹貢》荆州之域，春秋以後爲楚腹心之地。秦并楚爲南郡，漢因之，景帝改爲臨江國。隋初改爲江陵鎮，以屬襄州，旋復爲荆州，煬帝復爲南郡。唐武德初又改爲荆州。上元元年置南都，以荆州爲江陵府，府尹領荆南節度使。

〔三〕「眼光」句：島謂己眼睛昏暗無光，幾於失明。懸：匱乏。《三國志·魏書·王肅傳》：「糧縣而難繼，實行軍者之大忌也。」「縣」與「懸」通。此指眼睛昏暗少光。

〔四〕「花木」句：謂寺中花木繁簇，殿閣屋宇層層疊起。寺：此蓋指當陽（今屬湖北）玉泉山玉泉寺，見本集卷五《送惠雅法師歸玉泉》注〔一〕。張九齡鎮荆州嘗兩遊此寺，賦有《冬中至玉泉山寺屬窮陰冰閉崖谷無色及仲春行縣復往焉故有此作》：「萬木柔可結，千花敷欲然。松間鳴好鳥，竹下流清泉。石壁開精舍，金光照法筵。」亦詠寺中屋宇錯落、花木環繞之景。

〔五〕「煙波」句：言荆州襄陽緊臨長江和漢水，浩渺的煙波映照着樓閣。王維《漢江臨眺》：「楚塞三湘接，荆門九派通。……郡邑浮前浦，波瀾動遠空。」伍相：即伍子胥。《吴越春秋·夫差内傳》：伍子胥爲吴相，吴强盛，敗越。勾踐以計離間吴君臣。「吴王賜子胥劍，遂伏劍而死。吴王乃取子胥屍，盛以鴟夷之器，投之於江中……因隨流揚波，依潮來往，蕩激崩岸」。襄陽舊傳爲子胥故里，有墓及祠。

寄慈恩寺郁上人〔一〕

中秋期夕望，虚室省相容〔二〕。北斗生清漏〔三〕，南山出碧重〔四〕。露寒鳩宿竹①〔五〕，鴻過月圓鐘②〔六〕。此夜情應切，衡陽舊住峰〔七〕。

【校勘記】

①宿竹：叢刊本作「宿雨」，非是。②圓：汲古閣本、席本、《全詩》五七三諸本校：當「作懸」。

【箋注】

〔一〕元和十五年（八二〇）秋，島嘗患病，文郁上人留居之。故本集卷七《宿慈恩寺郁公房》云：「病身來寄宿。」本集卷九《酬慈恩寺文郁上人》云：「阻宿幽房疾未平。」均表感激之情。此詩乃中秋之夜，島追念前事，賦詩寄贈郁上人以表情愫。慈恩寺：見本集卷五《送慈恩寺霄韻法師謁太原李司空》注〔一〕。郁上人：即文郁上人，見本集卷七《慈恩寺上座院》注〔一〕。

〔二〕「中秋」二句：謂中秋夜常常遥望慈恩寺，想起昔日病中上人相留的情誼。期：常，經常。《史記·萬石張叔列傳》云：郎中令周仁「爲人陰重不泄，常衣敝補衣溺袴，期爲不潔清，以是得幸」。張守節正義：「期，猶常也。」虚室：空室。陶潛《歸園田居五首》其一：「户庭無塵雜，虚室有餘閒。」此指郁上人僧房。省：記得，憶起。相容：指病中曾爲文郁上人留宿。

〔三〕北斗：北斗星。清漏：清晰的漏壺滴水聲。漏，指漏壺，見本集卷三《即事》注〔六〕。

〔四〕南山：終南山也。

〔五〕竹：當爲郁上人院中的竹叢。本集卷七《慈恩寺上座院》云：「羽族棲煙竹，寒流帶月鐘。」同卷《宿慈恩寺郁公房》云：「竹陰移冷月，荷氣帶禪關。」

〔六〕鐘：指慈恩寺夜間報時的鐘聲。庾信《陪駕幸終南山和宇文内史》：「戍樓鳴夕鼓，山寺響晨鐘。」

〔七〕「此夜」二句：謂值此中秋之夜，上人深切懷念昔日修道的衡山。衡陽：衡陽縣。即今湖南衡陽市。《元和郡縣圖志》二九江南道五衡州：「衡陽縣，緊。郭下。本漢酃縣地，吴分置臨蒸縣，屬衡山郡。天寶初更名衡陽郡，縣仍屬焉。……岣嶁山，即衡山也，在縣北七十里。」舊住峰：指衡山也。

【輯評】

許學夷《詩源辯體》二五：賈島五言律，……「露寒鳩宿雨，鴻過月圓鐘」等句，最爲奇僻，皆前人所未有者。

送饒州張使君〔一〕

終南雲雨連城闕，去路西江白浪頭①〔二〕。滁上郡齋離昨日，鄱陽農事勸今秋〔三〕。道心生向前朝寺〔四〕，文思來因静夜樓。借問泊帆干謁者，誰人曾聽峽猿愁〔五〕。

【校勘記】

①西江：汲古閣本、席本作「江西」，誤。

【箋注】

〔一〕此詩當爲張濛赴任饒州刺史時島的送行之作，時間約在寶曆年間。張籍有《送從弟濛赴饒州》，同賦者尚有章孝標、姚合、朱慶餘等。張使君：張濛（或作蒙），蘇州吴縣（今江蘇蘇州市）人。張籍從弟，元和十五年前後任韶州刺史，在任四年（見《韶州府志》二七）。約於長慶間轉滁州刺史，又轉饒州刺史。饒州：唐屬江南道，治鄱陽縣（今江西波陽）。《元和郡縣圖志》二八江南道四：「饒州……本秦鄱陽縣也，屬九江郡。……孫權分豫章立爲鄱陽郡。梁承聖二年改爲吴州，至陳光大元年省吴州，依舊置郡。隋開皇九年平陳，改鄱陽爲饒州。」

〔二〕「終南」二句：謂使君赴任饒州正值雨天，途經之長江波浪洶湧。終南：終南山。城闕：此指唐朝都城長安。王勃《杜少府之任蜀州》：「城闕輔三秦，風煙望五津。」西江：唐人稱長江中下游爲西江。祝穆《方輿勝覽》四八淮西路無爲軍（治所即今安徽無爲縣）：「西江，岷山導江，至此號西江。」李白《夜泊牛渚懷古》：「牛渚西江夜，青天無片雲。」元稹《相憶淚》：「西江流水到江州，聞道分成九道流。」

〔三〕「滁上」二句：謂使君才離任滁州，秋天便在饒州任上鼓勵農桑。滁上：即滁州。唐屬淮南道，治清流縣，故治即今安徽滁州市區。《太平寰宇記》一二八淮南道六滁州：《禹貢》揚州之域。春秋時爲楚地。秦爲九江郡地，漢因之。隋開皇九年改爲滁州，因水爲名。唐天寶元年改爲永陽郡，乾元元年復爲滁州。鄱陽：唐縣名，舊治即今江西波陽縣。勸：此指勸農。古時官員於春夏農忙季節巡行鄉間，鼓勵農桑，稱勸農。《史記·孝文本紀》：「爲本末者毋以異，其於勸農之道未備。」

〔四〕道心：領悟佛法，具佛真智之心。《高僧傳·道温傳》：「義解足以析微，道心未易可測。」

〔五〕「誰人」句：《水經注·江水二》：「自三峽七百里中，兩岸連山，略無闕處，重巖叠嶂，隱天蔽日……每至晴初霜旦，林寒澗肅，常有高猿長嘯，屬引凄異，空谷傳響，哀轉久絶。」峽：三峽，見本集卷三《送崔定》注〔五〕。

觀冬設上東川楊尚書①〔一〕

匏革奏冬非獨樂②，軍城未曉啓重門〔二〕。何時去入三台貴③，此日空知八座尊〔三〕。羅綺舞時收雨點④，貔貅閲外卷雲根⑤〔四〕。逐遷屬吏隨賓列〔五〕，去棹扁舟不忘恩⑥。

【校勘記】

①此詩季稿題作「上東川楊尚書」。②奏冬：季稿作「奏終」。③去入：季稿、《全詩》五七四、《紀事》四〇作「却入」；汲古閣本、席本作「入去」。④舞時：季稿作「舞中」，《紀事》作「舞間」。⑤閲外：奉新本、叢刊本、江户本作「門外」；季稿、《全詩》、《紀事》作「閫外」。⑥去棹：季稿、《全詩》、《紀事》作「撥棹」。

【箋注】

〔一〕唐文宗開成二年（八三七）九月，島因「飛謗」罪責授遂州長江主簿。十月前後行至梓州，東川節度使楊汝士召覲冬設，大加禮遇，臨别島賦此詩獻之。冬設：當是節度使衙年年定時舉行之常典（説見《岑仲勉史學論文集》，頁二九八），陳設鼓樂，排列賓客僚屬，觀舞閲兵，場面宏大。東川：今四川東部地區。此指東川節度使。開元二十一年，邊郡置節度使，以式遏四夷，蜀中置劍南節度使。安史亂中，蜀中分置東西兩川節度使（見《舊唐書·肅宗紀》）。楊尚書：楊汝士，字慕巢，虢州弘農（今河南靈寶）人。元和四年擢進士第，又登博學宏詞科。歷官萬年縣尉、中書舍人、户部侍郎等職。開成元年七月轉兵部侍郎，其年十二月檢校禮部尚書、梓州刺史、劍南東川節度使。四年九月入爲吏部侍郎，位至尚書卒（見《舊唐書》本傳）。尚書，見本集卷五《寄滄州李尚書》注〔一〕。

〔二〕「匏革」二句：謂鼓樂喧天的冬設典禮，天還没亮便行動起來。匏革：笙和鼓也，皆屬古之八音。笙竽類樂器，古以匏爲座，上插竹管，管内置簧以發音，故以匏名此類樂器。《國語·周語下》：「匏以宣之，瓦以贊之。」韋昭注：「匏，笙也。」此借指冬設所用一切樂器。軍城：唐代設兵戍守的城鎮。

〔三〕「何時」二句：謂楊尚書即便將來位至朝中公卿，也不及今日冬設威風。三台：《後漢書·袁紹傳》：「坐召三臺，專制朝政。」李賢注引《晋書》：「漢官，尚書爲中臺，御使爲憲臺，謁者爲外臺，是謂三臺。」八座：朝廷八種高級官員。歷朝制度不同，所指不一。隋唐以六尚書、左右僕射、尚書令爲八座。

〔四〕「羅綺」二句：謂冬設典禮上歌舞動人，軍威雄壯。羅綺：此指衣着華麗的舞女。貔貅：古書中所説的猛獸。《逸周書·周祝》：「山之深也，虎豹貔貅。」《禮記·曲禮上》：「前有執獸，則載貔貅。」孔穎達疏：「貔貅是一獸，亦有威猛。」古代多用以比喻勇武的軍旅或戰士。《史記·五帝本紀》：軒轅「教熊羆貔貅貙虎，以與炎帝戰於阪泉之野」。外：以前也。《荀子·非相》：「五帝之外無傳人，非無賢人也，久故也。」楊倞注：「外，謂已前。」雲根：石頭也，見本集卷四《題李疑幽居》注〔四〕。

〔五〕逐遷屬吏：貶斥的下屬官吏。島自指也。逐遷：即遷逐，貶斥放逐。《新唐書·韓愈傳》附賈島傳云：「文宗時坐飛謗，貶長江主簿。」屬吏：下屬官吏。長江縣中唐時受東川節度使管轄，島責授長江主簿，故自稱「逐遷屬吏」。

【輯評】

五代蜀何光遠《鑒誡録》卷八：（島）初之任，届東川，府主馮八坐，三十里出盛禮以迎之。既至館舍，見待甚厚，大具肴饌宴設，故島獻「感恩詩」曰：「匏革奏終非獨樂……。」

宋尤袤《全唐詩話》卷三：（島）大中末授遂州長江簿。初之任，届東川，守者厚禮之，島獻「感恩詩」曰：「匏革奏終非獨樂……。」

賈島集校注卷九

巴興作〔一〕

三年未省聞鴻叫，九月何曾見草枯①。寒暑氣均思白社，星辰位正憶皇都〔二〕。蘇卿持節終還漢②，葛相行師自渡瀘〔三〕。鄉味朔山林果别，北歸期挂海帆孤〔四〕。

【校勘記】

①九月：《英華》二九四作「臘月」。②還漢：奉新本作「歸漢」。

【箋注】

〔一〕文宗開成二年（八三七）九月，島貶長江縣主簿，至五年九月秩滿。此詩首聯云「三年」「九月」，應爲貶官任滿，不知能否得到新官任命前，擬致仕歸鄉心情的表露。巴興：東晋所置縣名，即唐之長江縣，故治在今四川蓬溪縣西涪江西岸。《元和郡縣圖志》三三劍南道下遂州長江縣：「本晋巴興縣，魏恭帝改爲長江縣。涪江經縣南，去縣二百五步。」

〔二〕「寒暑」二句：言任官期間雖常想退隱，但又感到應忠於朝廷。寒暑氣：寒氣和暑氣。《左傳·襄公十七年》：「吾儕小人皆有闔廬以辟燥溼寒暑。」此借以指四時也。白社：地名。葛洪《抱朴子·雜應篇》：「洛陽有道士董威輦，常止白社中，了不食，陳子叙共守事之。」白社，又名白社里，見《太平寰宇記》卷三河南道三河南府洛陽縣。此借以指隱居之處。星辰位正：謂天下正太平無事也。古人以爲，星象兆示人間社會治亂。星宿各有各的方位，若各守本位，則天下太平；若離道邪行，則變亂立生。《漢書·天文志》：「星皆有州國官宫，物類之象，其伏見蚤晚，邪正存亡，虛實闊陿，及五星所行，合散犯守，陵歷鬬食……皆陰陽之精其本在地，而上發於天者也，政失於此，則變見於彼。」顔師古注引孟康曰：「日月五星下道爲邪。存謂列宿不虧也，亡謂恒星不見。」

〔三〕「蘇卿」二句：謂任官期間以歷史人物自勵，忠於職守。蘇卿：蘇武。《漢書·蘇建傳》附蘇武傳載：武字子卿，武帝天漢年間以中郎將持節出使匈奴。將還，匈奴發生内亂，涉及武之副手副中郎將張勝，武因亦被扣留，使牧羊北海上。武不屈，手持漢節，節毛盡脱，歷十九年方回到漢朝，拜爲典屬國。葛相：蜀丞相諸葛亮。《三國志·蜀書·諸葛亮傳》：「受命以來，夙夜憂勤，恐託付不效，以傷先帝之明。故五月渡瀘，深入不毛。」瀘：瀘水，金沙江、雅礱江、安寧河的古稱。見本集卷七《喜雍陶至》注〔三〕。

〔四〕「鄉味」二句：意謂若無新任命便乘海船北歸，家鄉的果味還是很甜美的。島官長江簿三年，已年滿六十，致仕也不是没有可能，故云。

【輯評】

元方回《瀛奎律髓》二九：此蜀中思北歸而作也。

李慶甲《瀛奎律髓彙評》二九：紀昀：「『鴻叫』二字生。」又曰：前四句平庸，五、六太不切。

早蟬〔一〕

早蟬孤抱芳槐葉，噪向殘陽意度秋〔二〕。也任一聲催我老，堪聽兩耳畏吟休①〔三〕。得非下第無高韻，須是青山隱白頭〔四〕。若問此心嗟歎否，天人不可怨而尤〔五〕。

【校勘記】

①堪聽：汲古閣本、席本作「堪憐」。休：底本、張鈔本作「林」，誤；據黄校本、奉新本、叢刊本、汲古閣本、季稿、席本、何校本、《全詩》五七四、江户本改。

【箋注】

〔一〕此詩與本集卷六《病蟬》堪稱姊妹篇。然《病蟬》旨在借詠蟬以譏刺公卿，抨擊科舉取士不公。本篇則旨在借詠蟬，抒發科舉無望而韶華逝去，心境悲涼而以理遣情，終歸不怨不尤的心路歷程。島自元和七年（八一二）返俗應舉，屢舉不第而無怨無悔，亦難能可貴矣。早蟬：此指寒蟬。《禮記・月令》：「孟秋之月……涼風至，白露降，寒蟬鳴。」

〔二〕「早蟬」二句：點題寫秋陽殘照，孤蟬聒耳，衰颯凄清。噪：喧鬧。隋薛道衡《奉和月夜聽軍樂應詔》：「笳聲喧隴水，鼓曲噪漁陽。」

〔三〕「也任」二句：意謂蟬鳴凄切，聽一聲便催人老去，但又怕聽不到蟬鳴而寂寞無聊。任：

受、當。《左傳·僖公十五年》：「重怒難任，背天不祥。」杜預注：「任，當也。」堪：豈堪，不可。

〔四〕「得非」二句：意謂莫非因落第而覺蟬聲聒噪，年老歸隱，定要尋找青山緑水。陳延傑注：「借蟬以自警。」得非：猶得無，莫非。杜甫《奉先劉少府新畫山水障歌》：「得非玄圃裂，無乃瀟湘翻。」須是：必須，定要。

〔五〕「天人」句：《論語·憲問》：「不怨天，不尤人，下學而上達，知我者其天乎。」尤，怪罪、責備。

投元郎中〔一〕

心在瀟湘歸未期①〔二〕，卷中多是得名詩。高臺聊望清秋色，片水堪留白鷺鷥②。省宿有時聞急雨〔三〕，朝迴盡日伴禪師〔四〕。舊文去歲曾將獻〔五〕，蒙與人來説始知。

【校勘記】

①心在：季稿作「秋任」。②堪：底本、汲古閣本、張鈔本、席本諸本校：「一作雖。」均非是。黄校本、奉新本、叢刊本、季稿、《全詩》五七四、江户本諸本校：「一作難。」

【箋注】

〔一〕元郎中：李嘉言《賈島年譜》以爲乃元稹。然岑仲勉先生以爲乃元宗簡，但並無堅證證明確爲宗簡，故李先生復辯爲宗簡者非（參《岑仲勉史學論文集》，頁二九六，頁三〇二）。陶敏《全唐詩人名考證》亦以爲乃元宗簡，然亦出于推測。岑、陶之見可備一説，今從《賈譜》，以其根據相對充足也。元稹，字微之，行九，京兆萬年（今陝西西安）人。年十五明經及第。歷河南尉、監察御史、江陵士曹參軍、通州司馬等職。元和十四年入爲膳部員外郎。十五年五月，擢爲祠部郎中、知制誥。長慶元年二月拜中書舍人，十月遷工部侍郎，旋守本官拜相（見《唐才子傳校箋》卷六）。此詩題「元郎中」，詩云「高臺聊望清秋色」，因知詩作於元和十五年秋元稹任祠部郎中時。《舊唐書·職官二》：「尚書都省……祠部郎中一員，從五品上……掌祠祀享祭，天文漏刻，國忌廟諱，卜筮醫藥僧尼之事。」

〔二〕瀟湘：見本集卷一《冬月長安雨中見終南雪》注〔六〕。

〔三〕省宿：此指元稹夜間宿於尚書省值班，亦稱宿直。《南齊書·周顒傳》：「宋明帝頗好言理，以顒有辭義，引入殿内，親近宿直。」

〔四〕「朝迴」句：謂元稹事佛也。稹爲通州司馬時有《續遺病》云：「况我早師佛，屋宅此身形。」白居易《和夢遊春詩一百韻并序》云：「况與足下外服儒風、内宗梵行者有日矣。」

〔五〕「舊文」句：島言曾獻詩元稹，稹又將其詩獻於主司，爲島試進士揄揚也。此即唐人所謂「温卷」。趙彦衛《雲麓漫鈔》八：「唐之舉人先藉當世顯人，以姓名達之主司，然後以所業投獻。逾數日又投，謂之温卷。」

阮籍嘯臺〔一〕

如聞長嘯春風裏〔二〕，荆棘叢邊訪舊蹤〔三〕。地接蘇門山近遠，荒臺突兀抵高峰。

【箋注】

〔一〕阮籍：字嗣宗，陳留尉氏（今河南尉氏）人。「建安七子」瑀之子。歷官曹魏太傅司馬懿從事中郎、散騎常侍等，遷步兵校尉，人稱「阮步兵」。籍志氣宏放，通達不羈，尤好莊老，忽忘形骸。善屬文，爲「竹林七賢」之一。《晉書》本傳謂其「嗜酒能嘯」，「嘗於蘇門山遇孫登，與商略終古及棲神道氣之術。登皆不應。籍因長嘯而退，至半嶺，聞有聲若鸞鳳之音，響乎巖谷，乃登之嘯也」。《元和郡縣圖志》一六河北道一衛州衛縣：「蘇門山，在縣西北十一里，孫登所隱，阮籍、嵇康所造之處。」衛縣，故治即今河南衛輝市。嘯臺：位於今河南衛輝蘇門山中。

〔二〕長嘯：撮口而呼，發出清越悠長的聲音。《楚辭·九歎·思古》：「臨深水而長嘯兮，且倘佯而氾觀。」潘岳《河陽縣作二首》其一：「長嘯歸東山，擁耒耨時苗。」

〔三〕舊蹤：謂嘯臺也。

滕校書使院小池①〔一〕

小池誰見鑿時初，走水南來十里餘。樓上日斜吹暮角〔二〕，院中人出鎖遊魚〔三〕。

【校勘記】

①滕校書：《絶句》二四奪此三字。

【箋注】

〔一〕滕校書：名未詳。校書：見本集卷二《送張校書季霞》注〔一〕。使院：唐節度使留後的官署。《通鑑·唐紀》三二：「（封）常清至使院，使召（鄭）德詮。」胡三省注：「使院，留後治事之所。」

〔二〕暮角：傍晚的號角聲。劉禹錫《洞庭秋月行》：「岳陽城頭暮角絶，蕩漾已過君山東。」

〔三〕鎖：拘繫、束縛。東方朔《與友人書》：「不可使塵網名韁拘鎖。」此蓋指滕校書嬉戲以網捕魚。或指官吏出門後，使院大門落鎖。

送陝府王司馬①〔一〕

司馬雖然聽曉鐘，尚猶高枕恣疏慵〔二〕。請詩僧過三門水②〔三〕，賣藥人歸五老峯③〔四〕。移舫緑萍深處息④，登樓涼夜此時逢⑤。杜陵惆悵臨相餞⑥〔五〕，未寢月前多屐蹤⑦。

【校勘記】

①王司馬：《全詩》五七四、《英華》二七八「王」下有「建」字。②詩：底本、奉新本、叢刊本、汲古閣本、季稿、何校本、江户本作「持」，非是；席本、《全詩》《英華》作「詩」，今據改。水：張抄本作「外」。③人歸：奉新本作「人居」。④緑萍：叢刊本、季稿、《全詩》作「緑陰」。⑤涼夜：奉

新本作「良夜」。⑥相：奉新本作「岐」；叢刊本、季稿、《全詩》諸本校：「一作岐。」⑦屐：奉新本、《英華》作「履」。

【箋注】

〔一〕此詩當作於大和二年（八二八）末秋。王司馬：王建，見本集卷五《答王秘書》注〔一〕。主客郎中劉禹錫有《送王司馬之陝州》一詩。劉爲主客郎中在大和二年春，見其《再遊玄都觀并引》，故送王建赴任只能在二年春後。又白居易大和三年春以太子賓客分司東都，赴洛陽途經陝州時曾與王建相會，臨行作《别陝州王司馬》，見朱金城《白居易年譜》。是知王建出任陝州司馬應在大和二年春後，三年夏季前。此詩云「登樓涼夜此時逢」，知王建赴任在中秋以後。故詩只能作於大和二年秋末。陝府：陝州大都督府。白居易、劉禹錫、張籍諸人送行詩作「陝州」。陝州，唐屬河南道，治陝縣，故治在今河南陝縣西。西周初爲周公、召公二伯分陝之地。戰國時屬魏地，後歸韓。秦屬三川郡地，漢爲弘農郡之陝縣。後魏置陝州，隋初罷州，後改弘農郡。唐初改爲陝州，廣德元年改爲大都督府。司馬：見本集卷三《雨後宿劉司馬池上》注〔一〕。

〔二〕疏慵：懶散。元稹《臺中鞫獄憶開元觀舊事呈損之兼贈周兄四十韻》：「疏慵日高卧，自謂輕人寰。」

〔三〕三門：山名，北曰人門，中曰神門，南曰鬼門，故名。又名砥柱，《水經注·河水四》云：「昔禹治洪水，山陵當水者鑿之，故破山以通河。河水分流，包山而過，山見水中，若柱然，故曰砥柱也」；三穿既決，水流疎分，指狀表目，亦謂之三門矣。」位於今河南陝縣北黄河中，新中國成立後，爲利於通航將其炸毁，且於此建三門峽水庫。

〔四〕五老峰：五老山之山峰也。五老山，在今陝縣西約百里黄河北岸。《元和郡縣圖志》一二河東道一河中府永樂縣：「五老山，在縣東北十三里。堯升首山觀河渚，有五老人飛爲流星上入昴，因號其山爲五老山。」

〔五〕杜陵：漢宣帝陵墓。見本集卷三《送崔定》注〔四〕。

上谷旅夜①〔一〕

世難那堪恨旅遊，龍鍾更是對窮秋〔二〕。故園千里數行淚〔三〕，鄰杵一聲終夜愁。月到寒窗空皓皛②，風翻落葉更颼飀〔四〕。此心不向常人説，倚識平津萬户侯〔五〕。

【校勘記】

①旅夜：《英華》二九四作「旅遊」。②皓皛：汲古閣本、席本作「皎皛」。

【箋注】

〔一〕上谷：此「上谷」蓋爲唐時襄州樂鄉縣武陵山中一谿谷，見本集卷二《上谷送客遊江湖》注〔二〕。詩乃長慶元年（八二一）或二年，島遊荆襄一帶時所賦。

〔二〕龍鍾：潦倒失意貌。白居易《十年三月三十日别微之於澧上……》：「莫問龍鍾惡官職，且聽清脆好文篇。」姚合《送賈島及鍾渾》：「日日攻詩亦自彊，年年供應在名場。」島自元和七年返俗，至作此詩已六、七年，年年應進士試，累舉不第，潦倒失意，故云。

〔三〕故園千里：謂故鄉幽都，在襄州樂鄉以北千里之外也。據《元和郡縣圖志》，自樂鄉至幽都計約二千餘里，詩曰「千里」，概言之也。

〔四〕「月到」二句：寫上谷風月。皓晶：明亮潔白。颼飀：風聲。《文選》卷五左思《吴都賦》：「與風飆颺，颮瀏颼飀。」張銑注：「颼飀，風聲也。」

〔五〕「此心」二句：謂熟悉襄州刺史、山南東道節度使孟簡，可以向他傾訴憂愁。倚：憑靠。平津：萬户侯：《漢書·公孫弘傳》：「以高成之平津鄉，户六百五十，封丞相弘爲平津侯。其後以爲故事，至丞相封，自弘始也。……漢之得人，於兹爲盛，儒雅則公孫弘、董仲舒、兒寬。」此借公孫弘以代孟簡。簡生平見本集卷一《雙魚謡》注〔一〕。簡爲詩人孟郊族叔，元和七年韓愈即以孟簡詩寄島，知島已早識孟簡。元和十三年五月至十四年，簡爲襄州刺史、山南東道節度使；又簡第進士，復登博學宏詞科，工詩能文，故島以儒雅的平津侯公孫弘稱之。

寄無得頭陀〔一〕

夏臘今應三十餘〔二〕，不離樹下塚間居〔三〕。貌堪良匠抽毫寫，行稱高僧續傳書①〔四〕。落澗水聲來遠遠，當空月色自如如〔五〕。白衣只在青門裏〔六〕，心每相親跡且疏。

【校勘記】

①行稱：《律髓》四七作「行趁」。續傳：《英華》二二二作「讀傳」，非是。

【箋注】

〔一〕詩云「白衣只在青門裏」。元和十二年前後，島遷居樂遊原東昇道坊。昇道坊地近青門（延興門），故詩當爲遷居後所賦，具體時間則難以指詳。無得頭陀：當爲島之方外友。頭陀：行者，即行脚乞食僧。見本集卷八《送玄巖上人歸西蜀》注〔七〕。

〔二〕「夏臘」句：謂無得出家已三十多年了。夏臘：僧齡，即僧人出家的年歲。見本集卷七《贈胡禪師》注〔二〕。

〔三〕「不離」句：謂無得堅持修頭陀之行。隋慧遠《大乘義章·十二頭陀義》云：「頭陀之行具有十六……衣中有四，食中有六，處中有六，是十六也。……處中六者，第一須在阿蘭若處，二在塚間，三在樹下，四在露地，五是常座，六是隨坐。」

〔四〕「貌堪」二句：謂無得相貌莊嚴，可畫像垂範世間；道行與高僧相當，可列入續寫的僧傳中。續傳書：專門爲中國僧人立傳，始於梁寶唱《名僧傳》和慧皎《高僧傳》。後有唐道宣的《續高僧傳》。道宣爲高宗時人，高宗以後至島所處中唐時代，名僧尚無人續修新傳，故云。

〔五〕「當空」句：謂天空月色自是真如佛性的體現。如如：佛性，亦謂之法性，平等不二，故謂之「如」。而萬法皆含同一之真如佛性，都是真如佛性的體現，故謂之「如如」。《大乘義章》卷三云：「如如者，是前正智所契之理，諸法體同，故名爲如。就一如中體備法界恒沙佛法，隨法辨如，如義非一，彼此皆如，故曰如如。」

〔六〕「白衣」句：島謂己居於延興門内昇道坊也。白衣：古時平民的衣服。見本集卷四《荒齋》注〔三〕。此借以自指。青門：唐京城東出南邊第一門延興門也。見本集卷六《青門里作》注〔一〕。

【輯評】

元方回《瀛奎律髓》四七：三、四好，第六句亦好。

李慶甲《瀛奎律髓彙評》四七：紀昀：只是常語，亦無好處。又曰：三句鄙俚，四句庸俗。

崔卿池上雙白鷺〔一〕

鷺雛相逐出深籠，頂各有絲莖數同〔二〕。灑石多霜移足冷，隔城遠樹挂巢空。其如盡在灘聲外，何似雙飛浦色中〔三〕。見此池潭卿自鑿①，清泠太液底潛通②〔四〕。

【校勘記】

①潭：汲古閣本、席本作「塘」。②泠：叢刊本、張抄本、何校本、江户本作「冷」，非是。

【箋注】

〔一〕此詩題稱「崔卿」，當爲大和五年（八三一）前後崔杞官大理少卿時，島遊崔宅而作。崔卿：崔杞，博陵人。父淙爲同州刺史。杞尚順宗東陽公主爲駙馬都尉，文宗大和四年除大理少卿，轉將作少監，八年六月出任兖海沂密觀察使，卒於官。白鷺：鷺鳥的一種。鷺頭頂、胸、肩、背部皆有長毛如絲，故又名鷺鷥。雍陶、顧非熊分别有同賦《詠雙白鷺》《崔卿雙白鷺》等詩。

〔二〕「鷺雛」二句：點題寫雙白鷺佼好的形態。鷺雛：謂雙白鷺乃年輕的鷺鳥。頂各有絲：《爾雅·釋鳥》：「鷺，春鉏。」郝懿行義疏：「齊魯之間謂之春鉏，遼東、樂浪、吴〔楊〕〔揚〕人皆謂之白鷺，青腳，高尺七八寸，尾如鷹尾，喙長三寸，頭上有毛數十枚，長尺餘，毿毿然與衆毛異好。欲取魚時則弭之。」

〔三〕「其如」二句：謂雙白鷺若自由飛翔於天然沙泉水浦之上則更美好。其如：無奈、怎奈。劉長卿《硤石遇雨宴前主簿從兄子英宅》：「雖欲少留此，其如歸限催。」

〔四〕「見此」二句：謂崔卿所開池潭像清泠池一樣，與太液池泉脈相通。清泠：池名，在漢梁孝王故宫清泠臺下，故址在今河南商丘，此借喻崔卿池，意謂崔卿與皇室有姻親關係。太液：太液池，漢武帝作太液池於建章宫北，中有蓬萊、方丈、瀛洲、壺梁等以象海中神山（見《史記·封禪書》）。《漢書·昭帝紀》：「始元元年春二月，黄鵠下建章宫太液池中。」顔師古注：「太液池者，言其津潤所及廣也。」此指唐大明宫太液池。宋敏求《長安志》卷六：東内大明宫「蓬萊後有含凉殿，殿後有太液池，池内有太液亭子」。李白《宫中行樂詞八首》其八：「鶯歌聞太液，鳳吹繞瀛洲。」

送胡道士〔一〕

短褐身披滿漬苔①，靈溪深處觀門開〔二〕。卻從城裏攜琴去②，許到山中寄藥來。臨水古壇秋醮罷③〔三〕，宿杉幽鳥夜飛迴④。丹梯願逐真人上，日夕歸心白髮催⑤〔四〕。

【校勘記】

①滿漬：《英華》二二九校：「集作清野。」漬：《英華》作「幘」，《律髓》四八作「磧」，《全詩》五七四校：「一作翠。」②攜琴：叢刊本、季稿、《全詩》作「移琴」。③臨水：《英華》作「灑雪」。古壇：何校本作「石壇」。醮罷：《英華》作「醮後」。④宿杉幽鳥夜：《英華》作「啄查寒鳥暮」。杉，汲古閣本、席本作「松」。⑤「丹梯」二句：《英華》作「未遊彼地空勞想，師往如雲不可陪」。日夕：《二妙集》作「日少」。

【箋注】

〔一〕胡道士：名未詳。道士：見本集卷三《山中道士》注〔一〕。

〔二〕「短褐」二句：謂身穿粗布衣服的胡道士，其道觀在幽静的溪谷深處。短褐：粗布短衣。《墨子·非樂上》：「昔者齊康公，興樂萬，萬人不可衣短褐，不可食糠糟。」漬：沾著。靈溪：浙江天台縣西北、龍游縣東南、湖南永順縣東北三處，皆有靈溪：此爲溪流的美稱。郭璞《遊仙詩十九首》其一：「靈溪可潛盤，安事登雲梯。」觀：即道觀，道教的廟宇。劉禹錫《元和十年自朗州召至京戲贈看花諸君子》：「玄都觀裏桃千樹，盡是劉郎去後栽。」趙彦衛《雲麓漫鈔》卷八：「元帝被疾，遠求方士。漢中送道士王仲都能忍寒，遂即昆明觀處仲都。故自後道士所居曰觀。」

〔三〕醮：祭神，此指道士設壇祈禱。《顔氏家訓·治家》：「吾家巫覡禱請，絶於言議；符書章醮，亦無祈焉。」

〔四〕「丹梯」二句：言願隨胡道士修長生不死之道。宋之問《發端州初入西江》：「金陵有仙館，即事尋丹梯。」杜甫《贈特進汝陽王二十二韻》：「鴻寶寧全秘，丹梯庶可凌。」邵寶之注：「丹梯，山上升仙之路。」真人：修真得道之人。《莊子·大宗師》：「古之真人，其寢不夢，其覺無憂，其食不甘。」歸心：誠心歸服。《論語·堯曰》：「興滅國，繼絶世，舉逸民，天下之民歸心焉。」

【輯評】

元方回《瀛奎律髓》四八：三、四一穿而平易。浪仙詩似此者少。

李慶甲《瀛奎律髓彙評》四八：馮班：《詩》有「串夷」字，元人不識，唤作「穿」字，方君尚不差也。查慎行：三、四冲澹，似張文昌，在長江則變格也。紀昀：平調而不失風格。

寄韓潮州愈①〔一〕

此心曾與木蘭舟②，直到天南潮水頭③〔二〕。隔嶺篇章來華嶽〔三〕，出關書信過瀧流〔四〕。峯懸驛路殘雲斷〔五〕，海浸城根老樹秋④〔六〕。一夕瘴煙風卷盡，月明初上浪西樓〔七〕。

【校勘記】

①《英華》二五九、《律髓》四三詩題無「愈」字。②此心：《英華》作「此身」。③潮水：汲古閣本、席本作「湖水」，非是。④根：奉新本作「闉」。

【箋注】

〔一〕元和十四年（八一九）正月，韓愈因諫迎佛骨事貶潮州刺史。三月至潮州，十月改授袁州刺史，詩當作於此年秋。韓愈：見本集卷一《雙魚謡》注〔一〕。潮州：唐屬嶺南道，治海陽縣，故治即今廣東潮州市。《元和郡縣圖志》三四嶺南道一潮州：「今州即漢南海郡之揭陽縣也。晋安帝義熙九年於此立義安郡及海陽縣。隋開皇十年罷郡省海陽縣，仍於郡廨置義安縣，以屬循州。十一年於義安縣立潮州，以潮流往復，因以爲名。大業三年罷州爲義安郡，武德四年復爲潮州。」

〔二〕「此心」二句：作法近似李白《聞王昌齡左遷龍標遥有此寄》：「我寄愁心與明月，隨風直到夜郎西。」木蘭舟：用木蘭樹造的船。任昉《述異記》：「木蘭洲在潯陽江中，多木蘭樹。昔吴王闔閭植木蘭於此，用構宫殿也。七里洲中有魯般刻木蘭爲舟，舟至今在洲中。詩家云木蘭舟出於此。」後用作船的美稱。

〔三〕「隔嶺」句：謂韓愈貶官後的詩文，隔五嶺傳入關内。嶺：五嶺，見本集卷六《送空公往金州》

注〔五〕。華嶽：西嶽華山。見本集卷三《送田卓入華山》注〔二〕。此借指關中之京師。

〔四〕「出關」句：謂島寄往潮州的書信，要越過秦地的關塞和瀧水方可到達。自京師赴潮州須出藍田關、武關，經南陽、江陵，由湘江上溯經韶州，越瀧水方可到達。韓愈經上述諸地多有賦詩。瀧流：瀧水，即今廣東北江上游流經韶關市西北的武水，古名瀧水。《水經注·溱水》：「武水又南入重山，山名藍豪，廣圓五百里，悉曲江縣界，崖壁峻岨，巖嶺干天，交柯雲蔚，霾天晦景，謂之瀧中，懸湍迴注，崩浪震山，名之瀧水。」

〔五〕「峯懸」句：言驛路通過的羣峰高峻蔽日，隔斷雲氣。韓愈《左遷至藍關示姪孫湘》詩：「雲横秦嶺家何在？」殘雲：稀疏的雲氣。孟浩然《行至汝墳寄盧徵君》：「洛川方罷雪，嵩嶂有殘雲。」

〔六〕「海浸」句：謂潮州城近海也。

〔七〕浪西樓：潮州在東海西岸，故稱樓閣爲「浪西樓」。

【輯評】

明譚宗《近體秋陽》：許期高深，攄寫縹緲，兩俱極境，不可復形擬矣。

清金人瑞《貫華堂選批唐才子詩》甲集七言律卷六上：先生作詩不過仍是平常心思，平常律格，而讀之每每見其别出尖新者，只爲其煉句、煉字，真如五伐毛、三洗髓，不肯一筆猶乎前人也。一、二只是言刻刻思欲買船來看，三、四只是言刻刻疑有詩文見寄也。一解皆用頭上「此心」二字，一直貫下（首四句下）。又云：「殘雲斷」、「老樹秋」，言意中時望有此一夕也。風卷瘴煙，月明初上者，喻言必有天聰忽開，此心得白之日也。

葉矯然《龍性堂詩話初集》：賈閬仙……「峰懸驛路殘雲斷，海浸城根老樹秋」，「山鐘夜渡空江水，汀月寒生古石樓」等語，真堪鑄佛禮拜。

胡以梅《唐詩貫珠》：局法高超，庸膚剥盡。起是單刀直入。下六言皆託言心到之境。

趙臣瑗《山滿樓箋注唐詩七言律》：起筆最奇。凡人寄詩，只言别後相憶耳，此獨追至文公初貶時，……次聯方寫今日事。

沈德潛《唐詩别裁集》一五：起超（首二句下）。又曰：言韓之來書（「隔嶺」句下）。又曰：言己之寄書（「出關」句下）。

宋宗元《網師園唐詩箋》：超逸（首二句下）。

李瑛《詩法易簡録》：筆勢突兀之至，然用法稍變。

清王壽昌《小清華園詩談》卷上：何謂超然，曰……七言則張燕公（説）之……賈閬仙（島）之「此心曾與木蘭舟……」（《寄韓潮州愈》）周樸之……等作是也。

李慶甲《瀛奎律髓彙評》四三：紀昀：起手十四字不可畫斷，筆力奇横。又曰：意境宏闊，音節高朗，長江七律内有數之作。許印芳：沈歸愚云：「起筆超超元箸，三句謂韓寄詩與己，四句謂己寄書與韓。」愚謂五句束住己一面，六句束住韓一面，結句緊跟六句來，但就韓言，而己之思韓即在其中，正應起處「心」「到」二字，詩律精妙如此。又曰：「華」，去聲。

酬張籍王建〔一〕

疏林荒宅古坡前①〔二〕，久住還因太守憐〔三〕。漸老更思深處隱，多閒數得上方眠〔四〕。鼠拋貧屋收田日，雁度寒江擬雪天②。身事龍鍾應是分③，水曹芸閣枉來篇〔五〕。

【校勘記】

①坡：叢刊本、季稿、《全詩》五七四諸本校：「一作陂。」②擬：《英華》二四五校：「一作撒。」③身事：奉新本、叢刊本、季稿、《全詩》作「身是」。

【箋注】

〔一〕長慶元年（八二一）或稍後，張籍官水部員外郎，四年夏秋間遷主客郎中。王建四年春或稍前官秘書丞。此詩末句云：「水曹芸閣枉來篇。」「水曹」，指水部員外郎張籍；「芸閣」，指秘書丞王建。是此詩只能作於張籍遷郎中之前，王建任秘書丞之後，即長慶四年春夏間或稍前。此詩復云：「雁度寒江擬雪天。」因知此詩作於長慶三年冬，乃島的酬答之作。張籍：見本集卷一《早起》注〔七〕。王建：見本集卷五《答王秘書》注〔一〕。

〔二〕荒宅古坡：謂樂遊原東島所居昇道坊也。樂遊原，見本集卷四《訪李甘原居》注〔一〕。樂遊原得名于漢宣帝，故稱「古坡」。

〔三〕「久住」句：王建有《寄賈島》詩云：「曲江池畔時時到，爲愛鸕鷀雨後飛。」（《全唐詩》卷三〇〇）島此句即酬答建詩「爲愛」之意。太守：見本集卷五《送李溟謁宥州李權使君》注〔五〕。此指王建。建任刺史一事，因典籍失載，學界多持否定態度。本集卷八有《光州王建使君水亭作》與《留别光州王使君》二詩，此乃建嘗爲刺史的明證。然學界或以爲島所謁「王建使君」，乃同時代另一「不能詩之王建」。那么，此句詩中的「太守」所謂何人？依題意，此「太守」恐非不能詩的王建了，而應指張籍、王建二人中的一人，若指他人，則與題何干？而籍遷水部員外郎以後的數次任職，均爲京官，故此「太守」决非他人，而非王建莫屬。此乃建嘗刺光州的又一確證，任職時間自在賦此詩之前即長慶三年以前。

〔四〕上方：佛寺住持僧居住的内室。此借以指佛寺。唐解琬《奉和九月九日登慈恩寺浮圖應制》：「瑞塔臨初地，金輿幸上方。」

〔五〕「身事」二句：島謂己命中注定身事潦倒前程坎坷，二友寄詩教誨無濟於事。龍鍾：失意潦倒貌。唐李華《卧疾舟中相里范二侍御先行贈别序》：「華也潦倒龍鍾，百疾叢體，衣無完帛，器無兼蔬。」水曹：水部的别稱，以其職掌天下川瀆陂池之政令，故名。此借以指張籍，籍時爲水部員外郎。芸閣：即芸香閣，秘書省的别稱。劉知幾《史通·忤時》：「芸閣之中，英奇接武。」此借以指王建，建時爲秘書丞。

【輯評】

明周珽《唐詩選脉會通評林》：三、四語雋，「更」「數」虚字不苟。又曰：真切了暢，落想佈局自有出人者。

清趙臣瑗《山滿樓箋注唐詩七言律》：四（句）欲慰以數得閒眠之雅趣，三故作波折，先訴其更思老隱之深衷。先生之筆何其曲也。五補寫貧況，「鼠抛屋」妙，只三字盡之矣。「收田日」又接得妙，非是日也，鼠亦與我同飢而已。六因謝寄詩，「雁渡江」妙，實事也而虚用之。「擬雪天」又接得妙，雪與不雪，尚在未可知之天。先生之詩，必不肯一字涉於庸腐也。七總承五句，八獨承六。

逢博陵故人彭兵曹〔一〕

曲陽分散會京華〔二〕，見説三年住海涯①。別後解餐蓬虆子〔三〕，向前未識牡丹花。偶逢日者教求禄〔四〕，終傍泉聲擬置家②。蹋雪携琴相就宿③，夜深開户斗牛斜④〔五〕。

【校勘記】

①住：奉新本作「任」。②置家：《英華》二一八作「致家」。③琴：《英華》校：「集作衾。」④斗牛：《英華》作「月光」。

【箋注】

〔一〕本集卷五有《懷博陵故人》，詩中所懷之「博陵故人」，與此詩所逢之「博陵故人彭兵曹」應爲一人。前詩既作於寶曆元年（八二五，見該詩注），則此詩乃寶曆元年以後，故人官兵曹且與島相逢於京師時所賦。首聯云「曲陽分散」「見説三年」，尾聯復曰「踏雪」，因知此詩蓋作於曲陽分别後之大和二年冬。博陵：唐郡名，見《懷博陵故人》注〔一〕。彭兵曹：名未詳。兵曹：官名，即兵曹參軍(事)，見本集卷五《送朱兵曹迴越》注〔一〕。

〔二〕曲陽：高齊縣名，唐爲恒陽縣，故治即今河北曲陽縣。《元和郡縣圖志》一八河北道三定州：「恒陽縣，上。東至州六十里。本漢上曲陽縣，屬常山郡。後漢屬中山國。高齊天保七年除『上』字，但爲曲陽縣，屬中山郡。」京華：京城。郭璞《遊仙詩十九首》其一：「京華游俠窟，山林隱遯棲。」此指唐京城長安。

〔三〕蓬虆子：植物名，藤葉繁衍，蓬蓬虆虆，故名。可入藥，食之延年。劉向《列仙傳・昌容傳》：「食蓬虆根，往來上下見之者二百餘年，而顔色如二十許人。」

〔四〕日者：古時以卜筮占候爲業的人，俗所謂「算命先生」類之。《墨子・貴義》：「子墨子北之齊，遇日者。」《史記・日者列傳》裴駰題解：「古人占候卜筮，通謂之『日者』。」時島尚未及第入仕，故詢問日者以卜前程。

〔五〕斗牛斜：謂夜深觀天，見斗星和牛星已西沉。斗牛：二十八宿中的斗宿和牛宿。庾信《哀江南賦》：「路已分於湘漢，星猶看於斗牛。」

贈牛山人①〔一〕

二十年中餌茯苓②，致書半是老君經③〔二〕。東都舊住商人宅〔三〕，南國新修道士亭〔四〕。鑿石養蜂休買蜜④，坐山秤藥不争星。古來隱者多能卜，欲就先生問丙丁〔五〕。

【校勘記】

①牛：《英華》二三三作「劉」。②餌：《英華》作「服」。③致書：《律髓》四八作「收書」。書：《全詩》五七四校：「一作身。」④休買：《律髓》四八作「須買」。

【箋注】

〔一〕牛山人：名未詳。山人：見本集卷二《送鄭山人游江湖》注〔一〕。此指道士。

〔二〕「二十」二句：謂牛山人二十年間服食養生之藥，收藏書籍多半是道書。茯苓：菌類植物，多寄生在松根上，可入藥，道家以爲服之可以延年。《淮南子·説山訓》：「千年之松，下有茯苓。」《抱朴子·仙藥》：「仙藥之上者丹砂，次則黄金，次則白銀，次則諸芝……次則松柏脂、茯苓。」又云：「任子季服茯苓十八年，……不復食穀，灸瘢皆滅，面體玉光。」老君經：指老子《道德經》。老子：《史記·老莊申韓列傳》：「老子者，楚苦縣厲鄉曲仁里人也，姓李氏，名耳，字伯陽，謚曰聃，周守藏室之史也。見周之衰，廼遂去至關，關令尹喜請其著書，乃著書上下篇，言道德之意五千餘言而去。」張守節正義：「《抱朴子》云：老子西遊，遇關令尹喜於散關，爲喜著《道德經》一卷，謂之《老子》。或以爲函谷關。」

〔三〕東都：此指唐東都洛陽。東都始築於隋大業元年，謂之新都。唐貞觀六年號洛陽宮，顯慶二年始稱東都，後稱謂屢有變易。寶應元年「以京兆府爲上都，河南府爲東都」（見《新唐書·代宗紀》)。後歷朝循之。故址即今河南洛陽市區。

〔四〕南國:泛指我國南方。《楚辭·九章·橘頌》:「受命不遷,生南國兮。」王逸注:「南國,謂江南也。」

〔五〕卜:預測吉凶曰卜。《書·洛誥》:「我卜河朔黎水。」孔傳:「卜,必先墨畫龜,然後灼之,兆順食墨。」後凡預測吉凶的各種形式皆曰卜,亦曰卜筮。丙丁:代詞,猶言某某,此指前途吉凶。

【輯評】

元方回《瀛奎律髓》四八:第六句甚新。

李慶甲《瀛奎律髓彙評》四八:紀昀:六句鄙陋。

送于中丞使回紇册立〔一〕

君立天驕發使車,册文字字著金書〔二〕。漸過青塚鄉山盡①〔三〕,欲達皇情譯語初〔四〕。調角寒城邊色動,下霜秋磧雁行疏〔五〕。旌旗來往幾多日②,應向途中見歲除〔六〕。

【校勘記】

①過:叢刊本、季稿、《全詩》五七四作「通」。　②旌旗:叢刊本作「旌旌」,非是。往:叢刊本作「住」。

【箋注】

〔一〕敬宗寶曆元年（八二五）三月，遣司門郎中、攝御史中丞于人文持節入回鶻，册立曷薩特勒爲愛登里囉汨没密施合毗伽昭禮可汗，見《册府元龜》九八〇、《資治通鑑》二四三。然《舊唐書·敬宗紀》謂在五月，《唐會要》九八云在長慶三年。當以《元龜》和《通鑑》爲是。詩即送于人文出使回鶻而作。顧非熊、朱慶餘、雍陶皆有同送詩。于中丞：于人文，京兆（今陝西西安市）人。父邵，嘗爲禮部侍郎、太子賓客。人文嘗爲蘄州刺史，擢司門郎中、攝御史中丞持節使回鶻。中丞，官名。《舊唐書·職官三》：御史臺，大夫一員，正三品。中丞二員，正四品下。「大夫、中丞之職，掌持邦國刑憲典章，以肅正朝廷，中丞爲之貳」。回紇：元和四年改爲回鶻，其先乃匈奴之裔。見本集卷五《寄滄州李尚書》注〔一四〕。册立：古代帝王封立后妃、太子、屬國首領。《舊唐書·承天皇帝倓傳》：「左右曰：『廣平今未册立。』」

〔二〕天驕：天之驕子的省稱。《漢書·匈奴傳上》：「單于遣使遺漢書云：『南有大漢，北有强胡。胡者，天之驕子也。』」此指回鶻首領曷薩特勒可汗。金書：用金簡刻寫或金泥書寫的文字。

〔三〕青塚：漢王昭君墓。見本集卷五《寄滄州李尚書》注〔一四〕。

〔四〕譯語：謂漢語和回鶻語對譯。

〔五〕「調角」二句：謂出使要歷經邊塞和塞北荒漠。調角：吹奏號角。磧：此指沙漠。

〔六〕「旌旗」二句：意謂此次出使歷時長久也。歲除：年終。舊俗於臘歲（冬至三戌）前一日擊鼓驅疫，謂之「驅除」，亦謂之「歲除」。孟浩然《歲暮歸南山》：「白髮催年老，青陽逼歲除。」後指一年的最後一天。

送劉侍御重使江西〔一〕

時當苦熱遠行人①，石壁飛泉濺馬身。又到鍾陵知務大②〔二〕，還浮溢浦屬秋新〔三〕。早程猿叫雲深極，宿館禽驚葉動頻。前者已聞廉使薦〔四〕，兼言有畫静邊塵〔五〕。

【校勘記】

①時當：奉新本、汲古閣本、席本作「當時」。②又到：奉新本作「人到」。

【箋注】

〔一〕劉侍御此前以侍御之職出使江西，此次再使，島特賦此詩以送之。劉侍御：名未詳。侍御：見本集卷五《送李廓侍御劍南行營》注〔一〕。江西：江南西道，唐行政區劃之一，其地相當於今江西、湖南二省大部，湖北、貴州、廣西、福建、江蘇、安徽等省之一部，故治洪州豫章，即今江西南昌市。參《通典》一七二《州郡》二。

〔二〕鍾陵：唐縣名，後改爲南昌縣。《元和郡縣圖志》二八江南道四洪州：「南昌縣，望。郭下。漢高帝六年置。隋平陳，改爲豫章縣。寶應元年六月改爲鍾陵縣，十二月改爲南昌縣。」

〔三〕溢浦：即溢水，又名溢江，今名龍開河。源出今江西省瑞昌縣西清溢山，東流至九江北折入長江。《廬山記》載：「青溢山有井，形如盆，因號盆水，城曰溢城，浦曰溢浦。」

〔四〕廉使：官名，此指江南西道觀察使。唐太宗貞觀元年，因山川形便，分天下爲十道；開元年間又分天下爲十五道，置十五採訪使（見《新唐書·地理志》）。至德後改採訪使爲觀察使（見《通典》三二《職官》一四）。張九齡《故襄州刺史靳公遺愛銘序》：「開元十二年，以理跡尤異，廉使上達，天子嘉之。」

〔五〕畫：計謀，謀略。《史記·淮陰侯列傳》：「臣事項王……言不聽，畫不用，故倍楚而歸漢。」邊塵：此指邊地戰事。《三國志·魏書·明帝紀》：太和元年十二月：「新城太守孟達反，詔驃騎將軍司馬宣王討之。」裴松之注引三國魏魚豢《魏略》曰：「今者海内清定，萬里一統，三垂無邊塵之警，中夏無狗吠之虞。」

贈圓上人〔一〕

誦經千紙得爲僧①〔二〕，麈尾持行不拂蠅〔三〕。古塔月高聞咒水②〔四〕，新壇日午見燒燈〔五〕。一雙童子澆紅藥〔六〕，百八真珠貫綵繩③〔七〕。且説近來心裏事，仇讎相對似親朋。

【校勘記】

①誦：底本、張鈔本作「誦」，誤；據奉新本、叢刊本、汲古閣本、席本、季稿、《全詩》五七四、江户本改。　②聞咒：席本作「開池」。　③真珠：奉新本、何校本作「珍珠」。

【箋注】

〔一〕李嘉言《賈島年譜》以爲，「圓上人」即宗密就其出家之遂州圓禪師（見《宋高僧傳》卷六），因而定此詩作於島貶遂州長江主簿時。今從之。宗密出家在元和二年（八〇七），因慕圓禪師而「從其削染受教」，至開成二年（八三七）島貶長江簿，已三十餘年。密出家時圓禪師以四十歲計，至島與之交往時應七十餘歲。島與宗密舊有往還，宗密去世島有詩哭之，見本集卷八。蓋以宗密嘗從圓禪師出家，故島以此詩贈之。

〔二〕「誦經」句：唐代取法科舉，制定試經度僧的標準，其法始於中宗。玄宗開元十二年，敕有司試天下僧尼，年六十以下者限誦二百紙，每一年限誦七十三紙，「三年一試，落者還俗，不得以坐禪對策義試」（見《唐會要》卷四九）。敬宗寶曆元年敕，試童子能誦經百五十紙，女童誦百紙者，許剃度出家，見《佛祖統紀》卷四一。

〔三〕麈尾：亦名拂麈、蠅拂等。見本集卷三《送無可上人》注〔三〕。

〔四〕咒水：對水行咒作法，然後飲之。據説這種水可以治病祛邪。《北史·魏清河王懌傳》：「時有沙門惠憐者，自云咒水飲人，能差諸病。」

〔五〕壇：梵語曼荼羅，義譯爲壇或道場。即築土壇或方或圓，安置諸佛菩薩等尊者於其上，以供養之。唐初那提三藏譯《師子莊嚴王菩薩請問經》云：「道場之處，當作方壇，名漫荼羅，廣狹隨時。」

〔六〕紅藥：紅芍藥花。謝朓《直中書省》：「紅藥當階翻，蒼苔依砌上。」

〔七〕「百八」句：謂念珠也。以念珠每串通常爲一百零八顆，故稱。其珠可由香木、蓮子、銅、鐵、金銀、真珠、水精、菩提子等爲之。《瑜伽念誦經》曰：「珠表菩薩之勝果，於中間絶爲斷漏繩線，貫串表觀音，母珠表無量壽。慎莫驀過越法罪。」《數珠功德經》曰：「其數珠者，要當須滿一百八顆。如其難得，或爲五十四顆，或二十七，或十四顆，亦皆得用。」

【輯評】

元方回《瀛奎律髓》四七：以六句奇異，此聯遂新不可言。

李慶甲《瀛奎律髓彙評》四七：紀昀：亦無甚佳處，尚無酸餡氣耳。又曰：次句拙澀。結句野甚。

處州李使君改任遂州因寄贈〔一〕

庭樹幾株陰入户①，主人何在客聞蟬〔二〕。鑰開原上高樓鎖〔三〕，瓶汲池東古井泉。趁静野禽曾後到②，休吟鄰叟始安眠。仙都山水誰能憶③，西去風濤書滿船〔四〕。

【校勘記】

①株：何校本作「枝」。　②趁静：《英華》二五九作「因趁」。禽：席本校：「一作僧。」　③山水：《英華》作「弱水」。

【箋注】

〔一〕此詩作於長慶二年（八二二）前後。李使君：李繁，京兆（今陝西西安）人，宰相李泌子。襲父封爲鄴縣侯。少聰警，有才名而無行義，爲時議所非。歷官左拾遺、太常卿，出爲處州刺史，繼而爲吉州刺史，長慶二年前後又改遂州刺史。寶曆中方入朝除大理少卿、加弘文館學士，大和元年出爲亳州刺史，三年出兵誅盜，被誣濫殺無辜下獄，十一月賜死。處州：唐屬江南道，治麗水縣，故治在今浙江麗水縣西三十餘里處。《元和郡縣圖志》二六江南道二處州：「天寶元年改爲縉雲郡，大曆十四年復爲處州。」遂州：唐屬劍南道，治方義縣，故治即今四川遂寧市。《元和郡縣圖志》三三劍南道下遂州：「《禹貢》梁州之域。秦爲蜀郡地，漢分置廣漢郡，今州又爲廣漢郡之廣漢縣地。後分廣漢爲德陽縣，東晉分置遂寧郡，周保定二年立爲遂州，後因之。」

〔二〕「庭樹」二句：言李繁多在地方任官，京師宅第空聞蟬鳴不見主人。《新唐書·李泌傳》：「代宗立，召至，舍蓬萊殿書閣。初泌無妻，不食肉。帝乃賜光福里第，彊詔食肉，爲娶朔方故留後李暐甥，昏日敕北軍供帳。」光福里第，即光福坊内的宅第，當爲島詩所謂宅舍也。光福坊，乃朱雀門街東第一街北起第四坊。

〔三〕「鑰開」句：蓋謂繁曾一度被罷官家居也。原上：整個長安城座落於龍首原上，而原自北向南凡六岡，東西走向，皇城居於龍首原北部最高處。《雍録》卷三《龍首原六坡》條引《唐實録》曰：「帝城東西横亘六岡，符《易》象《乾》卦六爻。」李繁所在光福坊，位於第五岡上，所謂「原上」，蓋謂此岡歟！

〔四〕「仙都」二句：謂繁改任後離開處州，乘船西去遂州赴任。仙都：山名，即縉雲山也。《元和郡縣圖志》二六江南道二處州縉雲縣：「縉雲山，一名仙都，一曰丹峰，黄帝鍊丹於此。」書滿船：謂繁出身書香門第，家富藏書，力學不倦也。韓愈《送諸葛覺往隨州讀書》：「鄴侯家多書，插架三萬軸。一一懸牙籤，新若手未觸。爲人强記覽，過眼不再讀。偉哉群聖文，磊落載其腹。」王應麟《困學紀聞·考史》云：「李泌父承休，聚書二萬餘卷，戒子孫不許出門，有求讀者，别院供饌。鄴侯家多書，有自來矣。」後世遂以「鄴侯書」爲富於藏書的典實。

酬慈恩寺文郁上人〔一〕

袈裟影入禁池清①，猶憶鄉山近赤城〔二〕。籬落罅間寒蟹過，莓苔石上晚蛩行②。期登野閣閒應甚〔三〕，阻宿幽房疾未平③〔四〕。聞説又尋南岳去，無端興思忽然生④〔五〕。

【校勘記】

①禁池：汲古閣本、席本作「鏡池」。②晚蛩：何校本作「曉蛩」。行：《全詩》五七四校：「一作鳴。」③幽房：叢刊本、季稿、《全詩》作「山房」。④興思：叢刊本、汲古閣本、季稿、席本、《全詩》、《律髓》四七作「詩思」。

【箋注】

〔一〕文郁上人爲島之方外友人，二人當有詩文往來，此詩即島的酬答之作，具體時間未詳。文郁上人：見本集卷七《慈恩寺上座院》注〔一〕。慈恩寺：見本集卷五《送慈恩寺霄韻法師謁太原李司空》注〔一〕。

〔二〕「袈裟」二句：謂上人乃有道高僧，嘗入皇宫宣講佛法，然内心仍繫念故鄉赤城山。袈裟：梵語音譯曰迦沙曳，簡稱迦沙；意譯曰不正色、壞色、濁色等。僧人法衣避青、黄、赤、白、黑五種正色，而用雜色（不正色）染壞之，故袈裟原是從顔色而言者。《一切經音義》一五曰：「案外國通稱袈裟……或言緇衣者，當是初譯之時，見其色濁因以名也。又案《如幻三昧經》云：晋言無垢穢，又義云離塵服，或云消瘦衣，或稱蓮華服，或言間色衣，皆隨義立名耳。真諦三藏云：袈裟，此云赤血色衣，言外國雖有五部不同，并皆赤色。」禁池：宫苑中的池沼。赤城：山名，見本集卷五《送僧歸天台》注〔五〕。

〔三〕「期登」句：謂文郁相約閒暇時共登山野高閣遊賞也。期：邀約、約定。《詩·鄘風·桑中》：「期我乎桑中，要我乎上宫。」

〔四〕「阻宿」句：島謂元和十五年秋初，嘗患病投宿於文郁上人處。後來島於詩中多次提及此事，感激之情溢於言表。參本集卷七《慈恩寺上座院》注〔二〕。

〔五〕「聞説」二句：對即將離去的文郁深表依戀也。南嶽：衡山。見本集卷二《送鄭山人遊江湖》

注〔二〕。

【輯評】

元方回《瀛奎律髓》四七：第三句好。

李慶甲《瀛奎律髓彙評》四七：馮舒：浪仙七言似遜。　馮班：次聯今人所能及也。　紀昀：三句纖瑣特甚。　又曰：「無端」即是「忽然」，不應拆用。

訪鑒玄師姪〔一〕

維摩青石講初休，緣訪親宗到普州〔二〕。我有軍持憑弟子，岳陽溪裏汲寒流〔三〕。

【箋注】

〔一〕文宗開成五年（八四〇）九月，島長江主簿任滿，遷普州司倉參軍。既至任，訪族姪僧鑒玄，賦此詩，時值秋冬之間。鑒玄：島既稱之族姪，當爲幽州人，普州僧，餘未詳。

〔二〕「維摩」二句：謂到普州拜訪本家姪子，相見時鑒玄在青石坐牀上剛講罷《維摩詰所説經》。維摩：梵語音譯作維摩羅詰、毘摩羅詰，略稱「維摩」或「維摩詰」，舊譯曰浄名，新譯曰無垢稱。本爲人名，乃釋迦牟尼同時之毘耶離城中居士，此指其爲大衆所説《維摩詰所説經》。普州：唐屬劍南道，治安岳（今屬四川）。《元和郡縣圖志》三三劍南道下普州：秦漢爲巴蜀二郡之地，今州即漢之資中、牛鞞、墊江、後漢之德陽四縣之地，周武帝於此立普州，隋大業二年罷普州，唐武德二年重置。

〔三〕「我有」二句：謂己有盛水瓶子隨身，可勞鑒玄的弟子汲水烹茶。軍持：又作君持、君遲等，千手觀音第四十手軍持手所持之瓶也，亦指僧人的盛水瓶。憑：請求、煩勞。杜甫《公安送李二十九弟晋肅入蜀余下沔鄂》：「憑將百錢卜，漂泊問君平。」岳陽溪：《讀史方輿紀要》四川六潼川州安岳縣：「岳陽溪，在縣治西，一名青竹溪，繞縣治東南流，入大足縣界合於赤水溪。」

【輯評】

明楊慎《升菴詩話》卷二：軍持，浄瓶也，出佛經。賈島《送僧》詩云：「我有軍持憑弟子，岳陽江裏汲寒流。」

夜座

蟋蟀漸多秋不淺〔一〕，蟾蜍已没夜應深①〔二〕。三更兩鬢幾枝雪〔三〕，一念雙峯四祖心〔四〕。

【校勘記】

①蟾蜍：叢刊本作「蜍蟾」，非是。

【箋注】

〔一〕「蟋蟀」句：謂時已深秋九月，故見户中蟋蟀多起來。《詩·豳風·七月》：「七月在野，八月在宇，九月在户，十月蟋蟀入我牀下。」

〔二〕蟾蜍：月也。見本集卷五《憶江上吴處士》注〔二〕。

〔三〕雪：喻白髮。

〔四〕「一念」句：謂己心如禪宗四祖道信，清净無念。雙峰：山名，原名破額山，在今湖北黄梅縣西北四十里。《南陽和尚問答雜徵義》：「第四代唐朝信禪師……見蘄州黄梅破頭山上有紫雲，遂居此山，便改爲雙峰山。」（《神會和尚禪話録》，楊文曾編校，中華書局一九九六年七月版）四祖：指禪宗四祖道信，俗姓司馬，河内（故治即今河南沁陽縣）人。少年出家，後在皖公山得三祖僧璨親授禪法，得其衣鉢。璨去羅浮山，道信乃入廬山。十年後又受請入蘄州黄梅縣傳法，見破頭山有好山水，遂住錫，改山名雙峰，在山三十餘載，唐高宗永徽二年遷化。事跡具《續高僧傳》《景德傳燈録》卷三。四祖心：即一無所念的清净心。道信著有《入道安心要方便》，倡導「净心是佛」「念佛心是佛」。

送别

門外便伸千里别，無車不得到河梁〔一〕。高樓直上百餘尺，今日爲君南望長。

【箋注】

〔一〕河梁：河橋。《文選》二九李陵《與蘇武三首》其三：「携手上河梁，遊子暮何之。」南齊王融《别蕭諮議》：「徘徊將所愛，惜别在河梁。」

聞蟬感懷

新蟬忽發最高枝〔一〕，不覺立聽無限時。正遇友人來告別，一心分作兩般悲①〔二〕。

【校勘記】

①一心：《絶句》二四作「一聲」。

【箋注】

〔一〕新蟬：仲夏最早出土的蟬。見本集卷三《送崔定》注〔四〕。

〔二〕「一心」句：意謂聽到新蟬始鳴，正生歲月流逝之悲，又增友朋離別之恨，故云。

夏夜上谷宿開元寺〔一〕

詩成一夜月中題，便臥松風到曙鷄①〔二〕。帶月時聞山鳥語②，郡城知近武陵溪〔三〕。

【校勘記】

①曙：《絶句》二四作「曉」。　②時聞：何校本作「晤間」。

【箋注】

〔一〕此詩與本卷《上谷旅夜》皆長慶元年（八二一）或二年，島遊荆襄一帶時所賦。上谷：乃襄州樂鄉縣武陵山中一谿谷。見本集卷二《上谷送客遊江湖》注〔一〕。開元寺：蓋唐玄宗開元年間於上谷中所立寺宇，因以爲寺名。

〔二〕松風：松林之風。顔延之《拜陵廟作》：「松風遵路急，山煙冒壠生。」《南史·陶弘景傳》：「特愛松風，庭院皆植松，每聞其響，欣然爲樂。」

〔三〕郡城：州郡治所的城垣。《南史·齊紀上·武帝》：永明六年「齊興太守劉元寶，於郡城塹得錢三十七萬，皆輪厚徑一寸半」。此蓋指襄州城。武陵溪：當爲樂鄉縣武陵山中一谿流。見本集卷二《上谷送客遊江湖》注〔一〕。

送于總持歸京〔一〕

出家初隸何方寺①，上國西明御水東〔二〕。却見舊房階下樹，別來二十一春風。

【校勘記】

①隸：汲古閣本、席本作「離」。

【箋注】

〔一〕細繹詩意，總持初出家時，乃長安西明寺僧，後二十餘年寓居外地，今將歸京，島因賦此詩以送之。于總持：事蹟未詳。總持：梵語音譯曰陀羅尼，意譯曰總持，謂持善不失，持惡不使起，備具衆德，故曰總持。總持以念與定慧爲體。菩薩所修之念定慧具此功德。此蓋爲于氏僧的法名或法號。

〔三〕「出家」二句：謂于總持初出家時僧籍在京師西明寺。唐時僧人需注列官籍，《新唐書·百官三》云：「每三歲州縣爲籍，一以留縣，一以留州。僧尼一以上祠部。」所謂「爲籍」，當須注明僧、尼法名，僧齡及所隸寺院等，故島有「初隸何方寺」之問。上國：指京師。江淹《四時賦》：「憶上國之綺樹，想金陵之蕙枝。」此指唐代都城長安。西明：西明寺。在唐都城内。《唐會要》卷四八云：「西明寺，延康坊。本隋越國公楊素宅，武德初萬春公主居住，貞觀中賜濮王泰，泰死乃立爲寺。」御水：指永安渠。《類編長安志》卷六《泉渠》類：「永安渠……經大通、信義、永安、延福、崇賢、延康六坊之西……又北入芳林園，又北入苑，注之於渭。」西明寺既在延康坊，永安渠流經延康坊西，又北入皇家禁苑，故稱「御水東」。

崔卿池上鶴〔一〕

月中時叫葉紛紛①，不異洞庭霜夜聞〔二〕。翎羽如今從放長②，猶能飛起向孤雲③〔三〕。

【校勘記】

①時叫：季稿作「時卧」。　②如今從放長：《英華》三二八校：「一作從今如罷剪。」《絶句》二四作「從今如罷剪」。　③向：《英華》校：「一作上。」

【箋注】

〔一〕崔卿：指崔杞。杞尚順宗東陽公主，爲駙馬都尉，文宗大和四年（八三〇）除大理少卿，轉將作少監，見本卷《崔卿池上雙白鷺》注〔一〕。二詩蓋大和五年前後杞官大理寺少卿時所賦，同賦者姚合有《崔少卿鶴》，張籍有《崔駙馬養鶴》。

〔二〕洞庭：見本集卷五《答王秘書》注〔四〕。

〔三〕「翎羽」二句：《世説新語·言語》：「支公好鶴，住剡東岇山。有人遺其雙鶴，少時翅長欲飛，支意惜之，乃鎩其翮。鶴軒翥不復能飛，乃反顧翅，垂頭視之，如有懊喪意。林曰：『既有凌霄之姿，何肯爲人作耳目近玩。』養令翮成，置使飛去。」此化用其事。

田中丞高亭①〔一〕

高亭林表迴嵯峨②〔二〕，獨坐秋宵不寢多③。玉兔玉人歌裏出④〔三〕，白雲雖似莫相和⑤。

【校勘記】

①《英華》三一六「田」上有「登」字。②高亭：《英華》作「亭高」。③不寢：《英華》作「不寐」。④玉：《英華》校：「集作白。」兔：《全詩》五七四校：「一作貌。」⑤雖似：奉新本、季稿、《全詩》作「難似」；叢刊本作「誰似」；汲古閣本、席本作「雖是」；《英華》、《絶句》二四作「雖白」。莫相和：《英華》作「不相遇」，李嘉言《長江集新校》云：「案『遇』字不韻，非是。」

【箋注】

〔一〕田中丞：名未詳。中丞：官名，即御史中丞。見本卷《送于中丞使回紇册立》注〔一〕。

〔二〕「高亭」句：謂高亭遠出林梢之上，特别高峻。林表：林梢，《文選》二七謝朓《休沐重還道中》：「雲端楚山見，林表吴岫微。」李善注：「表，猶外也。」此謂樹梢之上。迥：高。鮑照《學劉公幹體詩五首》其二：「樹迥霧縈集，山寒野風急。」嵯峨：山高峻貌。

〔三〕玉兔玉人：指月也。神話傳説謂月中有嫦娥、玉兔，因借以指月。《藝文類聚》卷一《天部上》「月」類引《五經通義》曰：「月中有兔與蟾蜍何，月陰也，蟾蜍陽也，而與兔並明，陰係陽也。」《淮南子·覽冥訓》：「羿請不死之藥於王母，姮娥竊以奔月。」高誘注：「姮娥，羿妻。」姮，本作恒，俗作「姮」。漢代避文帝劉恒諱，改作「常娥」，通作「嫦娥」。

友人婚楊氏催粧①〔一〕

不知今夕是何夕〔二〕，催促陽臺近鏡臺〔三〕。誰道芙蓉水中種，青銅鏡裏一枝開〔四〕。

【校勘記】

①粧：汲古閣本、席本作「裝」，非是。

【箋注】

〔一〕催粧：古俗新婦出嫁，必待多次催促，方始梳粧啓行。《酉陽雜俎》卷一《禮異》載：北朝婚禮，新婚日夫家挾衆人及車至女家，高呼「新婦子催出來」，直至新婦登車始止。唐代詩歌大盛，出現了以賦詩催促新婦梳粧的現象。《唐詩紀事》三五載：雲安公主出嫁，陸暢奉詔作催粧詩。袁枚《隨園詩話》一五云：「北齊昏禮，設青廬，夫家領百餘人，挾車子，吁新婦，催出來。唐因之有催粧詩。」是催粧詩始見於唐。宋代詞盛，又出現了催粧詞。

〔二〕「不知」句：稱贊婚期乃吉日良辰也。《詩·唐風·綢繆》：「今夕何夕。」劉向《説苑·善説》：鄂君子晳與越人同舟，越人擁楫而歌曰：「今夕何夕兮，搴舟中流，今日何日兮，得與王子同舟。」

〔三〕陽臺：巫山臺名，巫山神女往來於此。宋玉《高唐賦》序云：楚襄王夢與巫山神女歡會，女去而辭曰：「妾在巫山之陽，高丘之阻，旦爲朝雲，暮爲行雨，朝朝暮暮，陽臺之下。」

〔四〕「誰道」二句：意謂鏡中映出婚粧新婦宛若清水芙蓉，面容佼好。白居易《長恨歌》：「芙蓉如面柳如眉。」

酬朱侍御望月見寄〔一〕

他寢此時吾不寢①，近秋三五月逢晴②〔二〕。相思唯有霜臺月③〔三〕，望盡孤光見卻生④〔四〕。

【校勘記】

①他寢：奉新本、季稿校、《全詩》五七四校作「今夜」。②月：《全詩》五七四、《絶句》六七作

「日」。逢晴：奉新本作「逢時」；《全詩》校：「一作晴時。」③月：《絶句》作「舊」。④生：奉新本、《全詩》校作「遲」。

【箋注】

〔一〕蓋朱侍御作《望月》詩以寄贈賈島，島因賦此詩相酬答。朱侍御：名未詳。侍御：見本集卷五《送李廓侍御劍南行營》注〔一〕。

〔二〕近秋三五：謂七月十五日也。近秋：秋後不久。

〔三〕霜臺：御史臺。霜有肅殺之威，御史臺職在「掌持邦國刑憲典章，以肅正朝廷」（《舊唐書·職官三》），有風霜之威，故名。盧照鄰《樂府雜詩序》：「樂府者，侍御史賈君之所作也。……霜臺有暇，文律動於京師；繡服無私，錦字飛於天下。」

〔四〕孤光：孤獨、單一之光，多指日月之光。日月不雙照，故云。杜甫《王兵馬使二角鷹》：「中有萬里之長江，迴風滔日孤光動。」此指月光。

題韋雲叟草堂〔一〕

新起此堂開北窗①，當窗山隔一重江。白茅草苫重重密②〔二〕，愛被秋天夜雨淙③〔三〕。

【校勘記】

①此：《全詩》五七四校：「一作北。」②草苫：季稿作「屋苫」，校作「草蓋」；《全詩》校：「一作

苫蓋。」《絶句》六七作「苫屋」。③愛被：奉新本、叢刊本、季稿、《全詩》作「愛此」；汲古閣本、席本作「愛殺」；何校本、《絶句》作「愛彼」。淙：何校本、《絶句》作「凉」。

【箋注】

〔一〕此乃一首題壁詩。韋雲叟：事跡未詳。當爲島所識江畔隱者。

〔二〕「白茅」句：謂草堂用白茅覆蓋。草苫：用草類或莊稼秸稈編織而成的覆蓋物。

〔三〕淙：陳彭年《鉅宋廣韻》卷一「江」字韻：「淙，水流皃，士江切。」

和韓吏部泛南溪〔一〕

溪裏晚從池岸出①，石泉秋急夜深聞。木蘭船共山人上〔二〕，月映渡頭零落雲。

【校勘記】

①池岸：汲古閣本、席本作「他岸」。

【箋注】

〔一〕穆宗長慶四年（八二四）夏，韓愈因病告假，居長安城南莊養病。時張籍罷官休息，陪侍韓愈。賈島也時而前去，一起在皇子陂、南溪上泛舟。韓愈賦有《南溪始泛三首》，此詩乃島的奉和之作。陪韓愈一同夜泛南溪者還有姚合，合賦有《和前吏部韓侍郎南溪夜泛》詩云：「新秋月滿南溪裏，引客乘船處處行。」（《全唐詩》卷五〇一）。知南溪夜泛主客彼此唱和，已届七月十五月正圓時。韓吏部：韓愈。見本集卷一《雙魚謡》注〔一〕。南溪：爲長安城南、終南山下一溪流也，與皇子陂一水相通。參本集卷三《皇子陂上韓吏部》注〔一〕。《韓昌黎詩繫年集釋》卷一二《南溪始泛三首》引清方世舉《韓昌黎詩集編年箋注》云：「城南莊蓋即在南山之下，此溪即山下之小溪也。」

〔三〕「木蘭」句：韓愈《南溪始泛三首》其三云：「拕舟入其間，溪流正清激。」亦詠泛舟事。木蘭船：用木蘭樹造的船。任昉《述異記》卷下云：潯陽江中有木蘭洲，多木蘭樹，爲昔吴王闔閭時植，以構宫殿。「七里洲中有魯般刻木蘭爲舟，舟至今在洲中。詩家云木蘭舟，出於此」。此爲舟之美稱。山人：隱士、道士或江湖術士的雅稱。此島自謂也。本集卷十有《題青龍寺》詩，島即自稱「碣石山人」，可證。

方鏡〔一〕

背如刀截機頭錦〔二〕，面似升量澗底泉。銅雀臺南秋日得①〔三〕，照來照去已三年〔四〕。

【校勘記】

①銅雀：《絶句》六七作「銅爵」。得：奉新本、季稿、《全詩》五七四作「後」。

【箋注】

〔一〕此詩蓋長慶元年（八二一）所賦。方鏡：方形青銅鏡。參本集卷四《送杜秀才東遊》注〔四〕。

古代青銅鏡一般多爲圓形，方形者較少見。鏡背常鑄花紋以爲飾，正面琢磨令光滑明浄，以便照面。

〔二〕「背如」句：謂鏡背面的紋飾，如織機上新裁下的錦緞。機：織機。《史記·循吏列傳》：「（公儀休）見其家織布好，而疾出其家婦，燔其機。」

〔三〕銅雀臺：亦作銅爵臺，「爵」通「雀」。後漢建安十五年，曹操於鄴城西北隅所建，高十丈，上有殿宇百餘間，鑄大孔雀置於樓頂，故名。《三國志·魏書·武帝紀》：建安十五年「冬作銅爵臺」。晋陸翽《鄴中記》：「銅爵臺高一十丈，有屋一百二十間。」唐憲宗元和十三年春，島赴魏博節度使幕拜謁姚合，順便往遊曹魏鄴城故址，方鏡即其時於銅雀臺遺址南所得。本集卷十《黎陽寄姚合》云：「新詩不覺千迴詠，古鏡曾經幾番磨。」

〔四〕三年：言自得古鏡照面已三年也。島遊鄴城銅雀臺遺址在元和十三年，順延三年，當爲長慶元年。本詩即作於此時。

酬姚合〔一〕

黍穗豆苗侵古道〔二〕，晴原午後早秋時〔三〕。故人相憶僧來説①，楊柳無風蟬滿枝。

【校勘記】

①僧：《英華》二四五作「曽」。

【箋注】

〔一〕姚合當先有詩贈賈島，島因以此詩相酬答。姚合：見本集卷二《重酬姚少府》注〔一〕。由詩之次句「晴原」可知，詩應爲元和十二年（八一七）前後，島移居樂遊原東昇道坊後所作，具體時間則難以指詳。

〔二〕古道：古老的道路。此指樂遊原上的道路。元駱天驤《類編長安志》卷七曰：樂遊原「秦宜春苑也，漢宣帝起樂遊廟」。宋程大昌《雍録》卷七云：「樂遊苑及漢宣帝樂遊廟也，廟至唐世基跡尚存。」可見原上之路乃秦漢時所辟，故稱。

〔三〕原：指樂遊原也。見本集卷四《訪李甘原居》注〔一〕。

送靈應上人〔一〕

遍參尊宿遊方久〔二〕，名岳奇峰問此公。五月半間看瀑布，青城山裏白雲中〔三〕。

【箋注】

〔一〕靈應上人將遊方蜀中，島以此詩相送。周賀亦有《送靈應禪師》云：「巡禮何時住，相逢的是稀。」靈應上人：亦島之方外友人，事跡未詳。

〔二〕尊宿：德高年長的僧人。唐善導法師《觀無量壽經·序》曰：「德高曰尊，耆年曰宿。」遊方：僧人爲尋師問道或化緣而雲遊四方。參本集卷二《送集文上人遊方》注〔一〕。

〔三〕青城山：在今四川都江堰市西南約六十里處，衆峰環峙，狀若城郭，顔色蒼青，因名。爲道教名山，張道陵、孫思邈等皆曾居此山。《元和郡縣圖志》三一劍南道上蜀州青城縣：「青城山，在縣西北三十二里。《仙經》云此是第五洞天，上有流泉懸澍，一日三時灑落，謂之潮泉。」詩云「看瀑布」，蓋指欣賞青城山潮泉灑落也。

贈丘先生〔一〕

常言喫藥全勝飯①〔二〕，華岳松邊採茯神〔三〕。不遺髭鬢一莖白②，擬爲白日上昇人〔四〕。

【校勘記】

①喫：奉新本作「服」。②遺：季稿作「遺」，非是。

【箋注】

〔一〕丘先生：名未詳。當爲華山道士。

〔二〕「常言」句：《抱朴子・内篇・金丹》：「夫五穀猶能活人，人得之則生，人絶之則死，又况於上品之神藥，其益人豈不萬倍於五穀耶。夫金丹之爲物，燒之愈久，變化愈妙。黄金入火，百鍊不消，埋之畢天不朽。服此二物鍊人身體，故能令人不老不死。此蓋假求於外物以自堅固。」此化用其意。

〔三〕茯神：中間抱有木心的茯苓。《抱朴子・内篇・仙藥》：「茯苓萬歲，其上生小木，狀似蓮花，名曰木威喜芝，夜視有光，持之甚滑，燒之不然，帶之辟兵。」

〔四〕「擬爲」句：葛洪《神仙傳·陰長生》：新野人，漢陰皇后之屬。少生富貴之門，不好榮位，專務道術。馬鳴生得度世之道，以《太清神丹經》授之。長生合丹，但服其半，「與妻子相隨，舉門而皆不老，後於平都山白日昇天。臨去時著書九篇，云上古得仙者多矣，不可盡論。但漢興已來，得仙者四十五人，連余爲六矣，二十人尸解，餘者白日昇天焉」。

夜期嘯客不至①〔一〕

逸人期宿石牀中②〔二〕，遣我開扉對晚空③。不知何處嘯秋月，閒著松門一夜風④〔三〕。

【校勘記】

①《全詩》五七四題作「夜期嘯客吕逸人不至」。　②石牀：何校本作「石林」。　③開：叢刊本、季稿作「閒」。　④著：奉新本作「閉」；叢刊本、季稿諸本校：「一作閉。」《全詩》校：「一作卻。」

【箋注】

〔一〕此詩蓋作於元和九年（八一四）島往遊蘇門山時，參本集卷五《百門陂留辭從叔謨》注〔一〕。嘯客：善嘯之人。嘯：《詩·召南·江有汜》：「不我過，其嘯也歌。」鄭玄箋：「嘯，蹙口而出聲。」

〔二〕逸人：遺世之人，猶遺民、隱士也。見本集卷五《孟融逸人》注〔一〕。

〔三〕「不知」二句：謂嘯客約而不來，月夜松門久等。

夜集烏行中所居〔一〕

環爐促席復持杯〔二〕，松院雙扉向月開。座上同聲半先達〔三〕，名山獨入此心來。

【箋注】

〔一〕茲詩乃島與諸友朋夜間會集於長安烏行中居所時所賦。烏行中：見本集卷三《送烏行中石淙別業》注〔一〕。

〔二〕促席：坐席者互相靠近，以表親密。左思《蜀都賦》：「合樽促席，引滿相罰。」韓愈《送浮屠令縱西游序》：「乘間致密，促席接膝。」

〔三〕同聲：《易·乾卦》：「同聲相應。」孔穎達疏：「同聲相應者，若彈宮而宮應，彈角而角動是也。」此喻志趣相同者。陸機《駕言出北闕行》：「良會罄美服，對酒宴同聲。」先達：具德行有學問的前輩。《後漢書·朱暉傳》：「初，暉同縣張堪素有名稱，嘗於太學見暉，甚重之，接以友道，乃把暉臂曰：『欲以妻子託朱生。』暉以堪先達，舉手未敢對。」

贈梁浦秀才斑竹拄杖①〔一〕

揀得林中最細枝，結根石上長身遲。莫嫌滴瀝紅斑少，恰似湘妃淚盡時②〔二〕。

【校勘記】

①梁浦：何校本、王《選》一五作「梁蒲」。拄：底本、張鈔本、江户本作「柱」；據叢刊本、汲古閣本、席本、《全詩》五七四、《絶句》二四改。②似：底本、奉新本、叢刊本、汲古閣本、張鈔本、席本、季稿、《全詩》、江户本諸本校：「一作是。」王《選》《絶句》二四作「是」。

【箋注】

〔一〕梁浦：事跡未詳。斑竹：有紫褐色斑點的竹子，也叫湘妃竹。張華《博物志》卷八：「堯之二女，舜之二妃，曰湘夫人。舜崩，二妃啼，以涕揮竹，竹盡斑。」

〔二〕湘妃：舜之二妃娥皇、女英也。舜南巡，崩於蒼梧之野，二妃從之不及，投湘水而死，因稱湘妃或湘夫人。《禮記·檀弓上》：「舜葬於蒼梧之野，蓋三妃未之從也。」鄭玄注：「《離騷》所歌湘夫人，舜妃也。」

尋石甕寺上方〔一〕

野寺入時春雪後，崎嶇得到此房前。老僧不出迎朝客，已住上方三十年〔二〕。

【箋注】

〔一〕石甕寺：原在驪山東麓。鄭嵎《津陽門詩》自注：「石甕寺，開元中以創造華清宫餘材修繕佛殿。中玉石像皆幽州進來，與朝元閣道像同日而至，精妙無比，叩之如磬。餘像并楊惠之手塑。肢空像皆元伽兒之製，能妙纖麗，曠古無儔。紅樓在佛殿之西巖，下臨絶壁。樓中有玄宗題詩，草八分，每一篇一體。王右丞山水兩壁。寺毀之後皆失之矣。」又云：「石魚巖下有天絲石，其形如甕，以貯飛泉，故上（玄宗）以石甕爲寺名。寺僧於上層飛樓中懸轆轤，叙引修笮長二百餘尺，以汲甕泉，出於紅樓喬樹之杪。寺既毀拆，石甕今已埋没矣。」寺於中唐時修復。上方：寺院住持僧居住的内室。見本集卷六《贈紹明上人》注〔三〕。

〔二〕「老僧」二句：寫安史之亂以來石甕寺的冷落，也反映了唐王朝的衰落。朝客：朝廷的官員。自天寶末至唐中葉，數十年間除玄宗自蜀返京後曾去過一次華清宫外，其餘皇帝很少前往。華清宫尚且冷落如此，石甕寺也就可想而知了。

賈島集校注卷十

早秋寄題天竺靈隱寺〔一〕

峰前峰後寺新秋，絶頂高窗見沃洲〔二〕。人在定中聞蟋蟀〔三〕，鶴曾棲處掛獼猴①。山鐘夜渡空江水，汀月寒生古石樓②〔四〕。心憶懸帆身未遂③，謝公此地昔年遊〔五〕。

【校勘記】

①曾：奉新本、叢刊本、汲古閣本、季稿、席本、《全詩》五七四作「從」。獼：《英華》二二三七校：「一作猿。」猴：奉新本作「猿」。②汀月：《英華》作「汀草」。③懸帆：《才調》一作「掛帆」。未遂：《才調》作「未道」。

【箋注】

〔一〕文宗大和九年（八三五）春，姚合到任杭州刺史，明年（即開成元年）春即罷任，入拜諫議大夫（郭文鎬《姚合仕履考略》）。合刺杭，公務之暇蓋約島遊杭。秋島赴杭州謁姚合，行前賦《寄毗陵徹公》詩云：「已有南遊約，誰言禮謁難。」（本集卷七）「南遊約」，蓋合之約也。此詩當爲同時所賦。天竺靈隱寺：指天竺、靈隱二寺也。權德輿《戲贈天竺靈隱二寺寺主》云：「石路泉流兩寺分，尋常鐘磬隔山聞。」白居易離任杭州刺史時，亦有《留題天竺靈隱兩寺》詩。天竺寺，在今杭州西十餘里天竺山麓。《咸淳臨安志》八〇云：「下竺靈山教寺，在錢唐縣西一十七里，隋開皇十五年，僧真觀法師與道安禪師建，號南天竺，唐永泰中賜今額。」靈隱寺，在今杭州西靈隱山麓飛來峰南。《咸淳臨安志》八〇「景德靈隱寺」條引唐人陸羽《靈隱天竺寺記》云：寺爲東晋咸和初梵僧慧理所建，大曆六年重修。《淳祐臨安志》卷八《山川・武林山》引晏殊《輿地志》云：「晋咸和元年，西天僧慧理登兹山歎曰：『此是中天竺國靈鷲山之小嶺，不知何年飛來。佛在世日，多爲仙靈所隱，今此亦復爾邪。』因掛錫造靈隱寺。」

〔二〕「峰前」二句：謂寺宇位於山頂，新秋視野開闊廣遠。沃洲：山名，在今浙江新昌，西北距天竺、靈隱二寺約三百里。見本集卷四《送韓湘》注〔六〕。白居易《沃洲山禪院記》曰：「沃洲山在剡縣南三十里。……東南山水越爲首，剡爲面，沃洲、天姥爲眉目。」

〔三〕定中：處於禪定狀態之中。定：心定止於一境而不散不動。禪定爲色界、無色界心底之作用，必須勤行修習禪行，而後方得入定。另參本集卷一《贈智朗禪師》注〔六〕。

〔四〕「山鐘」二句：意謂山寺夜半鐘聲越過浙江水面，月下江汀涼意使寺内石樓生寒。江：指錢塘江，即古之浙江。見本集卷一《送沈秀才下第東歸》注〔九〕。石樓：此蓋指天竺、靈隱二寺内石築的樓房。

〔五〕「心憶」二句：意謂昔日謝靈運遊覽過的地方，身雖未去而心中早想乘舟前往。鍾嶸《詩品》卷上：「初，錢塘杜明師夜夢東南有人來入其館，是夕，即靈運生于會稽。旬日，而謝玄亡。其家以子孫難得，送靈運於杜治養之，十五方還都。」宋施諤《淳祐臨安志》卷八《山川條·武林山》：「夢謝亭，晏殊《輿地志》：晉謝靈運，會稽人，其家不宜子息，乃寄養於錢塘杜明師之舍，明師夜夢東南有賢人相訪，翌日靈運至，故號夢謝亭。陸羽《記》云：一名客兒亭，在靈隱山間。」

【輯評】

明許學夷《詩源辯體》二五：賈島七言律入録者雖少，至如……「山鐘夜渡空江水，汀月寒生古石樓」，「却從城裏攜琴去，許到山中寄藥來。臨水古壇秋醮罷，宿杉幽鳥夜飛迴」等句，皆清新峭拔，另爲一種，與五言小異，亦爲小偏。

清馮舒、馮班《删正二馮評閲才調集》：馮班：長江體。

金人瑞《貫華堂選批唐才子詩》甲集七言律卷六上：如此寫早秋靈隱，真是早秋靈隱，絶非三時靈隱也。如此寫靈隱早秋，真是靈隱早秋，絶非他處早秋也。雖曰托人寄題，實是游魂親至。不然而欲單仗筆墨，固知決無此事也。欲寫靈隱新秋，却先寫峰前峰後，無寺不皆新秋，妙，妙。便從其餘寺中獨獨推出靈隱，如二之絶頂見沃洲，果然真是他寺之所無有也。三、四解之，言所以絶頂見沃洲者，只爲忽聞蟋蟀，不覺驚心，因而舉頭，木葉果脱。見沃洲者，木葉脱也，見葉脱者，驚蟋蟀也；驚蟋蟀者，驚早秋也。看他作詩刻苦，乃到如此田地（前四句下）。又曰：前解畫出新秋靈隱。後解苦憶之也。言身卧牀上，心掛山中，耿耿無眠，忽忽自語。此時是鐘渡江時也，此時是月照樓時也。五、六二句,正全寫七之「心憶」二字也。

趙臣瑗《山滿樓箋注唐詩七言律》:時值新秋,忽興懷於舊遊之地,故一出筆即曰「寺新秋」,而峰前峰後,畫出靈隱在萬山之中,前後皆峰也。次句是襯筆,「見沃洲」不必泥經秋木落,既曰絶頂高窗,則所見自遠。中四句皆帶秋意,皆是昔年所聞所見者如此,而今猶耿耿了然,如在耳目間也。懸帆未遂,此心何日忘之。山靈有知,尚其鑒我。

黄叔燦《唐詩箋注》:此詩是遥憶天竺靈隱,因而寄題。

清王壽昌《小清華園詩談》卷下:詩之天然成韻者,如……賈浪仙之「山鐘夜渡空江水,汀月寒生古石樓」,温飛卿之「波上馬嘶看棹去,柳邊人歇待船歸」……之類是也。

黎陽寄姚合〔一〕

魏都城裏遊從熟①,才子齋中止泊多〔二〕。去日緑楊垂紫陌,歸時白草夾黄河②〔三〕。新詩不覺千迴詠,古鏡曾經幾番磨③〔四〕。惆悵心思滑臺北〔五〕,滿盃濃酒與愁和。

【校勘記】

①遊從熟:張抄本作「遊熟從」,非是。遊從:奉新本、叢刊本、季稿、《全詩》五七四作「曾遊」。

②夾:《英華》二五九作「映」。　③曾經:汲古閣本、席本作「重經」。曾經幾:《英華》作「還曾一」。番:奉新本、叢刊本、汲古閣本、季稿、席本、《全詩》作「度」。

【箋注】

〔一〕元和十三年（八一八）春，島自京師東遊並訪姚合於魏博節度使幕，彼此詩酒唱和，遊賞名勝。島流連盤桓直至深秋方還。此詩即島返京途中經黎陽時寄贈姚合之作。黎陽：《漢書·地理志》：魏郡，管縣十八，鄴、黎陽皆其屬縣也。王莽時黎陽曰黎蒸。《水經注·河水五》：「又東北過黎陽縣南。黎侯國也。……晋灼曰：黎山在其南，河水逕其東，其山上碑云：縣取山之名，取水之陽，以爲名也。……今黎山之東北故城，蓋黎陽縣之故城也。」《元和郡縣圖志》一六河北道一衛州黎陽縣：古黎侯國，漢以爲黎陽縣，後魏屬黎陽郡，隋開皇三年屬衛州，武德二年重置黎州，縣屬焉。貞觀十七年黎州廢，復屬衛州。故治在今河南浚縣東數里處。

〔二〕「魏都」二句：言此次魏博訪友停留頗久，期間曾往遊曹魏故都鄴城。魏都：《文選》卷六左思《魏都賦》，李善注：「魏曹操都鄴。」《元和郡縣圖志》一六河北道一相州鄴縣：「故鄴城，縣東五十步。本春秋時齊桓公所築也，自漢至高齊，魏郡、鄴縣并理之。今按魏武帝受封於此，至文帝受禪，呼此爲鄴都。」故址在今河北臨漳西四十里。止泊：停留，停息。

〔三〕「去日」二句：紫陌：京師郊野的道路。王粲《羽獵賦》：「濟漳浦而横陣，倚紫陌而並征。」此指唐代都城長安郊野之路。白草：《漢書·鄯善國》顔師古注：「白草似莠而細，無芒，其乾熟時正白色，牛馬所嗜也。」唐時黄河故道逕黎陽南，故島至黎陽可見「白草夾黄河」之景。

〔四〕古鏡：當即島於鄴城銅雀臺南所得之方形銅鏡。本集卷九《方鏡》詩云：「銅雀臺南秋日得，照來照去已三年。」詳見該詩注。

〔五〕「惆悵」二句：意謂返京途逕滑州離情滿懷也。滑臺：古城名。《水經注·河水五》：「河水又東，右逕滑臺城。有三重，中小城謂之滑臺城。舊傳滑臺人自修築此城，因以名焉。城即故鄭廩延邑也。」《元和郡縣圖志》卷八河南道四滑州：白馬縣，望。郭下。州城即古滑臺城，城有三重。又有都城，周二十里，相傳云衛靈公所築小城。昔滑氏爲壘，後人增以爲城，甚高峻堅險。故址在今河南滑縣治東南數里。

送崔約秀才〔一〕

歸寧髣髴三千里〔二〕，月向船窗見幾宵。野鼠獨偷高樹果，前山漸見短禾苗。更深栅鎖淮波疾〔三〕，葦動風生雨氣遥。重入石頭城下寺，南朝杉老未乾燋〔四〕。

【箋注】

〔一〕崔約嘗舉進士，落第後回揚州省親，島賦此詩以送之。姚合、朱慶餘有同送詩。崔約：《新唐書·宰相世系表》載：南祖房崔融生子禹錫，禹錫生引，引生約。則約爲「文章四友」崔融曾孫。融，兩《唐書》本傳謂其齊州全節（今山東濟南）人。然姚合《送崔約下第歸揚州》，朱慶餘《送崔約下第歸淮南覲省》，淮南治所爲揚州，是約家在揚州。蓋融之後世子孫中，有自全節遷居揚州者。

〔二〕歸寧：女子回娘家向父母問安。《詩·周南·葛覃》：「害澣害否，歸寧父母。」朱熹集傳：「寧，安也。謂問安也。」後引申，男子返鄉省覲父母亦謂之「歸寧」。陸機《思歸賦》：「冀王事之暇豫，庶歸寧之有時。」三千里：《太平寰宇記》一二三淮南道一揚州：「西北至長安二千七百里。」故謂「髣髴三千里」。髣髴：此謂大約也。

〔三〕柵：柵欄。用竹、木、鐵條等圍成的阻攔物。此蓋指官府爲稽查過往船隻，收取税錢而設置的津關。《通典·食貨一一》雜税：「自天寶末年，盜賊奔突，克復之後，府庫一空。又所在屯師，用度不足。」「或於津濟要路及市肆間交易之處，計錢至一千以上，皆以分數税之。」

〔四〕「重入」二句：謂約回揚州省親，當重遊舊都金陵。石頭城：故址在今南京清涼山。見本集卷三《送朱可久歸越中》注〔二〕。

詠懷〔一〕

縱把書看未省勤①，一生生計秖長貧〔二〕。可能在世無成事，不覺離家作老人。中嶽深林秋獨往，南原多草先無鄰②〔三〕。經年抱疾誰來問，野鳥相過啄木頻。

【校勘記】

①書看：奉新本作「詩書」。②先：奉新本、叢刊本、汲古閣本、季稿、席本、《全詩》五七四作「夜」。何校本何焯曰：「宋本『先』，『夜』字乃近刻也。」

【箋注】

〔一〕島貶長江主簿前，交往至密的師友韓愈、張籍、王建等已先後去世，自己二十餘年應舉而未得一第，年紀已近六旬，老病無成，此詩正抒發這種孤寂抑鬱、悲愁無聊的情懷。

〔二〕生計：生活，生活用度。白居易《老來生計》：「老來生計君看取，白日遊行夜醉吟。」

〔三〕「南原」句：謂樂遊原島所居昇道坊荒凉少人也。杜甫《樂遊園歌》：「樂遊古園崒森爽，煙綿碧草萋萋長。」《續玄怪録》云：「張庾舉進士，居長安昇道坊南街，盡是墟墓，絶無人住。」

夏日寄高洗馬〔一〕

三十年來長在客〔二〕，兩三行淚忽然垂。白衣蒼鬢經過懶，赤日朱門偃息遲〔三〕。花發應耽新熟酒，草顛還寫早朝詩〔四〕。不緣馬死西州去，畫角堪聽是曉吹〔五〕。

【箋注】

〔一〕詩曰：「三十年來長在客。」本集卷三有《寄賀蘭朋吉》，詩云：「故園從小别。」「小」謂幼年，若以十歲即貞元四年（七八八）計，至元和十三年（八一八）已三十年矣，詩蓋作於此時。高洗馬：名未詳。洗馬：官名，本作「先馬」，秦漢期間爲東宫官屬，太子出行時爲前導。晉時改掌圖籍。隋改爲司經局洗馬。《舊唐書·職官志三》東宫官屬：「司經局，洗馬二人，從五品下。洗馬，漢官爲太子前馬。」「洗馬掌四庫圖籍，繕寫刊緝之事。」由詩的結句看，時高洗馬在西州，洗馬似所兼京銜。

〔二〕「三十」句：島年輕離鄉，李嘉言《賈島年譜》以爲約在貞元十三年（七九七），至寶曆二年（八二六）恰爲三十年。其間唯元和六年冬至七年夏秋時回鄉暫住。

〔三〕「白衣」二句：島謂己懶於交往，高洗馬忙於公務，二人久無往來了。經過：交往。李白《少年行》：「經過燕太子，結託并州兒。」偃息：睡卧，休息。韋應物《謝櫟陽令歸西郊贈別諸友生》：「世道方荏苒，郊園思偃息。」

〔四〕「草顛」句：謂高洗馬善草書，時而草書早朝詩篇。草顛：指唐善草書的張旭，號張顛，或稱爲「草顛」。李白《草書歌行》：「張顛老死不足數，我師此意不師古。」《國史補》：「張旭草書得筆法……飲醉輒草書，揮筆大叫，以頭揾水墨中而書之，天下呼爲張顛。醒後自視，以爲神異，不可復得。」

〔五〕西州：見本集卷五《送神邈法師》注〔二〕。此似指京師西部或西北部之鳳翔、邠寧一帶。中唐以後，吐蕃東侵，唐王朝西部邊境已退縮至隴山一帶。所謂「西州」「畫角」，蓋守邊軍中的號角。

送周判官元範赴越〔一〕

原下相逢便別離，蟬鳴關路使迴時①〔二〕。過淮漸有懸帆興，到越應將墜葉期〔三〕。城上秋山生菊早〔四〕，驛西寒渡落潮遲②。已曾幾徧隨旌旆，去謁荒郊大禹祠③〔五〕。

【校勘記】

①關路：奉新本作「一路」。②寒渡：奉新本作「漂渡」。③郊：《英華》二一七八校：「集作凉。」

【箋注】

〔一〕大和三年（八二九）四月，討伐叛鎮李同捷，斬之，「傳首，滄景悉平」（《通鑑·唐紀》六〇）。周元範爲浙東觀察使兼越州刺史元稹奉賀表赴京。此詩爲元範奉使返越時，島送其歸越而賦，（郭文鎬《張籍生平二三事考辨》，《唐代文學研究》第一輯）。張籍有同賦《送浙東周阮範判官》詩云：「天闕其將賀表到，家鄉新著賜衣還。」朱慶餘亦同賦有《送浙東周判官》詩云：「到日重陪丞相宴，鏡湖新月在城樓。」周判官元範：即周元範，汝南人。白居易任蘇、杭二州刺史時曾辟爲判官。白氏刺杭時有《予以長慶二年冬十月到杭州明年秋九月始與范陽盧賈汝南周元範……同遊恩德寺之泉洞竹石……遂留絶句》。刺蘇州時有《代諸妓贈送周判官》（見朱金城《白居易集箋校》卷二〇、卷二四）。元稹與白氏爲好友，故元氏爲浙東觀察使兼越州刺史時，亦辟元範爲判官。判官：官名，見本集卷四《送陳判官赴天德》注〔一〕。

〔二〕「原下」二句：謂樂遊原下與元範匆匆一面，便又送其奉使回越。原：樂遊原也，見本集卷四《訪李甘原居》注〔一〕。時島居原上。關：關塞。長安東面唐時有潼關和藍田關等。元範回越，蓋東南取藍田關和武關而行。藍田關、武關，見本集卷九《寄韓潮州愈》注〔四〕。

〔三〕「到越」句：謂元範返回越地應在九月也，故下句云「秋山生菊」。

〔四〕城：越州城，亦即州治所在地會稽城。《太平寰宇記》九六江南東道八越州山陰縣：「會稽城，按《郡國志》云：『越無城，北面以事吴，後吴終爲越滅。』種山在縣北三里餘，《吴越春秋》云：『大夫種所葬處。』隋開皇十一年，越國公楊素築爲州城。」

〔五〕「已曾」二句：謂元範已幾次隨元稹祭謁大禹祠廟。旌旆：旌旗，此指節度使的儀仗旌節。見本集卷五《寄令狐相公》注〔二〕。元稹爲浙東觀察使兼領節度使之職，故有朝廷所賜旌節。大禹祠：大禹的祠廟。《太平寰宇記》九六江南道八越州會稽縣：「《吴越春秋》云：『禹巡行天下，還歸大越，會計修國之道，以會稽名山，仍爲地號。』」「大禹廟在縣南二十里。」

送羅少府歸牛渚〔一〕

作尉長安始三日①，忽思牛渚夢天台〔二〕。楚山遠色獨歸去，灞水空流相送迴〔三〕。霜覆鶴身松子落，月分螢影石房開〔四〕。白雲多處應頻到，寒澗泠泠漱古苔②。

【校勘記】

①始三日：《英華》二七八作「三月罷」；三日：《英華》校：「集作三月。」②泠泠：季稿、《英華》作「冷冷」。漱：《英華》作「濺」，校：「集作漱。」

【箋注】

〔一〕詩當作於大和二年（八二八）。羅少府：陶敏《全唐詩人名考證》疑爲羅邵（劭）京。劭京，字子峻，越州會稽（今浙江紹興）人。祖珦，官京兆尹。父讓，官散騎常侍，御史大夫。題曰「歸牛渚」，則已家於牛渚矣。其移家蓋在其祖父珦時。劭京進士及第，文宗大和二年又登賢良方正能直言極諫科，官長安尉，未幾，休官東歸。朱慶餘有《送長安羅少府》詩云：「科名再得年猶少，今日休官更覺賢。」《舊唐書・羅讓傳》謂劭京與再從兄劭權「知名於時，并歷清貫」。知劭京休官乃一時之舉，後復出仕，并歷清貴之職。少府：縣尉，見本集卷二《重酬姚少府》注〔一〕。牛渚：在今安徽當塗北偏西三十餘里長江邊，又名采石。《元和郡縣圖志》二八江南道四宣州當塗縣：「牛渚山，在縣北三十五里。山突出江中，謂之牛渚圻，津渡處也。始皇二十七年東巡會稽，道由丹陽至錢塘，即從此渡也。晉左衛將軍謝尚鎮於此。温嶠至牛渚，燃犀照諸靈怪，亦在於此。」

〔二〕「作尉」二句：謂羅少府剛踏入仕途，因思念家鄉山水而休官。天台：山名，見本集卷二《送鄭山人遊江湖》注〔三〕。

〔三〕「楚山」二句：謂少府獨自一人自灞水東歸。遠色：遠天的顏色。灞水：見本集卷一《冬月長安雨中見終南雪》注〔五〕。

〔四〕石房：石室，參本集卷一《冬月長安雨中見終南雪》注〔七〕。

【輯評】

清金人瑞《貫華堂選批唐才子詩》甲集七言律卷六上：作尉始得三日，胡便思歸？作尉三日便歸，何如不作？及讀三、四山色獨歸、水流空送之語，而後始悟作尉來長安，本是無數壯心；三日夢天台，真是一場懡㦬也（首四句下）。又曰：五、六則紀其歸牛渚之時也。頻到深雲、口漱寒澗者，欲其更不説到長安作尉之事也（後四句下）。

題童真上人〔一〕

江上修持積歲年，灘聲未擬住潺湲〔二〕。誓從五十身披衲①，便向三千界坐禪〔三〕。月峽青城那有滯，天台廬岳豈無緣〔四〕。昨宵忽夢遊滄海，萬里波濤在目前。

【校勘記】

①五十：何校本作「十五」。何焯曰：「宋本十五。」

【箋注】

〔一〕童真上人：事跡未詳。上人：佛教謂内有德智，外有勝行，在人之上者爲「上人」，南北朝以後，用以對僧人的敬稱。見本集卷一《贈智朗禪師》注〔二〕。

〔二〕「江上」二句：意謂上人居江邊修道多年，已達到心無所住的境界。修持：持戒修行。唐耿湋《晚秋宿裴員外寺院》云：「願向空門裏，修持此晝（一作畫）龍。」未擬住：心無所住。乃佛家修行要達到的精神境界。《金剛般若波羅蜜經》云：「應如是生清淨心。不應住色生心，不應住聲香味觸法生心，應無所住而生其心。」「灘聲未擬住潺湲」，是以聲音不留滯於水波上的形象比喻，表明上人心無所住的境界。潺湲：此指流水。謝靈運《入華子岡是麻源第三谷》：「且申獨往意，乘月弄潺湲。」

〔三〕「誓從」二句：謂上人從出家爲僧起，便在寺宇中坐禪修道。三千界：即三千大千世界。佛教以爲，現實世界以須彌山爲中心，四周依次環以七山八海，最外邊爲鐵圍山，此謂之一小世界。合小世界一千個曰「小千世界」，合小千世界一千個爲「中千世界」，合中千世界一千個爲「大千世界」。因爲大千世界是由小千、中千、大千三種「千世界」組成，故名「三千大千世界」，約言之曰「三千界」。坐禪：修習禪定。參本集卷一《贈智朗禪師》注〔六〕。

〔四〕「月峽」二句：謂上人雲遊四方名山，尋師訪道也。月峽：即明月峽，在今四川巴縣東境。《水經注·江水一》：「江水又左逕明月峽。東至梨鄉，歷鷄鳴峽，江之兩岸有枳縣治。」天台：天台山，在今浙江台州市。青城：山名，位於今四川都江堰市西南。見本集卷九《送靈應上人》注〔三〕。廬嶽：廬山，位於今江西九江縣南。見本集卷四《送厲宗上人》注〔六〕。

贈温觀主〔一〕

一別羅浮竟未還，觀深廊古院多關〔二〕。君來幾日行虚洞，仙去空壇在遠山〔三〕。胎息存思當黑處〔四〕，井華懸綆取朝間〔五〕。弊廬道室雖鄰近，自樂冬陽炙背間〔六〕。

【箋注】

〔一〕元和十二年（八一七）前後，島移居昇道坊，此詩蓋作於移居昇道坊後。温觀主：名未詳。從此詩來看，觀主原爲嶺南羅浮山道士，後度嶺北徙，蓋寓於京師，與島爲鄰。宋敏求《長安志》卷九載：昇道坊北鄰新昌坊，坊内有「崇真觀，本李齊古宅，開元初立」。温觀主蓋爲崇真觀之觀主。觀主，道觀中的主事者。

〔二〕「一别」二句：謂觀主原爲羅浮山道士也。羅浮：山名，位於今廣東中部偏東，由東北向西南綿延四五百里，東面與南面下臨東江。主峰曰飛雲頂，在博羅縣西北二十餘里。晋代葛洪曾修道於此，道教奉爲第七洞天。《元和郡縣圖志》三四嶺南道一循州博羅縣：「羅浮山，在縣西北二十八里。羅山之西有浮山，蓋蓬萊之一阜，浮海而至，與羅山並體，故曰羅浮。高三百六十丈，周迴三百二十七里，峻天之峰四百三十有二焉。」

〔三〕行虚洞：在空中飛行。虚洞：空洞。此指空中。仙去壇空：《晋書·葛洪傳》：少好學，以儒學知名，尤好神仙導養之法，盡得其從祖玄煉丹秘術。仕晋官至伏波將軍，以功賜關内侯。後棄官至羅浮山中煉丹學道，死時「年八十一，視其顔色如生，體亦柔軟，舉屍入棺，甚輕，如空衣，世以爲屍解得仙」。

〔四〕胎息：道家與後來道教修煉的一種方法。《後漢書·方術傳下·王真傳》：「年且百歲，視之面有光澤，似未五十者。自云：『周流登五嶽名山，悉能行胎息、胎食之方。』」李賢注引《漢武内傳》云：「王真字叔經，上黨人。習閉氣而吞之，名曰胎息；習嗽舌下泉而咽之，名曰胎食。真行之，斷穀二百餘日，肉色光美，力並數人。」又引《抱朴子》曰：「胎息者，能不以鼻口嘘翕，如在胎之中。」（見《抱朴子·釋滯篇》，文字稍異）

〔五〕井華：亦作「井花」，即井華水，清晨初次汲取的井水。賈思勰《齊民要術·法酒》：「三月三日，取井花水三斗三升。」石聲漢注：井華，「清晨從井裏第一次汲出來的水」。

〔六〕炙背：冬春時背向太陽取暖。嵇康《與山巨源絶交書》：「野人有快炙背而美芹子者，欲獻之至尊。雖有區區之意，亦已疏矣。」

賀龐少尹除太常少卿〔一〕

太白山前終日見①，十旬假滿擬秋尋〔二〕。中峰絶頂非無路，北闕除書阻入林②〔三〕。朝謁此時閒野屐，宿齋何處正鳴砧③〔四〕。省中石磴陪隨步，唯賞煙霞不厭深〔五〕。

【校勘記】

①山前：汲古閣本、席本作「山人」，非是。②阻：《英華》二五九作「又」。③正鳴：叢刊本、季稿、《全詩》五七四作「止鳴」。

【箋注】

〔一〕此詩爲大和四年（八三〇）夏秋間，龐嚴除太常少卿時島所賦賀詩。龐少尹：龐嚴，壽春（今屬安徽）人。元和中進士及第，長慶元年又登賢良方正能直言極諫制科三等，冠制科之首，拜左拾遺。聰敏絶人，文章峭麗。翰林學士元稹、李紳頗知之。次年爲翰林學士，轉左補闕，再遷駕部郎中知制誥。敬宗即位，出爲江州刺史。文宗大和初入爲庫部郎中，三年爲京兆少尹，四年秋除太常少卿，五年五月以太常少卿權知京兆尹，八月卒。少尹：即京兆少尹，見本集卷五《寄河中楊少尹》注〔一〕。太常少卿：《舊唐書・職官三》：太常寺，卿一員，正三品，少卿二人，正四品。太常卿之職，掌邦國禮樂、郊廟社稷之事，以八署分而理之，「總其官屬，行其政令。少卿爲之貳」。

〔二〕「太白」二句：叙旬休日二人暢遊，旬休後就要分散了。太白山：見本集卷六《贈弘泉上人》注〔五〕。十旬假：即十天一次的休沐日。十天爲一旬，唐制：每逢旬日，官員退值休沐，稱爲旬休，後來稱爲旬假。王勃《秋日登洪府滕王閣餞别序》：「十旬休假，勝友如雲。」秋尋：指龐少尹秋季巡察屬縣。《新唐書・百官志五》：京兆府尹「掌宣德化，歲巡屬縣，觀風俗，録囚，恤鰥寡」。少尹「掌貳府州之事」。是少尹有佐助京尹巡察屬縣之責。

〔三〕「中峰」二句：切題言因龐少尹官職新遷，不能同去太白山主峰遊覽了。北闕：宫殿北面的門樓。《漢書・高帝紀下》：「蕭何治未央宫，立東闕、北闕、前殿、武庫、太倉。」顔師古注：「未央殿雖南嚮，而上書、奏事、謁見之徒皆詣北闕。」後用爲宫禁或朝廷的别稱。孟浩然《歲暮歸南山》：「北闕休上書，南山歸敝廬。」除書：拜官授職的文書。韋應物《始除尚書郎别善福精舍》：「除書忽到門，冠帶便拘束。」

〔四〕「朝謁」二句：謂少尹入朝後登山木鞋閒置起來，舉行典禮齋戒時可聽到遠近的擣衣聲。宿齋：古時舉行祭祀等禮儀前的齋戒。劉向《新序·雜事二》：「還車反，宿齋三日，請於廟。」

〔五〕「省中」二句：謂少尹雖官職升遷侍從皇上，但尋幽探勝遊賞山水的情趣依然如故。煙霞：雲霞、煙霧，這裏借以指山水林泉。蕭統《錦帶書十二月啓·夾鍾二月》：「敬想足下，優游泉石，放曠煙霞。」深：指深山幽遠之處。

上邠寧邢司徒〔一〕

箭頭破帖渾無敵①，杖底敲毬遠有聲〔二〕。馬走千蹄朝萬乘，地分三郡擁雙旌〔三〕。春風欲盡山花發，曉角初吹客夢驚。不是邢公來鎮此，長安西北未能行〔四〕。

【校勘記】

①破帖：汲古閣本、席本作「破栝」，非是。渾無：《英華》二五九作「全無」。

【箋注】

〔一〕此詩乃元和年間島遊邠寧時，獻給邠寧節度使的禮贊之作。邠寧：《元和郡縣圖志》卷三關内道三邠州：「今爲邠寧節度使理所。管州三：邠州，寧州、慶州。縣二十。」唐之邠州、寧州、慶州，相當於今陝西彬縣和甘肅寧縣一帶。此指邠寧節度使。司徒：官名，爲朝廷三公之一。《舊唐書·職官二》：「太尉、司徒、司空各一員，謂之三公，並正一品。」「三公論道之官也。蓋以佐天子理陰陽，平邦國，無所不統，故不以一職名其官。大祭祀則太尉亞獻，司徒奉俎，司空掃除。」李嘉言《賈島年譜》云：元和十四年前後，島嘗赴鳳翔遊岐山，而岐山距邠州不遠，島遊邠州或在其後，詩當作於此時。然據《唐方鎮年表》，元和十四年前後，邠寧節度使爲程權；權封邢國公，卒贈司徒（見《舊唐書》本傳）。據此，房日晰疑此詩乃元和十四年春島謁權之作，惟詩題有誤，「司徒」乃程氏薨後贈官，島獻詩時不應有此稱謂（見《文學遺産》一九九二年六期）。其説可從，題目仍舊。

〔二〕「箭頭」二句：謂程氏善於射箭和打毬。破帖：射穿箭靶。帖：箭靶。《隋書·外戚傳·蕭巋附子琮傳》：「博學有文義，兼善弓馬，遣人伏地著帖，琮馳馬射之，十發十中，持帖者亦不懼。」敲毬：打毬。古代的一種毬類遊戲。《荆楚歲時記》載有「打毬、鞦韆、施鉤之戲」。至唐代，軍中有一種騎馬以杖打毬的遊戲，用以練武。封演《封氏聞見記·打毬》：「開元、天寶中，玄宗數御樓觀打毬爲事。能者左縈右拂，盤旋宛轉，殊可觀。然馬或奔逸，時致傷斃。」

〔三〕「馬走」二句：寫程氏爲邠寧節度使威儀雄壯。時邠寧節度使轄邠州、寧州、慶州三個州郡，區域廣大，兵力雄壯。萬乘：周制，天子地方千里，能出兵車萬乘，因以「萬乘」指天子。《孟子·

梁惠王上》：「萬乘之國，弒其君者，必千乘之家。」趙岐注：「萬乘，兵車萬乘，謂天子也。」雙旌：指雙旌雙節，見本集卷五《寄令狐相公》注〔二〕。此借以指節度使的儀仗。

〔四〕「不是」二句：謂程氏鎮守邠寧，夷狄不敢來犯也。元和末吐蕃屢犯宥州、鳳翔等邊州之地（見《舊唐書·吐蕃傳》及《通鑑·唐紀》五六、五七），故有是言。

欲遊嵩岳留別李少尹益①〔一〕

孤策遲迴洛水湄，孤禽嘹唳幸人知②〔二〕。嵩岳望中常待我，河梁欲上未題詩〔三〕。新秋愛月愁多雨，古觀逢仙看盡棋③〔四〕。微眇此來將敢問，鳳皇何日定歸池④〔五〕。

【校勘記】

①底本、張鈔本題中無「益」字，據黄校本、奉新本、叢刊本、汲古閣本、季稿、席本、《全詩》五七四、江户本諸本補。②嘹：底本、張抄本、何校本作「嘹」；據黄校本、奉新本、叢刊本、汲古閣本、季稿、席本、《全詩》、江户本改。唳：《英華》二八八作「喨」。③逢仙：《英華》作「尋仙」。④定歸：奉新本作「始歸」。池：《英華》作「期」。

【箋注】

〔一〕李益元和五年（八一〇）由中書舍人遷河南少尹。本年島赴洛陽謁李益，秋與益及韋執中、諸葛覺賦聯句詩《天津橋南山中各題一句》（本集卷三）。此詩蓋島秋後由洛陽往遊嵩山前的留別之作。嵩岳：中岳嵩山，見本集卷二《投張太祝》注〔七〕。李少尹益：李益，見《天津橋南山中各題一句》注〔二〕。少尹：官名，見本集卷五《寄河中楊少尹》注〔一〕。

〔二〕「孤策」二句：言少尹於己有知遇之恩。孤策：獨杖，此借以自指。遲迴：亦作遲回，滯留也。南朝齊王琰《冥祥記》：「比往而山水暴漲，不復可涉，吉不能泅，遲回歎息，坐岸良久。」洛水湄：此指唐代東都洛陽，因洛水穿城而過，故云。洛水：見本集卷六《再投李益常侍》注〔三〕。

〔三〕嘹唳：此謂鳴聲凄清。陳子昂《西還至散關答喬補闕知之》：「葳蕤蒼梧鳳，嘹唳白露蟬。」河梁：橋梁。《文選》二九李陵《與蘇武三首》其三有「携手上河梁」句，後因以河梁爲分别之處。南朝齊王融《别蕭諮議》：「徘徊將所愛，惜别在河梁。」

〔四〕「古觀」句：任昉《述異記》卷上：「信安郡石室山，晋時王質伐木至，見童子數人，棋而歌，質因聽之。童子以一物與質，如棗核，質含之不覺飢。俄頃童子謂曰：『何不去。』質起，視斧柯盡爛。既歸，無復時人。」此用其事。觀：指道觀，道教的廟宇，見本集卷九《送胡道士》注〔二〕。

〔五〕「微眇」二句：意謂此次來留别，欲問少尹何日可升轉官職回到朝廷。微眇：卑下、低賤，島自謙也。池：鳳凰池的略稱。鳳凰池爲禁中的池沼，魏晋南北朝時，中書省設於禁中，接近皇帝，掌握機要，故遂稱中書省爲「鳳凰池」。《晋書·荀勗傳》：「勗久在中書，專管機事。及失之，甚惘悵悵。或有賀之者，勗曰：『奪我鳳凰池，諸君賀我邪？』」李益爲河南少尹前官中書舍人，隸中書省管轄，故云「歸池」。

病鶻吟〔一〕

俊鳥還投高處棲，騰身戛戛下雲梯〔二〕。有時透霧凌空去①，無事隨風入草迷〔三〕。迅疾月邊捎玉兔，遲迴日裏拂金鷄〔四〕。不緣毛羽遭零落〔五〕，焉肯雄心向爾低。

【校勘記】

①霧：汲古閣本、席本作「露」，非是。

【箋注】

〔一〕此詩以「病鶻」自喻，以未病前心志高遠，迅疾如風，捎兔月邊，拂鷄日中的勇猛威武，反襯而今的病鶻，毛羽零落，雄心鋭減。細繹詩意，病鶻的處境似是島貶長江主簿前屢舉不第，年老多病，前程黯淡，境況落寞的反映。鶻：鷹一類的猛禽。

〔二〕「俊鳥」二句：意謂鶻未病時，心志高遠。雲梯：高山上的石級或棧道。高適《宋中遇林慮楊十七山人因而有别》：「蘿徑垂野蔓，石房倚雲梯。」

〔三〕「有時」二句：謂鶻未病時破霧凌空，迅疾如風。

〔四〕「迅疾」二句：寫鶻未病時威猛勇武，可捎玉兔於月邊，掠金鷄於日中。玉兔：神話傳説以爲月中有玉兔、蟾蜍，見本集卷一《玩月》注〔四〕。金鷄：金鷄在扶桑山。《神異經·東荒經》：「蓋扶桑山有玉鷄，玉鷄鳴則金鷄鳴，金鷄鳴則石鷄鳴，石鷄鳴則天下之鷄悉鳴。」因鷄鳴而日出，故亦有以金鷄代日者，如敦煌《目連救母出離地獄升天寶卷》：「玉兔金鷄疾似梭，堪歎光陰有幾何。」

〔五〕毛羽遭零落：《世説新語·言語》：「支公好鶴，住剡東岇山。有人遺其雙鶴，少時翅長欲飛，支意惜之，乃鎩其翮。鶴軒翥不復能飛，乃反顧翅，垂頭視之，如有懊喪意。」此化用其意。

贈僧

從來多是遊山水①，省泊禪舟月下濤〔一〕。初過石橋年尚少〔二〕，久辭天柱臘應高〔三〕。青松帶雪懸銅錫②〔四〕，白髮如霜落鐵刀〔五〕。常恐畫工援筆寫③，身長七尺有眉毫〔六〕。

【校勘記】

①多是：《英華》二二二作「只是」。②錫：底本、張鈔本作「鍚」，誤；據奉新本、叢刊本、汲古閣本、季稿、席本、《全詩》五七四、江户本改。《律髓》四七作「鏡」，非是。③工：《英華》校：「一作師。」援：汲古閣本、席本作「懸」。

【箋注】

〔一〕禪舟：僧舟，即僧人出行乘坐的小船。以僧人坐禪其上，故稱。

〔二〕石橋：指天台山中石橋也，見本集卷三《寄龍池寺貞空二上人》注〔三〕。

〔三〕天柱：詩云「初過石橋年尚少」，則此僧應爲越中人，故此天柱似指今浙江餘杭縣西之天柱山。

唐吴筠《天柱山天柱觀記》：自餘杭縣城泝溪十里，登陸而南，便是峥嶸的天柱山。臘：即僧臘，亦名夏臘，指僧齡，見本集卷七《贈胡禪師》注〔二〕。

〔四〕銅錫：銅製的錫杖。錫杖，僧人所持之禪杖也，見本集卷五《送知興上人》注〔四〕。

〔五〕鐵刀：指剃刀也。

〔六〕眉毫：眉中長毛，亦稱「毫眉」。《詩·豳風·七月》：「爲此春酒，以介眉壽。」毛傳：「眉壽，豪眉也。」孔穎達疏：「人年老者，必有豪毛秀出。」

【輯評】

元方回《瀛奎律髓》四七：賈浪仙五言詩律高古，平生用力之至者，七言律詩不逮也。

李慶甲《瀛奎律髓彙評》四七：紀昀：此評却是。又曰：次句拙，結不成語。

贈翰林①〔一〕

清重無過知内制②，從前禮絶外庭人〔二〕。看花在處多隨駕，召宴無時不及身③〔三〕。馬自賜來騎覺穩〔四〕，詩緣見徹語長新④〔五〕。應憐獨向名場苦⑤，曾十餘年浪過春⑥〔六〕。

【校勘記】

①此詩《全詩》五一四重出，作朱慶餘《上翰林蔣防舍人》。李嘉言《賈島年譜》以爲，此詩乃島長慶元年（八二一）春贈翰林學士元稹之作。岑仲勉《〈賈島詩注〉與〈賈島年譜〉》一文以爲：詩中所叙

於朱和蔣行事相符，而與島和元稹行事牴牾，故詩爲朱作。爲此，李先生復撰文《爲賈島事答岑仲勉先生》加以申辯。二文分别見一九四八年《學原》一卷八期、同年《學原》二卷一期，又見《長江集新校》附録、《岑仲勉史學論文集》。今從李説。《全詩》五七四「贈」字下校：「一本有某字。」翰林：《英華》二二五九作「翰林學士」。②無：底本、奉新本、叢刊本、汲古閣本、季稿、席本、《全詩》五七四、江户本諸本校：「一作可。」《英華》作「可」。③及：《英華》作「覲」。身：《全詩》五一四作「旬」。④見徹語：《全詩》五一四作「得後意」。長：《英華》校：「集作當。」⑤向名場苦：《全詩》五一四作「在文場久」。⑥曾十：《全詩》五一四作「十有」。浪過：《英華》作「浪度」。

【箋注】

〔一〕島久試不第，因於元和十四年（八一九）獻詩膳部員外郎元稹，希其援引。次年元稹遷祠部郎中知制誥，島又有《投元郎中》詩（本集卷九），干求之意甚明。穆宗長慶元年（八二一），元稹爲中書舍人、翰林承旨學士，官位顯貴，島又作此詩以贈，同樣有干求之意。翰林：官名。唐玄宗初年號「翰林待詔」，掌四方表疏批答，應和文章。後方改名「翰林學士」，德宗以後其位尤重，其中「承旨學士」獨承密命，多位至宰相。見《舊唐書·職官二》。

〔二〕「清重」二句：謂掌管内制的翰林學士顯要清貴，杜絶與朝堂上官員相互交通。元稹《翰林承旨學士記》：「大凡大詔令、大廢置、丞相之密畫、内外之密奏、上之所甚注意者，莫不專對，他人無得而參。」《舊唐書·職官二》翰林院：「貞元已後，爲學士承旨者多至宰相焉。」皆説明承旨學士地位清重顯要。内制：唐代翰林學士所掌皇帝的詔令曰「内制」。《唐會要》卷五七「翰林院」條云：開元「二十六年，始以翰林供奉改稱學士，由是別建學士院，俾掌内制」。趙彦衛《雲麓漫鈔》卷五云：「唐置翰林學士，以文章侍從，而本朝因之。翰林學士司麻制批答等，爲内制。中書舍人六員，分房行詞，爲外制云。」可見内、外制雖同爲皇帝詔令，然重大者多出於内制，詩云「清重無過」，蓋緣此也。

〔三〕「召宴」句：元稹《謝賜設狀》：「微臣猥承天眷，擢在内庭，……陛下載分美禄，特降珍羞。空懷滿腹之慚，未有沃心之便，既充膚革，誓竭肺肝。」

〔四〕「馬自」句：元稹《翰林承旨學士記》曰：「乘輿奉郊廟，輒得乘厩馬。」意謂皇帝祭祀天地宗廟，承旨學士每每得賜騎御厩之馬。世人視爲榮光。

〔五〕「詩緣」句：謂翰林通達事理，詩語新穎。元稹《上令狐相公詩啓》有云：「稹與同門生白居易友善，居易雅能爲詩，就中愛驅駕文字，窮極聲韻，或爲千言，或爲五百言律詩，以相投寄。小生自審不能以過之，往往戲排舊韻，別創新詞，名爲次韻相酬，蓋欲以難相挑耳。江湖間爲詩者，復相倣傚……自謂爲元和詩體。」白居易《餘思未盡加爲六韻重寄微之》：「制從長慶辭高古，詩到元和體變新。」

〔六〕「應憐」二句：祈請翰林體恤十餘年屢舉不第之苦，伸以援手也。名場：此指科舉考場，以其爲士子博取功名的地方，故名。唐劉復《送黄曄明府岳州湘陰赴任》：「擬佔名場第一科，龍門十上困風波。」浪：徒然、白白地。寒山《詩》七七：「終歸不免死，浪自覓長生。」

【輯評】

清余成教《石園詩話》卷二：浪仙《贈某翰林》云：「清重無過知内制，從來禮絶外庭人。」兩句可包括唐時待翰林之優。

頌德上賈常侍〔一〕

邊臣説使朝天子，發語轟然激夏雷〔二〕。高節羽書期獨傳①，分符絳郡滯長材〔三〕。啁啾烏恐鷹鸇起，流散人歸父母來〔四〕。自顧此身無所立，恭談祖德朵頤開〔五〕。

【校勘記】

①羽：底本、黄校本、張抄本、江户本脱；黄校本校：「宋本節下缺一字。」據奉新本、叢刊本、汲古閣本、季稿、席本、《全詩》五七四、何校本補；張抄本馮班校補作「唐」。

【箋注】

〔一〕此詩當爲賈直言任絳州刺史時，島所上歌頌直言德義之詩。賈常侍：賈直言，河朔舊族，父道沖，以藝待詔代宗朝，因罪貶，賜酖於路。直言代父飲之，酖酒從左足洩出，久而復蘇。帝憐之，減父死，並直言同流於嶺南。遇赦還，入李師道幕爲從事。師道不恭於朝命，直言再三冒死以諫，師道怒囚之。劉悟平師道，釋直言於禁錮之間，嘉其行，奏置幕中。劉悟遷於潞，與直言俱行。穆宗聞其名，以諫議大夫徵之。悟拜章乞留，以檢校右庶子兼御史大夫，依前充昭義軍行軍司馬。悟死，子從諫欲脅迫朝廷，以繼父位。直言以理相諭，使從諫服心朝廷。後歷絳州刺史、太子賓客等，大和九年卒。常侍：即散騎常侍，見本集卷六《再投李益常侍》注〔一〕。

〔二〕「邊臣」二句：謂常侍遣使朝見天子，辭氣慷慨如夏雷激盪。説：急驟。《管子·幼官》：「説行若風雨，發如雷電。」郭沫若等集校：「『説』讀爲脱……脱有急驟意。」

〔三〕「高節」二句：意謂常侍刺絳州大才小用，然仍希望那裏傳來報捷文書。高節：使臣所持的旄節。此指常侍爲絳州刺史所樹的旌節，參本集卷五《寄令狐相公》注〔二〕。羽書：猶羽檄，插有鳥羽的緊急軍事文書。《史記·韓王信盧綰列傳》：「吾以羽檄徵天下兵，未有至者。」裴駰集解：「以鳥羽插檄書，謂之羽檄，取其急速若飛鳥也。」獨傳：單個的驛車或驛馬。傳：驛站或驛站的車馬。《左傳·成公五年》：「梁山崩，晉侯以傳召宗伯。」杜預注：「傳，驛。」此指驛車或驛馬，即「傳車」「傳馬」。《淮南子·道應訓》：「秦皇帝得天下……築長城，修關梁，設障塞，具傳車。」《漢書·昭帝紀》：「頗省乘輿馬及苑馬，以補邊郡三輔傳馬。」顔師古注引張晏曰：「驛馬也。」分符：猶剖符、剖竹。古代帝王分封諸侯或授以官爵時，以竹符做信物，剖分爲二，君臣各執其半，以備證驗，後因借以作分封、授官之稱。絳郡：絳州，唐屬河東道。《元和郡縣圖志》卷一二河東道一絳州：隋大業三年廢州爲絳郡，唐初於此置絳州總管，旋復爲絳州。州治即今山西新絳縣。

〔四〕「啁啾」二句：陳延傑注：「言能拯民也。」鷹鸇：此喻中唐以後割據稱雄的藩鎮，語出劉向《説苑·敬慎》：「臣聞之，行者比於鳥，上畏鷹鸇，下畏網羅。」鸇：又名晨風，似鷂，羽色青黄，猛禽，捕食燕雀鳩鴿等。《孟子·離婁上》：「爲叢敺爵者，鸇也。」

〔五〕「自顧」二句：言己身一無所成，然見常侍秉承先祖德澤功名卓著，同樣歡心開顏。祖德：祖宗的功德。唐蘇絳《賈司倉墓誌銘》載：「自周康王封少子建侯於賈，因而氏焉。誼則大漢太傅，寅則晋尚書。由是徽音流遠。」島與直言相叙家世，以同族爲榮，故有是言。朵頤：突出腮頰，顯出笑顏。《易·頤》：「初九，舍爾靈龜，觀我朵頤。」孔穎達正義：「朵是動義，如手之捉物謂之朵也。今動其頤，故知嚼也。」

田將軍書院〔一〕

滿庭花木半新栽，石自平湖遠岸來〔二〕。筍迸鄰家還長竹，地經山雨幾層苔。井當深夜泉微上，閣入高秋户盡開。行背曲江誰到此〔三〕，琴書鎖着未朝迴。

【箋注】

〔一〕田將軍：名未詳。書院：此指田將軍宅中設有書房的院落。

〔二〕平湖：蓋指臨平湖也。位於今浙江餘杭縣境。《水經注·漸江水》引《錢塘記》曰：臨平「湖水上通浦陽江，下注浙江，名曰東江，行旅所從以出浙江也。」此借以指江浙一帶。江浙一帶多出美石，故島有是言。

〔三〕曲江：見本集卷四《訪李甘原居》注〔二〕。

投龐少尹〔一〕

閉户息機搔白首〔二〕，中庭一樹有清陰。年年不改風塵趣〔三〕，日日轉多泉石心〔四〕。病起望山臺上立，覺來聽雨燭前吟。龐公相識元和歲，眷分依依直至今①〔五〕。

【校勘記】

①直：《英華》二二五九作「能」；《二妙集》作「真」，非是。

【箋注】

〔一〕龐嚴大和三年（八二九）爲京兆少尹，四年秋除太常少卿，詩云：「中庭一樹有清陰。」知詩當作於大和三或四年春夏間。龐少尹：龐嚴。已見本卷《賀龐少尹除太常少卿》注〔一〕。此詩云：「樹有清陰。」則應爲大和三或四年夏季的投寄之作。

〔二〕息機：泯滅機巧欺詐之心。見本集卷五《崇聖寺斌公房》注〔六〕。

〔三〕風塵：高風清塵。比喻品格清正崇高。《文選》卷四七夏侯湛《東方朔畫贊》：「天秩有禮，神監孔明。彷佛風塵，用垂頌聲。」劉良注：「言髣髴聞其高風清塵，故此用垂頌聲也。」

〔四〕泉石心：隱退於山水林泉之志。泉石：清泉美石，此借以指山林。《梁書·徐摛傳》：「摛年老，又愛泉石，意在一郡，以自怡養。」

〔五〕「龐公」二句：謂自元和間結識龐公以來，顧念之情至今依依難捨。島於元和五年（八一〇）入京，龐嚴元和初進士及第，故二人相識當在元和五年至十五年間，至大和三年（八二九），已二十年了。元和：唐憲宗年號（八〇六—八二〇）。眷分：顧念的情誼。分：情誼、情分。曹植《王仲宣誄》：「吾與夫子，義貫丹青，好和琴瑟，分過友生。」

夏夜登南樓〔一〕

水岸閒樓帶月躋①，夏林初見岳陽溪〔二〕。一點新螢報秋信，不知何處是菩提②〔三〕。

【校勘記】

①閒：底本及諸校本均作「寒」，底本及諸校本校均云「一作閒」；《英華》三一二、《絶句》六七作「閒」，今據改。《英華》校：「一作寒，非。」何校本校「一作閒」。②處：底本、奉新本、叢刊本、汲古閣本、季稿、席本、《全詩》五七四、江户本諸本校：「一作樹。」《絶句》作「樹」。

【箋注】

〔一〕開成五年（八四〇）九月，島由長江簿遷普州司倉參軍，會昌三年（八四三）七月二十八日終於郡官舍。此詩云「夏林」、云「秋信」，故當作於會昌元至三年間之初秋，很可能爲三年初秋島去世前的絶筆詩（詳本詩注〔三〕）。南樓：在普州安岳縣，亦名工部樓，見道光丙申刻《安岳縣志》。

〔二〕岳陽溪：在普州安岳縣岳陽山下，見本集卷九《訪鑒玄師姪》注〔三〕。

〔三〕「一點」二句：意謂新螢報秋，一年又將逝去，仍不知何處何時可證得佛道。菩提：梵語的音譯，意爲「道」「覺」「智」等。《大智度論》卷四曰：「菩提名諸佛道。」同書卷四四曰：「菩提，秦言無上智慧。」《注維摩詰經》卷四僧肇曰：「道之極者，稱曰菩提，秦無言以譯之。菩提者，蓋是正覺無相之真智乎。」又曰：「無知而無不知，無爲而無不爲者，其唯菩提大覺之道乎。此無名之法，固非名所能名也，不知所以言，故强名曰菩提。」此指菩提樹，又名道樹、覺樹、思維樹。本名畢鉢羅樹、阿沛多羅樹等。《大唐西域記》卷八載，玄奘赴印度求法時，尚見此樹「莖幹黄白，枝葉青翠，冬夏不凋，光鮮無變」。因釋迦牟尼成道於此樹下，故島亦欲尋覓此處以悟入佛道，然卻終不可得。

題青龍寺〔一〕

碣石山人一軸詩〔二〕，終南山北數人知。擬看青龍寺裏月，待無一點夜雲時〔三〕。

【箋注】

〔一〕島與青龍寺曾有一宿之緣，《唐才子傳》卷五《賈島傳》載：「來東都，旋往京，居青龍寺。」即指島貞元十七年春於洛陽結識韓愈後，冬隨韓入長安，初宿青龍寺一事。此詩蓋島後來久居長安樂遊原東昇道坊時的題寺之作，具體時間則難以指詳。青龍寺：在長安新昌坊南門東側，南鄰島所居昇道坊。見本集卷四《題青龍寺鏡公房》注〔一〕。

〔二〕碣石山人：島自謂也。碣石山，在今河北昌黎縣北。見本集卷五《晚晴見終南諸峰》注〔四〕。島故鄉地近碣石山，故借以自稱。一軸詩：島一生並未系統地結集過自己的作品，此所謂「一軸詩」，蓋其自行編輯的行卷詩。一軸：一卷。胡應麟《少室山房筆叢·經籍會通一》：「凡書，唐以前皆爲卷軸。蓋今所謂一卷，即古之一軸。」

〔三〕「擬看」二句：《世説新語·言語》：「司馬太傅齋中夜坐，於時天月明浄，都無纖翳。太傅歎以爲佳。謝景重在坐，答曰：『意謂乃不如微雲點綴。』太傅因戲謝曰：『卿居心不浄，乃復强欲滓穢太清邪。』」此化用其意。

贈李文通〔一〕

營當萬勝岡頭下〔二〕，誓立千年不朽功〔三〕。天子手擎新鉞斧①，諫官請贈李文通〔四〕。

【校勘記】

①鉞斧：奉新本作「斧鉞」。

【箋注】

〔一〕憲宗元和十年（八一五）平淮西之役中，左金吾衛大將軍李文通於八月率軍築新城於萬勝岡。

島聞之，欣然賦此詩以寄文通。李文通：元和九年，吴元濟據淮蔡叛，刺史令狐通與戰，數敗而棄走，淮南郡邑告危。十年春，文通以左金吾衛大將軍奉詔馳傳出守，統五州軍相援。八月，文通引兵於萬勝岡下，築新城一座，以爲守備，控其要害，屢出奇兵制勝，屏障江淮一帶。百姓耕桑自力，轉輸支援平叛官軍。十一年吴元濟之亂平，文通以功擢散騎常侍。事見《全唐文》七三七沈亞之《霍丘縣萬勝岡新城録》、兩《唐書》吴元濟傳等。

〔二〕萬勝岡：《霍丘縣萬勝岡新城録》云：文通於「八月乙巳夜，引兵南出霍丘百四十里，又折而西四十里，營於萬勝岡，築新城」。是萬勝岡在今安徽霍丘縣南、金寨縣北，鄰近河南境處。

〔三〕「誓立」句：《左傳·襄公二十四年》：「大上有立德，其次有立功，其次有立言，雖久不廢，此之謂不朽。」

〔四〕「天子」二句：謂憲宗皇帝授李文通兵權，以事征伐也。韓愈《平淮西碑》：「（帝）曰：『文通，汝守壽。維是宣武、淮南、宣歙、浙西、徐泗五軍之行於壽者，汝皆將之。』」鉞斧：亦作「斧鉞」，軍事征伐權力的象徵。天子授之，表示奉王命而執掌征伐大權。《春秋繁露》卷八：「公侯賢者爲州方伯，賜斧鉞。」

題虢州三堂吴郎中①〔一〕

無窮草樹昔誰栽，新起臨湖白石臺〔二〕。半岸泥沙孤鶴立②，三堂風雨四門開③。荷翻團露驚秋近④〔三〕，柳轉斜陽過水來〔四〕。昨夜北樓堪朗詠〔五〕，虢城初鎖月徘徊。

【校勘記】

①汲古閣本、季稿、席本、《全詩》五七四「三堂」下有「贈」字。《全詩》校：「一作題虢州吴郎中三堂。」②孤鶴：叢刊本作「孤鴈」。③三堂：席本作「玉堂」。④團：奉新本、汲古閣本、席本、《英華》三一七作「圓」；《英華》校：「集作團。」

【箋注】

〔一〕此詩蓋吴郎中爲虢州刺史時所作，具體時間則難以確考。虢州三堂：始建於開元初五王相繼出守虢州時。吕温《虢州三堂記》云：「廣踰百畝，深入重扃，迴塘屈盤，沓島交映。溟渤轉於環堵，蓬壺起於中庭。浩然天成，孰曰智及。」可見規模相當宏大。又云：「三者明臣子在三之節，堂者勵宗室克構之義。豈徒造適，實亦垂訓。」中唐時三堂頹隊，刺史馬錫曾加修整，劉伯芻復爲增飾。元和八年劉氏增飾成，韓愈爲撰《奉和虢州劉給事使君三堂新題二十一詠並序》。此詩蓋繼韓愈之後，吴郎中爲虢州刺史時島題三堂之作。虢州：唐屬河南道，治弘農縣，故治在今河南靈寶縣南四十里。吴郎中：名未詳。郎中：《舊唐書·職官一》：「尚書左右諸司郎中。武德令：吏部郎中正四品上，諸司郎中正五品上。貞觀二年並改爲從五品上也。」

〔二〕「新起」句：蓋指臨湖所起新亭臺也。韓愈《奉和虢州劉給事使君三堂新題二十一詠並序》其一《新亭》詩云：「湖上新亭好。」似指此湖邊亭臺之類。陳延傑注以上二句云：「先叙三堂原起。」

〔三〕「荷翻」句：前引韓愈奉和詩其十二《荷池》詩云：「風雨秋池上，高荷蓋水繁。未諳鳴摵摵，那似卷翻翻。」知島蓋詠荷池秋荷之景。

〔四〕「柳轉」句：島蓋詠三堂宅中柳溪之景。前引韓愈奉和詩其九《柳溪》云：「柳樹誰人種，行行夾岸高。莫將條繫纜，著處有蟬號。」

〔五〕北樓：三堂宅内有北樓，前引韓愈奉和詩其十六爲《北樓》，詩云：「晚色將秋至，長風送月來。」亦北樓月景也。

【輯評】

清金人瑞《貫華堂選批唐才子詩》甲集七言律卷六上：前解寫吴郎中三堂。言「無窮草樹」，此是舊物，臨湖三堂，實維新起。蓋堂軒新起佳，草樹又必舊物佳，故特先寫樹，次寫堂也。三、四又妙，人家新起堂軒，最苦俗物闌入，於是謝之無計，不免閉門塞竇。今獨此堂四面門開，而盡日無客，此真第一快活也。「鶴立」句，只是妙寫無人來（前四句下）。又曰：後解寫來題也。言昨夜不曾朗詠，今值如此暑氣漸退，晚凉且生，試更登樓坐月，始爲不負此堂也。五言暑氣漸退，六言晚凉且生。唐人五、六，自來專爲七、八，至先生又愈妙。

送僧

池上時時松雪落〔一〕，焚香煙起見孤燈。静夜憶誰來對坐，曲江南岸寺中僧〔二〕。

【箋注】

〔一〕松雪：松上積雪。顔延之《贈王太常僧達》：「庭昏見野陰，山明望松雪。」李白《東武吟》：「倚巖望松雪，對酒鳴絲桐。」

〔二〕曲江：見本集卷四《訪李甘原居》注〔二〕。

三月晦日贈劉評事①〔一〕

三月正當三十日②〔二〕，風光别我苦吟身③〔三〕。共君今夜不須睡④，未到曉鐘猶是春⑤〔四〕。

【校勘記】

①劉評事：《英華》一五七作「録事」，校曰：「一作評事。」　②正：《英華》作「更」。　③風：《英華》作「春」。　④睡：《英華》作「寢」，校曰：「集作寐。」　⑤到：《英華》作「至」。曉鐘：《英華》校：集作「五更」。曉鐘猶：《全詩》五七四校：「一作五更還。」

【箋注】

〔一〕晦日：農曆每月的最後一天。若大月爲第三十日，小月爲第二十九日。見本集卷八《二月晦留別鄂中友人》注〔一〕。劉評事：名未詳。評事，即大理評事，見本集卷一《義雀行和朱評事》注〔一〕。

〔二〕「三月」句：點題謂三月晦日也。

〔三〕苦吟：做詩苦心推敲，反復吟詠，錘煉字句也。見本集卷四《雨夜同厲玄懷皇甫荀》注〔五〕。

〔四〕「共君」二句：言對春光一分一刻極爲眷戀。曉鐘：指四月初一報曉的鐘聲。曉鐘一鳴，則已入夏四月矣，因逗出「未到」之句，造語亦巧。

【輯評】

明王世貞《藝苑卮言》卷四：元輕白俗，郊寒島瘦，此是定論。島詩：「獨行潭底影，數息樹邊身。」有何佳境，而三年始得，一吟淚流。如《并州》及《三月三十日》二絶乃可耳。又曰：賈島「三月正當三十日」與顧況「野人自愛山中宿」同一法，以拙起喚出巧意，結語俱堪諷詠。

明陸時雍《唐詩鏡》：中唐巧境。

明顧璘《批點唐音》：却是晚唐。島亦自知吟苦，蓋才澀故也。

清何焯《唐三體詩評》：只是秉燭遊耳，然後人送春詩更道不到此，正是善學摩詰《渭城》者。

岳端《寒瘦集》：第一句破題，第二句承題，三、四惜春，即是作詩本意。中間用「共君」二字，「劉評事」才不落空。

黄叔燦《唐詩箋注》：用意良苦，筆亦刻摯。

清王闓運《王闓運手批唐詩選》：加倍寫春之意，究竟有何好處（首二句下）。

送張道者〔一〕

新歲抱琴何處去，洛陽三十六峰西〔二〕。生來未識山人面〔三〕，不得一聽烏夜啼〔四〕。

【箋注】

〔一〕張道者：名未詳。道者，修道求仙之人，即道教信徒、道人、道士。見本集卷三《山中道士》注〔一〕。

〔二〕「新歲」二句：謂新年伊始，張道者携琴隱於嵩山之西。洛陽：見本集卷三《洛陽道中寄弟》注〔一〕。三十六峰：指嵩山也，見本集卷六《送劉式洛中覲省》注〔二〕。

〔三〕山人：隱士、道士或江湖術士的雅稱。此指道士，見本集卷二《送鄭山人游江湖》注〔一〕。

〔四〕烏夜啼：此指琴曲《烏夜啼引》。元稹《聽庾及之彈〈烏夜啼引〉》曰：「君彈《烏夜啼》，我傳樂府解古題。良人在獄妻在閨，官家欲赦烏報妻。」《舊唐書·音樂志二》載有《烏夜啼》曲，謂曲乃宋臨川王劉義慶所作：「元嘉十七年，徙彭城王義康於豫章。義慶時爲江州，至鎮，相見而哭，爲帝所怪。徵還宅，大懼。妓妾夜聞烏啼聲，扣齋閤云：『明日應有赦。』其年更爲南兖州刺史，作此歌。」元稹所傳《烏夜啼引》本事蓋指此，然義慶並未「在獄」。而《樂府詩集》六〇《琴曲歌辭四·烏夜啼引》援引唐李勉《琴説》曰：「《烏夜啼》者，何晏之女所造也。初，晏繫獄，有二烏止於舍上。女曰：『烏有喜聲，父必免。』遂撰此操。」此所記雖晏「在獄」，然聞烏夜啼者乃晏女，非其妻也。不過，二者所叙夜聞烏啼事則相同。

題魚尊師院〔一〕

老子堂前花萬樹〔二〕，先生曾見幾迴春。夜煎白石平明喫，不擬教人哭此身〔三〕。

【箋注】

〔一〕魚尊師：名未詳。尊師：對道士的敬稱。王昌齡《武陵開元觀黄煉師院三首》其一：「松間白髮黄尊師，童子燒香禹步時。」院：道觀。唐玄宗《爲趙法師别造精院過院賦詩序》：「入清虚院，則法師所居之地也。」白居易《尋郭道士不遇》：「看院祇留雙白鶴，入門惟見一青松。」

〔二〕老子堂：道觀中供奉老子的神殿。老子：見本集卷九《贈牛山人》注〔二〕。

〔三〕「夜煎」二句：謂尊師以白石煎爲養生藥液服用，以求升遐爲仙也。夜煎白石：見本集卷三《山中道士》注〔五〕。

宿村家亭子①〔一〕

牀頭枕是溪中石，井底泉通竹下池。宿客未眠過夜半②，獨聞山雨到來時〔二〕。

【校勘記】

①此首《又玄》中、《紀事》四〇題作「題杜司户亭子」,《英華》三一六題作「宿杜司空東亭」。村家:王《選》一五作「杜家」。案:《才調》一載有島《上杜駙馬》一詩,題下注曰:「杜悰也。」李嘉言《長江集新校》據此以爲,此詩題中「村家」,乃「杜家」形訛,且謂王《選》亦作「杜家」,因判「杜家」即杜悰家;並以悰元和九年七月爲殿中少監、駙馬都尉,尚岐陽公主(見《通鑑》),大中年間加司空(見《舊書》本傳),惟大中間島已卒,故題作「司空」者誤。所言不無道理,但諸家異文中,《又玄》中「杜司户」出現最早,但「杜司户」則不知爲何人?所疑終難全然冰釋,故今暫從集本,以俟再考。②過:《英華》作「當」。夜半:《英華》、王《選》、《絶句》二四作「半夜」。

【箋注】

〔一〕村家:農家。白居易《麴生訪宿》:「村家何所有,茶果迎來客。」

〔二〕宿客:投宿的客人。陳延傑注:二句「寫宿境清逸」。

【輯評】

宋吴聿《觀林詩話》:予家有聽雨軒,嘗集古今人句。杜牧之云:「可惜和風夜來雨,醉中虚度打窗聲。」賈島云:「宿客不來過半夜,獨聞山雨到來時。」歐陽文忠公……趙德麟云:「卧聽簷雨作宫商。」尤爲工也。

明顧璘《批點唐音》一五:此自實景好語,獨「宿」字音律不和耳。

送稱上人〔一〕

歸蜀擬從巫峽過〔二〕，何時得入舊房禪。寺中來後誰身化〔三〕，起塔栽松向野田〔四〕。

【箋注】

〔一〕稱上人欲歸蜀，島作此詩以送之，具體時間則難以確考。稱上人：名未詳。由本詩看，當爲蜀中僧人，離寺雲遊四方已多年。上人，對僧人的尊稱。見本集卷一《贈智朗禪師》注〔二〕。

〔二〕巫峽：又名大峽。長江三峽之一，位於川鄂交界處，西起重慶巫山縣大溪，東至湖北巴東縣官渡口，因兩岸巫山夾江聳峙百餘里而得名。《水經注·江水二》：江水又東經巫峽，杜宇所鑿以通江水也。江水歷峽，東逕新崩灘，其下十餘里有大巫山，翼附羣山，並槩青雲。其間首尾一百六十里，謂之巫峽，蓋因山爲名也。楊炯《巫峽》：「三峽七百里，惟言巫峽長。」

〔三〕化：死也。《孟子·公孫丑下》：「且比化者無使土親膚，於人心獨無恔乎。」朱熹注：「化者，死者也。」陶潛《自祭文》：「余今斯化，可以無恨。」

〔四〕塔：此指靈塔，即收藏和尚舍利或靈骨的磚石建築物。見本集卷三《哭柏巖禪師》注〔四〕。

楊秘書新居〔一〕

城角新居鄰静寺〔二〕，時從新閣上經樓①。南山泉入宫中去，先向詩人門外流〔三〕。

【校勘記】

①經樓：《絶句》二四作「南樓」。

【箋注】

〔一〕楊巨源元和九年（八一四）六月入朝爲秘書郎，新居當爲本年或稍後營置，詩應作於此時。張籍亦有《題楊秘書新居》詩，乃同時所賦。楊秘書：楊巨源。見本集卷五《寄河中楊少尹》注〔一〕。秘書，秘書郎。張籍題詩云：「卷裹詩過一千首，白頭新受秘書郎。」《舊唐書·職官志二》：秘書省「秘書郎四員，從九品上。」「秘書郎掌甲乙丙丁四部之圖籍，謂之四庫。」

〔二〕「城角」句：張籍題詩云：「愛閒不向争名地，宅在街西最静坊。」所謂「街西」，蓋指朱雀門街西第三街，即皇城西之第一街。「最静坊」，蓋指皇城西第一街之大安坊，靠近西南「城角」，故云「最静」。

〔三〕「南山」二句：謂清明渠先流經楊秘書宅，再北流入宮城也。南山：終南山。見本集卷一《望山》注〔一〕。宮：指宮城。《唐兩京城坊考》卷四：清明渠，引泬水入京城之南，經大安坊東街，屈而東，經安樂坊西南隅，屈而北流入皇城，又東至含光門西，屈而北流入宮城，注爲南海、又北注爲西海，又北注爲北海。

聽樂山人彈易水〔一〕

朱絲絃底燕泉急，燕將雲孫白日彈〔二〕。嬴氏歸山陵已掘〔三〕，聲聲猶帶髮衝冠〔四〕。

【箋注】

〔一〕樂山人：名未詳。由本詩看，樂山人乃戰國時燕國名將樂毅的後裔，所謂「燕將雲孫」者也，擅音樂。山人：道士、隱士或江湖術士的雅稱。見本集卷二《送鄭山人游江湖》注〔一〕。易水：《戰國策·燕策三》載：秦將滅燕，燕太子丹遣荆軻刺殺秦王，欲以此阻止秦兵攻燕。太子與衆臣僚餞别荆軻於易水之上，高漸離擊筑，荆軻和而歌曰：「風蕭蕭兮易水寒，壯士一去兮不復還。」此歌，後人稱曰《易水歌》。樂山人所彈「易水」，或即《易水歌》翻出的曲調。

〔二〕「朱絲」二句：謂樂山人於麗日下彈奏的古《易水》曲，彷彿易水奔騰澎湃。燕泉：此指易水。見本集卷一《易水懷古》注〔一〕。燕將：戰國時燕國名將樂毅。《史記·樂毅列傳》云：毅賢而好兵，燕昭王以爲亞卿，拜爲上將軍，帥韓趙魏楚燕五國兵伐齊，下齊七十餘城，燕封樂毅爲昌國君。雲孫：《爾雅·釋親》：「子之子爲孫，孫之子爲曾孫，曾孫之子爲玄孫，玄孫之子爲來孫，來孫之子爲昆孫，昆孫之子爲仍孫，仍孫之子爲雲孫。」郭璞注：雲孫「言輕遠如浮雲」。清郝懿行疏：「雲孫，謂遠孫，猶言裔孫也。」此指樂山人。

〔三〕「嬴氏」句：《史記·秦始皇本紀》：秦始皇帝嬴政，十三歲立爲秦王，繼位二十六年削平六國，統一天下，又北擊匈奴，南併桂林、南越，疆域大擴。然刑法嚴酷，侈遊觀，築宫室，好神仙，在位三十七年，崩於沙丘平臺，葬於酈山。《漢書·劉向傳》：秦始皇葬酈山「往者咸見發掘」。顔師古注：「言至其墓所者，發掘之而求財物也。」

〔四〕「聲聲」句：謂樂山人琴聲猶帶怒氣也。《史記·刺客列傳》：高漸離擊筑，「復爲羽聲忼慨，士皆瞋目，髮盡上指冠」。此用其事。

經蘇秦墓〔一〕

沙埋古篆折碑文〔二〕，六國興亡事繫君①〔三〕。今日淒凉無處説，亂山秋盡有寒雲〔四〕。

【校勘記】

①繫：底本、黄校本、奉新本、叢刊本、張鈔本、季稿、江户本作「計」；以上諸本（不含張鈔本）校「一作繫」。汲古閣本、席本、《全詩》五七四、何校本、《二妙集》《絶句》二四均作「繫」，今據改。何校本何焯曰：「計字以音同致誤。」

【箋注】

〔一〕島經蘇秦墓，憑弔而賦此詩，具體時間未詳。墓在今河南偃師首陽山鎮魚骨村南。《洛陽伽藍記》卷二「景寧寺」條云：「出青陽門外三里，御道北有孝義里。里西北角有蘇秦冢。旁有寶明寺。」清徐松輯《河南志·後魏城闕古蹟》所載同。蘇秦：戰國時東周洛陽人，字季子。初習縱横家言於鬼谷先生，出遊數歲，大困而歸，兄弟嫂妹妻妾皆笑之。乃夜發書，得《太公陰符》，伏而讀之，欲睡，引錐刺股，流血至踵。揣摩術成，乃往説燕趙韓魏齊楚六國，合縱並力抗秦，爲縱約長，佩六國相印，趙肅侯封爲武安君。于是投《縱約書》於秦，秦兵不敢窺函谷關者十五年。後縱約爲張儀所破。蘇秦客於齊，因與齊大夫争寵，被刺而死。事具《戰國策》卷三、卷八及《史記・蘇秦列傳》等。

〔二〕「沙埋」句：點題逗出蘇秦墓，其墓前斷碑上的古篆文字乃墓主之證。古篆：指篆書，有大篆、小篆，因通行於春秋戰國及秦代，故稱。

〔三〕「六國」句：謂六國合縱轟轟烈烈抗秦的局面全仗蘇秦費心籌劃。《史記・蘇秦列傳》載：六國合縱「地五倍於秦，料度諸侯之卒十倍於秦。六國爲一，并力西鄉而攻秦」，强大的聯盟，令秦兵聞而懼，十五年不敢東窺函谷關。興亡：此乃偏義複詞，指六國合縱的興旺局面。繫：維繫、聯綴。《周禮・天官・大宰》：「以九兩繫邦國之民。」鄭玄注：「繫，聯綴也。」

〔四〕「亂山」句：結以景語，「秋盡寒雲」烘托憑吊之意。陳延傑注：「言墓上冷颯之境。」

題戴勝〔一〕

星點花冠道士衣①〔二〕，紫陽宫女化身飛〔三〕。能傳上界春消息〔四〕，若到蓬山莫放歸〔五〕。

【校勘記】

①花冠：汲古閣本作「衣冠」，非是。衣：《英華》三二九作「依」。

【箋注】

〔一〕這是一首爲戴勝題照的詩。戴勝：鳥名，又稱戴鵀、戴鵀、鵖鴔、樓樓穀等，形體大小似鳩，頭頂有毛冠，五彩如戴花勝。《禮記·月令》：季春之月，「鳴鳩拂其羽，戴勝降於桑」。《爾雅·釋鳥》：「鶝鶔，戴鵀。」清郝懿行疏：「戴鵀即今之屢屢穀，小於鵓鳩，黄白斑文，頭上毛冠如戴華勝，戴勝之名，以此。常以三月中鳴，鳴自評也。」王建《戴勝詞》：「戴勝誰與爾爲名，木中作窠墻上鳴。」

〔二〕「星點」句：刻畫戴勝形狀。王建《戴勝詞》：「紫冠采采褐羽斑。」道士衣：黑色衣服。

〔三〕「紫陽」句：謂戴勝乃仙宫仙子的變化之身飛臨人間。紫陽宫：仙宫。化身：佛有三身，即法身、化身、應身；化身乃佛爲教化衆生而變化的種種形象之身。《佛地論》卷七：「變化身者，爲欲利益安樂衆生，示現種種變化事故。」隋慧遠《大乘義章》一九：「佛隨衆生現種種形，或人或天，或龍或鬼，如是一切，同世色象，不爲佛形，名爲化身。」

〔四〕「能傳」句：戴勝鳴於春三月，故云。上界：天界，仙佛所居之地。張九齡《祠紫蓋山經玉泉山寺》：「上界投佛影，中天揚梵音。」

〔五〕蓬山：蓬萊山也。東海三神山之一。見本集卷六《過楊道士居》注〔六〕。

題隱者居①〔一〕

雖有柴門長不關，片雲孤木伴身閒②〔二〕。猶嫌住久人知處，見擬移家更上山③〔三〕。

【校勘記】

①此詩，《全詩》五七四、《絶句》二四作賈島，然《全詩》三四八、《絶句》二〇又作陳羽。考《英華》二

三二此詩作賈島，黄丕烈所見宋書棚本《賈浪仙長江集》卷一〇亦收有此詩，故詩應爲島作。《全詩》三四八作「戲題山居二首」之第二首。②孤木伴：《全詩》三四八作「高木共」。③擬移家：《全詩》三四八作「欲移居」。

【箋注】

〔一〕隱者：隱居不仕的人，即隱士。見本集卷四《懷紫閣隱者》注〔一〕。

〔二〕「雖有」二句：狀隱者所居之清寂。

〔三〕「猶嫌」二句：轉進一層，寫真正隱者的心理，惟恐人知爲隱士。唐代有將隱居作爲牟求官職的捷徑者，所謂「終南捷徑」是也。此乃假隱者，其與真隱者的區别在于惟恐世人不知其爲隱君子也。

【輯評】

宋劉克莊《後村詩話·後集》卷一：林和靖絶句云：「山水未深猿鳥少，此生猶擬别移居。直過天竺溪流上，獨樹爲橋小結廬。」然賈島已云：「猶嫌〔佳處〕〔住久〕人知處，見擬移家更上山。」楊誠齋五言云：「猶道山中淺，仍移水上居。俗人又剥啄，棹入白芙蕖。」亦本此。

過京索先生墳①〔一〕

京索先生三尺墳②〔二〕，秋風漠漠吐寒雲③。從來有恨君多哭④〔三〕，今日何人更哭君⑤〔四〕。

【校勘記】

①此詩，《全詩》五七四作賈島，題爲「過京索先生墳」，然卷七八六復作無名氏《唐衢墓》，題下注：「一作賈島詩。」考《英華》三〇六、《絶句》二四作賈島，清人黄丕烈所見宋書棚本《賈浪仙長江集》及明清刊刻諸種島集皆收有此詩，故當爲島作無疑。墳：《全詩》七八六、《絶句》作「墓」。②京索：《全詩》七八六作「京洛」。③秋風漠漠吐寒：《全詩》七八六作「陰風慘慘土和」。④恨君多：《全詩》七八六作「感君皆」。⑤何人更：《全詩》七八六作「無君誰」。

【箋注】

〔一〕京索先生：即唐衢也。《舊唐書》一六〇有傳，謂衢應進士試，久而不第。能爲歌詩。每與人别或感慨時事輒發聲慟哭，音調哀切，聞者泣下。嘗遊太原，遇軍中享宴，酒酣言事，抗音而哭，滿座不樂，主人爲之罷宴，故世稱其「善哭」。據此詩，知其晚年嘗寓居滎陽、洛陽之間而終。白居易《傷唐衢二首》其一亦云：「遺文僅千首，六義無差忒。散在京索間，何人爲收得。」朱金城《白居易年譜》繫《傷唐衢二首》於元和六年以後作；而元和十年冬白氏《與元九書》云：「有唐衢者，見僕詩而泣，未幾而衢死。」因知衢卒年蓋在元和七、八年間。京索：指今河南滎陽縣南一帶。京在今滎陽縣東南二十一里，春秋時爲鄭邑，共叔段居之。漢置京縣，後省。索即滎陽故城大索城，其北四里又有小索城，京索乃總括三城之地而言也。見《史記·項羽本紀》楚「與漢戰滎陽南京索間」裴駰集解、張守節正義。《隋書·地理志》《元和郡縣圖志》

謂滎陽有京水、索水。則二城蓋因水而得名也。

〔二〕三尺墳：言墳甚小也。《漢書·劉向傳》：「孔子葬母於防，稱古墓而不墳，曰：『丘東西南北之人也，不可不識也。』爲四尺墳。」

〔三〕「從來」句：白居易《寄唐生》：「所悲忠與義，悲甚則哭之。太尉擊賊日，尚書叱盜時。大夫死凶寇，諫議謫蠻夷。每見如此事，聲發涕輒隨。」《唐國史補》卷中亦記衢「有文學，老而無成。唯善哭，每一發聲，音調哀切，聞者泣下」。

〔四〕「今日」句：言其身後冷落也。

客思

促織聲尖尖似針〔一〕，更深刺着旅人心。獨言獨語月明裏，驚覺眠童與宿禽〔二〕。

【箋注】

〔一〕促織：即蟋蟀。《古詩十九首》：「明月皎夜光，促織鳴東壁。」杜甫《促織》：「促織甚微細，哀音何動人。」

〔二〕宿禽：棲息的鳥。李紳《早發》：「沙洲月落宿禽驚，潮起風微曉霧生。」

【輯評】

清岳端《寒瘦集》：前兩句是興，後兩句是賦，乃詩人興而賦之體也。頭兩句因「尖」字便生出

「針」字，又因「針」字生出「刺」字，煉字之法極巧。然妙在後兩句澹遠，才不落小家。

鹽池院觀鹿〔一〕

條峰五老勢相連，此鹿來從若箇邊〔二〕。別有野麋人不見，一生長飲白雲泉〔三〕。

【箋注】

〔一〕此詩爲文宗大和元年（八二七）前，島遊蒲絳時作。島遊蒲絳，其從弟無可有《客中聞從兄島遊蒲絳因寄》詩。鹽池院：指唐解縣（或安邑縣，二縣在今山西運城境）鹽池榷鹽使院。《唐會要》卷八八曰：「安邑、解縣兩池，置榷鹽使一員，推官一員，巡官六員，安邑院官一員，解縣院官一員，胥吏若干人。」《元和郡縣圖志》一二河東道一河中府解縣：「鹽池，在縣東十里。女鹽池，在縣西北三里。東西二十五里，南北二十里。鹽味少苦，不及縣東大鹽池。……今大池與安邑縣池總謂之兩池，官置使以領之。」同書卷六河南道二陝州安邑縣：「鹽池，在縣南五里，即《左傳》『郇，瑕氏之地，沃饒近鹽』是也。今按：池東西四十里，南北七里，西入解縣界。」即所謂解縣「大鹽池」也。

〔二〕「條峰」二句：謂鹽池院之鹿，來自中條山或五老山也。條峰：中條山之山峰也。五老：指五老山。《元和郡縣圖志》卷一二河東道一河中府永樂縣：「中條山，在縣北三十里。」「五老山，在縣東北十三里。堯升首山觀河渚，有五老人飛爲流星上入昴，因號其山爲五老山。」是中條山、五老山相去不遠，故云「勢相連」。

〔三〕「別有」二句：以山間野麋，反襯鹽池院鹿受拘束無自由也。野麋：獐也。白居易《遊悟真寺詩一百三十韻》：「野麋斷羈絆，行走無拘攣。」白雲泉：《方輿勝覽》卷二平江府吴縣：「白雲泉，在天平山，爲吴中第一水。」「天平山，在城西二十里，巍然特高，群峰拱揖。」此借以指中條、五老山中甘泉。

賈島集校注附集

詩

題興化園亭①〔一〕

破却千家作一池〔二〕，不栽桃李種薔薇〔三〕。薔薇花落秋風起，荆棘滿庭君始知〔四〕。

【校勘記】

①詩見孟棨《本事詩》，題爲《唐音統籤》所擬。《詩林廣記》前集卷七載此詩，題作「題裴晋公第」。

【箋注】

〔一〕這是一首題壁詩。《唐詩紀事》四〇云：「晋公度初立第於街西興化里，鑿池種竹，起臺榭。島方下第，或以爲執政惡之，故不在選，怨憤題詩曰：『破却千家……』皆惡其不遜。」是此詩乃譏刺裴度大興土木而作。然《本事詩》載録此事，謂鑿池種竹起臺榭者爲賈島，顯誤。興化園亭：裴度的園林池亭，以在長安興化坊，故名。裴度稱「興化小池」「西園」。白居易稱「興化池亭」，有《酬裴相公題興化小池見招長句》《宿裴相公興化池亭》諸詩。《長安志》卷九唐京城三朱雀街西第二街：興化坊「晋國公裴度池亭」。裴度封晋國公在元和十二年（八一七）十二月平淮西吴元濟後，以功「賜上柱國晉國公」（見《舊唐書·憲宗紀》）。起園亭事當在此後數年間。

〔二〕「破却」句：言園亭建築規模巨大，給百姓帶來遷徙之難。白居易《酬裴相公題興化小池見招長句》有「一勺争禁萬頃陂」之句，雖不免有些誇張，然説明池亭有相當規模。白氏又有《宿裴相公興化池亭》詩，題下自註：「兼蒙借船舫遊汎。」是池面相當寬闊，可以放舟也。

〔三〕薔薇：落葉灌木，莖蔓密生小刺，花色有紅、紫、白、黄等多種，芳香宜人，可供觀賞。謝朓《詠薔薇詩》：「低枝詎勝葉，輕香幸自通。發蕚初攢紫，餘采尚霏紅。」

〔四〕「薔薇花」二句：劉向《説苑》卷六《復思》引趙簡子語云：「夫樹桃李者，夏得休息，秋得食矣；樹蒺藜者，夏不得休息，秋得其刺矣。」此化用其意。君：指裴度，字中立。貞元五年進士及第，八年登博學宏詞科，十年又登賢良方正能直言極諫科，授河陰尉。以書生素業，當中唐藩鎮擁兵自重，揚威朝廷之際，元和中佐助憲宗，英謀睿斷，竟殄吴元濟、李師道等宿盜。相憲宗、穆宗、敬宗、文宗四朝，封晉國公，誠唐室中興之良相（《舊唐書》本傳）。

【輯評】

唐孟棨《本事詩》：賈島於興化鑿池種竹，起臺榭。時方下第，或謂執政惡之，故不在選。怨憤尤極，遂於庭内題詩曰：「破却千家作一池……」由是人皆惡其侮慢不遜，故卒不得第，抱憾而終。

宋程大昌《演繁露續集》卷四：趙簡子謂陽虎曰：「惟賢者爲能報恩，不屑者不能。夫植桃李者，夏得休息，秋得其食。植蒺藜者，夏不得休息，秋得其刺焉。今子之所得者，蒺藜也。」今……唐人刺裴度詩曰：「不栽桃李種薔薇，荆棘滿庭君始知。」用此爲據也。

清王壽昌《小清華園詩談》卷下：刺惡之詩，貴字挾風霜，庶幾聞者足戒。……如柳子厚「射工」、「颶母」之辭，李德裕「毒霧」、「沙蟲」之句，雖甚切直而終不失爲風雅之遺。若「破却千家作一池……」（賈島《下第題壁》），則無怪乎其犯衆怒已。

清王闓運《王闓運手批唐詩選》：令人欲哭欲笑（末句下）。

代舊將①〔一〕

舊事説如夢，誰當信老夫。戰場幾處在，部曲一人無〔二〕。落日收病馬②，晴天曬陣圖〔三〕。猶希聖朝用，自鑷白髭鬚〔四〕。

【校勘記】

①詩見《才調》一。　②病：《全詩》五七四校：「一作疲。」

【箋注】

〔一〕此首代言詩，以舊時老將的口吻，叙説昔日戰鬥之驚心動魄，而今境况的落寞不偶，及老當益壯，再立功勳的願望。

〔二〕部曲：古代軍隊的編制單位。《史記·李將軍列傳》：「廣行無部伍行陣。」司馬貞索隱：

「《百官志》云：『將軍領軍皆有部曲：大將軍營五部，部校尉一人。部有曲，曲有軍候一人。』」此借「部曲」指部屬、部下。袁宏《後漢紀·靈帝紀》：「今將軍既有元舅之尊，二府並領勁兵，部曲將吏皆英俊之士，樂盡死力，事在掌握，天贊之時也。」

〔三〕陣圖：軍隊作戰時兵力部署、隊形變化的圖式。《唐李問對》卷中：「授之裨將，裨將乃總諸校之隊，聚爲陣圖，此一等也。」

〔四〕「猶希」二句：言舊將拔掉白鬚，希望被朝廷重新起用，再立功勛。左思《白髮賦》：「星星白髮，生於鬢垂，雖非青蠅，穢我光儀。策名觀國，以此見疵。將拔將鑷，好爵是縻。」

【輯評】

清吴喬《圍爐詩話》卷二：賈島《代舊將》詩，子美也。

清李懷民《重訂中晚唐詩主客圖》：澹味彌永（「戰場」二句下）。又曰：以下五首附於集後者，龔賢訂《中晚唐詩》賈集所不載。今按其體格淺淡清妙，大不類賈生口吻，卻與張、王逼近，或浪仙少時所擬，後乃獨闢生峭之門。録之並見張、賈同宗，學者出入彼此，互見不妨（全詩後。所謂「五首」，此首及《春行》《早行》《送人南歸》與《清明日園林寄友人》）。

春行①

去去行人遠〔一〕，塵隨馬不窮。旅情斜日後，春色早煙中。流水穿空館，閒花發故宮〔二〕。

舊鄉千里思〔三〕，池上緑楊風。

【校勘記】

①詩見《才調》一。

【箋注】

〔一〕「去去」句：言行人遠去也。《古詩十九首》：「行行重行行。」

〔二〕故宫：舊時的宫殿。《漢書·食貨志下》：「既得寶鼎，立后土泰一祠。公卿白議封禪事，而郡國皆豫治道，脩繕故宫。」

〔三〕舊鄉：故鄉。《楚辭·離騷》：「陟陞皇之赫戲兮，忽臨睨夫舊鄉。」沈佺期《臨高臺》：「回首思舊鄉，雲山亂心曲。」

上杜駙馬即杜悰也①〔一〕

玉山突兀壓乾坤，出得朱門入戟門〔二〕。妻是九重天子女〔三〕，身爲一品令公孫〔四〕。鴛鴦殿裏參皇后〔五〕，龍鳳堂前賀至尊〔六〕。今日澧陽非久駐，佇爲霖雨拜新恩〔七〕。

【校勘記】

①詩見《才調》一。

【箋注】

〔一〕此詩蓋作於大和三、四年間杜悰爲澧州刺史時。杜駙馬：題下原注：「即杜悰也。」悰字永裕，京兆萬年（今陝西西安）人。祖爲名相佑。悰以門蔭入仕，三遷爲太子司議郎。元和八年尚憲宗女岐陽公主，加銀青光禄大夫、殿中少監、駙馬都尉。大和初爲澧州刺史，六年轉京兆尹。武宗即位，召拜中書侍郎、同平章事。大中間進門下侍郎、同平章事，加司空，封邠國公。卒贈太師。生平仕履具兩《唐書》本傳。此詩云：「今日澧陽非久駐，佇爲霖雨拜新恩。」知此詩作於悰初刺澧州時。杜牧《唐故岐陽公主墓誌銘》云悰「在澧陽三年」。《新唐書》本傳云：「大和初，由澧州刺史召爲京兆尹。」是悰爲澧州刺史蓋在大和三至五年間。

〔二〕「玉山」二句：謂駙馬俊美高大，將赴任澧州刺史。玉山：《晋書·裴楷傳》：「楷風神高邁，容儀俊爽，博涉羣書，特精理義，時人謂之『玉人』，又稱『見裴叔則如近玉山，照映人也』。」後遂借「玉山」以喻儀容俊美。乾坤：天地。朱門：此指岐陽公主與駙馬的宅門。《唐故岐陽公主墓誌銘》曰：「元和八年某月日，主下嫁於杜氏。上御正殿，禮畢，由西朝堂出，節幡鼓鐸，儀物畢備，引就昌化里賜第。……錫第堂有四廡，績椽藻櫨，丹白其壁，派龍首水爲沼。」戟門：《資治通鑑·唐僖宗光啓三年》：「斬於戟門之外。」胡三省注：「下都督、下都護、中州、下州之門各十。設戟於門，故謂之戟門。」此指刺史府衙大門。唐代澧州爲下州，見《舊唐書·地理志》，故悰之衙門設戟應爲十枝。

〔三〕「妻是」句：謂岐陽公主爲憲宗之女也。《唐故岐陽公主墓誌銘》云：「主實憲宗皇帝嫡女，穆宗皇帝母妹，敬宗皇帝今天子親姑，尚父汾陽王子儀外曾孫。太皇太后始以正妃事憲宗，以太后、太皇太后愛養三朝，凡四十年，德厚慈恕，化充六宫。主以一女之愛，降於杜氏，逮事舅姑。」九重天子：指唐憲宗李純。元和元年至十五年（八〇六—八二〇）在位。發奮勤政，延攬文武英才，誅除吴元濟、李師道等叛亂藩鎮，中外大治，綱紀再張，使唐王朝顯出中興氣象。

〔四〕「身爲」句：言悰爲名相杜佑之孫也。一品令公：指杜佑。佑字君卿，以蔭入仕，累官至户部侍郎判度支。貞元十九年拜檢校司空、同平章事。順宗崩，復主持朝政。元和元年册拜司徒、同平章事，封岐國公，七年薨，贈太傅。子三人：師損、式方、從郁。悰乃式方之子。事具兩《唐書》本傳。司徒爲三公之一，正一品，故云「一品令公」。

〔五〕鴛鴦殿：漢未央宫殿名。《三輔黄圖》卷三：「武帝時後宫八區，有昭陽、飛翔、增成、合歡、蘭林、披香、鳳凰、鴛鴦等殿，後有增修安處、常寧、茝若、椒風、發越、蕙草等殿，爲十四位。」此借以指唐廷後宫。皇后：指憲宗皇后、岐陽公主之母郭氏。《舊唐書・后妃下》：憲宗懿安皇后郭氏，尚父子儀之孫，贈左僕射駙馬都尉曖之女，母爲代宗長女昇平公主。憲宗爲廣陵王時，納曖女爲妃，元和元年八月册爲貴妃。穆宗即位，册爲皇太后，敬宗時尊爲太皇太后。

〔六〕至尊：此指文宗李昂。

〔七〕「今日」二句：謂現今駙馬赴任澧陽，是爲了答謝霖雨般的新恩澤，爲時不會太久。澧陽：此指澧州治所澧陽縣。《元和郡縣圖志》闕卷逸文卷一山南道澧州：「澧陽縣，本漢零陵縣地，屬武陵郡。晉分零陽置澧陽縣，屬天門郡。」故治即今湖南澧縣。佇：停留、停止。此指杜悰任職澧州。《唐故岐陽公主墓誌銘》云：「（悰）出爲澧州刺史，……在澧州三年。主始入後出，中間不識刺史廳屏。」

【輯評】

清王士禎《池北偶談》：《才調集》載賈島詩：「妻是九重天子女，身爲一品令公孫。鴛鴦殿裏參皇后，龍鳳樓前拜至尊。」其俚已甚。

行次漢上①〔一〕

習家池沼草萋萋〔二〕，嵐樹光中信馬蹄〔三〕。漢主廟前湘水碧〔四〕，一聲風角夕陽低。

【校勘記】

①詩見《才調》九。

【箋注】

〔一〕元和十四年（八一九）前後，島嘗往遊荆襄一帶，此詩蓋同時所作。行次漢上：謂行旅暫息漢水岸邊。行次：旅途暫居之處。唐劉長卿《題冤句宋少府廳留别》：「草色愁别時，槐花落行次。」上：旁邊、側邊也。《論語・子罕》：「子在川上，曰：『逝者如斯夫，不舍晝夜。』」《史記·孔子世家》："孔子葬魯城北泗上。……唯子貢廬於冢上，凡六年，然後去。"司馬貞索隱："蓋上者，亦邊側之義。"

〔二〕習家池沼：即習郁池。位於今湖北襄陽市南數里處。《水經注·沔水中》："侍中襄陽侯習郁魚池。郁依范蠡養魚法，作大陂，陂長六十步，廣四十步，池中起釣臺。"《元和郡縣圖志》卷二一山南道二襄州襄陽縣："習郁池，在縣南十四里。"

〔三〕嵐：山林中的霧氣。謝朓《臨楚江賦》："滔滔積水，裊裊霜嵐。"

〔四〕漢主廟：蓋指劉備的廟宇。劉備，字玄德，涿縣（今河北涿州市）人，漢景帝子中山靖王勝之後。東漢末討黄巾有功，先後任安喜尉、徐州牧等。往依劉表時，曹操南征，備結孫權，敗操於赤壁，遂得荆州，又西取益州、漢中，自立爲漢中王，遂成與孫權、曹操鼎立之勢。建安二十五年曹丕代漢，備亦稱帝於成都，國號漢，史稱"蜀漢"。備依劉表時曾駐軍襄陽，廟蓋後世所修。湘水：此指漢水。

【輯評】

明楊慎《升庵詩話》一一："習家池碧草萋萋，……"僧無本詩也，亦佳。

馬嵬①〔一〕

長川幾處樹青青，孤驛危樓對翠屏〔二〕。一自上皇惆悵後②〔三〕，至今來往馬蹄腥。

【校勘記】

①詩見《才調》九。　②上皇：《才調》《絶句》四六作「玉皇」，《弘秀》卷七作「武皇」，皆非是；《全詩》五七四作「上皇」，今據改。

【箋注】

〔一〕唐人詠馬嵬事變者頗夥。此詩當爲島遊馬嵬坡時所賦。馬嵬：指馬嵬驛。故址在今陝西興平市西北二十餘里馬嵬鎮。《元和郡縣圖志》卷二關内道二京兆府興平縣：「馬嵬故城，在縣西北二十三里。馬嵬於此築城以避難，未詳何代人也。」蓋驛站設於馬嵬故城處，故名。李肇《唐國史補》卷上：安史之亂中，「玄宗幸蜀至馬嵬驛，命高力士縊貴妃於佛堂前梨樹下」。《太平寰宇記》二七關西道三雍州三興平縣：「玄宗西幸，次馬嵬驛，爲禁軍不發，殺楊妃于此，復有端正樹存焉。」

〔二〕孤驛：指馬嵬驛。危樓：高樓，此蓋指驛站閣樓。翠屏：緑色屏風，亦用以形容似屏風的緑色山巖。《文選》卷一一孫綽《遊天台山賦》：「踐莓苔之滑石，搏壁立之翠屏。」李善注：「翠屏，石橋之上石壁之名也。」此指馬嵬坡對面的緑色山峰。

〔三〕「一自」句：謂馬嵬事變，楊貴妃被縊死。上皇：即太上皇，指唐玄宗李隆基。天寶十五載（七五六）六月，馬嵬事變，玄宗賜死楊貴妃。七月肅宗於靈武即位，尊玄宗爲「上皇天帝」（《舊唐書》玄宗、肅宗本紀）。

黄鵠下太液池①〔一〕

高飛空外鵠，下向禁中池〔二〕。岸印行蹤淺，波摇立影危。來從千里島，舞拂萬年枝〔三〕。跟蹌孤風起〔四〕，徘徊水沫移。幽音清露滴，野性白雲隨〔五〕。太液無彈射，靈禽翅不垂〔六〕。

【校勘記】

①詩見《英華》一八五「省試六」。

【箋注】

〔一〕此詩蓋島試進士時所賦，具體作年則難以指詳。《漢書·昭帝紀》云：「始元元年春二月，黄鵠下建章宫太液池中。」詩題或本此。黄鵠：又名鴻鵠，即天鵝也。《商君書·畫策》：「黄鵠之飛，一舉千里。」朱駿聲《説文通訓定聲》謂：「形似鶴，色蒼黄，亦有白者。其翔極高，一名天鵝。」太液池：漢武帝時開太液池於建章宫北。此蓋指唐東内大明宫中之太液池。見本集卷九《崔卿池上雙白鷺》注〔四〕。

〔二〕禁中池：蓋指唐大明宫中之太液池，以其在宫禁之中，故稱。禁中：帝王所居宫内。《史記·秦始皇本紀》：「於是二世常居禁中，與高决諸事。」蔡邕《獨斷》卷上：「禁中者，門户有禁，非侍御者不得入，故曰禁中。」

〔三〕萬年枝：即冬青樹。謝朓《直中書省》：「風動萬年枝，日華承露掌。」吴曾《能改齋漫録·沿襲》云：「萬年枝，江左謂之冬青。」

〔四〕踉蹌：趺趺撞撞，行步歪斜貌。

〔五〕「幽音」二句：謂黄鵠聲清性野。幽音：指黄鵠鳴聲幽雅動聽。幽：幽雅。杜甫《江村》：「清江一曲抱村流，長夏江村事事幽。」

〔六〕「太液」二句：謂禁中太液池乃福祥之地，黄鵠安全無虞。靈禽：珍禽。《樂府詩集·燕射歌辭三·晋朝饗樂章》：「振鷺涵天澤，靈禽下樂懸。」翅不垂：謂翅不會受傷下垂。喻人之不受挫折。

送道者①〔一〕

獨向山中見〔二〕，今朝又別離。一心無掛住〔三〕，萬里獨何之。到處絶煙火〔四〕，逢人話古時。此行無弟子，白犬自相隨。

【校勘記】

①見《英華》二二九「道門五」。

【箋注】

〔一〕道者：修道求仙之人，即道教信徒、道士。見本集卷三《山中道士》注〔一〕。

〔二〕山中：山林之中。《抱朴子・内篇・明本》：「山林之中，非有道也，而爲道者必入山林，誠欲遠彼腥羶，而即此清浄也。」學道者多居山中，緣此。

〔三〕「一心」句：謂心中澹泊名利，清静寡欲。《抱朴子・内篇・論仙》：「學仙之法，欲得恬愉澹泊，滌除嗜欲，内視反聽，尸居無心。」

〔四〕絶煙火：謂辟穀道引，以養生也。《史記・留侯世家》：「乃學辟穀，道引輕身。」《抱朴子・内篇・論仙》：「仙法欲止絶臭腥，休糧清腸。」又曰：左慈「斷穀近一月，而顔色不減，氣力自若，常云：『可五十年不食。』」

送人南歸①〔一〕

分手向天涯，迢迢泛海波。雖然南地遠，見説北人多〔二〕。山暖花常發，秋深雁不過〔三〕。炎方饒勝事〔四〕，此去莫蹉跎。

【校勘記】

①詩見《英華》二七八「送行十三」。

【箋注】

〔一〕南歸：回到南方去。從詩中所叙「南地」「炎方」等語看，所歸當爲嶺南一帶。

〔二〕「雖然」二句：《史記・南越尉佗列傳》：「秦時已并天下，略定揚越，置桂林、南海、象郡，以讁徙民，與越雜處。」《後漢書·南蠻西南夷傳》亦云：嶺南一帶「後頗徙中國罪人，使雜居其間」。此當爲嶺南一帶唐朝即多北方人的原因之一。《晉書·王導傳》：永嘉之亂中，「洛京傾覆，中州士女，避亂江左者十六七」。其中一部分直達嶺表，則是嶺南唐代多北人的又一原因。另唐代官員得罪，亦有謫往嶺南者，惠能《壇經》自述其父本范陽人，爲官得罪而謫往南海新興，即其例也。北人：泛稱北方之人。《顏氏家訓·風操》：「南人賓至不迎，相見捧手而不揖，送客下席而已。北人迎送并至門，相見則揖，皆古之遺也。」

〔三〕「秋深」句：湖南衡山有回雁峰，相傳雁至此便不再南飛，故云。《輿地記勝》五五荆湖南路衡州：回雁峰「在州城南，或曰：『雁不過衡陽。』或曰：『峰勢如雁之回。』」元稹《哭吕衡州六首》其五：「迴雁峰前雁，春迴盡卻迴。」

〔四〕炎方：南方炎熱之地。《藝文類聚》九一「鳥部」中引鍾會《孔雀賦》：「有炎方之偉鳥，感靈和而來儀。」白居易《夏日與閒禪師林下避暑》：「每因毒暑悲親故，多在炎方瘴海中。」

送人南遊①

此別天涯遠，孤舟泛海中。夜行常認火〔一〕，帆去每因風。蠻國人多富〔二〕，炎方語不同〔三〕。雁飛難度嶺，書信若爲通〔四〕。

【校勘記】

①詩見《英華》二七八「送行十三」。

【箋注】

〔一〕「夜行」句：言舟行海上，夜間常以岸邊火光確定航向。

〔二〕蠻國：此指嶺南一帶蠻夷所居之地。蠻：南方未開化少數民族的舊稱。《禮記·王制》：「南方曰蠻，雕題交趾，有不火食者矣。」

〔三〕「炎方」句：謂南方少數民族語言與漢人不同。《後漢書·南蠻西南夷傳》：「凡交阯所統，雖置郡縣，而言語各異，重譯乃通。」「後頗徙中國罪人，使雜居其間，乃稍知言語，漸見禮化。」

〔四〕「雁飛」二句：謂嶺南無雁可傳書。《漢書·蘇建傳》附蘇武傳有雁爲武傳書的故事，見本集卷二《懷鄭從志》注〔五〕。此反用其意。湖南衡山有回雁峰，相傳雁南飛不逾此峰，而五嶺尚在衡陽之南，故云。嶺：此指五嶺，見本集卷六《送空公往金州》注〔五〕。

早行①

早起赴前程，鄰鷄尚未鳴。主人燈下别，羸馬月中行②。踏石新霜滑，穿林宿鳥驚〔一〕。遠山鐘動後〔二〕，曙色漸分明。

【校勘記】

①詩見《英華》二九四「行邁六」。首二句《全詩》七九六又作無名氏，誤，當從《英華》作島詩。②月：季稿補遺、《全詩》五七四作「暗」。

【箋注】

〔一〕宿鳥：過夜棲息的鳥。唐吴融《西陵夜居》：「林風移宿鳥，池雨定流螢。」

〔二〕鐘：指報曉的鐘聲，即五更鐘或曉鐘。古時以漏壺計時，以鐘鼓報時，故云。沈佺期《和中書侍郎楊再思春夜宿直》：「千廬宵駕合，五夜曉鐘稀。」

【輯評】

李懷民《重訂中晚唐詩主客圖》：此即發難顯（「主人」二句下）。又曰：水部句（「蹋石」二句下）。

老將①

膽壯亂鬚白，金瘡蠹百骸〔一〕。旌旗猶入夢，歌舞不開懷。燕雀來鷹架，塵埃滿箭靫〔二〕。自誇勳業重，開府是官階〔三〕。

【校勘記】

①詩見《英華》三〇〇「軍旅二」。

【箋注】

〔一〕「膽壯」二句：謂老將鬚髮花白，滿身刀箭等兵器的創傷。金瘡：金屬兵器對人體的創傷。《六韜·王翼》：「方士二人主百藥，以治金瘡。」白居易《縛戎人》：「身被金瘡面多瘠，扶病徒行日一驛。」百骸：《莊子·齊物論》：「百骸、九竅、六藏，賅而存焉，吾誰與爲親。」成玄英疏：「百骸，百骨節也。」此指全身。

〔二〕箭韇：皮製的盛箭器具。元稹《痁卧聞幕中諸公徵樂會飲因有戲呈三十韻》：「蛇蟲迷弓影，鵰翎落箭韇。」

〔三〕「自誇」二句：言老將誇耀自己功業大，開府儀同三司應是自己爲官的等級。開府：指開府儀同三司。《舊唐書·職官一》：「從第一品，開府儀同三司。」此官有權成立府署，選置僚屬。阮籍《辭蔣太尉辟命奏記》：「開府之日，人人自以爲掾屬。」官階：官員的等級。沈約《論譜籍疏》：「凡此姦巧，并出愚下，不辨年號，不識官階。」白居易《妻初授邑號告身》：「我轉官階常自愧，君加邑號有何功。」

題鄭常侍廳前竹①〔一〕

緑竹臨詩酒，嬋娟思不窮〔二〕。亂枝低積雪，繁葉亞寒風〔三〕。蕭颯疑泉過，縈迴有逕通②。侵庭根出土，隔壁笋成叢。疏影紗窗外，清音寶瑟中〔四〕。卷簾終日看，攲枕幾秋同。萬頃歌王子，千竿伴阮公〔五〕。露光憐片片，雨潤愛濛濛。嶰谷鑾湖北〔六〕，湘川灞水東〔七〕。何如軒檻側，蒼翠裹長空〔八〕。

【校勘記】

①詩見《英華》三二五「花木五」。②縈迴：《英華》作「縈迴」，誤，據季稿、《全詩》五七四改。

【箋注】

〔一〕此詩當作於大和初，鄭覃爲左散騎常侍時。鄭常侍：陶敏《全唐詩人名考證》以爲乃鄭覃，今從之。覃，宰相珣瑜之子，以蔭補弘文館校理。元和末累官至諫議大夫，寶曆元年拜京兆尹。文宗即位，改左散騎常侍，大和九年爲刑部尚書，旋遷尚書左僕射，兼判國子祭酒。甘露事變後，擢同中書門下平章事，封滎陽郡公。開成二年進位太子太師，會昌二年守司徒致仕。常侍：此指左散騎常侍，見本集卷六《再投李益常侍》注〔一〕。

〔二〕「嬋娟」句：謂綠竹秀美動人，逗起無盡的詩思。嬋娟：此狀綠竹秀姿可愛。《文選》卷一八成公綏《嘯賦》：「藉皋蘭之猗靡，蔭修竹之嬋娟。」李周翰注：「嬋娟，竹美貌。」

〔三〕「繁葉」句：謂寒風吹拂着茂密的竹葉。亞：拂也。元稹《紅芍藥》：「煙輕琉璃葉，風亞珊瑚朵。」

〔四〕「清音」句：謂風拂綠竹聲響悦耳，仿佛廳中寶瑟發出的樂音。寶瑟：瑟的美稱。瑟爲春秋時已流行的撥弦樂器，狀似琴，有五十弦、二十五弦、十五弦數種。《漢書・金日磾傳》：「須臾，何羅褒白刃從東箱上，見日磾，色變，走趨臥内欲入，行觸寶瑟。」

〔五〕「萬頃」二句：謂王子猷對美竹會歌唱起來，阮籍因千竿相伴灑脱度日。王子：指王徽之，字子猷，羲之第五子，仕至黄門侍郎，《晋書》有傳。《世説新語·簡傲》：「王子猷嘗行過吴中，見一士大夫家，極有好竹。主已知子猷當往，乃灑埽施設，在聽事坐相待。王肩輿徑造竹下，諷嘯良久。」阮公：指阮籍，見本集卷九《阮籍嘯臺》注〔一〕。《三國志·魏書·嵇康傳》裴松之注引《魏氏春秋》云：康與「陳留阮籍、河内山濤、河南向秀、籍兄子咸、琅邪王戎、沛人劉伶相與友善，遊於竹林，號爲七賢」。

〔六〕嶰谷：又作解谷，崑崙山北麓山谷名，出美竹。《漢書·律曆志》：「黄帝使泠綸自大夏之西，崑崙之陰，取竹之解谷生，其竅厚均者，斷兩節間而吹之，以爲黄鐘之宫。」顔師古注：「孟康曰：『解，脱也。谷，竹溝也。取竹之脱無溝節者也。一説崑崙之北谷名也。』晋灼曰：『谷名是也。』」鑾湖：未詳。疑或慈湖之訛。《藝文類聚》八九引《丹陽記》曰：「江寧縣南三十里，有慈母山，積石臨江。生簫管竹。自伶倫採竹嶰谷，其後惟此簳見珍。故歷代常給樂府，而俗呼鼓吹山。今慈湖戍常禁採之。」

〔七〕「湘川」句：謂湖南所産之斑竹也。湘川：即湘水，見本集卷一《冬月長安雨中見終南雪》注〔六〕。此借以指湖南地區。瀟水：霜殺後清冽的水。瀟：《改併四聲篇海·水部》引《餘文》云：「瀟，殺物也。」

〔八〕「何如」二句：讚美常侍廳前竹，遠勝嶰谷瀟湘之竹。褭：亦作「裊」，摇曳多姿貌。沈約《十詠二首・領邊繡》：「不聲如動吹，無風自褭枝。」沈亞之《湘中怨》：「泝青山兮江之隅，拖湘波兮褭緑裙。」

逢友人①〔一〕

還似不才命未通〔二〕，相逢雲水思無窮。清時年少爲幽客〔三〕，寒月更深聽過鴻。東越山多連楚疊，南朝城古枕江空〔四〕。蒼崖欲隱誰招我，姜子生涯只此中〔五〕。

【校勘記】

①詩見《吟窗雜録》卷一八下梅堯臣《金針詩格》（陳尚君《全唐詩補編》中册，頁一〇七七）。

【箋注】

〔一〕大和九年（八三五）秋，島赴杭州拜謁刺史姚合，順便往遊吴越。其生平足跡達江浙僅此一回，此詩所叙爲江浙景物，寒更聽鴻乃秋景，故應爲島遊吴越時逢友人而作。友人：當爲落句所稱之「姜子」。

〔二〕不才：没有才能，常作自謙之詞。孟浩然《歲暮歸南山》：「不才明主棄，多病故人疏。」

〔三〕「清時」句：謂友人正值年少，又逢清平之世，卻隱居不仕。清時：清平之時或太平盛世。《文選》卷四一李陵《答蘇武書》：「勤宣令德，策名清時。」張銑注：「清時，謂清平之時。」幽客：

隱士。謝朓《和伏武昌登孫權故城》：「幽客滯江皋，從賞乖纓弁。」李白《游水西簡鄭明府》：「涼風日瀟灑，幽客時憩泊。」

〔四〕「東越」二句：寫友人遊覽之閩越山水與金陵古城。東越：指今浙江及福建東部一帶。《逸周書・王會》：「東越海蛤，歐人蟬蛇。」朱右曾校釋：「東越，即閩州也。」此借以指閩浙地區；其地與江西相連，而江西大部古爲楚地，故云「連楚疊」。南朝：東晉以後偏安江左的宋、齊、梁、陳合稱「南朝」。城：指南朝故都金陵，又稱建業，北臨長江。謝朓《隋王鼓吹曲十首・入朝曲》：「江南佳麗地，金陵帝王州。」唐周賀《送康紹歸建業》：「南朝秋色滿，君去意如何。帝業空城在，民田壞冢多。」今爲江蘇南京。

〔五〕「姜子」句：謂友人的生活就是隱居和遊覽山水。只此：僅此，就此。言語間對年少而不求作爲的友人深表惋惜。

黄鶴樓①〔一〕

高檻危簷勢若飛，孤雲野水共依依〔二〕。青山萬古長如舊，黄鶴何年去不歸〔三〕。岸映西山城半山②〔四〕，煙生南浦樹將微〔五〕。定知羽客無因見〔六〕，空使含情對落暉。

【校勘記】

①詩見《古今圖書集成・職方典》一一二五《武昌府部》；又北宋熙寧二年六月立《鄂州雜詩碑》載

有此詩，見民國《湖北通志》一〇一《金石》九（陳尚君《全唐詩補編》上册，頁三九四）。②山：《全唐詩補編》校：「一作州。」

【箋注】

〔一〕元和十四年（八一九）前後，島遊荆襄，順便往遊鄂州，登黄鶴樓而賦此詩。黄鶴樓：故址在今湖北武漢市蛇山之黄鶴磯上，下臨長江。相傳樓始建於三國吴黄武時，歷代屢毁屢建。《元和郡縣圖志》二七江南道三鄂州：「城西臨大江，西南角因磯爲樓，名黄鶴樓。」或云蜀人費文禕登仙，每乘黄鶴於此樓憩駕，故名（見《名勝志》）。任昉《述異記》所述略同，然僅謂乘鶴者乃仙賓）。今樓乃上世紀後期重建，其址遷至東數里高冠山西麓。

〔二〕「高檻」二句：狀黄鶴樓臨江高聳凌空欲飛，上拂雲霞下臨江流。危：高聳貌。鮑照《行京口至竹里》：「高柯危且竦，鋒石横復仄。」依依：依戀不舍貌。《玉臺新詠·古詩〈爲焦仲卿妻作〉》：「舉手長勞勞，二情同依依。」此謂樓有雲水相偎之勢。

〔三〕「黄鶴」句：崔顥《黄鶴樓》詩：「昔人已乘黄鶴去，」「黄鶴一去不復返。」此句意同。

〔四〕「岸映」句：言夕陽西下，隔江的龜山影子落在黄鵠岸上，沐浴斜輝的夏口城座落在山坡上。岸：指黄鶴磯下臨的黄鵠岸。《水經注·江水三》：「黄鵠山，林澗甚美，譙郡戴仲若野服居之，山下謂之黄鵠岸，岸下有灣，目之爲鵠灣。」西山：指隔江西岸之龜山也，因在黄鶴山之西，故稱。城：指夏口城，依山傍江而建，故云。《水經注·江水三》：「鵠山東北對夏口城，魏黄初二年孫權所築也。依山傍江，開勢明遠。」《元和郡縣圖志》二七江南道三鄂州：「州城本夏口城，吴黄初二年城江夏以安頓戍地也。城西臨大江，西南角因磯爲樓，名黄鶴樓。」半山：「山」字失協，疑誤。從「岸映」推之，或作「隱」字。

〔五〕南浦：古水名，又名新開港，在今武漢市南。李白《江夏行》：「適來往南浦，欲問西江船。」王琦注引《太平寰宇記》云：「南浦，在鄂州江夏縣南三里……以其在郭之南，故曰南浦。」

〔六〕羽客：神仙或方士。庾信《邛竹杖賦》：「和輪人之不重，待羽客以相貽。」柳宗元《摘櫻桃贈元居士時在望仙亭南樓與朱道士同處》：「蓬萊羽客如相訪，不是偷桃一小兒。」此指乘黄鶴去而不返的仙人。

題詩後①〔一〕

二句三年得〔二〕，一吟雙淚流。知音如不賞，歸臥故山秋〔三〕。

【校勘記】

①詩見宋魏泰《臨漢隱居詩話》，原無題。蔡正孫《詩林廣記》前集卷七亦載此詩，題作「自注」。此題爲胡震亨《唐音統籤》所擬。

【箋注】

〔一〕《唐音統籤》三七六載此五絶，題下注云：「島吟成『獨行潭底影，數息樹邊身』一聯題。」

〔二〕二句：指「獨行潭底影，數息樹邊身」。乃島五言律詩《送無可上人》之頸聯，見本集卷三。《詩林廣記》前集卷七引《隱居詩話》云：「人豈不自知，及自愛其文章，乃更大謬。何邪？賈島有詩一聯云：『獨行潭底影，數息樹邊身。』乃自註一絶於其下，不知此二句有何難道，至於三年始成，而一吟下淚也。」

〔三〕「知音」二句：意謂自信此二句詩，當有賞識者。知音：知己、同志。見本集卷二《送别》注〔三〕。此指深諳詩道，能正確評價詩歌的人。《文心雕龍·知音》：「音實難知，知實難逢。逢其知音，千載其一乎。」

過海聯句①〔一〕

水鳥浮還没②〔二〕，山雲斷復連。高麗使〔三〕棹穿波底月，船壓水中天。島

【校勘記】

①詩見《苕溪漁隱叢話》前集一九引《今是堂手録》。原無題，題乃《唐音統籤》所擬。②水鳥：《統籤》作「沙鳥」。

【箋注】

〔一〕《唐音統籤》三七六校記云：「《今是堂手録》載高麗使過海吟詩，島詐作梢人與聯句。事近誣，姑附此。」聯句：又稱連句，乃古代詩體之一種，又是作詩的一種方式。見本集卷六《再投李益

常侍》注〔四〕。

〔二〕没：潛入水中。《莊子・大宗師》：「且汝夢爲鳥而厲乎天，夢爲魚而没於淵。」

〔三〕高麗：亦稱「高句麗」「高句驪」「高驪」。《隋書・東夷傳・高麗》：「其國東西二千里，南北千餘里，都於平壤城。」《舊唐書・東夷傳・高麗》：「其國都於平壤城，即漢樂浪郡之故地，在京師東五千一百里。」今爲「朝鮮」「韓國」之地。

【輯評】

宋胡仔《苕溪漁隱叢話》前集一九引《今是堂手録》云：高麗使過海，有詩云：「水鳥浮還没，山雲斷復連。」時賈島詐爲梢人，聯下句云：「棹穿波底月，船壓水中天。」麗使嘉歎久之，自此不復言詩。

尋人不遇①

聞説到揚州〔一〕，吹簫有舊遊②〔二〕。人來多不見，莫是上迷樓〔三〕。

【校勘記】

①詩見《絶句》二五。此詩《全詩》二〇八又作包何，題爲《同諸公尋李方直不遇》；《紀事》三二亦作包何，何乃潤州延陵人，與揚州一江之隔。細繹詩意，似爲包氏至揚州尋友之作。然《弘秀》卷七題作《寄友》，與「聞説」句意合，且《絶句》《弘秀》俱作「無本」，無本乃島爲僧時法名，未知究爲誰詩，今兩存之，俟再考。②有：《全詩》二〇八、《紀事》作「憶」。

【箋注】

〔一〕揚州：唐屬淮南道，治江都、江揚二縣，故治在今江蘇江都縣境。《讀史方輿紀要》江南五揚州府：《禹貢》揚州之域。春秋時屬吴，後屬越。秦爲九江郡。漢初爲荆國，後又屬吴。後漢爲廣陵郡。隋初爲揚州，大業初曰江都郡。唐初改爲兖州，後又改爲揚州。

〔二〕吹簫：清李斗《揚州畫舫録》一五引《揚州鼓吹詞·序》云：揚州二十四橋，或云古時有二十四位美人吹簫於此，故橋有是名。

〔三〕迷樓：僞書顔師古《大業拾遺記》：煬帝「色荒愈熾，因此乃建迷樓，擇下俚稚女居之，使衣輕羅單裳，倚檻望之，勢若飛舉，又爇名香於四隅，煙氣霏霏，常若朝霧未散，謂爲神仙境，不我多也」（《説郛》一一〇）。馮贄《南部煙花記》：「迷樓凡役夫數萬，經歲而成。樓閣高下，軒窗掩映，幽房曲室，玉欄朱楯，互相連屬。帝大喜，顧左右曰：『使真仙遊其中，亦當自迷也。』故云。」

尋隱者不遇①〔一〕

松下問童子②，言師採藥去。只在此山中，雲深不知處。

【校勘記】

①詩見《絶句》二五，題作《尋隱不遇》；《弘秀》卷七題作《尋隱者不遇》，今從之。然《英華》二二八載此詩，作孫革《訪羊尊師》，元楊士弘《唐音》一五同。《唐音統籤·己籤三》雖作孫革，但却於詩下

記云：「島集不載此，惟《品彙》附入島集後，存之再考。」季振宜輯《全唐詩稿本》即據《絶句》補於無本名下，遂致《全詩》兩出。今仍存之備考。②松：《英華》作「花」。

【箋注】

〔一〕隱者：隱居不仕的人，即隱士。見本集卷四《懷紫閣隱者》注〔一〕。

【輯評】

明高棅《唐詩正聲》：吴逸一評，自是妙音，所謂不用意而得者。

郭濬《增定評注唐詩正聲》：李云：首句問，下三句答。直中婉，婉中直。

葉羲昂《唐詩直解》：愈近愈杳。

明凌宏憲《唐詩廣選》：俞仲蔚曰：「意味閒雅，膾炙人口。」

清王夫之《薑齋詩話》卷二：王子敬作一筆草書，遂欲跨右軍而上。字各有形埒，不相因仍，尚以一筆爲妙境，何况詩文本相承遞邪？一時一事一意，約之止一兩句；長言永歎，以寫纏綿悱惻之情，詩本教也。《十九首》及《上山採蘼蕪》等篇，止以一筆入聖證。自潘岳以凌雜之心作蕪亂之調，而後元聲幾熄。唐以後間有能此者，多得之絶句耳。一意中但取一句，「松下問童子」是已。如「怪來妝閣閉」，又止半句，愈入化境。

胡作肅《唐詩解》：設爲童子之言，以狀山居之幽。

徐增《而庵説唐詩》：夫尋隱者不遇，則不遇而已矣，却把一童子來作波折，妙極。有心尋隱者，何意遇童子，而此童子又恰是所尋隱者之弟子，則隱者可以遇矣。問之，「言師采藥去」，則不可以遇矣，……曰「只在此山中」，「此山中」見甚近，「只在」見不往别處，則又可以遇矣。島方喜形於色，童子却又云：「是便是，但此山中雲深，卒不知其所在，却往何處去尋。」是隱者終不可遇矣。此詩一遇一不遇，可遇而終不遇，作多少層折。今人每每趁筆直下。古人有云：「筆掃千軍，詞流三峽。」誤盡後賢，此唐以後所以無詩也。

黄叔璨《唐詩箋注》：語意真率，無復人間煙火氣。

李瑛輯《詩法易簡録》：一句問，下三句答，寫出隱者高致。

清吴烶《唐詩選勝直解》：設爲童子之言，以答尋問之意，不必實有此事。不露題字，而意已見。

《唐詩評注讀本》：此詩一問一答，四句開合變化，令人莫測。

李斯井①〔一〕

井存上蔡南門外〔二〕，置此井時來相秦〔三〕。斷綆數尋垂古甃，取將寒水是何人〔四〕。

【校勘記】

①詩見《絶句》六七。

【箋注】

〔一〕文宗大和四年（八三〇）夏，島赴光州謁王建使君，此詩蓋謁王建途經上蔡縣觀李斯井時所作。

李斯井：《太平寰宇記》一一河南道一一蔡州上蔡縣：「李斯井，在縣南二里。」李斯，見本集卷八《蔣亭和田蔡州》注〔三〕。

〔二〕上蔡：古爲蔡國。武王克殷，封弟叔度於蔡。叔度裔孫徙新蔡，遂以此爲上蔡邑。漢置上蔡縣。南朝宋徙治懸弧城（今汝南縣治），隋移於今治。《史記·周本紀》：「封弟叔度于蔡。」《正義》引《括地志》上蔡縣云：「縣東十里有蔡岡，因以爲名。」《元和郡縣圖志》卷九河南道五蔡州上蔡縣：「本漢舊縣也，古蔡國。晋上蔡縣，屬汝南國。後魏神龜三年於此置臨蔡縣，高齊廢。隋文帝開皇十二年移於今理，爲上蔡縣。」故治即今河南上蔡縣治。

〔三〕置：擱置、放下。《韓非子·十過》：「子置勿復言。」相秦：《史記·李斯傳》：「至秦，會莊襄王卒，李斯乃求爲秦相文信侯吕不韋舍人，不韋賢之，任以爲郎。」又云秦王「卒用其計謀，官至廷尉，二十餘年，竟并天下。尊王爲皇帝，以斯爲丞相」。是斯入秦在莊襄王三年（前二四七），任秦丞相則在統一六國後。

〔四〕「斷綆」二句：意謂如今古井上惟斷繩一截，無人汲水。綆：汲水器上的繩索。《左傳·襄公九年》：「陳畚挶，具綆缶。」杜預注：「綆，汲索。」尋：古代長度單位，一般爲八尺，或云七尺、六尺曰尋。甃：磚瓦等砌成的井壁。《莊子·秋水》：「（埳井之蛙）出跳梁乎井幹之上，入休乎缺甃之崖。」

清明日園林寄友人①〔一〕

今日清明節，園林勝事偏〔二〕。晴風吹柳絮，新火起厨煙②〔三〕。杜草開三徑，文章憶二賢〔四〕。幾時能命駕〔五〕，對酒落花前。

【校勘記】

①詩見季振宜輯《全唐詩稿本》《賈長江集》補。②「晴風」二句：《全詩》五七四作殘句，非是，當删。

【箋注】

〔一〕細繹詩之情調，似爲元和末島遷居樂遊原東昇道坊寓所不久，欣逢清明佳節，詠唱居宅風景，懷念友人而賦，具體時間則難以指詳。清明日：即清明節。《逸周書·周月》：「春三月中氣，驚蟄、春分、清明。」朱右曾校釋引孔穎達曰：「清明，謂物生清浄明潔。」園林：島自稱樂遊原東昇道坊之居所也，蓋四周多林木，故云。本集卷八《郊居即事》云：「住此園林久，其如未是家。」亦自稱所居爲「園林」。

〔二〕「今日」二句：謂欣逢清明，居宅風光美好。勝事：美好的事情。《南齊書·竟陵文宣王子良傳》：「子良少有清尚，禮才好士……善立勝事，夏月客至，爲設瓜飲及甘果，著之文教。」偏：恰巧、正好。皇甫冉《曾東遊以詩寄之》：「正是揚帆時，偏逢江上客。」

〔三〕新火：古時清明節前一或二日禁火寒食，至清明日再起火分賜百官，稱曰「新火」。杜甫《清明二首》之一：「朝來新火起新煙，湖色春光浄客船。」

〔四〕「杜草」二句：謂宅内唯辟友朋來往的路徑，心中思慕張籍、韓愈二公的詩文。「杜草」句，謂杜陵蔣詡宅開三徑以迎朋友。嵇康《聖賢高士傳》：「蔣詡，字元卿，杜陵人。爲兖州刺史，王莽爲宰衡，詡奏事到灞上，稱病不進，歸杜陵，荆棘塞門。舍中三徑，終身不出。」《文選》三〇謝靈運《田南樹園激流植援》：「唯開蔣生逕，永懷求羊蹤。」李善注引《三輔决録》曰：「蔣詡，字元卿，隱於杜陵，舍中三逕，惟羊仲、求仲從之遊。二仲皆挫廉逃名。」二賢：原指二仲，此指張籍、韓愈二公，二公當時皆有文名。

〔五〕命駕：命人駕車馬。此謂友人動身來訪。《左傳·哀公十一年》：「退，命駕而行。」

紀湯泉①〔一〕

維泉肇何代，開鑿同二儀〔二〕。五行分水火，厥用誰一之〔三〕。在卦得既濟，備象坎與離〔四〕。下有風輪煽，上有雷車馳〔五〕。霞掀祝融井，日爛扶桑池〔六〕。氣殊礜石厲②，脈有靈砂滋〔七〕。驪山豈不好，玉環污流脂〔八〕。至今華清樹，空遺後人悲〔九〕。遐哉哲人逝〔一〇〕，此水真吾師。一濯三沐髮，六鑿還希夷〔一一〕。伐毛返骨髓，髮白令人黟〔一二〕。十年走塵土，負我汗漫期〔一三〕。再來池上遊，觸熱三伏時〔一四〕。古寺僧寂寞，但餘壁上詩〔一五〕。不見題詩人〔一六〕，令我長歎咨。

【校勘記】

①詩載清乾隆間刊閔麟嗣《黄山志定本》卷六（陳尚君《全唐詩補編》上册，頁一五七）。②譽：原作「礜」，誤，今正。

【箋注】

〔一〕所詠蓋黄山温泉。詩云：「十年走塵土，負我汗漫期。」元和七年（八一二），島棄僧籍還俗參加科舉，歷塵世十年，乃長慶二年（八二二）。《唐詩紀事》六五「平曾」條云：「曾長慶二年同賈閬仙輩貶，謂之舉場十惡。」《鑒誡録》卷八「賈忤旨」條亦謂：島「吟《病蟬》之句以刺公卿，公卿惡之，與禮闈議之，奏島與平曾等風狂撓擾貢院，是時逐出關外，號爲十惡」。島湯泉之遊，蓋在被逐之後，因仕途無望，故有「十年」「負我」云云。湯泉：宋無名氏《黄山圖經》引《歙州圖經》云：黄山「東峰下香泉溪中有湯泉，泉口如椀大，出於石間，熱可點茗」。閔麟嗣《黄山志定本》卷一《形勝·泉》載：「湯泉，在朱砂峰下。長丈許，闊半之，泉口大如椀，涌沸石間，雖冱寒，如温春時。」

〔二〕「維泉」二句：謂湯泉始存於天地開辟之時。肇：《書·舜典》：「肇十有二州。」孔安國傳：「肇，始也。」二儀：天地。曹植《惟漢行》：「太極定二儀，清濁始以形。」《周書·武帝紀上》：「二儀創闢，玄象著明。」

〔三〕「五行」二句：意謂五行的水與火互不相容，是誰把火與水融合爲湯泉。五行：《書・甘誓》：「有扈氏威侮五行。」孔穎達疏：「五行，水、火、金、木、土也。」

〔四〕「在卦」二句：謂水火融合爲既濟卦，卦之上下兩象爲坎和離。卦：古代記形的一種符號，相傳伏羲始創八卦，稱爲「經卦」；周文王又將其演義爲六十四卦，稱曰「别卦」。既濟：别卦第六十三卦。《易》云：「象曰：『水在火上，既濟。』」朱熹《周易本義》卷二：「既濟，事之既成也。爲卦水火相交，各得其用。」故詩云：「在卦得既濟。」象：《周易本義》卷五云：「象者，卦之上下兩象，及兩象之六爻。」既濟卦，上象爲坎，下象爲離。坎卦象徵水，離卦象徵火，故云「備象坎與離」。

〔五〕「下有」二句：言湯泉下面有風輪煽火，上有雷電轟擊，泉水因得温熱。風輪：佛教宇宙構成説以爲，現實世界最下層爲空輪，空輪之上爲風輪，風輪上爲水輪，水輪上爲金輪，金輪上爲九山八海，塵世寓焉。《具舍論》卷一一云：「先於最下依止虚空，有風輪生。」雷車：雷神的車子。《莊子・達生》云：委蛇「爲物也惡，聞雷車之聲，則捧其首而立。」此指雷電。

〔六〕「霞掀」二句：謂湯泉掀起紅霞般波浪，彷佛火神之井，日浴之池。湯泉既爲朱砂泉，則泉水爲紅色。《黄山志定本》卷六載唐李敬方《湯池》詩云：「鏡面裝奩啟，桃花錦浪翻。」祝融：火神。《國語・鄭語》：「黎爲高辛氏火政，以淳燿敦火，天明地德，光照四海，故名之曰『祝融』。」《吕氏春秋・孟夏》：「其神祝融。」高誘注：「祝融，顓頊氏後，老童之子，吴回也，爲高辛氏火正，死爲火官之神。」扶桑：《山海經·海外東經》：「湯谷上有扶桑，十日所浴。」郭璞注：「扶桑，木也。」《海内十洲記》：「地多林木，葉皆如桑。又有椹樹，長者數千丈，大二千餘圍。樹兩兩同根偶生，更相依倚，是以名爲扶桑。」

〔七〕「氣殊」二句：謂湯泉氣味與毒砂不同，因泉中有朱砂汁液。《黄山圖經》云：湯泉乃朱砂泉，「春時即紅，氣味香美」。礜石：即毒砂，一種性熱含毒的礦石，即硫砒鐵礦。《淮南子·説林訓》：「人食礜石而死，蠶食之而不飢。」李賀《堂堂》：「華清源中礜石湯，裴回百鳳隨君王。」靈砂：朱砂煉成的丹藥。李商隱《安平公詩》：「嗚呼大賢苦不壽，時世方士無靈砂。」滋：汁液。左思《魏都賦》：「墨井鹽池，玄滋素液。」

〔八〕「驪山」二句：謂驪山亦有湯泉，然卻被貴妃楊玉環玷污過。驪山：在今陝西西安臨潼區東南二里。此指驪山温泉。《水經注·渭水下》引張衡《温泉賦序》云：「余出〔過〕麗山，觀温泉，浴神井〔井〕。」玉環：楊玉環，唐玄宗貴妃。玄宗每年十月與妃子幸華清宫，浴於温泉。見兩《唐書》后妃傳。

〔九〕「至今」二句：謂驪山湯泉，今已衰落。華清：華清宫。《元和郡縣圖志》卷一關内道一京兆府昭應縣：「華清宫，在驪山上。開元十一年初置温泉宫，天寶六年改爲華清宫。」《長安志》卷一五臨潼縣：「華清宫北向，正門曰津陽門，東面曰開陽門，西面曰望京門，南面曰昭陽門。津陽門之東曰瑶光樓，其南曰飛霜殿，御湯九龍殿，亦名蓮花湯。」「禄山亂後，天子罕復遊幸，唐末遂皆圮廢。」

〔一〇〕哲人：明達而有才智的人。《禮記・檀弓》：「梁木其壞乎，哲人其萎乎！」此蓋指開發黄山湯泉的人。

〔一一〕「一濯」二句：謂沐浴湯泉後，六根清浄身心俱泰。三沐髮：猶「三握髮」，典出周公「一沐三握髮」，以殷勤接待賢者。見《史記・魯世家》。六鑿：眼、耳、口、鼻等六竅。《莊子・外物》：「心無天遊，則六鑿相攘。」成玄英疏：「鑿，孔也。」《經典釋文》引司馬彪語謂「六鑿」指喜、怒、哀、樂、愛、惡等六情，亦通。希夷：清静。《北史・序傳・李行之》：「年將六紀，官歷四朝，道叶希夷，事忘可否。」白居易《病中宴坐》：「外安支離體，中養希夷心。」

〔一二〕「伐毛」二句：謂浴於湯泉能滌除污垢，澤及骨髓，使白髮變黑。《太平御覽》卷六引《洞冥記》載：黄眉翁云：「三千年一返骨洗髓，二千年一剥皮伐毛。吾生來已三洗髓，五伐毛矣。」伐：此指除去。《詩・召南・甘棠》：「蔽芾甘棠，勿剪勿伐。」黟：《説文・黑部》：「黟，黑木也。」此謂變黑。

〔一三〕「十年」二句：謂還俗十年科場奔競，辜負了學道昇仙的期望。汗漫：渺茫不可知。《淮南子・道應訓》：「吾與汗漫期於九垓之外，吾不可以久駐。」後因轉作仙人的别稱。

〔一四〕三伏：農曆夏至後，第三個庚日起爲初伏，第四個庚日起爲中伏，立秋後第一個庚日起爲末伏，是爲「三伏」。見《初學記》卷四引《陰陽書》。三伏爲夏秋間最熱的時候，故云「觸熱」。

〔一五〕古寺：《黄山志定本》卷三載潘旦《湯泉記》云：「寺近池，人以湯名之，不知爲祥符也。」是旦所記「祥符寺」蓋宋真宗賜額，真宗有年號「大中祥符」。然島既稱「古寺」，或唐以前温泉旁已有寺名「湯泉」。壁上詩：湯泉東之石龕，壁上鐫有李白等遊山者所賦詩。

〔一六〕題詩人：指李白等於石龕内題詩的人。《黄山志定本》卷六載明程敏政《黄山觀湯泉白龍池小憩祥符寺》云：「山姓尚隨軒帝號，詩龕誰繼謫仙才。」

虎丘千人坐①〔一〕

上陟千人坐，低窺百尺松〔二〕。碧池藏寶劍，寒澗宿潛龍〔三〕。

【校勘記】

①詩載康熙顧湄《虎丘志》卷二「泉石」條，題下原注：「又名千人石。」（陳尚君《全唐詩補編》上册，頁三九五）

【箋注】

〔一〕此詩蓋文宗大和九年（八三五）秋，島往遊杭州途次蘇州時所賦。虎丘：今江蘇蘇州西北之虎丘山也。漢袁康《越絶書》卷二云：「闔廬冢，在閶門外，名虎丘。」《藝文類聚》卷八《山部下·虎丘山》條曰：「先名海湧山。」又引《吴越春秋》曰：「闔廬死，葬於國西北，名虎丘。穿土爲川，積壤爲丘，發五都之士十萬人共治，千里使象摙土。冢池四周，水深丈餘，槨三重，傾水銀爲池，池廣六十步，黄金珠玉爲鳧鴈，專諸之劍、魚腸三千在焉。葬之已三日，金精上揚，爲白虎據墳，故曰虎丘。」千人坐：《太平寰宇記》卷九一江南東道三蘇州吴縣：虎丘山「澗側有平石，可容千人，謂爲千人坐」。明正德刊《姑蘇志》卷八：「千人坐，蓋神僧竺道生講經處，大石盤陀徑畝，高下平衍，可坐千人。唐李陽冰篆書『生公講臺』，四字分刻四石，今失其一。」

〔二〕「上陟」二句：謂登上千人坐，可俯見下方喬松也。《藝文類聚》卷八《山部下》引晉王珣《虎丘記》云：「山大勢四面周嶺，南則是山徑，兩面壁立，交林上合。」

〔三〕「碧池」二句：《元和郡縣圖志》二五江南道一蘇州吴縣虎丘山：「闔閭葬於此，秦皇鑿其珍異，莫知所在，孫權穿之，亦無所得。其鑿處，今成深澗。」《方輿勝覽》卷二平江府劍池：「乃石滹，深數十丈，闊丈餘，水無底。」碧池：即劍池也。寶劍：闔閭隨葬劍也。寒澗：即碧池，始皇、孫權穿虎丘所成石罅也。潛龍：沉藏之龍，以見池水極深也。

留題南趙古廟①〔一〕

鱗皴老樹鐵生斑〔二〕，神宇荒涼野壑閒〔三〕。地僻無人秋寂寂，一川紅影夕陽間〔四〕。

【校勘記】

①詩見《古今圖書集成·職方典》三〇五《太原府部·藝文二》（陳尚君《全唐詩補編》上册，頁三九四）。

【箋注】

〔一〕山西榆次縣東南十五里，有南趙村，距太原不遠，故《古今圖書集成》三〇五《職方典·太原府部·藝文二》收録此詩。然而島貞元二十年（八〇四）所遊之趙地且題詩者，實乃殷州之「南趙郡」，故治在今河北隆堯縣東十里，而與山西榆次縣東南的南趙村無涉。《魏書·地形志上》云：殷州南趙郡：「太和十一年爲南鉅鹿，屬定州，十八年屬相州，後改。孝昌中屬（殷州）。」南趙郡至隋時廢，島詩所謂「南趙」當爲舊名。詩正賦於遊南趙郡時。

〔二〕「鱗皴」句：言老樹皮若魚鱗皺起，彷彿鐵所生之塊塊斑痕。皴：皮膚受凍開裂。

〔三〕神宇：指廟宇。此指古廟。

〔四〕紅影：日光。

題安業縣①〔一〕

一山未了一山迎，百里都無半里平。宜是老禪遥指處〔二〕，只堪圖畫不堪行。

【校勘記】

①詩見清畢沅《關中勝蹟圖志》二五《商州地理》（陳尚君《全唐詩補編》上册，頁三九五）。

【箋注】

〔一〕安業縣：唐代縣名，屬山南道，故治即今陝西柞水縣。《太平寰宇記》二七關西道三雍州三乾祐縣：「本漢洵陽縣地。唐通天元年分豐陽縣及招諭、左綿等谷逃户，以置安業縣。景龍三年改屬雍州，景雲元年復隸商州，乾元三年改爲乾元縣，仍屬京兆府，尋又歸商州。」清畢沅《關中勝蹟圖志》二五「名山」條載：鎮安縣，即唐安業縣，有「白侍郎洞，相傳白居易、賈島遊此」。詩蓋島遊縣時所題。

〔三〕老禪：老僧。

送友人之南陵①〔一〕

莫歎徒勞向宦途，不羣氣岸有誰如〔二〕。南陵暫掌仇香印〔三〕，北闕終行賈誼書〔四〕。好趁江山尋勝境，莫辭韋杜别幽居〔五〕。少年躍馬同心使，免得詩中道跨驢〔六〕。

【校勘記】

①詩見《全詩》五七四。

【箋注】

〔一〕友人雖赴任南陵主簿，然仍有掛冠歸隱之意，島賦此詩以送之，並深加慰勉與鼓勵。南陵：唐代縣名，屬江南道宣州，今屬安徽。《元和郡縣圖志》二八江南道四宣州南陵縣：「本漢春穀縣地，梁於此置南陵縣，仍於縣理置南陵郡。隋平陳廢郡，縣屬宣州。」

〔二〕不羣氣岸：氣概不凡。氣岸：氣概、意氣。《梁書·張充傳》：「氣岸疏凝，情塗狷隔。」李白

《流夜郎贈辛判官》：「氣岸遥凌豪士前，風流肯落他人後。」

〔三〕「南陵」句：謂暫任南陵縣主簿。仇香印：主簿官職也。《後漢書·循吏傳·仇覽傳》：字季智，一名香。陳留考城（故治在今河南民權縣西南）人。少爲書生，淳默鄉里。年四十，縣召補吏，選爲蒲亭長，勸民生業，制科令，以德化人，期年境内大治。縣令王涣聞之，召仇香爲縣主簿。後遂以仇香爲主簿的代稱。

〔四〕「北闕」句：謂友人改革政治的見解，終究要被朝廷實行。北闕：漢未央宫北面的門樓，見本集卷十《賀龐少尹除太常少卿》注〔三〕。後借以指朝廷。賈誼書：賈誼是西漢文帝時年輕的政治家，向朝廷提出「改正朔、易服色、法制度、定官名、興禮樂。乃悉草具其事儀法，色尚黄，數用五，爲官名，息更秦之法」。又「數上疏言諸侯或連數郡，非古之制，可稍削之」（《史記·屈原賈生列傳》）。賈誼，見本集卷六《寄令狐相公》「驢駿勝羸馬」注〔三〕。

〔五〕韋杜：唐代望族韋氏和杜氏所居之城南莊園韋曲和杜曲，其地山清水秀，風景優美。韓愈《游城南十六首·出城》：「暫出城門蹋青草，遠於林下見春山。應須韋杜家家到，秖有今朝一日閒。」幽居：隱居不仕。《禮記·儒行》：「儒有博學而不困，篤行而不倦，幽居而不淫，上通而不睏。」孔穎達疏：「幽居，謂未仕獨處也。」

〔六〕「少年」二句：鼓勵友人應珍惜年華，盡力王事，飛黄騰達。同心使：志同道合的官員，此指友人。使：負有專門使命的官吏。柳宗元《諸使兼御史中丞壁記》：「古者交政於四方，謂之使。

今之制，受命臨戎，職無所統屬者，亦謂之使。凡『使』之號，蓋專焉而行其道者也。」此指受命於朝廷的主簿。

句

不如牛與羊，猶得日暮歸。《詩話總龜》前集卷八引《北夢瑣言》

雲跨海門闊，潮分京口斜。《輿地紀勝》卷七

天上中秋月，人間半世燈。《吟窗雜録》卷一三保暹《處囊訣》録《逢僧詩》

離人隔楚水，落葉滿長安。同上僧虚中《流類手鑑》

古岸崩將盡，平沙長未休。同上

窗含明月樹，沙起白雲鷗。同上卷一四正字王玄編《詩中旨格》録《桃氏林亭》

風雷一夜雨，山水半年行。同上卷一五王夢簡《進士王氏詩要格律》

僧歸湖裏寺，魚聽水邊經。同上卷三五《賈島句對》録《南臺對月》

老窺明鏡少，秋憶故山多。同上録《寄貞空二上人》

醉來不厭繞叢吟。《百菊集譜》補遺《黄菊》之四

殷勤訝此别。《亞愚江浙紀行集句詩》卷三《贈别法儀》

露蓮煙梢畫不真。《梅花字字香》前集

長江風送客，孤館雨留人。《升菴詩話》卷一一

莫是天上宫裏唱，歌聲飄下玉梁塵。《千載佳句》録《鶯雪》

汲水僧歸林下寺，待船人立渡頭沙。《聯新事備詩學大成》卷三《地理門》録《人立沙》

轉壑驚飛鳥，穿山踏亂雲。《小清華園詩談》卷下，《清詩話續編》下册，頁一九〇六

文

章敬國師碑銘①〔一〕

實姓謝，稱釋子〔二〕，名懷暉，未詳字。家泉州，安集里〔三〕。無官品，有佛位〔四〕。始丙申，終乙未〔五〕。

【校勘記】

①《碑銘》見《祖堂集》卷一四《章敬和尚章》（現傳島集及絶大多數相關典籍，惟存島詩，不及其文。原以爲島文已泯没天壤間，幸責編轉示周裕鍇教授言，陳尚君《全唐文補編》録島《碑銘》一文。聞言喜甚，免去了我的一大疏誤。今爲補入本集，并深致謝忱。）。案《宋高僧傳》卷一〇《唐雍京章敬寺

懷暉傳》云：「釋懷暉，姓謝氏，泉州人也……元和十年乙未冬示疾，十二月十一日滅度……葬于灞橋北原。敕謚大宣教禪師，立碑于寺門，嶽陽司倉賈島爲文述德焉。」所指蓋即此《碑銘》。是此碑立于章敬寺門前，碑與銘，均爲島撰。惜《祖堂集》僅録存銘文。另，《權載之文集》卷一八亦有《唐故章敬寺百巖禪師碑銘并序》，謂懷暉滅度之「明年正月，起塔于灞陵原」，《銘》曰：「師之化兮，揭兹靈塔。」（四部叢刊本）是權撰之碑，立在靈塔之前。又，宋王象之《輿地碑記目》卷三「福州碑記」條云：「賈島『章敬國師碑』，在閩縣方山寺。」惟記碑目，未録碑文。蓋緣懷暉爲泉州人，故福州亦爲懷暉樹碑以示旌表，而碑文蓋襲用島所撰《碑銘》。

【箋注】

〔一〕元和十年（八一五）十二月，長安章敬寺柏巖禪師懷暉滅度，此《碑銘》蓋作於懷暉滅度時。章敬國師：即懷暉，見本集卷三《哭柏巖禪師》注〔一〕。章敬：指章敬寺。寺在京城東出北邊第一門通化門外，大曆二年七月，内侍魚朝恩奏以先所賜莊爲寺，以資章敬太后冥福，仍請以「章敬」爲名，復加興造，窮極壯麗。以城中材木不足，乃奏壞曲江亭館，華清宮觀風樓，及百司行廨，並將相没官宅，給其用焉。土木之役，僅逾萬億。寺成，凡四千一百三十餘間，四十八院（見《舊唐書》一八四《宦者傳·魚朝恩》，《資治通鑑·唐紀》四〇，《類編長安志》卷五「寺觀」條）。國師，一國之師也。原非專封佛徒。《僧史略》中曰：「西域之法，推重其人，内外攸同正邪俱有。昔尼犍子信婆羅門法，國王封爲國師。……聲教東漸，唯北齊有高僧法常，初演毘尼有聲鄴下，後講涅槃並受禪教，齊王崇爲國師。國師之號自常公始也。」蓋因憲宗敕謚懷暉爲「大宣教禪師」，故島稱之曰「國師」。

〔二〕釋子：中國僧徒的泛稱。見本集卷八《夜集姚合宅期可公不至》注〔五〕。

〔三〕泉州：今屬福建。《元和郡縣圖志》二九江南道五泉州：「舊泉州本理在今閩縣，武德六年置，景雲二年改爲閩州，開元中改爲福州。今泉州，本南安縣也，久視元年縣人孫師業訴稱赴州遥遠，遂於南安縣東北界置武榮州，景雲二年改爲泉州。」治晋江縣。安集里：蓋懷暉之故鄉。

〔四〕官品：官職的品第等級。三國魏開始將官職分爲九品，北魏以後，品又分正品、從品。沈約《奏彈王源》：「源官品應黄紙，臣輒奉白簡以聞。」唐代官職分爲九品三十階，見《舊唐書·職官志一》。佛位：佛果之位也。修行乃成佛之因，成佛爲修行之果。修行有六度、四攝等種種不同之次第，稱「因位」；相對修行諸多不同之因位，而得成佛過程中種種不同之結果，均稱「果位」。《大乘本生心地觀經》一曰：「因圓果滿成正覺。」

〔五〕「始丙申」二句：謂懷暉生于天寶十五載丙申（七五六），滅度于元和十年乙未（八一五），壽六十歲也。

删除詩

南齋

獨自南齋卧，神閒景亦空。有山來枕上，無事到心中。簾卷侵牀月，屏遮入座風。望春春未至，應在海門東。

按：此白居易詩，見《白氏長慶集》二三。白氏生前手定其集，當不誤，惟題作《閒卧》，字句稍異。《瀛奎律髓》二三作賈島，方回曰：「此詩中四句却平易，……恐只是白公詩。」紀昀《瀛奎律髓刊誤》批此詩曰：「通體平易，决是白詩。」

早春題友人湖上新居二首

近得雲中看，門長侵早開。到時猶有雪，行處已無苔。勸酒客初醉，留茶僧未來。每逢晴暖日，惟見乞花栽。

門不當官道，行人到亦稀。故從餐後出，多是夜深歸。開篋收詩卷，掃牀移卧衣。幾時同買宅，相送有柴扉。

按：此項斯詩。《全唐詩》五五四題作《早春題湖上顧氏新居二首》。第一首又見《衆妙集》，作項斯，題爲《春題湖上顧伐新居》。「伐」字乃「氏」字形誤。

落第東歸逢僧伯陽

相逢須語笑，人世别離頻。曉去長侵月，思鄉動隔春。見僧心暫静，從俗事多迍。宇宙詩名小，山河客路新。翠桐猶入爨，清鏡未辭塵。逸足思奔驥，隨群且退鱗。宴乖紅杏寺，愁在緑楊津。老病難爲樂，開眉賴故人。

按：此項斯詩。《全唐詩》五五四作項斯，題爲《落第後歸覲喜逢僧再陽》。《文苑英華》二一八、江標刊宋本《項斯集》僧名俱作「再陽」。李嘉言《長江集新校》卷七云：「按《唐才子傳》七項斯江東人，本詩題曰『東歸』，則是項斯詩。」

渡桑乾

客舍并州已十霜，歸心日夜憶咸陽。無端更渡桑乾水，却望并州是故鄉。

按：此劉皂詩。元和中令狐楚編選《御覽詩》呈唐憲宗，此詩作劉皂，題爲《旅次朔方》。楚於賈島爲先輩，且有交，若詩爲島作，楚選時不應有誤。再者，《唐詩紀事》四〇、《苕溪漁隱叢話》前集一九引此詩首句俱作「三十霜」，《御覽詩》《全唐詩》四七二俱作「數十霜」。果爾，則更與島行事不合。故詩乃劉皂作。

哭孟東野

蘭無香氣鶴無聲，哭盡秋天月不明。自從東野先生死，側近雲山得散行。

按：此王建詩。《文苑英華》三〇三作王建《弔孟東野二首》，此詩爲第一首，唯首二句互倒，「哭盡」作「哭損」。然卷三〇四又作賈島《哭孟東野》，故彭叔夏校曰：「第三百卷三載王建弔東野二詩，今此篇乃云島作，前卷已詳注，今併存之。」清何焯評明張敏卿抄《賈浪仙長江集》云：「此篇見《王仲初集》，其風韻是王也。」李嘉言《長江集新校》亦云：「島别有《哭孟郊》及《弔孟協律》二詩，疑本詩爲王作而誤入賈集。」

風蟬

風蟬旦夕鳴，伴葉送新聲。故里客歸盡，水邊身獨行。噪軒高樹合，驚枕暮山横。聽處無人見，塵埃滿甑生。

按：此趙嘏詩。宋明刊諸賈島集無此詩。《文苑英華》三三〇《蟲魚》類收蟬詩二十二首，《病蟬》一詩署名賈島，次後即此詩，題下佚名，季振宜編《全唐詩稿本》時，誤作島詩補入賈島詩末，清編《全唐詩》照季氏《稿本》過録，遂致重出。《文苑英華》新編目録作趙嘏，今從之。

蓮峰歌

錦礫潺湲玉溪水，曉來微雨藤花紫。冉冉山鷄紅尾長，一聲樵斧驚飛起。松刺梳空石差齒，煙香風軟人參蕊。陽崖一夢伴雲根，仙菌靈芝夢魂裏。

按：此温庭筠詩。《樂府詩集》一〇〇作温詩，題爲《東峰歌》。《文苑英華》三四二作賈島，季振宜據以補入《全唐詩稿本》所收《賈長江集》中，清編《全唐詩》因之，遂致重出。李嘉言《長江集新校》云：「本詩似李賀體，温庭筠即學李賀爲詩者，疑作温者是。」

壯士吟

壯士不曾悲，悲即無回期。如何易水上，未歌先淚垂。

按：此孟遲詩。《唐文粹》一三、《萬首唐人絶句》一九皆作孟詩，宋明諸種賈集刊本亦不載此詩。《唐音統籤》三七六據《雅音會編》補入島詩後，季振宜據《樂府詩集》六七補入《全唐詩稿本》所收《賈長江集》，清編《全唐詩》因之，遂致重出。

竹

籬外清陰接藥欄，曉風交戛碧琅玕。子猷殁後知音少，粉節霜筠漫歲寒。

按：此羅隱詩。《文苑英華》三二五作羅隱，《四部叢刊》所收羅隱《甲乙集》一〇亦載此詩。而黄丕烈校宋書棚本《賈浪仙長江集》無此詩。《萬首唐人絶句》二四作賈島，五一又作羅隱，季振宜據以補入《全唐詩稿本》所收《賈長江集》中，清編《全唐詩》因之，遂致重出。

冬夜送人

平明走馬上村橋，花落梅溪雪未消。日短天寒愁送客，楚山無限路迢迢。

按：此皎然詩。《全唐詩》八一八《皎然詩集》載此詩，題爲《冬夜梅溪送裴方舟宣州》，《唐僧弘秀集》一、《萬首唐人絶句》六三、《升庵詩話》一二皆作皎然。《文苑英華》三四三另有皎然《顧渚行行寄裴〔芳〕〔方〕舟》，其集又有《西白溪期裴方舟不至》等詩，知裴氏乃皎然方外友，此詩乃皎然之作誤入島集者。

赴南巴留别蘇臺知己

人過梅嶺上，歲歲北風寒。落日孤舟去，青山萬里看。猿聲湘水静，草色洞庭寬。已料生涯事，只應持釣竿。

按：此爲劉長卿詩。《文苑英華》二一八八作賈島，南宋周必大等校理《英華》時，於此詩後注云：「劉長卿曾貶南巴尉，此詩已載本集，今《英華》誤作賈島詩。」彭叔夏《文苑英華辨證》五亦同。

附録一 傳記資料

韓愈《送無本師歸范陽》：「家住幽都遠，未識氣先感。來尋吾何能，無殊嗜昌歜。始見洛陽春，桃枝綴紅糝。遂來長安里，時卦轉習坎。……念當委我去，雪霜刻以憯。」

蘇絳《賈司倉墓誌銘》：「公諱島，字浪仙，范陽人也。自周康王封少子建侯於賈，因而氏焉。誼則大漢太傅，寅則晋尚書，由是徽音流遠。祖宗官爵，顧未研詳，中多高蹈不仕。公展其長材間氣，超卓挺生，六經百氏，無不該覽。妙之尤者，屬思五言，孤絶之句，記在人口。穿楊未中，遽罹誹謗，解褐授遂州長江主簿。三年在任，卷不釋手。秩滿遷普州司倉參軍。諸侯待之以賓禮，未嘗評人之是非。豐骨自清，冥搜至理，悟浮幻之莫實，信無生之可求，知矣哉。又工筆法，得鍾張之奥。所著文篇，不以新句綺靡爲意，澹然躡陶謝之蹤。片雲獨鶴，高步塵表。長沙裁賦，事略同焉。攸望遭時，紫泥必降。優遊華省，游泳清塗。噫，修短定期，數豈能越。會昌癸亥歲七月二十八日，終於郡官舍，春秋六十有四。嗚呼！未及浹旬，又轉授普州司户參軍。榮命雖來，於公何有。痛而無子，夫人劉氏，承公遺旨，粤以明年甲子三月十七日庚子，葬於普南安泉山。慮陵谷變遷，刊石紀時。絳忝公知己，見命爲誌詞，仍爲之銘曰：『猗歟賈君，天縱奇文。名高天下，鶴不在

雲。蚤振聲光，高步出羣。今則已矣，馨若蘭薰。』」（《全唐文》卷七六三）

《新唐書》本傳：「島字浪仙，范陽人。初爲浮屠，名無本。來東都，時洛陽令禁僧午後不得出，島爲詩自傷。愈憐之，因教其爲文。遂去浮屠，舉進士。當其苦吟，雖逢值公卿貴人，皆不之覺也。一日見京兆尹，跨驢不避，謼詰之，久乃得釋。累舉不中第，文宗時坐飛謗，貶長江主簿。會昌初，以普州司倉參軍遷司户，未受命卒，年六十五。」

宋龔鼎《賈浪仙祠堂記》：「唐韓退之，善爲歌詩，導性情，一時相從者如孟郊、張籍，最號友善。而浪仙學詩於劉叉，晚得偕與二子遊，頗以才調相推高。雖然，觀其風致清澹，得之自然，誠亦郊、籍之儔，故後世學者語騷雅之流裔，孰敢外三子焉。浪仙由長江徙官安岳，而卒於會昌三年。凡爲編次其詩者二人，許彬者謂之《小集》，而天仙寺浮屠無可謂之《天仙集》。當時之人有可名者，島（當爲無可——筆者）俱請之讚。《天仙集》傳之既久，反以讚爲退之之辭，然退之前後二集皆所不載。及得李洞《句圖序》質之，然後信其非也。浪仙於舊史無傳，邇來朝廷新其書，遂得附名於退之後。而頃歲居官者，署祠堂於蜀士神廟廡之次。今伯氏實佐令長於是邑，嘗議其堂雜與神居，非所宜也。而尉有西圃者，在唐爲主簿之廨址，誠得遷其舊構，更以繪像，無撓邑人，於義何有。既遂經畫而就之。其屋不華而完，其地不奥而清，兩傍封植，筠柏鬱然。嗚呼！浪仙没距今二百二十餘歲矣，名始著於史策，而其遺貌，又得宅於故處，迺知士之能蹈善，雖日月之遠，必有爲黼黻其跡者。今幸爾副其身後之所待，措之無窮，宜不復恨矣。而伯氏遠以書諭，俾文其實，且使後人知改作之有由也。」（曹學佺《蜀中名勝記》卷三〇）

元辛文房《唐才子傳·賈島》：「島字閬仙，范陽人也。來東都，旋往京，居青龍寺。時禁僧午後不得出，爲詩自傷。元和中，元、白變尚輕淺，島獨按格入僻，以矯浮艷。當冥搜之際，前有王公貴人皆不覺。遊心萬仞，慮入無窮。自稱碣石山人。嘗歎曰：『知余素心者，惟終南紫閣、白閣諸峰隱者耳。』嵩丘有草廬，欲歸未得，逗留長安。雖行坐寢食，苦吟不輟。嘗跨蹇驢張蓋，横截天衢。時秋風正厲，黄葉可掃，遂吟曰：『落葉滿長安。』方思屬聯，杳不可得。忽以『秋風吹渭水』爲對，喜不自勝。因唐突大京兆劉棲楚，被繫一夕，旦釋之。後復乘閒策蹇，訪李餘幽居，得句云：『鳥宿池中樹，僧推月下門。』又欲作『僧敲』，煉之未定，吟哦引手作推、敲之勢，傍觀亦訝。時韓退之尹京兆，車騎方出，不覺衝至第三節。左右擁列馬前，島具實對，未定推敲，神遊象外，不知迴避。韓駐久之，曰：『敲字佳。』遂並轡歸，共論詩道，結爲布衣交，遂授以文法，去浮屠，舉進士。愈贈詩曰：『孟郊死葬北邙山，日月風雲頓覺閒。天恐文章渾斷絶，再生賈島在人間。』自此名著。時新及第，寓居法乾無可精舍。姚合、王建、張籍、雍陶，皆琴樽之好。一日，宣宗微行至寺，聞鐘樓上有吟聲，遂登，於島案上取卷覽之。島不識，因作色攘臂，睨而奪取之曰：『郎君鮮醲自足，何會此耶。』帝下樓去。既而覺之，大恐，伏闕待罪，上訝之。他日，有中旨，令與一清官謫去者。乃授遂州長江主簿。後稍遷普州司倉。臨死之日，家無一錢，惟病驢、古琴而已。當時誰不愛其才而惜其命薄。島貌清意雅，談玄抱佛，所交悉塵外之人，況味蕭條，生計齟齬。自題曰：『二句三年得，一吟雙淚流。知音如不賞，歸卧故山秋。』每至除夕，必取一歲所作置几上，焚香再拜，酹酒祝曰：『此吾終年苦心也。』痛飲長謡而罷。今集十卷，並詩格一卷，傳於世。」（傅璇琮主編《唐才子傳校箋》卷五）

附録二　事跡雜録

唐五代

孟棨《本事詩》：「賈島於興化鑿池種竹，起臺榭。時方下第，或謂執政惡之，故不在選。怨憤尤極，遂於庭内題詩曰：『破却千家作一池，不栽桃李種薔薇。薔薇花落秋風後，荆棘滿庭君始知。』由是人皆惡其侮慢不遜，故卒不得第，抱憾而終。」（此據《歷代詩話續編》本。此事又見《詩話總龜》卷三九、《唐詩紀事》卷四〇，皆謂於興化里起臺榭、作池亭者爲裴晋公度，甚是——筆者按）

范攄《雲谿友議》卷中《白馬吟》條：「平曾以憑人傲物，多犯諱忌，竟没於縣曹，知己歎其運蹇也。……又作《潼關賦》而刺中朝：『此關倚太華，瞰黄河，雖來往攸同，而歎有異也。』乃與賈島齊讁，爲時所忽，至於潦倒，誠可惜哉。」

康駢《劇談録》卷下：「自大中咸通之後，每歲試春宫者千餘人。其間章句有聞，亹亹不絶。如何植、李玫、皇甫松、李孺犀、梁望、毛濤、貝庥、來鵠、賈隨，以文章著美。温庭筠、鄭瀆、何涓、周鈴、宋耘、沈駕、周繁，以詞賦標名。賈島、平曾、李陶、劉得仁、喻坦之、張喬、劇燕、許琳、陳覺，以律詩流傳。張維、皇甫川、郭鄩、劉延暉，以古風擅價，皆苦心文華，厄於一第。然其間數公，麗藻英詞播於海内，其虚薄叨聯名級者，又不可同年而語矣。」

馮贄《雲仙雜記》卷四「祭詩以酒脯」條：「賈島常以歲除，取一年所得詩，祭以酒脯，曰：『勞吾精神，以是補之。』」

王定保《唐摭言》卷一一「無官受黜」條：「賈閬仙名島，元和中，元、白尚輕淺，島獨變格入僻，以矯浮艷。雖行坐寢食，吟詠不輟。常跨驢張蓋，横截天衢，時秋風正厲，黄葉可掃。島忽吟曰：『落葉滿長安。』志重其衝口直致，求之一聯，杳不可得，不知身之所從也，因之唐突大京兆劉棲楚，被繫一夕而釋之。又嘗遇武宗皇帝於定水精舍，島尤肆侮，上訝之。他日有中旨，令與一官謫去。乃授長江縣尉，稍遷普州司倉而卒。」又卷一二「輕佻」條：「賈島不善程式，每自叠一幅巡鋪告人曰：『原夫之輩，乞一聯，乞一聯。』」

何光遠《鑒誡録》卷八「賈忤旨」條：「漢賈誼昔在長沙，爲《鵩鳥賦》，史書稱之爲屈矣。賈島字浪仙，忤旨授長江主簿，卑則至卑，名流海内矣。島初赴洛陽日，常輕於先輩，以八百舉子所業，悉不如己。自是往往獨語，傍若無人。或鬧市高吟，或長衢嘯傲。忽一日於驢上吟得『鳥宿池中樹，僧敲月下門』，初欲著『推』字，或欲著『敲』字，煉之未定，遂於驢上作『推』字手勢，又作『敲』字手勢，不覺行半坊。觀者訝之，島似不見。時韓吏部愈權京尹，意氣清嚴，威振紫陌。經第三對呵唱，島但手勢未已。俄爲官者推下驢，擁至尹前，島方覺悟。顧問欲責之，島具對：『偶吟得一聯，安一字未定，神遊不覺，致衝大官，非敢取尤，希垂至覽。』韓立馬良久思之，謂島曰：『作敲字佳矣。』遂與島並語笑，同入府署，共論詩道，數日不厭，因與島爲布衣之交，故愈有贈二十八字，島因此名出寰海。詩曰：『孟郊死葬北邙山，日月風雲頓覺閒。天恐文章聲斷絶，再生賈島向人間。』賈又吟《病蟬》之句，以刺公卿，公卿惡之，與禮闈議之，奏島與平曾等風狂撓擾貢院，是時逐出關外，號爲『十惡』。議者以浪仙自認病蟬，是無摶風之分。詩曰：『病蟬飛不得，向我掌中行。折翼猶能薄，酸吟尚極清。露葉疑在腹，塵點候侵睛。黄雀並烏鳥，俱懷害爾情。』島後爲僧，改名無本。又哀投蜀僧悟達國師知玄院中，或去法乾寺返初服，潛於鐘樓安下，日與師覺輝、無可上人、姚殿中合私相唱和。盧卿相所問，專俟宣宗微行，欲見帝，希特恩非時及第。及宣〔和〕〔宗〕微行，值玄不在，上聆鐘樓上有秀才吟詠之聲，遂登樓，於島案上取吟次詩欲看。島不識帝，攘臂睨帝，遂於帝手奪之，曰：『郎君何會耶。』帝慚赧下樓，玄公尋亦歸院。島撫膺追悔，欲投鐘樓。帝惜其才，急詔釋罪，謂島曰：『方知卿薄命矣。』遂御札墨制，除島爲遂州長江主簿，帝意令島繼長沙故事。敕曰：『比者禮部奏卿風狂，遂且令關外將息。今既却携卷軸，潛至京城，遇朕微行。聞卿高詠，睹其至業，可謂屈人。是用顯我特恩，賜爾墨制，宜從短簿，別候殊科。可守劍南道遂州長江縣主簿，仍便齎敕，乘驛赴官。所管藩侯放上聞奏。大中八年九月七日。』制下，島因授此官，永難貢籍。初之任，届東川，府主憑八座，三十里出盛禮以迎之。既至館舍，見待甚厚，大具肴饌宴設，故島獻《感恩詩》曰：『匏革奏終非獨樂，軍城未曉啓重門。何時却入三臺貴，此日空知八座尊。羅綺舞間收雨點，貔貅闖外卷雲根。逐遷屬吏隨賓列，撥棹扁舟不忘恩。』後有一少年除長江簿，猶豫不赴，張蠙先輩爲詩刺之曰：『少年爲理但公清，鴻漸行中是去程。莫恨長江爲短簿，可能勝得賈先生。』島自長江遷普州司倉，方干自鏡湖寄詩曰：『亂山重復壘，何路訪先生。豈料多才者，空垂不第名。閒曹猶得醉，薄俸亦深耕。莫問吟詩苦，年年芳草平。』島至老無子，因啖牛肉得疾，終於傳署。後崔〔騎〕〔錡〕評事倅岳陽日，爲詩悼之。岳陽，普州地名。今因創墓在岳陽山上，山下有岳陽池。詩曰：『倚恃才難繼，昂藏貌不恭。騎驢衝大尹，奪卷悞宣宗。馳譽超先輩，居官下我儂。司倉舊曹署，一見一心忪。』又聖子李克恭有詩曰：『一一玄微縹緲成，盡吟方便爽神情。宣宗謫去爲閒事，韓愈知來已振名。海底也應搜得〔静〕〔浄〕，月輪常被玩教傾。如何未隔四十載，不過論量向此生。』」

宋

孫光憲《北夢瑣言》卷八「盧沆遇宣宗私行」條附賈島：「賈島遇宣宗微行，問秀才名。對曰：『賈島。』帝曰：『久聞詩名。』島曰：『何以知之。』後言於宰臣，與平曾相次謫授長江尉，所謂不識貴人也。」

歐陽棐《集古録目》卷一〇：「《紫極宫碑》，樂闡撰，賈島書，樂彦融篆額。即玄元皇帝祠也，樂又重修。碑以會昌元年立在普州。」（嚴耕望《石刻史料叢書》乙編之一《輿地碑目》）

王讜《唐語林》卷四「企羨」條：「開元以後，不以姓名而可稱者：燕公、許公、魯公。不以名而可稱者：宋開府、陸兖州、王右丞、房太尉、郭令公、崔太尉、楊司徒、劉忠州、楊崖州、段太尉。位卑而名著者：李北海、王江寧、……元和以後，不以名可稱者：李太尉、韋中令、裴晉公、白太傅、賈僕射、路侍中、杜紫微。位卑名著者：賈長江、趙渭南。二人連呼者：元白。又有羅鉗吉網（酷吏）、員推韋狀（能吏）。又有四夔四凶。」

晁公武《郡齋讀書志》卷一八：「南唐孫晟，……嘗畫賈島像置於屋壁，晨夕事之。」

計有功《唐詩紀事》卷四〇「賈島」條：「島爲僧時，洛陽令不許僧午後出寺。島有詩云：『不如牛與羊，猶得日暮歸。』韓愈惜其才，俾反俗應舉，貽其詩云：『孟郊死葬北邙山，日月星辰頓覺閒。天恐文章中斷絶，再生賈島在人間。』由是振名。或曰非退之詩。」

王象之《輿地碑記目》卷四「遂寧府碑記」：「唐賈島詩碑，在長江縣。」又「普州碑記」：「《賈島墓誌》，唐蘇絳撰，馮賢書。碑以會昌四年立在普州。」又曰：「賈浪仙墓表，廣明庚子東蜀從事上谷侯圭表曰：『於戲，有唐詩流賈君之墓。』」（嚴耕望《石刻史料叢書》乙編之六）

祝穆《方輿勝覽》卷六三遂寧府「名宦」條：「賈島，字浪仙，唐文宗時謫長江縣主簿，有墓在焉。」又普州「名宦」條：「賈島……有祠在城南三里。」

明

陶宗儀《書史會要》卷五：「賈島，八分似韓擇木。」

清

畢沅《關中勝蹟圖志》二五商州鎮安縣「名山」條：「縣西三十五里，有白侍郎洞。相傳白居易、賈島遊此。」

附録三　交游及追悼篇什

韓愈

送無本師歸范陽

無本於爲文，身大不及膽。吾嘗示之難，勇往無不敢。蛟龍弄角牙，造次欲手攬。衆鬼囚大幽，下覷襲玄窞。天陽熙四海，注視首不頷。鯨鵬相摩窣，兩舉快一噉。夫豈能必然，固已謝黯黮。狂詞肆滂葩，低昂見舒慘。姦窮怪變得，往往造平澹。蜂蟬碎錦纈，緑池披菡萏。芝英擢荒榛，孤翮起連菼。家住幽都遠，未識氣先感。來尋吾何能，無殊嗜昌歜。始見洛陽春，桃枝綴紅糝。遂來長安里，時卦轉習坎。老嬾無鬬心，久不事鉛槧。欲以金帛酬，舉室常顑頷。念當委我去，雪霜刻以憯。獰飇攪空衢，天地與頓撼。勉率吐歌詩，慰女别後覽。（《全唐詩》三四〇）

贈賈島

孟郊死葬北邙山，從此風雲得暫閒。天恐文章渾斷絶，更生賈島著人間。（《全唐詩》三四五）

孟郊

戲贈無本（二首）

長安秋聲乾，木葉相號悲。瘦僧卧冰凌，嘲詠含金痍。金痍非戰痕，峭病方在兹。詩骨聳東野，詩濤湧退之。有時踉蹌行，人驚鶴阿師。可惜李杜死，不見此狂癡。

燕僧聳聽詞，袈裟喜新翻。北岳厭利殺，玄功生微言。天高亦可飛，海廣亦可源。文章杳無底，斸掘誰能根。夢靈髣髴到，對我方與論。拾月鯨口邊，何人免爲吞。燕僧擺造化，萬有隨手奔。補綴雜霞衣，笑傲諸貴門。將明文在身，亦爾道所存。朔雪凝别句，朔風飄征魂。再期嵩少遊，一訪蓬蘿村。春草步步緑，春山日日暄。遥鶯相應吟，晚聽恐不繁。相思塞心胸，高逸難攀援。（《全唐詩》三七七）

送淡公（二十首其一）

燕本冰雪骨，越淡蓮花風。五言雙寶刀，聯響高飛鴻。翰苑錢舍人，詩韻鏗雷公。識本未識淡，仰詠嗟無窮。清恨生物表，朗玉傾夢中。常於冷竹坐，相語道意沖。嵩洛興不薄，稽江事難同。明年若不來，我作黄蒿翁。何以兀其心，爲君學虚空。（《全唐詩》三七九）

張籍

過賈島野居

青門坊外住，行坐見南山。此地去人遠，知君終日閒。蛙聲籬落下，草色户庭間。好是經過處，唯愁暮獨還。（《全唐詩》三八四）

贈賈島

籬落荒涼僮僕飢，樂遊原上住多時。蹇驢放飽騎將出，秋卷裝成寄與誰。拄杖傍田

尋野菜，封書乞米趁時炊。姓名未上登科記，身屈惟應内史知。（《全唐詩》三八五）

與賈島閒遊

水北原南草色新，雪消風暖不生塵。城中車馬應無數，能解閒行有幾人。（《全唐詩》三八六）

逢賈島

僧房逢着欵冬花，出寺行吟日已斜。十二街中春雪遍，馬蹄今去入誰家。（《全唐詩》三八六）

王建

寄賈島

盡日吟詩坐忍飢，萬人中覓似君稀。僮眠冷榻朝猶卧，驢放秋田夜不歸。傍暖旋收紅落葉，覺寒猶著舊生衣。曲江池畔時時到，爲愛鸕鷀雨後飛。（《全唐詩》三〇〇）

姚合

送賈島及鍾渾

日日攻詩亦自彊，年年供應在名場。春風驛路歸何處，紫閣山邊是草堂。（《全唐詩》四九六）

別賈島

嬾作住山人，貧家日賃身。書多筆漸重，睡少枕長新。野客狂無過，詩仙瘦始真。秋風千里去，誰與我相親。（《全唐詩》四九六）

寄賈島

漫向城中住，兒童不識錢。甕頭寒絶酒，竈額曉無煙。狂發吟如哭，愁來坐似禪。新詩有幾首，旋被世人傳。（《全唐詩》四九七）

寄賈島時任普州司倉

長沙事可悲，普掾罪誰知。千載人空盡，一家冤不移。吟寒應齒落，才峭自名垂。地遠山重疊，難傳相憶詞。（《全唐詩》四九七）

寄賈島

寂寞荒原下，南山祇隔籬。家貧唯我並，詩好復誰知。草色無窮處，蟲聲少盡時。朝昏鼓不到，閒卧益相宜。（《全唐詩》四九七）

洛下夜會寄賈島

洛下攻詩客，相逢祇是吟。夜觴歡稍靜，寒屋坐多深。烏府偶爲吏，滄江長在心。憶君難就寢，燭滅復星沉。（《全唐詩》四九七）

寄賈島浪仙

悄悄掩門扉，窮窘自維縶。世途已昧履，生計復乖緝。疎我非常性，端峭爾孤立。往還縱云久，貧蹇豈自習。所居率荒野，寧似在京邑。院落夕彌空，蟲聲雁相及。衣巾半僧施，蔬藥常自拾。凛凛寢席單，翳翳竈煙濕。頽籬里人度，敗壁鄰燈入。曉思已暫舒，暮愁還更集。風凄林葉萎，苔糝行徑澀。海嶠誓同歸，橡栗充朝給。（《全唐詩》四九七）

寄賈島

踈拙祇如此，此身誰與同。高情向酒上，無事在山中。漸老病難理，久貧吟益空。賴君時訪宿，不避北齋風。（《全唐詩》四九七）

喜賈島至

布囊懸蹇驢，千里到貧居。飲酒誰堪伴，留詩自與書。愛眠知不醉，省語似相踈。軍吏衣裳窄，還應暗笑余。（《全唐詩》五〇一）

喜賈島雨中訪宿

雨裏難逢客，閒吟不復眠。蟲聲秋併起，林色夜相連。愛酒此生裏，趨朝未老前。終須攜手去，滄海棹魚船。（《全唐詩》五〇一）

夜期賈島不至

忍寒停酒待君來，酒作凌澌火作灰。半夜出門重立望，月明先自下高臺。（《全唐詩》五〇一）

聞蟬寄賈島

秋來吟更苦，半咽半隨風。禪客心應亂，愁人耳願聾。雨晴煙樹裏，日晚古城中。遠思應難盡，誰當與我同。（《全唐詩》五〇二）

哭賈島二首

白日西邊没，滄波東去流。名雖千古在，身已一生休。豈料文章遠，那知瑞草秋。曾聞有書劍，應是别人收。

杳杳黄泉下，嗟君向此行。有名傳後世，無子過今生。新墓松三尺，空堦月二更。從今舊詩卷，人覓寫應争。（《全唐詩》五〇二）

周賀

出關寄賈島

舊鄉無子孫，誰共老青門。迢遞早秋路，别離深夜村。伊流偕行客，岳響答啼猨。去後期招隱，何當復此言。（《全唐詩》五〇三）

出關後寄賈島

故國知何處，西風已度關。歸人值落葉，遠路入寒山。多難喜相識，久貧寧自閒。唯將往來信，遥慰别離顔。（《全唐詩》五〇三）

朱慶餘

鳳翔西池與賈島納涼

四面無炎氣，清池闊復深。蝶飛逢草住，魚戲見人沉。拂石安茶器，移牀選樹陰。幾

迴同到此，盡日得閒吟。（《全唐詩》五一四）

與賈島顧非熊無可上人宿萬年姚少府宅

莫厭通宵坐，貧中會聚難。堂虚雪氣入，燈在漏聲殘。役思因生病，當禪豈覺寒。開門各有事，非不惜餘歡。（《全唐詩》五一四）

尋賈島所居

求閒身未得，此日到京東。獨在鐘聲外，相逢樹色中。誰言人漸老，所向意皆同。月上因留宿，移牀對藥叢。（《全唐詩》五一四）

雍陶

同賈島宿無可上人院

何處銷愁宿，攜囊就遠僧。中宵吟有雪，空屋語無燈。静境唯聞鐸，寒牀但枕肱。還因愛閒客，始得見南能。（《全唐詩》五一八）

喻鳧

送賈島往金州謁姚員外

山光與水色，獨往此中深。溪瀝椒花氣，巖盤漆葉陰。瀟湘終共去，巫峽羨先尋。幾夕江樓月，玄暉伴静吟。（《全唐詩》五四三）

劉得仁

哭賈島

白日只如哭，黄泉免恨無。（《全唐詩》五四五）

馬戴

長安寓居寄贈賈島

歲暮見華髮，平生志半空。孤雲不我棄，歸隱與誰同。枉道紫宸謁，妨栽丹桂叢。何

如隨野鹿，棲止石巖中。（《全唐詩》五五五）

寄賈島

海上不同來，關中俱久住。尋思别山日，老盡經行樹。志業人未聞，時光鳥空度。風悲漢苑秋，雨滴秦城暮。佩玉與鏘金，非親亦非故。朱顔枉自毁，明代空相遇。歲晏各能歸，心知舊岐路。（《全唐詩》五五五）

懷故山寄賈島

心偶羡明代，學詩觀國風。自從來闕下，未勝在山中。丹桂日應老，白雲居久空。誰能謝時去，聊與此生同。（《全唐詩》五五五）

旅次寄賈島兼簡無可上人

相思邊草長，迴望水連空。雁過當行次，蟬鳴復客中。壯年看即改，羸病計多同。儻宿林中寺，深憑問遠公。（《全唐詩》五五六）

雒中寒夜姚侍御宅懷賈島

夜木動寒色，雒陽城闕深。如何異鄉思，更抱故人心。微月關山遠，閒堦霜霰侵。誰知石門路，待與子同尋。（《全唐詩》五五六）

宿賈島原居

寒雁過原急，渚邊秋色深。煙霞向海島，風雨宿園林。俱住明時願，同懷故國心。未能先隱跡，聊此一相尋。（《全唐詩》五五六）

薛能

嘉陵驛見賈島舊題

賈子命堪悲，唐人獨解詩。左遷今已矣，清絶更無之。畢竟吾猶許，商量衆莫疑。嘉陵四十字，一一是天資。（《全唐詩》五六〇）

劉滄

經無可舊居兼傷賈島

塵室寒窗我獨看，别來人事幾凋殘。書空蕭寺一僧去，雪滿巴山孤客寒。落葉墮巢禽自出，蒼苔封砌竹成竿。碧雲迢遰長江遠，向夕苦吟歸思難。（《全唐詩》五八六）

李頻

過長江傷賈島

忽從一宦遠流離，無罪無人子細知。到得長江聞杜宇，想君魂魄也相隨。（《全唐詩》五八七）

哭賈島

秦樓吟苦夜，南望只悲君。一宦終遐徼，千山隔旅墳。恨聲流蜀魄，冤氣入湘雲。無

限風騷句，時來日夜聞。（《全唐詩》五八九）

李郢

傷賈島無可

却到京師事事傷，惠休歸寂賈生亡。何人收得文章篋，獨我來經苔蘚房。一命未霑爲逐客，萬緣初盡别空王。蕭蕭竹塢斜陽在，葉覆閒堦雪擁牆。（《全唐詩》五九〇）

張喬

題賈島吟詩臺

吟魂不復遊，臺亦似荒丘。一徑草中出，長江天外流。暝煙寒鳥集，殘月夜蟲愁。願得生禾黍，鋤平恨即休。（《全唐詩》六三九）

方干

寄普州賈司倉島

亂山重復疊，何路訪先生。豈料多才者，空垂不世名。閒曹猶得醉，薄俸亦勝耕。莫問吟詩石，年年芳草平。（《全唐詩》六四九）

李克恭

吊賈島

一一玄微縹緲成，盡吟方便爽神情。宣宗謫去爲閒事，韓愈知來已振名。海底也應搜得淨，月輪常被翫教傾。如何未隔四十載，不遇論量向此生。（《全唐詩》六六七）

鄭谷

長江縣經賈島墓

水繞荒墳縣路斜，耕人訝我久咨嗟。重來兼恐無尋處，落日風吹鼓子花。（《全唐詩》

六七六）

崔塗

過長江賈島主簿舊廳

雕琢文章字字精，我經此處倍傷情。身從謫宦方霑禄，才被槌埋更有聲。過縣已無曾識吏，到廳空見舊題名。長江一曲年年水，應爲先生萬古清。（《全唐詩》六七九）

杜荀鶴

經賈島墓

謫宦自麻衣，銜冤至死時。山根三尺墓，人口數聯詩。仙桂終無分，皇天似有私。暗松風雨夜，空使老猿悲。（《全唐詩》六九一）

張蠙

傷賈島

生爲明代苦吟身，死作長江一逐臣。可是當時少知己，不知知己是何人。（《全唐詩》七〇二）

刺賈島

少年爲理但公清，鴻漸行中是去程。莫恨長江爲短簿，可能勝得賈先生。（《全唐詩補編》頁四八九）

徐夤

追和賈浪仙古鏡

誰開黄帝橋山冢，明月飛光出九泉。狼藉蘚痕磨不盡，黑雲殘點汙秋天。（《全唐詩》

七一一）

曹松

吊賈島二首

先生不折桂，謫去抱何冤。已葬離燕骨，難招入劍魂。旅墳低邵草，稚子哭勝猿。冥寞如搜句，宜邀賀監論。

青旆低寒水，清笳出曉風。鳥來傷賈傅，馬立葬滕公。松柏青山上，城池白日中。一朝今古隔，惟有月明同。（《全唐詩》七一六）

李洞

賦得送賈島謫長江

敲驢吟雪月，謫出國西門。行傍長江影，愁深汨水魂。筇攜過竹寺，琴典在花村。飢拾山松子，誰知賈傅孫。（《全唐詩》七二一）

賈島墓

一第人皆得，先生豈不銷。位卑終蜀士，詩絶占唐朝。旅葬新墳小，魂歸故國遥。我來因奠灑，立石用爲標。（《全唐詩》七二二）

題晰上人賈島詩卷

賈生詩卷惠休裝，百葉蓮花萬里香。供得半年吟不足，長須字字頂司倉。（《全唐詩》七二三）

過賈浪仙舊地

鶴外唐來有謫星，長江東注泠滄溟。境搜松雪仙人島，吟歇林泉主簿廳。片月已能臨榜黑，遥天何益抱墳青。年年誰不登高第，未勝騎驢入畫屏。（《全唐詩》七二三）

安錡

題賈島墓

倚恃才難繼，昂藏貌不恭。騎驢衝大尹，奪卷忤宣宗。馳譽超先輩，居官下我儂。司倉舊曹署，一見一心忡。（《全唐詩》七六八）

無可

秋寄從兄賈島

暝蟲喧暮色，默思坐西林。聽雨寒更徹，開門落葉深。昔因京邑病，併起洞庭心。亦是吾兄事，遲迴共至今。（《全唐詩》八一三）

客中聞從兄島遊蒲絳因寄

遥遥行李心，蒼野入寒深。吟待黄河雪，眠聽絳郡砧。差期逢缺月，訪信出空林。何

處孤燈下，只聞嘹唳禽。（《全唐詩》八一四）

可止

吊從兄島

盡日歎沉淪，孤高碣石人。詩名從蓋代，謫宦竟終身。蜀集重編否，巴儀薄葬新。青門臨舊卷，欲見永無因。（《全唐詩》八一四）

哭賈島

燕生松雪地，蜀死葬山根。詩僻降今古，官卑誤子孫。塚欄寒月色，人哭苦吟魂。墓雨滴碑字，年年添蘚痕。（《全唐詩》八二五）

歸仁

題賈島吟詩臺

此臺如可廢，此恨有誰平。縱使迷青草，終難没舊名。天悲朝雨色，嶽哭夜猨聲。不

是心偏苦，應關自古情。（《全唐詩》八二五）

貫休

讀劉得仁賈島集二首

二公俱作者，其奈亦迂儒。且有諸峰在，何將一第吁。句還如菡萏，誰復贈襜褕。想得重泉下，依前與衆殊。

役思曾衝尹，多言阻國親。桂枝何所直，陋巷不勝貧。馬病唯湯雪，門荒劣有人。伊余吟亦苦，爲爾一眉嚬。（《全唐詩》八二九）

讀賈區賈島集

區終不下島，島亦不多區。冷格俱無敵，貧根亦似愚。青雲終歎命，白閣久圍爐。今日成名者，還堪爲爾吁。（《全唐詩》八三三）

齊己

經賈島舊居

先生居處所，野燒幾爲灰。若有吟魂在，應隨夜魄迴。地寧銷志氣，天忍罪清才。古木霜風晚，江禽共宿來。（《全唐詩》八三八）

覽延栖上人卷

今體雕鏤妙，古風研考精。何人忘律韻，爲子辨詩聲。賈島苦兼此，孟郊清獨行。荆門見編集，媿我老無成。（《全唐詩》八三九）

還黄平素秀才卷

求己甚忘筌，得之經渾然。僻能離詭差，清不尚妖妍。冷澹聞姚監，精奇見浪仙。如君好風格，自可繼前賢。（《全唐詩》八三九）

讀賈島集

遺篇三百首，首首是遺冤。知到千年外，更逢何者論。離秦空得罪，入蜀但聽猨。還似長沙祖，唯餘賦鵩言。（《全唐詩》八四三）

王元

弔賈島

江城賣藥常將鶴，古寺看碑不下驢。（《全唐詩補編》頁五一三）

附録四　書志序跋

唐

闕名《題賈浪仙讚》：「唯可與島，交情合道。吟水望月，不知其老。島可興清，句句詩精。流行此集，四時代成。世不得失，人不得平。大哉浪仙，雲山是營。」又曰：「長河流，岸葬久。太行前，少室後。」（明張敏卿鈔《賈浪仙長江集》十卷，國家圖書館藏）

宋

《新唐書・藝文志四》：「賈島《長江集》十卷，又《小集》三卷。」

王遠跋長江縣賈島祠堂石刻《唐宣宗賜浪仙墨制》：「右大中墨制，九十四字。舊刻石祠堂中。《唐書》作傳云：『文宗時坐飛謗，貶長江主簿。會昌初，以普州司倉遷司户參軍。』《墓誌》亦記『罹飛謗，解褐責授長江簿。會昌癸亥終於普州官舍』。蘇絳當時人，《誌》必不差。《摭言》載武宗時謫去，尤非也。然則『大中』恐是『大和』字，今不敢輒改，以俟知者辨之。王遠謹跋。」

王遠長江縣賈島祠堂詩碑《後序》：「浪仙以詩名世，傑出於貞元、元和文章極盛之後。孟郊死，爲之哭不已。其詩與郊分鑣並馳，峭直刻深，羈情客思，春愁秋怨，讀之令人愛其工，憐其志，如聽燕趙之悲歌，蛾眉之曼聲，秦庭之哭，荆山之泣也。大抵士之不遇，阨窮罹謗，鬱鬱頓挫，身可擯而志不可奪，勢可壓而氣不可屈。及其發也，有至於怒髮裂眦而不可掩者。故行吟澤畔，仰天嗚嗚，欲其爲鸞和佩旗之音不可得也。予每讀二子之詩而悲之，又嘗見韓吏部所贈之篇，極道其騫涵滂葩，低昂舒慘，引而發之，將以取信於天下後世。譬之鴻鵠，羽翼既成，必假天風，始致千里。東野與吏部聯句之作，間見層出，物迎縷解，欲罷不能，人無異論。浪仙携新文詣韓公，途中云：『袖有新詩成，欲見張韓老。青竹未生翼，一步萬里道。安得西北風，身願變蓬草。』然則士有未效之用，身在無譽之間，非附青雲之士，何以成名哉？二子所以拳拳於韓門而不去，韓公亦以樂得天下英材，與之周旋而不倦也。此又不可不知也。浪仙范陽人，數千里貶官，佐邑於此，遷普州司倉參軍以卒，猶目其平生詩曰《長江集》，蓋仲卿之志在於桐鄉，意其千秋百世之後，精爽靈游長在乎明月之山，凡水之湄也。邑有祠堂，典刑依然。前主簿北幽游君虞臣好古工書，採他山之石爲十五碑，盡書其三百七十九篇，未訖工而去。予倦遊，就養子舍。適縣尹嘉祥衛君京督成其事，因以舊傳、墨制，及蘇絳所撰《墓誌銘》、《唐書》本傳與韓公送行詩併刻之。本末備具，可爲無窮之傳。以後序見屬，復取僕初到縣謁君祠堂之詩繼之，將俟知者一觀焉。紹興二年壬子歲閏四月辛卯朔，朝議大夫、提舉江州太平觀平陽王遠序。」（明張敏卿鈔《賈浪仙長江集》十卷，國家圖書館藏）

晁公武《郡齋讀書志》卷一八：「賈島《長江集》十卷。右唐賈島浪仙也。詩共三百七十九首。《唐書》稱島范陽人，初爲浮屠，名無本。後從韓愈，遂去浮屠舉進士，累舉不第。文宗時坐飛謗，謫長江主簿。會昌初，終普州司倉參軍。今長江祠堂中，有石刻大中九年墨制也。大中宣宗年號，與傳不合。《摭言》又載武宗時謫去，尤差誤。」

陳振孫《直齋書録解題》卷一九：「《賈長江集》十卷。唐長江尉、范陽賈島閬仙撰。韓退之有《送無本》詩，即其人也。後返初服，舉進士不第。文宗時坐飛謗，貶長江。會昌初，以普州參軍卒。本傳所載如此。今遂寧刊本首載大中墨制云：『比者禮部奏卿風狂，且養疾關外，今却携卷軸潛至京城，遇朕微行，聞君諷詠，觀其志業，可謂屈人。用是顯我特恩，賜卿墨制，宜從短簿，别俟殊科。』與傳所稱誹謗不同。蓋宣宗好微行，小説載島應對忤旨，好事者撰此制以實之，安有微行而顯著訓詞者？首稱『奏卿風狂』，尤爲可笑，當以本傳爲正。本傳亦據《墓誌》也。唐貴進士科，故《誌》言『責授長江』，如温飛卿亦謫方城尉。當時爲鄉貢進士，不博上州刺史，則簿、尉固宜謂之『責授』。若使今世進士得罪而責授簿、尉，則唯恐責之不早耳。」

元

《宋史·藝文志七》：「《賈島小集》八卷。」「《賈島詩》一卷。」

《文獻通考》六九：「《賈長江集》十卷。」

明

高儒《百川書志》卷一四「集志三」曰：「浪仙《長江集》七卷，長江尉賈島著。」又曰：「僧無本詩，即賈島初爲僧之作也，纔四首。」

清

何焯跋明張敏卿鈔《賈浪仙長江集》十卷：「此册真鈍吟老人所點，流轉入郡中一人手。沈生穎谷知余慕，從老人議論，用白金二十銖購以見贈。書後諸名氏：孫江字岷自，錢孫保字求赤，陶世濟字子齊，皆有文而與老人善。孫、錢名載邑志，陶事詳老人兄孱守居士所著《懷舊集》中云。康熙癸巳秋後生何焯書。」（書藏國家圖書館）

何焯曰：「浪仙身没遠外，又無子嗣，莫能收拾其遺文。雖孤絶之句流傳人口，然散逸多矣。蜀本出於後人掇拾，反雜以他人之作，如《才調集》中所載《早行》《老將》諸篇，足爲出格，顧在所遺，他可知矣。《寄遠》一篇，亦《才調集》所載者，勝荆公《百家選》，則就蜀本録之者耳。」又曰：「湘蘅所得校本，出馮竇伯手，最可徵信，今歸於家弟心友。張辛巳春，見張孟恭家宋槧本，前闕目録，出自定遠先生鈔補。意竇伯當年所從刊正也。張氏子言：孟恭昔以白金十兩市之朱方初。倉卒不可得，今不知落何處矣。康熙甲申春焯記，時居皇子八貝勒府中東廂。」又曰：「余家有舊鈔《長江集》一册，得之朱之赤家，僅有近體，書跡尤不工，然是從宋刻善本傳録者也。甲申初秋，雨窗取以對校，復改正三、四處。焯又記。」又曰：「丙戌初秋，得毛豹孫宋本影鈔《長江集》，復手校一過。張氏書聞尚在，惜吾力不能致之耳。焯又記。」又曰：「己丑夏，張氏以書質於心友，因再校。焯又記。」又曰：「庚寅春，借毛丈斧季從趙玄度所藏宋本對校者又校，凡改三字。焯又記。」（以上見盧文弨鈔《長江集》十卷補遺一卷，國家圖書館藏膠片）

盧文弨鈔《長江集》十卷補遺一卷自序：「長江詩雖不合雅奏，然尚有古意，讀之可以矯熟媚綺靡之習。明海虞馮鈍吟班有評本，長洲何義門焯得之稱善，其字句洵遠出俗本之上。如云：『十年磨一劍，霜刃未曾試。今日把似君，誰爲不平事。』鈍吟云：『誰爲不平，便須殺卻，此方是俠烈之概。若作誰有不平，與人報讎，直賣身奴耳。』一字之異，高下懸殊。舊本之可貴，類若是。余得其本，因臨寫之，欲令後生知讀書之法，必如此研校，而後古人用意之精可得也。乾隆四十有一年小除夕范陽盧文弨書於東里之數間草堂。」

又跋曰：「始余得《賈長江集》，乃馮定遠本，録之篋中。余於賈詩素不嗜，特以其近古貴之耳。繼又得何義門所評校，始悟其用意之深，幾於無一字閒設。昔人以瘦評島，夫瘦豈易幾也。彼臃腫蹣跚者，正苦不能瘦耳。賈以瘦故能成一家格。然此決非館閣中之所尚也，唯可與山林中人共賞之。義門殆於此有深嗜者歟？字字梳櫛之，句句織綜之，而長江之詩之美乃見。然彼不嗜者，猶夫故也。余以爲有如義門者焉，則能自領之已。故其所箋疏，今亦不能詳録，録其尤至到者。其補遺詩數章，亦出何本，並爲補入如右。歲在丁酉三月十八日，盧文弨書於金陵寓齋。」（同上）

永瑢等撰《四庫全書總目》卷一五〇集部別集類三：「《長江集》十卷，浙江汪啓淑家藏本。唐賈島撰。島字閬仙，范陽人。初爲僧，名無本。後返初服，舉進士不第。坐謗責授長江主簿，終於普州司倉參軍。島之謫也，《唐書》本傳謂在文宗時，王定保《摭言》謂在武宗時。晁公武《讀書志》謂長江祠中有宣宗大中九年墨制石刻，陳振孫《書録解題》亦稱遂寧刊本首載此制，二人皆辨其非。今考集中卷二有寄與令狐相公詩，不署其名。卷五有《送令狐綯相公》詩，卷六有《謝令狐綯相公賜衣九事》詩，又有《寄令狐綯相公》詩二首，則顯出綯名。考綯本傳，其爲相在大中四年十月，與石刻墨制年號相合。然韓愈《送無本師歸范陽》詩，年譜在元和六年。本傳載島卒時年五十六，從大中九年逆數至元和六年，凡四十五年。則愈贈詩時，島纔十二歲。自長江移普州又在其後，則愈贈詩時，島不滿十歲，恐無此理。今檢與綯諸詩，皆明言在長江以後，尚無顯證。至送綯詩中有『梁園趨旌節』句，又有『是日榮遊汴，當時怯往陳』句，當是楚鎮河中之時，若綯則未嘗爲是官，島安得有是語乎？知原集但作『令狐相公』，遂寧本各增一『綯』字，以遷就大中九年之制。經晁、陳二家辨明，故後來刊本，削去此制，而詩題所妄增，則未及改正耳。晁氏稱『《長江集》十卷，詩三百七十九首』，此本共存三百七十八首，僅佚其一，蓋猶舊本。《唐音統籤》載島《送無可上人》詩：『獨行潭底影，數息樹邊身』二句之下，自注一絶云：『二句三年得，一吟雙淚流。知音如不賞，歸臥故山秋。』晁氏其併此數之爲三百七十九耶？集中《劍客》一首，明代選本末二句皆作『今日把示君，誰有不平事』，惟舊本《才調集》『誰有』作『誰爲』（案爲字去聲）。馮舒兄弟嘗論之，以『有』字爲後人妄改。今此集正作『誰爲』，然則猶舊本之未改者矣。」

黄丕烈跋毛抄景宋本《賈浪仙長江集》十卷：「嘉慶戊辰秋，錢唐何夢華携雲臺中丞所藏宋刻《賈長江集》有抄補者，借校一過。其書爲泰興季振宜藏本，後歸延令張氏三鳳堂。毛氏所抄未必出此，故前之《墓銘》後之傳，皆阮本所無而毛獨有。余又藏一舊抄本，何義門先生跋云：『後得張氏所藏書棚本再校，止改登樓落句一「比」字耳。』今與阮本對勘正同。是即當時何氏所云張氏藏本也。此筆黄注宋本者，都與阮本合，間有脱校，以朱筆注於下方。阮本宋刻存數，附載於後。宋刻存數：目録第七葉。卷一第二葉至第七葉。卷二第一葉，第二葉，第四葉至第八葉。卷三—卷八皆存第一葉至第九葉。卷九第一葉至第四葉。卷十第三葉至第六葉上半葉。共七十五葉半。」（見國家圖書館藏《唐四十七家詩》膠片及原鈔本）

又黄丕烈跋《賈浪仙長江集》七卷明刻本曰：「《賈長江集》十卷，宋刻本藏揚州阮氏，其毛鈔影宋藏余家，余曾借宋刻校影宋，所差毫釐矣。此外又有舊鈔，爲義門學士手校，無古詩，序次亦多不同，何以張氏藏書棚本校，張氏本即阮氏本也，余因借校知之。此册爲余友訒庵張君所收，云是郡故家物，余見其友葉子寅圖記，朱筆校亦似其手迹，遂借歸出毛抄勘之。其卷一數番校字，悉同於宋本，分卷一處注曰『卷一』。於五絶中《劍客》等首，皆注曰一之幾。宋刻不分體，故卷一古今體俱有。是校本親見十卷本也，不知何以於《寄孟協律》一題已下，皆無校字，遂使此刻之訛謬百出，未經勘正，爲可恨爾。余還書之日，書數語以記是書源流，儻訒庵有意續校，當舉所藏畀之，俾《長江集》又添一善本，豈

不美與？戊寅六月大盡日，復翁識。」（《蕘圃藏書題識》卷七，見《黄丕烈書目題跋》，中華書局一九九三年一月第一版）

張金吾《愛日精廬藏書志》卷二九别集類：「《賈浪仙長江集》十卷，精抄本，錢履之藏書。唐范陽賈島浪仙撰。前有《新唐書》本傳，韓文公送島歸范陽詩，題浪仙贊，及蘇絳撰《墓銘》，唐宣宗賜島墨制，王遠《後序》（紹興二年）。」

陸心源《皕宋樓藏書志》卷六九别集三：「《長江集》十卷，陸敕先校宋本，唐司户參軍賈島浪仙撰。唐宣宗賜賈島墨敕。『右大中墨敕九十四字，舊刻石祠堂中。《唐書》作傳云：……』（省略者即王遠墨制跋文，見宋代序跋，此略——筆者）後序曰：『浪仙以詩鳴世，傑出於貞元、元和文章極盛之後，……』（即王遠詩碑後序，見宋代序跋，此略——筆者）無名氏跋曰：『辛巳除夕，假葉鼎卿鈔安愚道人寫宋刻本校，勘正甚多，可稱善本。』」（《清人書目題跋叢刊》一，中華書局一九九〇年三月第一版）

丁丙《善本書室藏書志》卷二五集部：「《賈浪仙長江集》十卷，明仿宋刊本，潘功甫藏書，普州司倉參軍范陽賈島浪仙撰。島之爵里，已具題銜。初爲浮屠，名無本，留長安，因吟『落葉滿長安』思屬聯不得，忽以『秋風吹渭水』爲對，喜不自勝，唐突大京兆劉棲楚，被繫。放釋後以『僧推月下門』又欲作『僧敲』，煉未定，誤衝韓京兆。左右擁至馬前，韓駐久之曰：『敲字佳。』遂結爲布衣交。去浮屠，舉進士不第，坐謗，責授長江主簿，遷普州司倉，臨死之日，惟病驢古琴而已。晁氏稱《長江集》十卷，詩三百七十九首。《劍客》一詩，明代選本皆作『今日把示君，誰有不平事』，舊本《才調集》作『誰爲』，馮舒以『有』字爲後人妄改。此本仍作『誰爲』。前有目録，無序跋，尚屬舊帙，有『句吴潘氏鳳池園覽藏』；『潘曾沂字功甫蘇州臨頓里人』兩印。曾沂字功甫，號瑟庵，吴縣人，嘉慶丙子舉人，官内閣中書，著述甚富。」又：「《賈浪仙長江集》七卷，明刊校宋本，葉氏菉竹堂藏書。賈集宋刻，每頁二十行，行十八字，藏揚州阮氏。汲古影宋本，則藏士禮居，蓋即書棚本也。此書七卷，尾有『奉新縣刊』四字，乃江西本。卷一五古，卷二、三五律，卷四五排，卷五七律，卷六五絶，卷七七絶。有『葉氏菉竹堂藏書』、『葉子寅印』、『張紹仁印』、『學安』等印。黄蕘圃手跋謂子寅依宋本校者也。」（同上二）

木訥逸人跋汲古閣刻《長江集》十卷：「毛氏此刻稍稱近古，而謬以己意妄改頗爲不少，其間一字一句幾於不通，其誤讀書家何可勝道，余故一一是正之。木訥逸人。」（書藏國家圖書館）

沈曾植跋《賈浪仙長江集》七卷：「《長江集》通行十卷，此獨七卷，自非唐本之舊。然以明仿宋本相校，異同夥多，而此本與彼所注字合者，十得八九，則此爲《長江集》别本，宋世固兩刻並行也。此天一閣書，得諸滬上。宣統十年正月寐叟檢書記。」（書藏上海圖書館，又見《寐叟題跋》二集上，商務印書館中華民國十五年十一月初版）

附録五　歷代詩評

唐五代

韓愈《送無本師歸范陽》：「無本於爲文，身大不及膽。吾嘗示之難，勇往無不敢。蛟龍弄角牙，造次欲手攬。衆鬼囚大幽，下覰襲玄窞。天陽熙四海，注視首不頷。鯨鵬相摩窣，兩舉快一啖。夫豈能必然，固已謝黯黮。狂詞肆滂葩，低昂見舒慘。姦窮怪變得，往往造平澹。蜂蟬碎錦纈，緑池披菡萏。芝英擢荒榛，孤翮起連菼。」

孟郊《戲贈無本二首》其一：「長安秋聲乾，木葉相號悲。瘦僧卧冰凌，嘲詠含金痍。金痍非戰痕，峭病方在兹。詩骨聳東野，詩濤湧退之。有時踉蹌行，人驚鶴阿師。可惜李杜死，不見此狂癡。燕僧聳聽詞，袈裟喜新翻。北岳厭利殺，玄功生微言。天高亦可飛，海廣亦可源。文章杳無底，劚掘誰能根。夢靈髣髴到，對我方與論。拾月鯨口邊，何人免爲吞。燕僧擺造化，萬有隨手奔。補綴雜霞衣，笑傲諸貴門。將明文在身，亦爾道所存。」

又《送淡公十二首》其一：「燕本冰雪骨，越淡蓮花風。五言雙寶刀，聯響高飛鴻。翰苑錢舍人，詩韻鏗雷公。識本未識淡，仰詠嗟無窮。」

姚合《寄賈島》：「狂發吟如哭，愁來坐似禪。新詩有幾首，旋被世人傳。」又《寄賈島時任普州司倉》：「吟寒應齒落，才峭自名垂。地遠山重疊，難傳相憶詞。」又《哭賈島二首》其二：「有名傳後世，無子過今生。新墓松三尺，空堦月二更。從今舊詩卷，人覓寫應争。」

薛能《嘉陵驛見賈島舊題》：「賈子命堪悲，唐人獨解詩。左遷今已矣，清絶更無之。畢竟吾猶許，商量衆莫疑。嘉陵四十字，一一是天資。」

蘇絳《賈司倉墓誌銘》：「公展其長材間氣，超卓挺生。六經百氏，無不該覽。妙之尤者，屬思五言，孤絶之句，記在人口。……所著文篇，不以新句綺靡爲意，澹然躡陶謝之蹤。片雲獨鶴，高步塵表。長沙裁賦，事略同焉。」

張爲《詩人主客圖》：「清奇雅正主：李益。……升堂七人：方干、馬戴、任蕃、賈島、厲玄、項斯、薛壽。」

司空圖《與王駕評詩書》：「國初主上好文雅，風流特盛。沈宋始興之後，傑出於江寧，宏肆於李杜，極矣。右丞、蘇州趣味澄夐，若清風之出岫。大曆十數公，抑又其次。元白力勍而氣孱，乃都市豪估耳。楊公巨源，亦各有勝會。閬仙、東野、劉得仁輩，時得佳致，亦足滌繁。厥後所聞，逾褊淺矣。」又《與李生論詩書》：「賈浪仙時有警句，視其全篇，意思殊餒，大抵附寒澀方可致才，亦爲體之不備也。矧其下者哉！」

黄滔《過長江》：「曾搜景象恐通神，地下還應有主人。若把長江比湘浦，離騷不合自靈均。」

李克恭《弔賈島》：「一一玄微縹緲成，盡吟方便爽神情。宣宗謫去爲閒事，韓愈知來已振名。海底也應搜得浄，月輪常被翫教傾。如何未隔四十載，不遇論量向此生。」

李洞《賈島墓》：「一第人皆得，先生豈不銷。位卑終蜀士，詩絶占唐朝。」又《題晰上人賈島詩卷》：「賈生詩卷惠休裝，百葉蓮花萬里香。供得半年吟不足，長須字字頂司倉。」

崔塗《過長江賈島主簿舊廳》：「雕琢文章字字精，我經此處倍傷情。身從謫宦方霑禄，才被槌埋更有聲。」

徐夤《雅道機要》：「凡爲詩者，先須識體格。未論古風，且約五七言律詩，惟閬仙真作者矣。辭體若淡，理道深奥，不失諷詠，語多興味。」

可止《哭賈島》：「燕生松雪地，蜀死葬山根。詩僻降古今，官卑誤子孫。塚欄寒月色，人哭苦吟魂。」

貫休《讀賈區賈島集》：「區終不下島，島亦不多區。冷格俱無敵，貧根亦似愚。」

齊己《還黄平素秀才卷》：「冷澹聞姚監，精奇見浪仙。如君好風格，自可繼前賢。」

王定保《唐摭言》卷一一「無官受黜」條：「元和中，元白尚輕淺，島獨變格入僻，以矯浮艷。雖行坐寢食，吟詠不輟。」

宋

孫光憲《北夢瑣言》卷二「放孤寒三人及第」條附「科松蔭花事」：「葆光子嘗有同寮，示我調舉時詩卷，内一句云：『科松爲蔭花。』因譏之曰：『賈浪仙云：「空庭唯有竹，閒地擬栽松。」吾子與賈生，春蘭秋菊也。』」又卷六曰：「朱崖李太尉獎拔寒俊。至於掌誥，率用弟子。乃曰：『以其諳練故事，以濟緩急也。』如京兆者，一篇一詠而已，經國大手，非其所能，幸而殂逝，免遺伊恥也。制貶平曾、賈島，以其僻澀之才，無所采用，皆此類也。」又卷七曰：「進士李洞慕賈島，欲鑄而頂戴，嘗念賈島佛，其詩體又僻于島。」

潘閬《憶賈閬仙》：「風雅道何玄，高吟憶閬仙。人雖終百歲，君合壽千年。骨已西埋蜀，魂應北入燕。不知天地内，誰爲續遺編。」

歐陽修《六一詩話》：「孟郊、賈島皆以詩窮至死，而平生尤自喜爲窮苦之句。……賈云：『鬢邊雖有絲，不堪織寒衣。』就令織得，能得幾何？又其《朝飢詩》云：『坐聞西牀琴，凍折兩三弦。』人謂其不止忍飢而已，其寒亦何可忍也。」　又曰：「聖俞嘗語余曰：『詩家雖率意，而造語亦難。若意新語工，得前人所未道者，斯爲善也。必能狀難寫之景，如在目前，含不盡之意，見於言外，然後爲至矣。』余曰：『語之工者固如是。狀難寫之景，含不盡之意，何詩爲然？』聖俞曰：『作者得於心，覽者會以意，殆難指陳以言也。雖然，亦可略道其髣髴：若……賈島「怪禽啼曠野，落日恐行人」，則道路辛苦，羈愁旅思，豈不見於言外乎？』」又曰：「詩人貪求好句，而理有不通，亦語病也。如……賈島《哭僧》云：『寫留行道影，焚卻坐禪身。』時謂燒殺活和尚，此尤可笑也。若『步隨青山影，坐學白塔骨』，又『獨行潭底影，數息樹邊身』，皆島詩，何精粗頓異也？」

蘇軾《祭柳子玉文》：「元輕白俗，郊寒島瘦。」

魏泰《臨漢隱居詩話》：「人豈不自知耶？及自愛其文章，乃更大繆，何也。……賈島云：『獨行潭底影，數息樹邊身。』其自注云：『二句三年得，一吟雙淚流。知音如不賞，歸卧故山秋。』不知此二句有何難道，至於三年始成，而一吟淚下也。」

葛立方《韻語陽秋》卷二：「韓退之《調張籍》詩曰：『刺手拔鯨牙，舉瓢酌天漿。』魏道輔謂：『高至酌天漿，幽至於拔鯨牙，其用思深遠如此。』彼獨未讀《送無本》詩爾，其曰：『吾嘗示之難，勇往無不敢。蛟龍弄牙角，造次欲手攬。衆鬼囚大幽，下覷襲元窞。』

言手攬蛟龍之角，下覷衆鬼之窞，皆難事，而無本『勇往無不敢』，蓋作文以氣爲主也。則《調張籍》之句，無乃亦是意乎？」

阮閱《詩話總龜》前集卷八：「劉壯輿云：『歐陽公自謂：「吾畏慕不及者，聖俞子美。」及贈詩，云：「文會忝予盟，詩壇推子將。」又曰：「維持於文章，泰山一浮塵。」既曰「郊死不爲島，聖俞發其藏」，又曰「堪笑區區郊與島，螢飛露濕凝秋草」，是其自謂不如者，乃所以過之也。』」　又同卷引《北夢瑣言》云：「蜀沙門僧鸞，慕李白歌，鄙賈島蹇澀，乃自諷其辭云：『鯨目光燒半海紅，鰲頭浪蹙掀天白。』而云：『我不能致思於藩籬蹄涔之間。』人咸服之。仍精於《周易》、佛經，爲歌行掩之。賈島嘗爲僧，洛陽令不許僧午後出寺，賈有詩云：『不如牛與羊，猶得日暮歸。』詩思遲澀，杼軸方得。如『鳥從井口出，人自岳陽來』，乃經年方遂偶句。」又卷四五引《雜談》曰：「李郢嘗與賈島、僧無可游。島没長江，僧亦返初，郢感歎題曰：『卻到京師事事傷，惠〔林〕〔休〕歸寂賈生亡。何人收得文章篋，獨我來經苔蘚房。一命未沾爲逐客，萬緣初盡别空王。蕭蕭竹塢斜陽在，葉覆空階雪擁墻。』」

胡仔《苕溪漁隱叢話》前集卷二引《雪浪齋日記》云：「爲詩欲詞格清美，當看鮑照、謝靈運。渾成而有正始以來風氣，當看淵明。欲清深閒澹，當看韋蘇州、柳子厚、孟浩然、王摩詰、賈長江。欲氣格豪逸，當看退之、李白。欲法度備足，當看杜子美。欲知詩之源流，當看三百篇及《楚辭》、漢魏等詩。」又卷一九引張文潛語云：「唐之晚年，詩人類多窮士，如孟東野、賈浪仙之徒，皆以刻琢窮苦之言爲工。……然及其至也，清絶高遠，殆非常人可到。唐之野詩，稱此兩人爲最。至於奇警之句，往往有之，……亦未可以爲小道無取也。」又卷五五引《蔡寬夫詩話》：「唐末五代，俗流以詩自名者，多好妄立格法，取前人詩句爲例，議論鋒出，甚有師子跳擲、毒龍顧尾等勢，覽之，每使人拊掌不已。大抵皆宗賈島輩，謂之賈島格。而於李、杜特不少假借。李白：『女媧弄黄土，摶作愚下人。散在六合間，濛濛若埃塵。』目曰調笑格，以爲談笑之資。杜子美：『冉冉谷中寺，娟娟林外峰。欄干更上處，結締坐來重。』目爲病格，以爲言語突兀，聲勢蹇澀。此豈韓退之所謂『蚍蜉撼大木，可笑不自量』者邪！」又後集卷一一云：「島嘗爲衲子，故有此枯寂氣味形之於詩句也。」

張表臣《珊瑚鉤詩話》卷一：「詩以意爲主，又須篇中煉句，句中煉字，乃得工耳。以氣韻清高深眇者絶，以格力雅健雄豪者勝。元輕白俗，郊寒島瘦，皆其病也。」

黄徹《䂬溪詩話》卷四：「永叔『堪笑區區郊與島，螢飛露濕吟秋草』，以爲二子之窮。然子美亦有『暗飛螢自照，水宿鳥相呼』，『幸因腐草出，敢近太陽飛』，雖吟詠微物，曾無一點窮氣。」

吕本中《書長江集後》：「島之詩，約而覃，明而深，傑健而閒易，故爲不可多得。韓退之稱島爲文『身大不及膽』，又云：『姦窮怪變得，往往造平澹』者，予考於集，信然。」

趙師秀《哀山民》云：「君詩如賈島，勁筆斡天巧。昔爲人所稱，今爲人所寶。」

許顗《彦周詩話》：「東坡祭柳子玉文：『郊寒島瘦，元輕白俗。』此是具眼。客見詰曰：『子盛稱白樂天孟東野詩，又愛元微之詩，而取此語，何也？』仆曰：『論道當嚴，取人當恕，此八字東坡論道之語也。』」

方岳《深雪偶談》：「賈閬仙，燕人，生寒苦地，故立心亦然。……同時俞鳧、顧非熊，繼此張喬、張蠙、李頻、劉得仁，凡晚唐諸子皆于紙上北面，隨其所得深淺，皆足以終其身而名後世……司空表聖後輩也，本用其機，反以浪仙非附寒澀無所置才。坡公不細考，亦然其言，獨非叛道者歟。」又曰：「賈閬仙，燕人，生寒苦地，故立心亦然。誠不欲以才力氣勢，掩奪情性，特於事物理態，毫忽體認，深者寂入仙源，峻者迴出靈嶽。古今人口數聯，固於劫灰之上泠然獨存矣。致以其全集，經歲逾紀咀繹，如芊蔥佳氣，瘦隱嘯吟，徐露其妙，令人首肯，無一可以厭斁。」

魏慶之《詩人玉屑》卷六「詩要有野意」條：「人之爲詩，要有野意。蓋詩非文不腴，非質不枯，能始腴而終枯，無中邊之殊，意味自長。風人以來，得野意者，惟淵明耳。如太白之豪放，樂天之淺陋，至於郊寒島瘦，去之益遠。」又卷一四《冷齋魯訔序》：「少陵……之詩支而爲六家，孟郊得其氣焰，張籍得其簡麗，姚合得其清雅，賈島得其奇僻，杜牧、薛能得其豪健，陸龜蒙得其贍博，皆出公之奇偏爾，尚軒然自號一家，赫世烜俗。」

劉克莊《後村詩話》前集卷一：「唐詩人與李杜同時者有岑參、高適、王維，後李杜者有韋、柳，中間有盧綸、李益、兩皇甫、五竇，最後有姚、賈諸人，學者學此足矣。長慶體太易，不必學。王逢原《題樂天墓》末云：『若使篇章深李杜，竹符還不到君分。』豈亦病其詩之淺耶。」又後集卷一：「魏野詩，除前輩拈出數聯之外，如『棋退難饒客，琴生却問兒』，『松風輕颺扇，石井勝頒冰』，……皆逼姚、賈而少有誦之者。」又新集卷一：「國初盛稱二孫何之文，苦不多見。僅叙杜詩云：『公詩支爲六家，孟郊得其氣燄，張籍得其簡麗，姚合得其清雅，賈島得其奇僻，杜牧、薛能得其豪健，陸龜蒙得其贍博。』此數語亦近似。」又新集卷四：「唐詩人以島配郊，又有郊寒島瘦之評。余謂不然。郊集中忽作老蒼苦硬語，禪家所謂一句撞倒墻者。退之崛强，亦推讓之。島尤敬畏，有『自來東野先生死，側近雲山得散行』之句。以賈配孟，是師與弟子並行也。賈五言有晚唐詩人不能道者。」又曰：「亡友趙紫芝選姚合、賈島詩爲《二妙集》，其詩語往往有與姚、島相犯者。按賈太雕鑴，姚差律熟，去韋、柳尚争等級。」又《後村先生大全集》卷九四《賈仲穎詩序》：「賈氏自太傅爲西漢文詞之宗，至以詩名於盛唐，島鳴於晚唐。」又同卷《瓜圃集序》：「近歲詩人，惟趙章泉五言有陶、阮意，趙蹈中能爲韋體。如永嘉詩人，極力馳驟，才望見賈島、姚合之藩而已。余詩亦然。十年前始自厭之，欲息唐律，專造古體。」

嚴羽《滄浪詩話》「詩辨」條：「近世趙紫芝、翁靈舒輩，獨喜賈島、姚合之詩，稍稍復就清苦之風。江湖詩人多效其體，一時自謂之唐宗。不知止入聲聞辟支之果，豈盛唐諸公大乘正法眼者哉。」又「詩體」條云：「以人而論，則有蘇李體，……賈浪仙體，孟東野體。」又「詩評」條云：「李杜數公，如金鳷擘海，香象渡河。下視郊、島輩，直蟲吟草間耳。」

蔡正孫《詩林廣記》前集卷七賈浪仙：「歐陽公云：『島嘗爲衲子，故枯寂氣味，形之於詩句中。』」

范晞文《對牀夜語》卷二：「四靈，倡唐詩者也，就而求其工者，趙紫芝也。然具眼猶以爲未盡者，蓋惜其立志未高而止於姚賈也。」

周密《齊東野語》卷一六「賈島佛」條：「唐李洞字〔子〕〔才〕江，苦吟有聲。慕賈浪仙之詩，遂鑄其像事之，誦賈島佛不絶口，時以爲異。五代孫盛初名鳳，又名忌，好學，尤長於詩。爲道士，居廬山簡寂宫。嘗畫賈島像置屋壁，晨夕事之，人以爲妖。蓋酸鹹之嗜，固有異世而同者，長江簿何以得此於人哉！凡人著書立言，正不必求合於一時，後世有揚子雲將自知之。」

金

趙秉文《閒閒老人滏水文集》一三：「嘗謂古人之詩，各得其一偏，又多其性之似者。若陶淵明、謝靈運、韋蘇州、王維、柳子厚、白居易得其沖澹，江淹、鮑明遠、李白、李賀得其峭峻，孟東野、賈閬仙又得其幽憂不平之氣，若老杜，可謂兼之矣。」

元好問輯、郝天挺箋注《唐詩鼓吹箋注》評賈島：「先生詩亦只是尋常格律，出爲揣摩心苦，不肯輕易下筆，讀去自覺别出尖新。」

元

方回《瀛奎律髓》卷一〇評許渾《春日題韋曲野老村舍》云：「晚唐諸人，賈島開一派，姚合繼之。沿而下，亦非無作者。」又卷一一評姚合《閒居晚夏》云：「姚之詩小巧而近乎弱，不如賈島之瘦勁高古也。」評張籍《過賈島野居》云：「賈浪仙詩幽奥而清新，姚少監詩淺近而清新，張文昌詩平易而清新。」又卷二三評姚合《題李頻新居》云：「予謂學姚合詩，如此亦可到也。必進而至於賈島，斯可矣。又進而至老杜，斯無可無不可矣。或曰：『老杜如何可學？』曰：『自賈島幽微入，而參以岑參之壯，王維之潔，沈佺期、宋之問之整。』」又卷四七評賈島《贈僧》云：「賈浪仙五言詩律高古，平生用力之至者，七言律詩不逮也。」又《桐江集·跋方君至庚辰詩》：「東坡謂『郊寒島瘦，元輕白俗』，予謂詩不厭寒，不厭瘦，惟輕與俗則決不可。」

辛文房《唐才子傳·姚合傳》：「與賈島同時，號『姚賈』，自成一法。島難吟，有清洌之風。合易作，皆平澹之氣。興趣俱到，格調少殊，所謂方拙之奧，至巧存焉。」又《李洞傳》：「酷慕賈長江，遂銅寫島像，載之巾中。常持數珠念賈島佛，一日千遍。人有喜島者，洞必手録島詩贈之，叮嚀再四曰：『此無異佛經，歸焚香拜之。』其仰慕一何如此之切也。」

吴師道《吴禮部詩話》録時天彝《唐百家詩選》第一五卷評：「盧仝奇怪，賈島寒澀，自成一家。」

蘇天爵《滋溪文稿·西林李先生詩集序》：「自漢魏以降，言詩者莫盛於唐。方其盛時，李杜擅其宗，其他則韋柳之沖和，元白之平易，温李之新，郊島之苦，亦各能自名其家，卓然一代文人之製作矣。」

明

王禕《王忠文公集》卷二：「元和以降，王建、張籍、賈浪仙、孟東野、李長吉、温飛卿、盧仝、劉叉、李商隱、段成式，雖各自成家，而或淪於怪，或迫於險，或窘於寒苦，或流於靡曼，視開元遂不逮。」又卷四：「詩至於唐盛矣，然其能自名家者，其爲辭各不同。蓋發於情以爲詩，情之所發，人人不同，則見於詩，固亦不得而苟同也。是故王維之幽雅，杜牧之俊邁，張籍之古淡，孟郊之悲苦，賈島之清邃，……蓋其所以爲辭者，即其情之寓也。」

高棅《唐詩品彙·總叙》：「下暨元和之際，則有柳愚谿之超然復古，韓昌黎之博大其詞，張王樂府得其故實，元白序事務在分明，與夫李賀、盧仝之鬼怪，孟郊、賈島之飢寒，此晚唐之變也。……是皆名家擅場，馳騁當世。」又卷一三：「正變：賈島、姚合、許渾、李商隱、李頻、馬戴。元和以還體多變，賈島、姚合思致清苦；許渾、李商隱對偶精密；李頻、馬戴後來興致超邁。時人之數子者，意義格律猶有取焉，故合其詩共八十五首爲正變。」

顧璘《批點唐音》：「浪仙詩清新沉實，自足爲一家，但少從容敦厚耳。温飛卿輩同倫，當儕之長吉、元、白間可也。」

李東陽《麓堂詩話》：「作山林詩易，作臺閣詩難。山林詩或失之野，臺閣詩或失之俗。野可犯，俗不可犯也。蓋惟李杜能兼二者之妙。若賈浪仙之山林，則野矣。白樂天之臺閣，則近乎俗矣，况其下者乎。」又曰：「僧最宜詩，然僧詩故鮮佳句。宋九僧詩有曰：『縣古槐根出，官清馬骨高。』差强人意。齊己、湛然輩，略有唐調。其真有所得者，惟無本爲多，豈不以讀書故耶？」

楊慎《升菴詩話》卷一一「晚唐兩詩派」條：「晚唐之詩分爲二派：一派學張籍，則朱慶餘、陳標、任蕃、章孝標、司空圖、項斯其人也；一派學賈島，則李洞、姚合、方干、喻鳧、周賀、『九僧』其人也。其間雖多，不越此二派。學乎其中，日趨于下。其詩不過五言律，更無古體。五言律起結皆平平，前聯俗語十字一串帶過，後聯謂之『頸聯』，極其用功。又忌用事，謂之『點鬼簿』，惟搜眼前景而深刻思之，所謂『吟成五個字，撚斷數莖鬚』也。余嘗笑之，彼之視詩道也狹矣。三百篇皆民間士女所作，何嘗撚鬚？今不讀書而徒事苦吟，撚斷肋骨亦何益哉！晚唐惟韓柳爲大家。韓柳之外，元白皆自成家。餘如李賀、孟郊祖騷宗謝；李義山、杜牧之學杜甫；温庭筠、權德輿學六朝；馬戴、李益不墜盛唐風格，不可以晚唐目之。數君子真豪傑之士哉！彼學張籍、賈島者，真處裩中之蝨也。二派見《張泊集》序項斯詩，非余之臆説也。」

謝榛《四溟詩話》卷一：「嚴滄浪曰：『學其上，僅得其中；學其中，斯爲下矣。豈有不法前賢，而法同時者。』李洞、曹松學賈島，唐彦謙學温庭筠，盧延讓學薛能，趙履常學黄山谷。予筆之以爲學者誡。」

陸時雍《詩鏡總論》：「賈島衲氣終身不除，語雖佳，其氣韻自枯寂耳。余嘗謂讀孟郊詩如嚼木瓜，齒缺舌敝，不知味之所在。賈島詩如寒虀，味雖不和，時有餘酸薦齒。」

王世貞《藝苑卮言》卷四：「元輕白俗，郊寒島瘦，此是定論。島詩『獨行潭底影，數息樹邊身』，有何佳境，而三年始得，一吟淚流。如《并州》及《三月三十日》二絶乃可耳。又『秋風吹渭水，明月滿長安』，置之盛唐，不復可別。」

胡應麟《詩藪》内篇卷四：「曲江之清遠，浩然之簡淡，蘇州之閒婉，浪仙之幽奇，雖初、盛、中、晚，調迥不同，然皆五言獨造。至七言，俱疲茶不振矣。」又曰：「……『山寒青兕叫，江晚白鷗飢』，孟郊、李賀之瑰僻。『凍泉依細石，晴雪落長松』，島、可幽微所從出。『竹齋燒藥竈，花嶼讀書牀』，籍、建淺顯所自來。……杜集大成，五言律尤可見者。」又外編卷四：「東野之古，浪仙之律，長吉樂府，玉川歌行，其才具工力故皆過人，如危峰絶壑，深磵流泉，並自成趣，不相沿襲。」又曰：「飛卿北里名娼，義山狹斜浪子，紫薇緑林傖楚，用晦村學小兒，李賀鬼仙，盧仝鄉老，郊、島寒衲。」又曰：「唐羽流還俗，率顯如賈島、周賀之類，窮厄終身，較爲僧但多髮耳。獨馬嘉運至學士，而蔡京節使，以輕躁敗名。」又曰：「盧仝、馬異、孟郊、賈島並出一時，其詩體酷類，已爲奇絶，其名皆天生的對，尤爲奇也。」又外編卷五：「九僧諸作多在晚唐貫休、齊己上，惠崇尤傑出，如『露寒金掌重，天近玉繩低』，『人遊曲江少，草入未央深』之類，佳句不可勝數，幾欲與賈島、周賀爭衡。」又雜編卷五：「余前考九僧，不能盡得其地，今並列於此。諸人蓋皆與寇平仲、楊大年同時，其律詩精工瑩潔，一掃唐末五代鄙俗之態，幾欲升賈島之堂，入周賀之室，佳句甚多，温公蓋未深考。」又曰：「盧仝奇怪，賈島寒澀，自成一家。」

胡震亨《唐音癸籤》卷七引方秋崖語曰：「賈浪仙島，産寒苦地，立心亦苦，如不欲以才力氣勢，掩奪情性，特於事物理態，毫忽體認，深者寂入，峻者迥出。不但人口數聯，於劫灰上泠然獨存，尋咀餘篇，芊葱佳氣，瘦隱秀脉，其妙一一徐露，無可厭斁。」又引胡元瑞語而按斷：「『李賀鬼仙，郊、島寒衲，盧仝鄉老。』按，自張文昌、郊、島、長吉以至盧仝、劉叉，并一時遊韓公門，長聲價。公首推郊詩，與籍遊譏無間，島、賀亦指誘勤奬，若仝與叉，第以好奇，姑收之爾，非真許可若籍輩也。宋人取仝詩與長吉同評，謂『天地間欠此體不得』，亦失其倫矣。」又卷一一云：「僧與島，自浪仙後幾成一副應急對子，諸家概有，惟姚合『夜鐘催鳥絶，積雪阻僧期』，差不落夾。」　又卷二五曰：「詩道須前後輩相推引。李、杜兩大家不曾成就得一箇後輩來，殊可惜。惟昌黎公有文章官位聲名，任得此事。……所曲成其業與其身名如孟郊、李賀、賈島其人者，又皆間出吟手，能偕公翻鬬新異，換奪一世心眼傳後。以故繼諸人而起者，復燈燈相繼續不衰，追頌公亦因不衰。」　又卷二八曰：「唐人一時齊名者……其專以詩稱有沈宋，佺期、之問。錢郎，起、士元。……賈喻，島、鳧。出顧雲文。」　又曰：「詩才遲速，天分有限。賈島三年十字，遲自可傳。王璘半日萬言，速更何取。」　又引《劇談録》云：「自大中、咸通之後，每歲試春官者千餘人，其間有名如……賈島、平曾、李陶、劉得仁、喻坦之、張喬、劇燕、許琳、陳覺，以律詩著。」

許學夷《詩源辯體》卷二五：「賈島字浪仙，與孟郊齊名，故稱『郊島』。郊稱五言古，島稱五言律。然島之較郊，才質品第不啻什伯，故退之多稱郊而少及島，歐陽公亦云『郊死不爲島』是也。島五言律氣味清苦，聲韻峭急，在唐體尚爲小偏，而句多奇僻，在元和則爲大變。東坡云『郊寒島瘦』，唐人詩論氣象，此正言氣象耳。」　又曰：「晚唐人卑陋，於島[輦]〔輩〕傾心向慕，於退之、東野，茫乎無得也。」　又曰：「賈島五言律雖多變體，然中如『飄蓬多塞下』、『歸騎雙旌遠』、『數里聞寒水』、『閩國揚帆去』四篇，尚有初盛唐氣格，惜非完璧。如『辭秦經越過』、『石頭城下泊』、『半夜長安雨』、『落日投村戍』四篇，便似中唐。如『未知遊子意』、『去有巡臺侶』、『衆岫聳寒色』、『頭髮梳千下』四篇，亦似晚唐。今並録冠於前，先正後變也。」又曰：「賈島七言律入録者雖少，至如『霜覆鶴身松子落，月分螢影石房開』……等句，皆清新峭拔，另爲一種，與五言小異，亦爲小偏。」又曰：「退之五七言古凡遇窄韻，更極奇險。如賈島五言《翫月》詩，最爲醜惡，其他鄙陋者雖多，而此爲尤甚。人知退之之爲美，則知賈島之爲惡矣。」又曰：「元和諸子之詩雖成變體，然其才識則固有過人者。惟賈島才力既薄而識見尤卑，其詩有『秋風吹渭水，落葉滿長安』，古今勝語而不自知愛。如『獨行潭底影，數息樹邊身』，有何佳境，乃云『二句三年得，一吟雙淚流』，其識見卑下可知。」

《騷壇秘語》評賈島詩：「煉景情真，太拘聲病。」

清

王夫之《薑齋詩話》卷二：「門庭之外，更有數種惡詩：有似婦人者，有似衲子者，有似鄉塾師者，有似游食客者。……似衲子者，其源自東晋來。鍾嶸謂陶令爲『隱逸詩人之宗』，亦以其量不弘而氣不勝，下此者可知已。自是而賈島固其本色。陳無己刻意冥搜，止墮壟鹽窠臼；近則鍾伯敬通身陷入；陳仲醇縱饒綺語，亦宋初九僧之流亞耳。……學詩者一染此數家之習，白練受污，終不可復白，尚戒之哉！」

錢謙益《曾房仲詩序》：「大曆後以詩名家者，靡不由杜而出。韓之《南山》，白之《諷諭》，非杜乎？若郊若島，若二李盧仝馬異之流，盤空排奡，横縱譎詭，非得杜之一枝者乎？然求其所以爲杜者無有也。以佛乘譬之，杜則果位也，諸家則分身也。逆流順流，隨源應化，各不相識，亦靡不相合。」

黄宗羲《錢退山詩文序》：「至於有宋，折衷之學始大盛，……學昆體者謂之村夫子，學郊、島者謂之字面詩。」

邢昉《唐風定》：「東野之古，浪仙之律，異曲同工，宇宙間真少此種不得。若長吉歌行，則少之不爲缺事矣。」

《瀛奎律髓彙評》二三馮班評賈島《原上秋居》曰：「長江詩雖清僻，然句有餘韻，所以高也。今人用露骨硬語，學之便不近。」

顧嗣立《寒廳詩話》：「賈長江嘗於歲除取一歲中所作詩，以酒脯祭之，曰：『勞我精神，以此補之。』余仿其意，每歲除取架上手自校勘諸書，陳列秀野草堂，清香樺燭，酒脯具設，再拜而祝之，因作《祭書行》云云。時亦陶、犀月、大臨、日容並屬和。」

賀裳《載酒園詩話》卷一「末流之變」條：「鄭谷受知於李頻，李頻受知於姚合，姚合與賈島友善，兼效其詩體。」　又「詩魔」條：「歐陽公《詩話》云：『國朝浮圖以詩名于世者九人，號「九僧詩」。……』按九僧皆宗賈島、姚合，賈詩非借景不妍，要不特賈，即謝朓、王維，不免受困。」　又「宋人議論拘執」條：「賈雖工爲詠物之言，僅律詩有佳句，《風》《騷》樂府之體，實未之備。」　又「《升菴詩話》」條：「用修曰：『晚唐之詩，分爲二派，一派學張籍，一派學賈島。其詩不過五言律，起結皆平平……真處褌之蝨也。』余意用修以此矯空疎之弊，誠爲石論，但兩家詩派自分，其弟子得失亦自有别。張主言情，語多平易。賈專寫景，意務雕搜。且張佳處本在樂府歌行，舍其委婉諷諭之章，而模其淺近，此誠庸劣。閬仙古詩雖氣格不靡，時多酸陋，短律推敲良具苦心，學之者專務于此，故時有出藍之美。兩派中有善學不善學之分，概謂之『蝨』，恐非平允。賈五言律亦出自於杜，如『哀年催釀黍，細雨更移橙』，『帖石防隤岸，開林出遠山』，『暗水流花徑，春星帶草堂』，『緑垂風折笋，紅綻雨肥梅』，皆只寫目前之景，略不使事。至如『仰蜂黏落絮，行蟻上枯梨』，形容尤入僻細，但少陵不專此一體，亦有使事者、言情者。正如郇公之厨，惟偕惟旨，賈體惟以海錯供庖耳。」　又《載酒園詩話又編》「賈島」條：「閬仙五字詩實爲清絶，……賈有精思而無快筆，往往意工於詞。又生平好用倒句，如『細響吟乾葦』，『枝重集猿楓』，雖紆曲而猶能達其意。至『舟繫岸邊蘆』，蘆豈堪繫舟，必是繫舟蘆岸。」

查爲仁《蓮坡詩話》：「奉天李鐵君鍇，隱居盤山，有句云：『鬬禽雙墮地，交蔓各升籬。』鍇號廌青山人，有《睫巢集》六卷，古體刻意追摹漢、魏，近詩則取裁郊、島間。」

田雯《古歡堂集雜著》卷一：「讀郊、島、皮、陸詩，如逢幽花異酒，别有賞心。」又卷三曰：「皮日休、陸龜蒙、賈島、孟郊、盧仝、馬異、劉滄、許渾諸人，皆有心相肖，天然匹偶，彼此同學之意。」

王士禎《帶經堂詩話》卷首：「宗室紅蘭主人工詩畫，有《玉池生集》。又刻郊、島二家詩，曰《寒瘦集》。生於富貴而其胸懷蕭灑乃爾，亦奇。」（《香祖筆記》）

朱彝尊《唐風采序》：「初唐若沈宋蘇張，含英咀華，似春之惠風。盛唐若李杜高岑，頓挫悲壯，似夏之炎風。中唐若劉韋錢秦，沖和雅澹，似秋之飆風。晚唐若賀險、仝怪、郊瘦、島飢，似冬之寒風。」

沈德潛《唐詩别裁集》卷一二：「元和中詩尚輕淺，島以僻澀矯之。」

沈德潛《説詩晬語》卷上：「孟東野詩，亦從《風》《騷》中出，特意象孤峻，元氣不無斲削耳。以郊島并稱，銖兩未敵也。」又：「賈長江『秋風吹渭水，落葉滿長安』，温飛卿『古戍落黄葉，浩然離故關』，卑靡時乃有此格。後惟馬戴亦間有之。」卷下：「性情面目，人人各具。讀太白詩，如見其脱屣千乘。讀少陵詩，如見其憂國傷時。其世不我容，愛才若渴者，昌黎之詩也。其嬉笑怒駡，風流儒雅者，東坡之詩也。即下而賈島、李洞輩，拈其一章一句，無不有賈島、李洞者存。」

李重華《貞一齋詩説》「詩談雜録」條：「孟東野、賈閬仙卓犖偏才，俱以苦心孤詣得之。若盧玉川則更頽然自放，疏野特甚矣。」

薛雪《一瓢詩話》：「崔灝筆力宏大，賈島詩骨清峭。」又曰：「唐茂業有詩極似玉溪，想亦如李洞之師賈島，故臭味不殊。」

翁方綱《石洲詩話》卷二：「孟東野、李長吉、賈閬仙、盧玉川四家，倚仗筆力，自樹旗幟。蓋自中唐諸公漸趨平易，勢不可無諸賢之撑起。然詩以温柔敦厚爲教，必不可直以粗硬爲之。此内惟長吉錦心綉口，上薄《風》《騷》，不專以筆力支架爲能。其餘若玉川《月蝕》一篇，故自奇作，浪仙五律，亦多勝概。」又卷四：「四靈皆晚唐體，大率不出姚合、賈島之緒餘，阮亭謂『如褦材窘於方幅』者也。吴鈔乃謂『唐詩由此復行』。」

李懷民《重訂中晚唐詩主客圖》：「浪仙詩無七古，其五古、五七言律以及絶句皆生峭險僻，錘錬之功，不遺餘力。故韓吏部詩云：『無本於爲文，身大不及膽。蛟龍弄角牙，造次欲手攬。』孟東野亦云：『瘦僧卧冰凌，嘲詠含金痍。金痍非戰痕，峭病方在兹。』尤好爲五言律，存遺二百餘篇，較别體爲多。東野所謂『燕本越淡，五言寶刀』也。沿流而下，李洞之外，又有周賀、曹松、喻鳧，皆宗派之可考者。其他諸賢雖於古無聞，體格不殊，可推而得之。本欲全録，以極其體之變，因賈詩刻苦過煉，後學不善，流爲尖酸；又遺集魯亥尤多，往往兩存之猶不得妥當，兹删去四分之一，尊爲清真僻苦主，與張水部分壇領袖，學者或性不近水部者，其入此派，不失正宗。合十四人，得詩四百六十首。」

劉邦彦重訂《唐詩歸折衷》：「自有詩以來，無如浪仙之刻削者，宜其自苦吟得之也。……特其守氣過矜，取途太逼，故止長於五律，而長篇散集，病未遑焉。」

吴喬《圍爐詩話》卷三引賀裳《載酒園詩話》曰：「效賈體者多專意中聯，忽略首尾，故人都少之。《紀事》謂『閬仙變格入僻，以矯元、白』。愚謂元、白之艷，已自諱之，亦何足矯。當矯者，鄙俚率直也。賈古詩此病亦多。『郊寒島瘦，元輕白俗』，病總在乎俗。酸陋亦是俗。元白有袒裼裸裎之容，閬仙有囚首垢面之狀。好色而淫，怨誹而亂，均傷大雅。」

袁枚《隨園詩話》卷一〇：「李懷民與弟憲喬，選唐人主客圖，以張水部、賈長江兩派爲主，餘人爲客，遂號所詠爲《二客吟》。懷民《贈人盆桂》云……憲喬《詠鶴》云……二人果有賈、張風味。」　又《隨園詩話》《補遺》卷二云：「桐城李仙芝自稱抱犢山人，館方氏一梅齋，夜半關門，宿鳥驚噪，因得『推窗驚鳥夢』五字，以爲似賈浪仙。然終未成篇也。又隔五年，爲山館蟲聲棖觸，方足成一律云：『宵深寒氣重，山館劇凄清。夜月猿僵卧，秋螢鬼擁行。推窗驚鳥夢，就枕聽蟲聲。寂寂孤燈盡，匡牀已二更。』」

管世銘《讀雪山房唐詩序例》：「大曆諸子，實始争工字句。然雋不傷煉，巧不傷纖，又通體仍必雅令温醇，耐人吟諷，不似元和以後，但得一聯稱意，便『匆匆不暇草書』，以致全無氣格也。賈長江號爲苦吟，而每篇必有敗闕，況其下乎？」

李調元《雨村詩話》下：「《詩》三百篇有正有變，後人學焉而各得其性之所近。《楚騷》之幽怨，少陵之憂愁，太白之飄艷，昌谷、玉川之奇詭，東野、閬仙之寒儉，從乎變者也。陶靖節以下，至於王昌齡、王維、孟浩然、高適、岑參、韋應物、儲光羲、錢起輩，俱發言和易，近乎正者也。」

余成教《石園詩話》卷二：「韓門諸人詩分兩派，朱慶餘、項斯以下爲張籍之派，姚合、李洞、方干而下則賈島之派也。……薛大拙能僻於詩，日賦一章。於人前少所許可，間稱賈長江解詩，李清蓮及劉、白而下無取也。」又曰：「李才江洞，唐諸王孫，慕賈島，爲鑄銅像其儀，事之如神。其詩如『齒因吟後冷，心向静中圓』……奇峭處逼真浪仙。」又曰：「順宗時，孟郊、賈島、張籍、王建、李賀、盧仝、歐陽詹、劉叉俱從韓愈遊，謂之韓門詩派。」

趙翼《甌北詩話》卷三「韓昌黎詩」條：「遊韓門者，張籍、李翱、皇甫湜、賈島、侯喜、劉師命、張徹、張署等，昌黎皆以後輩待之。」又曰：「盤空硬語，須有精思結撰。若徒撏撦奇字，詰曲其詞，務爲不可讀以駭人耳目，此非真警策也。昌黎詩如……《送無本師》云：『鯤鵬相摩窣，兩舉快一噉。』形容其詩力之豪健也。」

胡壽芝《東目館詩見》卷一：「賈長江刻意無凡語，五律尤妙。」

闕名《静居緒言》：「元和、長慶間，詩有兩歧，韓門諸子，專尚質實，張籍、皇甫故爲敏妙，以及郊寒島瘦，各有勝處。『慈母手中綫』與『妾心古井水』諸篇，殆所謂在古無上者矣。《終南山》詩、《巫山高》等作，椎琢渾成，高視闊步，豈亦寒儉者乎？『客舍并州已十霜』，及『策杖離山驛，逢人問梓州』，亦千古合作，豈一例瘦辭乎？然有終卷不可得此一二篇者矣。」又曰：「宛陵詩有兩體：古淡一種，在襄陽、隨州之間。刻畫一種，便似郊、島。」

梁章鉅《退庵隨筆》引紀昀《瀛奎律髓刊誤序》曰：「虚谷以長江、武功一派，標爲寫景之宗，一蟲一魚，一花一木，規規然摹其性情，寫其形狀，《騷》《雅》之本意，果若是耶？是皆江西一派先入爲主，而變本加厲，不知所返也。」

延君壽《老生常談》：「淺人多淺視郊、島兩家詩，初未嘗深究之也。……閬仙五古《精舍》云：『耳目乃鄽井，肺肝乃巖峰。』《贈友》云：『一日不作詩，心源如廢井。』《寓興》云：『今時出古言，在衆翻爲訛。』語語有真氣，有真性靈。人於讀王、孟、韋、柳後，不讀郊、島兩家，猶是缺典。五律尤極瘦峭之能事。然五律終當以杜爲宗，大則『奇兵不在衆，萬馬救中原』，小則『行蟻上枯梨』，『細麥落輕花』之類，無所不有也。」

潘德輿《養一齋詩話》卷一：「郊島並稱，島非郊匹。人謂寒瘦，郊並不寒也。」

陳僅《竹林答問》：「郊勝於島。『郊寒島瘦』之評，亦未甚允。」

陸鎣《問花樓詩話》卷一：「今世談詩者曰韓、蘇，曰郊、島，先廣文云：『韓、孟并世，韓才雄而肆，孟骨高而韻，且島非郊匹也。』司空表聖曰：『島詩刻削多佳句。』唐有李洞者，愛誦島詩，鑄像而禮之，警拔處足配浪仙。」

陳衍《石遺室文集》卷九：「柳州、東野、長江、武功、宛陵以至於四靈，其詩世所謂寂，其境世所謂困也。然吾以爲有詩焉，固已不寂，有爲詩之我焉，固已不困。」

王闓運《湘綺樓説詩》卷三：「韓門諸子，郊、島、仝、賀各極才思，盡詩之變，然罕能兼之。」

許印芳《詩法萃編》《跋司空圖與王駕評詩書》：「浪仙、東野並擅天才，東野才力尤大。同時惟昌黎伯與之相敵，觀集中聯句詩可見。兩人生李杜之後，避千門萬户之廣[衙][衢]，走羊腸小道之仄徑，志在别開生面，遂成僻澀一體。」又曰：「浪仙在元和中，元、白詩體尚輕淺，乃獨變格入僻，以矯艷俗，較諸頽靡波流者，相去遠矣。……孫僅叙少陵詩云：『郊得其氣焰，島得其奇僻。』可謂知言。」　又評賈島《寄韓湘》云：「郊、島詩其平易處，皆自鑱刻中來，所謂極苦得甘也。」（《瀛奎律髓彙評》二九）

施補華《峴傭説詩》：「孟郊、賈島並稱，謂之郊寒島瘦。然賈萬不及孟，孟堅賈脆，孟深賈淺故也。」又曰：「劉叉、賈島粗率荒陋，殊少可取，古之依草附木者也。」

朱庭珍《筱園詩話》卷一：「大曆以降，風調漸佳，氣格漸損。故昌谷以雄奇勝，元、白以平易勝，温、李以博麗勝，郊、島以幽峭勝，雖品格不一，皆能自成局面，亦皆力求其變者也。即張、王、皮、陸之屬，非無意翻新變故者，特成就狹小耳。晚唐衰極，五代詩亡，幾掃地盡。」

程學恂《韓詩臆説》云：「自蘇子瞻有郊寒島瘦之譃，嚴滄浪有蟲吟草間之誚，世上寡識之流遂奉爲典要，幾薄二子不值一錢，宜乎風雅之衰，靡靡日下也。試看韓歐集中推崇二子者如何，豈其識見反出蘇、嚴下耶？再子瞻詆樂天爲俗，而其一生學問專學一樂天。此等處須是善會，黄泥摶成人，多是被古人瞞了。」

宋育仁《三唐詩品》云：賈島詩「不知其源所出，卻是後來黄山谷、陳無己諸家所祖。精于用意，拙在修詞，佳處能戛然獨造，一空浮響。浮筋害體，無蘊藉之容，雖與東野齊名，然固不逮也」。

附録六　賈島年譜新編

《賈島年譜》創自著名學者李嘉言先生（載一九四一年十三卷二期《清華學報》，一九四七年商務印書館出有單行本，下稱李《譜》）。岑仲勉先生曾予品評，李先生參考修訂後，作爲《長江集新校》附録，一九八三年由上海古籍出版社出版，學界稱善。此後三十多年來，賈島生平及作品研究不斷有新成果問世，其中吴汝煜、謝榮福《李嘉言〈賈島年譜〉訂補》（《遼寧廣播電視大學學報》一九八七年三期），及黄鵬《賈島詩集箋注》附《賈島年譜》（巴蜀書社二〇〇二年版，下稱黄《譜》），亦時有卓見。拙著《賈島集校注》（人民文學出版社二〇〇一年版）對賈島生平、作品亦有一些新的看法；此後又有拙著《賈島研究》（人民文學出版社二〇〇七年版），進一步解决了賈島生平及作品的一些疑點，遂彙聚學界已有成果，益以個人研究所得，彙爲《賈島年譜新編》附於《賈島研究》之後。今中華書局欲將《賈島集校注》修訂改版，徵得人民文學出版社同意後，遂將《年譜新編》一併修訂附於書後，以便讀者。《年譜新編》儘量吸收學界前輩及同仁的研究成果，并在此深表謝忱。錯謬和不當之處，望方家賜教。

賈島，字浪仙，范陽人。自稱碣石山人。

蘇絳《賈司倉墓誌銘》曰：「公諱島，字浪仙，范陽人也。」（《全唐文》卷七六三，以下簡稱蘇《誌》）《新唐書·韓愈傳》附《賈島傳》（以下簡稱《新書》本傳）同。島之里貫，韓愈《送無本師歸范陽》詩云：「家住幽都遠。」（錢仲聯《韓昌黎詩繫年集釋》卷七）「無本」，島之法名（詳後）。據《新書·地理志》，唐幽州范陽郡有幽都縣（故治在今北京市西南房山縣境），是蘇《誌》、《新書》本傳謂島「范陽人」，乃泛稱，韓詩謂島家住「幽都」，係確指。又本集卷二《明月山懷獨孤崇魚琢》詩曰「鄉本北嶽外」，卷五《晚晴見終南諸峰》曰「故山思不見，碣石沉寥東」，卷十《題青龍寺》詩曰「碣石山人一軸詩」（下引島詩均據拙著《賈島集校注》中華書局本），「北嶽」「碣石」均在古幽州，亦泛稱也。而「碣石山人」乃島自稱（亦見《唐才子傳》卷五《賈島傳》）。

先世名字官爵，多未詳。

蘇《誌》云：「祖宗官爵，顧未研詳，中多高蹈不仕。」

代宗大曆十四年己未（七七九）一歲

蘇《誌》云：「會昌癸亥歲七月二十八日，終於郡官舍，春秋六十有五。」（此據百納本《新書》本傳、汲古閣刊《唐人八家詩》本《長江集》）由會昌三年癸亥（八四三）上推六十五年，恰生於本年。《全唐文》謂其享年六十四；殿本《新書》本傳謂享年五十六，均誤。

德宗建中元年庚申（七八〇）二歲

興元元年甲子（七八四）六歲

貞元元年乙丑（七八五）七歲

貞元四年戊辰（七八八）十歲

島嘗出家爲僧。韓愈《送無本師歸范陽》，孟郊《戲贈無本二首》，皆稱島曰「無本」。《新書》本傳曰：「初爲浮屠，名無本。」是島出家時法名無本。《新書》本傳、《唐詩紀事》卷四〇、《直齋書録解題》卷一九、《唐才子傳》卷五俱云島曾出家爲僧，然皆不記出家年月。本集卷三《寄賀蘭朋吉》詩云：「故園從小別。」「小」謂年幼。《禮記・曲禮上》曰：「人生十年曰幼。」此島自言離鄉時年尚幼小，蓋十歲左右。然島自幼背井離鄉，原因爲何？離家後是徑入佛門，抑或流浪一段時間後再出家？文獻無徵，難以指詳，姑附於此。

貞元十四年戊寅（七九八）二十歲

民國十七年（一九二八）重修《房山縣誌》云：「島初祝髮雲蓋寺。」（見李《譜》貞元十四年下注文）島或幼年出家爲沙彌，二十歲祝髮受具足戒，抑或本年直接出家祝髮受具戒？不得而知。《新書》本傳謂島「初爲浮屠，名無本」，或即在本年直接出家受戒。或謂島舉進士不第，後爲僧（見《鑒誡録》卷八「賈忤旨」條），此與正史及多數文獻所云先爲僧、後返俗仕進相乖戾，不取。

貞元十六年庚辰(八〇〇)二十二歲

本年前後,島自范陽一帶佛寺,赴東都洛陽龍門香山寺爲僧(詳後)。《新書》本傳謂島「來東都,時洛陽令禁僧午後不得出,島爲詩自傷」。《北夢瑣言》載其自傷詩爲「不如牛與羊,猶得日暮歸」(見《詩話總龜》前集卷八),蓋傷行動不得自由也。中唐以後,因社會動亂,京畿對僧人限制漸嚴。貞元三年,邠州僧李廣弘,或云爲宗室親王之胤,在京師佛寺謀亂,事敗後,朝廷對政治腹心長安、洛陽僧人限制更嚴(見《舊唐書·韓瑰傳》)。而幽州諸鎮對佛寺卻較少約束(見《册府元龜》卷五二)。島之自傷,恰透露出其爲洛陽初來乍到僧人,因而對京畿佛寺的限制還不習慣;若原來即居洛陽佛寺,對京畿佛寺漸趨嚴厲的約束習以爲常,則何傷之有?是島來東都,當在本年前後而不會在此前太久。

貞元十七年辛巳(八〇一)二十三歲

在洛陽龍門香山寺爲僧(詳後)。春三月,上詩韓愈,二人始識並訂交。本集卷三《皇子陂上韓吏部》詩云:「石樓云一别,二十二三春。」此詩作於穆宗長慶四年(八二四)夏(見洪興祖《韓子年譜》,以下簡稱洪《譜》)。今案「石樓」乃香山寺内的石築樓房(見《白居易集箋校》卷六八《修香山寺記》)。自長慶四年逆數二十三年,恰爲本年,因知韓、賈始交于本年。「一别二十二三春」,指本年識韓後,島决意還俗仕進,次年離香山寺石樓,返回故鄉一帶修習舉業,再還俗應試,至長慶四年,凡二十二個年頭;若兩頭年份均算上,則二十三年矣(參拙作《韓賈交遊始年考》,

《文史》二〇〇三年四期)。《新書》本傳謂島「來東都,時洛陽令禁僧午後不得出,島爲詩自傷。愈憐之,因教其爲文。遂去浮屠,舉進士」,所指即韓、賈始交事。或謂其識韓在元和六年,若是,至長慶四年僅十三年,顯誤。或謂「石樓云一别,二十二三春」,指離故鄉石樓村的時間,亦誤。此詩乃韓愈晚年病退去世前島之獻詩,此二句深情回顧在韓愈激勵下逃禪業舉仕進的歷程,若將其説成離開故鄉的時間,則與上詩韓愈之旨不合;何況島自云「故鄉從小别」,若從十歲離鄉算起,至長慶四年,已整整三十六個年頭,與詩曰「二十二三春」乖違。再者,若韓賈相識于元和六年,該年夏秋間韓入京爲職方員外郎(詳後),此與韓《送無本師歸范陽》回憶始交賈島後,二人同入長安在十一月相矛盾(詳後)。故韓賈始交不得在元和六年,而只能在本年。

去年五月,孟郊尚在常州。蓋去年冬至本年春,孟赴洛陽參加銓選(本年銓選在洛陽),賦有《初於洛中選》一詩。本年孟任溧陽縣尉(見華忱之《孟郊年譜》,以下簡稱《孟譜》)。載華忱之、喻學才《孟郊詩集校注》附録)。唐代銓選又謂之「冬集」,而赴任則在次年,故孟留滯洛陽的時間爲去年冬至本年春。本集卷二有《投孟郊》詩,作於二十一年或稍後(詳後),中云:「前歲曾入洛,差池阻從龍。」此之「前歲」,謂前幾年也。白居易《花前歎》可證,詩云:「前歲花前五十二,今年花前五十五。」(朱金城《白居易集箋校》卷二一)白氏此「前歲」,即謂前三年也。島於二十一年前後謂「前歲曾入洛」,正指本年前後孟赴洛陽銓選之行也。孟既早有詩名,去年冬至本年春在洛陽銓選,時島已於洛陽佛寺爲僧,二人原有機會晤面,然因孟忙於選官,得官後又迫于王命,匆匆赴任，未及相識，故曰「差池阻從龍」。

冬十一月，隨韓愈入長安。韓愈《送無本師歸范陽》云：「始見洛陽春，桃枝綴紅糝。遂來長安里，時卦轉習坎。」「坎」，爲十一月卦（見京房《易傳》）。是韓、賈始識後同赴長安在本年十一月。島至長安，當居青龍寺。《唐才子傳》卷五謂島「來東都，旋往京，居青龍寺」，即謂此也。寺在長安新昌坊南門之東（見徐松《唐兩京城坊考》卷三）。本集卷四有《題青龍寺鏡公房》詩云：「一夕曾留宿，終南摇落時。」即指初至長安時曾投宿青龍寺一夕也。又本集卷六有《贈紹明上人》詩云：「未住青龍室，中秋獨往年。上方嵩古寺，下視雨和煙。」白居易《唐東都奉國寺禪德大師照公塔銘並序》提及一僧紹明，乃照公弟子，後入秦（見《白居易集箋校》卷七一），當即此紹明上人。島詩意謂未投宿青龍寺前，即與紹明在嵩山寺相識，今於青龍寺又見面了。因知此詩乃島初至長安居青龍寺時所賦。其初識紹明，當在自幽都赴洛陽後，入長安前。

貞元十八年壬午（八〇二）二十四歲

春夏間，韓愈回洛陽取家屬（見方崧卿跋洪《譜》）。島當與韓同返洛陽，並于本年離開香山寺石樓，返回故鄉范陽一帶（參拙作《韓賈交遊始年考》）。島回故鄉後，蓋寄居佛寺讀書業舉，原北平故宫圖書館藏《定興縣誌》卷十云：「東林寺……因唐賈島舊名也。島爲僧，名無本，祝髮瀛之法善寺，歸里居東林寺（在縣城東門内），有唱和詩。」（見李《譜》貞元十四年下注文）可爲一佐證。島歸故鄉後留在僧籍，居佛寺修習舉業，既可免去還俗後的賦稅之擾，又可安心讀書（參拙作

《韓賈交遊始年考》)。

貞元十九年癸未(八〇三)二十五歲

居范陽一帶佛寺修習舉業。

貞元二十年甲申(八〇四)二十六歲

居范陽佛寺修習舉業。明年前後有《投孟郊》,詩云:「前歲曾入洛,差池阻從龍。萍家復從趙,雲思常縈嵩。」前二句謂十七年孟赴洛陽選官,匆遽間未及相見(已見);後二句謂島遊趙一事。遊趙稍晚,蓋在本年前後。本集卷四有《題劉華書齋》,詩云:「終南同往意,趙北獨遊身。」亦指遊趙事,故此詩蓋作於本年前後。本集之附集有《留題南趙古廟》,亦當作于遊趙時,詩云:「地僻無人秋寂寂,一川紅影夕陽間。」是遊趙在秋季。因未知具體作於何時,姑附於本年。

貞元二十一年、順宗永貞元年乙酉(八〇五)二十七歲

居范陽佛寺修習舉業。

孟郊去年辭溧陽尉,遷延至本年,尚在溧陽待繼任者(見《孟譜》)。其赴長安候選,蓋在本年冬。本集卷二《投孟郊》詩云:「月中有孤芳,天下聆薰風。江南有高唱,海北初來通。……前歲曾入洛,差池阻從龍。萍家復從趙,雲思長縈嵩。」既云「初來通」,顯爲未識前的初投之作,「前歲曾入洛」,指貞元十七年前後孟赴洛陽銓選之行;選官匆匆,因未及見孟,故曰「差池阻從龍」(已見),而詩則本年或稍後作。

憲宗元和元年丙戌(八〇六)二十八歲

張籍貞元十五年第進士，十六年居喪，三年服除，遷延至去年仍未入仕，本年方爲太常寺太祝(見《唐才子傳校箋》卷五《張籍傳》)。本集卷二有《投張太祝》，題曰「張太祝」，即張籍；詩云：「風骨高更老，何春初陽葩。泠泠月下韻，一一落海涯。……身眠東北泥，魂挂西南霞。手把一枝栗，往輕覺程賒。水天朔方色，暖日嵩根花。」詩蓋本年投張之作。

韓賈既相識于貞元十七年春(已見)，次年韓授國子四門博士，十九年拜監察御史，冬貶陽山令，去年改爲江陵法曹參軍，本年六月由江陵回京爲國子博士(見洪《譜》)，與孟郊、張籍同聚于京師，共賦《會合聯句》，復與孟郊作《納涼》《秋雨》《城南》《斗鷄》《征蜀》諸聯句(見《孟譜》)。韓、賈也已三、四年未晤面了，故島蓋於本年秋冬間，赴長安謁張籍、韓愈。本集卷二有《携新文詣張籍韓愈途中成》，詩云：「袖有新成詩，欲見張韓老。青竹未生翼，一步萬里道。仰望青冥天，雲雪壓我腦。失卻終南山，惆悵滿懷抱。」島與韓既久未見面，又投詩張籍以求交好，島正業舉，故詩中透出急切請益之情。「雲雪壓我」句，表明已入冬季，「雪失終南」句，表明距長安已經不遠，詩題所謂「途中成」，當成于此時。此次入長安，當爲島與張籍、孟郊相識之始。黄《譜》繫此詩于本年，可從。

本年十一月，鄭餘慶爲河南尹，孟郊以協律郎之京銜，入鄭氏幕爲水陸轉運從事(見《孟譜》)。孟、賈既已相識，本年冬賈島返鄉，故孟有《戲贈無本二首》，其一云：「長安秋聲乾，木葉相號悲。瘦僧卧冰淩，嘲詠含金痍。」（《孟郊詩集校注》卷六）顯然，詩的首二句所寫乃長安冬景。其二曰：「朔雪凝别句，朔風飄征魂。」是此二首實爲送行詩，地點應在長安。或判二詩乃元和六年冬島由洛陽歸范陽時孟之送行詩，非是。一般送行之作，落筆多刻畫眼前、途中抑或目的地之景。若此詩爲洛中送島歸范陽而作，落筆不應先寫長安冬景。故二詩當爲本年冬孟于長安送島之作。本年冬季以後，自元和二年春直到去世，孟一直居於洛陽，未再赴長安（見《孟譜》）。故孟、賈相識後，孟能于長安冬送島歸范陽，惟本年才有此可能。此二詩既只能作于本年冬，則孟賈相識，必在本年，《戲贈無本二首》，亦必本年冬所作無疑。韓《送無本師歸范陽》詩云：「念當委我去，霜雪刻以憯。獰飆攪空衢，天地與頓撼。」（《韓昌黎詩繫年集釋》卷七）學界一般以爲韓愈此詩，與孟送島二詩爲同時所賦，故韓此詩，亦爲本年冬於長安作。

本集卷二《寄孟協律》詩云：「别後冬節至，離心北風吹。坐孤雪扉夕，泉落石橋時。……岧嶤倚角窗，王屋懸清思。」題稱「孟協律」，表明島歸范陽在十一月孟得京職協律郎之後。「冬節」，當指冬至。詩寫王屋山冬景，王屋山下即孟州濟源縣（參《元和郡縣圖志》卷五河南道一王屋、濟源二縣），爲島歸途所經之地，因知此詩爲歸范陽途經濟源作。詩中所謂「泉」，當即懸泉，白居易《遊坊口懸泉偶題石上》詩曰「濟源山水好」（《白居易集箋校》卷二二），可證。本集卷一有《宿懸泉驛》詩，曰：「曉行瀝水樓，暮到懸泉驛。」當係同時所賦。前詩「泉落石橋」之景，正與此所謂懸泉合。

元和二年丁亥（八〇七）二十九歲

居范陽佛寺修習舉業。

元和三年戊子（八〇八）三十歲

居范陽佛寺修習舉業。

元和四年己丑（八〇九）三十一歲

居范陽佛寺修習舉業。

元和五年庚寅（八一〇）三十二歲

李益約于去年爲中書舍人，本年爲河南少尹，元和七年爲秘書少監兼集賢學士。元和末至文宗大和初爲散騎常侍（見《中國文學家大辭典·唐五代卷》）。本集卷三有《投李益》，卷六有《再投李益常侍》，後詩云：「何處初投刺，當時赴尹京。淹留花木變，然諾肺腸傾。避暑蟬移樹，登高雁過城。……聯句逢秋盡，嘗茶見月生。」李益既于本年爲東都少尹，因知投刺與赴洛即在本年前後，「淹留花木」句，知島本年春赴洛。本集卷三有《天津橋南山中各題一句》，係與李益、韋執中、諸葛覺同賦。「天津橋」，在唐東都洛陽城區洛河上。韋執中，本年春夏之交爲河南令（見《韓昌黎詩繫年集釋》卷七《同竇牟韋執中尋劉尊師不遇》詩注）。《投李益》既作于本年春，則聯句當爲本年秋後作。本集卷十又有《欲遊嵩岳留别李少尹益》云：「微眇此來將敢問，鳳皇何日定歸池。」題稱「留别李少尹益」，知詩當作於聯句之後，往遊嵩岳前。益元和四年爲中書舍人（已見），下句乃願其歸朝之意。

元和六年辛卯（八一一）三十三歲

居范陽佛寺修習舉業。韓愈由河南縣令遷尚書職方員外郎，夏秋間入京，賦有《酬司門盧四兄雲夫院長望秋作》一詩，首句云「長安雨洗新秋出」（見洪《譜》）。韓本年入京既在夏秋之間，則定韓賈始識于本年，便與韓《送無本師歸范陽》云「始見洛陽春，桃枝綴紅糝。遂來長安里，時卦轉習坎」相牴牾，因爲「坎」乃十一月卦，故韓賈始識後一同入京的時間只能在十一月（已見）。可見定韓賈始識於本年，非是。

元和七年壬辰（八一二）三十四歲

春在范陽，韓愈有書寄之。本集卷一有《雙魚謡》詩，題下自注曰：「時韓職方書中以孟常州簡詩見示。」「韓職方」，即韓愈。「孟常州簡」，指孟簡。上年秋，韓入京任職方員外郎（已見），本年二月貶爲國子博士。島遠在范陽，當未知韓貶官事，故仍以前官稱之。因知《雙魚謡》必本年春夏間在范陽作。

秋自范陽赴長安。本集卷一有《早起》詩云：「北客入西京，北雁再離北。秋寢獨前興，天梭星落織。……旅途少顔盡，明鏡勸仙食。」蓋作於本年入京後。本集卷一另有《易水懷古》，疑此次赴京途經易水而作。

既至京，居延壽里。本集卷一有《延壽里精舍寓居》詩云：「霜蹊猶舒英，寒蝶斷來蹤。」是此詩當作於本年秋冬間。本集卷二有《延康吟》曰：「寄居延壽里，爲與延康鄰。不愛延康里，愛此里中人。人非十年故，人非九族親。人有不朽語，得之煙山春。」「里中人」，指張籍，時仍爲太常寺太祝，居延康里，元和十五年方移居靖安里（詳後）。島元和元年識張籍（已見），至此前後七年，故云：「人非十年故。」因知詩爲本年或稍後作。

島還俗當在上年或本年，應舉蓋在本年或明年。島之從叔謨本年登第（見《登科記考》卷一八），姚合有《送賈謨共城營田》詩云：「上國羞長選，戎裝貴所從。」（《全唐詩》卷四九六）表明謨登第後由幕職入仕。若是，謨赴共城蓋在本年或明年。舊共城即今河南衛輝市。本集卷五有《百門陂留辭從叔謨》云：「寒衡陂水霧，醉下菊花山。有耻長爲客，無成又入關。」「百門陂」，即今衛輝市北郊之百泉。詩云「寒」，云「無成又入關」，知詩爲島初舉下第後，二次入關應試前于百門陂留别從叔時所賦，時間蓋在謨赴共城後之元和八或九年冬。《孟譜》判郊《送淡公十二首》作于本年至九年間，詩中還稱島爲「燕本」，爲時稍顯遲了些。島燕人，無本乃其法名。可見島還俗當在去年與本年間；其初次赴舉，當在本年或明年無疑。

元和八年癸巳（八一三）三十五歲

本集卷一有《送沈秀才下第東歸》詩，「沈秀才」，乃沈亞之，吴興人，自謂元和五年以進士入貢京師，因文不合於禮部，先黜去。六年復入京應試，再次被黜，前後凡三黜於禮部，被黜輒歸（見其《與京兆試官書》等，《全唐文》卷七三五），元和十年方進士及第（見《唐才子傳》卷六《沈亞之傳》）。亞之第三次被黜，當在元和八、九年間。前二次被黜，島均不在京師，故此詩當爲亞之第三次被黜時所賦，時間應在本年或明年。

本集卷八有《送皇甫侍御》詩，案皇甫湜，元和元年第進士，三年登賢良方正科，授陸渾尉，歷工部郎中等職（見《新書》本傳）。李賀《高軒過》詩原注曰：「韓員外愈、皇甫侍御湜見過，因而命作。」李《譜》因疑此詩題中的皇甫侍御爲湜，可從。島賦詩時間蓋在本年或去年，姑附于此。

元和九年甲午（八一四）三十六歲

陳商本年進士及第（見《登科記考》卷一八）。案商及第後曾入淮南幕爲從事，歷官户部員外郎、禮部侍郎等職，官終秘書監（見《中國文學家大辭典·唐五代卷》）。本集卷二《送陳商》詩云：「聯翩曾數舉，昨登高第名。」又云：「上客遠府遊，主人須目明。」細繹詩意，當爲商及第後入淮南幕時島的送行之作，時間在本年或稍後。

楊巨源本年六月入朝爲秘書郎，營新居於長安城西僻静街坊（見《唐才子傳校箋》卷五《楊巨源傳》）。張籍有《題楊秘書新居》（《全唐詩》卷三八六）。本集卷十有《楊秘書新居》，「楊秘書」，即巨源也，李《譜》繫此詩於明年，可從。

八月己亥孟郊卒（見韓愈《貞曜先生墓誌銘》）。本集卷三有《哭孟郊》《弔孟協律》二詩，當作于本年。本集原有《哭孟東野》，又見《王建集》，乃王建詩（見本集《删除詩》該詩考辨）。

元和十年乙未(八一五)三十七歲

八月,李文通在平淮西之役中築城于萬勝岡。沈亞之《霍丘縣萬勝岡新城録》曰:「元和九年,蔡之帥死,其子元濟以其土叛,逸掠陳、汝之間。冬,縱兵臨壽春,屠馬塘,走其守令狐通。焚霍丘,淮南郡邑大駭,民人卷席而居。上聞之怒,謫其守。明年春,詔執金吾李將軍馳傳出守之。既至,收其壞卒,聚壽春城。使人勞井閭而市貨,耕桑之業始復。民人莫知復爲戰矣。八月乙巳,乃夜引兵南出霍丘百四十里,又折而西四十里,營於萬勝岡,築新城。」(《全唐文》卷七三七)本集卷十《贈李文通》詩曰:「營當萬勝岡頭下,誓立千年不朽功。天子手擎新鉞斧,諫官請贈李文通。」築城之事既在八月,則此詩當作於秋冬或稍後。

十二月,禪宗僧人懷暉號柏巖(又作百巖)示寂長安章敬寺(見四部叢刊本《權載之文集》卷一八《唐故章敬寺百巖禪師碑銘序》,《宋高僧傳》卷一〇所載卒年同)。本集卷三有《哭柏巖禪師》,當作于柏巖滅度時,詩云:「自嫌雙淚下,不是解空人。」明謂己已脱去僧籍還俗矣。案懷暉俗姓謝氏,諱懷暉,泉州人,禪宗洪州宗祖師馬祖道一著名弟子,嘗詣曹溪,遊方清凉、幽都等地,止于太行柏(一作「百」)巖寺,門人因以「柏巖」號焉。元和三年徵至京師,敕住章敬寺,每歲召至麟德殿講論,推爲上座。《宋高僧傳》卷一〇謂懷暉滅度,「岳陽司倉賈島爲文述德焉」,所指蓋王象之《輿地碑記目》卷三載島所撰《章敬國師碑》,惜碑文未留傳下來,然《碑銘》尚存(見本集《附集》)。又本集卷一有《贈智朗禪師》,詩云:「欲問師何之,忽與我相别。」智朗乃柏巖弟子(見權德輿《唐故章敬寺百巖禪師碑銘並序》及《宋高僧傳》卷一〇《懷暉傳》)。柏巖滅度之次年，智朗、志操等弟子爲起塔於灞陵原。此後，智朗蓋欲離開章敬寺，故島云「欲問師何之」。是此詩應作於柏巖禪師滅度之次年或稍後。

元和十一年丙申(八一六)三十八歲

在長安。九月，李翺弟正辭貶金州刺史(見《舊書》本紀)。本集卷六有《贈李金州》，即贈正辭也，詩當作于本年。

元和十二年丁酉(八一七)三十九歲

在長安。姚合上年進士及第(見《郡齋讀書志》卷四、《登科記考》卷一八)，本年冬，姚爲魏博幕府從事，其《從軍行》曰：「濫得進士名，才用苦不長。性癖藝亦獨，十年作詩章。六義雖粗成，名字猶未揚。將軍俯招引，遣脱儒衣裳。常恐虚受恩，不慣把刀槍。」(《全唐詩》卷五〇二)可見，及第後姚釋褐爲軍幕從事。又姚《寄狄拾遺時爲魏州從事》詩曰：「少在兵馬間，長還繫戎職。雞飛不得遠，豈要生羽翼。三年城中遊，與君最相識。應知我中腸，不苟念衣食。主人樹勳名，欲滅天下賊。愚雖乏智謀，願陳一夫力。……古人不懼死，所懼死無益。」(《全唐詩》卷四九七)狄拾遺即狄兼謨，姚舊交。是姚所在乃魏博節度使幕，詩中「主人」，即前詩中的「將軍」田弘正。《通鑑·唐紀》卷五七：元和十四年十二月「令狐楚……乃薦山南東道節度推官狄兼謨才行，癸亥(十九日)，擢兼謨左拾遺内供奉」。姚詩稱兼謨「拾遺」，謂己「魏州從事」，可見至元和十五年初，姚仍在魏博幕中。或謂姚及第後即調武功主簿，大誤。姚爲魏博從事，直至十五年夏方罷（見郭文鎬《姚合佐魏博幕及賈島東游魏博考》，《江海學刊》一九八七年第四期）。

元和十三年戊戌（八一八）四十歲

錢徽元和十年爲翰林學士（見丁居晦《重修承旨學士壁記》，《全唐文》卷七五七），十一年因上疏請罷淮西兵，免學士職，徙太子右庶子，後出爲虢州刺史（《新書》本傳）。然徽出刺虢州，無確切紀年。考徽十五年又由虢州還朝爲禮部侍郎（見嚴耕望《唐僕尚丞郎表》），徽刺虢州以三年計，則其出刺虢州當在本年前後。若是，其爲右庶子當在十一至本年之間。本集卷四有《寄錢庶子》，「錢庶子」，即徽也，故詩應作於此一時期。詩曰：「曲江春水滿，北岸掩柴關。……猶記聽琴夜，寒燈竹屋間。」本集卷六又有《秋夜仰懷錢孟二公琴客會》，詩云：「月色四時好，秋光君子知。」「錢」即錢徽，「孟」指孟簡。題曰「琴客會」當即前詩所謂「聽琴」一事。孟簡上年八月自浙東觀察使入爲户部侍郎，本年五月檢校工部尚書出爲襄州刺史、山南東道節度使（見《舊書》本紀及本傳）。聽琴夜既曰「寒燈」，乃深秋之景；而錢、孟二公秋季能同在京師聽琴，惟上年秋才有此機會，是「琴會」即在去年深秋。《寄錢庶子》既曰「猶記聽琴夜」，則詩當作于琴會之後。又詩曰「春水」，則《寄錢庶子》作于本年春可無疑也。而《秋夜仰懷錢孟二公琴客會》既曰「仰懷」「秋光」，則此「秋」當指上年秋，詩亦當作於去年秋。

《寄錢庶子》既作于本年春，而詩云「曲江春水滿」，復曰「北岸掩柴關」，據此可知本年春，島已遷居曲江北岸之樂遊原東。島原居延壽里(已見),其遷居的時間當在本年或稍前。本集卷四有《原東居喜唐温琪頻至》,詩曰:「曲江春草生。」題曰「原」,即樂遊原也,詩蓋亦本年春作。本集卷四《訪李甘原居》云:「原西居處静,門對曲江開。」據此可知,樂遊原南即曲江北岸,詩亦當爲居于樂遊原時所作,因具體時間不明,姑附于此。

本集卷四有《僻居無可上人相訪》,詩云:「積雨荒鄰圃,秋池照遠山。」此「池」即曲江池也,詩當作于本年或前後之秋季。又本集卷三有《昇道精舍南臺對月寄姚合》詩,昇道坊即在樂遊原東(見《唐兩京城坊考》),是島宅即在昇道坊,詩蓋作於本年前後。又本集卷四有《原上秋居》《夏夜》《荒齋》,卷五有《偶作》、卷八有《郊居即事》《原居即事言懷贈孫員外》諸詩,亦當爲島遷居樂遊原東昇道坊後所作。島自稱所居爲「郊居」「荒齋」,張籍稱島居曰「野居」(詳後),《續玄怪録》曰:「張庾舉進士,居長安昇道坊南街,儘是墟墓,絶無人住。」是其證。本集卷六有《青門里作》,漢代長安城東出南邊第一門曰「青門」(見《水經注·渭水下》),唐長安城東出南邊第一門曰「延興門」(見宋敏求《長安志》卷七),唐人蓋沿漢時舊稱,稱延興門爲「青門」。唐代薛據有《出青門往南山下別業》詩(《全唐詩》卷二五三),此「青門」,即指唐時的延興門。昇道坊就在延興門旁(見《唐兩京城坊考》),故島《青門里作》一詩亦當作于遷居樂遊原後。本集卷六《盧秀才南臺》詩曰:「居在青門里,臺當千萬岑。」又卷九《寄無得頭陀》曰:「白衣只在青門裏。」亦當爲遷居昇道坊後所作。以上諸詩,因具體時間難以確考,姑附於此。

姚合《喜賈島至》詩曰:「布囊懸蹇驢,千里到貧居。飲酒誰堪伴,留詩自與書。愛眠知不醉,省語似相疎。軍吏衣裳窄,還應暗笑余。」(《全唐詩》卷五〇一)「軍吏衣裳」乃戎裝,是此詩作於魏博從事時。本集卷六有《酬姚校書》詩:「因貧行遠道,得見舊交遊。美酒易傾盡,好詩難卒酬。公堂朝共到,私第夜相留。不覺入關晚,别來林木秋。」「校書」,應爲姚合所兼京銜。「因貧行遠道」與姚詩「千里」句合;「美酒易傾盡」與姚詩「飲酒誰堪伴」句合,二詩正可相互印證。是此詩乃酬答姚《喜賈島至》的唱和之作。不過由島詩尾聯看,此酬答詩乃返京入關時所作,島謂「好詩難卒酬」,蓋爲此也。

本集卷十有《黎陽寄姚合》曰:「魏都城裏遊從熟,才子齋中止泊多。去日綠楊垂紫陌,歸時白草夾黄河。」「黎陽」,指唐黎陽縣,屬衛州(見《元和郡縣圖志》卷一六河北道一衛州)。詩曰「魏都城裏遊從熟,才子齋中止泊多」,「才子」,指姚合;「遊從熟」,應指本年訪姚時同遊魏都鄴城事(魏博距鄴百餘里);「綠楊」乃春夏之景;「白草」爲秋冬間景象。故此詩當爲島春訪姚,至秋冬間返京,途經黎陽時,賦此以寄。姚既於去年冬入魏博幕(已見);十五年夏罷幕職,秋已在京(詳後)。而明年韓愈因諫迎佛骨事貶潮州,三月到任,十月改刺袁州(見洪《譜》),本集卷九有《寄韓潮州愈》詩,當作于明年三月後,十月前,詩曰「隔嶺篇章來華嶽,出關書信過瀧流」,是島十四年曾與韓愈書信往還,未離關内。若是,島春往魏博至秋冬方還京,只能在本年,故二詩均爲本年作(參郭文鎬《姚合佐魏博幕及賈島東游魏博考》)。

本年前後，寄詩魏博從事李鞫侍御。本集卷六有《寄李鞫侍御》，詩云：「憶漱蘇門澗。」是元和八、九年間島與從叔謨同遊蘇門澗時，即與鞫相識。鞫元和間嘗佐魏博幕（見陶敏《全唐詩人名考證》），詩又云：「井臺憐操築，漳岸想丕疏。」是島與姚遊鄴城舊址時，鞫亦同往。是此詩當爲島自魏博返京後的寄鞫之作，時間自當在本年秋或稍後。

本集卷十有《夏日寄高洗馬》，詩云：「三十年來長在客。」以貞元四年十歲初離鄉里時算起，下推至本年，爲三十年，故詩蓋作於本年前後。本集卷九有《酬姚合》詩云：「晴原午後早秋時。」亦應爲本年前後移居樂遊原東所賦。

元和十四年己亥（八一九）四十一歲

正月，韓愈因諫迎佛骨事貶潮州（見《舊書》本紀）。三月至潮，十月改授袁州刺史（見洪《譜》）。赴潮途中，侄孫湘、滂皆侍行（見韓愈《祭滂文》）。本集卷九有《寄韓潮州愈》、卷七有《寄韓湘》詩，均應作于本年三月後、十月前。

本年元稹自虢州長史徵還爲膳部員外郎（見《舊書》本傳）。明年島有《投元郎中》（詳後），詩曰：「舊文去歲曾將獻，蒙與人來説始知。」知本年島曾獻文元稹。

元和十五年庚子（八二〇）四十二歲

本年五月，元稹因歌詩見賞于穆宗，轉祠部郎中、知制誥（見《通鑑》卷二四一），明年二月拜中書舍人（見《唐才子傳校箋》卷六）。本集卷九有《投元郎中》詩曰：「高臺聊望清秋色。」「郎中」，元稹也，知此詩作于本年秋。

本年冬，韓愈自袁州還京，島病後方起，前往祝賀。本集卷三《皇子陂上韓吏部》詩云：「涕流聞度瘴，病起賀還秦。」「度瘴」，謂韓去年貶潮州也。「病起賀還秦」，即謂韓本年還京事。本集卷七《宿慈恩寺郁公房》曰：「病身來寄宿，自掃一床閒。反照臨江磬，新秋過雨山。」當爲本年初秋，島患病投宿慈恩寺郁公處時所賦。同卷《慈恩寺上座院》曰：「曩宵曾宿此，今夕值秋濃。」本集卷九《酬慈恩寺文郁上人》云：「阻宿幽房疾未平。」均提及患病時曾投宿慈恩寺文郁上人房，因未知具體作年，姑附于此。

本集卷三《送李騎曹》云：「歸騎雙旌遠，懽生此別中。蕭關分磧路，嘶馬背寒鴻。……賀蘭山頂草，時動卷帆風。」僧無可有《送李騎曹之武寧》（《全唐詩》卷八一三），與此詩同韻，當係同賦。張籍亦有《送李騎曹靈州歸覲》（《全唐詩》卷三八四），姚合有《送李[琮]〔琮〕歸靈州覲省》（《全唐詩》卷四九六），亦當爲同賦。李騎曹，唐名將晟之孫琮；父聽，本年六月至長慶二年二月爲靈州大都督府長史、靈鹽節度使（見《舊書》本傳）。姚合本年夏罷魏博幕，明年即長慶元年春爲武功簿（見郭文鎬《姚合佐魏博幕及賈島東游魏博考》）。是姚本年秋至明年春在京。島詩曰「寒鴻」，因知島與以上諸人送李騎曹詩，并當作于本年秋冬間。

穆宗長慶元年辛丑（八二一）四十三歲

春二月，元稹被召入爲翰林承旨學士，十月遷工部侍郎（見丁居晦《重修承旨學士壁記》、《通鑑》卷二四二）。本集卷十《贈翰林》詩曰：「清重無過知内制，從前禮絶外庭人。……應憐獨向名場苦，曾十餘年浪過春。」正作于本年。元和十四年，島獻文元稹（已見），有干求之意，本年再投此詩，顯然仍希其援引。島自還鄉業舉至此，已歷十餘年，又屢舉不第，故有「曾十餘年浪過春」之歎。本集卷二《重酬姚少府》詩曰：「一命嗟未及。」（詳後）可見終未及第。本年錢徽知貢舉，島與徽雖有舊（已見），但本年及第者皆權貴子弟（見《通鑑》卷二四一），知稹與徽非不欲助島，力有未逮也。

本集卷四有《寄武功姚主簿》一詩，「姚主簿」，指姚合。姚爲武功主簿在長慶元年春，至三年春罷職返長安（郭文鎬《姚合仕履考略》，《浙江學刊》一九八八年第三期）島詩云：「居枕江沱北，情懸渭曲西。數宵曾夢見，幾處得書批。……隴色澄秋月，邊聲入戰鼙。會須過縣去，况是屢招攜。」可見姚遷武功簿後，屢以書招島，故島有「過縣去」的打算。詩云「居枕江沱北」，知島當時正游荆襄一帶。詩又云「秋月」，是此詩只能爲本年或明年秋作。本集卷九有《上谷旅夜》《夏夜上谷宿開元寺》二詩，前詩云：「世難那堪恨旅遊，龍鍾更是對窮秋。故園千里數行淚，鄰杵一聲終夜愁。」島范陽人，旅居上谷而曰「故園千里」，因知此「上谷」，非范陽之上谷（見《元和郡縣圖志》卷一八），而是襄州樂鄉縣武陵山中一峽谷（見本集卷二《上谷送客遊江湖》注〔一〕）。又前詩云「窮秋」，後詩題曰「夏夜」，由此知島遊荆襄一帶，在本年或明年夏秋時。本集卷二《上谷送客遊江湖》，並當爲旅次荆襄之上谷時所作。

長慶二年壬寅（八二二）四十四歲

舉進士，與平曾等十人同時被貶，時謂之「舉場十惡」。本集卷六《病蟬》詩曰：「病蟬飛不得，向我掌中行。折翼猶能薄，酸吟尚極清。……黄雀並鳶鳥，俱懷害爾情。」《鑒誡録》卷八「賈忤旨」條曰：「（島）吟《病蟬》之句，以刺公卿，公卿惡之，與禮闈議之，奏島與平曾等風狂，撓擾貢院，是時逐出關外，號爲十惡。」《唐詩紀事》卷六五「平曾」條曰：「曾長慶二年同賈閬仙輩貶，謂之舉場十惡。」是知島與曾被貶，乃緣《病蟬》一詩。又姚合《送賈島及鍾渾》曰：「日日攻詩亦自彊，年年供應在名場。」（《全唐詩》卷四九六）島屢舉不第，本集卷八《送康秀才》曰：「俱爲落第年，相識落花前。」又卷九《早蟬》曰：「得非下第無高韻，須是青山隱白頭。」以上諸詩皆下第後作，以俱無確年可考，姑併附于此。

朱慶餘有《鳳翔西池與賈島納涼》詩（《全唐詩》卷五一四），知島嘗至鳳翔。上年夏秋間，島在荆襄一帶既有《寄武功姚主簿》曰：「居枕江沱北，情懸渭曲西。……會須過縣去，况是屢招攜。」謂將赴武功也。本集卷五有《岐下送友人歸襄陽》詩，「岐下」，岐山腳下也。岐山在鳳翔府岐山縣（見《新書》地理志），距武功不遠，是詩蓋島本年前後赴武功往遊鳳翔時送友人所賦。

本集卷八有《寄宋州田中丞》詩，案「田中丞」，指田穎，平淮西之役屢立戰功，本年又參與平汴州軍亂，八月亂平，由亳州刺史改爲宋州刺史，十二月，以疾卒于任所（見《册府元龜》卷一二八、卷一三四）。此詩稱「宋州田中丞」，故當作于本年八月後，田氏病逝以前或稍後。

長慶三年癸卯(八二三)四十五歲

李餘本年及第(見《登科記考》卷一九)。本集卷四有《送李餘及第歸蜀》詩,當作於本年,張籍、姚合、朱慶餘等皆賦詩相送。本集卷八有《喜李餘自蜀至》詩,當作于本年或稍後。本集卷五又有《送李餘往湖南》詩云:「今來從辟命,春物徧涔陽。」蓋李餘自蜀返京後,又赴湖南,故詩當作于明年春或稍後。

去年春或稍前,張籍遷水部員外郎(見《唐才子傳校箋》卷五《張籍傳》)。本年,王建遷秘書丞(見遲乃鵬《王建生平事跡考》上,《成都師專學報》一九九〇年三期)。本集卷九有《酬張籍王建》詩云:「疏林荒宅古坡前,久住還因太守憐。……身事龍鍾應是分,水曹芸閣枉來篇。」「荒宅」,指樂遊原東島之居所(已見)。「水曹」,指水部員外郎張籍。「芸閣」,指秘書丞王建。因知此詩作于本年或稍後。本集卷五又有《答王秘書》,「王秘書」,秘書丞王建,是此詩亦當作于本年或稍後。

本集卷八有《光州王建使君水亭作》及《留别光州王使君》二詩。建刺光州一事,因典册失載,故學界多持否定態度,且謂島所記爲同時代另一不會詩的王建。事實並非如此。《酬張籍王建》首聯明云:「疏林荒宅古坡前,久住還因太守憐。」這裏的「太守」所指何人?就筆者所知,學界尚無人關注這一問題。這裏的「太守」不會指張籍,因爲此前張籍爲官未曾離開過京師(見《唐才子傳校箋》卷五《張籍傳》)。此「太守」也不會指他人,若指他人,則與詩題「酬張籍王建」何干？故此「太守」只能指王建。《酬張籍王建》一詩，題曰「酬」，首聯云：「疏林荒宅古坡前，久住還因太守憐。」考王建有《寄賈島》，詩云：「曲江池畔時時到，爲愛鸕鷀雨後飛。」（《全唐詩》卷三〇〇）島所謂「太守憐」，正指建詩「爲愛」之句也！此「太守」二字，乃建嘗出刺州郡的鐵證。建既嘗爲太守，則島二詩題中的「王建使君」或「王使君」，的確爲詩人王建，可無疑也。又出刺光州前，建爲太常寺丞，從六品上階。唐時重京官，故由丞郎出刺州郡乃常有之事。大和四年，姚合出刺金州，即爲從六品上階的户部員外郎（見《舊書》職官一及《唐才子傳校箋》卷六《姚合傳》）。故建出刺光州，從官階上來看，也無問題。而建出刺光州的具體時間，應在本年前後。島前詩云：「荷葉出萍初。」後詩曰：「既見林花落。」是島謁建當在本年春夏間。

本年春，姚合罷武功縣主簿返長安，秋遷京兆萬年縣尉，寶曆元年夏因疾請告，迨秋辭萬年尉（見郭文鎬《姚合仕履考略》，《浙江學刊》一九八八年第三期）。朱慶餘有《與賈島顧非熊無可上人宿萬年姚少府宅》詩（《全唐詩》卷五一四），姚合有《萬年縣中雨夜會宿寄皇甫〔甸〕（荀）》詩（《全唐詩》卷四九七）。本集卷四有《雨夜同厲玄懷皇甫荀》詩云：「磧雁來期近，秋鐘到夢遲。」亦言及雨夜懷皇甫事，當爲同時所賦。時節既在秋季，則詩自當爲本年或明年秋作。

本集卷三有《酬姚少府》詩曰：「梅樹與山木，俱應摇落初。柴門掩寒雨，蟲響出秋蔬。」卷二有《重酬姚少府》詩云：「如今何時節，蟲虺亦已蟄。」所述節候風物，前詩爲深秋，後詩乃初冬，故二詩亦當爲本年或明年秋冬作。又本集卷六《宿姚少府北齋》詩曰：「鳥絶吏歸後，蛩鳴客卧時。

鎖城涼雨細，開印曙鐘遲。」同卷《酬厲玄》詩曰：「鄰居帝城雨，會宿御溝冰。」亦應爲同時先後所賦。

韓湘亦本年進士及第（見《登科記考》卷一九）；冬受江西府辟（見沈亞之《送韓北渚赴江西序》）。本集卷四有《送韓湘》詩，姚合有《送韓湘赴江西從事》詩（《全唐詩》卷四九六），二詩同韻，當爲本年同時所賦。

本集卷九有《處州李使君改任遂州因寄贈》，「李使君」，指李繁（見陶敏《全唐詩人名考證》），泌子，襲父封爲鄴縣侯，歷左拾遺、處州刺史等職，約于長慶末改爲遂州刺史（見《中國文學家大辭典·唐五代卷》），詩蓋作於本年或稍後，末云「西去風濤書滿船」，亦與李繁家富藏書，「插架三萬軸」相合。

長慶四年甲辰（八二四）四十六歲

明年，張籍有《祭退之》（見洪《譜》），詩云：「去夏公請告，養疾城南莊。籍時官休罷，兩月同游翔。黄子陂岸曲，地曠氣色清。……共愛池上佳，聯句舒遐情。偶有賈秀才，來兹亦同並。移船入南溪，東西縱篙撐。……日來相與嬉，不知暑日長。……公爲遊谿詩，唱咏多慷慨。……籍受新官詔，拜恩當入城。公因同歸還，居處隔一坊。中秋十六夜，魄圓天差晴。」（《全唐詩》卷三八三）詩云「去夏」，即本年也。《苕溪漁隱叢話·前集》卷一八曰：「秀才謂賈島也。」詩云「移船入南溪」，因知島與韓、張同泛皇子陂及南溪在本年夏。本集卷三有《皇子陂上韓吏部》，當作於本年，詩云：「石樓云一别，二十二三春。相逐升堂者，幾爲埋骨人。」「升堂」用《論語》典，謂已入韓門爲弟子也。自本年上推二十三年，爲貞元十八年，是韓賈相識結師生之誼在貞元十七年（已見）。此「石樓」，指香山寺石樓。島辭别石樓，乃其返俗入韓門爲弟子之起始。當韓愈病退去世前，島獻此詩以表感激援引之情，故特意從告别香山寺石樓叙起，别石樓，實爲告别僧人生涯之始也。或謂此「石樓」，乃島家鄉之石樓村，則與此詩題旨殊不相關，非是。

本集卷九有《和韓吏部泛南溪》，亦同時唱和之作。韓愈賦有《南溪始泛》詩，即張詩所謂「公爲遊谿詩」也。與賈島、張籍一同陪韓愈夜泛南溪者還有姚合，合賦有《和前吏部韓侍郎南溪夜泛》詩云：「新秋月滿南溪裏，引客乘船處處行。」（《全唐詩》卷五〇一）。因知南溪夜泛，主客彼此唱和之事，已届七月十五月正圓時。另，本集卷六有《宿姚少府北齋》詩云：「石溪同夜泛，復此北齋期。」顯指夜泛南溪後，返京留宿姚合宅所賦，故詩亦當爲本年七月作。

又張籍詩所謂「籍受新官詔」，當指張新授主客郎中事（見《唐才子傳校箋》卷五《張籍傳》）。本集卷五有《張郎中過原東居》，當作于本年秋或稍後。張籍《過賈島野居》詩云：「青門坊外住，行坐見南山。此地去人遠，知君終日閒。蛙聲籬落下，草色户庭間。好是經過處，唯愁暮獨還。」（《全唐詩》卷三八四）張又有《贈賈島》詩云：「籬落荒涼僮僕饑，樂遊原上住多時。……姓名未上登科記，身屈惟應内史知。」（《全唐詩》卷三八五）謂島「樂遊原上住多時」，是詩亦當爲本年秋或稍後作。

六月，李愿以左金吾大將軍檢校司空兼河中尹充河中絳隰等州節度使，明年即敬宗寶曆元年六月卒於任所（見《舊書》本紀）。本集卷三有《送覺興上人歸中條山兼謁河中李司空》詩，「李司空」，指李愿，詩云「暮磬潭泉凍」，故當作于本年冬。

九月，令狐楚由河南尹改爲汴州刺史宣武軍節度使汴宋亳觀察使，至大和二年十一月遷户部尚書（見《舊書》本傳）。本集卷五有《寄令狐相公》詩云：「梁園趨戟節，海草幾枯春。……數行望外札，絶句握中珍。是日榮遊汴，當時怯往陳。」「令狐相公」，令狐楚也，一本令狐下有「綯」字，誤。由「數行望外札」知，島赴汴乃楚所邀，時間蓋在本年九月令狐楚鎮汴後、大和二年遷户部尚書以前。而詩蓋大和七年所作（詳後）。

楊巨源，本年由國子司業轉河中少尹，大和四年尚在河中少尹任上，此後不久卒（見《唐才子傳校箋》卷五《楊巨源傳》）。本集卷五有《寄河中楊少尹》，詩云：「非惟咎曩時，投刺詣門遲。」則詩當爲巨源官少尹後的投刺之作，具體時間未詳，姑附于本年。

敬宗寶曆元年乙巳（八二五）四十七歲

春三月，遣司門郎中于人文赴回鶻，册立曷薩特勒爲愛登里囉汨没密施合毗伽昭禮可汗（見《册府元龜》卷九八〇、《通鑑》卷二四三）。本集卷九有《送于中丞使回紇册立》詩，朱慶餘有《送于中丞入蕃册立》（《全唐詩》卷五一四）、顧非熊有《送于中丞入回鶻》（《全唐詩》卷五〇九）、雍陶有《送于中丞使北蕃》（《全唐詩》卷五一八）等詩，于中丞疑即于人文，島與諸人詩當爲本年三月賦。

顧况子非熊，詩名早著，然蹭蹬科場三十年，曾屢佐幕府，武宗會昌五年（八四五）始恩科登第（見《唐摭言》卷八、《舊書》本紀），時島已下世。此前，姚合、朱慶餘、馬戴均有送非熊下第歸鄉之作。本集卷五有《寄顧非熊》曰：「知君歸有處，山水亦難齊。……穴通茅嶺下，潮滿石城西。獨立生遥思，秋原日漸低。」詩云「秋原」，知此詩亦島居樂遊原時所賦，具體時間未詳，姑附於此。

李廓，宗室宰相程之子，元和十三年進士及第，釋褐司經局正字，寶曆間出爲鄠縣尉（見《唐才子傳校箋》卷六《李廓傳》）。本集卷七有《酬鄠縣李廓少府見寄》詩，當作于本年前後。同卷又有《浄業寺與前鄠縣李廓少府同宿》詩，既云「前鄠縣李廓少府」，則廓已罷尉且未獲新任，故此詩當作於前詩後不久。廓罷鄠縣尉後，大和三年赴劍南行營（下詳），累官至刑部侍郎，大中間爲武寧軍節度使等職（見兩《唐書》本傳）。

韋謡本年進士及第，又登賢良方正能直言極諫科（見《唐會要》卷七六），故相元稹爲浙東觀察使，以校書郎之京銜辟謡爲從事，朱慶餘有《送韋謡校書赴浙東幕》詩云：「丞相辟書新，秋關獨去人。官離芸閣早，名占甲科頻。」（《全唐詩》卷五一四）正詠此事。姚合有《送韋〔瑶〕〔謡〕校書赴越》詩云：「相門賓益貴，水國事多閒。」（《全唐詩》卷四九六）本集卷七有《送韋謡校書》詩云：「别離從闕下，道路向山陰。」當爲同時所賦。

本集卷五有《懷博陵故人》，卷九有《逢博陵故人彭兵曹》，是博陵故人即彭兵曹。前詩云：

「孤城易水頭，不忘舊交遊。雪壓圍棋石，風吹飲酒樓。路遥千萬里，人别十三秋。」回憶十三年前赴京冬經易水與彭氏交遊的情形。元和七年秋島赴京，冬經易水，賦有《易水懷古》（已見），與彭兵曹相識，當在此時。自那時至今，爲十三年，故前詩應作于本年。而後詩稱故人爲「彭兵曹」，且云：「曲陽分散會京華，見説三年住海涯。」知後詩乃故人官兵曹後，島與之相逢於京師而賦，時間自在前詩後三年之大和二年。本集卷七又有《重與彭兵曹》，詩云：「羡有平戎計，官蒙别敕除。」既曰重與，爲時自應稍後於第二詩。

寶曆二年丙午（八二六）四十八歲

在長安。朱慶餘本年進士及第（見《直齋書録解題》卷一九），將歸越，姚合有《送朱慶餘及第後歸越》（《全唐詩》卷四九六），張籍亦有《送朱慶餘及第歸越》（《全唐詩》卷三八四）。本集卷三有《送朱可久歸越中》，與姚合詩同韻，當爲同賦。本集卷七有《題朱慶餘所居》，詩云：「天寒吟竟曉，古屋瓦生松。」似朱氏未第前所賦。

張籍《贈賈島》詩云：「籬落荒涼僮僕饑，樂遊原上住多時。蹇驢放飽騎將出，秋卷裝成寄與誰。」（《全唐詩》卷三八五）元和十二年後，島移居樂遊原上（已見），至本年已九個年頭了，可謂「住多時」矣。至于島裝訂行卷詩，乃舉子常事，其贈人自在秋後。

李益，自元和末至大和初，六、七年間官右散騎常侍（見《唐才子傳校箋》卷四《李益傳》）。本集卷六有《再投李益常侍》，詩當作於此一時期。詩云：「何處初投刺，當時赴尹京。」島元和五年前後有《投李益》（已見），故此云「再投」。具體時間未詳，姑附于本年。

寶曆三年、文宗大和元年丁未（八二七）四十九歲

正月，劉棲楚罷京尹出爲桂管觀察使（見《舊書》本紀）。本集卷二《寄劉棲楚》云：「友生去更遠，來書絶如焚。蟬吟我爲聽，我歌蟬豈聞。歲暮儻旋歸，晤言桂氛氲。」「友生去更遠」，蓋指劉遠赴桂管觀察使任；「蟬吟」乃夏秋之景，是此詩蓋爲本年夏秋間劉爲觀察使時的寄贈之作。

僧無可有《客中聞從兄島遊蒲絳因寄》詩（《全唐詩》卷八一四）。明年以後島似再未北遊，故遊蒲絳蓋在本年以前。

本集卷七有《馬戴居華山因寄》《雨夜寄馬戴》二詩，後詩云：「今夕曲江雨，寒催朔北風。」島樂遊原東之居所南對曲江，此詩落筆寫曲江風雨夜景，知爲島居昇道坊時所賦，未詳二詩作於何時，姑附于此。案馬戴有《雒中寒夜姚侍御宅懷賈島》《宿賈島原居》（《全唐詩》卷五五六），姚合寶曆中爲東臺御史（見《唐才子傳校箋》卷六《姚合傳》），戴蓋先在洛陽寄懷賈島，而後赴京訪宿之，島詩當作于馬氏訪宿後。戴字虞臣，賈島詩友，武宗會昌四年登第時島已去世，官至國子博士。

大和二年戊申（八二八）五十歲

在長安。本集卷十有《送羅少府歸牛渚》，詩云：「作尉長安始三日，忽思牛渚夢天台。」案羅少府，疑爲羅劭京（見陶敏《全唐詩人名考證》），越州會稽人，進士及第，本年又登賢良方正能直

言極諫科（見《唐會要》卷七六）。朱慶餘有《送長安羅少府》詩云：「科名再得年猶少，今日休官更覺賢。」（《全唐詩》卷五一四）《舊書》羅讓傳云：「子劭京，字子峻，進士擢第，又登科。」與科名再得之語合。島此詩「作尉長安始三日」，與朱詩「今日休官更覺賢」合，當爲本年羅氏休官的同送之作。

本集卷五有《寄滄州李尚書》，李尚書，李寰。大和元年十一月，寰以保義軍節度使普慈等州觀察處置等使，爲横海軍節度使，二年九月除夏州節度使，「尚書」乃其遷滄州（横海軍）後方檢校尚書（陶敏《全唐詩人名考證》）。因知此詩作於本年前後。

王建本年由太常丞出爲陝州司馬，劉禹錫賦《送王司馬之陝州》，白居易賦《送陝州王司馬赴任》，張籍賦《贈別王侍御赴任陝州司馬》以送之（見《唐才子傳校箋》卷四《王建傳》）。本集卷九有《送陝府王司馬》，當爲同時所賦，詩云：「登樓涼夜此時逢。」故詩當作于本年秋。

本集卷八有《夜集姚合宅期可公不至》，與馬戴《集宿姚殿中宅期僧無可不至》（《全唐詩》卷五五六），二詩題目及内容均相同，當係同賦。合本年十月由監察御史分司入朝爲殿中侍御史，四年春轉侍御史。馬戴既稱姚爲「殿中」，島詩云：「孤燈明臘後，微雪下更深。」因知二詩作於本年或明年冬。

本集卷八有《宿姚合宅寄張司業》，詩云：「閒宵因集會，柱史話先生。……誰伴南齋宿，月高霜滿城。」「張司業」，指張籍，本年遷國子司業，大和四年前後卒（見《唐才子傳校箋》卷五《張籍傳》)。「柱史」,指姚合,大和元年秋爲監察御史分司東都,本年入朝爲殿中侍御史,四年春遷侍御史,五年春遷户部員外郎(郭文鎬《姚合仕履考略》,《浙江學刊》一九八八年第三期)。詩云「霜滿城」,是此詩蓋本年冬或稍後作。

大和三年己酉(八二九)五十一歲

在長安。龐嚴上年爲庫部郎中(見《舊書》本紀),明年秋以京兆少尹除太常少卿(詳後),則爲少尹當在本年。白居易有《病假中龐少尹攜魚酒相過》,詩云:「病假聯綿日漸深……與春無分未甘心。」白氏乞百日病假在上年十二月(見朱金城《白居易集箋校》所附《白居易年譜簡編》),則所謂「病假聯綿日漸深」之「春」,當指本年春,汪立名《白香山年譜》亦繫此詩于本年,良是。因知龐氏本年春爲京兆少尹無疑。本集卷十《投龐少尹》云:「中庭一樹有清陰。」則詩當作于本年或明年春夏間。

大和元年秋,前横海節度副使李同捷叛,朝廷命烏重胤、王智興等各帥本軍討之。本年四月,斬同捷,「滄景悉平」(《通鑑·唐紀》五九、六〇)。浙東觀察使元稹遣判官周元範奉表赴京朝賀。本集卷十有《送周判官元範赴越》,詩云:「原下相逢便别離,蟬鳴關路使迴時。」曰「蟬鳴」,應爲本年夏秋間元範返越時所賦。張籍、朱慶餘有同送詩。案周元範,汝南人,白居易刺杭、蘇二州時嘗辟爲判官(見朱金城《白居易集箋校》卷二三《别周軍事》)。

十一月,南詔蠻入寇,犯巂、戎、邛等州,十二月又陷東川、入梓州,止成都西郭十日,掠女子百工數萬人及珍貨而返。至大渡河，謂華人曰：「此南吾境也，聽汝哭别鄉國。」衆號慟，赴水死者以千計（見《通鑑·唐紀》卷六〇）。雍陶賦《蜀人爲南蠻俘虜》詩云：「但見城池還漢將，豈知佳麗屬蠻兵。錦江南度聞遥哭，儘是離家别國聲。」及《過大渡河望鄉國》《蜀中戰後感事》等詩（見《唐詩紀事》卷五六、《通鑑·唐紀》卷六〇）。是本年冬南蠻擾蜀，陶曾親歷其事。本集卷七有《喜雍陶至》云：「鳥度劍門静，蠻歸瀘水空。」即指其事。本集卷五有《送雍陶入蜀》云：「日斜褒谷鳥，夏淺嶲州蠶。」夏淺，夏初也。是島送陶歸蜀當在本年夏初，冬歷南蠻擾蜀，其返京則在明年秋（詳後）。陶入蜀及返京，爲時未久，故《喜雍陶至》云：「今朝笑語同，幾日百憂中。」本集卷五有《過雍秀才居》，亦當爲陶未第時所賦，未詳具體作於何時，姑附于此。

十一月南詔入寇時，朝廷先後發東川、興元等州兵往救。十二月己未（十三日），又以董重質爲神策諸道西川行營都知兵馬使，發太原、鳳翔兵赴西川。南詔又犯東川，入梓州，陷成都，大掠而去。丁卯（二十一日）詔重質及諸道兵皆引退（《通鑑·唐紀》卷六〇）。本集卷五有《送李廓侍御劍南行營》詩云：「走馬從邊事，新恩受外臺。勇看雙節出，期破八蠻回。」題曰「劍南行營」，詩云「期破八蠻回」，與上述南詔入寇事相合，故當爲本年十二月己未前後，島送廓赴劍南行營而作。姚合有《送李廓侍御赴西川行營》（《全唐詩》卷四九六）、顧非熊有《送李廓侍御赴劍南》（《全唐詩》卷五〇九）等詩，乃同時所賦。

大和四年庚戌（八三〇）五十二歲

在長安。本集卷十有《投龐少尹》，詩云：「龐公相識元和歲，眷分依依直至今。」「龐公」，龐嚴也，去年春爲京兆少尹，本年秋除太常少卿，故詩當作於去年與本年之間。據詩意，島與龐氏相識，乃在元和年間。明年五月，龐氏以太常少卿權知京兆尹，八月卒（見《舊書》本紀）。本集卷十有《賀龐少尹除太常少卿》，詩云：「太白山前終日見，十旬假滿擬秋尋。中峰絶頂非無路，北闕除書阻入林。」詩云「擬秋尋」，復云「北闕除書」，因知此詩爲本年夏秋間作。

秋末，雍陶返京，島作詩迎之。本集卷七《喜雍陶至》云：「今朝笑語同，幾日百憂中。鳥度劍門静，蠻歸瀘水空。步霜吟菊畔，待月坐林東。」「今朝」「幾日」二句，言爲時未久也；「蠻歸」句，指去冬南蠻擾蜀後退去（已見）。「霜菊」乃九月景，是此詩當作于本年九月無疑。

張籍大和二年遷國子司業，三年四月，有《送白賓客分司東都》詩，其辭世蓋在本年前後（見《唐才子傳校箋》卷五《張籍傳》）。本集卷八有《哭張籍》詩，當爲本年前後作。

島與張籍俱有哭胡遇詩。籍既卒于本年前後（已見），則本集卷七《寄胡遇》《酬胡遇》及卷四《哭胡遇》諸詩，皆當作於本年以前，因具體時間未詳，姑附於此。

大和五年辛亥（八三一）五十三歲

劉禹錫《管城新驛記》《鄭州刺史東廳壁記》云：大和二年閏三月，滎陽守楊歸厚上表請修管城驛站，四年新修鄭州刺史東廳（《全唐文》卷六〇六）。歸厚既于上年修鄭州刺史廳，本年當仍在鄭州刺史任上。本集卷五《永福湖和楊鄭州》詩云：「積水還平岸，春來引鄭溪。……客遊隨庶子，孤嶼草萋萋。」詩蓋作於本年春。

本集卷八又有《王侍御南原莊》，「南原」，指咸陽原，亦名畢原，在渭水北岸（見《元和郡縣圖志》卷一關内道一京兆府咸陽縣），《唐才子傳》卷四《王建傳》謂其自陜「歸，卜居咸陽原上」。則島此詩蓋作於本年前後建自陜歸時。

姚合大和三年任户部員外郎，四年秋出爲金州刺史，友人方干、馬戴皆有詩送之（見《唐才子傳校箋》卷六《姚合傳》）。五年秋返京遷刑部郎中。合亦有《題金州西園九首》諸詩（《全唐詩》卷四九九）。島嘗赴金州謁姚合，喻鳧《送賈島往金州謁姚員外》云：「溪瀝椒花氣。」（《全唐詩》卷五四三）可證。秦椒四月開花（見《本草綱目》卷三二「秦椒」條），是島赴金州當在本年四月。

本集卷九有《崔卿池上雙白鷺》《崔卿池上鶴》二詩，案「崔卿」，指崔杞，博陵人，尚順宗東陽公主爲駙馬都尉，文宗大和四年除大理少卿，轉將作少監，八年出爲兖海沂密觀察使，卒於官。顧非熊有《崔卿雙白鷺》（《全唐詩》卷五〇九），張籍有《崔駙馬養鶴》（《全唐詩》卷三八六），姚合有《崔少卿鶴》（《全唐詩》卷五〇二）等詩，諸題曰崔少卿、崔駙馬，當指杞本年前後爲大理少卿時所賦，島此二詩當爲一時同賦。

大和六年壬子（八三二）五十四歲

本集卷三有《就可公宿》詩云：「十里尋幽寺，寒流數派分。僧同雪夜坐，雁向草堂聞。」案僧無可乃島從弟，大和年間曾爲白閣峰下草堂寺僧人（見《金石萃編》卷六六）。詩云「雁向草堂聞」，是詩當爲無可住錫草堂寺時的訪宿之作，未知具體作年，故附於此。同卷另有《寄無可上人》詩，姚合有同題同韻之作（見《全唐詩》卷四九七），當爲島往訪前的寄贈之作。同卷又有《送無可上人》，詩云：「圭峰霽色新，送此草堂人。」亦當爲島赴草堂寺時所作。

大和七年癸丑（八三三）五十五歲

在長安。正月，右金吾衛將軍王茂元出爲嶺南節度使（見《舊書》本紀）。本集卷三有《贈王將軍》詩云：「宿衛爐煙近，除書墨未乾。……何當爲外帥，白日出長安。」王將軍疑即王茂元。詩又曰：「馬曾金簇中，身有寶刀瘢。父子同時捷，君王畫陣看。」與《舊書·王棲曜傳》附茂元傳「幼有勇略，從父征伐知名」亦合，故詩當作于本年。

六月，令狐楚以太原尹入爲吏部尚書檢校右僕射（見《舊書》本傳）。本集卷五有《寄令狐相公》詩云：「苦擬修文卷，重擎獻匠人。吟看青島處，朝退赤墀晨。」「青島」，謂青島寺，在長安城西，喻鳧《寄劉録事》詩云：「城西青島寺，累夏漱寒泉。」（《全唐詩》卷五四三）青島寺既在長安，則此詩當爲楚在朝時所賦。島詩又云：「梁園趨戟節，海草幾枯春。」楚爲汴州刺史宣武軍節度使汴宋亳觀察使在穆宗長慶四年（已見），唐時汴州郭城北二里有沙海，元和中已無水（見《元和郡縣圖志》卷七河南道三汴州開封縣條），時島赴汴謁楚，故特及之。長慶四年至本年已九個年頭，故詩云「海草幾枯春」。詩末云：「下第能無恧，高科恐有神。罷耕田料廢，省釣岸應榛。慷慨知音在，誰能淚墮巾。」顯有希求援引之意。是此詩蓋爲本年楚入爲吏部尚書時，島的再次干謁之作。

十一月，朱叔夜以左神策長武城使爲涇州刺史充涇原節度使（見《舊書》本紀）。本集卷八有《寄長武朱尚書》詩曰：「不日即登壇，槍旗一萬竿。……中國今如此，西荒可取難。白衣思請謁，徒步在長安。」詩云「不日即登壇」，當爲朱叔夜本月受命時所賦。

大和八年甲寅（八三四）五十六歲

在長安。雍陶第進士（見《郡齋讀書志》卷一八），將歸成都。本集卷六有《送雍陶及第歸成都寧覲》云：「漲江流水凸，當道白雲坑。」唐代進士放榜在春末，詩當作于本年春末夏初間，故云「漲江」。

姚合去年秋自金州刺史還朝爲刑部郎中，本年轉户部郎中，冬出刺杭州（郭文鎬《姚合仕履考略》，《浙江學刊》一九八八年第三期）。白居易賦《送姚杭州赴任因思舊遊二首》（朱金城《白居易集箋校》卷三二），劉得仁賦《送姚合郎中任杭州》（《全唐詩》卷五四四）詩以送之（見《唐才子傳校箋》卷六《姚合傳》）。本集卷六有《送姚杭州》詩，亦當爲同時所賦。

大和九年乙卯（八三五）五十七歲

李甘，長慶四年第進士，大和二年又以賢良方正能直言極諫科擢第（見《唐摭言》卷十），累官至侍御史，本年七月因論鄭注不能爲相貶爲封州司户，尋卒（參杜牧《李甘》詩及《舊書》本紀）。

本集卷四《訪李甘原居》云：「原西居處静，門對曲江開。……仍憶尋淇岸，同行採蕨回。」是島與甘早已有舊，又同居于樂遊原之東、西二處，其訪李甘當在本年七月甘被貶以前，具體年月未可指詳，姑附于此。

本集卷七有《寄毗陵徹公》詩曰：「已有南遊約，誰言禮謁難。」「毗陵」，即今江蘇常州。「徹公」，僧清徹也，《宋高僧傳》卷十六有傳，謂其「初於吴苑開元寺北院道恒律師，親乎閫奥，深該理致。……元和八年癸巳中，約志著記二十卷。……未知其終」。與島兹詩「身依吴寺老，黄葉幾迴看」合。本年春，姚合到任杭州刺史，明年春罷任，入拜諫議大夫（郭文鎬《姚合仕履考略》，《浙江學刊》一九八八年第三期）。「南遊約」，應指姚合約島遊杭無疑。此詩應爲島赴杭前所賦。本集卷十又有《早秋寄題天竺靈隱寺》詩云：「心憶懸帆身未遂，謝公此地昔年遊。」靈隱寺在杭州靈隱山下，故此詩亦應爲島動身赴杭前的寄題之作。

《唐詩紀事》卷五二「殷堯藩」條曰：「從李翺長沙幕府，後以侍御官江南，姚合有《送堯藩歸同州》詩。」按上年十二月，李翺罷湖南觀察使，以李仍叔代之（見《舊書》本紀）。是堯藩去年罷李翺幕後，官江南當在本年。本年姚合刺杭州，其《送殷堯藩侍御赴同州》詩自當作於杭。本集卷六有《送殷侍御赴同州》詩，與姚詩乃同送之作，故亦當同時賦於杭。島詩曰：「夜暮眠明月，秋深至洞庭。」知堯藩將取道湖南，經洞庭赴同州也。

十一月，「甘露之變」生。《通鑑》卷二四五、許顗《彦周詩話》、劉克莊《後村詩話·前集》卷

一、《郡齋讀書志》卷十八、《唐才子傳》卷五均記盧仝與王涯死於變亂中。仝與島俱遊于韓門，本集卷一有《哭盧仝》詩云：「塚側誌石短，文字行參差。無錢買松栽，自生蒿草枝。」當作于本年或稍後。

文宗開成元年丙辰（八三六）五十八歲

本集卷七《送南卓歸京》云：「殘春別鏡陂，罷郡未霜髭。……三省同虚位，雙旌帶去思。」案南卓，初遊學吴楚，羈旅十餘載，大和二年以賢良方正能直言極諫科擢第，任左拾遺時，因諫爭貶爲松滋令，歷婺、商、蔡等州刺史，會昌元年任洛陽令，大中二年爲黔南觀察使。島詩云「殘春」，乃三月也；「鏡陂」，指鏡湖，在會稽；「罷郡」，當指卓罷婺州刺史事。是島去秋遊杭（已見），本年三月遊會稽，適逢卓罷婺州返京路過會稽，因作詩以相送。「未霜髭」，謂卓年紀尚輕也，《中國文學家大辭典・唐五代卷》謂卓任婺州刺史在會昌元年任洛陽令後，恐誤。會昌後島已在蜀中（詳後），卓年事已高矣。

本年，鄭史、蔡京第進士（鄭見《唐詩紀事》卷五六，蔡見《登科記考》卷二一）。本集卷五《送鄭史》曰：「擢第榮南去，晨昏近九疑。」蓋送鄭赴湖湘一帶爲幕職。卷七《送蔡京》曰：「易折芳條桂，難窮邃義經。」唐代進士放榜在春末，故此二詩並當作于本年春夏間或稍後。

大和八年冬，姚合出刺杭州，本年春罷任，夏入朝拜諫議大夫（郭文鎬《姚合仕履考略》，《浙江學刊》一九八八年第三期）。本集卷五有《喜姚郎中自杭州迴》，當作於本年夏，詩云：「路多楓樹林，累日泊清陰。……東省期司諫，雲門悔不尋。」則所述乃夏景。「東省」，指門下省，又稱左省；「司諫」，指諫議大夫。《舊書》職官二門下省「諫議大夫四員，正五品上，掌規諫諷諭」，故稱「司諫」。劉得仁《上姚諫議》詩云：「聖代生才子，明庭有諫臣。……却憶波濤郡，來時島嶼春。」（《全唐詩》卷五四五）與姚仕履合若符契。

開成二年丁巳（八三七）五十九歲

蘇《誌》曰：「穿楊未中，遽罹誹謗，解褐授遂州長江主簿。」《新書》本傳曰：「文宗時坐飛謗，貶長江主簿。」然均未提及貶授年月。李《譜》定在本年九月，甚是。本集卷三有《寄令狐相公》詩云：「策杖馳山驛，逢人問梓州。長江那可到，行客替生愁。」「令狐相公」，令狐楚也。《唐詩紀事》卷四十題作「赴長江道中」，亦頗合詩意，則詩爲赴任途中所作無疑。又，本集卷六《謝令狐相公賜衣九事》云：「長江飛鳥外，主簿跨驢歸。逐客寒前夜，元戎與厚衣。」又同卷《寄令狐相公》詩云：「驢駿勝羸馬，東川路非賒。……自著衣偏暖，誰憂雪六花。裹裳留闊襆，防患與通茶。……良樂知騏驥，張雷驗鏌鋣。」二詩均述及收到楚所寄寒衣事，顯係冬到長江後的寄楚之作。而楚卒于本年十一月（見《舊書》本傳），若是島貶長江只能在本年十一月前。本集卷八《觀冬設上東川楊尚書》詩云：「匏革奏冬非獨樂，軍城未曉啓重門。何時去入三臺貴，此日空知八座尊。羅綺舞時收雨點，貔貅閱外卷雲根。逐遷屬吏隨賓列，去棹扁舟不忘恩。」「楊尚書」，即楊汝士，上年十二月以檢校禮部尚書爲梓州刺史劍南東川節度使（見《舊書》本傳）。是上年十一月汝士尚未至東川。島詩云「冬設」，是此「冬設」只能在本年冬，因知島貶長江只能在本年，可無疑也。以上各詩，均當爲赴任途中及到任後不久所作。

本集卷六又有《寄令狐相公》，詩云：「官蒙明敕授，老免把犁鋤。一主長江印，三封東省書。」結合上文所引「良樂知騏驥，張雷驗鏌鋣」二句可知，島授長江簿，當得力于楚之舉薦，故赴任前後島屢屢寄詩于楚，以表謝意。楚既卒于本年十一月，則島至長江當在十月至十一月之間，詩正作於此時。其於梓州謁楊汝士，當在初冬十月，而由長安赴任，當又在此前九月。

本集卷八《寄柳舍人》詩云：「擢第名重列，沖天字幾雙。誓爲仙者僕，側執馭風幢。」「柳舍人」，柳公權也。公權一年之中，兩登科第（見《唐語林》卷四），故云「擢第名重列」，又工書，頗得文宗賞識，故云「沖天字幾雙」。公權大和間爲中書舍人充翰林書詔學士，開成三年轉工部侍郎，故此詩當作于本年九月貶長江前，具體時間難以確指，姑附于此。詩云「誓爲仙者僕」，明顯有希求援引之意。

開成三年戊午（八三八）六十歲

爲長江主簿。本集卷六有《送獨孤馬二秀才居明月山讀書》，卷二有《明月山懷獨孤崇魚琢》。案長江縣治西二里有明月山（見《太平寰宇記》卷八七劍南東道六遂州），山有明月寺，島嘗吟眺於此（見乾隆修《潼川府志》卷二），是二詩當作于爲長江主簿時，具體時間不詳，姑附于此。據二詩詩題，馬秀才、魚琢當爲一人，馬、魚形近，必有一誤，未知孰是（見陶敏《全唐詩人名考證》)。

開成四年己未(八三九)六十一歲

爲長江主簿。本集卷五《題長江》詩云:「言心俱好静,廨署落暉空。歸吏封宵鑰,行蛇入古桐。長江頻雨後,明月衆星中。若任遷人去,西浮與剡通。」本集卷九有《贈圓上人》,圓上人當爲遂州僧人,元和二年宗密曾謁之(見《宋高僧傳》卷六《宗密傳》),島與宗密有舊,故有此贈。是二詩並當作于爲長江主簿時,未知確切年代,姑附于此。

開成五年庚申(八四〇)六十二歲

去年九月,京兆尹鄭復爲劍南東川節度使,明年六月罷去(見《舊書》本紀)。東川治梓州,涪江淫潦秋漲,包城蕩墟,歲殺州民,官以爲憂。本年春,鄭復命武吏發士卒三千,别開涪江,未幾而新江告成。孫樵《梓潼移江記》叙開江之事甚悉,末云:「是歲開成五年也。」(《全唐文》卷七九四)本集卷七有《鄭尚書新開涪江二首》,其一云:「岸鑿青山破,江開白浪寒。日沈源出海,春至草生灘。」因知詩爲本年春作。

九月長江簿秩滿。本集卷九有《巴興作》,詩云:「三年未省聞鴻叫,九月何曾見草枯。……鄉味朔山林果别,北歸期挂海帆孤。」長江縣,即晋朝之巴興縣(見《元和郡縣圖志》卷三三)。詩云「九月」「北歸」,正本年九月長江簿任滿,尚未得新官任命前,擬致仕歸鄉思想的表露。本集卷六有《讓糺曹上樂使君》詩云:「戰戰復兢兢,猶如履薄冰。雖然叨一掾,還似説三乘。瓶汲南溪水，書來北嶽僧。戇愚兼抱疾，權糺不相應。」「糺曹」，據《舊書》職官三：中州置「司功、司倉、司户、司兵、司法、司士六曹參軍事各一人，並正八品下」。司法參軍職在糾察，故稱「糺曹」。「樂使君」，即普州刺史樂闐（見歐陽修《集古録》卷一〇）。詩云「權糺」，即代理司法參軍事，故岑仲勉先生以爲此「糺曹」，乃長江簿秩滿未得新官前，普州刺史樂某所辟官。島未就，此後不久朝命遷普州司倉參軍（説見《岑仲勉史學論文集》頁二八五）。所言甚是。蘇《誌》曰：「解褐授遂州長江主簿。三年在任，卷不釋手。秩滿遷普州司倉參軍。」樂某辟官，當在朝命遷普州司倉參軍前。

本集卷九有《訪鑒玄師姪》詩云：「岳陽溪裏汲寒流。」普州治安岳縣，縣治西有岳陽溪，一名青竹溪，繞城東南流入大足縣界（見顧祖禹《讀史方輿紀要》卷七一潼川州安岳縣）。是此詩當作於到普州後，詩云「寒流」，時蓋秋冬之間也。

武宗會昌元年辛酉（八四一）六十三歲

爲普州司倉參軍。正月六日，僧宗密卒（見裴休《圭峰禪師碑銘序》及《宋高僧傳》卷六本傳）。本集卷八有《哭宗密禪師》詩，當作于本年。

本集卷二有《送集文上人遊方》詩云：「來從道陵井，雙木溪邊會。分首芳草時，遠意青天外。」「道陵井」，在陵州，見《元和郡縣圖志》卷三三劍南道下陵州。「雙木溪」，蓋爲普州之雙溪（見《方輿勝覽》卷六三普州）。詩云「芳草時」，當爲春季。島去年九月遷普州，會昌三年七月卒，是此詩當作于本年至三年春季。

普州刺史樂闐撰《紫極宫碑》，賈島書，樂顔融撰額，本年立在普州（見歐陽修《集古録》卷一〇）。本集卷八有《上樂使君救康成公》，「樂使君」，即普州刺史樂闐（已見），此詩當作于本年前後。本集卷四有《送天台僧》云：「遠夢歸華頂，扁舟背岳陽。」「岳陽」，蓋指岳陽山。何光遠《鑒誡録》卷八《賈忤志》條云：「岳陽，普州地名。……岳陽山……下有岳陽池。」是此詩當亦作于本年前後。

會昌二年壬戌（八四二）六十四歲

爲普州司倉參軍。本集卷八有《蔣亭和田蔡州》詩，「田蔡州」，指田群，長慶初爲澶州刺史，會昌中爲蔡州刺史（見《新書》本傳），州曾有漢代蔣亭，田氏重葺，作詩寄賈島、姚合、無可等，故島與姚及無可皆有唱和詩以寄。姚詩爲《寄題蔡州蔣亭兼簡田使君》（《全唐詩》卷四九七），無可詩《寄和蔡州中丞題蔣亭》云：「遺跡仍留蔡，幽人出漢朝。」（《全唐詩》卷八一三）島此詩亦當爲唱和之作，詩云：「蔣宅爲亭榭，蔡城東郭門。潭連秦相井，松老漢朝根。」所詠與蔣亭情事合，故應與姚合、無可諸作同爲本年前後所賦。

會昌三年癸亥（八四三）六十五歲

本集卷十有《夏夜登南樓》，詩云：「水岸閒樓帶月躋，夏林初見岳陽溪。一點新螢報秋信，不知何處是菩提。」案「岳陽溪」，一名青竹溪，在普州治所安岳縣城西，繞城東南流入大足縣界（已見）。「南樓」，又名工部樓，在普州城内（見道光丙午刻《安岳縣志》）。開成五年九月，島由長江簿遷普州司倉參軍，本年七月二十八日終於郡官舍（見蘇《誌》），詩云「夏林」、云「秋信」，故當作於會昌元年至三年間之初秋。詩復云：「不知何處是菩提。」「菩提」，即覺知。「不知」句乃是對佛家覺知悟證的大膽否定，表明島對自己返俗仕進無怨無悔，故此詩極有可能是島去世之前的絶筆詩。

蘇《誌》曰：「會昌癸亥歲七月二十八日，終於郡官舍，春秋六十有五。嗚呼！未及浹旬，又轉授普州司户參軍。榮命雖來，於公何有。」是島卒于本年。《鑒誡録》謂「因啖牛肉得疾，終於傳署」。所言與杜甫死因同，蓋亦出於附會。

蘇《誌》又云：「痛而無子，夫人劉氏，承公遺旨，粤以明年甲子三月十七日庚子，葬於普南安泉山。盧陵谷變遷，刊石紀時。」《鑒誡録》卷八、《唐詩紀事》卷四十謂葬於普州「岳陽山」，或即安泉山。曹學佺《蜀中名勝志》卷三十云：「賈島墓，在城南三里安泉山，即田家嘴也。」確切可信。

主要徵引書目

周易正義　魏王弼　韓康伯注　唐孔穎達等正義　中華書局一九八〇年十月影印阮刻十三經注疏本

尚書正義　漢孔安國傳　唐孔穎達等正義　中華書局一九八〇年十月影印阮刻十三經注疏本

毛詩正義　漢毛公傳　鄭玄箋　唐孔穎達等正義　中華書局一九八〇年十月影印阮刻十三經注疏本

詩集傳　宋朱熹集注　上海古籍出版社一九八〇年二月新一版

周禮注疏　漢鄭玄注　唐賈公彦疏　中華書局一九八〇年十月影印阮刻十三經注疏本

禮記正義　漢鄭玄注　唐孔穎達等正義　中華書局一九八〇年十月影印阮刻十三經注疏本

春秋左傳正義　晋杜預注　唐孔穎達等正義　中華書局一九八〇年十月影印阮刻十三經注疏本

論語譯注　楊伯峻譯注　中華書局一九八〇年十二月第二版

史記　漢司馬遷　上海古籍出版社　上海書店一九八六年十二月影印二十五史本

漢書　漢班固　上海古籍出版社　上海書店一九八六年十二月影印二十五史本

後漢書　宋范曄　上海古籍出版社　上海書店一九八六年十二月影印二十五史本

三國志　陳壽　上海古籍出版社　上海書店一九八六年十二月影印二十五史本

晉書　唐房喬等　上海古籍出版社　上海書店一九八六年十二月影印二十五史本

宋書　梁沈約　上海古籍出版社　上海書店一九八六年十二月影印二十五史本

陳書　唐姚思廉　上海古籍出版社　上海書店一九八六年十二月影印二十五史本

魏書　北齊魏收　上海古籍出版社　上海書店一九八六年十二月影印二十五史本

北齊書　隋李百藥　上海古籍出版社　上海書店一九八六年十二月影印二十五史本

南史　唐李延壽　上海古籍出版社　上海書店一九八六年十二月影印二十五史本

北史　唐李延壽　上海古籍出版社　上海書店一九八六年十二月影印二十五史本

隋書　唐魏徵等　上海古籍出版社　上海書店一九八六年十二月影印二十五史本

舊唐書　五代劉昫　上海古籍出版社　上海書店一九八六年十二月影印二十五史本

新唐書　宋歐陽修、宋祁　上海古籍出版社　上海書店一九八六年十二月影印二十五史本

資治通鑑　宋司馬光　上海古籍出版社一九八七年五月重印世界書局影嘉慶胡克家覆元

刻本
國語　春秋左丘明　岳麓書社一九八八年九月第一版
戰國策　漢劉向　岳麓書社一九八八年九月第一版
晏子春秋校注　張純一　諸子集成本　上海書店一九八六年七月第一版
唐才子傳校箋　傅璇琮主編　中華書局一九八七—一九九五年版
賈島年譜　李嘉言　上海古籍出版社一九八七年五月影印本
白居易年譜　朱金城　白居易集箋校附録　上海古籍出版社一九八八年十二月第一版
唐方鎮年表　宋吴廷燮　中華書局一九八〇年八月版
登科記考　清徐松　中華書局一九八四年八月第一版
唐刺史考　郁賢皓　江蘇古籍出版社一九八七年二月版
全唐詩人名考證　陶敏編撰　陝西人民教育出版社一九九六年八月第一版
江海學刊　一九八七年第四期
浙江學刊　一九八八年第三期
元和郡縣圖志　唐李吉甫　中華書局一九八三年六月第一版

太平寰宇記　宋樂史　光緒八年五月金陵書局刊本
元豐九域志　宋王存　中華書局一九八四年十二月第一版
方輿勝覽　宋祝穆　上海古籍出版社一九八五年影宋本
讀史方輿紀要　清顧祖禹　上海書店一九九八年一月第一版
長安志　宋宋敏求　宋元方志叢刊本　中華書局一九九〇年版
雍録　宋程大昌　宋元方志叢刊本　中華書局一九九〇年版
類編長安志　元駱天襄　宋元方志叢刊本　中華書局一九九〇年版
河南志　清徐松　中華書局一九九四年六月第一版
唐兩京城坊考　清徐松　中華書局一九八五年版
兩京城坊考補　閻文儒　閻萬鈞　河南人民出版社一九九二年六月第一版
水經注校　王國維　上海人民出版社一九八四年五月版
通典　唐杜佑　中華書局一九八四年二月影印萬有文庫本
唐會要　宋王溥　臺灣世界書局一九八二年版
岑仲勉史學論文集　岑仲勉　中華書局一九九〇年七月第一版

荀子集解　清王先謙　諸子集成本　上海書店一九八六年七月第一版
管子校正　清戴望　諸子集成本　上海書店一九八六年七月第一版
韓非子集解　清王先慎　諸子集成本　上海書店一九八六年七月第一版
墨子閒詁　清孫詒讓　諸子集成本　上海書店一九八六年七月第一版
吕氏春秋　漢高誘注　諸子集成本　上海書店一九八六年七月第一版
淮南子注　漢劉安　漢高誘注　諸子集成本　上海書店一九八六年七月第一版
顔氏家訓　北齊顔之推　諸子集成本　上海書店一九八六年七月第一版
能改齋漫録　宋吴曾　上海古籍出版社一九七九年一一月新一版
藝文類聚　唐歐陽詢　上海古籍出版社一九八二年一月新一版
初學記　唐徐堅等　中華書局一九六二年一月第一版
元和姓纂　唐林寶　中華書局一九九四年五月第一版
山海經校注　袁　珂　巴蜀書社一九九三年四月第一版
山海經存　清汪紱　杭州古籍書店影印一九八四年八月版
搜神記　晋干寶　浙江古籍出版社一九八六年十月影印説庫本

世説新語箋疏　余嘉錫　中華書局一九八三年八月第一版

雲谿友議　唐范攄　古典文學出版社一九五七年版

雲仙雜記　唐馮贄　杭州古籍書店影印一九八四年八月版

鑒誡録　五代何光遠　上海古籍出版社影印文淵閣四庫全書本

唐語林　宋王讜　上海古籍出版社一九七八年六月第一版

法苑珠林　唐釋道世　上海古籍出版社一九九一年八月影印宋磧砂版大藏經本

高僧傳　梁慧皎　中華書局一九九二年十月湯用彤校注本

續高僧傳　唐釋道宣　高僧傳合集本　上海古籍出版社一九九一年十二月影印本

宋高僧傳　宋贊寧　中華書局一九八七年八月點校本

景德傳燈録　宋釋道原　臺灣真善美出版社一九七三年八月第四版

金剛般若波羅蜜經　鳩摩羅什譯　禪宗十三經本　國際文化出版公司一九九四年六月第一版

妙法蓮花經　鳩摩羅什譯　禪宗十三經本　國際文化出版公司一九九四年六月第一版

般若波羅蜜多心經　唐釋玄奘譯　禪宗十三經本　國際文化出版公司一九九四年六月第

一版

維摩詰經　鳩摩羅什譯　大正新修大藏經本

壇經校釋　唐慧能著　郭朋校釋　中華書局一九八三年九月第一版

釋氏疑年録　陳垣　中華書局一九六四年三月第一版

老子道德經　晋王弼注　諸子集成本　上海書店一九八六年七月第一版

列子　晋張湛注　諸子集成本　上海書店一九八六年七月第一版

莊子淺注　曹礎基　中華書局一九八二年十月第一版

抱朴子　晋葛洪　諸子集成本　上海書店一九八六年七月第一版

楚辭選　馬茂元　人民文學出版社一九五八年四月第一版

陶淵明集　晋陶淵明　逯欽立注　中華書局一九七九年五月第一版

謝靈運集注　宋謝靈運　顧紹柏注　中州古籍出版社一九八七年八月第一版

陳子昂詩注　彭慶生　四川人民出版社一九八一年二月第一版

孟浩然集校注　徐　鵬　人民文學出版社一九八九年八月第一版

王維集校注　唐王維　陳鐵民校注　中華書局一九九七年八月第一版
李太白全集　唐李白　清王琦注　中華書局一九七七年九月第一版
杜詩詳注　唐杜甫　清仇兆鰲注　中華書局一九七九年十月第一版
岑參集校注　陳鐵民　侯忠義　上海古籍出版社一九八一年八月第一版
劉長卿詩編年箋注　儲仲君　中華書局一九九六年七月第一版
韋應物集校注　陶　敏　王友勝　上海古籍出版社一九九八年十二月第一版
韓昌黎詩繫年集釋　錢仲聯　上海古籍出版社一九八四年三月第一版
韓昌黎文集校注　馬其昶　上海古籍出版社一九八六年十二月第一版
劉禹錫集箋證　瞿蜕園　上海古籍出版社一九八九年十二月第一版
孟東野詩集校注　華忱之　喻學才　人民文學出版社一九九五年十二月第一版
李賀詩歌集注　清王琦　上海人民出版社一九九七年十二月第一版
賈島詩注　唐賈島著　陳延傑注　商務印書館一九三四年版
長江集新校　唐賈島著　李嘉言校　上海古籍出版社一九八三年版
元稹集　唐元稹　冀勤點校　中華書局一九八二年八月第一版
白居易集箋校　朱金城　上海古籍出版社一九八八年十二月第一版

陸放翁全集　宋陸游　北京市中國書店一九八六年六月第一版

文選　梁蕭統編　唐李善注　中華書局一九七七年影印清嘉慶胡克家刻本

文苑英華　宋李昉等編　中華書局一九六六年五月影印本

樂府詩集　宋郭茂倩　中華書局一九七九年十一月第一版

瀛奎律髓彙評　元方回選評　李慶甲集評校點　上海古籍出版社一九八六年四月第一版

唐詩品彙　明高棅　上海古籍出版社一九八二年版

唐音統籤　明胡震亨輯　上海古籍出版社二〇〇三年四月第一版

貫華堂選批唐才子詩集　清金人瑞　臺灣廣文書局一九八二年八月印行

全唐詩　上海古籍出版社一九八六年十月影印康熙揚州詩局本

唐詩別裁集　清沈德潛　上海古籍出版社一九七九年一月第一版

全唐文　中華書局一九八三年十一月影印嘉慶刻本

全上古秦漢三國六朝文　清嚴可均輯　中華書局一九五八年十二月影印光緒廣雅書局刻本

先秦漢魏晋南北朝詩　逯欽立輯校　中華書局一九八三年九月第一版

全唐詩補編　陳尚君輯校　中華書局一九九二年十月第一版

文心雕龍今譯　梁劉勰著　周振甫譯注　中華書局一九八六年十二月第一版
詩品注　梁鍾嶸著　陳延傑注　人民文學出版社一九六一年十月第一版
詩式校注　唐皎然著　李壯鷹校注　齊魯書社一九八六年三月第一版
詩人主客圖　唐張爲　歷代詩話續編本　中華書局一九八三年八月第一版
六一詩話　宋歐陽修　歷代詩話本　中華書局一九八一年四月第一版
臨漢隱居詩話　宋魏泰　歷代詩話本　中華書局一九八一年四月第一版
詩話總龜　宋阮閲　人民文學出版社一九八七年八月第一版
彦周詩話　宋許顗　歷代詩話本　中華書局一九八一年四月第一版
韻語陽秋　宋葛立方　上海古籍出版社一九八四年十月影宋本
唐詩紀事　宋計有功　上海古籍出版社一九八七年七月新一版
苕溪漁隱叢話　宋胡仔　人民文學出版社一九六二年六月第一版
滄浪詩話校釋　宋嚴羽著　郭紹虞校釋　人民文學出版社一九八三年八月第二版
詩人玉屑　宋魏慶之　上海古籍出版社一九七八年三月第一版
後村詩話　宋劉克莊　中華書局一九八三年十二月第一版
詩林廣記　宋蔡正孫　中華書局一九八二年八月第一版

升菴詩話　明楊慎　歷代詩話續編本　中華書局一九八三年八月第一版

詩鏡總論　明陸時雍　歷代詩話續編本　中華書局一九八三年八月第一版

詩藪　明胡應麟　上海古籍出版社一九七九年十一月新一版

詩源辯體　明許學夷　人民文學出版社一九八七年十月第一版

唐音癸籤　明胡震亨　上海古籍出版社一九八一年五月第一版

薑齋詩話　明王夫之　人民文學出版社一九八一年九月第一版

圍爐詩話　清吴喬　清詩話續編本　上海古籍出版社一九八三年十二月新一版

載酒園詩話　清賀裳　清詩話續編本　上海古籍出版社一九八三年十二月新一版

原詩　清葉燮　人民文學出版社一九七九年九月第一版

説詩晬語　清沈德潛　人民文學出版社一九七九年九月第一版

一瓢詩話　清薛雪　人民文學出版社一九七九年九月第一版

甌北詩話　清趙翼　清詩話續編本　上海古籍出版社一九八三年十二月新一版

重訂中晚唐詩主客圖　清李懷民輯評　張耕點校　中華書局二〇一八年十二月第一版

唐詩彙評　陳伯海　浙江教育出版社一九九五年版